HEYNE

Fantasy

Das Buch

Mitte der 30er Jahre wollen die Nazis die letzten magischen Artefakte an sich bringen, unter ihnen das sagenumwobene Schwert *Rabenbrand.* Doch der Besitzer des Schwerts, der Albino Ulric Graf von Bek leistet erbitterten Widerstand. Als er schließlich inhaftiert wird, scheint seine Familie und ihr Erbe verloren, denn Ulric von Bek ist der Letzte seines Geschlechts. Doch dann wird Ulric in letzter Minute gerettet – von dem mysteriösen Engländer Bastable und einer bezaubernden jungen Frau mit Namen Oona. Gemeinsam reisen die drei durch eine fremdartige Welt – bis Ulric auf eine Gestalt trifft, die ihm aus seinen Träumen seltsam vertraut erscheint. Es ist kein anderer als Elric von Melniboné, König auf dem Rubinthron in Imrryr und Herrscher über Ruinen.

Elric und Ulric gleichen sich auf erstaunliche Weise und schnell zeigt sich, dass zwischen ihnen eine geheimnisvolle Verbindung besteht. Ihre Persönlichkeiten scheinen miteinander zu verschmelzen – in ihrer Liebe zu Oona, ihrem Hass auf die gemeinsamen Feinde und durch die schwarze Klinge *Sturmbringer.* Indem sie die Vergangenheit und Gegenwart des jeweils anderen verstehen, erkennen sie, dass sie den ewigen Kampf zwischen Ordnung und Chaos in ihren beiden Welten fortsetzen müssen ...

»Freuen Sie sich: ›Tochter der Traumdiebe‹ ist ein echter Moorcock! Der Ewige Held ist zurückgekehrt.« *Booklist*

»Michael Moorcock ist ein großartiger Autor: überaus ambitioniert und erzählerisch mitreißend.« *Washington Post*

Der Autor

Michael Moorcock wurde 1939 in London geboren. Bereits mit 18 Jahren veröffentlichte er seine erste Kurzgeschichte. Seine Romane und Roman-Zyklen wurden mit allen bedeutenden SF- und Fantasy-Preisen ausgezeichnet, und mit der Elric-Saga hat er nicht nur eine der beliebtesten Serien des Genres geschaffen, sondern wurde damit zugleich auch zum Mitbegründer der modernen Fantasy-Literatur. Nach über zehn Jahren kehrt er nun mit »Tochter der Traumdiebe« wieder zu seinem berühmtesten Helden zurück. Michael Moorcock lebt und arbeitet in den USA.

Eine Liste der im HEYNE VERLAG erschienenen Bücher von Michael Moorcock finden Sie am Schluss des Bandes.

MICHAEL MOORCOCK

TOCHTER DER TRAUMDIEBE

ROMAN

Deutsche Erstausgabe

WILHELM HEYNE VERLAG
MÜNCHEN

HEYNE SCIENCE FICTION & FANTASY
06/9192

Titel der Originalausgabe
THE DREAMTHIEF'S DAUGHTER
Übersetzung aus dem Englischen von Jürgen Langowski
Das Umschlagbild schuf Michael Whelan/Agentur Schlück

Umwelthinweis:
Dieses Buch wurde auf chlor- und
säurefreiem Papier gedruckt.

Deutsche Erstausgabe 08/2002

Erstausgabe by Aspect/Warner Books, Inc., New York

Dieses Werk wurde vermittelt durch die literarische Agentur
Thomas Schlück GmbH, Garbsen
Printed in Germany 2002
http://www.heyne.de
Umschlaggestaltung: Nele Schütz Design, München
Technische Betreuung: M. Spinola
Satz: Schaber Satz- und Datentechnik, Wels
Druck und Bindung: Bercker, Kevelaer

ISBN 3-453-21381-5

Für mein Patenkind Oona von B
Und für Berry und Co.

Dies ist ein historischer Roman. Um dem Leser einen Eindruck jener Zeit zu verschaffen, wurden einige Namen realer Menschen oder Orte eingeflochten. Doch die in diesem Buch beschriebenen Ereignisse sind erfunden und die nicht historischen Personen und Vorgänge sind Produkte der Phantasie des Autors. Jede Ähnlichkeit dieser nicht historischen Personen oder Ereignisse mit realen Begebenheiten ist rein zufälliger Natur.

Vorbemerkung des Autors

Am 10. Mai 1941, nur wenige Monate nachdem Großbritannien unerwartet die entscheidende Schlacht um England gewonnen hatte und dem Eroberungszug der Nazis endlich Einhalt zu bieten begann, flog Rudolf Hess, Hitlers Stellvertreter und sein ältester noch verbleibender Freund in der Naziführung, aus eigenem Antrieb nach Schottland. Er behauptete, wichtige Informationen für Churchill bei sich zu haben. Nach seiner Verhaftung wurde er vom MI5, dem militärischen Abschirmdienst, verhört. Was er dem MI5 mitteilte, wurde geheim gehalten. Einige Akten sind danach verschwunden, einige existierende Akten wurden bisher nicht veröffentlicht. Am 24. Juni 1941 griff Hitler die Sowjetunion an. Viele glauben, Hess sei über Hitlers Entscheidung entsetzt gewesen und habe versucht, in letzter Minute ein Abkommen mit Churchill zu schließen. Churchill weigerte sich jedoch, sich mit Hess zu treffen, der 1987 unter mysteriösen Umständen verstarb.

ERSTES BUCH

Schlafe – und ich stehle dein Silber;
Träume – und ich stehle deine Seele.

WHELDRAKE, Der Ritter des Gleichgewichts

1.
Gestohlene Träume

Mein Name ist Ulric Graf von Bek und ich bin der Letzte meines Geschlechts. Als kränkliches Kind und gezeichnet mit dem Familienleiden des Albinismus wurde ich in den ersten Jahren des Jahrhunderts im sächsischen Bek geboren und erzogen. Man hat mich ausgebildet, unsere Provinz weise und gerecht zu regieren und in bester Tradition der protestantischen Kirche den Status quo zu bewahren.

Meine Mutter starb bei meiner Geburt, mein Vater kam bei der schrecklichen Feuersbrunst, die unseren alten Turm teilweise zerstört hat, ums Leben. Alle meine Brüder waren erheblich älter als ich und vorwiegend in Übersee in der Militärdiplomatie tätig, sodass unser Anwesen, wie man allgemein befand, in meine Verantwortlichkeit fiel. Man erwartete nicht von mir, dass ich meine fremdartigen, hellroten Augen länger als unbedingt nötig dem gewöhnlichen Tageslicht aussetzte. Ich nahm diesen Urteilsspruch, der nichts anderes als meine Einkerkerung bedeutete, pflichtschuldigst hin. Viele meiner Vorfahren hatten Ähnliches erlitten. Es gab schreckliche Geschichten über das Schicksal der Albino-Zwillinge, die meine Urgroßmutter zur Welt gebracht hatte.

Jegliches Unbehagen hinsichtlich meiner Rolle verflüchtigte sich rasch, als ich mich in meinen Jugendjahren mit einem katholischen Priester aus der Gegend anfreundete und ein leidenschaftlicher Fechtsportler wurde. Morgens diskutierte ich mit Pater Cornelius über die Theologie, nachmittags übte ich mich im Schwertkampf. Meine ganze Verwirrung und Enttäuschung legte ich in diese elegante und gefährliche

Kunst hinein. Es war etwas ganz anderes als die alberne, draufgängerische Prahlerei und Angeberei, der sich die neureichen und adligen Bürgersöhnchen hingaben, wenn sie in Heidelberg ebenso phantasievolle wie lächerliche Rituale frühreifer Männlichkeit absolvierten.

Kein wahrer Liebhaber des Schwerts würde seiner Waffe einen solch geschmacklosen, läppischen Unsinn zumuten. Ohne allzu große Affigkeit, wie ich doch hoffe, bin ich so ein echter Schwertkämpfer geworden, ein Experte in der Kunst des Duells bis auf den Tod. Denn für einen Existenzialisten wie mich ist die Entropie der einzige Feind, den zu fordern sich lohnt. Die Entropie zu besiegen bedeutet, einen Kompromiss mit dem Tod zu schließen, der in unseren Konflikten am Ende doch immer der Sieger bleibt.

Es spricht einiges dafür, sein Leben einer unerfüllbaren Sehnsucht zu widmen. Besonders leicht fällt dies womöglich einem einsamen adligen Albino, der sich dem Idealismus vergangener Jahrhunderte verpflichtet fühlt, von den Zeitgenossen verachtet und von den Pächtern misstrauisch begafft. Einem, der am liebsten liest und grübelt. Einem, der dennoch nie vergisst und nie verleugnet, dass außerhalb der alten, dicken Mauern Beks die Welt in meinem reichen und vielschichtigen Deutschland nach einfacheren Klängen zu marschieren begann. Nach Klängen, die das Bewusstsein der Menschen betäuben konnten, bis diese sich zu einem neuen Krieg verleiten ließen. Bis sie sich abermals selbst vernichteten.

Schon als Jugendlicher stürzte ich mich nach einem anregenden Schulausflug ins Niltal und zu anderen großen Geburtsstätten unserer Zivilisation auf das Studium des Altertums.

Um mich herum wuchs das alte Bek. Das mit einem Turm versehene Haupthaus, an das man im Laufe der Jahrhunderte verschiedene Zimmer und Flügel angebaut hatte, reckte sich aus üppigem Grün und dem dichten, hügeligen Waldland in Bek wie ein Baum empor, umgeben von Zedern, Pappeln und Zypressen, die von den Kreuzfahrern unter meinen Ahnen aus dem Heiligen Land mitgebracht worden waren, umgeben auch von sächsischen Eichen, mit denen meine noch früheren Ahnen ihre Seelen vermählt hatten, um sich mit den Wurzeln des Weltenbaums zu verbinden. Jene Vorfahren haben zuerst gegen Karl den Großen und dann mit ihm gekämpft. Sie schickten zwei Söhne nach Roncesvalles. Es waren irische Piraten. Sie kämpften gegen König Ethelred von England.

Mein Lehrer war der alte von Asch, ein dunkelhäutiger, knorriger und runzliger Mann, den meine Brüder ›die Walnuss‹ nannten. Seit ihr frühester Vorfahr eine Bronzewaffe gehoben hatte, waren die von Aschs Schmiede und Schwertkämpfer gewesen. Er liebte mich. Ich war das Gefäß, das seine Erfahrungen aufnehmen wollte. Ich war bereit, alles zu lernen und jeden Trick zu versuchen, um meine Fähigkeiten zu vervollkommnen. Was immer er verlangte, früher oder später wurde ich seinen Erwartungen gerecht. Ich war, sagte er, die lebendige Aufzeichnung der Weisheit seiner Familie.

Doch an von Aschs Weisheit war nichts Außergewöhnliches. Seine Ratschläge waren feinsinnig und sprachen, wie er wahrscheinlich genau wusste, meinen Sinn für Ästhetik und meine Liebe für komplexe Zusammenhänge und das Symbolhafte an. Statt mir seine Ideen aufzunötigen, pflanzte er sie wie Samen. Sie wuchsen, wenn die Bedingungen ihnen entsprachen. Dies war das Geheimnis seiner Lehren. Irgendwie stellte er die Dinge so hin, als hätte ich alles selbst vollbracht, als erfordere die Situation bestimmte Reaktionen und als habe er lediglich ein wenig geholfen, indem er mich anhielt, meiner Intuition zu trauen und sie umzusetzen.

Natürlich hatte er ganz eigene Vorstellungen vom Lied des Schwerts.

»Du musst dem Lied lauschen«, sagte er. »Jede große Klinge hat ein ganz eigenes Lied. Sobald du dieses Lied gefunden hast und deutlich hörst, kannst du mit ihr kämpfen, denn das Lied bringt das Wesen des Schwerts zum Ausdruck. Die Klinge wurde nicht geschmiedet, um Wände zu schmücken oder um als Zeichen des Sieges oder der Herrschaft präsentiert zu werden. Sie ist keine Stärkung deiner Manneskraft und kein Ausdruck deiner Seele. Sie ist ein Werkzeug des Todes. Im besten Falle bringt sie den verdienten Tod. Wenn du diese Deutung zweifelhaft findest, mein Sohn – ich sage nicht, dass du sie jemals in der Wirklichkeit zur Geltung bringen sollst, sondern ich möchte einfach nur, dass du ihre Wahrheit anerkennst –, dann solltest du das Schwert für immer aus der Hand legen. Mit dem Schwert zu kämpfen ist eine schwierige Kunst, die in höchster Vollendung erst dann ihren Ausdruck findet, wenn es auf Leben und Tod geht.«

Für das höchste Ziel zu kämpfen – gegen das Vergessen – schien mir genau der richtige edle Zweck, zu dem die Klinge unserer Ahnen, das Rabenschwert, eingesetzt werden sollte. Im Laufe der letzten Jahrhunderte hatten nur wenige Interesse an diesem eigenartig geschmiedeten Langschwert bekundet, in das geheimnisvolle Runenverse graviert waren. In gewisser Weise galt es sogar als peinliches Vermächtnis. Einige unserer Ahnen hatten den Verstand verloren und, von abwegigem Forschergeist getrieben, das Schwert zu seltsamen Zwecken eingesetzt. Noch im letzten Jahrhundert hatte das Lokalblatt von Mirenburg einen Bericht veröffentlicht. Ein Irrer habe sich als eine Sagengestalt namens ›Rotauge‹ ausgegeben und sei mit einer Klinge Amok gelaufen. Mindestens dreißig Menschen habe er umgebracht, dann sei er spurlos verschwunden. Eine Weile gerieten die von Beks unter Verdacht, denn unser Albinismus war dort gut bekannt. Aber niemand wurde vor Gericht gestellt. In der damaligen Trivialliteratur war ›Rotauge‹ ebenso bekannt wie Jack the Ripper, Phantomas oder der Springteufel.

Ein Teil unserer unrühmlichen, blutigen Vergangenheit. Am liebsten wollten wir das Schwert und seine Legenden einfach vergessen. Es gab ohnehin nicht viele Bewohner in den leeren, einsamen Räumen von Bek, keine Familie, die das Haus füllen und sich erinnern konnte. Nur einige Hinterbliebene, die für den Krieg oder das Leben in der Stadt zu alt waren. Und natürlich gab es Bücher.

Als für mich die Zeit kam, den Umgang mit der Klinge zu

lernen, lehrte von Asch mich auch ihre wichtigsten Lieder, denn dieses Schwert war ein ganz besonderes Schwert.

In welche Richtung man den Stahl auch drehte, er gab ganz außergewöhnliche Resonanzen von sich. Ein Zittern, das einem zum Sprung gespannten Raubtier nicht unähnlich schien. Wie ein vollkommenes Musikinstrument schien sich die Klinge zu den Liedern zu bewegen. Sie schien mich zu führen. Der Lehrer zeigte mir, wie ich ihr mit feinen Streichen und Bewegungen der Finger und Handgelenke die Lieder entschmeicheln konnte, ihre Lieder von Hass und Verachtung, süße Lieder nach brennendem Blutdurst, melancholische Erinnerungen an frühere Schlachten und zornige Rache. Aber keine Liebeslieder. Schwerter, sagte von Asch, haben meist keine Herzen. Und es sei unklug, auf ihre Treue zu bauen.

Diese Waffe, die wir Rabenbrand nannten, war ein großes Langschwert aus schwarzem Eisen mit schlanker, in ungewöhnlicher Weise wie ein Blatt geformter Klinge. Unserer Familiengeschichte zufolge wurde sie von Bruder Corvo geschmiedet, dem venezianischen Waffenschmied, der eine berühmte Abhandlung über das Thema verfasst hat. Allerdings gibt es auch eine Geschichte, dass Corvo - der Rabenschmied, wie Browning ihn nannte - das Schwert oder besser die Klinge nur gefunden und lediglich den Griff geschmiedet habe.

Manche sagten auch, es sei die Klinge des Teufels. Andere behaupteten, das Schwert sei der Teufel selbst. Das Gedicht von Browning schildert, wie Corvo seine Seele gab, um das Schwert wieder zum Leben zu erwecken. Eines Tages würde ich mit unserem Rabenbrand nach Venedig ziehen und selbst herausfinden, ob an dieser Geschichte etwas Wahres war.

Von Asch ging eines Tages fort und kam nie mehr zurück. Er suchte ein bestimmtes Metall, das er auf der Insel Morn zu finden hoffte.

Dann kam der August 1914 - und während der ersten Monate des Krieges wünschte ich mir, ich wäre alt genug, um daran teilzunehmen. Als die heimkehrenden Veteranen berichteten, was sie erlebt hatten - diese Veteranen waren junge

Männer und kaum älter als ich –, begann ich mich zu fragen, wie ein solcher Krieg jemals beendet werden konnte.

Meine Brüder starben an Krankheiten oder wurden in namenlosen Schützengräben in Stücke gesprengt. Bald hatte ich keinen lebenden Verwandten mehr außer meinem alten Großvater, der in behütetem Luxus auf Mirenburg in Waldenstein lebte und mich aus großen, hellgrauen, enttäuschten Augen anschaute, weil er das Ende all dessen kommen sah, wofür er gearbeitet hatte. Nach einer Weile entließ er mich mit einem Winken, schließlich wollte er mich nicht einmal mehr an seinem Lager dulden.

1918 wurde ich eingezogen. Ich stieß zum ehemaligen Infanterieregiment meines Vaters und wurde, da ich den Rang eines Leutnants bekleidete, sofort an die Westfront geschickt. Der Krieg dauerte gerade noch lange genug, um mir vor Augen zu führen, was für eine grausame Tollheit er war. Wir konnten kaum mit Worten aussprechen, was wir zu sehen bekamen.

Manchmal schien es, als würden Millionen Stimmen aus dem Niemandsland herüberrufen und darum bitten, endlich vom Leiden erlöst zu werden – *helft mir, helft mir, helft mir.* Englisch, französisch, deutsch, russisch. Die Stimmen eines Dutzends untergehender Reiche, die beim Anblick der zerfetzten Leiber und gebrochenen Glieder aufschrien. Die zu Gott flehten, er möge die Schmerzen von ihnen nehmen. Die den Tod als Segen empfunden hätten. Stimmen, die riefen, was auch wir vielleicht schon bald rufen würden.

Auch im Schlaf ließen sie mir keine Ruhe. In wiederkehrenden Träumen wanden sie sich und zuckten sie zu Millionen, sie kreischten und heulten nach Erlösung. Wenn die Nacht begann, verließ mich die eine Schreckensszenerie und eine andere – neue – begann. Große Unterschiede schien es zwischen ihnen nicht zu geben.

Noch schlimmer, meine Träume beschränkten sich nicht auf den aktuellen Konflikt, sondern umfassten jeden Krieg, den die Menschheit je geführt hatte.

Äußerst lebhaft, was ich zweifellos meiner ausgiebig genossenen Lektüre zu verdanken hatte, sah ich große Schlachten vor dem inneren Auge. Manche erkannte ich aus historischen Schilderungen wieder, die meisten aber waren, wenngleich mit anderen Kostümen, bloße Wiederholungen der Grässlichkeiten, die ich vierundzwanzig Stunden am Tag in den Gräben zu sehen bekam.

Ein oder zwei Träume gab es, die am Ende eine Gemeinsamkeit aufwiesen. Eine wunderschöne weiße Häsin bemerkte ich, die durch die Reihen der kämpfenden Männer rannte, anscheinend unbemerkt und unverletzt. Einmal drehte sie sich um und sah mich an und die roten Augen ähnelten meinen eigenen. Ich hatte das Gefühl, ich sollte ihr folgen, aber nach und nach klangen die Albträume wieder ab. Das wirkliche Leben war vermutlich schon schlimm genug.

Als Anstifter des Krieges und der Geschichtsschreibung der Sieger unterworfen, wurden wir vom Vertrag von Versailles gedemütigt. Mit rücksichtsloser Gier und zum Entsetzen Präsident Wilsons zankten die Europäer über die Reste und nahmen Deutschland alles, einschließlich der Maschinen, mit denen das Land hätte wiederaufgebaut werden können. Die Folge war natürlich, dass wieder einmal das gemeine Volk gezwungen wurde, einen viel zu hohen Preis für die Narrheiten der längst im Exil sitzenden Adligen zu zahlen. Leben oder Sterben, Krankheit oder Gesundheit, Wohlbefinden oder Pein - ob wir das eine oder das andere erleben, entscheidet die Selbstsucht einiger weniger dummer Männer.

Um ehrlich zu sein, entschlossen sich einige Adlige, wie auch ich selbst, zu bleiben und beim Wiederaufbau des deutschen Staatenbundes mitzuwirken, auch wenn ich keinerlei Sympathie für die aggressive Protzerei der geschlagenen Preußen empfand, die sich für unbesiegbar gehalten hatten. Diese stolzen Nationalisten waren es, die mit ihren markigen Sprüchen in den zwanziger Jahren den Dünger für das Gedeihen der nationalsozialistischen und bolschewistischen Bewegungen lieferten, die allerdings auf ganz unterschiedliche Ziele hinauswollten. Deutschland war geschlagen, verarmt, gedemütigt.

Die serbische Schwarze Hand hatte sich über unsere Welt

gelegt und Letztere fast bis zur Unkenntlichkeit entstellt. Alles, was Bismarck in uns aufgebaut hatte, ein Gefühl, man diene der Einheit des Landes und erfülle eine Aufgabe, war pervertiert worden, bis es nur noch dem Gewinnstreben einiger gieriger Geschäftsleute, Industrieller, Waffenhersteller und ihrer königlichen Verbündeten diente. Vielen stieß dies sauer auf; manche übergingen es, andere wandten sich der Kunst des bitteren Realismus zu und verhalfen Männern wie Brecht und Weill zu Ruhm. Die ironisch-eingängigen Rhythmen der Dreigroschenoper bildeten die Begleitmusik zur Geschichte unseres Untergangs.

Deutschland schwebte am Rande eines Bürgerkriegs zwischen der Rechten und der Linken. Kommunistische Kämpfer standen gegen nationalistische Freikorps. Der Bürgerkrieg war die Gefahr, die wir am meisten fürchteten. Wir wussten, was er in Russland angerichtet hatte.

Es gibt keinen schnelleren Weg, ein Land ins Chaos zu stürzen, als panische Entscheidungen zu treffen, die darauf abzielen, eben dieses Chaos zu verhindern. Deutschland erholte sich. Viele denkende Menschen glaubten, es hätte keinen Adolf Hitler gegeben, wenn die Großmächte uns unterstützt hätten. Geschöpfe wie Hitler tauchen auf, wo ein Vakuum existiert. Sie werden heraufbeschworen aus einer Sehnsucht und getragen von unserer eigenen Negativität, von unseren faustischen Gelüsten und unserer tragischen Gier.

Unsere Familie und unser Vermögen hatten unter dem Krieg starke Einbußen erlitten. Mein Freund, der Priester, ist in der alten deutschen Kolonie Ruanda Missionar geworden. Ich wurde ein recht bejammernswerter, einsamer Mann. Häufig riet man mir, Bek zu verkaufen. Geschäftige Schwarzmarkthändler und die aufstrebenden Faschisten machten mir Angebote, den Sitz meiner Vorfahren zu veräußern. Sie glaubten, sie könnten sich die Macht des Ortes auf gleiche Weise erkaufen wie die großen Häuser und Automobile.

Da ich mich viel umfassender als zuvor um den Unterhalt meines Besitzes kümmern musste, lernte ich in gewisser Weise einige Dinge über die Unsicherheiten und Ängste, mit denen der durchschnittliche Deutsche zu kämpfen hatte, der sein Land am Rande des völligen Zusammenbruchs sah.

Es war leicht, den Siegern die Schuld zu geben. Wohl wahr, ihre Bedingungen waren eine harte Strafe, der Friedensvertrag von Versailles war ungerecht, unmenschlich und dumm; es war das Gift, das die Nazis in München und anderen Teilen Bayerns zu ihrem Vorteil zu nutzen verstanden.

Selbst als die allgemeine Unterstützung nachzulassen begann, konnte die Nazipartei noch fast überall in Deutschland die Macht an sich reißen. Eine Macht, die sie ursprünglich den Juden zugeschrieben hatten. Doch am Ende beherrschten sie im Gegensatz zu den Juden auch die Medien. Im Radio, in den Zeitungen und Zeitschriften und im Kino erzählten sie den Menschen, wen man lieben und hassen sollte.

Wie bringt man eine Million Nachbarn um?

Zuerst einmal sagt man, sie wären anders. Sie sind nicht wie wir. Keine Menschen, uns nur oberflächlich ähnlich. Sie tun lediglich so, als wären sie wie wir. Trotz aller gemeinsamen Erfahrungen sind sie unter der Oberfläche böse. Dann vergleicht man sie mit unreinen Tieren und beschuldigt sie, heimtückische Pläne gegen uns auszuhecken. Sehr bald hat man den notwendigen Irrsinn heraufbeschworen, um einen Holocaust zu veranstalten.

Das ist natürlich keineswegs ein neues Phänomen. Die amerikanischen Puritaner haben jeden, der nicht ihre Ansichten teilte, als gottlos und böse und als Hexer beschimpft. Andrew Jackson begann einen Scheinkrieg, den er angeblich gewinnen musste, um den indianischen Völkern das ihnen vertraglich zugesicherte Land wieder zu stehlen. Die Briten und Amerikaner gingen nach China, um das Land vor dem Opium zu retten, das sie ihm vorher verkauft hatten. Die Türken mussten die Armenier als gottlose Ungeheuer brandmarken, um ein entsetzliches Gemetzel unter den Christen zu begehen. Doch abgesehen höchstens von Martin Luthers peinlichen Schmähungen der Juden waren mir in Bek solche Worte fremd und ich konnte nicht glauben, dass ein zivilisiertes Land sie lange hinnehmen würde.

Doch verschreckte Nationen verzagen angesichts der Drohung eines Bürgerkrieges und flüchten sich in die Arme eines Mannes, der verspricht, ihn abzuwenden. Hitler vermied den Bürgerkrieg, weil er ihn nicht brauchte. Seine Gegner wurden ihm mittels der Wahlurnen in einem Land in die Hände gespielt, in dem damals eine der besten demokratischen Verfassungen in Kraft war, in mancher Hinsicht sogar der amerikanischen überlegen.

Dank der Macht des Staates, den er übernahm, bekam Hitler die Gegner in seine Gewalt. Wir konnten dies alles sehen und wir hatten Angst, aber wir konnten niemanden von der drohenden Gefahr überzeugen. So viele Deutsche sehnten sich so sehr nach Stabilität, dass sie bereit waren, den Nazis zu folgen. Und tatsächlich war es leichter, das Verschwinden eines jüdischen Nachbarn zu vergessen als die Sorgen um die eigenen Verwandten.

Die einfachen Menschen wurden auf diese Weise verleitet, zu Komplizen des Bösen zu werden, teils durch Taten, teils durch Worte und teils durch furchtbares Schweigen. Sie wurden zu einem Teil des Systems und verteidigten es gegen ihr eigenes Gewissen. Sie hassten sich, wie sie die anderen hassten und tauschten echte Selbstachtung gegen prahlerische Selbstbeweihräucherung ein. So entwerteten sie sich selbst als Bürger.

Auf diese Weise bringt uns eine moderne Diktatur dazu, uns selbst in ihrem Namen zu beherrschen. Wir lernen, unsere Verachtung für uns selbst mit billiger Rhetorik zu überspielen, mit sentimentalem Geschwätz, mit Bekundungen unseres guten Willens und Unschuldsbeteuerungen und der Behauptung, wir wären doch auch selbst nur Opfer. Wer sich widersetzt, wird letzten Endes getötet.

Trotz meiner Entschlossenheit, mich für den Frieden zu verwenden, übte ich mich weiter im Schwertkampf. Es war weit mehr als ein bloßer Zeitvertreib geworden. Es wurde mir ein wichtiges Anliegen und irgendwie wohl auch eine Methode, das wenige unter Kontrolle zu halten, das ich in meinem Leben noch unter Kontrolle halten konnte. Um die Rabenklinge zu schwingen, musste man eine sehr gründliche Ausbildung absolvieren. Das Schwert war so vollendet ausbalanciert, dass man es mühelos mit einer Hand herumwirbeln konnte. Es bestand aus schwerem und doch biegsamem Stahl und besaß ein Eigenleben. Es schien sich wie eine Flüssigkeit in meinen Händen zu bewegen, während ich übte.

Die Klinge war mit gewöhnlichem Stein nicht zu schärfen. Von Asch hatte mir einen speziellen Schleifstein gegeben, in den Diamantsplitter eingearbeitet waren. Nicht, dass die Klinge jemals hätte ausgiebig geschärft werden müssen.

Freudianer, die eifrig damit beschäftigt waren, unser Chaos in jenen Tagen zu analysieren, hätten zu meiner Vorliebe für die Klinge und zu meinem Zögern, mich von ihr zu trennen, einiges zu sagen gewusst. Ich hatte allerdings das Gefühl, aus der Waffe Kraft zu schöpfen. Es war nicht die brutale, raubtierhafte Macht, die die Nazis so liebten, sondern eine ständige Stärkung.

Ich hatte das Schwert immer dabei, wenn ich mich auf eine meiner seltenen Reisen begab. Ein Handwerker aus dem Ort hatte mir eine Art Gewehrfutteral angefertigt, in das Rabenbrand genau hineinpasste, sodass ich einem zufälligen Beobachter, der mich mit geschultertem Futteral sah, wie ein Landsmann vorkam, der einen Jagd- oder Angelausflug unternahm.

Was auch immer mit Bek geschah, dachte ich mir, mein Schwert und ich würden überleben. Ich kann Ihnen nicht erklären, welche symbolische Bedeutung das Schwert für mich hatte, abgesehen davon, dass es mindestens seit einem Jahrtausend in Besitz und Gebrauch meiner Familie gewesen war, dass es angeblich für Wotan geschmiedet worden war, dass es bei Roncesvalles das Schlachtenglück gewendet hatte, dass es die riesigen Pferde der karolingischen Kavallerie gegen die Berber geführt, die dänischen Könige bei Hastings verteidigt und den Sachsen im Exil in Byzanz und darüber hinaus gedient hatte.

Ich glaube, ich war auch abergläubisch, wenn nicht sogar völlig verrückt, denn ich spürte, dass zwischen mir und dem

Schwert eine besondere Verbindung bestand. Etwas, das über Tradition und Romantik weit hinausging.

Unterdessen sank in Deutschland der Lebensstandard immer weiter ab.

Auch die Stadt Bek mit ihren verträumten Giebelhäusern, den windschiefen alten Dächern und Kaminen, den grün verglasten Fenstern, den Wochenmärkten und den alten Gebräuchen war nicht gegen die Soldatenstiefel des zwanzigsten Jahrhunderts gefeit.

In den Jahren vor 1933 marschierten kleine Abteilungen von selbst ernannten Freikorps, hauptsächlich rekrutiert aus stellungslosen Ehemaligen, unter Führung von Unteroffizieren, die sich selbst den Hauptmannsrang oder noch höhere verliehen hatten, gelegentlich durch die Straßen. In Bek, wo ich die Erlaubnis für solche Gruppierungen verweigerte, gab es sie nicht, wohl aber in einer Nachbarstadt. Ich nahm an, dass sie dort zu viele Rivalen hatten, gegen die sie sich durchsetzen mussten, sodass es ihnen wichtiger schien, ihre Stärke in einem Ort zu zeigen, der fast alle seine Männer verloren hatte und wo nur noch alte Leute und Kinder lebten.

Diese Privatarmeen kontrollierten einige Regionen Deutschlands. Sie kämpften ständig gegen rivalisierende Gruppen, gegen Kommunisten und gegen Politiker, die ihre Macht einzudämmen versuchten, und warnten, der Bürgerkrieg sei unausweichlich, wenn man die Freikorps nicht unter Kontrolle brachte. Genau dies boten die Nazis an – sie gaben vor, sie würden genau jene Kräfte bezähmen, die sie in Wahrheit benutzten, um Unsicherheit hinsichtlich der Zukunft unseres armen, gedemütigten Deutschland zu schüren.

Ich teile die Ansicht, dass Hitler und die Freikorps keinen Anlass zur Klage gehabt hätten, wenn die Alliierten sich großzügiger gezeigt und nicht versucht hätten, uns das Mark aus den Knochen zu saugen. Doch unsere Lage war eine äußerst benachteiligte und in einem solchen Klima kann auch ein gemäßigter Bürger irgendwie dazu kommen, die Taten von Menschen zu billigen, die er vor dem Krieg ohne Federlesens verurteilt hätte.

Einen Bürgerkrieg nach dem Vorbild Russlands mehr fürchtend als die Tyrannei, stimmten im Jahre 1933 viele von uns für den ›starken Mann‹, weil sie hofften, er werde uns Stabilität bringen.

Leider war Hitler wie die meisten ›starken Männer‹ nicht mehr als ein politisches Konstrukt und so wenig der Mann mit der eisernen Hand, als den seine Anhänger ihn darstellten, wie irgendein anderer elender, geifernder Psychopath.

Tausend Hitlers gab es in den Straßen Deutschlands, tausend heruntergekommene, neurotische Taugenichtse, die sich vor Eifersucht und blindem Hass verzehrten. Doch Hitler arbeitete hart daran, seine Gabe als Verkünder billiger Parolen zu schulen. Seine Macht bezog er von den schlimmsten Figuren im Pöbel, und er sprach mit gröbsten Schimpfwörtern über den an uns begangenen Verrat, den er im Gegensatz zu manch anderem nicht auf die Habsucht unserer Führer und die Raubgier unserer Eroberer zurückführte, sondern auf eine geheimnisvolle, beinahe übernatürliche Macht, die er als ›das internationale Judentum‹ bezeichnete.

Normalerweise hätte ein solch schreiender Unsinn nur eine Randgruppe weniger intelligenter Mitglieder der Gesellschaft angelockt, doch nachdem eine Finanzkrise auf die Nächste gefolgt war, konnten Hitler und seine Anhänger immer mehr gewöhnliche Deutsche davon überzeugen, dass der Faschismus den einzigen Ausweg biete.

Denken Sie an Mussolini in Italien. Er hatte seine Nation gerettet und erneuert, bis man sie wieder fürchten musste. Er hatte Italien eine neue Manneskraft geschenkt, so hieß es. Er hatte sein Land so männlich und stark gemacht, wie es auch Deutschland wieder werden musste. In solchen Bahnen denken diese Menschen. *Mit Gewehr und Stiefel, unter unsrer Flagge und in Formation, erkämpfen wir Gerechtigkeit für die Nation,* wie Wheldrake es in einem seiner zornigen Knüttelreime kurz vor seinem Tod im Jahre 1927 formulierte.

Einfache Ziele, einfache Antworten, einfache Wahrheiten.

Intellekt, Wissbegierde und Anstand wurden verspottet und angegriffen, als wären sie Todfeinde. Männer bekräftigten ihre angeschlagene Männlichkeit, indem sie, wie es oft geschieht, darauf beharrten, dass die Frauen daheim bleiben und Kinder bekommen müssten. Trotz aller Ehrerbietung für die Erdgöttinnen wurden die Frauen mit milder Verachtung behandelt. Echte Macht durften sie nicht ausüben.

Wir lernen langsam. Weder das englische, noch das französische oder das amerikanische Experiment, eine soziale Ordnung zwangsweise einzuführen, führten zu einem guten Ergebnis. Die Experimente der Kommunisten und Faschisten, die mit ganz ähnlicher puritanischer Rhetorik einhergingen, belegen die gleiche Tatsache - dass nämlich normale Sterbliche viel komplizierter sind als einfache Wahrheiten. Die einfachen Wahrheiten mögen gut und schön sein, wenn man streitet und etwas klären will, aber sie sind kein Instrument, zu dem eine Regierung, die zwangsläufig die Kompliziertheit der Menschen widerspiegeln muss, greifen darf, wenn sie erfolgreich sein will. Es überrascht nicht, dass die Straftaten von Jugendlichen bis 1940 einen ungeahnten Höhepunkt erreichten, obwohl die Nazis natürlich die Existenz eines solchen Problems, das es in der von ihnen geschaffenen Welt nicht geben durfte, niemals eingestehen konnten.

Obwohl viele von uns wussten, wie die Nazis waren, konnten sie 1933 die Kontrolle über das Parlament übernehmen. Unsere Verfassung war ein wertloses Stück Papier geworden, das zusammen mit den großartigen, bewegenden Werken von Mann, Heine, Brecht, Zweig und Remarque verbrannt wurde, als die Nazis an Kreuzungen und auf Plätzen lodernde Scheiterhaufen errichteten. Sie nannten die Tat eine ›Reinigung unserer Kultur‹. In Wahrheit war es ein Triumph von Dummheit und Heuchelei.

Stiefel, Knüppel und Peitschen wurden zu den Instrumenten der politischen Auseinandersetzung. Wir konnten uns nicht widersetzen, weil wir nicht glauben konnten, was geschah. Wir hatten uns auf die demokratischen Institutionen verlassen und verfielen in einen Zustand nationaler Verleugnung. Doch die Realität sollte uns schon bald genug einholen.

Es war für jeden unerträglich, der die alten humanistischen Tugenden des Lebens in Deutschland wertschätzte, aber unsere Proteste wurden auf ebenso brutale wie wirkungsvolle Weise unterdrückt. Bald waren nur noch wenige von uns übrig, die weiterhin Widerstand leisteten.

Während sich der Zugriff der Nazis verschärfte, wagten es immer weniger von uns, offen aufzubegehren oder auch nur leise zu grollen. Die Sturmtruppen waren überall. Sie konnten willkürlich Menschen festnehmen, einfach nur ›um ihnen einen Vorgeschmack zu geben, was ihnen blüht, wenn sie aus der Reihe tanzen‹. Mehrere Journalisten, die ich kannte und die an keine politische Partei gebunden waren, wurden monatelang eingesperrt, freigelassen und erneut eingesperrt. Sie wollten nicht mehr sprechen, wenn sie freigelassen wurden, sie hatten zu viel Angst.

Die Polizei der Nazis sollte die Protestierenden einschüchtern. Dies gelang ihnen recht gut, weil Kirchen und Militär sich willig fügten, aber sie konnten die Opposition nicht völlig zum Verstummen bringen. Ich beispielsweise wollte mich einer Widerstandsgruppe anschließen, die sich den Namen ›Die Weiße Taube‹ gegeben hatte. Ich wollte einen Schwur leisten, Hitler zu töten und in jeder nur denkbaren Weise gegen ihn und seine Ziele vorzugehen.

Ich tat meine Sympathien kund, so gut es ging, und bekam schließlich einen Anruf von einer jungen Frau. Sie nannte sich ›Gertie‹ und sagte mir, sie werde sich melden, sobald es gefahrlos möglich sei. Sie wollten wohl erst meine Zuverlässigkeit überprüfen und sich vergewissern, dass ich kein Spion und kein potenzieller Verräter war.

Zweimal wurde ich in den Straßen Beks als unreines Wesen und eine Art Leprakranker angegriffen. Ich hatte Glück, dass ich unverletzt heimkehren konnte. Danach ging ich so wenig wie möglich nach draußen – und wenn überhaupt, dann gewöhnlich erst nach Einbruch der Dunkelheit und außerdem meist in Begleitung meines Schwerts. Das mag dumm klingen, denn die Rollkommandos waren teilweise mit Pistolen bewaffnet, aber das Schwert gab mir ein Gefühl von

Kraft, es machte mir Mut und schenkte mir eine eigenartige Sicherheit.

Nicht lange nach dem zweiten Vorfall, als einige Braunhemden mich anspuckten und meinen alten Diener Reiter als Lakaien eines Adligen angegriffen hatten, setzten die bizarren, erschreckenden Träume wieder ein. Sie hatten eine fast wagnerianische Qualität. Voller Rüstungen und schwerer Streitrösser waren sie, ich sah blutige Banner und vom Stahl niedergemetzelte Menschen, ich hörte grelle Trompetenstöße. All das eindrucksvolle, scheußliche Beiwerk des Krieges. Die Sorte Bilder, die genau jene Bewegung vorantrieben, die zu bekämpfen ich geschworen hatte.

Langsam nahmen die Träume eine Form an und wieder wurde ich von Stimmen heimgesucht, die in unverständlichen Sprachen redeten und seltsame, zungenbrecherische Namen nannten. Es schien mir, als lauschte ich einer langen Liste der Namen aller Menschen, die seit Anbeginn aller Zeiten eines gewaltsamen Todes gestorben waren oder noch sterben sollten.

Die Tatsache, dass meine Albträume wieder einsetzten, bereitete mir ein beträchtliches Unbehagen und versetzte meine treuen Diener, die mich drängten, den Arzt zu rufen oder in Berlin einen Spezialisten zu konsultieren, in Aufregung.

Doch bevor ich entscheiden konnte, was zu tun sei, erschien die weiße Häsin wieder. Sie rannte rasch über die Leichen und zwischen den Beinen der in Rüstungen kämpfenden Männer hindurch, unbeeindruckt von den Kanonen und Lanzen tausend streitender Nationen und Religionen. Ich konnte nicht sagen, ob sie mich einlud, ihr zu folgen. Dieses Mal drehte sie sich nicht zu mir um. Sehnsüchtig wartete ich, dass sie mich ansah, dass sie mir noch einmal ihre Augen zeigte, damit ich feststellen konnte, ob sie nicht vielleicht eine verschlüsselte Darstellung meiner selbst war - von mir selbst, nachdem ich mich aus dem ewigen Kampf befreit hatte. Es war, als wollte sie das Ende der Schrecken ankündigen. Ich musste wissen, was sie symbolisierte. Ich wollte sie rufen, aber ich war stumm. Dann war ich taub, dann blind.

Und auf einmal brachen die Träume ab. Ich wachte morgens mit dem eigenartigen Gefühl auf, dass mir rasch die Erinnerungen entglitten und eine Realität verschwand. So fühlt es sich an, wenn ein eindringlicher Traum sich auflöst. Es bleibt nur das Gefühl, dass man geträumt hat. In meinem Fall blieben auch Verwirrung und eine tiefe Angst zurück. Ich konnte mich nur noch an eine weiße Häsin erinnern, die über ein Schlachtfeld voller niedergemetzelter Menschen rannte. Kein besonders angenehmes Gefühl, aber nach den bisherigen nächtlichen Qualen immerhin eine Erleichterung.

Nicht nur die Albträume hatte man mir gestohlen, sondern auch die gewöhnlichen Wachträume von einem Leben, das ich mit beschaulichen Studien und wohltätigen Arbeiten zu verbringen gedachte. Ein solches Leben, das an das Dasein eines Mönchs erinnert hätte, war das Beste, was jemand mit meinem Äußeren in jenen Tagen erwarten konnte, war doch diese Zeit nichts weiter als eine unbehagliche Pause in jenem Konflikt, den wir inzwischen den Großen Krieg nannten, und der alle Kriege beenden sollte.

Heute denken wir an diese Zeit als an ein ganzes Jahrhundert des Krieges zurück, in dem ein entsetzlicher Konflikt auf den Nächsten folgte, die Hälfte als heilige oder moralisch gerechtfertigte Kriege aufgewertet, oder auch als Kriege, um unterdrückten Minderheiten zu helfen. Doch die meisten Konflikte beruhten in Wirklichkeit auf sehr einfachen Emotionen und kurzfristigen Zielen, auf schlichter Gier und jener furchtbaren Selbstherrlichkeit, die zweifellos auch die christlichen Kreuzfahrer empfunden hatten, als sie im Namen Gottes und der menschlichen Gerechtigkeit Jerusalem in Angst und Schrecken versetzten.

So viele stille Träume wie der meine wurden in diesem Jahrhundert zerstört. So viele edelmütige Männer und Frauen, grundehrliche Seelen, wurden mit nichts als Qualen und schrecklichem Tod belohnt.

Dank der Fügsamkeit der Kirche bekamen wir auch in den Straßen Beks schon bald die Bilder des Reichskanzlers Adolf Hitler zu sehen. Auf den Porträts erschien er in glänzendes

Silber gerüstet und ritt auf einem Schimmel. Er trug das Banner Christi und den Heiligen Gral und erinnerte an die legendären Retter unseres Volkes.

Diese bigotten Philister verachteten das Christentum und setzten das Hakenkreuz als Symbol des modernen Deutschland ein. Sie verrieten unseren edelsten Idealismus und nutzten historische Sinnbilder für ihre bösen Ränke.

Ich glaube, es ist ein Kennzeichen des politischen Halunken, dass er über die Rechte und Hoffnungen der Menschen spricht und mit salbungsvollen Worten alles und jeden, nur nicht das eigene Naturell für die Probleme der Welt verantwortlich macht. Immer ist es die ›Bedrohung aus dem Ausland‹, die Angst vor dem ›Fremden‹. Unerkannte Eindringlinge seien die Schuldigen und die illegal im Lande lebenden Ausländer ...

Heute noch höre ich diese Stimmen im modernen Deutschland, in Frankreich und in Amerika und überhaupt in allen Ländern, die wir einst für viel zu zivilisiert hielten, um solche Schrecken in den eigenen Grenzen zuzulassen.

Ich glaube, nach all den Jahren fürchte ich noch immer, dieser grauenhafte Traum, in den ich schließlich stürzte, könnte noch einmal Besitz von mir ergreifen. Ein Traum, der viel realer schien als jede Realität, die ich bislang erlebt hatte, ein Traum ohne Ende. Ein Traum, der ewig zu währen schien. Eine Begegnung mit der Vielfalt unseres Multiversums in allen seinen unendlichen, unbeschränkten Spielarten, mit all den Möglichkeiten zum Bösen und all den Anlagen zum Guten.

Vielleicht der einzige Traum, der mir nicht gestohlen wurde.

2.
Ungebetene Verwandte

Ich wartete noch immer auf den nächsten Anruf von ›Gertie‹, als in den ersten Monaten des Jahres 1934 ein unerwarteter und recht beunruhigender Besucher in Bek eintraf.

Über Vermählungen und andere verwandtschaftliche Beziehungen stehen wir mit den alten Herrschern von Mirenburg in Verbindung, der Hauptstadt von Waldenstein, das die Nazis und später die Sowjets in Besitz nehmen sollten. Obwohl die Einwohner überwiegend slawischer Abstammung sind, ist das Fürstentum seit Jahrhunderten durch Sprache und gemeinsame Belange kulturell mit Deutschland verbunden. Es war ein alter Brauch in meiner Familie, uns alljährlich wenigstens zur Sommerfrische dort einzufinden. Einige Familienmitglieder wie mein unerträglicher, in Deutschland in Ungnade gefallener Onkel Rudi lebten sogar fast ständig dort.

Die Herren von Mirenburg hatten die Umwälzungen des Jahrhunderts nicht überstanden. Auch sie hatten einen Bürgerkrieg erdulden müssen, der hauptsächlich durch ausländische Mächte angestachelt worden war, die Waldenstein in ihre Gewalt bringen wollten. Die Badehoff-Krasnys wurden wieder als Machthaber eingesetzt, mussten aber eher als Vasallen Österreichs denn als unabhängige Herrscher angesehen werden. Sie hatten in die Familie derer von Minct eingeheiratet, eine der großen Dynastien Mirenburgs.

Auch Ungarn hatte Interesse an diesem winzigen Land. Der derzeitige Prinz von Waldenstein war mein Vetter Gaynor, dessen Mutter, einst eine der schönsten Frauen in Buda-

Pest, immer noch als einflussreicher politischer Kopf galt. Ich kannte und bewunderte meine Tante. In ihren mittleren Lebensjahren war sie eine beeindruckende Frau gewesen, die das ihr zugefallene Land mit dem Geschick eines Bismarck zu regieren wusste.

Jetzt war sie gebrechlich. Der Aufstieg des Faschismus hatte sie erschreckt und erschöpft. Mussolinis Erfolge waren ihr ein Gräuel, Hitler für sie ein unfassbar oberflächlicher Mann, voll bösartiger Rhetorik, übler Begehrlichkeit und Anmaßung. Doch Deutschlands Seele, so sagte sie mir bei unserer letzten Begegnung, sei bereits gestohlen worden. Hitler hantierte nur noch mit dem Leichnam der deutschen Demokratie. Er hatte nichts getötet, er war selbst aus dem Grab gewachsen, sagte sie. Auf der Leiche gewuchert wie eine ansteckende Krankheit, die schnell das ganze Land infiziert hatte.

»Und wo ist Deutschlands Seele?«, fragte ich. »Wer hat sie denn gestohlen?«

»Die Seele ist in Sicherheit, wie ich glaube.« Sie zwinkerte und gestand mir damit ein größeres Maß an Geistesgegenwart zu, als ich tatsächlich besaß. Mehr wollte sie zu diesem Thema nicht sagen.

Prinz Gaynor Paul St. Odhran Badehoff-Krasny von Minct besaß zwar nicht die gelassene Klugheit seiner Mutter, wohl aber ihre ganze ungarische Schönheit und den Charme dieses Landes, mit dem er seine politischen Gegner häufig zu entwaffnen verstand. Zeitweise betrieb er die gleiche Politik wie seine Mutter, aber dann schien es, als würde er dem Weg folgen, den so viele enttäuschte Idealisten dieser Tage gingen. Er betrachtete den Faschismus als die starke Kraft, die dem erschöpften Europa zu neuem Leben verhelfen und die Schmerzen all jener lindern würde, die unter diesen Umständen litten.

Ein Rassist war Gaynor nicht. Waldenstein war traditionell philosemitisch eingestellt, obschon gegenüber den Zigeunern im Lande weit weniger aufgeschlossen, und sein Faschismus glich eher dem Vorbild Mussolinis als dem Beispiel

Hitlers. Ich empfand beider Ideen als dumm oder widerwärtig. Gemengsel aus Heuchelei und Bauernfängerei, die gewiss keinen Platz in irgendeiner ernsthaften philosophischen oder politischen Tradition einnehmen konnten, auch wenn sie Denker wie Heidegger für sich gewinnen und einige falsch verstandene Sprüche Nietzsches in ihre Ideologie einbinden konnten.

Schockiert war ich aber, als ich Gaynor im offiziellen schwarzen Mercedes vorfahren sah, geschmückt mit Hakenkreuzen und in der Uniform eines Hauptmanns der ›Elitetruppe‹ SS, die inzwischen einflussreicher als Röhms SA war. Die grobschlächtigen, oft aus Freikorps stammenden Kämpfer der SA waren Hitler inzwischen eher ein Dorn im Auge. Der Schnee lag um diese Jahreszeit noch hoch, erst im Sommer sollten Ernst Röhm und Hitlers übrige Rivalen und Peinlichkeiten unter den Nazis in der so genannten ›Nacht der langen Messer‹ ermordet werden. Röhms größter Feind, der jetzt kometenhaft in der Partei aufstieg, war der farblose kleine und prüde Heinrich Himmler, ein zimperlicher Kronprinz, Chef der SS und ehemaliger Hühnerfarmer, der bald der zweitmächtigste Mann nach Hitler werden sollte.

Mein Diener Reiter öffnete den Besuchern mit vornehmer Geringschätzung die Tür und nahm die Karte meines Vetters entgegen. Voller Sarkasmus verkündete Reiter die geehrte Ankunft des Hauptmanns Paul von Minct. Auch Gaynors Fahrer und sein Adjutant, ein Preuße mit tief in den Höhlen blitzenden Augen und einem Gesicht wie ein Totenkopf, der als Leutnant Klosterheim vorgestellt wurde, redeten meinen Vetter als Hauptmann von Minct an.

Gaynor sah mit der schwarzen und silbernen Uniform und den rotschwarzen Hakenkreuzen und Abzeichen ebenso prächtig wie gefährlich aus. Wie üblich war er sehr einnehmend und amüsant und gab einige selbstironische Bemerkungen von sich, als er den Dienern die Treppe hinauf folgte. Ich lud ihn ein, sich vor dem Abendessen zu mir auf die Terrasse zu gesellen, sobald er seine Gemächer bezogen und sich etwas frisch gemacht hatte. Sein Fahrer und sein Adjutant sollten unten mit den Dienern zu Abend essen. Klosterheim schien sich ein wenig zu sperren, nahm es dann aber mit der Haltung eines Mannes hin, der zu oft beleidigt worden war, um noch ernsthaft dagegen aufzubegehren. Ich war froh, dass er nicht mit uns aß. Die kranke graue Haut und der fast fleischlose Kopf gaben ihm das Aussehen eines Toten.

Es war ein recht warmer Abend und der Mond ging bereits auf, als die Sonne noch die Landschaft in funkelndes Weiß und blutrote Schatten tauchte. Wahrscheinlich würde der Schnee bald schmelzen, dachte ich; ich trauerte ihm schon jetzt nach.

Als ich mir eine Zigarette anzündete, bemerkte ich im Gehölz zu meiner Linken eine Bewegung und auf einmal schoss eine große weiße Häsin aus den Büschen. Sie rannte zu einem blutroten Fleck Sonnenlichts, verharrte einen Augenblick, sah nach links und rechts und hoppelte ein Stückchen weiter. Sie war ein genaues Ebenbild des Tiers, das ich in meinen Träumen gesehen hatte. Ich hätte sie beinahe gerufen, war aber geistesgegenwärtig genug, darauf zu verzichten. Die Nazis hätten mich entweder für verrückt oder verdächtig gehalten. Aber irgendwie wollte ich die Häsin streicheln und beruhigen und ihr zu verstehen geben, dass von mir keine Gefahr drohte. Ich fühlte mich wie ein Vater mit seinem Kind.

Dann hatte sich die weiße Häsin entschieden und bewegte sich weiter. Ich sah ihr nach, wie sie fortrannte. Weißer Pulverschnee stob unter den Pfoten auf, während sie eilig zu den dunklen Eichen auf der anderen Seite sprang. Dann hörte ich ein Geräusch im Haus, drehte mich um und als ich gleich danach wieder nach draußen sah, war die Häsin verschwunden.

Gaynor kam in makelloser Abendgarderobe herunter und nahm eine Zigarette aus meinem Etui an. Wir stimmten darin überein, dass dieser Anblick, der Sonnenuntergang über den alten Eichen und Zypressen, die vom Schnee weich gezeichneten Konturen der Dächer und die Schornsteine von Bek, der Seele gut taten. Wir hielten es wie es echte Romantiker und sprachen nicht viel, sondern genossen den Anblick, aus dem Goethe ein großes Werk hätte machen können. Ich erwähnte, dass ich einen Schneehasen über die Wiese hatte laufen sehen, worauf Gaynor mir eine befremdliche Antwort gab.

»Oh, die wird uns nicht in die Quere kommen«, sagte er achselzuckend.

Auch als die Dämmerung sich senkte und es merklich kühler wurde, blieben wir draußen im Mondlicht sitzen und unterhielten uns beiläufig über entfernte Verwandte und gemeinsame Bekannte. Er erwähnte einen Namen. Ich sagte, dass der Mann zu meinem Erstaunen der Nazipartei beigetreten sei. Wie konnte jemand von seiner Herkunft so etwas tun? Ich ließ die Frage im Raum stehen und wartete.

Gaynor lachte.

»Ach, nein, mein Vetter. Mach dir keine Sorgen um mich! Ich habe mich nicht freiwillig gemeldet. Ich bin nur der äußeren Form nach ein Nazi, ich bin Ehrenhauptmann der SS. Sie fühlen sich damit aufgewertet. Zudem ist die Uniform nützlich, wenn man heutzutage durch Deutschland reist. Nachdem ich vor einigen Wochen Berlin besucht habe, bot man mir den Rang an - und ich akzeptierte. Sie haben mir versichert, man würde mich in Kriegszeiten nicht einberufen. Ich bekam Besuch und einen Brief. Du weißt ja, wie sie um Menschen unseres Standes werben. Mussolini hat sogar den König zum Faschisten gemacht! Es hilft, die alten Starrköpfe wie dich zu überzeugen, dass die Nazis kein Haufen ungebildeter, arbeitsloser und dummer Schlächter mehr sind.«

Ich erwiderte, ich sei nach wie vor skeptisch. Bisher könne ich nur dieselben alten Strolche sehen, die sich die Finanzkraft eines ganzen ausgeplünderten Staates angeeignet hatten, um die Leute zu bezahlen, die der Partei in der Welt Gehör verschaffen konnten.

»So ist es«, stimmte er zu. »Aber wir können diese Strolche zu unserem eigenen Vorteil nutzen, oder? Wir können die Welt verbessern. Sie wissen ganz genau, dass sie weder eine moralische Rechtfertigung noch ein politisches Programm haben. Sie wissen, wie man die Macht ergreift und behält, aber sonst nicht viel. Sie brauchen Menschen wie uns, mein Vetter. Und je mehr Menschen wie wir sich ihnen anschließen, desto ähnlicher werden sie uns.«

Ich sagte ihm, meiner Erfahrung nach schienen die meisten Menschen eher den Nazis ähnlicher zu werden. Er sagte, das liege daran, dass es nicht genug von ›uns‹ gebe, die ein Gegengewicht schaffen könnten. Darauf wandte ich ein, dass ich dies für eine gefährliche Art von Logik hielte. Ich hatte noch nie gehört, dass ein Mensch die Macht korrumpiert hätte, jedoch schon oft, dass Macht die Menschen korrumpiere. Er fand dies amüsant und sagte, es käme darauf an, was man unter Macht verstehe. Und es liege doch immer bei einem selbst, wie man die Macht einsetze. Man setzt sie ein, um rechtschaffene Steuerzahler anzupöbeln und wegen ihrer Rasse und Religion zu diffamieren, erwiderte ich. Wer wollte schon die Macht haben, um so etwas zu tun? Das sei natürlich eine Schande, sagte er. Die ›jüdische Frage‹ sei allerdings Unsinn. Das wüssten wir alle. Die armen alten Juden seien immer die Sündenböcke. Sie würden dieses politische Theaterspiel schon überleben. Niemand käme ernsthaft zu Schaden, wenn er in einer wohl geordneten Umgebung zu körperlicher Ertüchtigung gezwungen werde. Ob ich nicht den Film über die Lager gesehen hätte? Sie hätten dort jede Art von Luxus. Als wir uns zum Abendessen setzten, war er so freundlich, das Thema zu wechseln.

Während des Essens sprachen wir über die Umorganisation der Justiz durch die Nazis und über die Frage, was dies für die Anwälte bedeute, die in einer ganz anderen Tradition ausgebildet worden waren. Zu diesem Zeitpunkt hatten wir noch nicht die Zerstörung gesehen, die der Faschismus allen brachte, die sich zu ihm bekannten, und redeten unbefangen über die ›guten‹ und ›schlechten‹ Seiten des Systems. Es sollte noch ein oder zwei Jahre dauern, bis auch die gewöhnlichen Menschen das abgrundtief Böse erkannten, das sich in unserem Volk breit gemacht hatte. Gaynor stand mit seinen Ansichten keineswegs allein. Wir waren inmitten antijüdischer Phrasen aufgewachsen und hatten gesehen, dass solche Sprüche, abgesehen davon, dass sie ein paar rechtsextreme Wählerstimmen einfangen konnten, keinerlei Bedeutung hatten. Warum sollten wir dies anders sehen, wenn viele unserer jüdischen Freunde es nicht ernst nahmen? Wir alle wussten noch nicht, dass die Nazis erheblich mehr wollten als nur ein paar Phrasen dreschen.

Zwar hatten die Nazis vom Augenblick ihrer Machtübernahme an bereits Konzentrationslager eingerichtet und schon zu Beginn ihrer Herrschaft genau die Methoden benutzt, die sie auch am Ende noch benutzten, aber wir hatten noch kein Wissen über die entsetzlichsten Grausamkeiten und Schrecken - und in unserem Bestreben, dem Gestank der Schützengräben zu entgehen, hatten wir mit unseren gedankenlosen Vorlieben und Ängsten einen viel schlimmeren Gestank erzeugt. Selbst als wir glaubwürdige Berichte über die Grausamkeit der Nazis bekamen, hielten wir sie für Schilderungen von Einzelfällen. Auch die Juden verstanden kaum, was vor sich ging, und sie waren immerhin das vorrangige Ziel der Brutalität.

Wir betrachten die grundlegenden sozialen Übereinkünfte, den Grundkonsens unserer Demokratie, häufig als eine Selbstverständlichkeit - jene bedeutenden historischen Freiheitsrechte, die unsere Vorfahren, tapfer und Schritt für Schritt, im Laufe der Jahrhunderte für uns erkämpft haben. Wenn diese Strukturen aufgehoben oder zerstört werden, können wir nicht umdenken.

Die Bürger hatten sich so sehr an ihre demokratischen Freiheiten und Rechte gewöhnt, dass sie immer nur fragten: »Was habe ich denn getan?«, sobald die Unmenschen vor ihnen standen, die das Gesetz des Landes umgestürzt und durch Gewalt und blinden Hass ersetzt hatten, durch Hohn und verirrte Sexualität. Es waren keine Polizisten, sondern Folterknechte, Diebe, Vergewaltiger und Mörder, denen die Macht in die Hände fiel, weil es uns an Zivilcourage und Selbstachtung mangelte. Und jetzt beherrschten sie uns alle! Wir haben nichts zu fürchten, sagte der große Präsident Roosevelt, außer der Furcht selbst. In diesem Fall hatte die Furcht gesiegt.

Obwohl von Natur aus eigentlich nicht abergläubisch, bekam ich doch das Gefühl, dass ein großes Übel über unsere Welt gekommen war. Ironischerweise hatte am Anfang des Jahrhunderts noch die Überzeugung vorgeherrscht, Krieg und Unrecht würden rasch ausgelöscht. Hatte unsere Selbstzufriedenheit den Angriff begünstigt? Es war, als sei durch den Gestank der Gemetzel im Burenkrieg, in König Leopolds Kongo, im Völkermord an den Armeniern, durch die Millionen Leichen, die im Weltkrieg zwischen Paris und Peking die Gräben, Schanzen und Stellungen füllten, eine dämonische Macht angelockt worden. Sie schwelgte gierig in diesem Grauen und erstarkte weit genug, um Jagd auf die Lebenden zu machen.

Nach dem Abendessen war es zu kühl für die Terrasse, sodass wir in der Bibliothek am Kamin unsere Zigarren rauchten und in altmodischer, zivilisierter Behaglichkeit einen Brandy mit Soda genossen. Mir wurde bewusst, dass mein Vetter nicht zum Vergnügen unterwegs war. Geschäfte irgendeiner Art hatten ihn nach Bek geführt und ich fragte mich, wann er zur Sache käme.

Die letzte Woche hatte er in Berlin verbracht, wo er eine Menge Klatsch über Hitlers neue Hierarchie aufgeschnappt hatte. Göring war ein großer Snob, der gern den Umgang mit dem Adel pflegte. Daher wurde Prinz Gaynor, den die Deutschen lieber mit seinem bürgerlichen Namen Paul von Minct anredeten, als persönlicher Gast des Reichsmarschalls eingeladen, womit es ihm, wie er mir erklärte, erheblich besser erging als Hitlers persönlichen Gästen. Hitler, so versicherte er mir, sei einer der langweiligsten kleinen Männer, die je auf diesem Planeten gewandelt waren. Hitler wollte ständig über seine halb ausgegorenen Ideen schwadronieren, während ein Lakai immer wieder dieselben Schallplatten von Franz Lehàr auflegte. Ein Abend mit Hitler, sagte er mir, gleiche einem unendlichen Besuch bei einer zimperlichen alten Tante. Es war kaum zu glauben, dass Hitlers alte Freunde behaupteten, er würde sie mit seinen Einfällen und Scherzen immer wieder zum Lachen bringen.

Goebbels sei zu sehr in sich gekehrt, um ein guter Gesellschafter zu sein. Er beschränke sich auf hinterhältige Bemerkungen über andere Nazis. Doch Göring sei ein unterhaltsamer Zeitgenosse mit einer echten Liebe für die Kunst, die seine Kollegen nur vorspiegelten. Er habe es sich zur Aufgabe gemacht, bedrohte Gemälde vor den Zensoren der Nazis zu bewahren. Sein Haus in Berlin war geradezu ein Zufluchtsort und ein Depot für alle möglichen Kunstwerke geworden, darunter alte Objekte der deutschen Volkskunst und auch Waffen.

Obwohl er stets mit ironischem, leicht spöttischem Tonfall sprach, war ich nicht ganz überzeugt, dass Gaynor wirklich nur bei den Nazis mitspielte, um Waldenstein vor ihrem direkten Zugriff zu schützen. Er sagte, er akzeptiere die politische Realität, hoffe jedoch, es würde in die Pläne der neuen Herren Deutschlands passen, wenn sie sein kleines Land wenigstens dem Anschein nach in der Unabhängigkeit beließen. Ich spürte allerdings, dass mehr dahinter steckte. Ich spürte, wie sehr er sich von diesem Schauspiel pervertierter romantischer Ideale angezogen fühlte. Die gewaltige Macht, die Hitler und seine Helfer jetzt in Händen hielten, reizte ihn. Ich bekam den Eindruck, dass er nicht nur Teilhaber dieser Macht werden, sondern sie für sich allein haben wollte. Vielleicht wollte er gar als neuer Prinz von Großdeutschland eingesetzt werden. Er scherzte darüber, dass er ebenso viel jüdisches und slawisches Blut wie arisches in sich hätte, doch es schien, als würden die Nazis großzügig gewisse Unklarheiten hinsichtlich der Vorfahren übersehen, solange sie nur den Eindruck hatten, der Betreffende könne ihnen nützlich sein.

Es war klar, dass ›Hauptmann von Minct‹ den Nazis im Augenblick wichtig genug war, um ihn mit einem Dienstwagen samt Fahrer und Adjutant auszustatten, und sein Auftreten verriet mir, dass er in irgendeiner Weise im Dienst der Nazis unterwegs war. Ich konnte nur glauben, was meine Augen mir zeigten, und meinen Verstand benutzen. War Gaynor etwa geschickt worden, um auch mich anzuwerben?

Oder vielleicht, so überlegte ich, vielleicht hatte man ihn

auch geschickt, um mich zu töten. Aber die Logik sagte mir, dass es viel bessere Gelegenheiten dazu gegeben hätte, als sich bei mir zum Essen einzuladen. Die Nazis hatten gewiss keine großen Hemmungen, ihre Gegner zu ermorden und sie hatten es erst recht nicht nötig, besonders verstohlen vorzugehen.

Ich brauchte frische Luft und schlug vor, auf die Terrasse hinauszugehen. Das Mondlicht malte uns eine atemberaubende Kulisse.

Unvermittelt schlug er vor, seinen Adjutanten, Leutnant Klosterheim, hinzuzuziehen. »Er reagiert etwas empfindlich, wenn er sich ausgeschlossen fühlt, und soweit ich weiß, hat er gute Beziehungen zur Umgebung von Goebbels' Frau. Eine alte Familie aus den Bergen, die alle Ehrentitel zurückwies und aus Stolz im Stand einfacher Leute blieb. Seine Familie besitzt im Harz seit tausend Jahren eine Art Festung. Sie sahen sich als Freisassen im Gebirge, doch ich vermute, dass sie sich während des größten Teils ihrer Geschichte eher als Wegelagerer betätigt haben. Er hat auch in der Kirche einige Verwandte.«

Das war mir mittlerweile herzlich gleichgültig. Gaynors Gesellschaft verdross mich zunehmend und es fiel mir immer schwerer, darauf Rücksicht zu nehmen, dass er mein Gast war. Vielleicht konnte Klosterheims Gegenwart die Situation entspannen.

Diese Hoffnung fand ein jähes Ende, als der leichenhafte, asketische Mann in seiner eng sitzenden SS-Uniform auf die Terrasse kam. Die Mütze hatte er sich unter den Arm geklemmt, der Atem dampfte und schien dabei kälter als die umgebende Luft. Ich entschuldigte mich für meine Unhöflichkeit und lud ihn ein, etwas mit uns zu trinken. Er winkte mit einer Taschenbuchausgabe von *Mein Kampf* und sagte, er hätte in seinem Zimmer reichlich zu tun. Ich hielt ihn für einen Fanatiker und fühlte mich in vielerlei Hinsicht an seinen neurotischen Führer erinnert. Gaynor ging beinahe unterwürfig mit ihm um.

Klosterheim ließ sich zu einem kleinen Glas Benediktiner überreden. Als ich es ihm reichte, redete er über meine

Schulter hinweg mit Gaynor. »Haben Sie ihm schon den Vorschlag unterbreitet, Hauptmann von Minct?«

Gaynor lachte, es klang etwas verkrampft. Ich drehte mich um und wollte ihn fragen, aber er hob die Hand. »Eine Kleinigkeit nur, Vetter, die wir jederzeit besprechen können. Leutnant Klosterheim ist sehr direkt und zielstrebig, aber manchmal fehlt es ihm am feinen Schliff.«

»Wir in Klosterheim legen auf feines Benehmen keinen großen Wert«, gab der Leutnant ernst zurück. »Wir haben keine Zeit, unsere feinen Manieren zu schulen, denn unser Leben ist hart und ständig in Gefahr. Wir haben seit Anbeginn der Zeit unsere Grenzen verteidigt und wir halten uns an die alten Traditionen. Wir haben unsere trotzigen Festungen, unseren Stolz und unsere Abgeschiedenheit.«

Ich deutete an, dass der moderne Tourismus seinen Angehörigen sehr willkommen sein und eine Verbesserung ihrer Situation darstellen oder ihnen wenigstens etwas Erleichterung in ihrem schweren Los verschaffen könnte. Hat man eine Busladung Bayern durchs Schloss geführt, so kann man für eine Woche die Beine hochlegen. Ich hätte es in Bek genauso gemacht, aber leider besaß ich an Sehenswürdigkeiten lediglich ein berühmtes Bauernhaus. Ich wusste nicht, was diese ironischen Anwandlungen in mir auslöste. Vielleicht war es eine Reaktion auf Klosterheims verkniffene Nüchternheit. In seinen Augenwinkeln entstand ein unangenehmes Funkeln, das aber sofort wieder verschwand.

»Das könnte sein«, sagte er. »Ja, das würde uns vielleicht ein leichtes Leben verschaffen.« Er trank seinen Benediktiner aus und machte einen linkischen Versuch, das Thema zu wechseln. »Aber Hauptmann von Minct ist meines Wissens hergekommen, um Ihnen eine Last abzunehmen, Herr Graf.«

»Ich trage keine Last, die man mir abnehmen müsste«, erwiderte ich.

»Aus Verantwortungsbewusstsein. Aus Mitgefühl.« Gaynor übte sich auf einmal in übertriebener Aufmerksamkeit. Klosterheim hatte keine Hemmungen, mir zwischen den Zeilen zu drohen, aber Gaynor wollte meine Billigung gewinnen.

»Du weißt, dass ich wenig Wert auf unsere überkommenen Erbstücke lege«, antwortete ich. »Abgesehen von den Dingen, die zum persönlichen Besitz der Familie gehören. Gibt es irgendetwas, das du haben willst?«

»Erinnerst du dich an das alte Schwert, mit dem du gespielt hast, bevor du in den Krieg gezogen bist? Das vor Alter geschwärzte Schwert? Es muss mittlerweile völlig verrostet sein, genau wie von Asch, dein alter Lehrer. Was hast du mit dem alten Schwert getan? Es verschenkt? Verkauft? Oder bewahrst du es als Erinnerungsstück auf?«

»Wahrscheinlich sprichst du vom Schwert Rabenbrand, Vetter.«

»Genau, Vetter. Rabenbrand. Ich hatte ganz vergessen, dass du ihm einen Kosenamen gegeben hast.«

»Es hat nie einen anderen Namen getragen. Es ist so alt wie unsere Familie. Es wird mit allerhand unsinnigen Legenden in Verbindung gebracht, aber Beweise gibt es nicht. Die üblichen Geschichten eben, die wir erfinden, damit wir den wechselnden Generationen der Bauern interessant erscheinen. Geschichten über Gespenster und einen alten Schatz. Kein Antiquar und kein echter Historiker würde solchen Legenden Glauben schenken. Sie sind ebenso verbreitet wie unglaubwürdig.« Ich war ein wenig beunruhigt. Er war doch hoffentlich nicht gekommen, um uns unsere ältesten Schätze, unsere Verantwortlichkeiten und unser Erbe zu nehmen? »Doch soweit ich weiß, hat es nur einen geringen materiellen Wert. Onkel Rudi hat einmal versucht, es zu verkaufen. Bis nach Mirenburg ist er gefahren, um es schätzen zu lassen. Er kehrte sehr enttäuscht zurück.«

»Erst als Paar sind sie wirklich wertvoll«, erklärte Klosterheim beinahe belustigt. Sein Mund zuckte leicht, vielleicht lächelte er. »Wenn es neben seinem Zwillingsbruder liegt. Neben dem Gegengewicht.«

Klosterheim war nicht ganz bei der Sache. Seine Bemerkungen hatten kaum etwas mit dem Gespräch zu tun, als sei sein Verstand unterdessen mit ganz anderen, kälteren Gedanken beschäftigt. Es schien mir einfacher, den Kommentar zu ignorieren, als Klosterheim um eine Erklärung zu bitten. Wie, um alles in der Welt, konnte ein Schwert ein ›Gegengewicht‹ haben? Wahrscheinlich war er einer dieser mystisch orientierten Nazis. Es war ein seltsames Phänomen, das ich mehr als einmal beobachten konnte: diese Verbindung zwischen der Faszination für das Numinose und Übernatürliche und die Vorliebe für rechtsextremistische Politik. Richtig verstehen konnte ich es nie, aber viele Nazis, darunter Hitler und Heß, hatten sich in derlei Dinge vertieft, die zweifellos so wenig rational begründet waren wie ihr Rassismus. Dunkle Abstraktionen, die, wenn sie aufs reale Leben übertragen wurden, die banalsten Grausamkeiten hervorriefen.

»Spiele nicht die Leistungen deiner Familie herunter.« Gaynor wollte mich an die Siege unserer frühen Vorfahren erinnern. »Ihr habt Deutschland einige berühmte Soldaten geschenkt.«

»Und ein paar Banditen und Radikale dazu.«

»Und einige, die von jedem etwas waren«, sagte Gaynor, immer noch munter wie ein Wegelagerer auf dem Schafott. Aber nur äußerlich.

»Ihr Namensvetter beispielsweise«, murmelte Klosterheim. Die paar Worte reichten offenbar aus, um die Nachtluft merklich abzukühlen.

»Wie bitte?«

Klosterheims Stimme schien im Mund zu hallen. »Derjenige, der den Gral gesucht und gefunden hat. Der Ihrer Familie den alten Wahlspruch gab.«

Ich tat die Bemerkung mit einem Achselzucken ab und schlug vor, wieder ins Haus zu gehen. Im Kamin brannte ein Feuer und ich verspürte eine ungewohnte Anwandlung von Heimweh, als ich mich an die schönen Weihnachtsfeste erinnerte, die wir in der Familie verlebt hatten, wie nur Sachsen ihr Julfest feiern können. Damals, als mein Vater und meine Mutter und alle meine Brüder noch lebten und vom Castle Auchy in Schottland, aus Mirenburg und Frankreich und Amerika Freunde und entfernte Verwandte kamen, um diese Zeit der Behaglichkeit und des Wohlbefindens mit uns zu verbringen. Der Krieg hatte all das zerstört. Jetzt stand ich vor verkohltem Eichenholz und Schieferplatten und sah zu, wie der Rauch von einem spuckenden unglücklichen Feuer aufstieg und hatte Mühe, meine guten Manieren nicht zu vergessen, während ich zwei Herren in Schwarz und Silber zu Gast hatte, die, dessen war ich jetzt sicher, gekommen waren, um mir mein Schwert wegzunehmen.

»So tu des Teufels Werk«, las Klosterheim vom Wappen ab, das über dem Kamin eingelassen war. Ich hielt das Ding für geschmacklos und hätte es längst entfernen lassen, wenn dies nicht damit verbunden gewesen wäre, die ganze Wand einzureißen. Ein Stück barbarischen Unfugs mit vorgeblich alchemistischen Motiven und einem dunklem Spruch, der, wie ich ihn las, früher einmal etwas ganz anderes bedeutet hatte, als man heute meinte. »Halten Sie sich immer noch an diesen Leitspruch, Herr Graf?«

»Mit diesem Wahlspruch sind sogar noch mehr Geschichten verknüpft als mit dem Schwert. Wie Sie sicher wissen, hat uns unser Familienfluch, der Albinismus, zeitweise zum Nachteil gereicht. Manche meiner Vorfahren hielten ihn für eine Schande und zerstörten viele Aufzeichnungen, soweit diese mit Albinos wie mir zu tun hatten, oder vielleicht auch nur mit Dingen, die jener Geisteshaltung, für die das Verbrennen von Büchern mit dem Verbrennen unangenehmer Wahrheiten gleichbedeutend ist, in der geringsten Weise seltsam vorkam. Eine Haltung, zu der wir in Deutschland leicht zu neigen scheinen. Daher gibt es heute kaum noch Aufzeichnungen. Ich glaube mich jedoch zu erinnern, dass der Spruch in gewisser Weise ironisch gemeint war.«

»Vielleicht.« Eine Ironie, die Klosterheim zu würdigen wusste, musste anscheinend von schwerstem Kaliber sein. »Doch wie ich hörte, haben Sie den Kelch verloren. Den Gral.«

»Mein lieber Herr Leutnant, in Deutschland gibt es keine einzige alteingesessene Familie, die nicht mindestens eine eigene Gralslegende kennt. Gewöhnlich geht es dabei um irgendeinen alten Pokal, bei dem es sich in Wirklichkeit um den Heiligen Gral handeln soll. In England sieht es nicht anders aus. Arthur hatte mehr Camelots als Mussolini Titel. Es sind allesamt Erfindungen aus dem neunzehnten Jahrhundert, nichts als Facetten der Rückbesinnung auf die Gotik. Eine romantische Bewegung, eine Nation erfindet sich noch einmal selbst. Sie müssen ein halbes Dutzend solcher Familienlegenden kennen. Wolfram von Eschenbach behauptete, der Gral bestehe aus Granit. Nur wenige Spuren lassen sich bis in die Zeit vor 1750 zurückverfolgen. Ich kann mir auch vorstellen, dass Ihr Führer, nachdem Sie Wagner für die Sache der Nazis rekrutiert haben, solche Symbole braucht, aber falls wir wirklich einen alten Kelch hier hatten, dann ist er schon vor langer Zeit verschwunden.«

»Auch ich bin der Ansicht, dass solche Ideen lächerlich sind.« Gaynor trat etwas näher ans Feuer. »Doch mein Vater erinnert sich noch, dass dein Großvater ihm eine goldene Schale gezeigt hat, die die Eigenschaften von Glas und Metallen in sich verband. Warm anzufassen, sagte er, und pulsierend.«

»Falls es ein solches Familiengeheimnis gibt, Vetter, dann wurde ich nicht eingeweiht. Mein Großvater ist kurz nach dem Waffenstillstand gestorben. Er hat mich nie ins Vertrauen gezogen.«

Klosterheim runzelte die Stirn, offenbar unsicher, ob er mir glauben konnte. Gaynor zeigte seinen Unglauben ganz offen. »Wenn überhaupt, dann bist du selbst unter allen Beks derjenige, der von solchen Dingen wissen müsste. Dein Vater ist wegen seiner Forschungen gestorben. Du hast alles gelesen, was in der Bibliothek zu finden ist. Von Asch hat dich gelehrt, was er wusste. Du selbst, mein Vetter, bist beinahe ein Bestandteil des Museums. Zweifellos immer noch eine bessere Aussicht als der Zirkus.«

»Wie wahr«, erwiderte ich. Mit einem Blick zur grässlichen alten Kaminuhr bat ich, mich zu entschuldigen. Es sei an der Zeit, mich zurückzuziehen.

Gaynor wollte sich durch Artigkeiten aus der Peinlichkeit herauswinden, mich gedankenlos beleidigt zu haben, aber seine Bemerkung über mich war nicht beleidigender gewesen als der Rest der Unterhaltung mit ihm und Klosterheim. Er hatte etwas Ungeschliffenes an sich, das ich früher nicht bemerkt hatte. Zweifellos färbte der Duft der neuen Meute auf ihn ab. Es war seine Art, sein Überleben zu sichern.

»Aber wir haben noch das Geschäftliche zu erledigen«, wandte Klosterheim ein.

Gaynor drehte sich zum Feuer um.

Ich spielte den Überraschten. »Geschäftliches? Sie sind geschäftlich hier?«

Gaynor antwortete leise, ohne mich anzusehen. »Berlin hat eine Entscheidung getroffen, was diese besonderen deutschen Relikte betrifft.«

»Berlin! Du meinst Hitler und seine Kumpane.«

»Sie sind von solchen Dingen fasziniert, mein Vetter.«

»Es sind Symbole unserer alten deutschen Macht«, ergänzte Klosterheim unwirsch. »Sie repräsentieren das, was so viele deutsche Adlige verloren haben, das Lebensblut eines tapferen, kriegerischen Volkes.«

»Und warum will man mir mein Schwert wegnehmen?«

»Um es sicher aufzubewahren, mein Vetter.« Gaynor stellte sich zwischen mich und Klosterheim, bevor dieser antworten konnte. »Beispielsweise, damit es nicht von den Bolschewiken gestohlen oder irgendwie beschädigt wird. Ein Staatsschatz, wie du mir sicherlich zustimmen wirst. Dein Name wird natürlich in Ausstellungen genannt werden, und ich bin sicher, dass es auch eine finanzielle Entschädigung geben wird.«

»Ich weiß nichts über den so genannten Gral. Aber was würde geschehen, wenn ich mich weigere, das Schwert zu übergeben?«

»Damit würdest du natürlich zum Staatsfeind werden.« Gaynor war so anständig, wenigstens die blank polierten Stiefel anzustarren. »Dadurch würdest du auch zum Feind der Nazipartei und vom allem, wofür sie eintritt.«

»Ein Feind der Nazipartei«, sagte ich nachdenklich. »Nur ein Narr würde Hitler ärgern und hoffen, er könne dies überleben, nicht wahr?«

»Allerdings, mein Vetter.«

»Nun denn«, sagte ich und machte Anstalten, den Raum zu verlassen, »die Beks sind keine Narren. Ich will das Problem überschlafen.«

»Ich bin sicher, dass deine Träume dir den Weg weisen werden«, bemerkte Gaynor etwas geheimnisvoll.

Klosterheim war offener. »Wir haben im modernen Deutschland die sentimentalen Gefühle hinter uns gelassen und schreiben uns neue Überlieferungen, Herr Graf. Dieses Schwert gehört so wenig Ihnen wie mir. Das Schwert gehört Deutschland, denn es ist ein Symbol unserer alten Macht und Tapferkeit, ein Symbol unseres Blutes. Sie können unser Blut nicht verraten.«

Ich betrachtete dieses Ergebnis bergländischer Inzucht und den slawischen Arier. Ich betrachtete meine knochenbleiche weiße Hand, die hellen Nägel und die etwas dunkleren Adern. »Unser Blut? Mein Blut. Wer hat den Mythos des Bluts erfunden?«

»Mythen sind einfach alte Wahrheiten, die man in Geschichten gekleidet hat«, erklärte Klosterheim. »Das ist das Geheimnis hinter Wagners Erfolg.«

»Seine Musik kann es kaum sein. Schwerter, Kelche und gequälte Seelen. Sagten Sie nicht, es sei ein Paar von Schwertern? Will der Besitzer der Schwesterklinge die beiden vereinen?«

Gaynor, der jetzt wieder hinter Klosterheim stand, übernahm das Antworten.

»Es heißt, mein Vetter, das zweite Schwert sei in Jerusalem gewesen, als man das letzte Mal von ihm hörte.«

Ich konnte nicht umhin zu lächeln, als ich ins Bett ging. Aber bald kehrten die bösen Vorahnungen zurück, und als ich meinen Kopf aufs Kissen legte, fragte ich mich ernstlich, wie ich mein Schwert und mich selbst vor Hitler retten konnte. Dann, in einem jener seltsamen Momente zwischen Wachen und Träumen, hörte ich eine Stimme sagen: »Natürlich akzeptiere ich das Paradoxe. Die Paradoxie ist der Stoff, aus dem das Multiversum besteht. Das Wesen der Menschheit. Das Paradoxe erhält unser Leben.« Es klang wie meine eigene

Stimme, doch ich hörte darin eine Autorität, eine Zuversicht und eine Kraft, wie ich sie nie in mir gespürt hatte.

Zuerst dachte ich, es wäre jemand im Zimmer, aber dann schlief ich ein und schreckte wieder auf, als mir ein bemerkenswerter Gestank in die Nase drang. Es war stechend, beinahe greifbar, aber nicht unangenehm. Scharf und trocken. Vielleicht der Geruch von Schlangen? Oder von Eidechsen? Der Geruch riesiger Reptilien. Wesen, die im Verband unter der Kontrolle von Sterblichen flogen und feuriges Gift auf ihre Feinde spieen. Auf Feinde, die durch keinerlei Regeln gebunden waren, abgesehen von der, um jeden Preis zu siegen, mit welchen Mitteln auch immer.

Dunkelblaue Muster sah ich – wie auf gewaltigen Schmetterlingsflügeln. Es war ein Traum vom Fliegen, doch anders als alle solche Träume, von denen ich bisher gehört hatte. Ich saß in einem riesigen schwarzen Sattel, der offenbar aus einem einzigen Stück Ebenholz geschnitzt war, der sich aber dennoch fugenlos an meinen Körper schmiegte und von dem eine Art Aura auszugehen schien, die sich ebenso nahtlos mit dem Lebewesen verband. Ich beugte mich vor und legte die Hand auf die Schuppenhaut. Sie fühlte sich warm an, ein Anzeichen dafür, dass es sich um ein Geschöpf mit fremdartigem Stoffwechsel handelte, und vor mir stieg etwas hoch, rasselnd und klappernd und mit Geschirren klingelnd, und warf einen riesigen Schatten. Es war der gewaltige Kopf eines Wesens, das ich zunächst für einen Dinosaurier hielt und dann als Drachen erkannte. Wie ein Zwerg erschien ich vor diesem gewaltigen Wesen. Im Maul trug es verzierte Goldketten, deren Quasten so lang waren wie mein Körper und die mich aus dem Sattel zu fegen drohten, als das Wesen den Kopf herumdrehte und ein riesiges, glühend gelbes Auge auf mich richtete. Ein Auge, aus dem eine unvorstellbar alte Intelligenz sprach. In diesem Auge spiegelten sich Erfahrungen in Welten, die den Menschen unbekannt waren. Und doch war ich dumm genug, dort Zuneigung herauszulesen?

Smaragdgrün. Die feine Sprache von Farben und Gesten.

Flammenfang.

War es meine Stimme, die den Namen ausgesprochen hatte?

Der pulsierende Gestank erfüllte meine Lungen. Aus den riesigen Nasenlöchern der Bestie kräuselte sich ein wenig Rauch, zwischen den langen Zähnen schien etwas wie Säure zu brodeln. Das Tier musste einen wahrhaft außergewöhnlichen Stoffwechsel haben. Noch während ich träumte, erinnerte ich mich an Geschichten über Spontanverbrennungen – und ich wäre nicht überrascht gewesen, wenn mein Reittier unter mir auf einmal Flammen gespien hätte. Ich spürte die Bewegungen gewaltiger Knochen, Muskeln und Sehnen, hörte das Kratzen der Schuppen und ein lautes Dröhnen, als die Flügel des Drachen gegen die Schwerkraft und jegliche Vernunft ankämpften, und dann, nach einem Stoß, der mir durch den ganzen Körper fuhr, waren wir in der Luft und die Welt kippte unter uns weg. Es schien mir natürlich, auf diese Weise zu fliegen. Noch ein Stoß und wir hatten die Wolken erreicht. Es fühlte sich auf seltsame Weise vertraut an, auf dem Rücken eines Ungeheuers zu reiten und das weibliche Tier mit der sanften Eleganz eines Wiener Rittmeisters zu lenken. Eine leichte Berührung mit der Gerte hinter dem Ohr, ein Zug der Fingerspitzen am Zügel.

In der linken Hand hielt ich den traditionellen Drachenstab, in der Rechten Rabenbrand. Die Klinge vibrierte, strahlte Finsternis aus und ab und zu liefen blutige Muster darüber. Runen, die auf der Schneide hellrot funkelten. Wieder hörte ich die Stimme, meine eigene Stimme.

Arioch! Arioch! Blut und Seelen für meinen Herrn Arioch!

Eine solche barbarische Pracht, solch prächtige Wildheit, solch altes, hohes Wissen. Aber es war eine Sprache voller Bilder, Worte und Vorstellungen, die dem humanistisch denkenden, aufgeklärten Ulric von Bek völlig fremd waren. Ideale von Mut und Tollkühnheit auf dem Schlachtfeld wurden mir wie verlockende Schamlosigkeiten ins Ohr geflüstert und lagen über Kreuz mit allem, was mir aus Überlieferung und Ausbildung bekannt war. Es war eine Macht, stärker als alles, was ein moderner Mensch sich überhaupt vorstellen konnte. Die Macht, die Realität zu verändern. Die Macht der Zauberei in einem Krieg, der ohne Maschinen gekämpft wurde und doch entsetzlicher war und dem man sich noch weniger entziehen konnte als dem Weltkrieg, der gerade erst vorbei war.

Arioch! Arioch!

Ich wusste nicht, wer Arioch war, aber irgendwo in meinen Knochen spürte ich, dass etwas Böses lauerte und lockte, etwas so Verschlagenes, dass es sich womöglich sogar selbst einreden konnte, tugendhaft zu sein. Es entsprach ein wenig dem, was ich bei Gaynor und Klosterheim gerochen hatte, war aber etwas ganz anderes als der viehische Gestank meines Drachens, dessen riesige, starke und bunte Schwingen mich mit beinahe trägen Schlägen durch den Himmel trugen. Die Schuppen des Drachen rasselten leise, die Rückenstacheln waren auf die Wirbelsäule zurückgeklappt. Meine modernen Augen staunten über die natürliche Aerodynamik, die ein solches Ungeheuer existieren ließ. Das Tier strahlte eine beinahe unangenehme Wärme aus, hin und wieder bildete sich ein Tropfen Gift auf den Lippen und fiel zur Erde, wo er Steine und Bäume verbrannte und für kurze Zeit sogar auf Wasserflächen Flammen tanzen ließ. Welch seltsame Windung des Schicksals hatte uns zu Verbündeten gemacht? Denn Verbündete waren wir. Verbunden auf die gleiche Weise, wie gewöhnliche Menschen mit gewöhnlichen Tieren verbunden sind, auf eine fast telepathische Art und Weise. Beinahe schienen unsere Herzen im gleichen Takt zu schlagen, als hätten wir nur einen einzigen gemeinsamen Blutkreislauf und als wären wir in Seele und Bestimmung vereint. Vor wie langer Zeit mochten wir uns gefunden haben, um diese vollkommene Einheit zu bilden?

Mensch und Tier stiegen höher und höher in die kalten oberen Luftschichten hinauf. Dampf waberte um Kopf und Körper des Drachen, Schwanz und Schwingen bewegten sich etwas langsamer, als wir die maximale Flughöhe erreichten und auf die Welt hinunterschauen konnten wie auf eine ausgebreitete Landkarte. Ich empfand eine unbeschreibliche Mischung aus Entsetzen und Überschwang. So stellte ich mir die Träume der Opium- oder Haschischesser vor. Ohne Ende.

Ohne Bedeutung. Eine brennende Welt. Eine kriegerische Welt. Eine Welt, die meine eigene hätte sein können, meine Welt des zwanzigsten Jahrhunderts. Doch ich wusste, dass dem nicht so war. Armeen und Flaggen, Armeen und Flaggen. Und hinter ihnen türmten sich die Leichen der Unschuldigen, in deren Namen die Flaggen gehisst und die Armeen in den Krieg geschickt worden waren. Um bis zum Tod zu kämpfen und die Ehre der Toten zu verteidigen.

Als sich die Wolken endlich teilten, sah ich, dass der Himmel voller Drachen war. Eine ganze Schwadron fliegender Reptile, deren Spannweite mindestens dreißig Fuß betrug und auf denen winzigkleine Reiter saßen. Eine Flugstaffel, die gelassen in der Luft kreiste und abwartete, dass ich die Führung übernahm.

Erschrocken wachte ich auf und blickte in die kalten Augen Leutnant Klosterheims.

»Verzeihen Sie bitte, Graf von Bek, aber wir wurden dringend nach Berlin gerufen und müssen augenblicklich aufbrechen. Ich dachte, Sie haben uns vielleicht noch etwas zu sagen.«

Verwirrt durch meinen Traum und zornig auf Klosterheims rücksichtsloses Eindringen sagte ich ihm, wir könnten gleich unten sprechen.

Im Frühstückszimmer, in dem einer meiner alten Diener sich mit glasigen Augen bemühte, die Gäste so gut wie möglich zu bewirten, speisten diese bereits Schinkenbrote und riefen nach Eiern und Kaffee.

Gaynor schwenkte die Kaffeetasse, als ich den Raum betrat. »Mein lieber Freund, wie schön, dass du uns Gesellschaft leisten kannst. Wir haben Nachricht aus Berlin bekommen, dass wir sofort zurückkehren müssen. Es tut mir Leid, dass ich ein so undankbarer Gast bin.«

Ich fragte mich, wie er eine solche Nachricht überhaupt erhalten hatte. Vielleicht hatten sie sogar ein eigenes Funkgerät im Wagen.

»Nun ja«, antwortete ich. »Dann müssen wir uns eben wieder mit unserer eintönigen Beschaulichkeit abfinden.«

Ich wusste genau, was ich tat. Ich sah Zorn in Klosterheims Augen aufblitzen. Er lächelte verkrampft, als er den Tisch anstarrte.

»Was ist nun mit dem Schwert, mein Vetter?« Gaynor wies den Diener ungeduldig an, ihm die Eier abzupellen. »Bist du bereit, es der Obhut des Staates zu übergeben?«

»Ich glaube nicht, dass es von großem Wert für den Staat ist«, wandte ich ein, »während es für mich ein wichtiges Erinnerungsstück ist.«

Gaynor machte ein finsteres Gesicht und stand auf. »Mein lieber Vetter, ich spreche nicht für mich selbst, aber falls Berlin hören sollte, was du gesagt hast ... dann könntest du nicht nur dein Schwert verlieren, sondern auch dein Heim, in dem du es aufbewahrst.«

»Nun ja«, sagte ich, »ich bin ein altmodischer Deutscher. Ich glaube, dass Pflicht und Ehre schwerer wiegen als persönliche Wünsche. Hitler ist dagegen Österreicher und daher von jener unbekümmerten, toleranten Natur, die wenig auf solche Dinge gibt, wie ich sicher glaube.«

Gaynor begriff meine Ironie sofort; er schien sie sogar zu genießen. Aber Klosterheim war schon wieder wütend, das konnte ich sehen.

»Könnten wir uns das Schwert wenigstens einmal ansehen, mein Vetter?«, fragte Gaynor. »Einfach nur um uns zu vergewissern, ob es auch dasjenige ist, das man in Berlin sucht. Vielleicht ist es ja sogar die falsche Klinge.«

Ich war keinesfalls bereit, mich oder das Schwert in Gefahr zu bringen. So absurd die Vorstellung auch schien, ich glaubte, mein Vetter und sein Leutnant wären am Ende fähig, mir einen Schlag auf den Kopf zu versetzen, um mir das Schwert zu rauben, sobald ich es ihnen zeigte.

»Ich werde es euch gern zeigen«, sagte ich. »Sobald es aus Mirenburg zurückkommt, wo ich es bei einem Verwandten von Aschs zurückließ, damit es gereinigt und restauriert werden kann.«

»Von Asch? In Mirenburg?« Klosterheim schien beunruhigt.

»Ein Verwandter«, erklärte ich. »In Baudissingaten. Kennen Sie den Mann?«

»Von Asch ist doch verschwunden, oder?«, unterbrach Gaynor.

»Ja. Gleich in den ersten Tagen des Krieges. Er wollte eine gewisse irische Insel aufsuchen, wo er für ein Schwert, das er zu schmieden beabsichtigte, Metall mit ganz besonderen Eigenschaften zu finden hoffte. Ich fürchte, er war zu alt für diese Reise. Wir haben nie wieder von ihm gehört.«

»Hat er nie etwas über das Schwert erzählt?«

»Einige Legenden, mein Vetter. Doch ich kann mich kaum an sie erinnern. Sie schienen nicht sonderlich bemerkenswert.«

»Von einem Pendant hat er nichts gesagt?«

»Kein Sterbenswörtchen. Ich glaube nicht, dass unsere Klinge diejenige ist, die ihr sucht.«

»Allmählich bekomme ich den Verdacht, dass dies tatsächlich zutreffen könnte. Ich werde mich bemühen, deinen Standpunkt in Berlin entsprechend vorzutragen, doch es wird schwierig sein, ihn in günstigem Licht zu schildern.«

»Sie haben sich auf den Geist des alten Deutschland berufen«, sagte ich. »Sie wären gut beraten, diesen Geist zu achten, statt ihn zu verfremden, bis er ihrem brutalen Wesen entspricht.«

»Vielleicht wäre es auch klug, solche an Hochverrat grenzenden Bemerkungen zu melden, bevor wir noch irgendwie selbst von ihnen beeinflusst werden.« Klosterheims seltsam kalte Augen flackerten, als würde sich ein Feuerschein in Eis spiegeln.

Gaynor wollte die Drohung abmildern. »Ich möchte dich auch daran erinnern, mein Vetter, dass der Führer jedem, der unserer Nation ein solches Geschenk macht, sehr gewogen ist.« Er wirkte etwas zu begeistert und zeigte damit ganz im Gegenteil seine Verzweiflung. Er räusperte sich. »Damit könnte jede Mutmaßung zerstreut werden, dass du, wie so viele deines Standes, das neue Deutschland verraten willst.«

Ohne es selbst zu bemerken, hatte er begonnen, die Sprache der Täuschung und Vernebelung zu sprechen. Die Art von Zweideutigkeiten, die immer einen Mangel an moralischer und intellektueller Redlichkeit verrät. Was auch immer er mir erzählt hatte, in seinem Innern war er längst ein Nazi.

Ich brachte sie zur Tür und blieb auf der Treppe stehen, als ihr Fahrer den Mercedes vorfuhr. Es war noch dunkel, am bleichen Horizont stand eine schmale Mondsichel. Ich sah dem schwarzen, mit Chrom verzierten Wagen nach, als er langsam über die Zufahrt bis zum alten Tor rollte, auf dessen Pfeilern verwitterte Skulpturen standen. Feuerdrachen. Sie erinnerten mich an meinen Traum.

Sie erinnerten mich, dass mein Traum erheblich weniger schrecklich gewesen war als die derzeitige Realität.

Ich fragte mich, wann ich die nächsten Nazi-Gäste empfangen musste und ob sie sich ebenso leicht würden abweisen lassen wie Gaynor und Klosterheim.

3.
Fremde Besucher

Noch am gleichen Abend bekam ich einen Anruf von der geheimnisvollen ›Gertie‹. Sie forderte mich auf, gegen Sonnenuntergang zum Fluss hinunterzugehen, der unser Land im Norden begrenzte. Dort würde irgendjemand Verbindung mit mir aufnehmen. Die Luft war frisch und angenehm und ich genoss es, durch den leicht hügeligen Park zur kleinen Brücke zu laufen, über die ein schmaler öffentlicher Weg führte. Heute mit einem Tor abgesperrt, hatte dieser Weg einst den wichtigsten Zugang zur Stadt Bek dargestellt. Die Wagenspuren waren zu kleinen Gebirgszügen gefroren. Heute wurde dieser Weg kaum noch benutzt. Nur selten sah man hier ein Liebespaar oder einen alten Mann, der seinen Hund spazieren führte.

Es war die Scheidelinie zwischen Tag und Nacht, ein schwacher Dunst stieg vom Fluss auf. Jenseits der Brücke tauchte eine große Gestalt auf und wartete geduldig, dass ich das Tor aufsperrte. Ich beeilte mich und winkte, um mich zu entschuldigen. Irgendwie hatte ich den Mann nicht kommen sehen. Ich öffnete das Tor und bat ihn auf mein Land. Er trat rasch hindurch, dicht gefolgt von einer zweiten Gestalt, die ich zuerst für einen Leibwächter hielt, da sie einen Langbogen und einen Köcher mit Pfeilen trug.

»Sind Sie Gerties Freunde?«, fragte ich, wie es abgesprochen war.

»Wir kennen sie gut«, antwortete die Bogenschützin. Die Stimme der Frau klang tief und befehlsgewohnt. Das Gesicht hatte sie gegen die Abendkälte mit einer Kapuze geschützt.

Nun trat sie aus dem Schatten des großen Mannes heraus und nahm meine Hand. Ein starker und doch weicher, trockener Händedruck. Das Tuch ihres Umhangs und das Hemd darunter schimmerten auf eine seltsame Weise, die Farbgebung war ungewöhnlich. Ich fragte mich, was dieser eigenartige Aufzug zu bedeuten hatte. Sie hätte eine germanische Halbgöttin in einem dieser ewig langen Volksstücke sein können, deren Aufführungen die Nazis überall ermunterten. Ich lud sie ins Haus ein, doch der Mann lehnte ab. Dunkelheit schien den Kopf und den ganzen Mann wie eine Aura zu umgeben. Er war hager und recht jung, die blinden Augen funkelnde Smaragde, als starre er an mir vorbei in eine grauenvolle Zukunft, so grausam und quälend, dass ihm jede Ablenkung willkommen war.

»Ich glaube, Ihr Haus wurde schon mit Mikrophonen ausgestattet«, sagte er. »Und selbst wenn nicht, es ist immer klug, sich zu verhalten, als könnten die Nazis lauschen. Wir bleiben eine Weile hier draußen und wenn alles besprochen ist, können wir vielleicht immer noch ins Haus gehen und eine Erfrischung zu uns nehmen.«

»Sie sind jederzeit willkommen.«

Die Stimme klang überraschend hell und angenehm, er hatte einen schwachen österreichischen Akzent. Er stellte sich als Herr El vor, auch sein Händedruck war kräftig. Ich wusste, dass ich mich in der Gegenwart eines Mannes befand, mit dem man rechnen musste. Sein dunkelgrüner Umhang und der Hut waren in Deutschland eine verbreitete Kleidung, die nicht weiter auffallen würde, konnten ihn aber zugleich auch unkenntlich machen, da er nur den großen Kragen hochklappen musste, um das Gesicht zu verbergen, und lediglich die Hutkrempe ins Gesicht zu ziehen brauchte, um das, was noch zu sehen war, in Schatten zu hüllen. Er kam mir irgendwie bekannt vor. Ich war sicher, dass wir uns schon einmal begegnet waren, wahrscheinlich in Mirenburg.

»Ich nehme an, Sie wollen mir helfen, mich der Weißen Taube anzuschließen?« Ich schlenderte mit ihnen durch die gestutzten Ziersträucher. »Um gegen Hitler zu kämpfen.«

»Wir wollen Ihnen sicherlich helfen, gegen Hitler zu kämpfen«, erwiderte die junge Frau, »denn Ihnen, Graf Ulric, ist es bestimmt, gewisse Aufgaben in diesem Kampf zu übernehmen.«

Auch bei ihr hatte ich den Eindruck, dass wir uns schon einmal begegnet waren. Die ungewöhnliche Kostümierung überraschte mich allerdings, denn damit würde sie meiner Ansicht nach in den Straßen einer gewöhnlichen deutschen Stadt unerwünschte Aufmerksamkeit auf sich ziehen. Andererseits konnte man auch vermuten, dass sie an einer Art Feier oder einem Maskenball teilnehmen wolle. Waren die beiden auf dem Weg zu einer Party?

»Vielleicht wissen Sie schon, dass mich gestern mein Vetter Gaynor besucht hat. Er hat seinen Namen eingedeutscht und nennt sich jetzt Paul von Minct. Er ist ein Nazi geworden, auch wenn er dies bestreitet.«

»So ging es mit vielen. Gaynor glaubt, Hitler und seine Leute könnten seine eigene Macht stärken. Diejenigen, die dies so sehen wie er, verkennen dabei, in welchem Maße Hitler und seine Anhänger selbst von der Macht fasziniert sind und wie sehr sie danach streben. Sie streben mehr danach als gewöhnliche Menschen, sie denken an nichts anderes. Immer schmieden sie Pläne und Gegenpläne, immer wollen sie im Spiel einen Zug voraus sein, während die meisten anderen Menschen nicht einmal wissen, dass überhaupt ein Spiel gespielt wird.« Er sprach mit der Gewandtheit eines kosmopolitischen Wieners aus der Zeit des Kaisers Franz Josef. Für mich war er eine lebendige Reminiszenz an die gemächliche Vergangenheit, an weniger zynische Zeiten.

Das Gesicht der jungen Frau blieb verborgen, zumal sie eine getönte Brille trug, hinter der ich die Augen nicht erkennen konnte. Es überraschte mich, dass sie überhaupt noch etwas sah, als die Dämmerung der Dunkelheit wich. Sie entschied sich, auf einer alten Steinbank Platz zu nehmen, wo sie dem letzten Lied eines Vogels lauschen wollte. Herr El und ich schlenderten weiter durch die strengen Beete und Rabatten, auf denen einige Sprossen der ersten Blumen zu sehen waren. Er stellte eher belanglose Fragen, die sich überwiegend auf meine Herkunft bezogen. Ich antwortete ihm bereitwillig, denn ich wusste, dass die Weiße Taube äußerst vorsichtig vorgehen musste. Ein einziger Informant – und sie konnten nur noch auf einen raschen Tod durch die Guillotine hoffen.

Er fragte mich, was ich mir davon verspräche, mich ihnen anzuschließen. Ich sagte, der wichtigste Grund sei für mich, Hitler zu stürzen. Er fragte mich, ob ich glaubte, dass wir damit die Nazis loswürden, und ich musste zugeben, dass ich daran nicht glaubte.

»Wie sollen wir dann die Nazis schlagen?«, fragte Herr El. Wir blieben unter einer unserer alten Statuen stehen, deren Gesicht bis zur Unkenntlichkeit verwittert war. »Mit Maschinenpistolen? Mit bloßen Worten? Mit passivem Widerstand?«

Es war, als wollte er es mir ausreden, mich ihnen anzuschließen, indem er mir zu verstehen gab, dass der Geheimbund wahrscheinlich keinen Erfolg haben würde.

Ich antwortete fast ohne nachzudenken. »Aber gewiss doch durch unser Beispiel.«

Er schien über die Antwort erfreut und nickte leicht. »Das entspricht in etwa dem, was wir alle denken«, stimmte er zu. »Und wir können den Menschen helfen zu fliehen. Was könnten Sie in dieser Hinsicht beitragen, Graf Ulric?«

»Ich könnte mein Haus anbieten. Es gibt viele verborgene Winkel. Ich könnte Menschen verstecken. Wahrscheinlich könnte ich auch ein Funkgerät verstecken. Offenbar können wir Menschen nach Polen und nach Hamburg bringen. Wir sind als eine Art Durchgangslager in einer guten Position, würde ich sagen. Ich kann Ihnen nur dies anbieten, weil ich noch nicht eingeweiht bin. Wenn Sie andere Aufgaben für mich finden, werde ich Ihnen gern helfen.«

»Das hoffe ich«, sagte er. »Als Erstes will ich Ihnen sagen, dass dieses Haus nicht sicher ist. Die Nazis haben zu großes Interesse daran. An Ihnen. Und an etwas anderem hier ...«

»An meinem alten schwarzen Schwert, denke ich.«

»Genau. Und an einem Kelch?«

»Glauben Sie mir, Herr El, sie haben von einem Kelch gesprochen, aber ich hatte keine Ahnung, was sie meinten. Wir haben in Bek kein legendäres Gefäß. Und wenn wir eins hätten, dann würden wir nicht verstecken, was uns zur Ehre gereicht.«

»Wie dem auch sei«, murmelte Herr El, »ich glaube ebenfalls nicht, dass Sie den Kelch besitzen. Aber das Schwert ist wichtig. Es darf ihnen nicht in die Hände fallen.«

»Hat es eine tiefere symbolische Bedeutung, von der ich nichts weiß?«

»Die Bedeutungsebenen, die sich aus dieser Klinge erschließen, Graf Ulric, sind, so würde ich sagen, beinahe unendlich.«

»Ich hörte Andeutungen, dass die Klinge eine ganz eigene Macht besitzen soll«, erklärte ich.

»So ist es«, stimmte er zu. »Manche glauben sogar, sie hätte eine Seele.«

Ich fand diese mystischen Einwürfe ein wenig beunruhigend und versuchte, das Thema zu wechseln. Es wurde kälter und ich begann etwas zu schaudern. »Die Besucher, die gestern kamen und heute früh wieder aufbrachen, wirkten auf mich, als könnten sie eine oder zwei Seelen gebrauchen. Die eigenen haben sie längst an die Nazis verkauft. Glauben Sie, Hitler wird sich noch lange halten? Ich vermute, die eigenen Leute werden ihn absetzen. Sie murren bereits, sie wären von ihm verraten worden.«

»Man sollte einen Schwächling, der sein Leben lang von der Macht geträumt hat, der sie studiert und sich nach ihr gesehnt hat, nicht unterschätzen. Dass er nicht fähig ist, mit der Macht umzugehen, ist sein Unglück, aber dennoch glaubt er, die Kontrolle fiele ihm leichter, sobald er die Macht besitzt. Weil die Denkweisen solcher Menschen sich dem üblichen Verständnis entziehen, bemühen wir uns, sie als gewöhnlicher und berechenbarer darzustellen. Wir schreiben ihnen Motive und Überlegungen zu, die in Wirklichkeit doch nur unsere eigenen sind. Ihre Motive dagegen sind klar und einfach, mein lieber Graf. Sie sind wild und unzivilisiert. Es ist die nackte, primitive Gier, im Leben zu obsiegen, durch keinerlei Mitmenschlichkeit behindert und fest entschlossen, um jeden Preis zu überleben, oder, wenn wirklich keine andere Möglichkeit bleibt, dann wenigstens als Letzter zu sterben.«

Angesichts meiner puritanischen Erziehung fand ich dies etwas melodramatisch. »Bezeichnen ihn nicht manche seiner Anhänger als Mann, dem das Glück zur Seite steht?«, fragte ich. »Aber ist er nicht einfach nur ein giftiger kleiner Straßenredner, der durch bloßes Glück zum Kanzler gemacht wurde? Sind seine Banalitäten nicht einfach die gleichen, die man im Kopf jedes österreichischen Kleinbürgers finden kann? Ist er nicht aus genau diesem Grund so beliebt?«

»Ich räume ein, dass man solche Vorstellungen bei jedem Ladeninhaber einer Kleinstadt finden kann, aber hier werden sie durch eine psychopathische Vision verstärkt. Selbst die Worte Jesu Christi, Graf Ulric, können auf sentimentale Banalitäten verkürzt werden. Wer könnte wahres Genie beschreiben oder auch nur erkennen? Wir dürfen nur nach Taten urteilen und nach dem, was jemand leistet. Hitlers Stärke liegt vielleicht gerade darin, dass er von Leuten unseres Standes und unserer Bildung unterschätzt wurde. So etwas geschieht nicht zum ersten Mal. Der kleine korsische Oberst schien aus dem Nichts zu kommen. Erfolgreiche Revolutionäre kündigen sich häufig als Vertreter alter Tugenden an. Die Bauern haben Lenin unterstützt, weil sie glaubten, er werde den Zaren wieder auf den Thron setzen.«

»Dann glauben Sie also nicht, dass manchen Menschen ein großes Schicksal vorherbestimmt ist, Herr El?«

»Ganz im Gegenteil glaube ich, dass die Welt hin und wieder ein Ungeheuer hervorbringt, das entweder ihre besten oder ihre schlimmsten Begierden repräsentiert. Hin und wieder gerät das Ungeheuer außer Kontrolle und es liegt bei einigen von uns, wie man sie auch nennen mag, gegen das Ungeheuer zu kämpfen und zu zeigen, dass es verletzt, wenn nicht gar vernichtet werden kann. Nicht jeder benutzt Pistolen oder Schwerter. Manche benutzen auch Worte und die Wahlurne. Aber manchmal ist das Ergebnis doch das Gleiche. Denn am Ende sind es immer die Motive der Anführer, die die Öffentlichkeit genau prüfen muss. Zu gegebener Zeit wird genau dies in jeder reifen Demokratie geschehen. Doch wenn die Menschen verängstigt und eingeschüchtert sind, macht sich Heuchelei breit und der Staat verhält sich nicht mehr wie eine reife Demokratie. In solchen Augenblicken wittern Leute wie Hitler ihre Chance. Nicht lange, und die Öffentlichkeit beginnt zu erfassen, wie wenig seine Taten und Worte ihren Interessen dienen - und seine Wahlergebnisse werden schlechter, während er endgültig nach der Macht greifen will. Mit etwas Glück und Gerissenheit sieht er sich plötzlich an der Spitze einer großen, zivilisierten Nation, die noch nicht die wahre Brutalität des Krieges begriffen hat und die den Wunsch hatte, diese Realität nie wieder sehen zu müssen. Ich glaube, Hitler repräsentiert die dämonischen Aggressionen einer Nation, die an ihren eigenen Glaubenssätzen erstickt.«

»Und wer repräsentiert dann die engelhaften Qualitäten dieser Nation, Herr El? Die Kommunisten etwa?«

»Überwiegend sind es die unsichtbaren Menschen«, antwortete er ernst. »Die ganz alltäglichen Helden und Heldinnen in diesen entsetzlichen Konflikten zwischen korruptem Chaos und pervertierter Ordnung, während das Multiversum ermüdet und seine Bewohner weder den Willen noch die Mittel haben, ihm bei der Erneuerung zu helfen.«

»Düstere Aussichten«, sagte ich recht fröhlich. Ich verstand die philosophische Aussage und freute mich darauf, bei einem oder zwei Gläsern Punsch weiter darüber zu streiten. Auf einmal war ich guter Dinge und schlug vor, dass wir vielleicht heimlich ins Haus schleichen und die Vorhänge zuziehen könnten, bevor meine Leute die Lampen ansteckten.

Er sah sich zur bleichen jungen ›Diana‹ um, die immer noch ihre dunkle Brille trug. Sie schien zuzustimmen. Ich führte sie die Treppe hinauf zur Veranda und von dort aus durch eine Fenstertür in mein Studierzimmer. Dort zog ich die schweren Vorhänge vor und zündete die Öllampe auf dem

Schreibtisch an. Meine Besucher betrachteten neugierig die voll gestopften Bücherregale, die herumliegenden Dokumente, Karten und Folianten, die jede freie Ablagefläche einnahmen. Das Licht der Lampe tauchte alles in einen goldenen, warmen Schein und warf tiefe Schatten, als meine Gäste von Regal zu Regal wanderten. Es war, als hätten sie schon lange keine Bücher mehr lesen dürfen. Beinahe gierig griffen sie nach Werken, die ihre Neugierde erregten, und ich kam mir seltsam tugendhaft vor, weil ich die Hungernden gespeist hatte. Doch noch während sie meine Bücher durchsahen, stellten sie mir weitere Fragen zu ganz verschiedenen Themen, als wollten sie die Grenzen meiner intellektuellen Fähigkeiten ausloten. Schließlich schienen sie zufrieden zu sein. Sie fragten, ob sie Rabenbrand sehen könnten. Ich wollte mich erst weigern, so eifersüchtig wachte ich inzwischen über meinen Schatz. Doch ich war mir ihrer Aufrichtigkeit sicher. Sie waren keine Feinde und wollten mir nichts Böses.

So überwand ich meine Angst vor Verrat und führte die Besucher hinunter in die Gänge und Keller, die tief unter den Fundamenten angelegt waren und die sich, wie alte Geschichten wissen wollten, bis weit in geheimnisvolle Reiche erstreckten. Die geheimnisvollste Region, die ich bislang entdeckt hatte, war eine Höhle aus gewachsenem Fels, kalt und ungewöhnlich trocken, in der ich unser ältestes Erbstück, die Rabenklinge, vergraben hatte. Ich bückte mich und zog die Steine weg, die einen Teil der Wand zu bilden schienen, um ins Loch dahinter zu greifen und die Kiste hervorzuholen, die ich dort versteckt hatte. Ich legte sie auf den alten Kartentisch in der Mitte der Höhle und nahm den Schlüssel von meinem Schlüsselbund, um den Kasten aufzusperren.

Als ich den Deckel aufklappte, um den Gästen das Schwert zu zeigen, ließ ein unerwarteter, eigenartiger Luftzug die Klinge murmeln und singen wie einen alten Mann, der senile Worte plappert. Vorübergehend war ich nicht vom Licht, sondern von einer Schwärze geblendet, die von der Klinge auszustrahlen schien. Dann verschwand der Eindruck und ich blinzelte, als ich unmittelbar vor der Wand eine weitere Gestalt bemerkte. Eine Gestalt, die exakt von meiner Größe und Statur war. Das weiße Gesicht starrte mich an, die roten Augen funkelten in einer Mischung aus Zorn und vielleicht auch intelligentem Spott. Dann verschwand die Erscheinung wieder und ich griff in die Kiste, um das große Zweihandschwert, das doch mit einer Hand geführt werden konnte, herauszunehmen. Ich bot es Herrn El mit dem Griff voran an, aber er wehrte entschieden ab, fast als habe er Angst, die Waffe zu berühren. Auch die Frau blieb auf Abstand. Ein paar Augenblicke später schloss ich den Kasten wieder und verstaute ihn hinter der Wand.

»Die Klinge scheint sich in der Gesellschaft fremder Menschen etwas seltsam zu benehmen«, sagte ich. Es sollte wie ein Scherz klingen und mir helfen, die Verunsicherung zu überwinden, auch wenn ich nicht einmal genau sagen konnte, was überhaupt geschehen war. Ich mochte nicht glauben, dass das Schwert übernatürliche Kräfte besaß. Das Übernatürliche und ich, wir begegneten uns bestenfalls einmal in der Woche und in der Gesellschaft anderer Menschen, wenn wir beim Pastor im Ort eine ordentliche Predigt hörten. Ich begann mich zu fragen, ob die beiden Besucher mich auf irgendeine Weise hereingelegt hatten, aber ich machte bei ihnen keinerlei Belustigung oder Heimlichkeit aus. Sie hatten sich der Klinge nicht einmal nähern wollen, sie teilten meine Furcht vor der seltsamen Waffe.

»Es ist das Schwarze Schwert«, erklärte Herr El der Jägerin. »Bald werden wir herausfinden, ob die Klinge immer noch eine Seele hat.«

Darauf runzelte ich wohl die Stirn und ich glaube, er lächelte. »Das kommt Ihnen wahrscheinlich abwegig vor, Graf Ulric. Ich muss mich entschuldigen. Ich bin so sehr daran gewöhnt, in Metaphern zu sprechen, dass ich manchmal die gewöhnliche Sprache vergesse.«

»Ich habe schon viele Behauptungen über das Schwert gehört«, erwiderte ich. »Nicht zuletzt von einem Angehörigen der Familie, die das Schwert geschmiedet hat. Kennen Sie die von Asch?«

»Ich weiß, dass es Schmiede sind. Lebt die Familie noch hier in Bek?«

»Der alte Mann ist kurz vor Ausbruch des Krieges fortgegangen«, sagte ich. »Er wollte sich auf eine wichtige Reise begeben.«

»Haben Sie denn keine Fragen gestellt?«

»Das ist nicht meine Art.«

Dies verstand er. Wir verließen die Höhlenkammer und stiegen die gewundene schmale Treppe hinauf, über die wir einen Flur und von dort aus eine Tür und eine weitere Treppe erreichen konnten. Wenn wir Glück hatten, würde die Luft dort oben leichter zu atmen sein.

Ich kam mir beinahe vor wie in einem melodramatischen Stück von Wagner und war froh, wieder im Studierzimmer zu sein, wo meine Gäste abermals die Bücher durchsahen und die eigenartige Unterhaltung fortsetzten. Unhöflich waren sie gewiss nicht, nur äußerst neugierig. Zweifellos war es ihre Neugierde, die sie in diese Lage gebracht hatte. Dies und ein Mitgefühl, das ich mit ihnen teilte. Herr El war beeindruckt, in meinem Bücherregal eine Erstausgabe von Grimmelshausen zu entdecken. Der *Simplizissimus* sei eines seiner Lieblingsbücher, sagte er. Ob ich mit dieser Periode vertraut sei?

So gut wie mit jeder anderen, erwiderte ich. Die Beks hatten ihre Treuegelübde offenbar ebenso häufig durch neue ersetzt wie alle anderen Familien im Dreißigjährigen Krieg. Ursprünglich für die Sache der Protestanten angetreten, hatten wir immer wieder Seite an Seite mit den Katholiken gekämpft. Aber vielleicht lag das im Wesen des Krieges.

Er sagte, er hätte ein Gerücht gehört, dass mein Namensvetter einen Bericht über diese Zeiten verfasst habe. Es gebe Aufzeichnungen in einem gewissen Kloster, in denen darauf Bezug genommen werde. Ob sich eine Version davon in meinem Besitz befinde?

Ich antwortete ihm, ich hätte noch nie davon gehört. Die berühmtesten mir bekannten Memoiren waren die Erfindungen meines Vorfahren Manfred – ein Taugenichts, der behauptete, er wäre mit dem Ballon in ferne Länder gefahren und hätte übersinnliche Abenteuer erlebt. Es war der ganzen Familie peinlich. Soweit ich mich erinnerte, gab es noch ein Exemplar des Berichts in schlechtem Englisch, doch auch diese Version war stark nachbearbeitet worden. Das Original klang viel zu grotesk und phantastisch, um auch nur entfernt glaubwürdig zu wirken. Selbst die Engländer, die doch eine Vorliebe für solche Räuberpistolen besaßen, hatten ihr keinen großen Glauben geschenkt. Aus unserer sonst eher langweiligen Familie gingen hin und wieder höchst eigenartige Vertreter hervor, was natürlich als ironische Anspielung auf mein eigenes, fremdartiges Aussehen gemeint war.

»Wirklich«, antwortete darauf Herr El, indem er ein Glas Kognak annahm. Die junge Frau lehnte ab. »Und nun befinden wir uns in einer Gesellschaft, die versucht, alle Unterschiede auszumerzen, die jeglicher Lebenserfahrung zuwider auf Konformismus besteht. Pedanten geben schlechte Gouverneure ab. Meinen Sie nicht auch, wir sollten die Vielfalt feiern und kultivieren, solange wir noch können, Graf Ulric?«

Auch wenn ich ihnen keineswegs feindlich gegenüberstand, bekam ich das Gefühl, dass möglicherweise auch diese Besucher aus einem ganz bestimmten Grund gekommen und enttäuscht worden waren.

Auf einmal murmelte die junge Frau, die immer noch die Kapuze und die dunkle Brille trug, mit dem großen jungen Mann, der daraufhin das noch nicht geleerte Glas abstellte und sich mit ihr eilig durch die Fenstertür hinaus auf die Veranda bewegte.

»Einer von uns wird bald wieder Verbindung mit Ihnen aufnehmen. Aber vergessen Sie nicht, dass Sie in großer Gefahr schweben. Solange das Schwert verborgen bleibt, lässt man sie vielleicht am Leben. Haben Sie keine Angst, Herr Graf, Sie werden der Weißen Taube dienen.«

Sie verließen die Veranda und verschwanden in der Dunkelheit. Ich trat hinaus und atmete in der klaren Nachtluft tief durch. Als ich zur Brücke hinunterschaute, glaubte ich wieder die weiße Häsin laufen zu sehen. Einen Augenblick lang meinte ich sogar, sie folge einem weißen Raben, der knapp über ihrem Kopf flog. Von der Frau und dem Mann konnte ich nichts mehr erkennen. Schließlich, als ich keine Hoffnung mehr hatte, die Häsin oder den Vogel noch einmal zu sehen, ging ich nach drinnen, sperrte die Tür zu und zog die schweren Vorhänge vor.

In dieser Nacht träumte ich wieder, ich würde auf dem Rücken eines Drachen fliegen. Dieses Mal war es allerdings eine friedliche Szenerie. Ich schwebte über den schlanken Türmen und Minaretten einer märchenhaften Stadt, die vor lebhaften Flammen förmlich loderte. Ich kannte den Namen der Stadt. Ich wusste, dass es meine Heimat war.

Aber auch wenn es meine Heimat war, der Anblick erfüllte mich mit Sehnsucht und Pein und schließlich lenkte ich den Drachen in eine andere Richtung, bis wir anmutig über den weiten Wassern eines dunklen, endlosen Ozeans flogen. Wir flogen der silbrig-goldenen Scheibe des Mondes entgegen, der den Horizont beherrschte.

Am frühen Morgen wurde ich von Autos geweckt, die über die Zufahrt fuhren. Als ich endlich meinen Morgenmantel gefunden hatte und ans vordere Fenster treten konnte, sah ich, dass drei Wagen draußen standen, Dienstwagen. Zwei waren Mercedes-Limousinen, der Dritte ein schwarzer Polizeiwagen. Diesen Anblick kannte ich schon. Zweifellos war jemand gekommen, um mich zu verhaften.

Oder vielleicht wollten sie mich auch nur einschüchtern.

Ich überlegte, ob ich durch die Hintertür verschwinden sollte, aber dann fiel mir ein, wie würdelos es wäre, wenn mich dort die Wachposten abfingen. Jetzt hörte ich Stimmen im Flur. Niemand wurde laut. Ich hörte einen Diener sagen, man werde mich wecken.

Ich kehrte in mein Zimmer zurück und als der Diener eintrat, versprach ich, gleich nach unten zu kommen. Ich wusch mich, rasierte mich und kleidete mich an. Ich entschied mich für die Armeeuniform. Dann ging ich die Treppe hinunter in die Eingangshalle, wo zwei Zivilbeamte der Gestapo, zu erkennen an den identischen Ledermänteln, auf mich warteten. Die Insassen des anderen Fahrzeuges waren vermutlich ums Haus herum verteilt worden.

»Guten Morgen, meine Herren.« Ich blieb auf einer der unteren Treppenstufen stehen. »Wie kann ich Ihnen helfen?« Eine banale Bemerkung, aber irgendwie angemessen.

»Graf Ulric von Bek?« Der Sprecher war beim Rasieren nicht besonders erfolgreich gewesen, das Gesicht war mit kleinen Scharten überzogen. Der dunkelhäutige Kollege war jung und wirkte etwas nervös.

»Der bin ich«, antwortete ich. »Und Sie, meine Herren, sind ...«

»Ich bin Leutnant Bauer, dies ist Gefreiter Stifter. Uns ist bekannt, dass sich ein gewisses Objekt, das dem Staat gehört, in Ihrem Besitz befindet. Mein Befehl lautet, den Gegenstand von Ihnen in Empfang zu nehmen oder Sie für dessen Verbleib zur Verantwortung zu ziehen. Wenn er beispielsweise verloren wurde, werden Sie allein dafür verantwortlich gemacht, dass Sie Ihrer Sorgfaltspflicht nicht nachkamen. Glauben Sie mir, mein Herr, wir haben wirklich nicht die Absicht, Ihnen Unannehmlichkeiten zu bereiten. Diese Angelegenheit kann rasch zu einem befriedigenden Abschluss gebracht werden.«

»Ich gebe Ihnen ein Erbstück meiner Familie, sonst verhaften Sie mich?«

»Sie werden sicher begreifen, Herr Graf, dass wir am Ende doch Erfolg haben werden. Würden Sie lieber hinter dem Stacheldraht eines Konzentrationslagers oder in ihrem behaglichen Heim zu dieser Schlussfolgerung kommen?«

Seine Drohungen und sein Sarkasmus ließen mich die Geduld verlieren. »Ich glaube, im Lager wäre ich wohl in besserer Gesellschaft«, antwortete ich.

Und so wurde ich noch vor dem Frühstück verhaftet, in Handschellen gelegt und in den Bus gesetzt, dessen harte Sitze mich immer wieder abzuschütteln drohten, während wir über die alte Straße aus Bek herausholperten. Kein Gebrüll, keine lautstarken Gewaltandrohungen. Keine Flüche. Einfach nur ein rascher Ortswechsel. In einem Augenblick war ich noch frei und Herr meines eigenen Schicksals, im nächsten war ich ein Gefangener, der nicht mehr über sich bestimmen konnte. Diese Realität wurde mir rasch bewusst, noch bevor der Lieferwagen anhielt. Nicht besonders höflich wurde mir befohlen, in eine Art kalten Innenhof zu treten. Ein altes Schloss vielleicht? Eine Anlage, die sie in ein Gefängnis verwandelt hatten? Die Mauern und das Pflaster befanden sich in schlechtem Zustand, anscheinend war das Gelände schon seit einigen Jahren verlassen gewesen. Auf der Mauerkrone war neuer Stacheldraht gespannt, ein paar behelfsmäßig überdachte MG-Stände waren eingerichtet worden. Obwohl mich die Beine anfangs kaum tragen wollten, wurde ich durch einen Bogengang und eine Reihe anderer schmutziger Gänge gestoßen, bis ich ein großes Gelände erreichte, auf dem zahlreiche primitive Baracken standen, die während des Krieges für Flüchtlinge errichtet worden waren. Ich erkannte, dass man mich in ein recht großes Konzentrationslager gebracht hatte, wahrscheinlich dasjenige, das Bek am nächsten lag. Ich hatte keine Ahnung, wie es hieß, bis ich durch eine weitere Tür gestoßen wurde, zurück ins Hauptgebäude, wo ich vor einer Art Empfangsoffizier antreten musste, dem die Situation sichtlich peinlich war. Immerhin trug ich meine Armeeuniform samt Ehrenabzeichen und war offensichtlich weder ein politischer Agitator noch ein ausländischer Spion. Ich war entschlossen, sie mit diesen Symbolen zu konfrontieren, die zumindest in meinen Augen die Absurdität ihres Regimes verdeutlichten.

Wie es schien, warf man mir politische Aktivitäten vor, die das Eigentum und die Sicherheit des Staates gefährdeten. Deshalb habe man mich in ›Schutzhaft‹ genommen. Mir wurde kein Verbrechen vorgeworfen und ich durfte mich nicht verteidigen. Letzteres wäre aber ohnehin sinnlos gewesen.

Alle Beteiligten wussten ganz genau, dass diese Darbietung das reinste Schmierentheater war, denn die Nazis herrschten im Namen von Gesetzen, die sie selbst öffentlich geschmäht hatten, genau wie sie die Prinzipien der christlichen Religion und aller ihrer Leitsätze verraten hatten.

Ich durfte die Uniform anbehalten, musste aber alles lederne Zubehör abliefern. Dann wurde ich tiefer ins Gebäude in einen kleinen Raum geführt, der einer Mönchsklause ähnelte. Dort, so sagte man mir, würde ich bleiben, bis ich weiter verhört würde.

Ich hatte eine Ahnung, dass dieses Verhör erheblich unangenehmer verlaufen würde als das Gespräch mit Prinz Gaynor und der Gestapo.

4.
Leben im Lager

Bessere Autoren, als ich es bin, haben größere Schrecken und Qualen erlebt, als ich sie in diesen Lagern sah. Verglichen etwa mit dem armen Herrn Feldmann, mit dem ich während eines ›Engpasses‹, als die Gestapo und die SA-Schlägertrupps mehr zu tun hatten als sonst, die Zelle teilen musste, war mein Fall beinahe harmlos.

Natürlich verlor ich schon am ersten Tag meine Uniform. Mir wurde befohlen zu duschen, und danach fand ich keine andere Kleidung als die schwarzweiß gestreifte Gefängniskleidung, die mir viel zu klein war. Auf den Stoff war ein rotes Dreieck genäht, was bedeutete, dass ich als ›politischer‹ Häftling galt. Ich hatte keine andere Wahl. Während ich mich anzog, verhöhnten mich brüllende SA-Männer und erinnerten mich mit obszönen Bemerkungen an die berüchtigten Neigungen ihres Anführers Röhm. So ängstlich und hilflos hatte ich mich noch nie gefühlt, aber ich bereute keine Sekunde lang meine Entscheidung. Irgendwie stärkte mich die Grobheit dieser Männer sogar. Je schlechter sie mich behandelten, je mehr ich ausgesondert und misshandelt wurde, desto klarer wurde mir, wie wichtig das Erbstück meiner Familie für die Nazis war. Dass sie trotz ihrer Macht nach immer mehr Macht strebten, zeigte mir, wie unsicher sie im Grunde waren. Ihr Glaube gründete sich auf die Erfahrungen von Entwurzelten, Feiglingen, Verlierern. Es war kein Glaube, der zu einem echten Befehlshaber passte. So nahm ihre Brutalität beinahe mit jedem Tag weiter zu, da ihr Anführer und seine Kreaturen auch den kleinsten Widerstand gegenüber ihren

Willensbekundungen als Bedrohung empfanden. Dies bedeutete letzten Endes auch, dass sie sehr verwundbar waren. Ihre Kinder kannten die Verwundbarkeit.

Mein erstes Verhör war in barschem, drohendem Ton verlaufen, aber bisher hatte ich nicht viel körperliche Gewalt erdulden müssen. Ich glaube, sie wollten mir einen ›Vorgeschmack‹ auf das Leben im Lager geben, um mich weich zu klopfen. Sie wollten mir zu verstehen geben, dass sich für mich vielleicht doch noch ein Tor in die Freiheit öffnen würde, wenn ich die Lektion begriff. In der Tat, ich lernte viele Lektionen.

Die Nazis zerstörten die Infrastruktur der Demokratie und die Rechtsstaatlichkeit, die sie missbraucht hatten, um an die Macht zu kommen. Doch ohne diese Infrastruktur konnten sie ihre Macht nur durch verstärkte Gewaltanwendung halten. Solche Gewalt zerstört sich jedoch letzten Endes immer selbst. Die Paradoxie ist manchmal die beruhigendste Eigenschaft, die das Multiversum überhaupt besitzt. Für jemanden meiner Herkunft und Erfahrung ist es ein angenehmer Gedanke, dass sogar Gott eine Paradoxie ist.

Als eher privilegierter Häftling im Konzentrationslager Sachsenburg kam ich in eine Gemeinschaftszelle im Hauptgebäude. Das Schloss wurde schon während des Weltkrieges als Lager für Kriegsgefangene benutzt – und jetzt noch ganz ähnlich geführt wie zu jener Zeit. Wir ›Hausgefangene‹ wurden etwas besser behandelt, wir bekamen etwas bessere Kost und durften hin und wieder Briefe schreiben, während die ›Außenhäftlinge‹ in den Hütten auf die barbarischste Weise herumkommandiert und für die kleinste Übertretung der zahlreichen Regeln fast beiläufig getötet wurden. Über den ›Hausgefangenen‹ schwebte allerdings immer die Drohung, ›nach draußen‹ verlegt zu werden, wenn man sich nicht ordentlich benahm.

Setzen Sie einen Deutschen von meiner Art diesem alltäglichen Schrecken und dem Elend aus, bedrohen Sie ihn mit dem Tod und zeigen Sie ihm anständige Menschen, die vor seinen hilflosen Augen ermordet und gefoltert werden, und er wird sich, falls er überhaupt noch fliehen kann, in die Philosophie flüchten. Es gibt Erfahrungen, bei denen Emotionen und Verstand und vielleicht sogar die Seele selbst den Dienst verweigern. Sie können den Schrecken, den Sie um sich sehen, einfach nicht mehr verarbeiten. Sie gehen hindurch wie ein Schlafwandler.

Doch auch Schlafwandler können noch wahrnehmen und verstehen, sie haben noch schwache Nachklänge ihrer alten Persönlichkeit in sich - ein Anflug von Großzügigkeit, ein Hauch von Mitgefühl. Doch die Wut, die Sie gerade in solchen Zeiten brauchen, um zu überleben, ist am schwierigsten aufrecht zu erhalten. Manche Schlafwandler wirken äußerlich ganz und gar wie Menschen. Sie reden, sie schwelgen in Erinnerungen, sie philosophieren. Sie zeigen weder Wut noch Verzweiflung. Sie sind vollkommene Gefangene.

Ich glaube, ich hatte Glück, dass ich die Zelle zunächst mit Hans Hellander teilen konnte, einem Journalisten, dessen Arbeiten ich in Berliner Zeitungen gelesen hatte. Als sich dann durch eine bürokratische Panne die ›Innenzellen‹ schneller füllten als der Außenbereich, kam noch Erich Feldmann hinzu, der unter dem Namen ›Henry Grimm‹ geschrieben hatte. Er war als politischer Häftling registriert und hatte nicht das gelbe Dreieck der jüdischen Insassen bekommen. Drei philosophierende Schlafwandler. Mit den zwei Kojen, in die wir uns so gut wie möglich teilten, mit Schweinefraß und gelegentlich einem Päckchen von den ausländischen Hilfsorganisationen, die noch in Deutschland arbeiten durften, erlebten wir noch einmal die Kameradschaft, die wir in den Schützengräben kennen gelernt hatten. Jenseits der Schlossmauern, im ›Außenbereich‹, hörten wir häufig Schreie, die uns das Blut in den Adern gefrieren ließen, auch Schüsse und sogar noch entsetzlichere Geräusche, die wir nicht ohne weiteres identifizieren konnten.

Der Schlaf war mir kein Trost und keine Flucht. Der friedlichste Traum, den ich hatte, war noch der von einer weißen Häsin, die durch den Schnee rannte und eine Blutspur hinterließ. Immer noch träumte ich häufig von Drachen und

Schwertern und mächtigen Armeen. Ein Freudianer hätte mich für einen klassischen Fall gehalten. Vielleicht war ich das auch, doch für mich waren diese Dinge real – lebhafter als das Leben selbst.

Nach einer Weile glaubte ich, in den Träumen mich selbst zu erkennen. Eine Gestalt, die sich fast immer im Schatten hielt, das Gesicht im Dunkeln, harte Augen von der Farbe und Tiefe von Rubinen, die mich anstarrten. Ausdruckslose Augen, hinter denen mehr Wissen steckte, als ich überhaupt gewinnen wollte. Sah ich dort mein zukünftiges Selbst vor mir?

Irgendwie empfand ich diesen Doppelgänger als Verbündeten, während ich zugleich auch große Angst vor ihm hatte.

Als ich an der Reihe war, eine Koje zu belegen, schlief ich gut. Sogar auf dem Boden der Gefängniszelle fand ich meist etwas Ruhe. Die Wächter waren aus SA-Leuten und Gefängniswärtern rekrutiert worden. Letztere gaben sich Mühe, sich an die alten Regeln zu halten und dafür zu sorgen, dass wir ordentlich behandelt wurden. Dies war unmöglich, die alten Vorgaben waren gar nicht zu erfüllen, aber immerhin konnten wir gelegentlich einen Arzt aufsuchen und sehr selten wurde sogar einer von uns entlassen und durfte zu seiner Familie zurückkehren.

Wir wussten genau, dass wir privilegiert waren. Wir saßen in einem der komfortabelsten Lager im Land. Obwohl nicht mehr als Vorahnungen der Todesfabriken von Auschwitz und Treblinka, galten Dachau und einige andere Lager schon bald als Mordstätten, auch wenn die Zeit, da die Nazis die Endlösung in die Realität umsetzen würden, noch lange nicht gekommen war.

Was ich aber nicht wusste, war, dass meine ›Lektionen‹ gerade erst begonnen hatten. Ungefähr zwei Monate später wurde ich eines Tages vom SA-Hauptsturmführer Hahn aus der Zelle geholt. Wir fürchteten ihn alle und besonders fürchteten wir ihn, wenn er, wie jetzt, von zwei uniformierten Strolchen begleitet wurde, die wir als Fritzi und Franzi kannten. Der eine war groß und schmal, der andere klein und dick. Sie erinnerten uns an Gestalten aus Cartoons. Hahn kam mir dagegen wie ein ganz normaler SA-Offizier vor. Aufgedunsenes Gesicht, kleines Hitlerbärtchen, Knollennase und zwei oder drei wackelnde Etagen unter dem Kinn. Ihm fehlten nur die grässlichen Narben im Gesicht und die wilden Begierden, und er wäre ein perfektes Ebenbild seines Anführers Röhm gewesen, vor dem die Männer die Söhne versteckten, wenn er mit seiner Bande in eine Stadt einfiel.

Ich wurde zwischen Fritzi und Franzi treppauf und treppab geführt, durch Gänge und Flure, bis ich schließlich ins Büro des Lagerkommandanten geschoben wurde, wo Major Hausleitner, ein korrupter alter Trinker, der aus jeder anständigen Armee sofort hinausgeflogen wäre, mich schon erwartete. Seit meiner Einlieferung, die ihn anscheinend etwas in Verlegenheit gebracht hatte, war ich ihm nur ein einziges Mal begegnet. Jetzt schien er nervös. Es lag etwas in der Luft und ich hatte den Verdacht, dass Hausleitner der Letzte war, der es erfahren würde. Er sagte, man werde mich unter Aufsicht meines Vetters, inzwischen Major von Minct, ›aus humanitären Gründen‹ auf Bewährung entlassen. Er riet mir, sauber zu bleiben und mit den Leuten zusammenzuarbeiten, die nur mein Bestes wollten. Falls ich wieder nach Sachsenburg zurückkehrte, würde ich keinesfalls noch einmal solche Privilegien genießen.

Irgendjemand hatte meine Kleidung aufgetrieben. Zweifellos hatte Gaynor oder einer seiner Leute meine Sachen aus Bek geholt. Hemd und Hose hingen locker am Körper, weil ich abgemagert war, aber ich zog mich sorgfältig an und machte auch in die Schnürsenkel ordentliche Knoten. Ich wollte so gut wie möglich aussehen, wenn ich meinem Vetter vorgestellt würde.

Fritzi und Franzi eskortierten mich in den Schlosshof, wo Prinz Gaynor neben seinem Wagen wartete. Klosterheim war nicht dabei, doch der düster starrende Fahrer war derselbe.

Gaynor hob die Hand zum lächerlichen Hitlergruß, den man anscheinend aus amerikanischen Filmen über das römische Reich entlehnt hatte, und wünschte mir einen guten Nachmittag.

Ich stieg wortlos in den Wagen und lächelte dabei in mich hinein.

Als wir durch die Tore fuhren und das Lager hinter uns ließen, fragte Gaynor mich, warum ich lächelte.

»Ich habe mich einfach darüber amüsiert, wie weit ihr diese Schauspielerei treibt, du und deinesgleichen. Anscheinend ist es euch nicht einmal peinlich.«

Er zuckte die Achseln. »Manche finden es eben leichter, das Absurde nachzuäffen. Immerhin ist doch die ganze Welt ein absurdes Theater geworden, oder?«

»Die amüsanten Aspekte dabei dürften die Insassen des Lagers wohl kaum zu würdigen wissen«, erwiderte ich. Im Gefängnis hatte ich Journalisten, Ärzte, Anwälte, Wissenschaftler und Musiker kennen gelernt, die zumeist auf die eine oder andere Weise misshandelt worden waren. »Alles, was wir sehen, sind degenerierte Rohlinge, die eine ganze Kultur vernichten, nur weil sie ihr Wesen nicht verstehen. Die Heuchelei ist in den Rang von Gesetz und Regierungspolitik erhoben worden. Ein Niedergang in eine Barbarei, die schlimmer ist als das Mittelalter, wobei die überlebten Überzeugungen früherer Zeiten heute auch noch als ›Wahrheit‹ verkauft werden. Man erzählt den Leuten offenkundige Lügen wie die, dass sechshundertvierzigtausend jüdische Bürger irgendwie die Mehrheit der Bevölkerung kontrollierten. Und doch kennt jeder Deutsche mindestens einen ›guten‹ Juden, was bedeutet, dass sechzig Millionen ›gute Juden‹ im Land leben müssen. Und dies wiederum bedeutet, dass die ›bösen‹ Juden gegenüber den ›guten‹ weit in der Unterzahl sind. Das ist ein Problem, für das Goebbels bisher noch keine Lösung gefunden hat.«

»Oh, ich bin sicher, dass er sich beizeiten etwas einfallen lässt.« Gaynor hatte die Mütze abgenommen und knöpfte sich die Uniformjacke auf. »Die besten Lügen sind diejenigen, die nach vertrauten Wahrheiten klingen. Altbekannte Lügen klingen auch dem geübtesten Ohr häufig wie die Wahrheit. Du weißt schon, eine Geschichte, die den richtigen Klang hat und richtig vorgetragen wird ...«

Ich muss zugeben, dass die Frühlingsluft mich erfrischte. Die lange Fahrt nach Bek genoss ich sehr. Beinahe wünschte ich mir, sie solle niemals enden, weil ich Angst vor dem hatte, was ich womöglich daheim vorfinden würde. Nachdem er mich gefragt hatte, wie es mir im Lager gefallen hätte, sagte Gaynor unterwegs nur noch sehr wenig zu mir. Er war bei weitem nicht mehr so von sich eingenommen wie bei unserer letzten Begegnung. Ich fragte mich, ob er seinen Herren Versprechungen gemacht habe, die er nicht hatte einhalten können.

Erst in der Abenddämmerung fuhren wir durch die Tore Beks und hielten auf der Zufahrt vor der Haupttür. Das Haus wirkte ungewöhnlich dunkel. Ich fragte, was mit den Dienern geschehen sei. Sie hätten gekündigt, erklärte man mir, sobald sie erkannten, dass sie für einen Verräter gearbeitet hatten. Einer sei sogar aus Scham gestorben.

Ich fragte nach dem Namen.

»Ich glaube, er hieß Reiter.«

Ich kannte das Gefühl, das ich jetzt hatte. Mein Mut sank. Mein ältester, treuester Helfer. Hatten sie ihn getötet, als sie ihn über mich ausfragten?

»Der Leichenbeschauer hat also zu Protokoll gegeben, dass Reiter vor Scham gestorben sei?«

»Offiziell nannte man es einen Herzanfall.« Gaynor stieg aus und hielt mir die Tür auf. »Ich bin sicher, dass sich zwei tatkräftige Burschen wie wir hier gut einrichten können.«

»Dann willst du hier bleiben?«

»Aber selbstverständlich«, sagte er. »Immerhin bist du meiner Obhut unterstellt.«

Gemeinsam stiegen wir die Treppe hinauf. Die Tür war mit einem primitiven Vorhängeschloss versperrt. Gaynor rief den Fahrer, er möge kommen und öffnen. Dann betraten wir das Haus, das seltsam feucht, vernachlässigt und nach Schlimmerem roch. Gas und Strom waren abgestellt, doch der Fahrer entdeckte einige Kerzen und Öllampen, mit deren Hilfe ich die Trümmer meines Hauses untersuchen konnte.

Man hatte es geplündert.

Die meisten Wertgegenstände waren verschwunden. Bilder waren von den Wänden genommen worden, Vasen, Schmuck und die ganze Bibliothek entwendet. Alles andere war herumgeworfen worden und lag zerbrochen herum, wie Gaynors Gangster es liegen gelassen hatten. Kein Raum im Haus war unbeschädigt geblieben. In manchen Zimmern, wo es nichts Wertvolles gab, hatten die Männer uriniert und ihre Notdurft verrichtet. Nur ein Feuer, dachte ich, konnte das Haus jetzt noch reinigen.

»Die Polizei scheint bei ihrer Suche etwas ungestüm vorgegangen zu sein«, bemerkte Gaynor leichthin. Das Licht der Öllampe zeichnete scharfe, dämonische Falten in sein Gesicht, die Augen blitzten in boshafter Freude.

Ich besaß viel zu viel Selbstbeherrschung und war körperlich zu schwach, um mich auf ihn zu stürzen, aber der Impuls war da. Und wie die Wut zurückkehrte, so kehrten auf eine seltsame Art und Weise auch die Lebensgeister zurück.

»Hast du diese widerliche Plünderung beaufsichtigt?«, fragte ich ihn.

»Ich fürchte, ich war während der meisten Zeit in Berlin. Als ich hier eintraf, hatten Klosterheim und seine Leute das Haus bereits so zugerichtet, wie du es jetzt siehst. Natürlich habe ich ihm schwere Vorwürfe gemacht.«

Er erwartete nicht einmal, dass ich ihm glaubte. Sein spöttischer Tonfall war deutlich genug.

»Zweifellos hast du ein Schwert gesucht.«

»Ganz recht, mein Vetter. Dein berühmtes Schwert.«

»Anscheinend ist es nur für die Nazis berühmt«, gab ich zurück, »aber nicht bei zivilisierten Menschen. Wahrscheinlich habt ihr nichts gefunden.«

»Du hast es gut versteckt.«

»Oder vielleicht existiert es überhaupt nicht.«

»Wir haben Befehl, wenn nötig das Gebäude einzureißen, Stein um Stein und Balken um Balken, bis nichts außer Trümmern mehr bleibt. Du kannst es dir ersparen, lieber Vetter. Du kannst dich selbst retten. Du könntest den Rest deines Lebens wohl behütet verbringen, als geehrter Bürger des Dritten Reichs. Sehnst du dich nicht nach solcher Sicherheit, mein Vetter?«

»Keineswegs, mein Vetter. Es geht mir heute besser als in den Schützengräben. Ich genieße bessere Gesellschaft. Wonach ich mich sehne, das ist etwas viel Allgemeineres. Und vielleicht auch unerreichbar. Ich sehne mich nach einer gerechten Welt, in der gebildete Männer wie du ihre Verantwortung dem Volk gegenüber begreifen, wo öffentliche Angelegenheiten in sachkundiger öffentlicher Debatte entschieden werden, nicht mit Heuchelei und schmieriger Rhetorik.«

»Was denn, hat Sachsenburg dir etwa nicht gezeigt, wie närrisch dein kindischer Idealismus ist? Vielleicht ist es an der Zeit, dass du nach Dachau kommst oder in ein anderes Lager, in dem du es erheblich unbequemer haben wirst als in diesen verdammten Schützengräben. Ulric, glaubst du nicht, dass auch mir diese Schützengräben etwas bedeutet haben?« Auf einmal war der Spott verschwunden. »Als ich auf beiden Seiten Männer für nichts und wieder nichts sterben sah, angelogen und bedroht für nichts und wieder nichts. Alles für nichts. Nichts, nichts, nichts. Und nach dem Anblick dieses Nichts, überrascht es dich da noch, dass jemand wie ich zynisch wird und erkennt, dass wir auch in Zukunft nichts haben werden?«

»Manche kommen zu der gleichen Erkenntnis, beschließen aber doch, dass es bei uns liegt, auf Erden anständig zu leben. Durch Toleranz und guten Willen, mein Vetter.«

Er lachte laut, winkte mit der behandschuhten Hand zu den Trümmern meines Studierzimmers hin.

»Nun ja, Vetter. Freust du dich nicht über das, was dein guter Wille dir eingebracht hat?«

»Er hat mir meine Würde und meine Selbstachtung geschenkt.« So frömmelnd es auch klang, ich wusste, dass ich womöglich nie wieder eine Gelegenheit hatte, es auszusprechen.

»Oh, mein lieber Ulric. Du hast doch gesehen, wie wir alle enden müssen, oder? Sich in dreckigen Gräben krümmen und versuchen, die Eingeweide in den aufgeplatzten Leib zurückzuschieben? Kreischen wie aufgeschreckte Ratten? Über die Leichen der Kameraden klettern, um eine schmutzige Brotrinde zu ergattern? Und noch Schlimmeres. Wir haben Schlimmeres gesehen, nicht wahr?«

»Und vielleicht auch Besseres. Einige haben Engel gesehen. Wunder. Die Engel von Mons. Die Drachen von Wessex.«

»Sinnestäuschungen. Verhängnisvolle Täuschungen. Wir können der Wahrheit nicht entfliehen. Wir müssen aus unserer schrecklichen Welt das Beste machen. In Wahrheit, mein Vetter, kann man ohne weiteres behaupten, dass Deutschland heute von Satan regiert wird. Satan herrscht überall. Ist es dir noch nicht aufgefallen? In Amerika, wo man aus einer bloßen Laune heraus schwarze Männer aufhängt und wo der Ku Klux Klan Gouverneure ins Amt heben kann? In einem England, das Tausende von Indern tötet, ins Gefängnis wirft und verbannt, nur weil diese so naiv sind, die gleichen Rechte für sich zu fordern wie alle anderen Bürger des Empire? Frankreich? Italien? All die zivilisierten Nationen der Welt, die uns unsere großartige Musik, die Literatur, die Philosophie oder die politische Kunst geschenkt haben. Was war die Folge dieser Errungenschaften? Gaskrieg? Panzer? Kampfflugzeuge? Wenn du jetzt aber meinst, ich wäre zynisch und verbittert, mein Vetter, dann liegt dies nur daran, dass du darauf beharrst, einer Täuschung hinterherzujagen. Ich achte nur Menschen, die sind wie ich – und die die Wahrheit so sehen, wie sie ist. Menschen, die ihr Leben nicht verschwenden an ein Bündnis mit einem hohlen Prinzip, mit einem hehren Ideal, das genau jenes Ideal sein könnte, das uns in den nächsten und wieder in den nächsten Krieg treibt. Die Nazis haben Recht. Das Leben ist ein brutaler Kampf. Nichts sonst ist real, nichts.«

Wieder amüsierte ich mich. Ich fand seine Gedanken sinnlos und dumm, voller Selbstmitleid. Die Logik eines schwachen Mannes, der sich in seiner Überheblichkeit für stärker hält, als er tatsächlich ist. Ich hatte schon andere kennen gelernt, die waren wie er. Ihr persönliches Versagen wurde zum Versagen ganzer Klassen, Regierungen, Rassen oder Nationen umgemünzt. Die schillerndsten unter ihnen gaben sogar dem gesamten Universum die Schuld an der eigenen Unfähigkeit, die Helden zu sein, die sie ihrer Vorstellung nach eigentlich sein mussten. Selbstmitleid, in Aggression verwandelt, ist eine unberechenbare und verwerfliche Triebfeder.

»Dein Selbstgefühl scheint in umgekehrtem Verhältnis zu deiner Selbstachtung zu stehen«, erwiderte ich.

Aus reiner Gewohnheit wollte er mit erhobener Faust auf mich losgehen. Dann sah ich ihm in die Augen und er ließ den Arm sinken und wandte sich ab. »O mein Vetter, du weißt ja gar nicht, wie grausam die Menschen sein können«, zischelte er. »Ich wünsche nur, dass du nicht noch mehr davon erdulden musst. Sage mir einfach, wo das Schwert und der Kelch versteckt sind.«

»Ich weiß nichts von einem Kelch mit einem Schwert«, sagte ich. »Auch von einem Pendant ist mir nichts bekannt.« Es war nicht wirklich eine Lüge, aber weiter wollte ich nicht gehen. Mein Ehrgefühl gebot mir zu schweigen.

Gaynor seufzte, tippte mit dem Fuß auf die alten Dielenbretter. »Wo könntest du es versteckt haben? Wir haben den leeren Kasten gefunden. Zweifellos hast du ihn eigens für uns dort hinterlassen. In diesem Gewölbe. Der erste Ort, an dem wir überhaupt gesucht haben. Ich dachte mir schon, dass du so dumm sein würdest, deinen Schatz so tief wie möglich zu vergraben. Ein wenig Klopfen an der Wand, und wir hatten den Hohlraum gefunden. Aber wir haben dich unterschätzt. Was hast du mit dem Schwert getan, Vetter?«

Ich hätte beinahe laut gelacht. Hatte jemand anders Rabenbrand gestohlen? Jemand, der das Schwert für nicht besonders wertvoll hielt? Kein Wunder, dass das Haus in diesem Zustand war.

Gaynor war wie ein Wolf. Mit den Augen suchte er unablässig die Wände nach möglichen Verstecken ab. Während er sprach, schritt er nervös hin und her.

»Wir wissen, dass das Schwert im Haus ist. Du hast es nicht fortgebracht. Du hast es deinen Besuchern nicht gegeben. Wo also hast du es versteckt, mein Vetter?«

»Als ich Rabenbrand das letzte Mal sah, steckte die Klinge in jener Kiste.«

Er gab sich empört. »Wie kann jemand, der so idealistisch ist, gleichzeitig ein so unverfrorener Lügner sein? Wer sonst hätte das Schwert aus der Kiste nehmen sollen, Vetter? Wir haben alle Diener befragt. Nicht einmal der alte Reiter hatte etwas zu sagen. Als er endlich gestand, hatte er nur Nutzloses zu berichten. Damit bleibst nur noch du selbst, mein Vetter. Die Waffe steckt in keinem Schornstein und nicht unter den Dielenbrettern. In keinem Geheimfach und in keinem Schrank. Wir wissen genau, wie man solche Verstecke findet. Wir wissen, dass dein Vater den Kelch verloren hat, das haben wir vom alten Reiter erfahren. Einen Namen hatte er gehört: Miggea. Kennst du diesen Namen? Nein? Möchtest du Reiter vielleicht sehen? Es würde eine Weile dauern, bis du etwas an ihm findest, das du wiedererkennst.«

Nachdem ich nichts mehr zu gewinnen hatte, wenn ich meine Wut beherrschte, bekam ich immerhin die Genugtuung, ihm einen kräftigen Schlag aufs Ohr zu versetzen – wie ein wütender Schuljunge.

»Sei still, Gaynor. Du redest wie ein Schurke aus einem billigen Schauspiel. Was du Reiter oder mir auch angetan hast, es war gewiss das Schlimmste, das du dir in deiner Charakterlosigkeit nur ausdenken konntest.«

»Es ist sinnlos, mir zu diesem späten Zeitpunkt noch zu schmeicheln.« Grollend rieb er sich das Ohr und marschierte in meinem verwüsteten Studierzimmers hin und her. Er hatte sich an brutale Machtanwendung gewöhnt und benahm sich wie ein frustrierter Affe. Er wollte die Fassung bewahren, wusste aber kaum noch wie.

Endlich hatte er einen gewissen Anschein von Haltung zurückgewonnen. »Oben gibt es ein paar Betten, die vielleicht noch brauchbar sind. Dort können wir schlafen. Ich lasse dich über Nacht über dein Problem nachdenken. Dann werde ich dich fröhlich nach Dachau ausliefern.«

So schlief ich denn in dem Zimmer, in dem meine Mutter mich geboren und in dem sie schließlich gestorben war, mit

Handschellen an den Bettpfosten gekettet, während im zweiten Bett mein schlimmster Feind lag. Meine Träume drehten sich um bleiche Landschaften, durch die die weiße Häsin lief. Sie führte mich zu einem großen Mann, der allein auf einer Lichtung stand. Ein Mann, der mein Ebenbild war. Die roten Augen starrten in meine roten Augen und er murmelte drängende Worte, die ich nicht verstand. Doch spürte ich einen Schrecken, der schlimmer war als alles, was ich bisher erlebt hatte. Einen Augenblick lang glaubte ich auch das Schwert zu sehen. Ich erwachte schreiend.

Was Gaynor sehr zu gefallen schien.

»Dann bist du endlich zu Verstand gekommen«, sagte er. Er richtete sich im Bett auf, das mit der feinen Bettwäsche eines Damenschlafgemachs überzogen war. Ein seltsamer Anblick. In Seidenunterwäsche sprang er aus dem Bett und läutete. Nur wenige Augenblicke später kam Gaynors Fahrer mit der fast perfekt gebügelten Uniform. Mir wurden die Handschellen abgenommen und ich bekam einen Kissenbezug, in den man meine Sachen gestopft hatte. Ich machte mich so gut wie möglich zurecht, während Gaynor ungeduldig darauf wartete, das einzige noch brauchbare Bad benutzen zu können.

Der Fahrer servierte uns Brot und Käse auf Tellern, die er offenbar selbst gereinigt hatte. Auf dem Fußboden sah ich Rattenkot, was mich an das Schicksal erinnerte, das mir bevorstand. Dachau. Ich aß und dachte, dies sei vielleicht mein letztes Essen.

»Befindet sich das Schwert irgendwo hier auf dem Grundstück?« Sein Benehmen hatte sich verändert, er wirkte jetzt geradezu begierig.

Ich aß den Käse auf und lächelte ihn fröhlich an. »Ich habe keine Ahnung, wo das Schwert sein könnte.« Ich war leichten Herzens, da ich nicht mehr lügen musste. »Es scheint aus eigenem Antrieb verschwunden zu sein. Vielleicht ist es dem Kelch gefolgt.«

Knurrend stand mein Vetter auf, die Hand fiel aufs Pistolenhalfter am Gürtel. Ich musste nur noch lauter lachen.

»Was bist du doch für ein Hanswurst geworden, Gaynor. Du könntest in einem Film auftreten. Herr Pabst würde dich sofort nehmen, wenn er dich so sehen könnte. Wie willst du überhaupt wissen, wann ich dir die Wahrheit sage und wann nicht?«

»Mein Befehl lautet, dir keine Möglichkeit zu geben, dich öffentlich als Märtyrer zu präsentieren.« Er sprach jetzt voller Wut und doch so leise, dass ich ihn kaum verstehen konnte. »Ich soll dafür sorgen, dass du still und unbemerkt stirbst. Das ist das Einzige, Vetter, das mich noch zurückhält, den Wahrheitsgehalt deiner Äußerungen gleich selbst zu überprüfen. Du wirst also zu den Freuden Sachsenburgs zurückkehren und von dort aus in ein richtiges Konzentrationslager verlegt werden, wo man weiß, wie man mit Ungeziefer von deiner Sorte umgehen muss.«

Dann trat er mich zielgenau in den Schritt und schlug mich ins Gesicht.

Ich trug noch immer Handschellen.

Gaynors Fahrer führte mich aus meinem Haus und verstaute mich im Wagen.

Dieses Mal setzte Gaynor mich vorne neben den Fahrer, während er rauchend und finster starrend auf dem Rücksitz lümmelte. Soweit ich es sagen konnte, sah er mich nicht noch einmal offen an.

Seine Herren waren inzwischen zweifellos zu der Ansicht gekommen, dass sie ihn überschätzt hatten. Genau wie er mich überschätzt hatte. Ich vermutete, das Schwert sei von Herrn El, ›Diana‹ und der Weißen Taube gerettet worden und würde gegen Hitler eingesetzt werden. Mein Tod und mein Schweigen sollten nicht verschwendet sein.

Ich nutzte die Reise, so gut es ging, schlief eine Weile und aß alles, was ich bekommen konnte, nickte wieder ein und kam erst wieder zu mir, als wir schon durch die Tore gefahren waren und im Schatten des großen Schlosses Sachsenburg angehalten hatten.

Fritzi und Franzi warteten schon auf mich. Sie liefen mir fast begierig entgegen, als ich aus dem Wagen stieg.

Offenbar waren sie erfreut, dass ich wieder daheim war.

Sie hatten mich schon niedergeprügelt und mir den ganzen Körper grün und blau geschlagen, bevor Gaynors Wagen das Gelände wieder verlassen hatte. Von oben hörte ich eine Stimme rufen, dann wurde ich, fast bewusstlos, in meine Zelle geschleppt, wo Hellander und Feldmann die schlimmsten Verletzungen so gut wie möglich versorgten, während ich hilflos auf einer Koje lag, fest überzeugt, mehrere Knochenbrüche zu haben.

Am nächsten Morgen kamen sie nicht, um mich zu holen. Sie holten Feldmann. Sie wussten genau, wie sie mir zusetzen konnten. Ich war keineswegs sicher, ob ich nicht doch noch zusammenbrechen würde.

Als Feldmann zurückkam, hatte er keine Zähne mehr. Sein Mund war eine klaffende rote Wunde, eins seiner Augen schien sich für immer geschlossen zu haben.

»Um Himmels willen.« Er sprach undeutlich, jeder Laut bereitete ihm schreckliche Schmerzen. »Sage ihnen bloß nicht, wo das Schwert ist.«

»Glaube mir«, antwortete ich ihm, »ich weiß selbst nicht, wo es ist. Aber ich wünsche von ganzem Herzen, ich hätte es in diesem Augenblick in der Hand.«

Das war für Feldmann kein großer Trost. Am nächsten Morgen holten sie ihn wieder. Er schrie sie an, dass sie Feiglinge wären. Am Nachmittag brachten sie ihn zurück. Die Rippen und mehrere Finger waren gebrochen, auch ein Fuß. Er atmete nur unter Schwierigkeiten, als presste etwas gegen die Lungen.

Er sagte mir, ich solle nicht aufgeben, sie könnten uns nicht bezwingen. Sie konnten uns nicht spalten.

Hellander und ich weinten, als wir versuchten, seine Schmerzen zu lindern. Doch am dritten Tag holten sie ihn noch einmal. In der Nacht, als er drinnen wie draußen nichts mehr an sich hatte, das sie foltern konnten, starb er in unseren Armen. Hellander sah mich an und ich wusste, dass er verängstigt war. Wir verstanden ganz genau, was sie taten. Er musste annehmen, der Nächste zu sein.

Gerade als Feldmann sein letztes bisschen Leben aushauchte, sah ich an Hellander vorbei und bemerkte, irgendwie substanzlos aber doch klar und deutlich, meinen Doppelgänger. Dieser seltsame, in einen Mantel gehüllte Albino, der die gleichen Augen hatte wie ich.

Zum ersten Mal hatte ich jetzt auch den Eindruck, er spräche zu mir.

»Das Schwert«, sagte er.

Hellander wich meinem Blick aus, schaute zu der Stelle, wo der Albino gestanden hatte. Ich fragte ihn, ob er etwas gesehen hätte, doch er schüttelte den Kopf. Wir legten Feldmann auf den Steinboden und versuchten, eine Art Totenmesse für ihn zu halten. Doch Hellander war nicht dazu im Stande und ich wusste nicht, wie ich helfen konnte.

Ich träumte von der weißen Häsin und von meinem Doppelgänger mit dem Kapuzenmantel, vom verlorenen schwarzen Schwert und der jungen Bogenschützin, die ich Diana genannt hatte. Keine Drachen und keine geschmückten Städte sah ich. Keine Armeen und keine Ungeheuer. Nur mein eigenes Gesicht, das mich anstarrte und mir unbedingt etwas mitteilen wollte. Und dann das Schwert. Ich konnte es beinahe in den Händen spüren.

Halb erwacht, hörte ich Hellander, der sich unbehaglich bewegte. Ich fragte, ob alles in Ordnung sei und er sagte, ihm ginge es gut.

Am Morgen erwachte ich und sah Hellanders Leichnam, der sich langsam über dem toten Feldmann in der Luft drehte. Während ich im Schlaf lag, hatte er seinen Fluchtweg gefunden.

Volle vierundzwanzig Stunden vergingen, ehe die Wächter die Leichen aus der Zelle entfernten.

5.
Kriegsmusik

Ein paar Tage später kamen Fritzi und Franzi. Ohne mich auch nur an eine andere Stelle zu bugsieren, holten sie sofort ihre Knüppel heraus und schlugen mich zusammen. Fritzi und Franzi liebten ihre Arbeit und verstanden sich auf ihr Handwerk. Sie kommentierten meine Reaktionen und die Auswirkungen der Schläge auf meinen fremdartigen, hellen Körper, die seltsame Färbung meiner Prellungen. Sie klagten jedoch darüber, dass es so schwer sei, mir Schmerzlaute zu entlocken. Ein kleines Problem, das sie im Laufe der Zeit noch zu lösen hofften.

Kurz nachdem sie gegangen waren, bekam ich Besuch von Klosterheim, der inzwischen zum Hauptmann der SS befördert worden war. Aus einem Flachmann bot er mir etwas zu trinken an, doch ich lehnte ab. Ich wollte ihm nicht auch noch dabei helfen, mich unter Drogen zu setzen.

»Eine Reihe sehr unglücklicher Unfälle, was?« Er sah sich in meiner Zelle um. »Sie finden dies alles hier sicher etwas deprimierend, Herr Graf.«

»Oh, es bedeutet einfach nur, dass ich mich nicht zu sehr mit Nazis einlassen sollte«, erwiderte ich. »Deshalb ist der Aufenthalt in der Zelle an sich gar nicht so unvorteilhaft.«

»Ihre Vorstellungen von einer vorteilhaften Situation entziehen sich meinem Verständnis«, erklärte er. »Aber diese Vorstellungen bringen Sie offenbar in eine üble Lage. Wie lange haben unsere SA-Jungs eigentlich gebraucht, um Ihren Freund Feldmann zu erledigen? Gut möglich, dass Sie etwas jünger und besser in Form sind. Wie lange hat es gedauert? Drei Tage?«

»Sie meinen Feldmanns Triumph?«, sagte ich. »Es waren drei Tage, in denen jedes Wort bewiesen wurde, das er über Sie geschrieben hat. Sie haben bis ins letzte Detail seine Einschätzungen bestätigt. Sie haben beglaubigt, was er veröffentlicht hat. Etwas Besseres kann einem Schriftsteller nicht passieren.«

»Doch es sind die Siege eines Märtyrers. Intelligente Menschen halten sie für nutzlos.«

»Nur dumme Menschen, die sich für klug halten, würden so etwas sagen«, erwiderte ich. »Wir wissen, wie lächerlich solche selbstherrlichen Kerle sind.« Ich war dankbar, dass er da war. Mein Hass gegen ihn lenkte mich von den Verletzungen ab. »Ich sage Ihnen jetzt, Herr Hauptmann, dass ich kein Schwert und keinen Kelch habe, den ich Ihnen geben könnte. Glauben Sie, was Sie wollen. Es macht mir nichts aus, wenn ich sterbe, während Sie noch etwas anderes glauben, aber ich möchte nicht, dass meinetwegen andere sterben. Indem Sie sich die Macht genommen haben, mussten Sie gleichzeitig auch Verantwortung übernehmen, ob es Ihnen nun gefällt oder nicht. Das eine gibt es nicht ohne das andere. So konfrontiere ich Sie nun mit Ihrer Schuld.«

Damit kehrte ich ihm den Rücken und er ging sofort hinaus.

Einige Stunden später kamen Fritzi und Franzi und setzten ihre Experimente fort. Als ich das Bewusstsein verlor, hatte ich sofort eine neue Vision meines Doppelgängers. Er redete drängend auf mich ein, aber ich konnte ihn nicht verstehen. Dann verschwand er und das schwarze Schwert nahm seinen Platz ein. Das Eisen, jetzt völlig mit Blut bedeckt, trug die Runen, die ich kannte, doch sie wirkten nun lebendig – und waren blutrot gefärbt.

Als ich aufwachte, lag ich nackt und ohne Decke auf dem Bett. Mir wurde sofort klar, dass sie mich töten wollten. Die übliche Methode bestand darin, einen Gefangenen auszuhungern und der Kälte auszusetzen, bis er zu schwach war, um den Infektionen zu widerstehen. Dies führte gewöhnlich zu einer Lungenentzündung – und diese Methode kam zum

Einsatz, wenn man sich weigerte, an einem Herzanfall zu sterben. Mir war aber nicht klar, warum sie sich überhaupt die Mühe machten. Meiner Ansicht nach war die ›Botschaft‹, die sie mir damit gaben, nur ein Bluff. Solange sie glaubten, ich würde sie zum Schwert und zum Kelch führen, die für sie so wichtig waren, würden sie mich nicht töten.

Einmal kam sogar Major Hausleitner persönlich in meine Zelle. Klosterheim begleitete ihn. Ich glaube, er wollte mir vernünftig zureden, doch er sprach unzusammenhängend – ich konnte ihn kaum verstehen. Klosterheim ermahnte mich, seine Geduld sei jetzt erschöpft und stieß einige bösartige, lächerliche Drohungen aus. Womit kann man einem Verdammten noch drohen? Ich war zu schwach, um irgendeine klare Antwort zu geben, aber ich schaffte es, auf meinem verletzten Mund etwas wie ein Lächeln entstehen zu lassen.

Ich beugte mich vor, als wollte ich ihm ein Geheimnis zuflüstern, und sah zufrieden, wie Tropfen für Tropfen meines Bluts auf seine makellos saubere Uniform fielen. Es dauerte einen Augenblick, bis er begriff, was geschah. Er zog sich verblüfft und angewidert zurück und stieß mich fort, sodass ich zu Boden fiel.

Die Tür knallte zu und es war still. In dieser Nacht wurde niemand mehr gefoltert. Als ich mich aufzurichten versuchte, sah ich eine Gestalt auf der Koje sitzen. Mein Doppelgänger winkte und schien in sich zusammenzufallen, bis er in der nackten Matratze verschwand.

Ich kroch auf die Pritsche. Der Doppelgänger war tatsächlich verschwunden, doch an seiner Stelle fand ich Rabenbrand. Mein Schwert. Das Schwert, das alle suchten. Ich wollte das vertraute Eisen berühren, als ich jedoch die Hand ausstreckte, verschwand auch die Waffe. Ich wusste dennoch genau, dass ich es mir nicht eingebildet hatte. Irgendwie würde das Schwert mich wiederfinden.

Vorher sollten noch einmal Fritzi und Franzi zu mir kommen. Noch während sie mich schlugen, unterhielten sie sich über mein Standvermögen. Sie dachten, ich könnte »noch einen vertragen«, und dann würden sie mich für ein oder zwei

Tage in Ruhe lassen oder mich vielleicht sogar freilassen. Major von Minct wurde später am Tag erwartet, vielleicht hätte er eine Idee.

Als die Tür zuknallte und ich eingesperrt in der Dunkelheit zurückblieb, sah ich sofort wieder meinen Doppelgänger. Die Gestalt glühte beinahe von innen heraus. Sie näherte sich der Koje. Ich drehte unter Schmerzen den Kopf herum, doch der Mann war verschwunden. Ich wusste, dass es keine Halluzinationen waren. Ich hatte das Gefühl, ich würde das Schwert wiedersehen, wenn ich die Kraft fand, zum Bett zu gehen.

Irgendwie gab mir der Gedanke wie aus dem Nichts neue Kraft. Stückchen für Stückchen kroch ich zur Koje, und dieses Mal berührte ich kaltes Metall. Den Griff des Rabenschwerts. Nach und nach schob ich die Finger weiter, bis sie sich um den Griff schließen konnten.

Vielleicht waren es die Illusionen eines Sterbenden, doch das Metall fühlte sich völlig real an. Als meine Hand den Griff fasste, schien das Schwert ein leises Summen von sich zu geben, als wollte es mich begrüßen. Wie eine schnurrende Katze. Ich war fest entschlossen, es nicht mehr loszulassen, es nicht wieder verschwinden zu lassen, auch wenn ich nicht einmal die Kraft hatte, es zu heben.

Seltsam, aber das Metall schien wärmer zu werden, es schien Energie in meine Hände und Handgelenke zu übertragen, bis ich genug Kraft fand, um mich auf die Koje zu ziehen und mit dem Körper das Schwert vor jedem abzuschirmen, der in die Zelle spähen mochte. Das Metall schien zu vibrieren, als wäre das Schwert ein Lebewesen. Einerseits fand ich den Gedanken beunruhigend, andererseits lange nicht mehr so bizarr, wie ich ihn noch vor einigen Monaten empfunden hätte.

Ich weiß nicht, ob ein Tag oder eine längere Zeit verging. Mein Kopf war voller Bilder und Geschichten. Das Schwert hatte mich irgendwie infiziert. Vielleicht war es spät am Abend desselben Tages, als Franzi und Fritzi zu mir kamen. Sie hatten Gefängniskleidung mitgebracht und brüllten mich an, ich solle aufstehen. Sie redeten davon, dass Major von Minct mich sehen wollte.

Ich hatte meine ganze Kraft gesammelt und gebetet, dass dieser Augenblick bald kommen möge. Ich hatte das Schwert mit beiden Händen gepackt und als ich mich umdrehte, hob ich die Klinge und legte mein ganzes Körpergewicht in den Hieb. Die Spitze traf den kleinen dicken Franzi in Höhe des Magens und glitt mit beängstigender Leichtigkeit durch seinen Leib. Er schluckte. Fritzi hinter ihm stand vor Angst wie angewurzelt da und wusste nicht, wie ihm geschah.

Franzi schrie. Es war ein langer, kalter, gequälter Schrei. Als er aufhörte, stand ich auf den Beinen und hinderte Fritzi daran, die Tür zu erreichen. Er schluchzte. Offenbar hatte er aus irgendeinem Grund Angst vor mir. Wahrscheinlich lag es an meiner unvermuteten Kraft. Ich war von einer nervösen, seltsamen Energie erfüllt. Aber ich war froh darüber. Ich hatte Franzis Lebenskraft ausgesaugt und in meinen eigenen Körper übertragen. So widerlich diese Vorstellung auch scheinen mag, ich betrachtete sie völlig kühl, während ich mit geübten Bewegungen Fritzi den Knüppel aus der roten Bauernpranke schlug und ihm die Schwertspitze direkt ins heftig schlagende Herz trieb. Blut spritzte in die Zelle und auf meine nackte Haut.

Ich lachte und auf einmal formten meine Lippen ein fremdes Wort. Ein Wort, das ich bisher nur in Träumen gehört hatte. Es gab noch andere Worte, die ich aber nicht erkannte.

»Arioch!«, schrie ich, während ich tötete. *»Arioch!«*

Immer noch nackt, mit gebrochenen Rippen und zerschlagenem Gesicht, auf Beinen, die kaum mein Gewicht tragen wollten und mit Armen, die viel zu schmächtig schienen, um die große Eisenklinge zu halten, nahm ich Franzis Schlüssel und tappte durch den dunklen Flur. Unterwegs schloss ich alle Zellentüren auf. Ich traf nicht auf Widerstand, bis ich das Wachzimmer am Ende des Ganges erreichte. Dort dösten ein paar fette SA-Männer vor ihren Bierkrügen. Sie bemerkten kaum, dass sie getötet wurden, so schnell fuhr ihnen mein Eisen in den Leib, und jeder Streich verstärkte irgendwie die Kraft, die durch meine Adern tobte. Ich vergaß alle Schmerzen, alle gebrochenen Knochen. Ich schrie diesen Namen heraus und hatte den Raum binnen weniger Sekunden in ein Schlachthaus verwandelt. Überall lagen Tote und abgetrennte Gliedmaßen herum.

Der zivilisierte Mann hätte Ekel empfunden, aber dieser zivilisierte Mann war mir von den Nazis aus dem Leib geprügelt worden. Jetzt war nur noch blinde Wut in mir, ein blutrünstiges, besinnungslos tobendes Ungeheuer. Ich leistete dem Ungeheuer keinen Widerstand. Es wollte töten, ich ließ es töten. Ich glaube, ich lachte sogar. Ich glaube, ich rief, dass Gaynor zu mir kommen sollte. Ich hatte das Schwert, das er suchte. Es wartete auf ihn.

Hinter mir tauchten Häftlinge im Flur auf, die offenbar noch nicht sicher waren, ob es sich um einen Trick handelte. Ich warf ihnen alle Schlüssel aus der Wachstube hinüber und machte, dass ich nach draußen in die Nacht verschwand. Als ich den Innenhof erreichte, gingen im Schloss die Lichter an. Die SA-Männer hatten die ungewöhnlichen Schreie und den beunruhigenden Lärm im Zellentrakt gehört. Ich humpelte wie ein alter verwundeter Wolf übers Gelände bis zu den Hütten, wo die weniger glücklichen Gefangenen eingesperrt waren. Wer mir drohte oder Anstalten machte, auf mich zu schießen, wurde getötet. Wie eine Sense im Gras fegte das Schwert Holztore, Stacheldraht und Männer fort. Ich hackte die Holzständer eines MG-Postens durch und sah das Gerüst zusammenbrechen. Es riss den Zaun nieder, was die Flucht erheblich erleichterte. Im Nu hatte ich die Hütten erreicht und schlug die Vorhängeschlösser und Riegel von den Türen herunter.

Ich weiß nicht, wie viele Nazis ich tötete, bis alle Hütten geöffnet waren und die Gefangenen, viele von ihnen noch völlig verängstigt, nach draußen strömten. Auf den Schlossmauern hatte man einen Suchscheinwerfer in Betrieb genommen und ich hörte Schüsse knallen, die offenbar willkürlich auf die Gefangenen abgegeben wurden. Dann sah ich eine Gruppe Insassen mit gestreiften Uniformen die Mauer hinaufsteigen, dem Suchscheinwerfer entgegen. Sekunden später lag das Gelände im Dunklen, nachdem auch die übrigen Lichter zerstört worden waren. Ich hörte Major Hausleitners Stimme, vor einem Dutzend verschiedener Ängste schrill geworden, den Tumult überbrüllen.

Gott weiß, was sie von mir dachten, als ich mit dem großen Langschwert in einer verletzten Hand, die leichenblasse Haut mit Blut bedeckt, die roten Augen vor ungezügelter Rachsucht lodernd, herumlief und einen fremdartigen Namen rief.

Arioch! Arioch!

Welcher Dämon auch von mir Besitz ergriffen hatte, er teilte meine Ansichten über die Heiligkeit des Lebens nicht. Hatte dieses Ungeheuer schon immer in mir geschlummert und nur darauf gewartet, dass es erweckt würde? Oder war es mein Doppelgänger, den ich mit dem Schwert verwechselte, der eine solch barbarische Befriedigung aus erbarmungslosem Blutvergießen zog?

Maschinenpistolen begannen rings um mich zu knattern. Ich rannte mit den anderen Gefangenen in die Sicherheit der Mauern und Hütten. Einige Häftlinge, die offenbar Erfahrungen im Straßenkampf besaßen, nahmen den Männern, die ich getötet hatte, rasch die Waffen ab. Bald darauf knallten in der Dunkelheit Schüsse, die in die andere Richtung gezielt waren, und mindestens eine Maschinenpistole verstummte.

Die Gefangenen brauchten mich nicht mehr. Ihre Anführer waren diszipliniert und fähig, rasche Entscheidungen zu treffen.

Nachdem jetzt im Lager ein heilloses Durcheinander herrschte, kehrte ich zum Schloss zurück und stieg die Treppe hinauf, um Gaynors Quartier zu suchen.

Ich hatte kaum das erste Stockwerk erreicht, als ich die mit einer Kapuze bekleidete Jägerin sah, die ich zuvor zusammen mit Herrn El gesehen hatte, jene geheimnisvolle ›Diana‹, die mir auch im Traum erschienen war. Wie üblich verbargen sich die Augen hinter getönten Brillengläsern. Das helle Haar schien gelöst. Sie war, genau wie ich, ein Albino.

»Sie haben keine Zeit für Gaynor«, warnte sie mich. »Wir müssen hier so schnell wie möglich verschwinden, ehe es zu spät ist. Im Ort, in Sachsenburg, ist eine ganze Garnison von SA-Männern stationiert und irgendjemand hat sie sicher schon übers Telefon verständigt. Kommen Sie, folgen Sie mir. Wir haben ein Auto.«

Wie hatte sie nur ins Gefängnis eindringen können? Hatte sie mir das Schwert gebracht? Oder war es mein Doppelgänger gewesen? Arbeiteten sie zusammen? War sie meine Retterin? Ich war beeindruckt von den Möglichkeiten der Weißen Taube und gehorchte ihr. Ich hatte mich ja bereits in den Dienst der Geheimgesellschaft gestellt und war bereit, ihre Befehle zu befolgen.

Die Kampfeslust wich langsam von mir. Doch die seltsame, dunkle Energie blieb. Ich fühlte mich, als hätte ich eine starke Droge genommen, die möglicherweise gefährliche Nebenwirkungen hatte. Doch etwaige Konsequenzen waren mir gleichgültig. Ich konnte mich endlich an den brutalen Menschen rächen, die schon so viele Unschuldige ermordet hatten. Ich war nicht stolz auf die neuen Gefühle, die durch meinen Körper tobten, aber ich schob sie auch nicht zurück.

Ich folgte der Frau mit der Kapuze ins Kampfgetümmel auf dem Hof hinaus und weiter zum Haupttor. Die Wächter waren schon tot. Die Jägerin blieb stehen und zog die Pfeile aus den Toten, während sie die Tore aufsperrte und mich nach draußen führte, gerade als die Notbeleuchtung aufflammte. Jetzt stürmten auch die befreiten Gefangenen zu den Toren und rannten an uns vorbei in die Nacht hinaus. Wenigstens ein paar von ihnen würden nicht namenlos, entwürdigt und unter Qualen sterben müssen.

Als wir die offene Landstraße erreichten, hörte ich, wie ein Wagen angelassen wurde. Scheinwerfer flammten auf und ich hörte drei kurze Hupsignale. Meine Jägerin führte mich zur Limousine. Ein gut aussehender Mann von etwa vierzig Jahren saß am Volant. Er trug eine dunkle Uniform, die ich nicht einordnen konnte, und salutierte hinterm Lenkrad, ohne auszusteigen. Er ließ den Wagen schon anrollen, als wir neben ihm einstiegen. Er sprach Deutsch, allerdings mit deutlich englischem Akzent. Es schien mir, als sei der britische Secret Service bereits in Deutschland aktiv. »Es ist mir eine Ehre, Sie kennen zu lernen, mein lieber Graf. Ich bin Captain Oswald Bastable, Luftschiffpilot - und stehe zu Ihren Diensten. Die Geschäfte gehen in dieser Gegend seit kurzem besser. Wir haben hinten Kleidung für Sie, aber wir können erst später anhalten. Der Zeitplan ist sehr eng bemessen.« Dann wandte er sich an meine Begleiterin. »Er will sie nach Morn bringen.«

Einige Schüsse ließen vor uns Dreck hochfliegen, mindestens eine Kugel traf den Wagen.

Meine Kampfeslust war inzwischen völlig abgeflaut und ich betrachtete meinen ramponierten Körper, eigentlich nur noch eine unförmige Masse von Blut und Quetschungen. Und splitternackt war ich. Mit einem blutigen Langschwert in den gebrochenen Fingern der rechten Hand. Ich bot gewiss einen albtraumhaften Anblick. Ich wollte dem Engländer danken, wurde aber auf dem Sitz herumgeworfen, als der Duesenberg mit seinem starken Motor beschleunigte und uns rasch über eine Landstraße trug, während uns von vorn zahlreiche Scheinwerferpaare entgegenkamen. Zweifellos die SA-Trupps aus Sachsenburg.

Captain Bastable ließ sich nicht beeindrucken. Er schob sich Armbinden mit Nazi-Abzeichen über die Ärmel. »Sie tun besser so, als hätten Sie das Bewusstsein verloren«, sagte er zu mir. Als der erste Lastwagen sich näherte, bremste er ab und winkte befehlsgewohnt. Er entbot den Hitlergruß und redete rasch auf den anderen Fahrer ein, um ihm zu erklären, dass er vorsichtig sein müsse. Gefangene würden fliehen, sie hätten viele Wächter gefangen genommen und gezwungen, Häftlingskleidung anzuziehen, um sie anschließend in die Umgebung zu jagen. Wenn sie Männer erschossen, ohne sich vergewissert zu haben, wen sie vor sich hatten, dann könnte es sein, dass sie ihre eigenen Leute töteten.

Diese groteske Geschichte sollte für gehörige Verwirrung sorgen und konnte vielleicht sogar einigen Häftlingen das Leben retten. Die abschließende Bemerkung, er müsse dringend nach Berlin, überzeugte die SA-Männer, die ohnehin nicht zu den hellsten gehörten. Sie brausten in die Nacht davon.

Bastable fuhr mehrere Stunden lang mit hoher Geschwindigkeit, bis wir auf einer schmalen Bergstraße einen dunklen Fichtenwald erreichten. Ich erinnerte mich noch gut an den Harz, in dem ich als Junge oft gewandert war. Schließlich sah ich einen Wegweiser nach Magdeburg. Noch dreißig Kilometer. Sachsenburg lag östlich von Magdeburg, das seinerseits nördlich vom Harz lag. Wieder ein Hinweisschild an einer Kreuzung. Halberstadt, Magdeburg und Berlin auf einer Seite, nach Bad Harzburg, Hildesheim und Hannover ging es in die andere Richtung. Wir fuhren in Richtung Hannover, aber noch vor Hildesheim bog Bastable in kleine, gewundene Seitenstraßen ab. Er schaltete die Scheinwerfer ab und fuhr langsamer. Offenbar wollte er Zeit gewinnen.

Schließlich hielt er an einem Bach mit breiter, flacher Uferböschung, wo ich leicht hinuntersteigen und mich im eiskalten Wasser gründlich reinigen konnte. So kalt es auch war, ich fühlte mich danach wieder rein und trocknete mich mit den Handtüchern ab, die Bastable mir gab. Ich zögerte, als ich erkannte, dass er mir meine eigene Kleidung mitgebracht hatte.

Es war meine komplette Jägertracht, es fehlten nicht einmal die kniehohen Lederstiefel, die Tweedhosen und der Jägerhut, den ich mir unter dem Kinn festband. Ich sah vermutlich aus wie ein weißer Clown, der einen Landedelmann nachäfft, aber der Hut bedeckte wenigstens das weiße Haar, sodass ich nicht ganz so leicht zu erkennen war, falls man unsere Personenbeschreibungen inzwischen verbreitet hatte. Ich zog die derbe Jacke an und war zu allem bereit. Rein psychologisch gesehen fühlte ich mich allein schon aufgrund der Tatsache, dass ich wieder bekleidet war, erheblich mutiger. Natürlich hätte ich mit einer Schrotflinte unterm Arm erheblich besser ausgesehen als mit einem Langschwert, aber vielleicht würde es weniger auffallen, wenn ich es mit irgendetwas einwickeln konnte.

Bastable hatte das Auftreten und die Erscheinung eines

erfahrenen Soldaten. Als ich zum Wagen zurückkehrte, studierte er kopfschüttelnd eine Landkarte. »Hier in der Gegend beginnen alle Städte mit einem ›H‹«, klagte er. »Ich habe sie durcheinander gebracht. Ich glaube, wir hätten in Holzminden rechts abbiegen müssen. Oder war es Höxter? Jedenfalls bin ich zu weit gefahren. Wir sind jetzt schon fast in Hannover. Bald beginnt der Tag und ich will den Wagen verstecken. In Detmold und Lemgo haben wir Freunde. Ich glaube, wir könnten noch vor Tagesanbruch in Lemgo sein.«

»Wollen Sie uns außer Landes bringen?«, fragte ich. »Ist das die einzige Möglichkeit?«

»Nun, darauf wird es wahrscheinlich hinauslaufen.« Bastables hübsches Gesicht mit der Adlernase legte sich in nachdenkliche Falten. »Ich hatte gehofft, noch heute Nacht den ganzen Weg zu schaffen. Das wäre wirklich ein großer Vorteil gewesen. Aber falls wir rechtzeitig in Lemgo eintreffen und dort untertauchen, werden wir Gaynor vielleicht noch entkommen. Klosterheim wird natürlich schnell erraten, wohin wir wollen, wenn der Wagen erkannt wurde. Aber ich habe wenig befahrene Straßen gewählt. Wir werden in Lemgo übernachten und müssten morgen Abend für den nächsten Abschnitt der Reise bereit sein.«

Ich fiel in einen erschöpften Schlummer, aus dem ich wieder auffuhr, als der Wagen über eine steile, schlecht unterhaltene Straße holperte. So gut er konnte wich Bastable den Schlaglöchern aus. Dann auf einmal zeichnete sich am Horizont die Morgendämmerung ab und ich sah vor mir eine ganz außergewöhnliche Ansammlung von Dächern, Kaminen und Erkern, neben denen Bek geradezu futuristisch ausgesehen hätte. Es war wie eine Zeichnung aus einem Märchenbuch. Mit unserem riesigen, modernen Automobil waren wir in die Welt von Hänsel und Gretel eingedrungen und in einem mittelalterlichen Märchen gelandet.

Wir hatten Lemgo erreicht, diese kleine, selbstbewusste Stadt, die jede Facette ihres schmucken Erscheinungsbildes auf höchst raffinierte Weise hervorzuheben verstand. Hinter der reizenden altmodischen Fassade verbarg sich jedoch eine düstere und schreckliche Geschichte. Ich war auf Wanderurlauben einmal oder zweimal hier gewesen, hatte mich jedoch wegen der Touristen nicht lange aufgehalten.

Von Sachsenburg her waren wir auf Umwegen gefahren und es war gut möglich, dass wir etwaige Verfolger abgeschüttelt hatten. Ich stellte keine Fragen. Ich war zu erschöpft und wusste außerdem, dass die Weiße Taube sehr vorsichtig vorgehen musste. Ich war zufrieden damit, dass ich im Augenblick von einem ausgedehnten Albtraum erlöst war.

Ich fragte mich, ob Lemgo für meine Befreier eine besondere Bedeutung hatte. Der Ort war das Sinnbild einer alten deutschen Stadt. Als befestigte Stadt, einst Mitglied der Hanse, hatte sie echte Macht besessen, doch jetzt war sie unwiderruflich ins Hintertreffen geraten und unterstand der Herrschaft der Grafen zur Lippe, mit denen wir über mehrere Ecken verwandt waren. Die Straßen waren ein wahres Wunder, denn die Einwohner schienen miteinander zu wetteifern, wer die schönste Häuserfront präsentieren konnte. Alle möglichen Tiere und Figuren aus Volkssagen zierten als Schnitzwerk die Häuser, Bibelsprüche und Goethe-Zitate waren eingraviert, Wappen und Tafeln veranschaulichten die Sagen, die in dieser Region überliefert wurden.

Am Rathaus prangte ein Relief, auf dem ein Löwe zu sehen war, der eine Mutter und ihr Kind angriff, während zwei Männer vergebens versuchten, das Tier zu verscheuchen. Das unter dem Namen ›Alt Lemgo‹ bekannte Haus war mit allen möglichen Pflanzenornamenten verziert, doch das schönste Haus von allen war meiner Erinnerung nach das Hexenbürgermeisterhaus, ein Gebäude aus dem sechzehnten Jahrhundert in der Breite Straße, das an einen besonders leidenschaftlichen Hexenjäger erinnerte. Ich konnte es kurz sehen, als der Wagen durch die verschlafenen Straßen fuhr. Die breite Front des Fachwerkhauses verjüngte sich nach oben zum Giebel, wo eine Christusfigur die ganze Welt in den Händen hielt, während weiter unten Adam und Eva einen Vorbau stützten. Alle Holzteile waren reich und phantasievoll mit Schnitzereien verziert. Ein altes deutsches Haus, dessen reizvoller Eindruck ein wenig litt, wenn man wusste, dass es seinen Namen von einem berühmten Hexenjäger, dem Bürgermeister Cothmann, bekommen hatte, der im Jahre 1667 fünfundzwanzig Hexen verbrannt hatte. Dies war sein bestes Jahr. Sein Amtsvorgänger hatte Männer wie Frauen hingerichtet, darunter den Pastor der Kirche St. Nicolai. Andere Geistliche waren geflohen oder aus der Stadt vertrieben worden. Das schöne Haus des Henkers in der Neue Straße war mit einem frommen Wahlspruch geschmückt. Der Mann war beim Hinrichten der Hexen reich geworden. Ich bekam den Eindruck, dass dieser Ort symbolisch das Wesen des ganzen neuen Deutschland zum Ausdruck brachte. Einerseits gab es hier malerische Folklore und sentimental verklärte Heimatgeschichte, andererseits einen dumpfen Hass auf alles, was die klebrigen Träume von Herd und Heim infrage stellen konnte. Die Stadt war mir vor 1933 noch nie finster erschienen. Was unschuldige Nostalgie hätte sein sollen, verwandelte sich im Kontext der gegenwärtigen Lage in gefährliche, pervertierte Gefühlsduselei.

Bastable lenkte den Wagen in eine Toreinfahrt, deren Doppeltür geöffnet war, und dahinter in eine Garage. Jemand hatte uns erwartet und schloss unmittelbar hinter uns die Türen, dann wurde eine Öllampe hochgedreht. Herr El stand da und lächelte erleichtert. Er wollte mich umarmen, doch ich wehrte ihn ab. Die Energie, die ich aus dem Schwert bezogen zu haben schien, war noch vorhanden, aber meine Knochen waren immer noch gebrochen und angeschlagen.

Wir gingen durch einen kleinen Vorraum und traten durch eine weitere alte Tür ins Haus. Der Türsturz war so niedrig, dass ich den Kopf einziehen musste. Dahinter fand ich jedoch ein gemütliches Haus mit entspannter Atmosphäre vor, als hätte jemand einen Schutzzauber darüber gesprochen. Herr El fragte, ob er mich untersuchen solle. Ich willigte ein und wir gingen in einen kleinen Raum neben der Küche, der anscheinend als eine Art Behandlungszimmer eingerichtet war. Vielleicht war Herr El der Arzt der Weißen

Taube. Ich stellte mir vor, wie er hier Schussverletzungen behandelte. Während er mich untersuchte, gab er einige Kommentare zu den fachkundigen Schlägen ab. »Diese Kerle wissen genau, was sie tun. Sie können einen gesunden Mann lange am Leben halten, würde ich meinen. Sie selbst, Graf von Bek, waren in überraschend guter Verfassung. Ihre Übungen mit dem Schwert scheinen sich ausgezahlt zu haben. Ich denke, dass Sie schnell wieder gesund werden. Aber die Männer, die dies getan haben, waren Meister ihres Fachs.«

»Nun«, sagte ich grimmig, »jetzt können sie ihr Wissen an die Meisterkollegen in der Hölle weitergeben.«

Herr El seufzte gedehnt. Er versorgte meine Wunden und verband mich. Unverkennbar, dass er eine medizinische Ausbildung genossen hatte. »Mehr kann ich im Augenblick nicht tun. Eigentlich müssten Sie jetzt ruhen, aber dazu werden Sie in der nächsten Zeit wohl nicht kommen. Wissen Sie, was weiter geplant ist?«

»Ich weiß nur, dass ich über einen geheimen Weg an einen sicheren Ort gebracht werden soll«, erwiderte ich.

Er lächelte angespannt. »Mit Glück«, sagte er. Dann bat er mich, ihm alles zu berichten, was ich noch in Erinnerung behalten hatte. Als ich ihm erklärte, dass etwas von mir Besitz ergriffen hatte, dass mich ein höllisches Selbst in der Gewalt gehabt hatte, legte er mir mitfühlend eine Hand auf den Arm. Doch er konnte oder wollte mir nicht offenbaren, was er darüber wusste.

Er gab mir etwas, damit ich besser schlafen konnte. Soweit ich weiß, war der Schlaf traumlos und frei von Störungen, bis ich spürte, dass die junge Frau mich sachte schüttelte und mich mahnte, ich solle aufstehen und etwas essen. Ihre Stimme klang etwas drängend und ich war schlagartig wach. Eine rasche Dusche, etwas Schinken und hart gekochte Eier, ein Stück gutes Brot mit Butter, das mich daran erinnerte, wie gut ganz normales, einfaches Essen sein konnte, und schon wurde ich wieder in die Garage geschoben, wo Bastable bereits auf dem Fahrersitz des Wagens wartete. Die junge Frau saß neben ihm. Die Pfeile trug sie jetzt in einem Korb, der Bogen war zu einer Art Gehstock verwandelt. Sie hatte sich älter gemacht und schien etwa siebzig Jahre zu zählen. Bastable trug seine SS-Uniform und ich die Jägerkluft. Ein Hut verbarg mein weißes Haar, eine getönte Brille die roten Augen.

Als ich in den Duesenberg stieg, wandte sich die junge Frau an mich. »Wir können fast jeden außer von Minct und Klosterheim täuschen. Sie ahnen, wer wir wirklich sind und unterschätzen uns nicht. Gaynor, wie Sie ihn nennen, hat einen bemerkenswerten Instinkt. Es ist nicht nachzuvollziehen, wie er uns so schnell gefunden hat, aber sein eigener Wagen hat Kassel bereits hinter sich gelassen. Es ist noch nicht einmal sicher, ob wir das letzte Ziel unserer Reise überhaupt vor ihm erreichen können.« Ich fragte sie, wo dieses Ziel sei. Sie nannte eine weitere malerische Stadt, in der eine berühmte Legende gespielt hatte. »Es ist Hameln. Die Stadt ist bloß wenige Kilometer entfernt, aber nur über eine grauenhafte Straße zu erreichen.«

Hameln zählte zweifellos zu den berühmtesten Städten Deutschlands. Die Geschichte vom Rattenfänger und den Kindern war in der ganzen Welt und besonders in England und Amerika bekannt.

Auch dieses Mal fuhren wir wieder häufig ohne Licht und bemühten uns nach Kräften, dafür zu sorgen, dass der Wagen nicht erkannt wurde. Ein weniger stabiles Fahrzeug hätte schon längst versagt, aber das amerikanische Auto war eines der besten Fahrzeuge, die je hergestellt worden sind, so gut wie der beste Rolls-Royce oder Mercedes und sogar noch schneller. Das Wummern der Maschine glich, als wir mit achtzig Stundenkilometern dahinfuhren, dem gleichmäßigen, ruhigen Schlag eines riesigen Herzens. Ich bewunderte die kühne Formgebung, die zugleich Zuversicht und Nostalgie ausstrahlte, und fragte mich, ob wir vielleicht sogar nach Amerika wollten, oder ob ich näher an der Heimat lernen sollte, Hitler zu bekämpfen.

Felsen und Wälder flogen im Mondlicht vorbei. Klöster

und Dörfer, Kirchen und Gehöfte. Alles, was Deutschland ausmachte und auszeichnete. Aber die Geschichte des Landes, seine Folklore und die ganze Mythologie, alles hatten die Nazis für sich reklamiert, und sie hatten die Beute mit allem verknüpft, was an Deutschland und den Deutschen am ehrlosesten war. Die wahre Gesundheit eines Volkes, so denke ich manchmal, kann man daran ablesen, wie stark es seine Erfahrungen verklärt.

Schließlich erreichten wir die Weser, einen langen, dunklen Streifen in der Ferne. An diesem Fluss lag die Stadt Hameln mit ihren massiven alten Bauten aus Stein und Holz, das Haus des Rattenfängers und das Hochzeitshaus, wo Tilly angeblich Quartier bezog, bevor er mit seinen Generälen gegen Magdeburg marschiert ist. Einer meiner Vorfahren, mein Namensvetter, hat zur Schande unserer Familie auf Tillys Seite gekämpft.

An einer Ecke bogen wir rechts ab und standen unversehens vor der ersten Straßensperre. Diese hier wurde von der SA unterhalten. Wie Bastable wusste, würde man sehr schnell herausfinden, dass wir nicht waren, wer wir zu sein vorgaben – falls man uns näher überprüfte. Wir mussten in Bewegung bleiben. Deshalb hob ich meinen Arm zum Hitlergruß, als der Wagen abbremste, bellte einige Befehle, die nach dringenden Angelegenheiten klangen, und erwähnte entflohene Gefangene, während Bastable sich bemühte, wie ein SS-Fahrer auszusehen. Die verwirrten SA-Leute ließen uns durch. Ich konnte nur hoffen, dass sie nicht in ständiger Verbindung mit anderen Trupps auf der Straße standen.

Da wir Hameln nicht umfahren konnten und da wir mit unserem großen Wagen wahrscheinlich nicht einmal die alte Brücke über die Weser benutzen konnten, blieb uns keine andere Wahl. Bastable fuhr langsamer, setzte die Mütze auf und spielte den Herrenfahrer. So wurde ich zu einem angesehenen Bürger, der vielleicht mit seiner Mutter unterwegs war. Wir erreichten die Fähre ohne Zwischenfälle, doch es war offensichtlich, dass sie das Gewicht des Wagens nicht tragen konnte. Bastable fuhr bis in die Nähe der Brücke zurück und führte uns zu Fuß hinüber. Abgesehen vom Bogen der Frau und dem schwarzen Schwert, das ich mir über die Schulter hängte, während ich den beiden hinterdrein humpelte, besaßen wir keine Waffen.

Wir überquerten die Brücke und bald darauf führte Bastable uns über einen Fußweg, der im Dunst und im Mondlicht kaum zu erkennen war. Hin und wieder konnte ich den Fluss erkennen, die Lichter der Stadt, einige Baumgruppen und Ausläufer eines größeren Waldes. Ab und zu wohl auch die Scheinwerfer ferner Automobile. Anscheinend wurden wir von einer kleinen Armee verfolgt. Bastable ging schneller und ich konnte kaum noch mithalten. Er wusste genau, wo er war, aber er schien auch immer besorgter zu werden.

Irgendwo in der Nähe hörten wir Motoren dröhnen und Gehupe. Gaynor und Klosterheim mussten erkannt haben, wohin wir wollten. Führte eine gute Straße zu dem Ziel, zu dem Bastable uns brachte? Oder würden sie uns zu Fuß folgen? Keuchend stellte ich Bastable diese Fragen.

Er antwortete scheinbar unbewegt. »Sie müssen sich in zwei Gruppen aufteilen, würde ich sagen. Eine kommt von Hildesheim, die andere von Detmold. Der Fluss wird sie nicht behindern, wie er uns behindert hat, doch die Straßen sind schlecht und ich weiß nicht, wie gut ihre Autos sind. Wenn sie zum Beispiel einen Dornier Ford Yates haben, dann haben wir keine Chance. Wir haben die Schlucht jetzt fast erreicht und können nur hoffen, dass sie uns nicht schon voraus sind. Gaynor darf man allerdings nicht unterschätzen.«

»Sie kennen ihn?«

»Nicht hier«, lautete Bastables rätselhafte Antwort.

Wir stolperten in eine schmale Schlucht, die nach einer Sackgasse aussah. Ich wurde misstrauisch und dachte zuerst, Bastable hätte uns in eine Falle gelockt. Doch er warnte uns, wir sollten still sein, und führte uns langsam am Rand der Schlucht entlang, wobei er sich in den tiefsten Schatten hielt. Wir hatten fast die senkrechte Granitwand erreicht, als über uns und seitlich auf einmal Stimmen zu hören waren. Es gab eine gewisse Unruhe. Scheinwerfer flammten auf und erloschen wieder. Ein improvisierter Hinterhalt.

»Das Schwert!«, rief Bastable. Er warf sich gegen den Fels, als Scheinwerfer nach uns tasteten. »Von Bek, Sie müssen mit dem Schwert zuschlagen.«

Ich wusste nicht, was er meinte.

»Wohin soll ich schlagen?«

»Hierher, Mann, auf den Felsen.«

Wieder hörten wir Motoren dröhnen. Auf einmal durchschnitten mächtige Scheinwerfer die Dunkelheit. Ich hörte Gaynors Stimme, der drängte, das Automobil solle weiterfahren. Aber der Fahrer hatte Schwierigkeiten. Mit einem markerschütternden Kreischen des Getriebes und mit aufheulendem und spuckendem Motor rollte das Fahrzeug weiter.

»Gebt auf!« Das war Klosterheim, der von oben durch eine Flüstertüte sprach. »Ihr könnt uns nicht entkommen!«

»Das Schwert«, zischte Bastable. Die junge Frau schlang sich den Köcher über die Schulter und spannte den eigenartig geformten Bogen.

Verlangte er wirklich von mir, dass ich einen Weg durch massiven Granit frei hackte? Der Mann war verrückt. Vielleicht waren alle verrückt und meine eigene Verwirrung hatte mich dazu verleitet, sie für meine Retter zu halten.

»Schlagen Sie auf den Fels«, sagte die junge Frau. »Es muss getan werden. Es ist das Einzige, das uns retten kann.«

Ich fand einfach nicht genug Glauben in mir, um es ernst zu meinen, aber immerhin versuchte ich gehorsam, mit dem großen Schwert auszuholen. Es gab einen Augenblick, in dem ich glaubte, ich würde umkippen, aber dann stand auf einmal wieder mein Doppelgänger vor mir. Undeutlich und offensichtlich unter Schmerzen winkte er mir, ich solle ihm folgen. Dann drang er in den Fels ein und verschwand.

Ich schrie und schlug mit aller Kraft die große schwarze Klinge auf die Granitwand. Es gab ein eigenartiges Geräusch, als wäre Eis gebrochen, doch die Wand hielt. Zu meinem Erstaunen hielt auch das Schwert. Es schien unbeschädigt.

Irgendwo hinter mir ratterte eine Maschinenpistole.

Ich schwang noch einmal die Klinge, wieder traf sie den Fels.

Dieses Mal entwich der Felswand ein tiefer, stöhnender Laut und ein schmaler Riss erschien. Ich taumelte zurück. Wäre das Schwert nicht so vollkommen ausbalanciert gewesen, ich hätte es nicht noch ein drittes Mal schwingen können. Aber ich schlug noch einmal zu.

Plötzlich begann das Schwert zu singen. Irgendwie stellte das vibrierende Metall eine Verbindung zum vibrierenden Fels her und brachte eine erstaunliche Harmonie hervor. Der Klang drang tief ich mich ein, schwoll an und wurde lauter, bis ich nichts anderes mehr hören konnte. Ich wollte das Schwert noch ein viertes Mal heben, doch ich kam nicht mehr dazu.

Mit ohrenbetäubendem Krachen teilte sich die massive Felswand. Sie teilte sich wie ein mit dem Beil gespaltenes Holzscheit mit einem scharfen, knirschenden Geräusch und aus dem Spalt wehte etwas heraus, das sich kalt und uralt anfühlte und uns vollständig umfing. Bastable keuchte. Die junge Frau hatte kurz innegehalten und ein paar Pfeile auf die Nazi-Schläger abgefeuert, doch es war unmöglich zu erkennen, ob sie jemanden getroffen hatte. Bastable übernahm stolpernd die Führung und wir folgten ihm in eine gewaltige Höhle, deren Boden am Eingang glatt wie geschliffener Marmor war. Wir hörten Echos. Geräusche wie von menschlichen Stimmen. Ferne Glocken. Das Miauen einer Katze.

Ich hatte Angst.

Stand ich jetzt tatsächlich vor den Toren der Hölle? Ich wusste: Wenn sich die Wand hinter mir schloss, wie sie es in der Legende von Hameln getan hatte, dann würde ich lebendig begraben sein, abgeschnitten von allem, was ich je geliebt oder geschätzt hatte. Die Ungeheuerlichkeit der Vorgänge – dass ich mit der Klinge irgendeine Art von Resonanz erzeugt und den massiven Fels gespalten hatte, hinter dem sich eine Höhle öffnete – erinnerte an eine bizarre Legende aus dem dreizehnten Jahrhundert und die Kinderkreuzzüge. Ich glaube, ich war kurz davor, das Bewusstsein zu verlieren. Dann spürte ich die junge Frau neben mir und taumelte weiter. Jede Prellung, jeder Riss und jeder Bruch bereitete mir fast unerträgliche Schmerzen. So liefen wir in die Dunkelheit hinein.

Bastable war ein Stück vor uns und fast nicht mehr zu sehen. Ich rief ihn und er antwortete sofort. »Wir müssen in den Stalagmitenwald. Beeilen Sie sich, Mann. Die Felswand wird noch eine Weile offen bleiben und Gaynor hat den Mut, uns zu folgen.«

Ein lauter Schrei war zu hören, dann flammte grelles Licht auf, als Gaynors Wagen den Eingang der Höhle erreichte und hereinfuhr. Er war wie ein besessener Jäger, der seine Beute hetzt, der Wagen war sein Streitross. Kein Hindernis und keine Bedenken waren wichtig genug, um ihn von unserer Fährte abzubringen.

Ich hörte wieder Maschinenpistolenfeuer. Irgendwo erklangen Glocken wie klimperndes Glas. Etwas Schweres rauschte in der Dunkelheit von oben herunter und knallte dicht hinter mir auf den Boden. Kleine Bruchstücke rieselten auf mich herab.

Die Schüsse erschütterten die Fels- und Eisformationen, die für solche Höhlen typisch sind. Im Scheinwerferlicht von Gaynors Wagen schaute ich nach oben. Etwas Schwarzes flog durch mein Gesichtsfeld. Ich sah Bastable und die junge Bogenschützin ebenfalls zur Decke spähen, offenbar besorgt, was die Schüsse noch alles losbrechen mochten.

Wieder kam ein Speer aus Stein herunter. Steinbrocken trafen mich im Gesicht und an den Händen. Ich sah noch einmal nach oben, verlor das Gleichgewicht und rutschte plötzlich einen Abhang aus losem Schiefer bergab.

Über mir hörte ich Bastable rufen. »Halten Sie das Schwert fest, Graf Ulric. Wenn wir getrennt werden, gehen Sie nach Morn und suchen Sie die Off-Moo.«

Die Namen sagten mir nichts, sie klangen fast lächerlich. Aber ich hatte keine Zeit, weiter darüber nachzudenken, denn ich musste mich anstrengen, um die Rutschpartie zu beenden und gleichzeitig Rabenbrand festzuhalten. Das Schwert wollte ich auf keinen Fall loslassen.

Wir waren zu einem einzigen Wesen geworden.

Mann und Schwert, wir existierten in gottloser Einheit, jeder vom anderen abhängig. Ich dachte: Wenn einer zerstört würde, dann würde auch der andere sofort zu existieren aufhören. Eine Aussicht, die immer wahrscheinlicher zu werden drohte, während der Abhang steiler und steiler wurde und mein Rutschen sich in einen Schwindel erregenden Sturz verwandelte, hinab und immer weiter hinab in unergründliche Tiefen.

6.
Abgründe der Natur

Ich weinte vor Schmerz, als der Sturz endlich aufhörte. Irgendwann hatte ich die Hand fest um den Griff des Schwerts gelegt. Instinktiv wusste ich, dass die schwarze Klinge meine einzige Überlebenschance war. Es kam mir vor, als hätte ich keinen Knochen mehr im Leib, der nicht gebrochen war. Eigentlich lag mir nicht einmal mehr viel daran, überhaupt zu überleben. Die schwere, gepolsterte Jägerkluft hatte mich vor den schlimmsten Verletzungen geschützt. Der Hut war mir über die Augen gerutscht, aber auch als ich ihn hochschob, starrte ich, auf dem Rücken liegend, in völlige Dunkelheit. Rufe und gelegentlich ein Schuss waren weit entfernt und hoch über mir zu hören. Sie waren die einzige Verbindung zur Menschheit. Ich war schon in Versuchung, zu rufen und mich bemerkbar zu machen, obwohl ich doch wusste, dass sie mich töten und mir das Schwert wegnehmen würden.

Allerdings konnte ich nicht einmal rufen. Ich konnte von Glück reden, dass ich noch das Augenlicht besaß. Weit oben leuchteten jetzt Lampen über die Kante. Dadurch bekam ich eine Vorstellung, wie hoch die Klippe war. Ich konnte nicht einmal sicher sein, dass ich ganz unten angekommen war. Ebenso gut hätte ich ein oder zwei Schritte machen und abermals in einen kalten Abgrund fallen können, für ewig in die Vorhölle stürzen, auf ewig gefangen im Übergang zwischen Leben und Tod, zwischen Bewusstsein und schwarzer Ohnmacht. Ein Schicksal, das sich in meinen dunklen Träumen bereits angekündigt hatte. Träume, die dieses grotesk anmutende Abenteuer vorweggenommen hatten.

Doch jetzt konnte ich mit einiger Erleichterung das Ende absehen. Hier würde mich niemand finden. Bald würde ich einschlafen und dann würde ich sterben. Ich hatte gegen die Nazis getan, was ich tun konnte, und mein Leben einem anständigen Zweck geopfert. Überdies würde ich mit meinem Schwert sterben, das mir Verpflichtung und Verteidigung zugleich war - und zwar ungeschlagen, wie ich immer zu sterben gehofft hatte, falls es wirklich einmal so weit kommen musste. In einer Lage wie dieser konnte man kaum mehr erwarten.

Dann berührte etwas mein Gesicht. Eine Motte?

Ich hörte die Stimme der jungen Frau. Ein Murmeln, dicht an meinem Ohr. »Bleiben Sie still, bis sie fort sind.«

Sie tastete nach meiner Hand. Ich war überrascht, wie sehr mich die Berührung tröstete. Schaudernd und unter Schmerzen atmete ich ein. Kein Zentimeter meines Körpers, der nicht auf irgendeine Weise wehtat, doch ihr Eingreifen schien den Schmerz zurückzudrängen. Ich fühlte mich sofort belebt und entwickelte gegenüber dieser Frau, die beinahe noch ein Kind und doch so schwer einzuschätzen war, Gefühle ... Gefühle der Kameradschaft vielleicht. Körperlich fühlte ich mich kaum zu ihr hingezogen. Das überraschte mich, denn sie besaß gewiss eine Sinnlichkeit und Anmut, die viele Männer gereizt hätte. Vielleicht war ich über Leidenschaft und Lust schon weit hinaus. Unter Umständen wie diesen sind solche Bedürfnisse nur noch neurotisch und zerstörerisch. Dies dachte ich jedenfalls, als mir die Erotomanen in meiner Familie einfielen. Für sie war der Gestank des Schießpulvers immer ein erregender Duft gewesen.

Ich fragte sie, ob sie mir angesichts unserer Lage ihren Namen verriet. Hieß sie wirklich Gertie? Ich hörte sie lachen. »Gertie war ich noch nie. Sagt Ihnen der Name Oona etwas?«

»Nur von Spenser - die Herrin der Wahrheit.«

»Nun ja, mag sein. Und meine Mutter? Erinnern Sie sich nicht an sie?«

»Ihre Mutter? Habe ich sie kennen gelernt? In Bek? In Berlin? In Mirenburg?« Lächerlich, aber ich fühlte mich, als hätte ich mir in vornehmer Gesellschaft einen Fauxpas erlaubt. »Verzeihen Sie mir ...«

»In Quarzasaat«, sagte sie. Die fremdartigen Laute sprach sie auf eine Weise aus, die ein wenig arabisch klang. Ich ließ sie wissen, dass ich diesen Namen noch nie gehört hatte, konnte aber spüren, dass sie mir nicht ganz glaubte.

»Jedenfalls danke ich Ihnen, Fräulein Oona«, erklärte ich mit all meiner altmodischen, recht steifen Höflichkeit. »Sie haben viel Gutes für mich getan.«

»Das will ich doch hoffen.« Im Dunklen klang ihre Stimme etwas abwesend, als sei sie unterdessen mit ganz anderen Gedanken beschäftigt.

»Ich frage mich, was aus Bastable geworden ist«, warf ich ein.

»Oh, das ist kein Problem, er kann schon auf sich aufpassen. Selbst wenn sie ihn schnappen, wird er auf die eine oder andere Weise wieder freikommen. Vorerst ist seine Rolle in dieser Angelegenheit beendet. Aber ich habe nur seine Hinweise, um den Fluss zu finden, der uns seiner Ansicht nach schließlich zur Stadt Mu Ooria führen wird.«

Dieser Name kam mir irgendwie bekannt vor. Ich erinnerte mich an ein Buch aus meiner Bibliothek. Es war eine dieser unglaubwürdigen Lebensgeschichten, die in der Folge von Grimmelshausens *Simplizissimus* und Raspes *Münchhausen* erschienen sind. Der Autor, möglicherweise ein unter falschem Namen schreibender Vorfahr, behauptete, er hätte ein unterirdisches Königreich besucht, ein Rückzugsgebiet für Vertriebene, dessen Einwohner mehr aus Stein denn aus Fleisch und Blut bestanden hätten. Als Knabe hatte ich die Geschichte geliebt, aber sie hatte mit der Zeit ihren Reiz verloren und mich nur noch gelangweilt.

Ich wies darauf hin, dass ich kaum in der Verfassung war, einen längeren Fußmarsch zu überstehen. Unterdessen überraschte mich das Ausmaß des Höhlensystems. Ob sie wusste, wie weit es sich erstreckte?

Das schien sie zu amüsieren. »Manche glauben, es reicht bis in die Ewigkeit«, sagte sie. »Bisher gibt es jedenfalls keine vollständigen Karten.« Sie ermahnte mich zu warten und verschwand in der kalten Dunkelheit. Ich staunte über die Leichtigkeit, mit der sie sich hier zurechtfand. Als sie zurückkam, hörte ich, dass sie sich mit etwas beschäftigte. Dann fasste sie mich unter den Achseln und schleppte mich ein paar Schritte weiter, bis ich auf einem Tuch lag. Das Schwert legte sie neben mich.

»Wir können den Nazis danken, dass man Sie so ausgehungert hat«, bemerkte sie, »sonst wäre ich dafür nicht stark genug.« Ich spürte, wie sich das Tuch hob und unter mir spannte. Die Kanten fühlten sich an wie lange, glatte Schösslinge, aber Holz schien es nicht zu sein. Dann bewegten wir uns. Oona die Bogenschützin zog mich auf einer Art Travois.

Zu meinem Unbehagen bemerkte ich, dass wir uns immer noch abwärts bewegten, statt wieder hinauf zum Spalt, den ich mit den Harmonien meines Schwerts aufgerissen hatte. Vorher war es mir nie richtig zu Bewusstsein gekommen, nicht einmal in den Schützengräben in Flandern, doch ich litt an Klaustrophobie. Dabei wusste ich natürlich, dass Oona nicht stark genug war, um mich zurück nach oben zu schaffen. Außerdem schien sie eine gewisse Vorstellung von dem zu haben, was vor uns lag. Sie versuchte, einen sicheren Ort zu erreichen, den sie entweder aus eigener Anschauung kannte oder von dem Bastable ihr erzählt hatte. Ich hoffte nur, dass Bastable nicht von den Nazis gefangen genommen worden war. Ein zivilisierter Mensch wusste sich die Qualen, die diese brutalen Kerle ersannen, kaum auszumalen. Ich schauderte bei der Vorstellung, Gaynor könnte mich in meinem derzeitigen Zustand finden. Ich wollte mit Oona reden, aber schon das Bemühen, den Mund zu öffnen, ließ mich schwindeln. Nicht lange, und es war mir ohnehin gleichgültig, denn ich verlor das Bewusstsein.

Mit dem Gefühl, dass sich irgendetwas verändert hatte, kam ich zu mir. Die Stille um mich her wirkte eher friedlich denn bedrohlich. Ich hörte ein Flüstern, als würde der Wind durch Blätter streichen, dann bemerkte ich in der Ferne einen Lichtstreifen, als wäre dort der Horizont.

Oona war als dunkler Umriss vor einem noch dunkleren Hintergrund undeutlich zu sehen. Sie hatte etwas zu essen vorbereitet. Etwas, das nach Kohl roch und wie gestampfter Ingwer schmeckte. Es hatte eine unangenehme schleimige Konsistenz, aber es stärkte mich. Sie sagte mir, unser Frühstück wäre aus einheimischem Essen zubereitet. Offenbar kannte sie sich hier aus.

Ich fragte sie, ob dieses Höhlensystem den berühmten Katakomben von Rom ähnlich sei, wo die Opfer der Verfolgungen sich versteckt und manchmal ganze Siedlungen aufgebaut hatten.

»Manchmal kommen hier misshandelte Menschen an«, sagte sie, »und ich glaube, sie finden in gewisser Weise Zuflucht. Aber es gibt hier auch eine dominante einheimische Bevölkerung, die sich niemals nahe an die Oberfläche wagt.«

»Wollen Sie damit sagen, dass hier in den Höhlen eine ganze Zivilisation lebt?«

»Glauben Sie mir, Graf Ulric, hier unten werden Sie sogar mehr als nur eine Zivilisation finden.«

Mein Verstand wies diese phantastische Behauptung zurück. Nicht einmal die erst kürzlich entdeckten Höhlen von Carlsbad waren so groß.

Dennoch war ich irgendwie auch bereit ihr zu glauben. Ich spürte den Widerhall einer verborgenen Wahrheit. Etwas, das ich vielleicht einmal gewusst oder das ein Vorfahr erlebt und das sich meiner genetischen Erinnerung eingeprägt hatte. Ich wusste von der Modeerscheinung unter deutschen Bohemiens, die von einer Hohlwelt sprachen, deren Eingang am Nordpol liege, und ich wusste, dass auch einige Nazis wie der Vegetarier und Sonderling Hess an diese Geschichten glaubten, doch ich hätte nie angenommen, dass eine solche Unterwelt außerhalb der Phantasie wirklich existierte. Wahrscheinlich existierte sie tatsächlich nicht. Dieses Höhlensystem, so groß es auch sein mochte, musste jedenfalls endlich sein und bisher gab es keinerlei Hinweise darauf, dass hier irgendeine Art von menschlicher Besiedlung existierte. Vielleicht war Oona eine derjenigen, die an diese

Märchen glaubten. Ich hatte freilich keine Wahl, als ihrem Urteil zu trauen. Immerhin hatte sie mir mehr als einmal das Leben gerettet.

Unterdessen war ich überzeugt, dass Gaynor und Klosterheim uns weiter verfolgen würden, da mein Schwert ihnen zu wichtig war, um einfach aufzugeben. Wenn nötig, würden sie uns bis in die Hölle hetzen.

Als es etwas heller wurde, konnte ich einen Teil der Umgebung überblicken. Die Echos verrieten mir, dass es sich um ein riesiges Gewölbe handeln musste. Ich begann mich zu fragen, wie viel weiter wir noch hinabsteigen konnten, bevor uns die Schwerkraft erdrücken würde. Die stärkste Lichtquelle war eine Art reflektierter Glanz von Eiszapfen und Stalagmiten. Wir folgten anscheinend einer glatten Straße aus nacktem Eruptivgestein, vielleicht einem alten Lavastrom, der sich zum helleren Horizont hin erstreckte. Als wir näher kamen, hörten wir ein Rauschen, das zu einem fernen Tosen anschwoll. Ich konnte mir nicht vorstellen, was dieses Geräusch verursachte und woher das Licht kam.

Wir mussten öfter Pausen einlegen, damit Oona ausruhen konnte. Sie wurde zusehends müde. Schließlich war das Rauschen so laut, dass wir uns kaum noch verständigen konnten. Doch sie schien entschlossen, so bald wie möglich weiterzuziehen. Fünfzehn Minuten, dann war sie wieder auf den Beinen und schleppte mich mit dem Travois den funkelnden Abhang hinunter, bis der Boden eben wurde. Wir standen auf einer Art Hügel und blickten hinab zu einem Streifen helleren Lichts, der vor uns zu tanzen schien.

Ich hatte sie zu fragen versucht, was es war, aber sie konnte mich nicht verstehen. Sie schien jetzt beinahe so erschöpft wie ich. Ich sah es an der Art und Weise, wie sie sich die Stangen auf die Schultern legte und das improvisierte Geschirr festzurrte, um weiterzulaufen.

Ich war noch lange nicht wieder bei Kräften. Wenn ich nicht bald einen Arzt aufsuchen konnte, würden viele meiner gebrochenen Knochen nicht ordentlich verheilen und eine gesplitterte Rippe könnte sogar ein inneres Organ verletzen.

Ich hatte keine besondere Angst mehr um mich, sondern nahm diese Aussichten als Realität hin.

Meter um Meter zogen wir unter Schmerzen weiter, der Quelle des Lichts und der Geräusche entgegen. Mehr oder weniger einmal pro Stunde machte Oona eine Pause und trank aus der Flasche, die sie bei sich trug. Dann drängte sie auch mich, etwas von dem übel riechenden Zeug zu schlucken. Ein Hexengebräu, sagte ich. Wenn Sie so wollen, erwiderte sie.

Ich hatte keine Ahnung, wie lange wir auf diese Weise reisten. Das Rauschen schwoll an, bis es wie das Blut in den Trommelfellen pochte. Mein Schädel schien ein riesiger Konzertsaal zu sein, ich konnte nichts anderes mehr wahrnehmen. Obwohl nach gewöhnlichen Maßstäben immer noch trübe, war das Licht inzwischen so hell geworden, dass mir die Augen schmerzten. Es fiel mir schwer, den Kopf zu drehen, doch als ich es tat, erkannte ich, dass der funkelnde, helle Streifen jetzt viel höher stand. In der Dunkelheit ragte er auf und beleuchtete alle möglichen grotesken Formen in der Umgebung. Ich sah erstarrte Felsformationen, die beinahe organisch wirkten, denn sie hatten die Gestalten von Fabeltieren, Gebäuden, Menschen und Pflanzen angenommen. Verwitterte Klippen. Ein silbriges Licht, das einen eigenartigen Kontrast zu den stockdunklen, weiter entfernten Gebieten bildete. Ein Ort voll von tiefen, beunruhigenden Schatten. Eine einfarbige Welt, in der es nur Schwarz und Weiß gab. Ein geheimnisvolles Schauspiel. Ich konnte nicht glauben, dass dieser Ort noch nicht entdeckt worden war, dass noch niemand darüber geschrieben hatte. Über seine Geschichte und Geographie wusste ich nichts. Es kam mir irgendwie seltsam vor, dass die Nazis, die so sehr auf Eroberung aus waren, dieses eigenartige, jungfräuliche Gebiet noch nicht in Besitz genommen hatten. Meiner Ansicht nach hatten sie ja ohnehin eine natürliche Affinität zur Dunkelheit. Sie suchten sie geradezu.

Was mich betraf, so tat die wundervolle Erkenntnis, dass eine solche Welt existierte, meiner Sehnsucht, wieder herauszukommen, keinen Abbruch. Halb tot wie ich war, erinnerte mich diese Welt zu sehr an ein Grab.

Doch offensichtlich genas ich auf irgendeine Weise. Was es auch für ein Medikament war, das Oona mich zu trinken zwang, es kräftigte mich auf eine Weise, wie es das Schwert nicht vermocht hätte. Sogar die Schmerzen von den Knochenbrüchen, von den zerfetzten Muskeln und vom gepeinigten Fleisch wurden zu einem dumpfen und einigermaßen erträglichen Schmerz gedämpft. Ich fühlte mich frischer und sauberer, fast wie daheim, nachdem ich früh am Morgen im Fluss schwimmen gewesen war.

Ich fragte mich, ob ich überhaupt noch ein Heim besaß. Hatte mein Vetter Gaynor seine Drohung wahr gemacht und mein Haus Stein um Stein niedergelegt?

Vielleicht glaubte er inzwischen, ich wäre im Besitz des Kelchs und des Schwerts und er würde darauf verzichten, Bek und seinen Bewohnern etwas anzutun. Aber das würde wiederum bedeuten, dass er irgendwo hier war, entschlossen, das Schwert für sich zu ergattern und in seinem Irrsinn völlig sicher, dass ich den Ort kannte, wo ein sagenhafter und wahrscheinlich überhaupt nicht existierender Heiliger Gral zu finden sei.

Das Brüllen schien uns völlig einzuhüllen. Wir wurden zu einem Teil davon, wir näherten uns seiner Quelle, als wären wir hypnotisiert. Es gab kein Entrinnen, denn genau dort lag unser Ziel.

Die Stäbe des Travois als Krücken benutzend, das Schwert mit einem seltsam faserigen, starken Stück Stoff, das Oona mir gegeben hatte, über den Rücken geschlungen, konnte ich inzwischen sogar neben ihr humpeln. Das Licht war jetzt so hell wie das Blitzpulver, das die Fotografen benutzten. Es blendete und machte mich benommen. Oona musste bald die getönte Brille aufsetzen, ich schob mir den Jägerhut tief in die Augen. Im Grunde waren wir blind und taub und mussten uns langsam und vorsichtig bewegen.

Das Phosphoreszieren hing wie ein breites Band in einem weiten Halbkreis vor uns am Horizont und versank, fast wie ein Regenbogen, in der Dunkelheit. In größerer Entfernung konnten wir einen weiteren glühenden Bereich ausmachen, viel breiter als das riesige Lichtband, das die Dunkelheit der gewaltigen Höhle durchbrach. Nirgends war das Dach des Gewölbes zu sehen. Es musste ungeheuer hoch sein, möglicherweise mehr als einen Kilometer. Das Tosen ging von derselben Quelle aus wie das Licht. Und von dort, so bemerkte ich jetzt, kam auch die Wärme.

Wenn so tief unter der Erde komplexe Lebensformen existierten, dann wusste ich jetzt wenigstens, wie sie ohne Sonnenlicht überleben konnten.

Die Luftfeuchtigkeit verriet mir, dass wir uns dem Fluss näherten, den Bastable erwähnt hatte. Auf die ersten Anzeichen, dass wir ihm wirklich nahe waren, war ich jedoch nicht im Mindesten vorbereitet. Blinzelnden Glühwürmchen ähnlich, schienen die Felsen in jenem silbrigen Strahlen, das wir vor uns sahen, zum Leben zu erwachen. Kleine Sterne blühten auf, verblassten in der Luft und rieselten auf uns herab.

Eine Flüssigkeit. Zuerst dachte ich, es müsse Quecksilber sein, dann aber konnte ich erkennen, dass es gewöhnliches, wenngleich ungewöhnlich stark phosphoreszierendes Wasser war, das aus einer Quelle kam, die der Oberfläche zweifellos näher war, sich vielleicht im Boden eines Gewässers befand.

Oona schien sich mit der Flüssigkeit auszukennen. Als sie eine Pfütze fand, formte sie die Hände zu einer Schale und bot mir zu trinken an. Das Wasser schmeckte frisch. Jetzt glühten auch ihre Hände, sodass sie einer grell gemalten Heiligen aus einer billigen Bibel ähnelte. Wenn sie die Haare zurückschob, war ihr Kopf einen Augenblick lang von einem Heiligenschein umgeben. Wo immer ein Wassertropfen uns traf, wurden wir mit kleinen Juwelen und funkelndem Quecksilber geschmückt. Sie gab mir zu verstehen, dass ich noch mehr trinken könne, wenn ich es wollte. Sie bückte sich und trank auch selbst. Eine Weile glühten ihre Lippen silbrig und die roten Augen starrten mich fröhlich und begeistert an. Sie schien mein Staunen zu genießen. Ein paar Sekunden lang beleuchtete das Wasser, das durch ihre Kehle glitt, sogar von innen die Adern und Organe, sodass sie durchsichtig schien.

Ich war von diesen Eindrücken wie verzaubert. Ich wollte unbedingt mehr darüber erfahren, doch das Brüllen betäubte uns und es war immer noch schwer, den Horizont direkt anzuschauen.

Während das phosphoreszierende Wasser auf unsere Köpfe und Körper rieselte und uns mit winzigen funkelnden Sternen besprenkelte, liefen wir glatte, schlüpfrige Felsen hinauf bis zu dem Punkt, an dem die riesige Mauer aus Licht sich sanft nach unten zu neigen begann.

Endlich konnten wir die Ursache des Tosens erkennen. Es war ein Anblick, der alles in den Schatten stellte, was ich je auf meinen Reisen gesehen hatte. Ein Weltwunder, gewaltiger als die sieben, die die Bewohner der Oberfläche immer noch in Erstaunen versetzen. Ich habe oft gesagt, dass die Weltwunder ihre Namen zu Recht tragen. Sie können nicht fotografiert oder gefilmt oder auf irgendeine Weise reproduziert werden, die auch nur annähernd jene Großartigkeit einzufangen vermag, die den Betrachter erfüllt, wenn er unmittelbar vor ihnen steht, seien es die Pyramiden in Ägypten oder der Grand Canyon. Dieser unbekannte, namenlose Wasserfall war etwas, das man im Himmel zu entdecken vermutete, aber niemals auf unserem Planeten. Der Anblick stärkte und schwächte mich zugleich. Ich bin nicht fähig, das Schauspiel zu beschreiben. Stellen Sie sich einen riesigen, glühenden Fluss vor, der breiter wird und Wasserfälle hinunterstürzt, die größer sind als die Viktoriafälle oder die Niagarafälle. Unter dem Dach einer Höhle von unbestimmbarer Höhe, deren Wände sich in völliger Dunkelheit verloren.

Riesige Mengen des gespenstisch leuchtenden Wassers stürzten und donnerten herunter und ließen den Boden unter unseren Füßen beben. Unablässig rauschte es herab, eine ungeheure Masse kreischenden Lichts, aus dem wilde Geräusche, die fast wie menschliche Musik klangen, hervorbrachen. Überall lagen massige Schatten. Galerien, Türme, Straßen und Wälder aus Fels waren zu sehen, die ihrerseits wieder weiche silberne Strahlen aussandten, die an Mondlicht erinnerten. Unablässig stürzte das Wasser der Welt hinab ins Herz der Schöpfung, um zu erneuern und erneuert zu werden.

Dieser Anblick hatte etwas an sich, das meinen Glauben an das Übernatürliche stärkte.

Ich empfand es als Geschenk, dass ich am Rande dieses gewaltigen Wasserfalls stehen durfte und das leuchtende Wasser wirbelnd, funkelnd und schäumend eine Klippe herunterstürzen sah, deren Fußpunkt nicht erkennbar war. Weit unter uns fand das Wasser wieder zu einem Fluss zusammen, der durch ein weites Tal strömte, wo er ein riesiges leuchtendes Gewässer speiste, ein unterirdisches Meer. Wenigstens hielt sich die Geographie hier an die Prinzipien, die auch über der Erde galten. An beiden Flussufern, an den sanft ansteigenden Hängen des Tals, standen schlanke Türme aus weißem und grauem Licht, die ebenso unterschiedlich schienen wie die Hochhäuser, die zusammen die Skyline New Yorks bildeten. Die Formationen waren die seltsamsten, die ich je gesehen hatte. Mein zum Geologen ausgebildeter Bruder, der in Ypres gefallen war, hätte diese Kulisse sicher höchst interessant und anregend gefunden. Ich hätte wirklich gern festgehalten, was wir zu sehen bekamen. Es war leicht zu verstehen, warum kein Forscher Bilder mitgebracht hatte, warum der einzige Hinweis auf diesen Ort im Buch eines bekannten Spinners zu finden war und warum ein Anblick wie dieser als schier unglaublich galt - solange man ihn nicht selbst gesehen hatte.

Staunend im Brüllen und im silbernen Schauer stehend, hatte ich noch nicht die Frage in Betracht gezogen, was wir als Nächstes tun würden. Ich erschrak, als Oona nach unten deutete und mich durch Zeichen fragte, ob ich kräftig genug sei, dort hinunter zu steigen. Oder ob wir gleich hier oben eine Schlafpause einlegen sollten?

Obwohl geschwächt, bemühte ich mich, aus eigener Kraft so gut wie möglich weiterzugehen. Ich hatte noch immer das

Gefühl, dass Gaynor uns möglicherweise einholen würde. Ich wusste, dass ich mich besser fühlen würde, wenn ich ein paar Kilometer weiter wäre. Andererseits fühlte ich mich in meiner Lage äußerst unwohl und sehnte mich danach, wieder zur Oberfläche hinaufzuklettern und einen Ort zu finden, an dem ich den Kampf gegen Hitler und seine raubtierhaften psychopathischen Schläger fortsetzen konnte.

Ich wollte nicht weiter nach unten, aber wenn es der einzige Weg war, wollte ich es versuchen. Oona deutete im glitzernden Dunst zu einer Stelle, die etwa auf halber Höhe der Talwände lag. Dort sah ich die Umrisse einer riesigen natürlichen Steinbrücke, die das Wasser offenbar von Ufer zu Ufer überspannte. Vielleicht war dies unser Ziel. Ich nickte ihr zu und machte mich bereit, ihr zu folgen, als sie vorsichtig einen unebenen Weg, der wie mit Quecksilbertröpfchen überzogen schien, hinunterstieg. Das Brüllen und Beben, die langen Steinfinger, die vom Dach herunterhingen oder vom Boden aufstiegen, das Licht, die Wucht des Wassers, all dies machte mich benommen. Ich fühlte mich, als hätte ich die reale Welt ganz und gar verlassen und steckte in einem phantastischen Abenteuer, das nicht einmal ein Schiller sich hätte ausdenken können.

Überall schien der Fels in organischen Bewegungen erstarrt. Als wären alle Lebewesen der Erde hergekommen und zu einer sich windenden Chimäre verschmolzen. Bäume verwandelten sich in Reihen von Bischöfen, die Bischöfe wiederum in grinsende Gnome. Köpfe alter Schildkröten reckten sich aus Gruppen von Langusten hervor, die Augen waren wie die Augen von Basilisken. Man hatte den Eindruck, sie könnten einen immer noch erreichen. Götter und Göttinnen, ähnlich den komplizierten Schnitzarbeiten auf den Säulen hinduistischer Tempel oder burmesischer Pagoden. Manchmal konnte ich kaum glauben, dass so etwas nicht das Werk irgendeiner Intelligenz sein sollte. Jeder Aspekt der Erdoberfläche war hier dargestellt, alle Arten von Menschen und Tieren, Pflanzen und Insekten, manchmal grotesk verzerrt oder zwanzigfach vergrößert. Als wäre der Stoff, aus dem das

Chaos bestand, noch nicht voll ausgebildet, im Augenblick der Entstehung erstarrt. Als hätte eine Phantasie begonnen, eine vielgestaltige Welt zu erschaffen und wäre mittendrin unterbrochen worden.

Der Anblick einer nicht ganz geborenen Welt weckte in mir den Wunsch, in die Dunkelheit zurückzukehren, die sie vor mir verborgen hatte. Ich drehte allmählich durch. Ich musste zugeben, dass ich einem solchen Erlebnis nicht gewachsen war. Doch irgendetwas in mir trieb mich an und verhöhnte mich, damit ich weiterging. So etwas hatte man in Ägypten und Mexiko nachzuempfinden versucht. So etwas hatte man im Buch der Toten aufgezeichnet. Hier waren die Gottheiten mit den Tierköpfen, die Helden und Heldinnen, die Engel und Dämonen und alle Geschichten der Welt vereint. Grenzenlos erstreckten sich Statuen und Friese und Gärten aus Kristall, nirgends war eine Wand zu sehen, die alles einschloss und uns eine Orientierung gab. Ich begriff, dass wir längst über den Punkt hinaus waren, an dem ein Kompass uns hätte helfen können. Hier gab es keine bekannten Mittel der Orientierung, hier gab es nur den Fluss.

Vielleicht hatten die Pseudowissenschaftler der Nazis Recht und unsere Welt war eine von Fels umschlossene Kugel, die in einem unendlich großen Felsen steckte. Was wir als Sterne wahrnahmen, waren nur Lichtpunkte der kalten Feuer, die im Fels brannten.

Es war kein Trost, dass ich diese Theorie jetzt am eigenen Leibe erleben sollte. Zweifellos erkundeten wir gerade einen unendlich großen Fels. Aber hatte der Fels einmal gelebt? Oder verspottete er nur das Leben? Hatte er einmal wie wir aus organischer Materie bestanden? Versuchte er, sich eine Form zu geben, die dem Leben auf der Oberfläche entsprach, wie auf weniger komplizierte Weise eine Blume oder ein Baum danach strebte, die Erde zu durchdringen und das Licht zu erreichen? Es fiel mir leicht, dies zu glauben. Wer nicht die gleichen Erfahrungen gemacht hat wie ich, soll sich nur ein Bild der Höhlen von Carlsbad nehmen, dann wird er verstehen, was ich meine.

Die Säulen sahen aus wie von begnadeten Irren geschnitzt. Man konnte auf ihnen jeden nur denkbaren Umriss und alle möglichen Gesichter und Ungeheuer erkennen. Jeder Fels ging nahtlos in den nächsten über, die Vielfalt war unerschöpflich. So schienen sie in die Dunkelheit zu marschieren, die Umrisse im flackernden weißen Feuerschein einmal scharf abgezeichnet und dann wieder mit der Dunkelheit verschmelzend, während sich zu ihren Füßen der riesige phosphoreszierende Fluss ins Herz der Welt ergoss. Eine prächtige Vision der Unterwelt, als wären die Niagarafälle in ein mondbeschienenes Elfenreich verlegt worden, in den Traum eines Opiumessers. Sah ich hier das Land und die Welt der Verdammten vor mir? Ich hatte den Eindruck, die lauernden Felsen könnten jeden Augenblick zum Leben erwachen, um mich mit einer Berührung zu einem der ihren zu machen, für tausend Jahre erstarrt und nur für einen Augenblick wieder zum Leben erwachend, wenn eine Beute zu spüren war, wenn Wesen wie wir vorbeieilten, blind und taub und verloren.

Die Schönheiten, die das Licht vom Fluss beleuchtete, machten mich Staunen und versetzten mich doch in Angst und Schrecken. Hoch über uns, gleich den zierlichen Pfeifen verzauberter Orgeln, hingen Tausende und Abertausende Kristalllüster, alle in kühlem, silbrigem Licht strahlend. Hin und wieder fing sich ein Reflex in einem Lüster und schoss einen bunten Blitz über den Dunst und das strömende Wasser hinweg, das ewig stürzte und ewig zu den Kuppeln und Dächern hinaufbrüllte.

Ich konnte nicht glauben, dass das Höhlensystem sich so tief unter die Erde erstreckte und so weitläufig war. Es schien unendlich. Lauerten hier Ungeheuer? Ich erinnerte mich an einen Stich aus einem Buch von Jules Verne. Riesige Schlangen? Riesenkrokodile? Die Nachkommen von Dinosauriern?

Dann fiel mir ein, dass uns immer noch sehr reale Rohlinge im Nacken saßen. Nicht einmal Verne oder Wells hatten die Nazipartei und ihre vielfältige Bösartigkeit ersinnen können.

Zweifellos hatten Gaynor und sein Verbündeter Klosterheim ehrgeizigere Motive als nur den Wunsch, der Sache der Nazis zu dienen. Ich vermutete, dass die beiden Männer schlagartig aufhörten, Nazis zu sein, sobald die Nazis ihnen nicht mehr nützlich waren. Damit stellten sie für uns natürlich eine noch größere Bedrohung dar. Keiner Sache verpflichtet außer der eigenen, konnten sie vorgeben, jeder Sache zu dienen. Gaynor hatte mir seine liebenswürdige und böse Seite bereits gezeigt. Ich vermutete, dass es viele Spielarten von Liebenswürdigkeit und Bosheit in ihm gab, die auch andere schon zur Genüge gesehen hatten. Ein Mann mit vielen Gesichtern. In diesem Punkt war er Hitler nicht unähnlich.

Ich kann nicht mehr schildern, wie ich mich, meist mit Oonas Hilfe, den langen, schlüpfrigen Weg hinunter tastete, stets die gebrochenen Fußknochen spürend, allerdings dank des Tranks ohne starke Schmerzen. Ich wusste, dass mein ramponierter Körper mir nicht mehr lange gehorchen würde.

Endlich erreichten wir die außergewöhnliche Brücke. Mit der gleichen fließenden Geschmeidigkeit wie alles andere wuchs sie aus dem umgebenden Fels heraus, als wäre erst vor wenigen Augenblicken etwas Lebendiges erstarrt. In der glühenden Gischt nahmen die bleichen Steinsäulen vor uns die Gestalt einer natürlichen Kathedrale an. Sie erinnerte mich an eine Phantasie des verrückten katalanischen Architekten Gaudi oder an unseren Ludwig von Bayern, sie war jedoch weitaus komplizierter und zierlicher konstruiert. Zu beiden Seiten erschien sie von hohen Türmen und Zinnen umgeben, alle durch natürliche Vorgänge in der Höhle entstanden, die auch hier auf eigenartige Weise lebendig wirkten. Der Boden schien dagegen nicht auf natürliche Weise abgetragen, sondern geglättet, um menschlichen Füßen das Fortkommen zu erleichtern. Die zierlichen silbernen Türme marschierten durch die Schlucht, drunten rann der glühende Fluss durch ›Höhlen, unergründlich für jedermann, in ein Meer, von Nacht umbraut‹. Hatten die Opiumpoeten des ›English Enlightenment‹ gesehen, was ich jetzt sah? Hatte ihre Phantasie es vielleicht sogar erschaffen? Dieser beunruhigende Gedanke kam mir mehr als einmal. Mein Gehirn konnte kaum den wahren Umfang dessen, was meine Augen wahrnahmen, erfassen, und so neigte ich wie jeder gewöhnliche Irre dazu, mir eine Art von Logik zu erfinden, um die Fassung zu bewahren, weil ich sonst einfach zum ungesicherten Rand der riesigen Brücke gelaufen wäre und mich zu Tode gestürzt hätte.

Von Natur aus war ich keineswegs selbstmordgefährdet. Ich hatte immer noch eine schwache Hoffnung, medizinische Hilfe und eine Wegbeschreibung zurück zur Oberfläche zu finden, wo ich mich nützlich machen konnte. Das Tosen des Wassers im Abgrund unter uns hinderte mich, Oona entsprechende Fragen zu stellen, und so konnte ich mich nur in Geduld üben. Nachdem wir eine Weile gerastet hatten, humpelten wir langsam über die Brücke. Ich benutzte mein Schwert als Gehstock, Oona stützte sich auf den geschnitzten Bogen.

Die Gischt, die vom Wasser heraufwehte, hüllte die ganze Brücke in hellen Dunst. Allmählich wurde mir bewusst, dass vor uns und mitten auf dem Weg jemand stand - annähernd von meiner Größe. Der Kerl hatte freilich eine eigenartige Figur und schien sich ebenfalls auf einen Stab zu stützen. Oona drängte mich weiter, weil wir offenbar erwartet wurden.

Als ich näher kam, sah ich jedoch, dass die Gestalt, die auf uns wartete, ein riesiger roter Fuchs war, der auf den Hinterbeinen stand und sich mit einem langen, geschnitzten Gehstock aufrecht hielt. Gekleidet war er wie ein herausstaffierter französischer Edelmann des siebzehnten Jahrhunderts, überall Spitzen und Stickerei. Indem er mit ungeschickter Pfote den breitkrempigen, mit Federn geschmückten Hut vom Kopf nahm, sprach der Fuchs ein paar Worte zum Gruß und verneigte sich.

Mit einer gewissen Erleichterung, als dürfte ich endlich aus einem Albtraum fliehen, verlor ich das Bewusstsein und brach auf dem bebenden Boden der Brücke zusammen.

7.
Volk der Tiefe

Außerstande, noch eine weitere Attacke auf alles Erlernte und Erfahrene hinzunehmen, tat mein Bewusstsein, was es tun musste, um sich zu retten. Es zog sich in Träume zurück, die so phantastisch waren wie die Realität, aber immerhin waren es Träume, über die ich eine gewisse Kontrolle zu behalten schien. Wieder frohlockte ich, als ich nicht nur eine Einzige, sondern einen ganzen Schwarm der riesigen, eleganten Flugechsen lenkte. Wir rasten durch einen kalten Winterhimmel, dicht bei mir jemand im Sattel, der mein Entzücken teilte. Jemand, den ich liebte.

Dann stand wieder mein Doppelgänger vor mir. Er fasste nach mir. Die Frau war verschwunden, ich ritt nicht mehr auf dem Drachen. Der Doppelgänger kam näher und ich sah sein schmerzverzerrtes Gesicht. Die roten Augen weinten helles Blut. In diesem Augenblick fürchtete ich ihn nicht mehr, ich empfand Mitgefühl. Er bedrohte mich nicht. Vielleicht wollte er mich warnen?

Langsam verblassten die Bilder und ich empfand ein außergewöhnliches Wohlbehagen, als schwebte ich, als würde ich aus dem Mutterleib ohne jeden Schmerz noch einmal geboren. Als ich mich entspannte, kam auch meine Vernunft wieder zum Vorschein.

Ich konnte die Existenz eines unterirdischen Reichs akzeptieren, das beinahe unendlich groß zu sein schien. Ich konnte hinnehmen und verstehen, welche Auswirkung die seltsamen Felsformationen auf meine Phantasie hatten. Aber ein Fuchs aus einem Märchen – das war einfach zu viel. In meinem fieberhaften Bemühen, all die fremdartigen Eindrücke zu verarbeiten, hatte ich mir die Begegnung wohl einfach nur eingebildet. Oder ich hatte mich so an das Phantastische gewöhnt, dass ich einen als Volpone verkleideten Schauspieler nicht als das erkannt hatte, was er war.

Natürlich war der Fuchs nirgends zu sehen, als ich die Augen öffnete. Vielmehr sah ich einen Riesen über mich gebeugt, dessen Kopf mir ein wenig wie eine belebte Version der Figuren auf der Osterinsel vorkam. Er blickte mit beinahe übertriebener Sorge auf mich hinab. Seine Uniform erschreckte mich, bis mir bewusst wurde, dass es keine deutsche war. Ich fand es kaum noch bemerkenswert, dass er die sorgfältig aufgearbeitete Tracht eines Offiziers der französischen Fremdenlegion trug. Ein Armeearzt? Hatte unsere Reise uns nach Frankreich geführt? Nach Marokko? Mein kleines Hirn sprang auf halbwegs einleuchtende Erklärungen los wie die Katze auf den Vogel.

Der große Fremdenlegionär half mir, mich im Bett aufzurichten.

»Fühlen Sie sich jetzt wieder besser?«

Ich hatte ihm schon zögernd in der gleichen Sprache geantwortet, ehe mir bewusst wurde, dass wir klassisches Griechisch sprachen. »Sprechen Sie nicht französisch?«, fragte ich.

»Aber gewiss doch, mein Freund. Doch die allgemeine Sprache ist hier das Griechische und es gilt als unhöflich, eine andere zu benutzen, auch wenn unseren Gastgebern die meisten Sprachen der Erde durchaus bekannt sind.«

»Uns wer genau sind unsere Gastgeber? Übergroße herausgeputzte Füchse?«

Der Legionär lachte. Es klang, als sei eine Granitplatte gesprungen. »Sie sind offenbar Lord Renyard begegnet. Er brannte darauf, Sie als Erster zu begrüßen. Er dachte, sie würden ihn vielleicht sogar erkennen. Meines Wissens war er mit einem Ihrer Vorfahren befreundet. Er und Ihre Gefährtin, Mademoiselle Oona, mussten sofort nach Mu Ooria weiterreisen, wo sie dringende Beratungen zu führen haben. Wie ich weiß, mein Freund, habe ich die Ehre, Graf Ulric von Bek hier begrüßen zu dürfen. Ich bin Ihr ergebener J.-L. Fromental, Leutnant der französischen Fremdenlegion.«

»Und wie sind Sie hierher gekommen?«

»Zweifellos durch Zufall. Durch einen ähnlichen Zufall wie M'sieur le Comte, würde ich meinen.« Fromental half mir, mich im langen, schmalen Bett aufzusetzen. So schmal war es, dass es mich, obwohl halb verhungert, immer noch einzuklemmen schien. »Ich war auf der Flucht aus dem unwirtlichen Rif-Gebirge. Ich hatte das sagenhafte Ton-al-Oorn gesucht. Mein Gefährte ist gestorben. Dem Tode nahe, fand ich einen alten Tempel. Er war weitläufiger, als ich dachte, und so bin ich schließlich hier angekommen.«

Der ganze Raum schien aus dem gewachsenen Fels ausgewaschen und hatte eine Atmosphäre, als befände ich mich in einer ägyptischen Grabkammer, wie ich sie in meiner Jugend auf dem Schulausflug in die alte Welt und ins Heilige Land gesehen hatte. Halb erwartete ich schon, ägyptische Motive auf den hellen Wänden zu entdecken. Ich trug jetzt ein langes Gewand, das etwas zu eng war und einem Nachthemd ähnelte. In Ägypten nannte man diese Kleidungsstücke Dschellaba.

Ich befand mich in einem lang gestreckten, schmalen Raum, der beinahe wie ein Flur wirkte. Erhellt wurde er von schlanken Gläsern voll von glühendem Wasser. Alles hier war dünn und gestreckt wie gezogenes Glas. Ich fühlte mich wie in einem jener Spiegelkabinette, die vor einigen Jahren in Wien so großes Aufsehen erregt hatten. Selbst der breite Franzose wirkte hier ein wenig kurz und kantig. Es war eine seltsame Umgebung, doch allmählich wurde mir bewusst, wie gut ich mich fühlte. Ich hatte mich nicht mehr so kräftig und eins mit mir gefühlt, seit ich beim alten von Asch meine Lektionen absolviert hatte.

Die Stille vergrößerte noch mein Wohlbefinden. Das Rauschen des Wassers war fern genug, um beruhigend zu wirken. Ich hatte keine große Lust zu sprechen, musste jedoch meine Neugierde befriedigen.

»Wenn dies hier nicht Mu Ooria ist, wo sind wir dann?«, fragte ich.

»Genau genommen ist dies hier überhaupt keine Stadt, sondern eine Universität, auch wenn sie ganz anders arbeitet als die meisten anderen Universitäten. Sie ist auf beide Seiten des strahlenden Flusses verteilt, damit die Wissenschaftler das Wasser studieren und seine Sprache lernen können.«

»Seine Sprache?«

Das war in der Tat die beste Übersetzung für das Wort, das er benutzte. »Die Leute hier glauben nicht, das Wasser sei im gleichen Sinne belebt wie ein Tier. Sie glauben allerdings, dass alles eine ganz eigene Natur habe, die, wenn man sie richtig versteht, es erlaubt, in größerer Harmonie mit der Umgebung zu leben. Dies ist das Ziel ihrer Forschungen. Sie legen keinen großen Wert auf mechanische Dinge, sondern sie nutzen die Kräfte, die sie entdecken, zu ihrem Vorteil.«

Ich stellte mir ein vergessenes orientalisches Land vor, das vielleicht mit Tibet Ähnlichkeit hatte, wo die Menschen das Leben in religiöser Kontemplation verbrachten. Wahrscheinlich waren sie auf ganz ähnliche Weise hergekommen wie wir, gehetzt von irgendeinem Feind, um mit der Zeit immer dekadenter zu werden, jedenfalls gemessen an meinen eigenen eher puritanischen Maßstäben.

»Die Leute hier haben Sie wieder gesund gemacht«, erklärte Fromental mir. »Sie dachten, Sie würden beim Aufwachen lieber ein vertrautes Gesicht sehen. Sie werden sie bald kennen lernen.« Er schien zu erraten, was ich dachte. »Ihre Forschungen haben durchaus einen praktischen Nutzen. Man hat Sie lange in einem Heilteich schlafen lassen. Die Knochenrichter und Muskelschmeichler arbeiten meist in solchen Teichen.« Als er meinen Gesichtsausdruck sah, lächelte er und ergänzte die Erklärung. »Es gibt hier Teiche mit Flusswasser, in die sie noch gewisse andere Dinge hineintun. Ganz egal, woran Sie leiden, ob es ein Knochenbruch ist oder ein bösartiges Geschwür an einem Organ, es kann in den Heilteichen geheilt werden, wenn man bestimmte Verfahren einsetzt, die für Ihr Leiden geeignet sind. Musik beispielsweise, und auch Farben. Da dieser Ort zeitlos ist, gibt es hier auch nicht die starken Bezüge auf Zeitabläufe, wie wir sie an der Oberfläche kennen.«

»Die Leute hier altern nicht?«

»Ich weiß es nicht.«

Ich war nicht in der Stimmung für weitere Rätsel. »Warum ist Oona ohne mich weitergereist?«

»Eine sehr dringende Angelegenheit, nehme ich an. Sie erwartet, dass Sie ihr folgen. Von hier aus werden bald einige Leute zur Hauptstadt aufbrechen, die am Rand des Ozeans liegt, den Sie von oben gesehen haben.«

»Reist man hier der Sicherheit wegen in Gruppen?«

»Eher wegen der angenehmen Gesellschaft. Sie müssen hier nicht mit übernatürlichen Schrecken rechnen, mein Freund. Sie mögen den Eindruck haben, Sie wären in einen riesigen Kaninchenbau gestürzt, aber Sie sind trotzdem nicht im Wunderland. Genau wie an der Oberfläche stehen wir auch an diesem Ort am oberen Ende der Nahrungskette. Allerdings gibt es hier kein heißes Blut. Keine Konflikte, abgesehen von intellektuellen und formell ausgetragenen Disputen. Keine wirklichen Waffen. Nichts, was mit Ihrem Schwert zu vergleichen wäre. Hier hat alles die stille Würde einer Grabstätte.«

Ich sah ihn scharf an und fragte mich, ob er ironisch gesprochen hatte, doch er lächelte milde und schien guter Dinge.

»Nun gut«, räumte ich ein, »so bizarr die Medizin auch zu sein scheint, sie funktioniert offenbar.«

Fromental schenkte mir ein farbloses Getränk ein. »Ich habe gelernt, mein Freund, dass jeder die medizinische Praxis mit etwas anderen Augen sieht. Die Franzosen sind über die englische oder amerikanische ärztliche Kunst so entsetzt wie die Deutschen über die Italiener oder die Italiener über die Schweden. Ganz zu schweigen von den Chinesen. Oder Voodoo. Ich würde sagen, dass die Wirksamkeit einer Medizin mit der Analyse und Behandlung ebenso viel zu tun hat wie mit den unterschiedlichen Vorstellungen, die wir von unserem Körper haben. Übrigens, wenn mich eine Kobra in die Hand beißt, dann bin ich binnen weniger Minuten tot. Wenn die Schlange meine Katze in den Nacken beißt, fühlt diese sich vielleicht etwas schläfrig, mehr passiert ihr nicht. Aber Zyanid bringt uns beide um. Was also ist Gift? Was ist Medizin?«

Ich ließ die Frage unbeantwortet und stellte meinerseits die nächste.

»Wo ist mein Schwert? Hat Oona es mitgenommen?«

»Die Gelehrten haben es hier gelassen. Ich bin sicher, dass man es Ihnen zurückgeben wird, da es Ihnen jetzt wieder besser geht. Man hat es als wundervolles Kunstwerk gewürdigt und sich sehr dafür interessiert.«

Ich fragte ihn, ob die Universität jene Gruppe schlanker Säulen sei, die ich aus der Ferne gesehen hatte. Er erklärte mir, die Off-Moo bauten zwar keine Städte im gewöhnlichen Sinne, die beiden Gruppen von Säulen wären aber mit Wohnquartieren, Büros und allem anderen eingerichtet, was eine lebendige Siedlung braucht, auch wenn es hier kaum Handelsbeziehungen gebe.

»Wer sind denn nun die Bewohner dieses Utopia? Alte Griechen, die sich verlaufen haben? Nachkommen irgendeines Orpheus? Der verlorene Stamm Israels?«

»Nichts dergleichen, auch wenn sie eine oder zwei Geschichten zur Sagenwelt der Erde beitragen könnten. Sie kommen überhaupt nicht von der Oberfläche, sie sind in dieser Höhlenwelt heimisch. Sie haben kaum ein praktisches Interesse an den Dingen, die außerhalb ihrer Welt liegen, doch sie sind einerseits sehr neugierig, zugleich aber auch äußerst vorsichtig. So studieren sie zwar unsere Welt, schrecken aber instinktiv davor zurück, mit uns direkt in Kontakt zu treten. Wenn Sie eine Weile hier gelebt haben, werden Sie verstehen, was hier geschieht. Wissen und Phantasie sind ihnen genug. Diese dunkle Welt lässt die Menschen träumen. Da Tod und körperliche Beschwerden selten sind und in dieser Umgebung keine großen Gefahren drohen, können wir das Träumen als Kunst kultivieren. Die Off-Moo verspüren kaum einmal den Wunsch, ihre Welt zu verlassen und nur selten wollen Besucher zur Oberwelt zurückkehren. Diese Umgebung macht uns alle zu Intellektuellen und Träumern.«

»Sie sprechen über diese Leute, als wären sie Mönche. Als glaubten Sie, diese Träume könnten irgendeinen Sinn haben – und als wären ihre Siedlungen große Klöster.«

»In gewisser Weise trifft dies zu.«

»Keine Kinder?«

»Es kommt darauf an, was Sie darunter verstehen. Die Off-Moo sind parthenogenetische Wesen. Sie gehen zwar lang andauernde Beziehungen ein, müssen aber nicht heiraten, um sich fortzupflanzen. Ihr Tod ist zugleich ihre Geburt. Eine Spezies, die erheblich effizienter ist als wir, mein Freund.« Er legte mir die Hand auf die Schulter. »Sie sollten sich auf viele Überraschungen gefasst machen. Es sei denn, sie springen in den Fluss oder stürzen in die Länder, die von den Einheimischen als ›Uria-Ne‹ bezeichnet werden. Wir würden sie die Länder jenseits des Lichts nennen, vielleicht auch die dunkle Welt. Diese Leute hier fürchten jene Dunkelheit nicht so sehr wie wir, aber nur der Wunsch, einen schmerzvollen Tod zu erleiden, könnte sie dorthin treiben.«

»Beschreiben sie damit nicht unsere eigene Welt?«

»Das ist möglich, mein Freund. Diese anscheinend rein schwarzweiße Umgebung wirkt auf uns, als wäre sie sehr einfach aufgebaut. Doch Sie und ich, wir haben nicht die Augen, um die Schönheiten zu sehen, die diese Leute wahrnehmen, wir haben kein Gespür für die feinen Abstufungen von Farbton und Schattierung, die für die Einheimischen ebenso lebendig sind wie für uns die Rosen oder Sonnenuntergänge auf der Erde. Sie werden bald genauso wie ich besessen sein von dem Wunsch, die Empfindungen dieser sanften und komplizierten Wesen zu verstehen.«

»Vielleicht«, erwiderte ich, »vielleicht werde ich diesen Wunsch verspüren, wenn die Zeit kommt, mich auf einen friedlichen Lebensabend einzurichten. Inzwischen aber gilt es in meinem Land einen unbarmherzigen Feind zu bekämpfen – und diesen Kampf muss und will ich führen.«

»Nun, jeder Mann muss fähig sein, seinem besten Freund in die Augen zu sehen«, sagte Fromental, »und ich will Sie nicht davon abhalten. Können Sie gehen? Kommen Sie, wir werden den Gelehrten Fi, der sich sehr für Ihr Wohlergehen eingesetzt hat, um Rat fragen.«

Ich stellte fest, dass ich mühelos gehen konnte und mich ausgesprochen kräftig fühlte. Ich folgte Fromental, der seinen massigen Körper seitlich durch einige Türen quetschen musste, auf einem spiralförmig angelegten Weg nach unten zur Straße. Ich rannte fast, als wir die kühle, feuchte Luft im Freien erreichten. Doch der Anblick der träumenden Stadt, anscheinend in ewiges Mondlicht gebadet, mit filigranen Türmen, die den Anschein erweckten, sie könnten beim leisesten Geräusch zerspringen, mit Gehwegen aus Basalt und unübersichtlichen Gärten voll bleicher Pilze, deren Formen denen der Felsen ähnlich waren, erfüllte mich mit Achtung und verlangsamte meinen Schritt. Als wir den Torbogen am Ende des lang gestreckten Flurs hinter uns gelassen hatten, nahm ich ein Dutzend köstliche, zauberhafte, warme Gerüche wahr, die wahrscheinlich von frisch zubereiteten Speisen herrührten. Es war der köstliche Duft, wie man ihn mit bestimmten Trüffeln in Verbindung bringt.

Die Türme selbst bestanden aus Basalt, in den andere Gesteinsarten eingeschmolzen waren, um den Eindruck zu erwecken, hinter dickem Glas wären verschiedene Wesen gefangen, die uns ständig anstarrten. Diese natürliche Architektur, die intelligente Geschöpfe sich nutzbar gemacht hatten, war von einer außergewöhnlichen Schönheit und Anmut. Manchmal, wenn ein leichtes Beben vom Fluss her durch den Boden lief, schwankten die Gebäude ein wenig und gaben ein leises Murmeln von sich, als wären sie plötzlich zum Leben erwacht. All diese bleichen Wunder hoben sich vor dem unruhigen Glanz des Stromes und dem fernen Licht des Ozeans ab. Auf einmal sah ich den Fluss als eine hiesige Version des Nil, der Mutter aller Zivilisationen. Hatte ich deshalb instinktiv eine Verbindung zu den Erbauern der Pyramiden hergestellt?

Als wir weitergingen, fragte ich Fromental, ob ihm Bastable bekannt sei. Fromental war ihm einmal in eben dieser Universität begegnet. Er wusste, dass Bastable regelmäßig die Hauptstadt von Mu Ooria besuchte.

»Dann ist es also möglich, jederzeit zu kommen und zu gehen?«

Fromental schien amüsiert. »Aber gewiss doch, mein Freund. Wenn Sie Bastable heißen, ist das kein Problem. Dieser Engländer gehört zur recht exklusiven Gruppe von Menschen, die fähig sind, auf Wegen zu reisen, die man manchmal ›die Mondstrahlwege‹ nennt. Das ist eine Gabe, die mir leider fehlt. Er kann sich willentlich von einer in die andere Sphäre bewegen. Er hält Sie meines Wissens für einen sehr wichtigen Mann.«

»Woher wollen Sie das wissen?«

»Ich habe es von Ma'm'selle Oona erfahren, von wem sonst?«

»Ich denke, er schätzt mein Schwert mehr als meine Person.«

»Der Gelehrte Gou kennt ihn. Ich habe gehört, wie er darüber gesprochen hat und glaube, Bastable weiß beides zu schätzen.«

Damit schritten wir durch einen weiteren Bogengang und betraten ein Gebäude, das aus Fleisch und Blut zu bestehen schien, einem inneren Organ ähnlich, auch wenn sich das Gestein kalt wie Marmor anfühlte.

Wir standen in einem sehr hohen Saal, der von einem Lüster erhellt wurde, auf dem Dutzende der langen, schlanken Lichtflaschen befestigt waren, die ich schon vorher gesehen hatte. An den Wänden des Saales hingen Tafeln, Pläne und Abbildungen, die in vielen verschiedenen Sprachen beschriftet waren. Das wichtigste Stück schien ein mit wundervoll sauberer und fließender arabischer Schrift ausgefülltes Blatt zu sein. Offenbar handelte es sich um die Schriftsprache der Off-Moo. Alles erschien meinem Auge jedoch einfarbig, als hätte ich eine Filmkulisse betreten und wäre in einem verrückten Abenteuerfilm gelandet.

Fromentals Stimme klang hier drinnen sogar noch tiefer und voller. »Graf von Bek, darf ich Ihnen meinen Freund und Mentor, den Gelehrten Fi vorstellen, den Leiter der Gruppe, die an Ihrer Genesung gearbeitet hat?«

Meine Stimme klang selbst in den eigenen Ohren belegt und schleppend. Ich konnte kaum vernünftig antworten und hatte alle Mühe, nicht einfach nur aufdringlich zu gaffen. Zuerst dachte ich, ich sei auf meinen Doppelgänger gestoßen, aber diese Gestalt war viel größer und schmaler, auch wenn das lange, dreieckige Gesicht ein vergrößertes Abbild des meinen war. Auch er war ein Albino. Sein Schädel war mindestens doppelt so lang wie meiner, doch höchstens halb so breit. Auf dem Kopf saß eine kegelförmige Kopfbedeckung, die in einer Spitze auslief und ein exaktes Gegenstück zum langen, spitz zulaufenden Gesicht des Gelehrten bildete. Hinten breitete sich der Kopfputz nach unten hin aus und legte sich über die Schultern und ein Gewand, das meinem eigenen ebenfalls ähnlich war. Das Kleidungsstück hatte lange ›Mandarin-Ärmel‹, der Saum reichte bis zum Boden hinab. Größe und Form der Füße konnte ich darunter nicht erkennen. Das Kleidungsstück war aus dem gleichen feinen Seidenstoff gewirkt wie meines. Die schräg gestellten roten Augen, die langen Ohren und die eigenartig geformten Augenbrauen ließen sein Gesicht jedoch wie eine Parodie meines eigenen erscheinen. Waren Geschöpfe wie er meine Vorfahren? Waren es die Gene von Off-Moo, die mich auf der Erde zu einem Ausgestoßenen machten? Hatte ich hier das Volk gefunden, zu dem ich wirklich gehörte? Das Gefühl, daheim zu sein, das mich plötzlich erfüllte, war so überwältigend, dass ich beinahe geweint hätte. Doch ich fing mich wieder und dankte ihm in aller Form für die Gastfreundschaft und natürlich auch dafür, dass er mich ins Leben zurückgeholt hatte.

»Aber das war doch selbstverständlich.« Sobald dieses Wesen in wundervoll fließendem Griechisch zu sprechen begann, wurde mir klar, dass alle meine Vorurteile der reinste Unsinn gewesen waren. »Es kommt nur selten vor, dass ich das Privileg genießen darf, einem Geschöpf mit Ihrer Physiologie, die der unseren sehr ähnlich ist, auf diese Weise dienen zu können.« Er sprach leise, präzise, musikalisch - es klang beinahe wie ein Lied. Die Haut war womöglich noch bleicher als meine eigene - und viel dünner. Die Augen schimmerten wie roter Bernstein, die spitzen Ohren waren ein wenig nach hinten abgeschrägt und auch in diesem Detail war er mir ähnlich. In meiner Welt hieß man sie ›Teufelsohren‹.

Der Gelehrte Fi schien in seiner Rolle als Gastgeber aufzugehen. Er erkundigte sich nach meinem Wohlbefinden und sagte, wenn ich irgendwelche Fragen hätte, dann würde er sie beantworten, soweit es seine geringen Fähigkeiten erlaubten. Ich hatte das Gefühl, dass Fi mit der Bescheidenheit des wahren Genies sprach. Zuerst führte er mich in eine Nische und zeigte mir mein Schwert, das dort aufbewahrt wurde. Fromental zog sich diskret zurück, indem er sagte, er hätte am Stadtrand zu tun und werde später zu uns zurückkehren.

Der Gelehrte Fi schlug mir vor, einen Spaziergang durch den Wald der Schattenblumen zu machen, dort sei es friedlich und der Duft sei wundervoll. Freundlich führte er mich aus seinem Haus und durch gewundene Straßen bis zu einem Bereich, wo zahllose Stalagmiten, die an Pagoden erinnerten, in wohlgeordneten, natürlichen Reihen standen, die sich in der Ferne verloren, alle beleuchtet vom Strahlen des Flusses. Als wir näher heran waren, erkannte ich, dass die großen, hohlen Säulen durchweg bewohnt waren. Solch prächtige Architektur hätte in jeder romantischen Seele eine Saite angeschlagen und jenen romantischen Schauder wachgerufen, den auch die Dichter in uns ansprechen wollen. Was hätte beispielsweise ein Goethe aus dieser außergewöhnlichen, bleichen Schönheit gemacht? Wäre er ästhetisch wie intellektuell ebenso überwältigt gewesen wie ich?

Der Gelehrte Fi führte mich durch eine Reihe von Gassen zu einer Mauer mit einem Tor. Dahinter betraten wir eine organische Welt voller grauer und silberner Farbtöne. Eine erstaunliche Szenerie riesiger Pflanzen, die aus einem einzigen massiven Stamm sprossen und sich wie Regenschirme öffneten, um einen Baldachin wundervoll abgestufter Dächer zu bilden. Die riesigen Pflanzen ähnelten zugleich auch lebenden Organen, die aus verschiedensten Abschnitten medizinischer Lehrbücher zusammengesetzt schienen. Sie verströmten einen starken, betäubenden Duft, der jedoch nicht einschläfernd, sondern eher anregend wirkte. Mein Gesichtssinn schien sich zu verbessern und ich bemerkte mehr Einzelheiten und mehr Farbabstufungen. Fi sagte mir, es gebe in Mu Ooria viele Gärten wie diesen, manche so groß wie ganze Länder auf der Erde. Die Blumen und ihre Stängel waren wichtige Nahrungsquellen und lieferten außerdem Heilmittel und sogar Baumaterial für Möbel und so weiter. Sie wuchsen in nährstoffreichem Schlick, den der Fluss mitführte. »Der Fluss bringt uns alles, was wir brauchen. Nahrung, Wärme und Licht. Ursprünglich haben wir in Türmen und offenen Höhlen gelebt, die das Wasser ausgewaschen hatte, aber nach und nach wuchs unsere Zahl, weil wir gelegentlich auch Zwillinge zur Welt bringen, und so lernten wir, mit überwiegend natürlichen Methoden aus eigener Kraft Häuser zu bauen.«

Auch wenn ich seine Antworten nicht immer verstand, fragte ich ihn, wie alt seine Zivilisation sei. Ich konnte nicht glauben, dass noch kein menschlicher Reisender diesen Ort besucht hatte und zurückgekehrt war, um darüber zu erzählen. Der Gelehrte Fi bedauerte. Er sei kein Fachmann für die Zeit, sagte er. Doch er suche jemanden, der die Zeitspannen für mich übertragen konnte. Er war der Ansicht, dass sein Volk wahrscheinlich ungefähr so lange existierte wie meines. Die Reise zwischen der einen und der anderen Welt sei jedoch von Glücksfällen abhängig, weil man dazu die Länder jenseits des Lichts durchqueren müsse, wo die Verfahren, die wir an der Oberfläche zur Messung von Entfernungen benutzten, nicht sehr hilfreich waren. Deshalb hätte man hier auch nie großes Interesse entwickelt, die Seite zu besuchen, die Fi als ›Chaos-Seite‹ bezeichnete, womit er anscheinend die Oberfläche meinte. Seine Vorstellungen von der Natur des Universums erschienen mir so fremdartig wie die Medizin dieser Wesen. Ich respektierte sie, auch wenn ich sie nicht verstand. Nach und nach gewann ich einen Eindruck von ihrer Logik und begann zu verstehen, wie die Off-Moo die Realität wahrnahmen. Als ich durch den berauschenden Dunst wanderte, während über mir die riesigen Adern und Fasern der großen Pflanzen vibrierten, spielte ich kurz mit dem Gedanken, Hitler zu vergessen und hier zu bleiben, wo das Leben so war, wie es eigentlich sein sollte.

»Fromental bricht mit einer Reisegruppe nach Mu Ooria auf, sobald der Strom zur vierten Harmonie wechselt. Wollen Sie ihn begleiten? Können Sie die Harmonien hören, Graf Ulric? Sind Sie mit unserem akustischen Wetter vertraut?« Eine Spur trockenen Humors blitzte auf.

»Ich fürchte nein«, gab ich zurück.

Er zog ein kleines Metallstück aus dem Ärmel und hielt es mit erstaunlich langen Fingern, die zu zierlich schienen, um auch nur eine Vogelfelder zu heben, vor sich. Dann blies er aufs Metall, bis ein lieblicher Ton entstand.

»So klingt es«, sagte er.

Ich glaube, er erwartete von mir, ich könne es mir merken, nachdem ich es nur einmal gehört hatte. Ich kam zu der Ansicht, dass ich am besten ständig in Fromentals Nähe bleiben und auf seine Erfahrung und Weisheit bauen sollte.

»Ich hoffe, ich werde in Mu Ooria Hilfe finden«, erklärte ich. »Ich möchte in meine eigene Welt zurückkehren, denn dort muss ich meine Pflicht erfüllen.«

»Sie werden die klügsten Leute dort finden, die Ihnen helfen werden, so gut sie können.«

Mir fiel ein, ihn nach dem Wesen zu fragen, das uns auf der Brücke empfangen hatte. Lord Renyard sei ein Forscher und Philosoph, erklärte der Gelehrte Fi mir. Seine alte Heimat sei in einer übernatürlichen Schlacht zerstört worden und sein derzeitiges Heim sei bedroht, er käme jedoch häufig zu Besuch. »Bisher hat er keinen anderen von seiner Art getroffen. Sie hatten wahrscheinlich Glück, dass er Sie nicht drängte, Ihr Wissen über die Denker und Gelehrten, die er bewundert, mit ihm zu teilen. Besonders von einem Ihrer Philosophen ist er sehr begeistert. Kennen Sie Voltaire?«

»Nur so gut, wie ihn jeder durchschnittlich gebildete Mensch kennt.«

»Dann haben Sie wahrscheinlich Glück gehabt.«

Ich hätte nicht erwartet, bei einem Wesen wie dem Gelehrten Fi einen solch trockenen Humor anzutreffen und war abermals bezaubert. Es gab immer mehr Gründe, hier zu bleiben.

»Er wollte Sie unbedingt begrüßen.« Der Gelehrte Fi führte mich um eine große, knollenartige Wurzel herum, die sich hob und senkte, als würde sie atmen. »Er war anscheinend mit einem Ihrer Vorfahren bekannt, mit einem Namensvetter, den er gekannt hat, bevor sein Lehen durch den Krieg zerstört wurde. Er wusste nur Gutes über diesen Grafen Manfred zu berichten.«

»Manfred!« Die Familie hatte ihn immer für eine peinliche Figur gehalten. Ein Lügner von der Größenordnung eines Münchhausen. Ein Taugenichts und ein Abtrünniger. Ein Spion. Ein Jakobiner. Ein Diener fremder Könige. Und ein Schürzenjäger. »Sein Name wird bei uns nie erwähnt.«

»Nun ja, Lord Renyard schien der Ansicht zu sein, dass er ein kundiger Gelehrter war und über die französische Aufklärung, die ihm selbst sehr wichtig war, viel zu berichten wusste.«

»Mein Vorfahr Manfred war ein Gelehrter, aber seine Lehre drehte sich um die Lieder der Gosse, um die Wissenschaft des Bierkrugs und den sachkundigen Umgang mit Dirnen.« Er hatte der Familie eine solche Schande bereitet, dass einer seiner Nachfahren viele seiner Berichte vernichtet und andere weggesperrt hatte. Manfred war der Held der berühmten Posse ›Manfred oder die Gentleman-Houri‹. Seine Zeitgenossen haben versucht, ihn für verrückt erklären zu lassen, aber nachdem er der Französischen Nationalversammlung entkommen war, der er kurze Zeit angehört hatte, war er so vernünftig gewesen, sich in die Schweiz abzusetzen. Das Letzte, was man von ihm gehört hatte, war, dass er in Begleitung eines schottischen Luftfahrtingenieurs namens St. Odhran in Mirenburg aufgetaucht sei. Sie hätten Behauptungen über ein

Luftschiff aufgestellt, die sich jedoch nicht bewahrheiteten. Schließlich flohen sie mit ihrem Fahrzeug vor aufgebrachten Angehörigen. Anscheinend tauchten sie später in Paris auf und probierten den Trick noch einmal. Zur großen Erleichterung unserer Familie benutzte er den Namen von Bek zu diesem Zeitpunkt nicht mehr. Er bezeichnete sich als Graf von Kreta, angeblich wurde er am Ende in der englischen Stadt York als Pferdedieb gehenkt. Andere Geschichten gingen dahin, dass er den Rest seines Lebens, gebrochen von einer unglücklichen Liebe, als Frau in der Nähe von Bristol gelebt habe. Eine weitere Geschichte berichtete, er sei dem Weg des Rattenfängers von Hameln gefolgt und nie wieder gesehen worden. Ich war beunruhigt. Wandelte ich in den Fußstapfen legendärer Vorfahren, deren Leben so geheimnisumwittert war, dass selbst die nächsten und liebsten Angehörigen nicht wussten, wer sie wirklich gewesen waren? War es mir bestimmt, von den Erfahrungen vernichtet zu werden, die mit aller Wahrscheinlichkeit auch sie zerstört hatten?

Der Gelehrte Fi war verblüfft, als er meine Ansichten über Manfred hörte. »Aber ich lerne mehr und mehr durch Ihre Wahrnehmungen.«

Ich versuchte ihm zu erklären, dass wir nicht mehr an die alten Märchen und Volkssagen unserer Vorfahren glaubten, doch sein Erstaunen blieb ungebrochen. Warum, so fragte er sich, sei es denn nötig, eine Idee zugunsten einer anderen zu verwerfen? Ob wir in unseren Köpfen immer nur Raum für jeweils eine einzige Idee hätten?

Der Gelehrte Fi schüttelte sich vor Lachen, zwitscherte fröhlich über seinen eigenen Scherz. Ich war wie verzaubert und stimmte in das Lachen ein. Selbst wenn sie sich bewegten, hatten die Off-Moo etwas an sich, das an eine zierliche Steinfigur erinnerte, die zum Leben erwacht war.

Plötzlich legte mein Gastgeber den Kopf schief. Sein Gehör war erheblich besser als meines. Er drehte sich um.

Gerade rechtzeitig, um Fromental zu sehen, der sich uns eilig näherte.

»Gelehrter Fi, Graf Ulric. Bürger haben ihr Kommen gemeldet. Ich ging, um mich selbst zu überzeugen. Ich kann Ihnen jetzt mitteilen, dass eine Gruppe von etwa einhundert Bewaffneten, ausgerüstet mit den neuesten technischen Hilfsmitteln, die Brücke überquert hat und im Außenbezirk wartet. Sie verlangen unseren ›Anführer‹ zu sprechen.«

Ich hatte keine Zeit, dem verwirrten Gelehrten zu erklären, was dieser Begriff bedeutete. Fromental wandte sich schon an mich. »Ich glaube, da kommt Ihre persönliche Nemesis, mein Freund. Es ist ein gewisser Major von Minct, der Sie für einen Kriminellen zu halten scheint. Sie hätten ein Nationalheiligtum gestohlen, sagt er.«

»Glauben Sie ihm?«

»Er scheint ein Mann zu sein, der mit der Macht vertraut ist. Und mit Lügen, was?«

»Hat er Ihnen gedroht?«

»Seine Worte klangen relativ diplomatisch. Aber die Drohungen waren nicht zu überhören. Er ist daran gewöhnt, mit Drohungen zu erreichen, was er will. Er will mit Ihnen reden. Er will Sie überzeugen, dass Sie Ihre Pflicht tun und sich den Vertretern von Recht und Gesetz stellen. Er sagt, er habe nicht viel Zeit und werde nur gerade so viel Gewalt einsetzen, um seine Macht zu demonstrieren.« Fromental glaubte offensichtlich kein Wort von der Geschichte, die mein Vetter Gaynor ihm erzählt hatte. Aber einhundert von sich eingenommene Nazi-Rüpel konnten bei Wesen, die nichts über den Krieg oder über andere Formen der Aggression wussten, beträchtlichen Schaden anrichten. Ich fürchtete um das Volk des Gelehrten Fi mehr als um mich selbst.

»Wollen Sie mit diesem Mann sprechen?«, fragte der Gelehrte Fi.

Ich versuchte ihm so gut wie möglich zu erklären, was geschehen war, bis er eine langfingerige Hand hob. Ob es mir etwas ausmachte, fragte er, wenn er mich begleitete, damit er Gaynor kennen lernen könne? Unsicher stimmte ich zu.

Gaynor und seine Armee uniformierter Grobiane lümmelten am Fuß der Brücke herum. Hier war das Rauschen des Wassers lauter, aber die Stimme des Gelehrten Fi übertönte es mühelos. Er hielt zur Begrüßung eine kleine Ansprache und fragte Gaynor, was er begehrte. Gaynor wiederholte die unsinnigen Forderungen, von denen wir schon erfahren hatten. Der Gelehrte Fi lachte ihn aus.

Klosterheim, der neben Gaynor stand, zog sofort die Werther PPK aus dem Halfter und richtete sie auf den Gelehrten Fi. »Ihr Geschöpf sollte einem Offizier des Dritten Reichs etwas mehr Respekt erweisen. Sagen Sie ihm, er soll vorsichtig sein, sonst werde ich an ihm ein Exempel statuieren. Um den Führer zu zitieren: Nichts ist so überzeugend wie die plötzlich überwältigende Angst, eines schnellen Todes zu sterben.«

»Ich meine es ernst mit dem Schwert.« Gaynor richtete seine schrecklichen Augen auf mich. Der letzte Rest seiner geistigen Gesundheit war verschwunden, als er in die Höhlen eingedrungen war und diese Welt gesehen hatte. »Ich werde jeden töten, der mich daran hindert, die Klinge zu bekommen. Wo hast du sie versteckt, Vetter? Meine Liebe, meine Bestimmung. Wo ist mein Rabenbrand?«

»Die Klinge hat sich selbst versteckt«, sagte ich. »Du wirst sie niemals hier finden und ich werde dir nicht sagen, wo sie ist.«

»Dann sind Sie für den Tod dieses Ungeheuers verantwortlich«, sagte Klosterheim. Er richtete die Pistole direkt auf die hohe Stirn des sanften Gelehrten und drückte ab.

ZWEITES BUCH

Fortgegangen in die Welt hinter der Welt
Eingetaucht ins Meer unter dem Meer
Suchen Orpheus und die Brüder
Gefährtinnen unter den Toten.

LOBKOWITZ, Orpheus in Auschwitz, 1949

8.
Morpheus' Arme

Genau in dem Augenblick, als Klosterheim den Abzug seiner Automatik durchdrückte, begriff ich, dass ich die Welt meiner Familie weit hinter mir gelassen und endgültig ins Reich des Übernatürlichen gewechselt war.

Klosterheims Pistole bellte kurz auf, doch kein Echo war zu hören. Das Geräusch wurde irgendwie von der umgebenden Atmosphäre verschluckt. Dann konnte ich sehen, wie die Kugel ein paar Zentimeter vor dem Lauf angehalten und von der Luft verschluckt wurde.

Klosterheim ließ mit einem ausgesprochen resignierten Gesichtsausdruck die nutzlose Waffe sinken und steckte sie wieder ins Halfter. Er sah seinen Herrn fragend an.

Gaynor fluchte. »Gottverdammt, wir sind in Mittelmark!«

Klosterheim verstand ihn sofort und auch ich erfasste sogleich, was er meinte. Eine Erinnerung, so alt und geheimnisvoll wie das Blut meiner Familie.

Die umgebende Landschaft, so fremdartig sie auch war, fühlte sich viel zu real an, um die Vermutung zuzulassen, es wäre nur ein Traum. Die einzige andere mögliche Schlussfolgerung nagte schon seit einer ganzen Weile an meinem Verstand. Sie war ebenso nahe liegend wie absurd.

Wie Gaynor vermutet hatte, waren wir ins märchenhafte Reich Mittelmark eingedrungen, ins Grenzland zwischen der menschlichen Welt und dem Reich der Märchenwesen. Den alten Geschichten zufolge haben meine Vorfahren diesen Ort gelegentlich besucht. Ich hatte immer angenommen, dieses Reich sei so real wie die Märchenwelt der Brüder Grimm, jetzt aber begann ich mich zu fragen, ob die Grimmschen Märchen vielleicht umgekehrt eine realistische Schilderung meiner gegenwärtigen Umgebung darstellten. Vielleicht spielten auch der Hades und all die anderen Geschichten von der Unterwelt und anderen Welten hinein. War Mu Ooria die reale Vorlage für Alfheim oder Trollheim gewesen? Oder für die Höhlen, in denen die Zwerge ihre Zauberschwerter schmiedeten?

Als sich die eigenartige Szene vor mir abspielte, gingen mir all diese Bilder und Gedanken durch den Kopf. Die Zeit schien in diesem Reich des Zwielichts eine ganz eigene Qualität zu besitzen, die jeder Beschreibung spottete. Alles fühlte sich fremdartig an, zugleich auch bedeutungsschwanger und ein wenig instabil. Ich hatte den Eindruck, gleichzeitig in mehreren Geschwindigkeiten zu existieren, worauf ich teilweise sogar Einfluss nehmen konnte. Eine Vorahnung dieser Qualität hatte ich bereits in meinen letzten Träumen gesehen, doch jetzt war ich sicher, dass ich wacher war denn je. Ich begann das Multiversum in all seiner Vielfalt und Kompliziertheit zu erfassen.

Da er nunmehr eine Vorstellung von der Geographie hatte, schien Klosterheim ruhiger als wir anderen. »Die Nacht habe ich schon immer vorgezogen«, murmelte er. »In der Nacht bin ich in meinem Element. Dann werde ich zum Raubtier.« Eine lange, trockene Zunge leckte über schmale Lippen.

Der Gelehrte Fi schenkte Klosterheim ein kleines Lächeln. »Sie könnten versuchen, mich auf eine andere Weise zu töten, aber ich weiß mich zu verteidigen. Es wäre unklug, Ihren gegenwärtigen Aggressionen nachzugeben. Wir haben in unserer Geschichte Gewalt kennen gelernt. Wir haben gelernt, alle zu achten, die das Leben achten. Diese Achtung gilt aber nicht für diejenigen, die das Leben zerstören und alles mit sich in den Untergang reißen wollen, den sie herbeisehnen. Allerdings wissen wir deren Sehnsucht zu befriedigen, doch ist dies eine Reise, die man nur allein antreten kann.«

Ich warf einen Blick auf die Nazi-Truppen und fragte mich, ob irgendjemand den in griechischer Sprache geführten

Wortwechsel hatte verfolgen können, aber offensichtlich konnten sie mit diesen fremden Lauten nichts anfangen. Dann bemerkte ich eine Gestalt, die im Hintergrund der Gruppe auf der rechten Seite neben einem hohen Stalagmiten stand, der aussah, als wären riesige Untertassen aufgestapelt worden. Das Gesicht der Person war hinter einem kompliziert gebauten Helm verborgen, der Körper anscheinend in eine Rüstung aus kupfernem oder silbrigem Metall gesteckt, die im Halbdunkel wie stumpfes Gold schimmerte. Die verzierte Rüstung wirkte pompös, als hätte Bakst sie für ein phantastisches Ballett von Diaghilevi entworfen. Es kam mir vor, als wäre ich Oberon im Elfenland begegnet. Ich wollte Fromental fragen, ob er die Gestalt bemerkt hatte, aber der Franzose konzentrierte sich auf Gaynor.

Mein Vetter hatte dem Gelehrten Fi kaum zugehört. Er zog einen geschmückten Nazi-Dolch aus der Scheide am Gürtel. Blanker Stahl und poliertes Ebenholz, die Klinge reflektierte das tanzende, dunstige Licht. Funkelnd schien die Waffe die Atmosphäre zu durchschneiden und die ganze lebendige Welt um uns herauszufordern.

Gaynor wog den Dolch auf der Handfläche und hielt ihn seitlich vom Körper weg. Ohne sich umzudrehen, rief er auf Deutsch einen Offizier zu sich, während er mich anstarrte. »Leutnant Lukenbach, bitte.«

Stolz auf die Anerkennung durch seinen Herrn trat ein großer SS-Schläger in schwarzer Uniform vor und schloss mit geradezu wollüstiger Dankbarkeit die Finger um den Griff des Messers. Unterwürfig wie ein Hund wartete er auf seine Befehle.

»Sie waren so unbesonnen, von Aggressionen zu sprechen.« Gaynor nahm eine Zigarette aus der Schachtel. »Sie sollten wissen, dass Sie die Autorität des Reichs herausfordern. Ob Sie es einsehen oder nicht, mein unterernährter Freund, Sie gehören jetzt zu den Bürgern Großdeutschlands und sind den Gesetzen unseres Vaterlandes unterworfen.« Die Wirkung seiner Ansprache litt etwas darunter, dass es ihm misslang, die Zigarette anzuzünden. Er warf Zigarette und Feuerzeug auf den Boden. »Und wie mir scheint, stehen Ihre eigenen Gesetze in einem gewissen Widerspruch zu ...«

Er machte sich über sich selbst lustig. Ich bewunderte ihn für seine Gelassenheit, eigentlich doch eher Narrheit, als er Leutnant Lukenbach weiter nach vorn winkte. »Zeigen Sie diesem Kerl, wie scharf unser guter alter Solinger Stahl ist.«

Ich machte mir große Sorgen um den Gelehrten Fi, der nicht über die Körperkraft verfügte, sich gegen den Nazi zu wehren. Fromental schien ebenfalls beunruhigt, er bedeutete mir aber, ich solle mich zurückhalten. Er wollte auf den Überlebenswillen des Off-Moo vertrauen.

Der Gesichtsausdruck des Gelehrten Fi änderte sich so wenig wie seine Haltung. Er blieb ruhig stehen und beobachtete das sich entwickelnde Drama. Völlig ungerührt murmelte er einige griechische Worte, als der SS-Mann sich ihm näherte.

Mich ängstigte bereits, was ich nur in Lukenbachs Augen sah. Sie hatten jenen bekannten, verträumten Ausdruck angenommen, den ich in den letzten Monaten so häufig gesehen hatte. Der Blick eines Sadisten, eines Wesens, das im Namen einer höheren Macht die abscheulichsten Gelüste befriedigen durfte. Was hatten die Nazis nur in dieser Welt geweckt? Zwischen Verharmlosung und Heuchelei bleibt kein Raum für das Gewissen. Ohne unser Gewissen, dachte ich, bleiben nur Begierden und Vergessenheit – die Ewigkeit des ungeformten Chaos oder der versteinerten Ordnung, die im Irrsinn des Kommunismus und Faschismus so schreckliche Vereinfachungen erfahren hatte. Unfruchtbarkeit und Tod sind die Folge, und das Laissez-faire des Kapitalismus war keine Alternative, sondern führte letzten Endes zum gleichen Ergebnis. Erst wenn die Kräfte im Gleichgewicht waren, konnte das Leben wirklich blühen. Die ›Ordnung‹ der Nazis war nicht mehr als ein vorgetäuschtes Gleichgewicht, die vereinfachte Überlagerung einer komplizierten Welt – also genau jene Konstruktion, die stets die größten Zerstörungen nach sich zieht. Das ist die fundamentale Logik von Aktion und Reaktion. Ich sollte ein Beispiel dieser Zerstörungskraft erleben, als der SS-Offizier langsam vorrückte.

Lukenbachs Augen zeigten, dass er sich auf das Gemetzel freute. Er hob den Arm und machte die letzten Schritte auf uns zu, um den Gelehrten Fi mit höhnischem Grinsen zu töten.

Ich konnte mich nicht länger zurückhalten, als ich das Leben des Off-Moo auf diese Weise bedroht sah. Ich sprang vor, ignorierte Fromental und den Gelehrten. Doch bevor ich Lukenbach erreichen konnte, schob sich ein anderer Mann zwischen uns. Auch diese Gestalt war von Kopf bis Fuß in eine Rüstung gekleidet, die ebenso protzig schien wie die erste, die ich gesehen hatte, doch war diese hier pechschwarz. So unvertraut die Aufmachung auch schien, das Gesicht war mir bekannt. Hager, weiß, mit lodernden Augen, hart wie Rubine. Es war mein eigenes Gesicht. Es war das Wesen, das ich im Traum und später im Konzentrationslager gesehen hatte.

Ich war so schockiert, dass ich wie angewurzelt stehen blieb und den Augenblick verpasste, mich dem Nazi in den Weg zu stellen. »Wer bist du?«, fragte ich.

Mein Doppelgänger wollte antworten, der Mund formte einige Worte, doch ich hörte nichts. Dann wich er zur Seite aus. Ich wollte sehen, wohin er ging, er war jedoch verschwunden.

Lukenbach hatte sein Opfer fast erreicht. Ich konnte nicht mehr rechtzeitig eingreifen.

Langsam hob der Gelehrte Fi einen langen, schlanken Arm, vielleicht eine warnende Geste. Lukenbach drang weiter vor, als wäre er in eine Trance gefallen. Er packte den Griff des Hakenkreuzdolchs noch fester und machte sich bereit, den ersten Stoß zu führen.

Jetzt machten Fromental und ich gleichzeitig einen Schritt, um den Gelehrten doch noch zu verteidigen, aber Fi wehrte uns mit einer Geste ab. Als Lukenbach nahe genug war, um den Gelehrten zu erstechen, öffnete der Off-Moo den Mund weiter, als es je ein Mensch vermocht hätte. Beinahe schien es, als hätte er sich den Unterkiefer wie eine Schlange ausgehakt. Er schrie.

Es war ein zugleich entsetzlicher und doch melodischer

Laut. Ein Heulen, das die ganze Höhle bis hinauf zu den bebenden Stalaktiten erfüllte: dass sie alle auf uns herunterprasseln mochten. Dennoch hatte ich den Eindruck, der Schrei sei sehr gezielt und auf eine ganz bestimmte Art und Weise moduliert.

Kristalle begannen über uns zu klimpern und zu murmeln, als sie in Resonanz gerieten. Aber nichts löste sich da oben.

Endlos lange schien der Schrei zu dauern, melodisch und genau gesteuert. Hoch droben klingelten und knisterten die Kristalle, bis sich nach und nach eine einzige süße Harmonie herausbildete, die mit einem überraschenden, jähen Knacken abbrach.

Ein einzelner schlanker Speer hatte sich aus der Reihe seiner Gefährten gelöst, als hätte der Off-Moo ihn gezielt ausgesucht, und stürzte auf den angreifenden Nazi herunter, dessen Grinsen breiter wurde, während er die Vorfreude auskostete. Offensichtlich dachte er, der Gelehrte Fi hätte vor Angst geschrien.

Nicht weit über Lukenbachs Kopf wurde der Kristallspeer langsamer. Der Off-Moo steuerte das Ding allein mit den Geräuschen.

Nachdem der Schrei abgebrochen war, machte der Gelehrte Fi noch einige winzige Bewegungen mit den Lippen. Die Lanze aus Kristall reagierte auf sein Murmeln, änderte die Flugrichtung und die Geschwindigkeit. Dann machte der Gelehrte eine präzise bemessene Geste. Der Stalaktit beschrieb einen leichten Bogen und schlug mit einer fast elegant anmutenden Kurve genau ins Herz des Nazis.

Der letzte Nachhall des Schreis lief noch durch die gewaltige Höhle, als Lukenbachs Todeszuckungen schon begonnen hatten.

Gleich darauf lag er reglos auf dem Felsboden und neben dem Kristallspeer, der in der Brust steckte, sprudelte Blut heraus. Fromental und ich waren über den Tod dieses Mannes ebenso schockiert wie erleichtert. Gaynor musste seine Strategie offenbar überdenken.

Mein Vetter beugte sich vor und nahm Lukenbach den Dolch aus den steifen, verkrampften Fingern. Mit einer gewissen Abscheu zog er sich zurück, richtete sich auf und sah mir in die Augen.

»Ich lerne, dich nicht zu unterschätzen, mein Vetter. Dich oder deine Kameraden. Bist du sicher, dass du dich nicht auf unsere Seite stellen willst? Oder gib mir wenigstens das Rabenschwert, dann verspreche ich dir, dass ich dich nicht weiter belästigen werde.«

Ich gestattete mir ein kleines Lächeln über diese Frechheiten, während Fromental das Antworten übernahm. »Sie befinden sich im Augenblick in einer denkbar ungünstigen Verhandlungsposition, mein Freund.«

»Ich mache es mir zum Prinzip, meine Position stets so schnell wie möglich zu stärken.« Gaynor sah mich immer noch unverwandt an. »Was sagst du nun, mein Vetter? Bleibe hier bei deinen neuen Freunden und ich nehme das Schwert mit zurück in die reale Welt, damit wir den Kampf gegen die Kräfte des Chaos führen können.«

»Du vertrittst nicht die Kräfte des Chaos?« Meine Belustigung nahm deutlich zu.

»Das Chaos ist es, gegen das ich kämpfe. Genau deshalb brauche ich das Schwarze Schwert. Wenn du mit mir zurückkehrst, kannst du Ehre und Macht gewinnen – die Macht nämlich, der Welt jene Gerechtigkeit zu bringen, nach der sie sich sehnt. Glaube mir, Hitler ist nur das Mittel zu diesem Zweck.«

»Gaynor«, gab ich zurück, »du hast dich in den Dienst des Tiers gestellt. Du bringst der Welt nichts als Chaos.«

Jetzt war es an meinem Vetter, mir ins Gesicht zu lachen. »Du Narr. Hast du denn überhaupt keine Vorstellung, wie sehr du dich irrst? Du wurdest getäuscht, wenn man dich glauben machte, ich diente dem Chaos. Die Ordnung ist meine Gebieterin und wird es immer sein. Was ich tue, das tue ich für eine bessere, stabilere, besser vorhersagbare Zukunft. Wenn auch du an eine solche Zukunft glaubst, dann komm auf unsere Seite, solange du es noch kannst, Ulric. Glaube mir, du bist es, der den Kräften des Chaos dient.«

»Diese Spitzfindigkeiten sind eines von Mirenburg unwürdig«, sagte ich. »Du hast deine Treue dem Bösen gegenüber unter Beweis gestellt. Du bist ganz und gar selbstsüchtig. Ich habe deine Grausamkeit gesehen, ich habe deine Gefühllosigkeit viel zu oft beobachtet, um noch an deine vorgespiegelte Aufrichtigkeit zu glauben. In dir ist nichts Ehrliches außer dem Wunsch, uns zu vernichten. Deine Liebe zu dem Gesetz gleicht der Besessenheit eines Zwangscharakters von der Sauberkeit, Gaynor. Darin ist keine Harmonie, keine wahre Ordnung.«

Ein seltsamer Ausdruck zog über Gaynors hübsches Gesicht, als er sich an bessere Zeiten erinnerte. »Ach, nun gut, mein Vetter. Nun gut.«

»Sie sind Hohlköpfe, Exzellenz«, sagte Klosterheim auf einmal. Er schien beunruhigt. »Man kann sie nicht überzeugen.«

»Und Sie, Herr Klosterheim, halten sich für einen ehrbaren Diener der Ordnung?«, fragte Fromental.

Klosterheim richtete die starren Augen auf den Franzosen und setzte ein humorloses, kaltes Lächeln auf. »Ich diene meinem Herrn und ich diene dem Gral, dessen Hüter ich wieder werden will. Wir werden uns noch einmal sehen, meine Herren. Wie ich Ihnen schon sagte, bin ich endlich in meinem Element. Ich habe keine Angst vor diesem Ort und werde ihn zu gegebener Zeit unterwerfen.« Er hielt inne und sah sich erfreut um. »Wie oft habe ich mich nach der Nacht gesehnt und die Störung durch das Tageslicht gehasst. Der Sonnenaufgang ist mein Feind. Hier bin ich, wo ich immer sein wollte. Ich werde mich von euch nicht schlagen lassen.«

Gaynor schien von diesem Ausbruch überrascht.

»Eine etwas altmodische Sicht der Dinge«, sagte ich. »Das klingt, als hätten Sie zu viel romantische Poesie gelesen, Herr Hauptmann.«

Er richtete die glühenden Augen auf mich und antwortete mit tonloser Stimme. »Ich bin ein altmodischer Mann, grausam und rachsüchtig.« Wie giftiger Staub fielen die Worte.

»Ihr müsst jetzt gehen«, sagte der Gelehrte plötzlich.

»Wenn ihr im Licht gefunden werdet, dann werden unsere Wächter euch töten.«

»Gehen? Wohin sollen wir gehen? Welche Wächter?«

»Geht in die Dunkelheit. Geht aus dem Licht heraus. Wir haben viele Wächter.« Der Gelehrte Fi winkte und es schien, als hätten sich die spitzen Felsen in der Umgebung ein wenig bewegt. In jedem sah ich das Gesicht eines Off-Moo. »Die Zeit beherrscht uns nicht wie euch, Prinz Gaynor.«

Gaynor und Klosterheim hatten uns unterschätzt. Ich glaube nicht, dass wir sie unterschätzt hatten. Gaynor von Minct hatte sich in eine gut aussehende, vorsichtige Schlange verwandelt. »Wenn wir zurückkehren, dann kommen wir mit einer Armee.«

»Mehr als eine Armee ging hier schon unter«, erwiderte der Gelehrte gelassen. »Außerdem werden Sie kaum zu dem Ort zurückkehren, von dem Sie aufgebrochen sind, denn Sie werden keinen Zugang zu Ihrer Welt mehr finden. Nein, Ihre Reise führt Sie in die Dunkelheit jenseits des Flusses und dort werden Sie lernen zu überleben oder Sie werden untergehen, wie das Schicksal es will. Es gibt dort draußen viele andere von Ihrer Art. Überreste der erwähnten Armeen. Ganze Stämme und Nationen gibt es. Männer, die so entschlossen sind wie Sie, dürften dort leicht überleben können und sogar Mittel und Wege finden, um gut zu leben.«

Gaynor war ungläubig und voller Verachtung. »Ganze Nationen? Wovon leben sie?«

Der Gelehrte Fi drehte sich wieder zur Siedlung um, seine Geduld war erschöpft. »Soweit ich weiß, sind sie in erster Linie Kannibalen.«

Er blieb stehen, damit wir zu ihm aufschließen konnten, und sah sich noch einmal um. Gaynor und die Nazis hatten sich nicht bewegt.

»Geht!«

Er winkte.

Gaynor trotzte ihm.

Wieder bewegte der Gelehrte Fi die Lippen, brachte dieses Mal jedoch ein hohles Flüstern hervor. Etwa ein Dutzend

Kristallspeere krachten einen oder zwei Fuß vor den Nazis herunter. Wir blieben stehen und sahen zu, wie Gaynor den Befehl zum Rückzug gab. Langsam verschwand der Trupp im Dunklen.

»Wir werden sie wohl nicht wiedersehen«, meinte der Off-Moo. »Sie werden ihre Zeit vor allem damit verbringen, sich zu verteidigen, statt uns anzugreifen.«

Fromentals und mein Blick trafen sich. Wie ich teilte er die Zuversicht des Gelehrten nicht.

»Vielleicht ist es an der Zeit, dass wir nach Mu Ooria reisen«, erklärte er. »Wir sollten diesen Vorfall melden.«

»Ich stimme Ihnen darin zu«, erklärte der Gelehrte. »Und angesichts der Umstände schlage ich vor, dass Sie den *Voluk* nehmen, statt zu Fuß zu gehen. Wir haben keine klare Vorstellung, wie nahe die Zeitflüsse in dieser Jahreszeit zusammenlaufen, deshalb ist es gut, wenn man vorsichtig ist.« Es war keine Angst, die er zum Ausdruck brachte, eher begründete Vorsicht.

Fromentals großer Kopf nickte. »Das wird sicher interessant«, sagte er.

»Was ist ein *Voluk?*«, fragte ich ihn, nachdem wir uns vom Gelehrten Fi verabschiedet hatten.

»Ich habe noch nie einen gesehen«, antwortete er.

Er begleitete mich zu meinem Quartier, wo Rabenbrand schon auf mich wartete. Meine Gastgeber wollten mir zu verstehen geben, ich solle auf das Schlimmste gefasst sein.

Unruhig schlief ich einige Stunden und träumte wirr. Ich sah eine weiße Häsin durch die unterirdische Landschaft rennen, sie eilte zwischen spitzen Zinnen und hängenden Säulen hindurch, sie rannte zu den Türmen Mu Oorias und wurde von einem pechschwarzen Panther mit roter Zunge verfolgt. Zwei Reiter sah ich über einen gefrorenen See reiten. Einer trug eine Rüstung aus versilbertem Kupfer, das im Licht des hellblauen Himmels funkelte. Der Zweite, der ihn herausforderte, trug einen Panzer aus schwarzem Eisen, mit phantastischem Zierrat versehen. Auf dem Kopf saß ein Helm, nach einem Drachen geformt, der sich gerade in die Lüfte schwingen wollte. Das Gesicht des schwarzen Reiters war das meines Doppelgängers. Den anderen Reiter konnte ich nicht erkennen, glaubte jedoch, es müsse Gaynor sein. Vielleicht kam ich darauf, weil ich ihm erst vor kurzem begegnet war. Während ich in diesen Träumen versank und mich wieder daraus befreite, dachte ich an meinen Doppelgänger, der mir offenbar zu verstehen gegeben hatte, dass ich den Off-Moo bei seiner Verteidigung nicht stören solle. War ich einer Sinnestäuschung zum Opfer gefallen? War ich der Einzige, der ihn bemerkt hatte? Gab es eine freudianische Erklärung für meine Träume und Visionen? Wenn aber das, was ich sah, real war, wie war es dann möglich? Ich tröstete mich mit dem Gedanken, ich würde in Mu Ooria vielleicht ein Stück der Wahrheit kennen lernen. Dort, so sagte ich mir, könnte ich um Hilfe bitten, damit ich nach Deutschland zurückkehren konnte, um mich dem Kampf gegen das Böse anzuschließen, das sicher bald ganz Europa und vielleicht die ganze Welt bedrohte.

Ich lag noch nicht lange wach, als Fromental mich rief. Ich war überrascht, dass er ein Schwert an der Hüfte trug und einen Bogen mit Köcher über den Rücken geschlungen hatte.

»Rechnen Sie mit einem Angriff?«, fragte ich.

»Es kann nicht schaden, sich gegen Gefahren zu wappnen. Ich glaube jedoch, dass die Zuversicht des Gelehrten Fi gute Gründe hat. Ihr Vetter und seine Bande werden in den Ländern jenseits des Lichts alle Hände voll zu haben.«

»Und warum reisen Sie nach Mu Ooria?«, fragte ich ihn.

»Ich hoffe dort einen Freund von Lord Renyard zu treffen«, sagte er. Weiter wollte er sich nicht erklären.

Ich hatte mein Schwert in ein Tuch gewickelt und mit einer Kordel versehen, sodass ich es ebenfalls auf dem Rücken tragen konnte. Außerdem besaß ich einige Vorräte und Sachen zum Wechseln. Inzwischen trug ich wieder meine alte Kleidung und sogar den Jägerhut, der in dieser Umgebung noch fremdartiger wirkte als Fromentals Käppi.

Nachdem wir eine seltsame Brühe gefrühstückt hatten, führte er mich durch die gewundenen Straßen zum Fluss. Dort gab es einen Einschnitt am Ufer, wo das Wasser ruhiger strömte. Der Gelehrte Fi und eine Gruppe von Off-Moo hatten sich bereits an der Anlegestelle zu einer offenbar recht unbeschwerten Konferenz eingefunden.

Doch mein Erstaunen galt dem, was ich hinter ihnen sah. Zuerst dachte ich, es wäre ein Lebewesen, dann aber erkannte ich es als meisterlich zugeschnittenen, kristallinen Stein, der dunkelbraun und rötlich gefärbt war. Das wuchtige Wasserfahrzeug sah aus, als wäre es aus einem einzigen Rubin gehauen worden. Doch der Stein war leicht wie Glas und lag ruhig wie ein gewöhnliches Schiff im Wasser. Der *Voluk* erinnerte mich an ein Seeungeheuer aus einem Märchen, aufgestiegen aus den Tiefen, wo es gerade eben noch versteinert gelegen hatte. Als ich den fischartigen, an einen Echsenkopf erinnernden Bug betrachtete, die geblähten Nasenlöcher und die Kiefer und die herabhängenden Zotteln, kam es mir vor, als starrte es mich an. Ob es etwa doch lebendig war? Irgendwo erwachte eine Erinnerung ...

Die Ladefläche des *Voluk* war ein großer, flacher Bereich, der in etwa einem riesigen Sattel glich. So entstand eine Plattform oder ein Floß, auf dem etwa fünfzehn oder zwanzig Passagiere Platz fanden. Gelenkt wurde das Schiff mit zwei großen Steuerriemen, einem auf jeder Seite.

Ich war sowohl von der Größe als auch von der Kompliziertheit der Steinmetzarbeit beeindruckt. Als wir den Off-Moo die Gangway hinauf folgten, wo sie an den Rudern ihre Plätze einnahmen, machte ich Fromental gegenüber eine entsprechende Bemerkung.

Der Franzose reagierte amüsiert. »Es ist die Hand der Natur, nicht die Hand der Off-Moo, der Sie den Anblick dieses Ungeheuers zu verdanken haben. Die Off-Moo ziehen solche Überreste aus dem See und stellen fest, dass sie den Gegenstand mit nur geringfügigen Veränderungen als Floß einsetzen können. Doch benutzt man diese Fahrzeuge nur selten, weil sie flussaufwärts zurückgeschleppt werden müssen. Offenbar wollen unsere Gastgeber, indem sie uns einen *Voluk* zur Verfügung stellen, deutlich machen, dass sie die Lage für ernst halten.«

»Rechnen sie wirklich mit einem Angriff von Gaynor, obwohl sie so leicht fähig sind, sich zu verteidigen? Haben sie etwa eine Möglichkeit, in die Zukunft zu sehen?«

»Sie können eine Million Versionen der Zukunft sehen, was in gewisser Weise dasselbe ist, als könnten sie überhaupt nichts sehen. Sie vertrauen ihren Instinkten, nehme ich an, und sie kennen Typen wie Gaynor. Sie wissen, dass er nicht rasten und ruhen wird, bis er sich für das, was da draußen passiert ist, gerächt hat. Sie haben schon so lange überlebt, mein Freund, weil sie Gefahren ahnen und bereit sind, sich ihnen zu stellen. Einen Mann wie Gaynor werden sie nicht unterschätzen. Was da draußen in den Ländern jenseits des Lichts lebt, scheint nach allem, was ich gehört habe, gefährlich zu sein. Die Off-Moo aber wissen, dass hin und wieder eines der Wesen die anderen zu einem Waffenstillstand bewegt, der lange genug hält, um Mu Ooria anzugreifen. Sie können sehen, dass Gaynor und Klosterheim intelligent und motiviert genug sind, um unter den Stämmen im Dunkel eine Art von Allianz zu schmieden. Alle hassen Mu Ooria, weil Mu Ooria sie zu einer gewissen Zeit willkommen geheißen und dann in die Dunkelheit dort draußen verbannt hat.«

»Werden wir früher oder später alle dorthin verbannt?«

»Keinesfalls. Warten Sie nur, bis Sie in Mu Ooria sind.« Fromental klopfte mir auf den Rücken und freute sich offenbar schon auf die Wunder, die er mir bald zeigen konnte.

Der Gelehrte Fi kam zu uns, als wir uns auf den flachen Sitzen in der Mitte des Floßes niederließen. Freundlich redete er mit uns und brachte seine Hoffnung zum Ausdruck, wir würden bald zurückkehren und alle wissen lassen, wie es uns ergangen sei. Er verließ das Schiff, die Gangway wurde gehoben und die Off-Moo mit den nickenden kegelförmigen Kapuzen und den fließenden hellen Gewändern legten ihre ganze Kraft und Erfahrung in die Ruder und brachten uns aus dem ruhigen Wasser in den schwarzen, mit funkelnden Sternen überzogenen Fluss hinaus.

Sofort erfasste uns die Strömung. Die Mannschaft hatte nicht viel zu tun – außer das Schiff auf Kurs zu halten. Wir bewegten uns mit beängstigender Geschwindigkeit, manchmal spritzte Gischt hoch, wenn der Fluss zwischen hohen Ufern eingesperrt wurde, während er immer tiefer in den Kern des Planeten hineinführte.

Aber natürlich befanden wir uns längst nicht mehr auf dem Planeten, den wir kannten. Wir waren in Mittelmark, wo die Gesetze des Elfenlandes galten.

Das dunkle Wasser schien überraschend klar und oft konnte man den Grund sehen, wo der Fels unnatürlich glatt geschliffen war. Es hätte mich nicht einmal mehr gewundert, wenn ich erfahren hätte, dass wir durch einen von Menschen gebauten Kanal fuhren. Das Licht wurde immer heller, als wir uns dem See näherten, und die Luft wurde wärmer. Ich nahm an, dass dieses Binnenmeer der Ort war, an dem die Zivilisation der Off-Moo entstanden war. Es war für sie das, was Sonne und Nil für Ägypten bedeuteten.

Die meiste Zeit blieben beide Ufer sichtbar, doch die Schatten, dazu die seltsam geformten Felsen und die Art und Weise, wie das vom Wasser ausgehende Licht sich ständig veränderte, erweckten den Eindruck, der Fluss sei von allen möglichen Ungeheuern bewohnt. Nach einiger Zeit gewöhnte ich mich an die phantastischen Gestalten der rasch vorbeiziehenden Landschaft. Aber schließlich, als ich gerade einen Wald schlanker Stalagmiten bewunderte, die gleich am Wasser wuchsen wie das Schilf auf der Erde, war ich ganz sicher, ein Tier gesehen zu haben.

Es war kein kleines Tier. Das Licht hatte seine Augen erfasst, die mich smaragdgrün aus der Dunkelheit anstarrten. Ich wandte mich an Fromental und fragte ihn, was für ein Wesen es sein könnte. Er war überrascht. Normalerweise gab es hier keine Tiere, die größer waren als die Off-Moo selbst. Dann, an einem Uferstück, wo das Licht stark flackerte, sah ich es wieder.

Ich hatte es schon einmal gesehen. In meinen Träumen. Eine riesige Katze, viel größer als der größte Tiger, pechschwarz und mit roter Zunge, die aus einem Maul voll von scharfen, weißen Zähnen hing, zwei riesige gekrümmte Reißzähne. Ein Säbelzahnpanther, dessen langer Schwanz hin und her zuckte, wenn er lief, hielt mit uns Schritt. Ein Wesen aus meinen Träumen. Es rannte neben dem Floß, als uns die Strömung zur Hauptstadt der Off-Moo beförderte.

Jetzt konnte auch Fromental das Tier sehen. Er wusste, was es war. »Diese Katzen kommen gewöhnlich nicht so nahe an den Fluss heran, denn sie hassen und fürchten ihn. Sie jagen in den Ländern jenseits des Lichts. Die Kannibalen sind ihre natürliche Beute. Man fürchtet sie sehr, weil sie im Dunklen sehen können, wenngleich nicht im gewöhnlichen Sinne. Die Tiere sind ganz und gar blind, wenn es auch so scheint, als würden sie einen mit diesen Augen direkt anstarren.«

»Wie können sie dann jagen? Wie ist es dem Tier möglich, uns zu folgen?«

»Die Off-Moo erklärten mir, dass es mit der Wärme zusammenhängt. Irgendwie erspüren die Augen eher die Wärme als das Licht. Und sie haben einen außerordentlich guten Geruchssinn. Sie können über Meilen hinweg die Fährte aufnehmen. Die Bewohner der dunklen Länder leben in Angst und Schrecken vor ihnen. Die Off-Moo glauben, dass die Katzen ihr größer Schutz vor Angriffen der Kannibalen sind.«

»Dann machen die Kannibalen nicht Jagd auf die Panther?«

»Sie können sich kaum vor ihnen schützen. Aberglaube und Feuer sind so ungefähr alles, was sie zu ihrer Verteidigung aufbieten können, denn auch sie sind überwiegend blind. Sie fürchten instinktiv die Wesen, für die sie eine relativ leichte Beute sind.«

Die Off-Moo waren inzwischen, nachdem sie die Katze ebenfalls bemerkt hatten, sichtlich beunruhigt. Sie sprachen mit schrillen Stimmen und so aufgeregt in griechischer Sprache, dass ich sie kaum noch verstehen konnte. Fromental erklärte, das sei ein Zeichen, dass sie Angst hatten und die Gefahr spürten. Warum war die Katze so nahe an den Fluss gekommen?

»Vielleicht steckt nichts weiter als Neugierde dahinter«, sagte mein Freund.

Er winkte dem Gelehrten Brem, einem Bekannten, und ging hinüber, um mit ihm zu sprechen. Als er zurückkam, schien er beunruhigt. »Sie fürchten, eine mächtige Kraft hätte die Katzen aus ihren üblichen Jagdgründen vertrieben. Andererseits aber kann es auch nur ein einsames junges Männchen sein, das nach einer Gefährtin sucht.«

Ich sah die große Säbelzahnkatze nicht wieder. Wir fuhren jetzt langsamer, weil der Fluss breiter wurde und sich allmählich im strahlenden See verlor, dessen gegenüberliegendes Ufer in der Dunkelheit nicht zu erkennen war.

Langsam, als würde ein Schiff oder ein Zug in eine große Stadt einfahren, wichen die Felsformationen den schlanken Wohntürmen der Off-Moo. Die Türme reflektierten weich abgestufte Schattierungen, die eine winzige Spur von Farbe enthielten, was ihre geheimnisvolle Schönheit noch verstärkte. Neugierige Off-Moo tauchten am Ufer und auf Balkonen auf, während unsere Rudergänger sich ins Zeug legten und eine Strömung suchten, die uns elegant in den Hafen einfahren ließ, wo bereits mehrere ähnliche versteinerte Seeungeheuer festgemacht waren.

Mit beträchtlichem Geschick bugsierten die Seeleute das Floß zu einem Kai, der aus sorgfältig zugehauenem Fels bestand. Eine kleine Gruppe Schaulustiger wartete schon, um uns zu begrüßen. Die meisten waren Off-Moo, an den kegelförmigen und leicht unterschiedlichen Kapuzen gut zu erkennen. Doch dann sah ich eine kleinere Gestalt an der Seite stehen und empfand eine solche Freude und Erleichterung, dass ich mich über die Heftigkeit meiner eigenen Gefühle wunderte. Oona war mir sehr ans Herz gewachsen. Als Albino wirkte sie in dieser Welt noch ätherischer als in meiner eigenen. Aber nicht deshalb war mein Herz so erfreut. War es ein Gefühl der Zusammengehörigkeit? Ich eilte vom bizarren Floß und trat auf den Basalt des Kais, lief zu ihr und begrüßte sie, spürte die Wärme, die Nähe, die Vertrautheit.

»Ich bin so froh, dass Sie hier sind«, murmelte sie. Sie umarmte auch Fromental. »Ihr seid gerade rechtzeitig gekommen, um Lord Renyards Freunde zu begrüßen. Sie bringen schlechte Neuigkeiten. Wie wir vermutet haben, greifen unsere Feinde mindestens drei Reiche an, die alle von strategischer Bedeutung sind. Auch Ihre eigene Welt ist in tödlicher Gefahr. Tanelorn wird belagert, dieses Mal von der Ordnung, und kann jeden Augenblick fallen. Unterdessen scheint Mu Ooria selbst der größten Bedrohung ausgesetzt. Das ist kein zufälliges Zusammentreffen, meine Herren. Wir haben es mit einem sehr mächtigen Gegner zu tun.« Sie bedeutete uns, ihr zu folgen, und führte uns vom angedockten Schiff durch enge, gewundene Straßen.

»Aber Tanelorn kann nicht erobert werden«, wandte Fromental ein. »Tanelorn ist ewig.«

Oona sah ihn ernst an. »Die Ewigkeit, wie wir sie verstehen, ist in Gefahr und mit ihr alles, was wir für selbstverständlich hielten. Alles, was dauerhaft und unverletzlich schien. Alles, alles wird angegriffen. Gaynors Streben könnte jegliches Leben zerstören. Das Ende des Bewusstseins, unser aller Ende. Vielleicht sogar die Zerstörung des ganzen Multiversums.«

»Vielleicht hätten wir ihn an Ort und Stelle töten sollen, als er uns gedroht hat«, sagte Fromental.

Die junge Jägerin zuckte die Achseln und führte uns in eins der schlanken Gebäude. »In diesem Augenblick konntet ihr ihn nicht töten«, erwiderte sie. »Es wäre moralisch unmöglich gewesen.«

»Wie das?«, wollte ich wissen.

Ihre Stimme klang beiläufig, als hätte ich etwas völlig Offensichtliches übersehen.

»Weil«, erklärte sie, »weil er an diesem Punkt eurer gemeinsamen Geschichte sein größtes Verbrechen noch nicht begangen hatte.«

9. Kriegsrat

Ich hatte gewisse Schwierigkeiten mit den Vorstellungen von der Zeit, die in Mittelmark galten. Es schien, als wären wir alle dazu verdammt, in Milliarden gegenläufiger Realitäten immer dasselbe Leben zu führen, kaum fähig, die Lebensgeschichte zu verändern und dennoch ewig strebend, es doch einmal zu erreichen. Gelegentlich hatte einer damit Erfolg und die aufgewendete Mühe, um den Lebensweg zu verändern, trug irgendwie dazu bei, das Gleichgewicht des Universums zu erhalten – oder eher doch die Vielfalt der alternativen Universen, die Oona als ›das Multiversum‹ bezeichnete, wo alle unsere Geschichten in der einen oder anderen Form verwirklicht wurden.

Oona war geduldig mit mir, doch ich war eher prosaisch veranlagt und konnte mit solchen Vorstellungen, die meinem Verstand zuwiderliefen, nicht viel anfangen. Nach und nach erfasste ich das Gesamtbild, das mir zu der Erkenntnis verhalf, dass unsere Träume einfach nur Einblicke in andere Lebenswege waren, wobei uns vornehmlich die dramatischsten Augenblicke offenbart wurden, und dass manche Menschen die Fähigkeit besaßen, zwischen den Träumen zu wechseln, zwischen den verschiedenen Lebenswegen, und sie manchmal sogar zu verändern.

Sie sprach mit mir über diese Dinge, nachdem sie mir mein Quartier zugewiesen und mir Zeit gelassen hatte, um mich frisch zu machen. Als ich mich ausgeruht hatte, führte sie mich in die gewundenen Straßen Mu Oorias hinaus, in eine lebendige, dicht bevölkerte Stadt, die viel kosmopolitischer war, als ich es erwartet hätte. Offensichtlich waren tatsächlich nicht alle Menschen in die Dunkelheit verbannt worden. Ganze Stadtviertel waren von Menschen unterschiedlicher Herkunft und Religion bewohnt, verschiedenste Kulturen mischten sich mit jener der Off-Moo. Wir liefen durch Straßenmärkte, wie es sie im modernen Köln geben mochte, und an Häuserzeilen entlang, die ins mittelalterliche Frankreich gepasst hätten. Offenbar nahmen die Off-Moo schon sehr lange Flüchtlinge aus der Oberwelt auf und diese Menschen hatten ihre Gebräuche und Gewohnheiten mitgebracht und sich problemlos mit allen anderen vermischt.

Neben vertrauten Anblicken gab es auch Exotisches. Oona führte mich an spiegelnden schwarzen Pechstein- und Basaltterrassen vorbei, die mit hellen Flechten und Pilzen geschmückt waren. Elegant aus Kalkstein geformte Balkone trugen Bewohner, die manchmal kaum vom Stein zu unterscheiden waren. Diese ewige, funkelnde Nacht war von einer betörenden Schönheit. Ich konnte verstehen, warum sich so viele entschieden hatten, sich hier niederzulassen. Das Sonnenlicht und Wiesen voller Frühlingsblumen mochte man zwar nie mehr sehen, doch man würde auch keine Streitigkeiten mehr erleben, in denen man von einem auf den anderen Augenblick alles verlieren konnte.

Ich verstand die Menschen, die sich hier eingerichtet hatten, ich empfand mit ihnen, aber ich sehnte mich auch danach, die vertrauten rosigen Wangen unserer kerngesunden, rechtschaffenen Bauern in Bek wiederzusehen. Die Einwohner dieses Ortes wirkten nicht wirklich lebendig, auch wenn sie offenbar an ihrem Leben Freude hatten und sich einer hochstehenden Kultur erfreuen konnten. Doch über ihnen dräute die Last der Felsen, sie wussten um die Begrenztheit ihres Landes, allenthalben schien ein etwas bedrücktes Schweigen zu herrschen und sie befleißigten sich einer übertriebenen Höflichkeit, die man in einer geschäftigen Metropole nicht zu finden erwartete. Ich musste diese Welt bewundern, aber ich wäre nie auf die Idee gekommen, mich selbst hier niederzulassen.

Doch würde ich jemals den Rückweg in mein Vaterland finden?

Eine große Niedergeschlagenheit erfüllte mich. Ich liebte mein Land und meine Welt. Alles, was ich wollte, war, eine Gelegenheit zu bekommen, für das zu kämpfen, was ich dort für anständig und ehrenhaft hielt. Ich musste meinen Platz bei denen einnehmen, die sich gegen die feigen Gewaltmenschen zur Wehr setzten. Ich sprach mit Oona darüber, als wir durch die gewundenen Schluchten der Stadt spazierten und die Gärten und die Bauwerke bewunderten, unterwegs mit Passanten Artigkeiten austauschend.

»Glauben Sie mir, Graf Ulric«, versicherte sie mir, »wenn wir Erfolg haben, dann werden Sie noch genug Gelegenheit bekommen, gegen die Nazis zu kämpfen. Aber es gibt so viel zu tun. Die gleichen Schlachten finden auf mindestens drei verschiedenen Ebenen statt und im Augenblick sieht es aus, als wären die Feinde uns überlegen.«

»Wollen Sie mir damit sagen, dass ich für meine Sache auch kämpfen kann, indem ich mich an Ihrem Kampf beteilige?«

»Ich sage, dass es im Grunde um ein und dieselbe Sache geht. Wie Sie ihr dienen, ist letztlich Ihre eigene Entscheidung. Aber sie wird in Übereinstimmung mit anderen Entscheidungen fallen.« Sie lächelte mich an und schob ihre zierliche Hand in die meine, um mich zu einem großen – natürlichen – Steinkreis zu führen, der eine Senke umschloss. Wir befanden uns in der Nähe des Stadtzentrums. Hier gab es keine Stalagmiten und die Stalaktiten unter dem Höhlendach waren in den tiefen Schatten verborgen, die der strahlende See warf.

Zuerst dachte ich, es sei ein Amphitheater, doch nirgends war Publikum zu sehen. Aus dem Kreis führte eine breite Durchgangsstraße heraus, die direkt zum See zu laufen schien. Wären die Off-Moo nicht die gewesen, die sie waren, dann hätte ich dies für eine Stätte gehalten, die einen militärischen Sieg feiern sollte – die heimkehrende Marine konnte beispielsweise die Hauptstraße heraufkommen und in der weiten, flachen Senke dem Volk die siegreichen Truppen präsentieren.

Oona amüsierte sich über meine Versuche, den Zweck dieser Stätte zu erraten. Ich bemerkte, dass der Boden von Tausenden Füßen abgeschliffen war und dass es hier einen leichten, vertrauten Geruch gab.

»Die einzige Gelegenheit, diesen Ort zu besuchen«, sagte sie, »ist die Zeit, bevor der Bewohner zurückkommt.«

»Der Bewohner?«

»Ja. Er lebt bei den Off-Moo, solange ihre Überlieferungen zurückreichen. Manche glauben gar, sie seien zusammen auf diese Welt gekommen. Es gibt auch einige Hinweise, dass die Stadt um ihn herum gebaut wurde. Er ist sehr alt und schläft viel. Hin und wieder, wenn er hungrig ist, verlässt er diesen Ort«, sie deutete die breite Straße hinunter, »und geht zum See. Er bleibt unterschiedlich lange fort, bisher aber ist er immer zurückgekehrt.«

Ich sah mich um, konnte jedoch nirgends ein Gebäude entdecken. »Er lebt hier ganz ohne Möbel und ein Dach über dem Kopf?«

Sie amüsierte sich über meine Verwirrung.

»Es ist eine riesige Schlange«, sagte sie. »Dem Äußeren nach einem *Voluk* nicht unähnlich, aber viel größer. Er schläft hier und tut den Off-Moo kein Leid an. Früher hat er sie beschützt. Sie glauben, er gehe zum See, um zu jagen. Ein seltsames Wesen mit langen Flossen an den Seiten, einem Rochen ähnlich, aber genau genommen eine Art Reptil. Manche glauben, dass er verkümmerte Gliedmaßen besäße, die am Körper verborgen werden und dass er eher eine Eidechse als eine Schlange sei. Er ist den Schalen, die sie hier bergen und in Flöße verwandeln, nicht unähnlich, aber natürlich viel größer.«

»Die Weltenschlange.« Halb amüsiert und halb ehrfürchtig erinnerte ich mich an den Weltenwurm Uroboros, der nach Ansicht unserer Väter die Wurzeln der Welteiche bewachte.

Die zurückhaltende Antwort überraschte mich ein wenig. »Möglich«, sagte sie nur. Dann wurde sie wieder fröhlicher und nahm noch einmal meine Hand.

Mir wurde bewusst: Ich hatte eine Grenze überschritten. Ich war froh, dass sie wieder lachte und mich durch gewundene kleine Gassen führte, um mir die pastellfarbene Pracht der Wassergärten zu zeigen, die, aus natürlichem Stein gehauen, dem Anbau von Pilzen dienten. Funkelnde Lichtpunkte von dunstigen, winzigen Wasserfällen reflektierten die zarten Farbtöne der bizarren unterirdischen Pflanzen. Meine Führerin freute sich sichtlich über meine Verzauberung und zeigte mir mit besitzergreifendem Stolz die Wunder Mu Oorias.

»Könnten Sie diesen Ort nicht lieben lernen?«, fragte sie mich, indem sie sich bei mir unterhakte. Mit ihr erlebte ich eine Freundlichkeit und eine behagliche Nähe, wie ich sie noch nie mit einer Frau erlebt hatte. Ich entspannte mich mehr und mehr.

»Ich liebe das Land schon jetzt«, antwortete ich ihr, »und ich halte die Off-Moo für ein zivilisiertes und kultiviertes Volk. Ein beispielhaftes Volk. Ich könnte hier ein Jahr lang bleiben und doch nicht alles erfassen, was die Stadt zu bieten hat. Aber es entspricht nicht meinem Wesen, Fräulein Oona, an exotischen Orten Ferien zu machen, während mein Land von einem Ungeheuer bedroht wird, das viel gefährlicher ist als Mu Oorias Schlange.«

Sie murmelte, sie könne meine Sorgen verstehen und werde alles tun, was ihr möglich sei. Ich fragte nach Captain Bastable, dem geheimnisvollen Engländer, doch sie schüttelte den Kopf. »Ich glaube, er hat anderswo zu tun.«

»Werden Sie mich dann, da Sie doch offenbar nach Belieben kommen und gehen können, hier herausführen?«

»Es gibt die Traumstraßen«, sagte sie. »Es ist nicht schwer, sie zu finden. Aber manchmal ist es unmöglich, zu dem Ort zurückzukehren, von dem man gekommen ist.« Sie hob eine Hand, um meinen aufgebrachten Einwänden zuvorzukommen. »Ich habe versprochen, dass Sie die Chance bekommen sollen, gegen Ihre Feinde zu kämpfen – und ich denke doch, dass Sie dabei so erfolgreich wir nur irgend möglich sein wollen.«

»Sie sagen mir offenbar, ich solle mich in Geduld üben. Was bleibt mir also übrig?« Ich wusste, dass sie es ehrlich meinte. Ich drückte freundlich ihren Arm. Es kam mir vor, als würde ich sie schon mein ganzes Leben lang kennen. Sie hätte eine meiner angenehmeren Verwandten sein können, eine Nichte vielleicht. Ich erinnerte mich an ihre etwas seltsam anmutende Andeutung, ich müsste sie eigentlich kennen. Allmählich verstand ich, wie es in den eigenwilligen Zeitflüssen des Multiversums möglich war, etwas gleichzeitig als geheimnisvoll und vertraut zu empfinden. Zweifellos hatte sie mich mit jemandem verwechselt, möglicherweise mit einer meiner unzähligen anderen Verkörperungen, die, wenn man ihr und den Off-Moo glauben konnte, in einem sich unendlich weiter verzweigenden Multiversum in stetig wachsender Zahl existierten.

Ihre Bestätigung, dass ich nicht nur einen Doppelgänger, sondern eine unendliche Zahl davon hatte, beruhigte mich keineswegs. Dabei fiel mir ein, dass ich sie nach den beiden bizarren Kämpfern fragen konnte, die ich zuvor gesehen hatte. Einer von ihnen war mein Doppelgänger gewesen.

Sie fand die Frage eher beunruhigend als überraschend und stellte mir präzise Gegenfragen, die ich so gut wie möglich beantwortete. Dann schüttelte sie den Kopf. »Ich wusste nicht, dass solche Kräfte am Werk sind«, sagte sie. »Nicht so gewaltige Kräfte. Ich bete, dass einige davon sich entschließen mögen, sich mit uns zu verbünden. Möglicherweise habe ich die Fähigkeiten meiner Mutter missbraucht oder missverstanden.«

»Wer waren diese Männer in den Rüstungen?«

»Gaynor, wenn er die Rüstung trägt, die Sie beschrieben haben. Der Zweite ist sein Todfeind, einer ihrer größten Avatare, dessen Bestimmung es ist, die Natur des Multiversums selbst zu verändern.«

»Also kein Vorfahr, sondern ein Alter Ego?«

»Wenn Sie so wollen, ja. Sie sagten, er hätte Sie um etwas gebeten?«

»Das habe ich vermutet.«

»Er ist verzweifelt.« Sie sprach liebevoll über ihn, als wäre er ein alter Freund. »Was hat Fromental gesehen?«

»Nichts. Auch ich habe die Erscheinungen nur für einen kurzen Augenblick wahrgenommen, aber es waren keine Sinnestäuschungen. Wenigstens nicht in dem Sinn, wie ich es sonst verstehe.«

»Nein, es waren gewiss keine Sinnestäuschungen«, bestätigte sie. »Kommen Sie, wir müssen uns mit Fromental und seinen Freunden beraten. Sie haben schon lange genug auf uns gewartet.«

Auf schmalen Brücken überquerten wir einige Kanäle, die denen in Venedig sehr ähnlich waren. Die Wasserläufe folgten offenbar natürlichen Rinnen und Spalten, die zusammen die Wasserversorgung der Stadt gewährleisteten. Ich war beeindruckt von der Geschicklichkeit, mit der die Off-Moo sich den natürlichen Gegebenheiten der Erde anzupassen verstanden. Auch Goethe wäre von ihrer Achtung für die Umgebung beeindruckt gewesen. Ironischerweise hätte man aber diese Umgebung, würde man sie in meiner eigenen Welt schildern, für die Phantasien eines opiumsüchtigen Coleridge oder Poe halten können. Die Menschen vermögen doch jede Wahrheit, und sei sie noch so bedeutend, zu verleugnen, sobald sie ihr begrenztes Verständnis der Realität gefährdet.

Nach einer Weile betraten wir einen kleinen Platz. Oona führte mich zu einem Hauseingang und dann ein gewundenes, asymmetrisches Treppenhaus hinauf, bis wir einen großen Raum erreichten, der für eine Wohnung der Off-Moo überraschend weitläufig schien. Das Zimmer war eher nach dem menschlichen Geschmack eingerichtet, es gab große Sofas und bequeme Stühle, auf einem langen Tisch standen Essen und Wein bereit. Offensichtlich hatten Fromental, Lord Renyard und die drei Fremden, die sich erhoben, als wir den Raum betraten, gespeist und sich gleichzeitig ausgetauscht.

Außerhalb einer komischen Oper hatte ich noch nie eine solche Versammlung phantastischer Figuren gesehen. Lord Renyard trug Spitzen und bestickte Kleidung wie ein Geck des siebzehnten Jahrhunderts und versuchte, mit seinem verzierten Gehstock den instabilen Körper im Gleichgewicht zu halten. Eine rote Seidenschärpe lief über die Schulter und hielt die Scheide eines schlanken Schwerts an Ort und Stelle. Er kniff vor Freude die Augen zusammen, als er uns erkannte. »Meine lieben Freunde, sie sind höchst willkommen.« Mit linkischer Anmut verbeugte er sich. »Darf ich Ihnen meine Mitbürger aus Tanelorn vorstellen - Baron Bloek, Lord Protz und Fürst Lamento. Sie wollen an unserer Seite gegen den gemeinsamen Feind kämpfen.«

Alle drei trugen die übertrieben aufgeputzten Uniformen napoleonischer Kavallerieoffiziere. Baron Bloek hatte einen breiten Schnurrbart und zeigte ein breites Pferdegrinsen, das große, ungleichmäßige Zähne entblößte. Lord Protz war ein finster dreinschauender, von sich selbst eingenommener Gockel mit wackelnden Kehllappen und zappelndem Kamm, Fürst Lamento ein feierlich-mürrisches Maultier mit riesigem Gesicht. Obwohl bei weitem nicht so tierähnlich wie Lord Renyard, erinnerten mich doch alle drei stark an die Bevölkerung eines Bauernhofs. Aber sie waren durchaus herzliche Wesen.

»Diese Herrschaften haben eine anstrengende, umständliche Reise auf sich genommen, um zu uns zu stoßen«, erklärte Fromental. »Sie sind auf den Mondstrahlwegen zwischen den Welten gelaufen.«

»Gelaufen?« Ich dachte, ich hätte ihn falsch verstanden.

»Das ist eine Fähigkeit, die vielen leider versagt bleibt.« Lord Renyards Worte klangen wie ein scharfes, japsendes Kläffen. Er sprach vollendetes klassisches Französisch, aber er hatte Mühe, dem Mund und den Stimmbändern die richtige Aussprache abzuringen. »Diejenigen unter uns, die es lernen, reisen jedoch auf keine andere Art mehr. Dies hier sind meine besten Freunde. Als wir begriffen, in welcher Gefahr wir schwebten, haben wir Tanelorn gemeinsam verlassen. Unser Tanelorn natürlich. Wir wurden vor einer Weile im Laufe eines erschreckenden Abenteuers voneinander getrennt, jetzt aber sind sie endlich hier angekommen und bringen Neuigkeiten über Tanelorns schlimmes Schicksal.«

»Die Stadt wird belagert«, erklärte Fromental. »Gaynor greift sie in einer anderen Gestalt an. Die Höheren Welten sind auf seiner Seite. Wir fürchten: Die Stadt wird bald fallen.«

»Wenn Tanelorn fällt, dann bricht alles zusammen.« Oona schritt unruhig hin und her. Mit so schlimmen Neuigkeiten hatte sie offenbar nicht gerechnet. »Das wäre das Ende des ganzen Multiversums.«

»Ohne Hilfe wird Tanelorn gewiss untergehen«, sagte Lord Protz. Die tonlose, kalte Stimme verriet wenig Hoffnung. »Der Rest unserer Welt ist bereits erobert. Gaynor herrscht jetzt dort im Namen der Ordnung. Seine Herrin ist Herzogin Miggea die Verrückte. Übrigens kann er auf die Macht von mehr als einer Inkarnation zurückgreifen.«

»Wir sind hergekommen«, erklärte Fürst Lamento, »um seine Inkarnationen zu suchen und zu verhindern, dass sie sich miteinander verbinden. In unserer Welt ist dies bereits geschehen. Hier dagegen beginnt er gerade erst seine Kräfte zu entfalten.«

Ich verstand es nicht und Oona musste es mir erklären. »Manchmal ist es mithilfe der Unsterblichen möglich, zwei oder drei Inkarnationen eines Menschen zusammenzubringen. Das verleiht den Betreffenden große Kräfte, aber sie verlieren dabei den Verstand. Eine so unnatürliche Vermischung bedroht sogar die Stabilität des gesamten Multiversums. Wer die Kräfte seiner Inkarnationen auf diese Weise benutzt, nimmt ein schreckliches Risiko auf sich und muss möglicherweise einen schlimmen Preis für sein Vergehen bezahlen.«

Etwas an der Art und Weise, wie sie mich ansah, ließ mich schaudern. Der Schauder fuhr mir tief in die Knochen und wollte nicht weichen.

»Wir können nicht zulassen, dass Mu Ooria unseretwegen angegriffen wird«, sagte ich. »Können wir nicht eine Expedition ins Dunkle Land ausrüsten und als Erste zuschlagen? Gaynor wird noch Monate brauchen, um eine Streitmacht aufzustellen.«

Oona lächelte grimmig. »Wir können nicht wissen, mit welcher Geschwindigkeit die Zeit für ihn vergeht.«

»Aber wir wissen, dass wir ihn schlagen können.«

»Das kommt ganz darauf an«, sagte Lord Renyard. Er entschuldigte sich für die Unterbrechung.

»Worauf kommt es an?«

»Auf die Qualität der Hilfe, die uns zuteil wird. Ich möchte Sie erinnern, mein lieber Graf von Bek, dass in unserer Welt nur Tanelorn selbst noch nicht von ihm erobert worden ist. Gaynor hat mächtige Verbündete. Mindestens eine Göttin unterstützt ihn.«

»Wie hat Tanelorn dann bisher Widerstand leisten können?«, fragte ich.

»Es ist Tanelorn, die ewige Stadt der Zuflucht. Gewöhnlich wagen weder Chaos noch Ordnung dort einen Angriff. Tanelorn ist die Verkörperung des Nebelgrundes.«

Oona kam mir zu Hilfe. »Der Nebelgrund ist das Lebenselixier des Multiversums. Man könnte ihn als die Sehnen, Muskeln, Knochen oder den Lebenssaft des Multiversums bezeichnen. Er ist der ursprüngliche Stoff, aus dem alles andere entstanden ist. Das alte Heim des Heiligen Grals. Im Nebelgrund können sich Wesen begegnen, sie können dort sogar leben, wenn sie wollen, aber jeder Angriff auf sie und jeder Kampf im Gebiet des Nebelgrundes ist ein Angriff auf die Grundlagen der gesamten Existenz. Man könnte es wie eine Beleidigung Gottes betrachten. Manche glauben, der Nebelgrund sei die Gottheit, falls nicht das Multiversum selbst der Gott ist, doch ich neige zu einer nüchterneren Betrachtungsweise. Wenn das Multiversum ein riesiger Baum ist, der ewig wächst und Äste abwirft, neue Wurzeln und neue Zweige in alle Richtungen ausstreckt und immer neue Geschichten zu erzählen weiß, dann ist der Nebelgrund so etwas wie die Seele des Ganzen. Wie wichtig ein Kampf auch sein mag, den Nebelgrund greifen wir niemals gezielt an.«

»Ist dann ein Angriff auf Tanelorn gleichbedeutend mit einem Angriff auf den Nebelgrund?«, fragte ich.

»Nennen Sie es einfach einen beispiellosen Vorgang«, sagte Lord Lamento und bewies damit mehr Sinn für Ironie, als ich ihm bislang zugetraut hätte.

»Dann bedroht Gaynor also die Grundfesten der Existenz. Was ist, wenn er Erfolg hat?«

»Vergessenheit. Das Ende des bewussten Lebens.«

»Wie könnte er Erfolg haben?« Meine lange Ausbildung trug Früchte, denn ich konzentrierte mich auf Logik und Strategie. Der alte von Asch hatte mich gelehrt, wie man solche Überlegungen anstellt.

»Indem er einen mächtigen Fürsten des Chaos oder der Ordnung auf seine Seite zieht. In jedem Lager gibt es Elemente, die glauben, das Multiversum werde besser mit ihren eigenen Visionen und Neigungen übereinstimmen, wenn es ihnen gelänge, alles unter ihre Kontrolle zu bringen. Sogar das Leben der Götter hat Phasen, in denen Senilität und Heuchelei Vernunft und Verantwortungsbewusstsein verdrängen. Dies gilt auch für Gaynors Verbündete in unserem Reich.«

»Ein Gott, sagten Sie?«

»Eine Göttin ist es.« Lord Bloek lachte bitter. »Die berühmte Herzogin Miggea von Dolwic. Eine der ältesten Aristokratinnen auf Seiten der Ordnung.«

»Der Ordnung? Die Ordnung sollte etwas so Falsches doch verbieten.«

»Aggression und Senilität sind nicht nur für den Niedergang des Chaos charakteristisch. Beide Kräfte gehorchen den Gesetzen des Multiversums. Sie wachsen und werden stark und kraftvoll, sie verfallen und sterben. Frühere Bündnistreue und anfängliche Verständigung geraten in Vergessenheit, ungezügelte Gier gewinnt die Oberhand und das Lebendige wird zur bloßen Beute, damit die eigene verirrte Seele Nahrung findet. Sogar die edelsten Herren und Herrinnen der Ordnung können einen solchen Niedergang erleiden und häufig tritt er ein, wenn das Chaos besonders lebhaft und energisch kämpft.«

»Begehen Sie nur nicht den gleichen Fehler wie ich«, murmelte Fromental an mich gewandt, »Ordnung und Chaos mit Gut und Böse zu verwechseln. Beide haben ihre Tugenden und Übel, ihre Helden und Schurken. Sie repräsentieren den Kampfgeist der Menschen ebenso wie unsere besten Seiten, wenn die Tugenden beider Lager in einem einzigen Geschöpf vereint werden.«

»Gibt es solche Geschöpfe?«

»Einige wenige«, erklärte Lord Lamento. »Sie tauchen immer dann auf, wenn es die Umstände gebieten.«

»Gaynor ist aber keiner von ihnen?«

»Er ist das Gegenteil!«, bellte Lord Renyard aufgebracht. »Er vereint die Übel beider Seiten in sich. Er verdammt sich selbst zu ewiger Verzweiflung und unauslöschlichem Hass. Doch es liegt in seiner Natur zu glauben, er würde aus einer rein praktischen Notwendigkeit heraus handeln.«

»Und er hat übernatürliche Hilfe dabei?«

»In unserer Welt, gewiss.« Lord Protz' langes Gesicht regte sich kurz. »An seiner Seite kämpft Herzogin Miggea. Die Herzogin der Ordnung gebietet über alle Kräfte, die ihr großes Reich ihr schenkt. Sie könnte ganze Planeten zerstören, wenn sie es wollte. Die Hand der Ordnung ist tödlich, wenn sie gedankenlos zerstört, statt Gerechtigkeit und Schöpferkraft zu bringen. Wir hatten gehofft, Lord Elric ...«

Lord Bloek lief erregt im Raum hin und her. Die blauen Augen blitzten aufgebracht, Sporne klickten und Abzeichen klimperten. »So sehr ich auch unsere Plaudereien zu schätzen weiß, meine Herren, ich muss doch daran erinnern, dass wir in großer Gefahr schweben und dass unsere Reise hierher vor allem dem Zweck diente, die Grauen Lords um Hilfe zu bitten, also die Off-Moo, die hier leben.«

»Sie können allerdings kaum praktische Hilfe leisten, würde ich vermuten. Gaynor bedroht auch ihre Welt.« Lord Protz spielte mit seinen Kinnlappen. »Also müssen wir uns anderswo um Rettung bemühen.«

»Wohin soll man sich wenden?«, fragte Fromental.

»Wohin auch immer die Mondstrahlwege uns führen. Das ist die einzige uns bekannte Möglichkeit, zwischen den Reichen zu reisen.« Lord Protz schien beinahe verlegen. »Nachdem Elric hereingelegt und verzaubert wurde ...«

»Könnten Sie mich lehren, auf diesen Wegen zu gehen, wenn ich Sie begleite?«, fragte Fromental leise.

»Aber natürlich, mein Freund«, erwiderte Lord Renyard mit sanftem Bellen. Er tätschelte Fromentals mächtigen Arm mit einer Pfote. »Ich beispielsweise wäre froh, in Gesellschaft eines Mitbürgers aus Frankreich zu reisen.«

»Dann bin ich Ihr Mann, Monsieur.« Der Fremdenlegionär rückte seine Mütze zurecht und salutierte. Dann wandte er sich an mich. »Ich hoffe, mein Freund, Sie bekommen nicht den Eindruck, ich würde Sie verlassen, aber im Grunde wollte ich schon immer nach Tanelorn. Vielleicht erfahre ich dort auch etwas, das uns allen hilft, Gaynor zu bekämpfen. Seien Sie gewiss, mein Freund, dass ich Ihnen nach Kräften helfen werde, wann immer Sie in Gefahr geraten sollten.«

Ich versprach ihm mehr oder weniger das Gleiche. Wir schüttelten uns die Hände. »Ich würde Sie begleiten«, sagte ich noch, »aber ich habe geschworen, so bald wie möglich nach Hause zurückzukehren. In diesem Augenblick steht viel auf dem Spiel.«

»Jeder muss seinem eigenen Schicksal folgen«, sagte Lord Renyard, als wolle er uns trösten. »Aber alle sind nur Fäden in ein und demselben Gewebe. Ich vermute, dass wir uns alle wiedersehen werden. Vielleicht sogar unter glücklicheren Umständen.«

»Die Off-Moo sind zahlreich und entschlossen, selbst wenn übernatürliche Kräfte gegen sie aufgeboten werden.« Oona trat zwischen die riesigen, tierähnlichen Militärgecken, um sich ebenfalls zu verabschieden. »Jeder dient dem Gleichgewicht am besten in seinem eigenen Reich.« Auch sie gab Fromental die Hand.

»Glauben Sie, Gaynor wird die Stadt angreifen?«, fragte der große Legionär.

»Dies ist seine Geschichte«, erwiderte sie etwas geheimnisvoll, »sein Traum. Es würde mich nicht wundern, wenn sein großer Feldzug schon begonnen hätte. Dies ist das Abenteuer, mit dem er sich seinen bekanntesten Beinamen verdienen wird.«

»Und wie lautet dieser Beiname?«, fragte Fromental. Er wollte lächeln, aber es gelang ihm nicht.

»Der Verdammte«, erwiderte sie.

Als wir uns von den Tanelornern verabschiedet hatten, ich konnte es mir nicht verkneifen, sie für mich als ›die drei Husaren‹ zu bezeichnen, fragte ich Oona, woher sie so viel wusste.

Sie lächelte und schmiegte den kleinen Körper abermals vertraulich an mich, als wir durch die im Zwielicht liegenden Schluchten liefen, in denen so viel städtische Geschäftigkeit herrschte.

»Ich bin die Tochter einer Traumdiebin«, sagte sie. »Meine Mutter war berühmt, sie hat einige mächtige Träume gestohlen.«

»Und wie stiehlt man einen Traum?«

»Das weiß nur ein Traumdieb. Nur ein Traumdieb kann einen Traum wohlbehalten in einem anderen fortbringen und den einen Traum gegen einen anderen einsetzen. Aber damit hat sie ein Vermögen verdient.«

»Sie könnte also einen Traum stehlen, in dem ich ein Kaiser bin, und mich in einen versetzen, in dem ich arm bin?«

»Soweit ich weiß, ist es etwas komplizierter. Aber ich habe nicht die gleiche Ausbildung wie meine Mutter genossen. Die große Schule in Kairo wurde geschlossen, als ich in der Stadt war. Außerdem fehlte mir die Geduld.«

Sie hielt mitten im Schritt inne und auch ich blieb stehen. Sie sagte nichts, sondern sah mich nur an. Rote Augen starrten mich an. Ich lächelte und sie erwiderte das Lächeln, aber sie schien etwas enttäuscht.

»Dann sind Sie also keine Diebin wie Ihre Mutter?«

»Ich habe nicht gesagt, dass ich überhaupt keine Diebin sei. Ich habe einige Ihrer Begabungen geerbt, nicht aber ihre Berufung.«

»Und Ihr Vater?«

»Ach«, sagte sie. Sie lachte in sich hinein und betrachtete die jadegrüne Straße, auf der unsere Schatten lagen. »Ach, mein Vater.«

Sie ging nicht weiter darauf ein, deshalb fragte ich sie nach ihren Reisen in anderen Welten.

»Verglichen mit meiner Mutter bin ich nicht viel gereist«, erklärte sie. »Eine Weile habe ich in England und Deutschland gelebt, allerdings nicht in Ihrer Welt. Ich muss zugeben, dass ich von Welten, die Ihnen sehr vertraut wären, besonders fasziniert bin. Vielleicht liegt es daran, dass auch meine Mutter sie besonders mochte. Wie ist es mit Ihnen, Graf von Bek, vermissen Sie nicht Ihre Angehörigen?«

»Meine Mutter ist bei meiner Geburt gestorben, ich war das letzte Kind. Das Schwierigste für sie.«

»Und Ihr Vater?«

»Er war ein Gelehrter. Er hat Kierkegaard studiert. Ich glaube, er hat mir die Schuld am Tod meiner Mutter gegeben. Die meiste Zeit hat er im alten Turm unseres Hauses verbracht. Er hatte eine riesige Bibliothek. Gestorben ist er bei einem Brand, der auch die Bibliothek zerstörte. Es gab dunkle Anzeichen von Wahnsinn und Schlimmeres. Ich ging damals anderswo zur Schule, aber es gab seltsame Geschichten über diese Nacht und über das, was die Leute in Bek angeblich gesehen hätten. Eine groteske, abenteuerliche Geschichte ging dahin, dass mein Vater sich geweigert hätte, eine Art Pakt zu erfüllen, den meine Familie angeblich mit dem Teufel geschlossen habe, und deshalb hätte er das ihm anvertraute Erbe verloren.«

Ich lachte, aber nicht mit der Offenherzigkeit meiner Begleiterin. Es fiel mir schwer, um einen Mann zu trauern, der mir so fern war und der, so vermute ich, nicht getrauert hätte, wenn ich im Feuer umgekommen wäre. Er fand meinen Albinismus abstoßend oder mindestens beunruhigend. Doch meine Versuche, mich von meinen Eltern und ihren Problemen zu lösen, waren nie wirklich erfolgreich verlaufen. Mein Vater erwartete von mir, ich solle die Pflicht auf mich nehmen, die meine Herkunft mir auferlegte, und doch konnte er mich nicht lieben, wie er meine Brüder geliebt hatte. Oona drängte mich nicht weiter. Wieder einmal war ich überrascht, welch starke Gefühle solche Erinnerungen wecken konnten.

»Wir hatten beide eine schwierige Familiengeschichte«, murmelte sie mitfühlend.

»Dennoch will ich nach Bek zurückkehren«, wandte ich ein. »Gibt es keine Möglichkeit, dass Sie mich bald nach Hause bringen?«

Sie bedauerte. »Ich reise zwischen den Träumen. Ich lebe, wie man sagt, in den Geschichten, die das Wachstum und die Erneuerung des Multiversums gewährleisten. Manche glauben, wir träumten uns selbst in die Realität hinein. Wir seien Sehnsüchte, Begierden, Ideale und Gelüste, die konkret werden. Eine andere Theorie geht dahin, dass das Multiversum uns träumt, wieder eine andere besagt, wir würden das Multiversum träumen. Haben Sie auch eine Theorie, Graf von Bek?«

»Ich fürchte, all dies ist mir völlig neu. Ich habe schon Mühe, die grundlegenden Annahmen hinter alledem zu akzeptieren.« Ich nahm sie in den Arm, weil sie etwas niedergeschlagen schien. »Wenn ich überhaupt an etwas glaube, dann an die Menschheit. Ich glaube an unsere Fähigkeit, uns aus dem Sumpf ungezügelter Gelüste und achtloser Grausamkeit zu ziehen, ich glaube an ein grundsätzliches Streben zum Guten, das eine Harmonie erzeugen kann, die nur zu leicht von Rohlingen zerstört wird.«

Oona zuckte die Achseln. »Ängstliche Hunde überfressen sich«, sagte sie. »Und dann übergeben sie sich meist.«

»Sind Sie eine Zynikerin?«

»Nein. Aber wir Ritter des Gleichgewichts müssen eine lange Schlacht schlagen, um diese Ordnung zu erreichen.«

Diesen Satz hatte ich schon einmal gehört. Ich fragte sie, was er zu bedeuten habe.

»Damit werden die beschrieben, die sich in der Welt für Recht und Gerechtigkeit einsetzen«, erklärte sie.

»Bin ich einer dieser Ritter?«, fragte ich.

»Ich denke, das wissen Sie bereits«, sagte sie. Dann wechselte sie das Thema. Sie deutete zu den Türmen Moo Orias, auf deren Terrassen Pflanzen wuchsen, die sie Mondblumen nannte.

Trotz aller Gefahren und Geheimnisse, mit denen ich konfrontiert worden war, empfand ich angesichts dieser Schönheit Dankbarkeit. Sie stellte alles in den Schatten, was ich mir bisher hatte ausmalen können. Es war eine Tiefe, eine fast greifbare und allgegenwärtige Realität, wie sie nicht einmal ein Opiumesser hätte erleben können. Auch in Träumen existierte ein gewisses Bewusstsein, aber die Realität dieser düsteren, felsigen Welt konnte man nicht verleugnen.

Offensichtlich war Oona nicht bereit, noch weitere Fragen zu beantworten, und so schwiegen wir eine Weile und bewunderten die Geschicklichkeit der Off-Moo-Architekten, die ihre Schöpfungen so harmonisch in die natürlichen Gegebenheiten eingegliedert und der Stadt eine organische Ausstrahlung verliehen hatten, wie ich sie an einem Ort von dieser Größe noch nie gesehen hatte.

Als wir uns abwandten, nachdem wir einen sich verjüngenden Vorhang aus durchsichtigem Fels bewundert hatten, der im Licht vom See zu vibrieren schien, sah ich keine vier Schritte neben mir einen Mann stehen. Mir wurde schwindlig und ich war wie gelähmt vor Schreck. Wieder war mein Doppelgänger aufgetaucht, immer noch protzig schwarz gerüstet, das Gesicht meinem eigenen zum Verwechseln ähnlich, hohe Wangenknochen und schräg angesetzte Augenbrauen, rote, hart funkelnde Augen, die Haut wie junges Elfenbein gefärbt. Er schrie mich an. Er schrie mich an und wusste doch, dass ich kein Wort verstehen konnte.

Oona sah ihn auch und erkannte ihn. Sie wollte sich ihm nähern, doch er verschwand in einer Gasse und winkte mir, ich solle ihm folgen. Er wurde schneller, wir mussten laufen, um mit ihm Schritt zu halten. Hierhin und dorthin ging es, wir bogen ab und liefen durch schmale Gänge, stiegen Treppen hinauf und überquerten Brücken und folgten dem Bewaffneten bis in die Randbezirke der Stadt und ein Stück ins Land hinein. Er blieb die ganze Zeit vor uns und bewegte sich mit gleichmäßigem Tempo am Flussufer entlang, zwischen sich stetig verändernden Schatten, im flackernden, silbrigen Licht. Ab und zu sah er sich nach uns um und der schwarze Helm umrahmte das Gesicht eines Mannes, der dringend ein Ziel erreichen will. Ich war sicher, dass wir ihm folgen sollten.

Einen Augenblick geblendet, verlor ich ihn aus den Augen. Oona rannte mir voraus. Ich glaube, sie konnte ihn noch sehen. Ich eilte hinterher.

Dann hörte ich vor mir auf einmal einen gequälten Schrei, einen Laut voll Kummer und Entsetzen. Ich rannte weiter und fand die junge Frau neben einer Gestalt kniend, die ich zuerst für die Leiche des schwarz gerüsteten Fremden hielt.

Doch der Fremde war verschwunden und der Leichnam war der des großen Säbelzahnpanthers, der auf dem Weg zur Stadt unser Floß begleitet hatte.

Oona hob mir das verweinte Gesicht entgegen.

»Das kann nur Gaynor gewesen sein«, sagte sie. »Er tötet zum Vergnügen.«

Ich sah mich um, hoffte den Fremden zu entdecken und fragte mich, ob nicht er die Katze getötet hätte. Ich dachte, ich hätte Kupfer und Silber aufscheinen gesehen und einen höhnischen Laut vom Fluss her vernommen, doch mein Doppelgänger war nirgends zu entdecken.

»Kannten Sie das Tier?«, fragte ich Oona. Ich kniete neben ihr nieder, während sie die Arme um den großen Körper schlang.

»Ob ich sie kannte?« Oonas schlanker Körper bebte unter heftigem Schluchzen. »O ja, Graf von Bek, ich kenne sie.« Sie hielt inne und versuchte, die Fassung wiederzugewinnen. »Wir sind mehr als Schwestern.« Jetzt strömten die Tränen, fließendes Silber auf gespenstisch weißer Haut.

Ich dachte, ich hätte sie missverstanden.

»Nur Gaynor«, flüsterte sie, indem sie wieder den Kopf hob und sich umsah. »Nur er ist grausam und mutig und auch klug genug, um zuerst unsere Katzen anzugreifen. Sie sind lebenswichtig für Mu Oorias Verteidigung.«

»Sie sagten, sie sei Ihre Schwester?« Ich betrachtete verwundert die große schwarze Katze, die gekrümmten weißen Reißzähne, die beinahe so lang waren wie Schwerter. »Dieses Raubtier?«

»Nun«, meinte sie abwesend, während sie immer noch um ihre Fassung rang, »schließlich bin ich die Tochter einer

Traumdiebin. Ich besitze in dieser Angelegenheit eine gewisse Entscheidungsfreiheit.«

Dann trat Gaynor in seiner SS-Uniform hinter einer Säule hervor. Er hatte einen völlig unpassenden kurzen Knochenbogen in einer Hand, mit der anderen spannte er eine schwarze Sehne. Ein schlanker, silberner Pfeil war eingelegt und zielte auf Oonas Herz.

Sie wollte nach ihrer Waffe greifen, dann aber hielt sie inne, denn ihr wurde klar, dass Gaynor im Vorteil war.

»Ich habe einige interessante Abenteuer und Begegnungen hinter mir, mein Vetter«, sagte er. »Und ich habe einige wichtige Lektionen gelernt. Die Zeit ist wie im Fluge vergangen. Und wie war es für dich?«

10. Zeitbeben

Meine Rabenklinge befand sich dort, wo ich sie zurückgelassen hatte, in meinen derzeitigen Gemächern. Oona konnte ihren Bogen nicht benutzen und war sonst unbewaffnet. Gaynor dachte offenbar noch darüber nach, wen von uns er zuerst erschießen sollte. Sein Arm schwankte, aber er war viel zu weit entfernt, als dass ich ihn hätte angreifen können.

Die Vernunft sagte mir, dass er es sich nicht erlauben konnte, uns zu töten. Er wollte mein Schwert. Die leisen, langsamen Wächter der Off-Moo schien er vergessen zu haben.

»Du wirst dich erinnern, mein Vetter, dass nicht alle, die diesen Ort bewachen, sofort zu erkennen sind«, warnte ich ihn.

Er tat meine Bemerkung mit einem geringschätzigen Lächeln ab. »Die können mir nicht gefährlich werden. Ich habe viele Feuerproben bestanden, viele Abenteuer erlebt und viele Dinge gesehen, seit wir uns zum letzten Mal begegnet sind. Ich habe jetzt mächtige Helfer, mein Vetter. Übernatürliche Helfer. Wir belagern bereits Tanelorn. Die Verteidigung der Off-Moo ist dagegen vergleichsweise primitiv. Dies ist ein wundervolles Land, sobald man sich einmal darin zurechtgefunden hat. Ich habe viel gelernt, das mir sehr nützlich sein wird, wenn ich den Gral besitze.«

»Glaubst du wirklich, du wirst so einfach zurückkehren können?«

»Das wird mir nicht schwer fallen. Du musst wissen, dass ich einige neue Freunde gewonnen habe, seit wir uns mit so unfreundlichen Worten verabschiedeten. Wenn du sie erst kennen gelernt hast, wirst du dich aufrichtig bei mir entschuldigen wollen. Du wirst voller Freude nach Hause laufen und das Rabenschwert holen, während ich mich um deine hübsche junge Freundin kümmere.«

Er gab sich tollkühn, die Augen aber irrten unsicher ab. Meine Antwort war voller Verachtung. »Wenn ich das Schwert bei mir hätte, mein Vetter, dann würdest du dich etwas höflicher aufführen. Lass den Bogen sinken. Hast du den Panther getötet?«

»Ich halte den Bogen vorerst noch gespannt, um das Gleichgewicht der Kräfte nicht zu stören, mein Vetter. Ist die große Katze tot? Zweifellos eine Epidemie. Eine dieser schrecklichen Krankheiten, die manchmal die Anzahl der Katzen so schrecklich dezimieren ...« Er zielte auf mein Herz, doch die Gemeinheiten galten Oona.

Oona antwortete nicht. Was sie reizen sollte, führte nur dazu, dass sie die Kontrolle über sich zurückgewann. »Ihre Behauptungen sind unberechtigt, Prinz Gaynor. Ihr eigener Zynismus wird Sie besiegen. Alles, was die Zukunft noch für Sie bereithält, ist eine Ewigkeit voller Verzweiflung.«

Seine Belustigung schien sogar noch zuzunehmen. Dann runzelte er die Stirn, als wollte er sich wieder aufs Geschäftliche konzentrieren. »Es ist wahr, ich hatte gehofft, dich zusammen mit deinem Schwert hier vorzufinden, Ulric. Also lass uns einen Handel schließen – du bringst mir die Klinge und ich verschone dafür das Leben des Mädchens.«

»Das Schwert ist mir anvertraut«, erwiderte ich. »Ich kann es nicht hergeben. Meine Ehre hängt davon ab, dass ich behüte, was mir ...«

»Pah! Auch die Ehre deines Vaters hing davon ab, dass er hütete, was ihm anvertraut war. Wir wissen genau, wie schlecht er das Anvertraute verteidigt hat.« Jetzt war er voller Verachtung.

»Was war ihm denn anvertraut?«

»Du Narr. Die von Beks besaßen die mächtigste Sammlung übernatürlicher Gegenstände im ganzen Multiversum. Dein schwacher Vater, weit genug heruntergekommen, dass er nur noch Voodoosprüche und anderes Hexenzeug brabbeln konnte, verzichtete auf einen davon, weil er fürchtete, der Gegenstand könne gestohlen werden! Deine Familie verdient diese Ehre nicht. Von jetzt an werden ich und die Meinigen diese Gegenstände der Macht beisammenhalten. Für immer.«

Ich war verblüfft. Hatte er den Verstand verloren? Einerseits glaubte ich ihn ganz genau zu verstehen, andererseits konnte ich kaum nachvollziehen, was er mir sagen wollte.

»Schnell jetzt.« Er spannte die Bogensehne etwas weiter. »Wer von euch holt das Schwert und wer bleibt als Geisel hier?«

Oona fasste sich plötzlich an den Kopf und taumelte. Gaynor richtete den Bogen wieder auf sie.

Der glänzende schwarze Körper, der vor ihr lag, zitterte. Mächtige Muskeln spannten sich, der Schwanz peitschte, der große Schnurrbart zuckte. Jadegrüne Augen funkelten. Aus der großen, schwarzen Nase drang ein unsicheres Schnauben.

Oona konnte es noch nicht recht glauben, doch Gaynor fluchte, als der Säbelzahnpanther langsam auf die Pfoten kam und sich nach dem Feind umsah. Die großen weißen Reißzähne funkelten im Licht des Flusses. Dann, Schulter an Schulter neben der riesigen Katze, sah ich eine weitere menschliche Gestalt.

Mein Doppelgänger.

Hatte er die Katze wieder zum Leben erweckt? Gaynor konnte sein Entsetzen kaum noch verbergen. Oona hatte genug Verstand, uns hinter einen Stalagmiten zu ziehen, sodass wir aus der Deckung weiter beobachten konnten.

Der Albino schien mit Gaynor zu reden. Er machte eine Geste. Auf einmal waren er und die Katze verschwunden. Gaynor nahm den Pfeil aus dem Bogen, steckte ihn in den Gürtel und rannte in die Dunkelheit davon.

Ich hatte nicht die leiseste Ahnung, was diese Begegnung zu bedeuten hatte. Ich wollte Oona fragen, ob sie mehr verstanden hatte, doch sie machte sich mit entschlossenem Gesicht eilig auf den Rückweg in die Stadt. »Wir müssen die anderen warnen und ihnen sagen, was hier vor sich geht. Sie werden hier alle ihre Kräfte aufbieten müssen.«

»Was hat das zu bedeuten? Wer ist diese bizarre Ausgabe meiner selbst?«

»Es würde genauer treffen, wenn man sagt, dass Sie eine andere Ausgabe von ihm sind«, erklärte sie. »Er heißt Elric von Melniboné und trägt die schwerste Last von uns allen.«

»Kommt er aus einer anderen – woher denn eigentlich? Aus einer alternativen Welt, die neben unserer eigenen Realität existiert?«

»Manche sprechen von Verästelungen oder Verzweigungen. Oder von verschiedenen Reichen oder Ebenen. Alle sind jedenfalls verschiedene Versionen unseres Universums.« Sie lief eilig durch die gewundenen Straßen Mu Oorias und drang immer tiefer in die Stadt ein.

»Kann dieser Doppelgänger wie Sie zwischen den Welten reisen? Und kennen Sie ihn?«

»Nur in seinen Träumen«, erklärte sie.

Wir waren inzwischen außer Atem. Ich hatte keine Ahnung, wohin sie mich führte, aber sie wollte nicht ausruhen. Ich musste an die unmittelbare Gefahr denken, doch dahinter tobten tausend offene Fragen. So viele Fragen, dass ich nicht wusste, wo ich anfangen sollte, um sie in Worte zu kleiden.

Wir waren durch einen hohen Hauseingang getreten, durch einen langen Flur gerannt und eine gekrümmte kurze Rampe hinaufgelaufen und standen nun in einem Saal mit niedriger Decke. Lang gestreckte Bänke aus behauenem Stein waren um einen großen runden und an Glas erinnernden mittleren Bereich angeordnet.

Ich musste an den Gemeinschaftsraum eines Klosters denken. Der Saal war mit den üblichen hohen Wasserbehältern beleuchtet und strahlte eine tiefe Ruhe aus. Das Licht warf weiche Schatten, der kreisrunde Bereich im Zentrum regte sich manchmal, die Schatten wechselten von Pechschwarz nach Dunkelgrau.

Oona führte mich hinter die Hauptgruppe der Bänke. Gleichzeitig trafen die ersten Off-Moo ein. Die langen, schmalen Gesichter wirkten ernst, die eigenartigen Augen fragend. Ich hatte nicht gesehen, dass die junge Frau irgendein Zeichen gegeben hatte. Unsere Gegenwart im Raum hatte anscheinend ausgereicht, um die Ältesten der Off-Moo sofort herzuholen. Manche wirkten wie Leute, die man bei wichtigen Arbeiten unterbrach. Offenbar hielten sie die Angelegenheit für ernst. Hatte Oona die Leute gerufen? Stand sie in telepathischer Verbindung mit dem Gruppenbewusstsein? Ihr Gesicht war schön und offen, wenn sie mit den Off-Moo sprach. Die Anmut dieser nichtmenschlichen Wesen gab mir das Gefühl, ich hielte mich in der Gesellschaft von Engeln auf.

Mit gemurmelten Grüßen versammelten sich die Off-Moo um den Kreis aus dunklem Glas und hörten aufmerksam zu, als Oona ihnen berichtete, was sie gesehen und was wir erfahren hatten.

»Es könnte sein, dass bereits eine Armee gegen Mu Ooria marschiert«, sagte sie schließlich zögernd.

Auch dies wurde von den Mu Ooria aufgenommen, doch ihre Konzentration richtete sich jetzt vor allem auf den spiegelnden, glänzenden Kreis, um den sie sich versammelt hatten. Ich fragte mich, was sie dort sahen und ob dies ihre Version einer Kristallkugel sei. Vielleicht ein Hilfsmittel, um die Konzentration der Gruppe zu verbessern?

Dann kippte ich fast rückwärts um und hob unwillkürlich die Hände, um die Augen zu schützen. Ich dachte, die Off-Moo müssten auf ähnliche Weise betroffen reagieren, doch sie blieben ruhig stehen, wo sie waren. Immer noch die Augen schützend, fand ich Oona. Auch sie hielt sich die Hände vors Gesicht. »Was ist hier los?«, fragte ich sie.

»Ich glaube, sie kennen einen Weg, um das Licht umzuleiten.« Mehr konnte sie nicht sagen. Dann war das weißgoldene Glühen vorüber und meine Augen hatten sich an das gewöhnt, was geblieben war. Ich konnte die Quelle der Strahlung erkennen. Im Zentrum des Kreises, dreidimensional und völlig real aussehend, schwebte ein gewöhnlicher Steinblock im Raum und strahlte eine schwache, lieblich klingende Schwingung aus, die eigenartige Erinnerungen weckte, Erinnerungen an Momente der Reinheit. An Augenblicke, in denen Gedanken, Taten und Wünsche miteinander in Einklang waren. Halb erwartete ich schon, dass Parzival, der edle Ritter, kniend vor dem Stein erschien. Dann begann sich der Stein vor meinen Augen zu verändern.

Voller Ehrfurcht und Staunen sah ich Wirklichkeit werden, was ich immer nur für eine wundervolle Legende gehalten hatte. Eine große goldene Schale, besetzt mit Kristallen und kostbaren Edelsteinen, überfließend vor schwerem, rotem Wein, der an den Seiten herunterlief und sich mit dem Licht vermischte, das zu dunklem Gold gedämpft wurde und dem Konferenzsaal der Off-Moo tiefe und lebendig wallende Schattierungen verlieh, voll dunkler, wirbelnder Farben. Meine Sinne waren kaum in der Lage, die Vielzahl der Eindrücke aufzunehmen. Ich fühlte mich seltsam schwach und sehnte mich unwillkürlich danach, mit dem Rabenschwert vereint zu sein. Ich hatte den Eindruck, wenn ich nur den Griff berühren könnte, dann würde ich neue Kraft aus der schwarzen Klinge ziehen. Doch das Schwert lag in meinen Gemächern und ich wollte auf keinen Fall auf den Anblick dieses außergewöhnlichen Gefäßes verzichten. Der Kelch, dieser Gral, wurde zusehends größer. Überall nickten und ruckten die kegelförmigen Kappen der Off-Moo, als wäre dieser Anblick sogar für sie ungewöhnlich. Weiche Schatten spielten um den abgerundeten Stein.

Die Off-Moo stimmten einen tiefen Ton an, der sich zu einem Sprechgesang entwickelte, zu einem Wort, zu einem Mantra, das genügend Kraft zu haben schien, um die ganze Welt in Schwingung zu versetzen. Licht und Dunkel wurden zusammengefügt und vermischten sich. Der Kelch nahm unterdessen eine neue Gestalt an, rollte sich in sich selbst zusammen, bis ein goldener, mit Edelsteinen geschmückter Stab entstanden war, der sich über der dunklen Glasplatte langsam um sich selbst drehte.

Jetzt veränderte sich der Gesang der Off-Moo und der Stab dehnte sich aus und wurde länger. Einen Augenblick lang nahm er die Gestalt eines kleinen Kindes mit einem runden

Engelsgesicht an. Dann war wieder der Stab zu sehen, der abermals die Form veränderte, bis ein Pfeil entstanden war. Das Zeichen der Ordnung. Danach erschien ein Bündel von Pfeilen, das ausfächerte und sich über dem Kreis aus Glas nach oben richtete. Acht goldene, mit Edelsteinen besetzte Pfeile, die sich langsam umeinander drehten. Das Chaos.

Die Off-Moo konzentrierten sich auf das Feld aus funkelndem Obsidian. Schnell formte sich ein dreidimensionales Bild. Reiter schienen aus dem Felsen aufzutauchen und in unsere Richtung zu galoppieren. Die Illusion war einer sehr realistischen Filmvorführung nicht unähnlich. Aber es war auch eine erschreckende Realität. In seiner bizarren Rüstung ritt Gaynor auf einem großen weißen Hengst, dessen Augen blind nach oben starrten, der jedoch auch ohne zu sehen sicher auftrat. Hinter ihm, auf ähnlich blinden, hellen Pferden, ritten in schwarzen und silbernen Uniformen die SS-Leute, angeführt von Klosterheim. Sie trugen Mäntel und waren mit verschiedenen altmodischen Waffen ausgerüstet.

Hinter ihnen kam eine bizarre Versammlung von Ungeheuern und grotesken Wesen gerannt und gehüpft, die aussahen, als wären sie einem Bild von Bosch entsprungen. Vielleicht hatte der Maler die Anregungen sogar aus Erlebnissen wie diesem statt aus der Phantasie bezogen. Es waren Geschöpfe mit langen Gliedmaßen, schmalen Köpfen und großen, kurzsichtigen Augen. Sie schnüffelten mit unmöglich langen Schnauzen und orientierten sich offenbar eher am Geruch als mit Blicken. Diese Parodien von Menschen waren mit ihren schlenkernden Gliedmaßen erheblich größer als die Männer, die vor ihnen ritten. Es schien, als wären Spielzeugsoldaten in zwei verschiedenen Maßstäben geschnitzt worden. Es waren offenbar Wilde, mit Keulen und Äxten bewaffnet. Bogenschützen und Schwertkämpfer befanden sich ebenfalls unter ihnen. Eher ein bewaffneter Haufen als ein diszipliniertes Heer. Doch sie kamen zu Tausenden.

»Troogs«, sagte Oona.

Ich konnte verstehen, warum die Off-Moo von diesen Bewohnern der Nachbarländer wenig zu befürchten hatten. Die

Riesen besaßen weder die Intelligenz noch den Ehrgeiz, Mu Ooria aus eigenem Antrieb anzugreifen.

Ein Off-Moo murmelte etwas und Oona nickte. »Alle Panther sind verschwunden«, erklärte sie mir. »Sie halten die Troogs nicht mehr im Zaum. Wir wissen nicht, ob die Katzen tot, verzaubert oder einfach nur verschwunden sind.«

»Wie könnten sie verschwinden?«

»Durch einen mächtigen Zauberspruch.«

»Durch einen Zauberspruch?« Ich war mehr als skeptisch. »Durch einen Zauberspruch, mein Fräulein? Sind wir schon so verzweifelt, dass wir zur Hexerei Zuflucht nehmen müssen?«

Sie reagierte sichtlich ungehalten. »Nennen Sie es wie Sie wollen, Graf von Bek, aber das ist die beste Beschreibung. Sie spüren einen Ruf. Den Ruf eines Wesens, das viel mächtiger ist als jene, die gewöhnlich in diesen Höhlen umgehen. Vielleicht ein Herr der Höheren Ebenen oder gar mehrere. Gaynor hat sie irgendwie aus der gewohnten Welt geholt, um sich mit ihnen zu verbünden. Wenn sie all ihre Macht mitgebracht haben, dann sind sie fast nicht zu besiegen. Aber manche von ihnen brauchen menschliche Wesen wie zum Beispiel Gaynor und seine Armee als Medium.«

»Diese Troogs sind riesig.«

»Nur hier«, sagte sie. »In gewissen Bereichen der Verästelungen sind sie winzig. Sie sind einfach nur Geschöpfe, die das Grenzland zwischen Mu Ooria und dem Nebelgrund bewohnen. Sie gehören nicht den Höheren Ebenen an, sondern sind genau das, wonach sie aussehen. Es sind Geschöpfe der tiefsten Tiefen. Sie sind Gaynors Kanonenfutter. Wenn Gaynors Zauberei gegen uns Erfolg hat, dann werden sie das Abschlachten übernehmen.«

»Es scheint fast, als hätten Sie eine solche Invasion schon einmal erlebt«, sagte ich.

»Oh, sogar mehr als eine«, erklärte sie. »Glauben Sie mir, es ist ein ewiger Kampf. Sie können sich nicht vorstellen, welche Ereignisse sich gerade in Ihrer eigenen Welt zusammenbrauen.«

Wieder und noch stärker als zuvor hatte ich den Wunsch,

das Rabenschwert an meiner Hüfte zu spüren. Als Oona sich wieder mit den Off-Moo unterhielt, entschuldigte ich mich und sagte, ich würde bald gleich zurückkommen.

Ich lief durch die gewundenen Straßen, durchs wechselhafte Licht, und fand den Rückweg zu meinem Quartier sowohl mithilfe der gedämpften Farben als auch, indem ich mich an den Umrissen der Gebäude orientierte. Ich eilte zu der Stelle, an der ich das Schwert zurückgelassen hatte, und fand es zu meiner großen Erleichterung in der Nische neben meinem Bett. Ich wickelte es aus, nur um sicherzugehen, dass es die geliebte Klinge war. Der dunkle, vibrierende Stahl schien zur Begrüßung zu murmeln.

Rabenbrand wurde in die behelfsmäßige Scheide gesteckt, die ich mir über die Schulter warf, um durch die Straßen der Stadt zurückzueilen. Ich erkannte Orte wieder, die ich schon einmal gesehen hatte: ein Schaft silbernen Lichts, der auf eine bestimmte Weise fiel, Schatten, die auf eine bestimmte Weise spielten, Farben, die sich auf einer Mauer ständig veränderten, die Gewächse in den eigenartigen Gärten.

Gerade überquerte ich zum zweiten Mal den Hauptplatz und näherte mich den Gebäuden auf der anderen Seite, als ich hinter mir ein höhnisches Lachen vernahm. Ich drehte mich um und sah meinem Vetter Gaynor in die triumphierenden Augen. Er zielte mit einem Pfeil auf mich.

Ich hätte nicht im Traum daran gedacht, dass er so kühn sein könnte, uns bis ins Herz von Mu Ooria zu verfolgen. Außerdem war ich immer noch nicht ganz daran gewöhnt, gleichzeitig zwei Versionen ein und derselben Person zu sehen – die eine führte eine schreckliche Armee gegen eine große Stadt, die Zweite stand vor mir auf der Straße.

Gaynor strahlte eine vergnügte Grausamkeit aus. »Wie ich sehe, bist du überrascht, mein Vetter. Ich habe ein Alter Ego, das sich um die Front kümmert, während ich frei bin, an einer anderen Stelle anzugreifen. Das ist der größte Wunsch jedes Generals, was?« Er sabberte beinahe, während sein Blick immer wieder zum Schwert abirrte. Er war gefesselt davon und hingerissen, es zu sehen.

Ohne nachzudenken fasste ich den Griff etwas anders und hielt es mit der Spitze nach unten, damit der Knauf ein Gegengewicht bildete. So konnte ich es schnell heben, fast ohne mich anzustrengen, und Gaynor den Bogen aus der Hand schlagen. Ich musste ihn nur näher an mich heranlocken.

Aber er war vorsichtig. Er hielt sich in sicherer Entfernung und ließ den Pfeil auf der gespannten Sehne liegen. Offensichtlich war er in der Kunst des Bogenschießens noch nicht sehr erfahren, schien es aber recht gut zu beherrschen.

Also musste ich es anders beginnen. Ich musste mich ihm nähern.

Ich begann mich zu bewegen, sehr vorsichtig, und sprach mit ihm, während ich die Entfernung zwischen uns verkürzte. Gaynor grinste nur und schüttelte den Kopf. »Wie kommst du auf die Idee, ich hätte auch nur den geringsten Grund, dich jetzt noch am Leben zu lassen, mein Vetter? Du hast, was ich brauche. Ich muss dich nur töten, um es dir zu nehmen.«

»Du hättest mich gleich in den Rücken schießen können, um dies zu erreichen«, sagte ich. Genau in diesem Augenblick schoss er einen Pfeil ab, der mich hoch im linken Arm traf. Ich war erstaunt, dass ich keinen Schmerz empfand, dann wurde mir klar, dass die kräftige Jägerjacke den Pfeil aufgehalten hatte. Ich selbst blieb unverletzt. Bevor er den nächsten Pfeil einlegen konnte, hatte ich schon ein paar rasche Schritte auf ihn zu gemacht und ihm die nadelspitze Schwertspitze an die Kehle gelegt.

»Lass die Waffe fallen, Vetter«, verlangte ich.

Ich spürte einen scharfen Schmerz in der Seite, blickte hinunter und sah die Klinge eines Nazidolchs, der gegen meine Rippen gepresst wurde. Als ich aufschaute, sah ich in die leblosen Augen des hageren Klosterheim.

»Dann haben auch Sie einen Doppelgänger«, sagte ich schaudernd.

»Wir sind alle gleich«, murmelte Klosterheim. »Wir alle. Millionen von uns.«

Er schien zu fiebern, er wirkte zerstreut. Sogar nervös.

Jetzt war ein Patt entstanden. Ich bedrohte Gaynors Kehle, Klosterheim hielt mir ein Messer an die Brust.

»Lassen Sie das Schwert sinken, mein Herr«, sagte er. »Legen Sie es vor sich auf den Boden.«

Ich lachte ihn aus. »Ich habe geschworen, lieber zu sterben als Rabenbrand auszuliefern.«

Gaynor verlor die Geduld. »Auch dein Vater hat geschworen, lieber zu sterben als das Erbe deiner Familie wegzugeben. Und gestorben ist er. Ulric, mein lieber Vetter. Gib mir das Schwarze Schwert und ich garantiere dir, dass du mit allen deinen Dorfbewohnern in Bek leben kannst. Du sollst dein Schloss behalten und alles soll so bleiben, wie du es gewöhnt bist. Niemand wird dich behelligen. Glaube mir, lieber Vetter, es gibt einige unter uns, die genauso idealistisch sind wie du. Sie würden sich jederzeit die Hände schmutzig machen, um die Samen des Paradiesgartens zu säen. Wenn du dich entscheidest, dass deine Hände sauber bleiben sollen, dann ist das deine Sache. Ich aber treffe eine andere Entscheidung. Ich bin bereit, das Notwendige zu akzeptieren und im ganzen Multiversum die Ordnung zu verwirklichen. Hast du das verstanden?«

»Ich habe verstanden, dass du verrückt bist«, gab ich zurück.

Er lachte laut. »Verrückt? Verrückt sind wir alle, mein Vetter. Das ganze Multiversum ist verrückt. Aber wir werden es zur Vernunft bringen. Wir werden es zu dem machen, was es unserer Ansicht nach eigentlich sein soll. Spürst du denn nicht, wie du dich veränderst? Dies ist der einzige Weg, wenn man überleben will. So habe auch ich überlebt. Kein Mensch kann jedoch den Ansturm so vieler Ideen und Sinneseindrücke überstehen, ohne sich radikal zu verändern. Glaubst du wirklich, du wärst noch derjenige, der erst vor kurzem aus einem Konzentrationslager geflohen ist?«

Er sagte die Wahrheit. Ich würde niemals mehr derselbe sein wie zuvor. Aber gleichzeitig war er auch darauf aus, mich zu verwirren.

»Herr Klosterheim muss mich schon töten«, erwiderte ich, »denn ich werde dir weder meine Dienste noch mein Schwert freiwillig schenken.«

Es war ein Patt, aus dem es keinen Ausweg gab. Ich sah an Gaynor vorbei und erkannte hinter seiner Schulter eine vertraute Gestalt, die über den glatten Boden des Platzes in meine Richtung gerannt kam. Sie trug eine reich geschmückte schwarze Rüstung und einen komplizierten Helm. Die roten Augen funkelten, die bleichen Hände waren ausgestreckt. Sie rannte mitten durch Gaynor hindurch, der es nicht einmal bemerkte. Ein körperloser Geist wie ein Spiegelbild, offenbar von einer schrecklichen, verzweifelten Eile getrieben. Ich wollte instinktiv ausweichen, doch der Verstand sagte mir, ich solle stehen bleiben.

Der Mann kam mit ungeheurer Geschwindigkeit gerannt und ich war sicher, er würde mich umwerfen. Aber er blieb nicht stehen. Und er rannte auch nicht durch mich hindurch. Er rannte in mich hinein, mit gerüstetem Körper, mit dem Helm auf dem Kopf. Alles, was er war, drang in mich ein, den ordentlich gekleideten Menschen des zwanzigsten Jahrhunderts, und verschmolz mit mir. Vor einem Augenblick hatte ich noch das Gefühl, eine einzige Person zu sein, jetzt waren deren zwei in mir.

Zwei Männer, die beide ich selbst waren, existierten in einem einzigen Körper. Diese Tatsache stellte ich keine Sekunde infrage. Wie sollte ich auch!

Auf einmal hatte ich zwei Gruppen von Erinnerungen. Zwei Identitäten, die sich stark voneinander unterschieden. Zwei zukünftige Lebenswege, zwei unterschiedliche Gefühlswelten. Aber ich hatte auch vieles mit meinem Doppelgänger gemeinsam. Einen überwältigenden Hass auf Gaynor und seine brutale Bande und alles, was sie hier und in meiner eigenen Welt darstellte. Die Entschlossenheit meines Doppelgängers verband sich mit meiner eigenen und stärkte sie, ergänzte meinen eigenen Zorn. Ich wusste sofort, dass genau dies seine Absicht gewesen war. Er hatte es darauf angelegt, unsere Kräfte zu vereinen. Und da er in so vieler Hinsicht derselbe war wie ich, konnte ich ihm blind vertrauen. Er konnte mich nicht anlügen, höchstens sich selbst.

Jetzt begann das Schwarze Schwert zu pulsieren und zu murmeln, die roten Runen liefen wie Adern auf der vibrierenden Schneide entlang. Ich hatte ein Gefühl, als würde sich die Waffe in meinen Händen winden. Sie hob sich aus eigenem Antrieb, stieg in meiner Faust empor, bis ich sie schulterhoch hielt. Ich stieß einen wilden Kampfschrei aus, als das Schwert meinen Körper mit neuer Kraft erfüllte und tausend widerstreitende Gedanken und Gefühle mich durchzuckten. Dazu überkam mich eine unvertraute Todessehnsucht. Ich leckte mir die Lippen. Ich begann zu leben!

Das Tier kehrt in den Stall zurück, der Spatz fliegt auf sein Feld. Schwerter vermählen sich, Seelen verbünden sich.

Ich war es, der gesprochen hatte. Ein Mantra. Das Ende eines viel längeren Gesangs? Ein Zauberspruch. In einer Sprache, die eine Hälfte in mir überhaupt nicht verstand, während die andere sie vollendet beherrschte. Es war keine Sprache, die einer von uns üblicherweise sprach. Ich konnte meine Gedanken in beiden Sprachen formulieren und es waren fast dieselben, abgesehen davon, dass die ältere Sprache voller schwieriger Knacklaute war, voller Klicken und Zischen.

Diese andere Sprache klang viel fließender und unermesslich alt. Keine menschliche Sprache war es. Etwas, das man lernen musste, Ton für Ton und Wort für Wort. Etwas, das mich viele Jahre der Qualen gekostet hatte, bis ich es konnte.

Zwei Kelche für die Gerechtigkeit. Zwei Schwerter für die Harmonie. Zwei Seelen für den Sieg. Fürsten und Fürstinnen laufen auf den Strahlen des Mondes. Zwillinge befehligen die Schlange. Es fließt das Blut, es fließt der Wein. Es fließt der Fluss, so muss es sein. Zwillinge verkleiden sich und sind vereint.

Mein Alter Ego konzentrierte sich auf das Mantra. Es hatte ihn in die Lage versetzt, diese erstaunliche Magie zu bewirken. Natürlich verstand ich alles auf einen Schlag, denn wir waren jetzt ein und dasselbe Wesen. Und da wir zwei Wesen in einem einzigen Körper waren, sah ich, dass dies auch vielen anderen Menschen möglich sein musste. Man konnte geistig gesund bleiben und verstehen, dass gleichzeitig viele andere Verkörperungen von einem selbst existierten. So viele Entscheidungen, Möglichkeiten und Schwierigkeiten. Verstehen, dass in jedem gegebenen Augenblick Millionen anderer Versionen von einem selbst auf einer Million nur geringfügig abweichenden oder radikal anderen Wegen wandelten. Fähig sein, das Multiversum als Ganzes zu sehen, in dem keine Welten mehr verborgen und keine Möglichkeiten ausgeschlossen sind. Ein überwältigendes Geschenk. Man musste nur die richtigen Wege finden. Jetzt verstand ich, wie verlockend dieses Leben war und warum Oona und ihre Mutter und die Mutter ihrer Mutter sich zwangsläufig dafür entscheiden mussten.

Die unmittelbar drohende Gefahr geriet bei diesen weit gespannten Betrachtungen nicht in Vergessenheit. Ich war fähig, mich zu verteidigen, war sogar in der Lage, jederzeit anzugreifen, falls ich es wollte, denn in mir hatte sich Elrics Ausbildung mit meiner eigenen zusammengefügt. Ich wusste, wie ich im Kampf agieren und mich gleichzeitig auf einen Zauberspruch konzentrieren konnte, denn ich war vom reinen, alten Blut von Melniboné, und dies waren die Gaben, die wir in uns pflegten. Unsere Vorfahren hatten viele Bündnisse mit den Elementarwesen des Multiversums geschlossen. Mit den Kräften der Erde, der Luft, des Wassers und des Feuers. Viele dieser Bündnisse waren ungebrochen gültig. Ich konnte alle Kräfte der Natur heraufbeschwören, wenngleich nicht die ganze Macht der Natur. Es war ein unbeschreiblich wundervolles Gefühl zu wissen, dass ich den Wind, das Feuer, sogar die Gestalt der Erde und den Lauf des Wassers steuern konnte, dass ich mich mit den großen Tiergottheiten ausgetauscht hatte, mit den Archetypen, von denen alle anderen Tiere abstammten und die, wenn sie es wünschten, ganze Legionen herbeirufen konnten. Nur wenige dieser Verbündeten empfanden mehr als die gesunden Gelüste eines gewöhnlichen Tiers und hatten daher wenig Ehrgeiz, was die Angelegenheiten der Menschen oder Götter betraf, auch wenn die Herren der Höheren Welten sie respektierten. Nur wenn sie heraufbeschworen wurden, ließen sich die Elementarwesen gelegentlich herab, sich mit den Konflikten der Sterblichen zu befassen. Jetzt besaß ich all diese Kräfte, ich verstand, welchen Preis man zahlen musste, wenn man sie heraufbeschwor, ich begriff, wie notwendig es war, eine geistig und körperliche Grundlage zu finden, viel belastbarer als alles, was in der Welt von Bek jemals nötig gewesen war. Die Realität war anstrengender und die Risiken größer, als ich es je für möglich gehalten hätte.

Doch ich brauchte Brennstoff für meine angespannten Muskeln und die starken Lungen, ich brauchte Brennstoff, um den Kriegerkörper und die Weisheit des Kriegers in mir zu versorgen. Nur zwei Quellen existierten für diesen Brennstoff. Eine war eine Kombination aus Kräutern und anderen Zutaten, die es mir erlaubten, ein aktives Leben zu führen. Die Zweite war das Schwert. Als ich begriff, was das Schwert tat, war mein gewöhnliches menschliches Selbst äußerst abgestoßen. Doch zugleich verstand ich auch, dass mein Überleben davon abhing, dass ich die Klinge benutzte und dass sie es nicht zulassen würde, wenn ich gegen meine eigenen Interessen handelte. Meine Zuneigung zu Rabenbrand blieb ungebrochen, doch ich empfand eine neue Achtung vor der Waffe. Offensichtlich wählte diese Klinge selbst aus, wer sie führen durfte.

Ich erinnerte mich an meine Fechtstunden, als ich mich auf den Kampf vorbereitete. Ich wollte ihm nicht ausweichen, ich konnte ihn im Gegenteil kaum erwarten, ich sehnte mich danach, blutige Wunden zu schlagen.

»Prinz Gaynor.« Elrics steife Höflichkeit ließ meine angelsächsischen Manieren vergleichsweise ungezwungen erscheinen. »Sollte der Augenblick Eures Todes wirklich so schnell schon gekommen sein?«

Das Gesicht des Ungarn verzog sich zu einer blöden Grimasse. »Wer seid Ihr? Beherrscht Ihr diesen Menschen?«

»Ihr seid unverschämt, Prinz Gaynor. Eure Fragen sind beleidigend und grob gesprochen. Ich entstamme der königlichen Linie von Melniboné und bin Euch weit überlegen. Werft den Bogen weg oder mein Schwert trinkt Eure Seele.«

Gaynor war angesichts meiner Veränderung verängstigt, auch wenn er den Grund zu erraten glaubte. Allerdings war er auf eine solche Wende nicht vorbereitet gewesen. Klosterheims Messer drückte nicht mehr gegen meine Rippen. Gaynors leichenhafter Kollege starte mich mit dämmerndem Verständnis an. Er hatte Elric durch seinen Herrn rennen und in meinem Körper verschwinden sehen. Er wusste, was ich war, und hatte Angst vor mir.

Die Klinge dürstete nach ihren Seelen. Ich konnte spüren, wie ihre Gier vom Griff durch meine Hände ausstrahlte. Ich kämpfte dagegen an, aber sie wurde immer fordernder.

»Arioch!« Ohne mein Zutun formten meine Lippen diesen Namen. »Arioch!« Das Wort schmeckte wie ein köstlicher Wein. Ich war eins mit einem Wesen, für das Worte einen eigenen Geschmack und für das Musik eine Farbe haben konnte.

»Er wird dir hier keine Macht schenken.« Gaynor erholte sich zusehends. »Nicht in Mu Ooria. Hier herrscht jetzt die Ordnung.«

Ich bekam die bebende Klinge wieder in meine Gewalt und steckte sie entschlossen in die behelfsmäßige Scheide, die ich mir angefertigt hatte. Gaynor hatte mir etwas Wichtiges offenbart, vielleicht eine Schwäche. Waren auch seine übernatürlichen Verbündeten nicht fähig, selbst nach Mu Ooria vorzustoßen? Gab es hier raffinierte Verteidigungsanlagen, von denen ich noch nichts wusste?

»Nur wenn die Stadt eingenommen wird«, sagte ich, indem ich einen Schuss ins Blaue abgab.

Nun wurde ihm klar, was er mir offenbart hatte. Mit wehmütigem Lächeln gestand er es sein. Ich wusste, dass er mit wenigen Männern in die Stadt eingedrungen war, ohne auf die Kräfte seiner Verbündeten zurückgreifen zu können. Es sprach für seinen Wagemut, dass er nur mit Klosterheim hergekommen war, um die Rabenklinge zu stehlen.

»Du weißt viel über das Multiversum, mein Vetter«, sagte Gaynor.

»Nur in meinen Studien und meinen Träumen«, erwiderte ich. »Ich bin hier, weil meine Blutsverwandten es wünschen. Sonst hätte ich nie mit dieser Angelegenheit zu tun bekommen.«

»Blutsverwandte!«

Ich wurde vorsichtiger. Ich wusste jetzt Dinge, die dem alten Ulric nicht bekannt gewesen waren.

Ich konnte vertraute, alte Düfte riechen, auch Spuren von etwas Modrigem. Ich begann, Interesse für meine Umgebung zu entwickeln.

Als meine Aufmerksamkeit von ihm abirrte, machte Gaynor einige rasche Schritte zurück, weil er glaubte, er könne sich damit außer Reichweite meiner Klinge bringen. Er rief und winkte. Klosterheim zog sein eigenes Schwert und rannte zu Gaynor. Ich lächelte. Das konnte ein Vergnügen so recht nach meinem Geschmack werden. Die linke Hand legte ich an die Scheide und hielt sie fest, damit ich das Schwert sofort ziehen konnte, wenn es nötig wurde. Die Klinge murmelte und bebte wieder, sie spiegelte meine eigenen, sich rasch verändernden Stimmungen.

Meine Ohren waren viel schärfer als die Ohren, die von Bek allein gehört hatten. Ich hörte rasche, scharrende Geräusche im Schatten. Gaynors mächtigste Verbündete mochten nicht fähig sein, ihm hier zu helfen, doch seine Fußtruppen waren offensichtlich in der Nähe. Denn allein mit Klosterheims Unterstützung hätte er sich sicher nicht in die Stadt gewagt. Ich konnte die Kämpfer sehen, wie sie von allen Seiten vorrückten. Ihre Angst vor den Katzen war zerstreut, sie hatten genug Mut geschöpft, um Gaynor zu gehorchen und ihm zu folgen. Es waren die grotesken Riesen, die Oona als Troogs bezeichnet hatte. Sie schnüffelten und grunzten und freuten sich auf das Frischfleisch. Ich erinnerte mich, dass die Off-Moo sie Kannibalen genannt hatten.

Ich musste lachen. »Welch eine Ironie, meine Herren«, sagte ich. Mit einer fließenden Bewegung zog ich die schwarze

Klinge aus der Scheide. Die Runen liefen rot und wie lebendig auf dem Metall hin und her. Das Eisen pulsierte und summte. Ich tappte wie eine Katze zu Gaynor und Klosterheim hin. Dann trabte ich, um die Entfernung rasch zu überwinden. Das dunkle Eisen stieg höher. Eins mit meiner Klinge und dem Doppelgänger, verspürte ich eine unendliche Kraft. Mein Lachen erfüllte die unermesslich großen Höhlen.

Gaynor kreischte, sein Gefolge möge mich angreifen. Ich verteidigte mich gegen einen Wirbelsturm aus Eisen. Streitkolben und Schwerter wurden von allen Seiten in meine Richtung geschwungen. Dank übernatürlicher Instinkte und Reflexe wich ich ihnen aus. Bald hatte ich mir einen freien Raum erkämpft, die Gegner fürchteten mich offensichtlich. Ich sah, wie sie die Nasenlöcher schnüffelnd blähten. Wahrscheinlich konnten sie mich nicht einmal richtig sehen. Auch hier brauchten sie keine Augen. Sie waren in der Überzahl, sie hatten meine Witterung aufgenommen. Sie warteten nur auf Gaynors Zeichen, wieder vorzustoßen. Der nächste Angriff würde mich erdrücken.

Jetzt heulte die Klinge. Das Schwert, das ich Rabenbrand und das mein Alter Ego Sturmbringer nannte, ließ nicht zu, dass ich es in die Scheide steckte, ehe es nicht das Blut der Feinde geschmeckt hatte. Das Lied der Klinge verschmolz mit dem feinen Klimpern der Kristalle über uns. Ihr Lied war ein hungriges Lied. Dieses Schwert hatte schon ganze Armeen erschlagen, es verlangte seine Beute. Es stöhnte, weil es sich schon lange nach dieser Befriedigung gesehnt hatte.

Wenigstens die Klinge sollte ihr Vergnügen haben. Wenigstens sie konnte sich erquicken und mir die Kraft schenken, die ich bei der nächsten Anrufung brauchen würde.

11.
Die Kraft von Zweien

Gaynor rief einen Befehl und die Ungeheuer drangen auf mich ein. Sekunden später griff ich meinerseits an. Die Klinge war lebendig, sie besaß eine eigene Intelligenz. Sie hieb klaffende rote Spalten in die Luft, glitt durch Fleisch und Knochen und Sehnen, hackte auf diese ungehobelten Geschöpfe ein und trank die Seelen der Erschlagenen. Jede Seele stärkte meine schwindenden Kräfte. Ich fand Geschmack an diesem Werk, hackte mir den Weg zu Gaynor und Klosterheim frei, die am Rand des Platzes standen und die Troogs und die Wilden gegen mich trieben, um mich zu töten. Ich räumte einen Weg zu den beiden Anführern frei, wie man sich einen Weg durch hohes Gras bahnt. Sie begannen sich vor mir zu fürchten.

Ich war an diese Furcht gewöhnt, ich erwartete kaum etwas anderes. Alle Menschen kannten diese Angst. Ich selbst verachtete sie. Eine solche Schwäche durfte das Blut eines von Melniboné nicht verseuchen. Mein Geschlecht hatte über Zehntausende von Jahren die Welt beherrscht. Meine Vorfahren hatten die Geschichte der Jungen Königreiche geschmiedet, das Geschick der Nationen der Menschen. Mein Geschlecht war älter, weiser und unendlich grausamer als das der Menschen. Wir hielten nichts von den weichlichen Geschöpfen und dem ungeschliffenen Leben der Wesen, die für uns kaum mehr als intelligente Affen waren. Tief in meinem Innern empfand ich nichts als Verachtung für sie.

Ich war ein Aristokrat von Melniboné. Während der Ausbildung meiner Zauberkräfte hatte ich mehr Schrecken gesehen als diese Geschöpfe überhaupt mit ihren Sinnen erfassen konnten. Ich hatte Bündnisse mit den Elementarwesen und den niederen Herren des Chaos geschmiedet. Ich konnte Tote zum Leben erwecken. Ich konnte jedem natürlichen Lebewesen meinen Willen aufzwingen und einen Feind mit nichts als meiner schwarzen Runenklinge vernichten.

Ich war Elric von Melniboné, der Letzte der Zauberer-Kaiser, Prinz der Ruinen, Herr der Verlorenen. Verräter und Frauenmörder genannt. Wo ich erschien, wurde ich gefürchtet und umworben, sogar von jenen, die mich hassten, denn ich besaß eine Macht, die kein Mensch beherrschen konnte.

Selbst unter meinen eigenen Leuten hatte ich nur ein einziges Mal einen Rivalen gehabt. Meine Familie hatte über die Jahrtausende ihre Macht bewahrt, indem sie die überlieferten Lehren pflegte und die Bündnisse mit dem Chaos immer wieder erneuerte. Unsere Hausgötter waren Fürsten der Hölle. Unser Schutzpatron war der Chaos-Fürst Arioch, dessen Lehen eine Million übernatürlicher Reiche umfasste. Seine Macht war groß genug, um sie alle zu zerstören. Die von meinem Blut konnten ohne weiteres solche Kräfte zu Hilfe rufen. Nur eine Handvoll von uns hatte zehntausend Jahre lang die Welt beherrscht. Wir hätten sogar noch länger geherrscht, wenn ich nicht dieses Blut verraten und mich überall zum Gesetzlosen gemacht hätte.

»Arioch!« Wieder kam mir der Name über die Lippen. Arioch war mein Schutzpatron, ein Fürst des Chaos, der seine Kraft mit dem Schwarzen Schwert teilte. Er nährte sich von denselben Seelen, die auch mich und das Schwert speisten. Waren wir ein einziges Wesen - Schwert, Gott und Sterblicher - und nur dann im Vollbesitz unserer Macht, wenn alle drei Teile zusammenfanden? Für einen von Melniboné waren dies einfache, ganz alltägliche Gedanken. Weniger vertraut waren die Vorstellungen von Moral, von Richtig und Falsch, die jetzt mein Gehirn verseuchten, wie sie es allem Anschein nach schon von Kindheit an verseucht hatten. Eine Bürde, die ich bisher noch nicht hatte abstreifen können. Mein Vater hatte mich deshalb verachtet, meine übrigen Verwandten waren peinlich berührt. Viele unterstützten meinen Vetter Yyrkoon, der meinen Platz einnehmen wollte.

»Arioch!«

Er konnte oder wollte sich hier nicht manifestieren.

Im Hinterkopf hörte ich ein Murmeln, als wollte der große Fürst der Hölle zu mir sprechen, doch es war schwach und nicht zu verstehen.

Gaynor dagegen wurde wieder zuversichtlicher.

Ohne Rücksicht auf Verluste rief er seine verbliebenen Streitkräfte, sie sollten mich angreifen.

Es war gut möglich, dass ich im Ansturm der schieren Übermacht einfach untergehen würde. Selbst das Schwert, das ein Eigenleben zu haben schien, konnte sie nicht alle töten. Mit verzweifelter Klarheit schickte mein Bewusstsein eine andere Art von Gedanken, schnell wachsenden Ranken gleich, in die umgebenden übernatürlichen Reiche, in die unendlichen Welten, die von den Off-Moo als das Multiversum bezeichnet wurden.

Ich war nicht sicher, ob ich eine Antwort bekäme. Ich wusste, dass Fürst Arioch mir hier nicht helfen konnte. Aber ich hatte mir alle Gefahren, die mir möglicherweise drohten, vor Augen geführt, als ich die Hilfe der Traumdiebin in Anspruch nahm. Dieses menschliche Gehirn war keineswegs so gut ausgebildet wie meines, doch es war ein durchaus brauchbares. Die Aussichten, dass ich Erfolg haben würde, standen gar nicht schlecht.

Ich begann das täuschend einfache Mantra zu murmeln, das meinem Bewusstsein half, bestimmten Wegen zu folgen und in Berührung mit dem Stoff zu kommen, aus dem das Übernatürliche bestand. Ich sprach eine Sprache, die kein lebendes Wesen auf Erden verstehen konnte. Die Verse waren recht einfach. Sie verbanden mich mit den komplizierten Sphären der Elementarwesen, wo ich mit etwas Glück die Mittel und Wege finden würde, um einem Schicksal zu entkommen, das sich immer deutlicher abzuzeichnen schien.

Ich kämpfte weiter, drängte die erste Welle der Angreifer und dann noch eine weitere zurück. Aber ich konnte keinen Boden gewinnen, sondern schwebte immer in der Gefahr, die letzten paar Meter zu verlieren, die ich mir freigekämpft hatte. Die Leichen türmten sich allerdings zu einer Barriere auf, die ich zu meinem Vorteil nutzen konnte. Keinen Augenblick verlor ich jene besondere Konzentration, die es mir ermöglichte, meine Gedanken wie Tentakel durch alle Ebenen des Multiversums zu schicken, bis ich eine Sekunde lang einen fremden Geist zu spüren glaubte. Einen Geist, der auch mich erkannte.

Ich wusste, wen ich gefunden hatte.

Ich spürte eine Welt des Wassers. Eine unendliche Zahl von Universen im Wasser. Belebtes Wasser. Wasser, das von einer Ebene der Existenz in eine andere geströmt war. Altes Wasser. Neugeborenes Wasser. Sprudelnd und ruhig, wild und still. Wasser schlug mir ins Gesicht, als ein weiteres Dutzend Ungeheuer meinem hungrigen Schwert zum Opfer fiel.

Ich begann zu singen ...

König aller Wasser dieser Welt, König aller Meere,
Herr der Perlen, König der ertrunknen Heere,
König bleicher Knochen, König tiefster Dunkelheit
König der versunknen Seelen, nun erneure unsren Eid
Erneure unsren Bund in dieser schweren Zeit
Vergiss nicht unser Bündnis, unsren Eid.

Opfergaben haben wir für dich gebracht
Auf dass du unser Bündnis ehrst
Auf dass du hilfst mit deiner Macht.
Auf dass du deinen Schutz gewährst.

Zwei Königreiche und zwei Kämpfer nur
Ein Sieg für beide, kühn errungen
Erinnre dich an unseren Treueschwur
Jetzt mache wahr, was wir uns ausbedungen.

Plötzlich wirbelte eine Strömung um mich herum, zog vorbei und war verschwunden. Ich sah mich nach dem Wasser um, konnte aber nur weit entfernt den See funkeln sehen und die lange Straße überblicken, die sich vom See aus bis zu dem Ort erstreckte, den Oona als Lager des großen Weltenwurms bezeichnet hatte.

Ich nahm das alles ganz selbstverständlich hin, denn ich hatte mehr Ungeheuer und Wunder gesehen als die meisten Sterblichen. Doch als die Kannibalen mich umzingelten und wieder angriffen, wusste ich, dass ich verloren war, wenn König Straasha, mein alter Verbündeter und der Urvater aller Götter in allen Ozeanen des Multiversums, mich nicht hörte oder mich nicht hören wollte.

Gaynor sah es als Erster. Mein Vetter fuhr herum und deutete darauf und gab gleichzeitig Klosterheim zu verstehen, dass sie fliehen müssten. Gaynor unterschätzte meine magischen Fähigkeiten keineswegs, er hatte jedoch darauf gebaut, dass ich sie hier nicht zur Geltung bringen konnte.

Jenseits der Kaianlagen und der angedockten Boote erhob sich das Wasser aus dem Meer. Es bildete eine turmhohe Wand, die sich jedoch nicht wie eine Flutwelle bewegte, sondern bebend an Ort und Stelle verharrte. Noch höher wurde die Mauer und drohte, wenn sie stürzte, die ganze Stadt unter sich zu begraben.

Sollten etwa die Helfer, die ich gerade gerufen hatte, meine Freunde ebenso töten wie meine Feinde? Einen Augenblick lang empfand ich eine bittere Belustigung über mich selbst. Dies schien mein ewiges Schicksal zu sein.

Doch ich war sicher, dass die Off-Moo nicht so verletzlich waren, wie sie schienen. Sie mussten inzwischen bemerkt haben, dass ich auf dem Platz gegen Gaynor und sein Gefolge kämpfte. Waren sie geflohen? Oder bereiteten sie ihre Verteidigung vor?

Die Wand aus Wasser begann sich zu bewegen. Sie sammelte sich und formte sich zu einer Gestalt. Nicht lange, und ich konnte den mächtigen Körper eines Riesen erkennen. Er bestand aus wogendem, wirbelndem, hellgrünem Wasser, nie ganz still, immer in Bewegung, mit hellblauen Augen, die die Stadt absuchten und mich schließlich fanden.

Gaynors Gefolge wich zurück und schrie nach neuen Befehlen. Gaynor wusste, dass er unmöglich gegen König Straasha kämpfen konnte. Eine schwere, feuchte Bewegung, und das Wasser spülte um unsere Füße. König Straasha kam ans Ufer. Mit seinem riesigen Körper lief er oder floss er die große Straße zu uns herauf. Wenn diese Wassermassen ihre Gestalt verloren, dann würden wir alle ertrinken.

Als Gaynor nach dem besten Fluchtweg zu suchen begann, tauchte eine weitere menschliche Gestalt auf der anderen Seite des Platzes auf und kam in meine Richtung gerannt.

Oona, die Tochter der Traumdiebin.

»Warne die Off-Moo«, sagte ich. »Sie sind in Gefahr.«

»Sie wissen um die Gefahr«, erwiderte sie.

»Dann rette dich selbst.«

»Ich bin hier in Sicherheit, Lord Elric.« Sie sprach meinen Namen aus, als hätte sie mich niemals anders genannt. »Aber du musst jetzt gehen. Du hast hier erreicht, was du erreichen wolltest. Den Rest der Arbeit kannst du mir und den anderen überlassen. Wenigstens für den Augenblick.«

Ich wollte ihr vorschlagen, dass sie um ihrer Sicherheit willen am besten bei mir bleiben sollte, doch Klosterheim warf einen Dolch nach mir. Ich wurde abgelenkt, als er ein paar Meter vor mir auf den Boden fiel. Als ich wieder aufschaute, war Oona verschwunden.

König Straasha watete weiter in meine Richtung. Ich konnte sehen, dass die Bewegung über Land schmerzhaft für ihn war, doch er gab sich ausgesprochen liebenswürdig. »Tja, mein kleiner Sterblicher, nun bin ich da, weil ich noch nie einen Vertrag gebrochen und weil ich eine gewisse Schwäche für diejenigen von deiner Art habe. Was soll ich für dich tun? Soll diese Stadt hier zerstört werden?«

»Ich brauche deine Hilfe. Ich muss mich durch das Reich des Wassers bewegen. Ich muss das Reich wiederfinden, das ich verließ – das Reich, in dem meine sterbliche Hülle existieren kann.«

Er verstand.

»Wasser zu Wasser«, sagte er, »und Feuer zu Feuer. Da deine Ahnen meinem Volk Respekt erwiesen haben, werde ich deinen Wunsch erfüllen, Prinz Elric.«

Eine riesige Hand aus Wasser wurde in meine Richtung ausgestreckt. Ich keuchte und hatte das Gefühl zu ertrinken, während ich mich in König Straashas Griff wand. Ich fürchtete, er könnte mich aus Versehen töten.

Dann wurde ich von einer Luftblase umschlossen und von einer riesigen Hand gehalten. Auf einmal empfand ich ein Gefühl von tiefem Frieden und vollkommener Sicherheit. Ich befand mich in der Obhut des Königs der Wasserwesen. Wir flogen über die Klippen und Türme von Mu Ooria, bis ich nur noch den glühenden See sehen konnte, der von einer tiefen Dunkelheit umgeben war. Der Teil in mir, der dem Grafen von Bek entsprach, hätte seinen Sinnen nicht getraut, wäre nicht jenem Teil in mir, der Elric hieß, der Umgang mit dem Übernatürlichen so geläufig gewesen. Als ich das Unmögliche erlebte, konnte ich spüren, dass von Bek an eine Welt glaubte, in der, abgesehen von gelegentlichen Ausbrüchen des Chaos, alles der Ordnung unterworfen war, während ich ein Multiversum kannte, das die Verkörperung des Chaos darstellte und in dem die Ordnung etwas war, das aus diesem Grundstoff herausgeschnitzt und vom Willen der Sterblichen und nach den Plänen der Herren der Höheren Welten erhalten wurde. Das Chaos war offenbar die dominante Kraft in allen Reichen, in den natürlichen wie den übernatürlichen. Zwei fundamental gegenläufige Sichtweisen der Existenz, die dennoch im Körper und im Bewusstsein im Gleichgewicht blieben. In der Tat, dies war die Harmonie der Gegensätze.

Von Bek zögerte nicht und stellte nicht infrage, was ich als Elric beschloss. Denn dies war eine Welt, die ich verstand und die für ihn ganz und gar rätselhaft blieb. Natürlich hatte er alle meine Erinnerungen, wie ich seine hatte. Das dominierende Ich war im Augenblick der König und Magier, der ein gewaltiges Elementarwesen heraufbeschworen hatte, das weder der Ordnung noch dem Chaos noch irgendeinem anderen Prinzip diente, sondern das einfach nur ewig und für sich existierte.

Ich verlor die Stadt aus den Augen. König Straasha zögerte und überlegte, was er als Nächstes tun musste. Er und ich hatten bereits einen Austausch vorgenommen, der mit gesprochener Sprache nicht nachzuvollziehen war.

Im Gegensatz zu den meisten anderen Zauberern hatten die Melnibonéer gezielt die Bündnisse mit den Elementarwesen gepflegt. Mit diesen großen, alten Wesen, den Verkörperungen vertrauter und unvertrauter Tiere – so etwa mit Meerclar, dem Herr der Katzen, und Ap-yss-Alara, der Königin der Schweine, die angeblich jegliche Annäherung der Menschen ablehnte und weiterhin ablehnen würde, solange auch nur einer von ihnen noch Schweinefleisch aß.

Da die Melnibonéer der höheren Kasten kein Schweinefleisch verzehrten, waren meine Angehörigen mit der Königin in Kontakt gekommen.

Der Blutdurst, den ich verspürte, ließ jetzt nach. Für den Augenblick war Sturmbringer befriedigt. Die Energie, die wir aufgenommen hatten, war ungeschlacht und würde nicht lange vorhalten, doch sie versetzte mich in die Lage zu tun, was getan werden musste. Ich freute mich über die Gewissheit, dass ich Gaynors Pläne nicht nur auf einer, sondern gleich auf zwei oder noch mehr Ebenen durchkreuzt hatte.

In der Mitte des Meeres hielten wir an. Einen Augenblick lang konnte ich eine stille Fläche funkelnden Wassers betrachten. Mondlicht auf einer Idylle am Mittelmeer. Dann machte König Straasha mit der zweiten Hand aus Wasser eine Geste. Er lachte. Von einem Augenblick auf den anderen starrte ich in das klaffende Loch eines Strudels, der mit schäumenden Ausläufern nach mir tastete. Er brüllte und gierte nach meinem Leben und meiner Seele. Er wirbelte und strömte und flüsterte mir zu, ich sollte aus der schützenden Hand springen, hinunter in sein sehnsüchtig lockendes Herz. Dieses betörende Geräusch, Kreischen und Murmeln zugleich, zog mich an und machte mich hilflos. Mein animalischer Instinkt wollte sich wehren, aber ich wusste, ich musste mich fügen.

Die Luftblase, die mich umschlossen hatte, war geplatzt. Ich stand frei auf der Handfläche des Königs der Meere. Ohne einen weiteren Gedanken nahm ich das Runenschwert und tauchte in den Strudel.

Ich wurde mitgerissen wie eine Staubflocke und tiefer und tiefer in den Abgrund hineingezogen. Ich wusste, dass ich in diesem Wirbel den Tod finden würde, aber ich hatte keine Angst.

Ich wusste, was ich tat und wohin ich wollte, genau wie es König Straasha wusste. Es bestand natürlich die Möglichkeit, dass ich mich verirrte und von meinen Feinden verschleppt wurde. Chaos und Ordnung hatten in dieser Schlacht viel zu verlieren und konnten, wenn sie sich selbst zu schützen suchten, rücksichtslos sein.

Ich hörte die brüllende Stimme des Meereskönigs leiser werden, als ich in den gewaltigen Strudel eintauchte, und nahm meine ganze Kraft zusammen, um den Weg hindurch zu finden, um den Durchgang zu entdecken, den ich suchte.

Es war fast unmöglich zu atmen. Das Wasser drang in meine Lungen ein und ich fragte mich, wie lange ich überleben konnte, bevor ich ertrank. Dann regte sich das Schwert in meinem Gürtel. Irgendein Instinkt ließ mich blind nach der Klinge greifen, ich zog sie aus der Scheide und ließ mich von ihr durch die wilde Strömung ziehen. Sie leitete mich zuerst nach oben, dann wieder hinunter und dann tief in die Wände aus Wasser hinein.

Ganze Städte, Kontinente und Völker wirbelten um mich herum. Alle Ozeane der Welt hatten sich zu einem einzigen zusammengefunden. Ich glitt durch ein ganzes Universum aus Wasser. Blinde Instinkte führten mich, während das Schwert wie ein Magnet ausgerichtet blieb und mich tiefer und tiefer in den Strudel zog.

Dann trafen meine Füße auf etwas Hartes. Ich konnte aufrecht stehen, auch wenn das Wasser noch um mich strömte.

Ich spürte den Druck an den Beinen und am Oberkörper. Der große unterirdische Ozean kam zur Ruhe. Über mir war es schwarz, vor mir erstreckte sich eine Wasserfläche, in der ich bis zur Hüfte stand.

Beunruhigt steckte ich das Schwert in die Scheide und bewegte mich weiter. Jeden Augenblick rechnete ich damit, einen Schritt ins Leere zu tun. Schließlich trat ich auf feinen Kies. Auf den Wangen spürte ich einen kühlen, stetigen Luftzug. Irgendwo in der Ferne kläffte ein Fuchs.

Ich war nicht länger in Mu Ooria, aber ich wusste nicht, ob ich mein Ziel erreicht hatte. Als ich aus dem Wasser gestiegen war, schaute ich nach oben und sah einen vertrauten Himmel mit vertrauten Sternbildern. Dicht über dem Horizont stand ein Dreiviertelmond. Nachdem ich mich an das schwache Licht gewöhnt hatte, konnte ich die steilen Dächer und Türme einer Stadt sehen, die ich wiedererkannte. Ein stiller Ort mit wuchtigen Gebäuden, ohne bemerkenswerte Architektur. Eine der vielen mittelalterlichen Städte Deutschlands, die ich auf unserer eiligen Flucht nach Hameln gesehen hatte. Hoffentlich war ich nicht nur an den richtigen Ort, sondern auch zur richtigen Zeit zurückgekehrt.

Ein breiter Graben umgab die Insel, auf der die Stadt errichtet war. Die Insel hatte es nicht immer gegeben. Ich selbst hatte den Graben ausheben lassen, um eine Verteidigungsanlage für die Stadt zu schaffen, die allerdings nicht mehr an der ursprünglichen Stelle stand, an der ich sie zum ersten Mal erblickt hatte. Ich hatte alle Arten der Zauberei eingesetzt, um sie vor der Eroberung zu bewahren, doch alle Sprüche waren aufgehoben worden. Er hatte mich geschlagen.

Elrics Persönlichkeit hatte sich jetzt in den Vordergrund geschoben. Während ich ganz ans Ufer watete, hoffte ich, niemand hätte meine Strategie erraten, denn es war klar, dass Gaynor sich gleichzeitig auf mindestens drei Ebenen manifestieren konnte, zweifellos mithilfe seiner übernatürlichen Herrin. Miggea, der Herzogin der Ordnung. Lady Miggea.

In Mu Ooria hatte sie nicht durchdringen können, doch hier beherrschte sie die Welt. Nur an genau dieser Stelle, jenseits des Wassergrabens, konnte ich etwas Sicherheit vor Miggeas kaltem, erbarmungslosem Zugriff finden. Aber auch diese Sicherheit war bereits gefährdet.

Ich war nass und durchgefroren. Meine Kleidung erschwerte jede Bewegung. Ich zog die Mütze vom Kopf und presste das Wasser aus den langen Haaren. Vorsichtig und mit gespannten Sinnen tappte ich zum Ufer, die Hand bereit, das Schwert jederzeit blank zu ziehen.

Erst jetzt wurde mir bewusst, wie erschöpft ich war. Es fiel mir schwer, einen müden Fuß vor den anderen zu setzen. Ich wusste immer noch nicht, ob ich wirklich richtig angekommen war. Was ich sah, schien zu stimmen. Doch die Kunst des Illusionisten besteht ja gerade darin, dass der Betrachter genau diesen Eindruck hat ...

Ich hatte mich zu sehr an Täuschungen gewöhnt. Soweit ich es in diesem Augenblick sagen konnte, war ich ganz allein in einer Welt, in der es weder Menschen noch Götter gab. Oder beobachteten mich auch jetzt noch tausend Jahre alte Augen aus der Ferne?

Ich dachte, ich hätte einen Schritt gehört. Ich hielt inne. Sehen konnte ich nicht viel. Nur die Umrisse einiger Büsche und Bäume und die Silhouette der Stadt vor mir. Automatisch hob ich das Schwert. All die Energie, die wir zusammen gestohlen hatten, all die Seelen, die wir gespeist hatten, waren auf der Reise durch den Strudel verloren gegangen. Ich fühlte mich wieder schwach, ich war benommen.

Stimmen. Ich bereitete mich auf den Kampf vor.

Ich glaube, ich fiel auf den Rücken, verlor aber nicht völlig das Bewusstsein. Ich bemerkte, dass Gesichter auf mich herabschauten und hörte, wie mein Name ausgesprochen wurde.

»Das kann er nicht sein. Man hat uns gesagt, nichts könne den Zauber aufheben. Schau dir nur die verrückte Kleidung an. Das ist ein Dämon, ein Gestaltwandler. Wir sollten ihn töten.«

Ich wollte mich in die Auseinandersetzung einschalten und ihnen erklären, dass ich trotz meiner Aufmachung ganz gewiss Elric von Melniboné sei, dann aber ließen mich die Sinne völlig im Stich. Ich träumte von Schatten, die mich irgendwie zu drängen schienen, bemühte mich, wieder zu mir zu kommen. Doch es war sinnlos. Ich war zu schwach, um Widerstand zu leisten oder zu fliehen.

Ich glaubte, ich könnte spöttisches Lachen hören. Das Lachen meiner Feinde.

Hatte man mich gefangen? War ich dazu verdammt, trotz aller Mühsal meine Stadt nie wiederzusehen?

Dunkelheit umfing mich. Ich hörte meine Häscher flüstern. Das Bewusstsein schwand.

Ich wusste, dass ich versagt hatte.

Ich wollte das Schwert heben, dann wurde ich endgültig von der Dunkelheit verschluckt.

Träume flohen vor mir. Wichtige Träume. Träume, die mich retten konnten. Eine weiße Häsin auf einer weißen Straße.

Ich versuchte ihr zu folgen, wachte in einem sauberen Bett auf und sah mich in einem vertrauten Zimmer um. Vor mir stand ein kräftiger rothaariger Bursche mit breitem Mund und Sommersprossen. Einfach, aber nicht ohne Geschmack mit grünen und braunen Sachen bekleidet.

»Mondmatt?«

Der Rothaarige grinste.

»Dann weißt du also, wer ich bin, Prinz Elric?«

»Es wäre doch seltsam, wenn ich es nicht wüsste.« Ich weinte vor Erleichterung. Ich hatte die Rückkehr geschafft. Und Mondmatt, der mich bei mehr als einem Abenteuer begleitet hatte, wartete auf mich. So dumm es auch klingt, ich empfand mehr als nur Kameradschaft für den treuen Schwertkämpfer.

»Wohl gesprochen, Mylord.« Er grinste und kam zu mir stolziert, schien jedoch ein wenig verwirrt. »Ich frage mich allerdings, welch exotisches Wesen du beraubt hast, um diese Kleider zu bekommen.«

»Dies ist ganz normale Kleidung«, antwortete von Bek. »Jedenfalls in meiner Zeit. Oder in seiner.«

Ich wusste genau, wo ich war. Ich befand mich im Turm der Hand in Tanelorn. In einem Tanelorn, dessen Untergang so gut wie besiegelt war. Wenn diese Stadt unterging, dann würde mit ihr auch alles untergehen, was sie repräsentierte. Für diese Stadt hatte ich so viel riskiert und die Hilfe der Traumdiebin angenommen. Allerdings bestand Oona darauf, dass sie keine Traumdiebin sei. Sie sei nur die Tochter einer Traumdiebin.

»Und mein Körper?«, fragte ich, indem ich mich aufrichtete.

Sein Gesicht verdüsterte sich und nahm einen eigenartigen Ausdruck an. Ich kannte diesen Ausdruck, den er immer aufsetzte, wenn er glaubte, es sei Hexerei im Spiel. »Immer noch an Ort und Stelle«, sagte er. Zwar grinste er dabei, doch er wich meinen Blicken aus. »Er atmet noch, er schläft.« Er hielt inne. »Wo, wenn ich das fragen darf, Mylord, hast du nur diesen neuen Körper her? Wurde er durch Magie geschaffen?«

»Nur durch Träume«, erwiderte ich und versprach ihm, alles zu erklären, sobald ich selbst mehr wusste.

Er führte mich aus dem schlichten Schlafgemach in ein anderes Zimmer. Dort im Halbdunkel lag ein schlafender Mann. Ich war nicht darauf gefasst, meinen eigenen nackten Körper ausgestreckt liegen zu sehen, die Hände auf der Brust gefaltet, die sich langsam, aber regelmäßig hob und senkte. Die Augen waren offen, zwei Rubine starrten ins Leere. Ich schlief. Ich war nicht tot. Allerdings konnte ich auch nicht aufgeweckt werden. Denn schließlich war dies alles ein Traum, den ich träumte. Ich streckte die Hand aus, um mir die Augen zu schließen.

Gaynor hatte große Kräfte gegen mich aufgeboten. Ich kannte diesen Zauber, ich hatte ihn selbst schon mit schlimmen Folgen benutzt. Er bedrohte alles, was ich liebte.

Jetzt sammelte er seine Kräfte, um uns den Garaus zu machen. Wenn er Tanelorn besiegte, dann waren alle Welten und alle Reiche in Gefahr.

Ich wandte den Blick von meinem schlafenden Selbst ab. Durchs Fenster sah ich, dass draußen die Sonne aufging. Die ersten goldenen Lichtstrahlen tasteten gerade über den Horizont. Ich hob die Hand in einen schwachen Strahl und verglich sie mit der Hand des schlafenden Mannes. Im Grunde schienen wir ein und derselbe zu sein. Es war große Zauberei nötig gewesen und die Hilfe einer Traumdiebin, um dies zu erreichen, doch jetzt hatte ich Körper und Schwert zurückbekommen.

Vielleicht blieb doch noch genug Zeit, um Tanelorn zu retten.

12.
Das Gebot der Ordnung

Ein paar Wochen vorher waren Mondmatt und ich jenseits von Cesh aus den Hügeln heruntergekommen. Wir waren kleinen Ziegenpfaden gefolgt und hatten die Anstellung bei Cesh von Cesh in Zwietracht verlassen. Als Gegenleistung für die Vernichtung einer kleinen übernatürlichen Armee hatte man uns ein Schatzkästlein versprochen. Die Armee war besiegt, doch der Schatz bestand aus nicht mehr als zwei Münzen, von denen eine noch dazu gefälscht war. Ich hatte die von Cesh an den Stadttoren zur Schau ausgestellt: als Warnung an alle anderen, nie wieder unsere Zeit zu verschwenden und uns zu hintergehen. Ich war schon schwach gewesen, bevor wir den Ort verlassen hatten, und nicht mehr fähig, mich der Kämpfertruppe zu stellen, die von den Blutsverwandten derer von Cesh ausgeschickt worden war, um uns pflichtschuldigst zu töten.

Mit den unzulänglichen Karten verirrten wir uns im Felsland, entkamen damit aber auch den Verfolgern. Wir hatten sicher nicht erwartet, so bald schon wieder in Tanelorn zu sein, nachdem wir den Weg aus den Hügeln heraus gefunden hatten. Wir hatten damit gerechnet, noch eine Wüste durchqueren zu müssen, ehe wir in die Zivilisation zurückkehren konnten. Allerdings wussten wir auch, dass es dem Wesen dieser Stadt entspricht, sich manchmal an anderen Orten zu manifestieren, und so stellten wir unser Glück nicht infrage. Ohne Zögern führten wir die erschöpften Pferde den Stadtmauern entgegen. Wir waren dankbar für den Anblick der alten, vertrauten Gebäude, der Gärten und der hohen Bäume, der roten Ziegel, der schwarzen Balken und der Strohdächer, der Obstgärten und Springbrunnen, der gekrümmten Balken der Giebelhäuser. Ich jedenfalls war des Phantastischen überdrüssig und froh, wieder einmal die ganz gewöhnliche menschliche Behaglichkeit, an die ich mich so sehr gewöhnt hatte, genießen zu können.

Mondmatt und ich hatten es uns zur Gewohnheit gemacht, hier zu rasten, bis wir bereit waren, weiterzuwandern und eine neue Stellung bei einem neuen Herrn zu suchen. Wir lebten als Söldner und verdingten unsere Schwerter dem, der sie haben wollte. Sold gab es manchmal zwar keinen, doch an Arbeit mangelte es uns nur selten. In Tanelorn, ein tröstlicher Gedanke, hatten wir allerdings Kredit. Einige Bekannte lebten in der Stadt, gelegentlich trafen wir hier auch Feinde. Kämpfe gab es jedoch nie. Tanelorn war der Zufluchtsort, zu dem alle müden Menschen kommen konnten, um auszuruhen und von den Kriegen der Menschen und Götter Abstand zu nehmen. Mithilfe der erforderlichen Arzneien konnte ich hier einen gewissen Frieden genießen.

Ich hatte gehofft, bei meinem alten Freund Rackhir von Phum, dem Roten Bogenschützen, unterzukommen, er war jedoch in einem eigenen Abenteuer unterwegs und hatte in seinem Haus etwas zurückgelassen, das keine Störung duldete.

Ein anderer Bekannter, Brut von Lashmar, ein ehemaliger Berufssoldat, war das erste freundliche Gesicht, das uns begrüßte. Er war groß, hatte kurz geschnittenes Haar und ein vernarbtes, aber durchaus hübsches Gesicht. Bekleidet war er mit dunklem Leinen und Wolle und sah damit eher nach einem Mönch als nach einem Soldaten aus. Ein äußeres Zeichen seines Ruhestandes. Doch schien er beunruhigt. Ein wortgewandter Mann war er nicht und so fiel es ihm schwer, die richtigen Beschreibungen für seine Gefühle zu finden. Er führte uns in sein weitläufiges Haus, gab uns Zimmer, sogar einen ganzen Flügel, und hieß uns willkommen. Beim Essen erklärte er, anscheinend lägen schwere Zauber in der Luft. »Überall summt es vor Hexerei. Seltsame, mächtige Magie, meine Freunde. Gefährliche Magie.«

Ich bat ihn, sich genauer zu erklären, doch er vermochte es nicht. Ich sagte ihm, ich würde es immer spüren, wenn das Chaos gegenwärtig sei, und daher konnte ich ihm versichern, dass es keinen Hauch von Chaos gebe, es sei denn in meiner eigenen Person. Er sei nicht glücklich darüber, dass die Stadt sich bewegt hatte, sagte er. Gewöhnlich tat sie so etwas nur, wenn allergrößte Gefahren drohten.

Ich sagte ihm, er sei wohl etwas ängstlich geworden, seit er im Ruhestand war. Tanelorn sei sicher. Wir hatten bereits erfolgreich für die Stadt und ihre Sicherheit gekämpft. Vielleicht mussten wir es eines Tages noch einmal tun, denn wie alle zerbrechlichen Ideen musste auch Tanelorn ständig verteidigt werden. Doch es war höchst unwahrscheinlich, dass das Chaos die Stadt noch einmal angreifen würde.

Innerlich war ich nicht so sicher, wie ich es nach außen bekundete. Ich sagte Brut, kein Wesen in der ganzen Schöpfung wäre so dumm, die Zerstörung des Gleichgewichts zu riskieren. Doch tief in meinem Herzen wusste ich, dass es immer solche Wesen gab. Wir hatten die Stadt schon einmal gegen sie verteidigt. Es wäre jedoch unsinnig gewesen anzunehmen, das Chaos würde so bald, nachdem wir es zurückgeschlagen hatten, noch einmal angreifen. Ich weigerte mich, Angst zu bekommen. Ich wollte meinen Aufenthalt genießen, erklärte ich, und mich so gut wie möglich erholen.

Die meiste Zeit sprachen wir über gemeinsame Erinnerungen. Das brachte die Natur des Ortes mit sich. Wir sprachen über alte Kämpfe, alte Gefahren, legendäre Schlachten der Vergangenheit, und spekulierten über das Schicksal unseres Zufluchtsortes.

Doch wir hatten noch nicht einmal eine Woche in Tanelorn verbracht, als die Stadt unmittelbar bedroht wurde. Natürlich hatte ich kein Chaos gewittert. Ich hätte nie damit gerechnet, dass die Ordnung die Rolle der Angreiferin übernehmen würde. Meine Welt besaß nicht viel Stabilität. Reichte das alles bis zu jenem Augenblick in meiner Vergangenheit zurück, als ich die einzige Frau getötet hatte, die ich wirklich liebte? Hatte ich all diese Ereignisse vor langer Zeit selbst in Gang gesetzt?

Unterdessen wurde Tanelorn abermals bedroht. Von der Ordnung, die außer Rand und Band geraten war. Dabei war es kein Trost, dass diese Mächte, die uns belagerten, von einem Geschöpf missbraucht und gelenkt wurden, das ein ungewöhnliches Maß an Ehrgeiz und Entschlossenheit an den Tag legte. Solche Rücksichtslosigkeit war immer besonders zerstörerisch. Es hatte nichts zu verlieren und zu fürchten, abgesehen davon, dass es in Vergessenheit geraten könnte.

Ich wusste, dass wir von ungewöhnlicher Magie angegriffen wurden, als eines Nachmittags die ganze uns umgebende Landschaft dahinschmolz wie Schnee, während wir von den alten Festungsmauern und Wehrgängen aus zuschauten. Das Land verwandelte sich in Flächen glühender Asche, aus denen vom Wind abgeschliffene Felszacken ragten – eine Welt von kristallinem Weiß. Die Einwohner Tanelorns waren erstaunt und beunruhigt. Dies war das Werk der Götter. Oder der Dämonen. Nicht einmal ich war zu solcher Zauberei fähig.

Warum mochte das Interesse der Herren der Höheren Welten an Tanelorn neu erwacht sein? Alles außer Tanelorn hatte jetzt die Farbe ausgetrockneter Knochen. Die anmutigen Bäume und die hübschen Häuser der Stadt wirkten beinahe geschmacklos vor diesem öden Hintergrund. So musste der Mond aussehen, sagte ich. Öde und leer. Was waren wir jetzt noch? Tanelorns weise Männer dachten, wir wären einfach in eine andere Welt gewechselt, nachdem unsere eigene bereits erobert war.

Eine letzte Beschwörung konnte ich noch vornehmen. Ich bat die Elementarwesen der Erde, zur Verteidigung einen Graben um die Stadtmauern zu ziehen. Es war alles, was ich noch tun konnte, und schon dies erschöpfte mich.

Wir konnten uns den Irrsinn eines Wesens, das die Welt auf diese Weise schändete, nicht vorstellen.

Es gab in Tanelorn Gelehrte von jeder Art. Ich fragte sie um Rat. Wer hatte uns in diese Welt versetzt?

»Miggea, die Herrin der Ordnung«, erklärte man mir. »Fast gewiss war sie es. Sie hat schon mehrere andere Reiche auf ähnliche Weise vernichtet.« Sie verfügte über ungeheure übernatürliche Kräfte und konnte - wenn nötig - noch weitere rufen. Ich kannte meine Götter und Göttinnen. Ich wusste, dass Miggea einen eigenen Zyklus von Mythen und Legenden hatte, die ihr auf der Erde Macht verliehen, doch sie brauchte auch sterbliche Helfer, weil sie anders nicht in diese Sphären vordringen konnte.

Mindestens ein Sterblicher diente ihr hier. Mein Schutzpatron Arioch, der Fürst des Chaos, war ohne sterbliche Helfer gleichermaßen hilflos. So impulsiv mein Herr auch war, er hatte gelernt, dass er niemals Tanelorn erobern durfte.

Die ersten Angreifer waren halb gepanzerte Fußsoldaten, die einander auf seltsame Weise ähnelten. Sie kamen aus dem Nichts marschiert und hörten nicht zu marschieren auf, bis sie den Burggraben erreichten. Auch dann hörten sie nicht zu marschieren auf, sondern liefen über die Rücken ertrinkender Kameraden hinweg, bis sie unsere Mauern erreicht hatten. Tausende und Abertausende wurden jeden Tag gegen uns geworfen und waren offenbar zu eigenen Entscheidungen nicht fähig, sodass wir sie bei nur wenigen Verlusten auf unserer Seite mühelos töten konnten.

Die Soldaten griffen wieder und wieder an. Wir verteidigten Tanelorn. Wir diskutieren Pläne zur Rettung der Stadt. Doch wir wussten nicht einmal, wogegen wir sie verteidigten und wer unser Feind eigentlich war. Niemand wusste, wie weit sich die Aschewüste erstreckte. Einige hatten eine Manifestation von Lady Miggea gesehen und erkannt und konnten bestätigen, dass sie sich jetzt tatsächlich in diesem Reich befand und aus der Ferne zusah. So hörte ich es jedenfalls. Einige unserer neuen Einwohner waren aus Reichen geflohen, in denen Miggea bereits herrschte, und hatten hier Schutz gesucht, um den Schrecken zu entkommen. Doch wir kannten immer noch nicht den Namen der Sterblichen, die Lady Miggea dienten. Wir fragten uns auch, warum die Stadt sich nicht einfach aus der Gefahr entfernte, denn wir wussten ja, dass sie dazu in der Lage war.

Die marschierenden Anhänger der Ordnung waren leicht

zu besiegen. Sie hatten keinen eigenen Willen und schienen beinahe unter Drogen zu stehen. Ihre Handlungen waren mechanisch und berechenbar. Sie benutzten jedes Mal, wenn sie die Stadt erobern wollten, die gleiche Taktik. Es war leicht, sie zu Hunderten niederzumachen, wenn sie herüberschwammen oder auf der Brücke den Graben überqueren wollten. Ich glaubte schließlich, dass ihre einzige Aufgabe darin bestand, uns abzulenken, während irgendwo bessere Pläne ausgebrütet wurden.

Ein äußerst langweiliger Waffengang.

Dann kam Lady Miggea persönlich, um einen Blick auf Tanelorn zu werfen.

Zuerst begriff ich die Bedeutung des Besuchs nicht.

Eines Morgens machte ich meinen üblichen Rundgang über die Wälle und sah zu meinem Erstaunen, dass bis zum Horizont eine berittene Armee mit Wimpeln und Lanzen aufgestellt war. Ihre Gegenwart bedeutete unsere Vernichtung. Dies war nicht das Kanonenfutter der Ordnung, dies waren die besten Ritter, aus dem ganzen Multiversum zusammengezogen.

Ich hob die Hände vor die Augen und sah, als würde sie aus einem flimmernden Trugbild entstehen, eine riesige Wölfin, so groß wie ein Pferd, aufgeputzt mit schönen Seidendecken und Ledergurten und einem bemalten Ledersattel, mit Messing und Silber und funkelnden Diamanten im Geschirr. Die tief liegenden Augen schienen undurchdringlich, als sie mit einer Horde menschlicher Ritter zur Stadt kam. Die Schnauze mit den weißen Reißzähnen zuckte ein wenig, als wittere sie schon die Beute. Vielleicht hatte man die Wölfin in Melniboné gefangen, dachte ich, denn wie ich war sie ein echter Albino. Die roten Augen funkelten im weißen Fell und tanzten auf und ab, als sie rannte.

Noch bizarrer war der Reiter. Ein Mann in einer Rüstung, das Gesicht unter dem silbernen Helm gänzlich verborgen. Die Lanze schimmerte hell wie Zinn, die Rüstung war mit flatternden Seidenbändern geschmückt – und er trug Mäntel und Tücher in tausenderlei Farben.

Ich sah, wie er sich umdrehte und sich in den Steigbügeln aufstellte und etwas an den Helm hob. Dann hörte ich sein Horn.

Sie kamen und ihre Zahl war unüberschaubar. Tausende weißer Pferde und ihre silbern gerüsteten Reiter. Es sah aus, als wollten sie Tanelorn einfach mit den Hufen niedertrampeln.

Dann sah ich, dass die Wölfin in Wahrheit etwas hetzte.

Eine weiße Häsin, weiß wie der Winter, rannte vor der herandonnernden Armee über die helle Asche. Sie rannte zu unseren Toren. Tausend Speere waren gehoben, um sie aufzuspießen.

Zu spät.

Die Häsin erreichte den Graben und sprang ins Wasser. Sie schwamm zum Stadttor und rannte durch eine schmale Lücke, um sofort in den Straßen zu verschwinden.

Erst als das kleine Tier die sichere Stadt erreicht hatte, fächerten die Jäger aus und ritten auf beiden Seiten an Tanelorns breitem Burggraben entlang. Sie hatten die Beute verloren. Ein fernes Horn rief sie zurück.

Doch sie hatten uns mit ihren Rüstungen, mit den glänzenden Rüstungen beeindruckt. Mit den gesichtslosen, rätselhaften Helmen. Und mit ihrer schieren Anzahl.

Ich kannte diese Sorte. Die Ritter der Ordnung dienten einer heiligen Sache. Zur Standarte ihrer Herrin Lady Miggea gerufen, würden sie bis zum Tod für sie kämpfen. Sie konnten und durften keinen Zweifel an der Herrin haben. Ihrem Wesen entsprach es, dem Amt zu dienen, ganz gleich, wie unedel seine Ziele geworden waren. Sie hingen genau wie ihre Herrin einer einzigen Idee an und konnten sich nichts anderes vorstellen als diese eine Sache, diese eine Zukunft, die sie erschaffen mussten. Sie kleideten ihre natürliche Raubgier in das Streben nach Ordnung.

Doch an diesem Morgen hatten sie die Häsin töten wollen, nicht uns. Die Hufe ihrer Pferde knirschten auf der Aschewüste, als tief aus der Kehle der riesigen weißen Wölfin ein zorniges Knurren aufstieg, da sie die Beute verloren hatte. Ein Knurren, das mir einen Schauder über den Rücken jagte.

Wieder ertönte das Horn.

Die Ritter formierten sich neu, machten kehrt und zogen sich zum Horizont zurück.

Mondmatt trat neben mich. Er hatte ein Stück entfernt an der Mauer eine Gruppe von Kämpfern befehligt.

»Was hat das zu bedeuten?« Er schnüffelte und rieb seinen Ärmel, als wollte er einen Flecken entfernen. »Wollten sie nur die Pferde bewegen? Hast du die Beute gesehen, die sie gehetzt haben, Mylord? Die kleine Häsin?«

Ich hatte sie gesehen und mich gefragt, warum sie der Herzogin der Ordnung so wichtig war. Und was hielt Miggea eigentlich davon ab, das Tier bis in die Stadt zu verfolgen? Hatten die Feinde am Ende doch begriffen, dass sie die grundlegende Ordnung all unserer Reiche gefährden würden, wenn sie nach Tanelorn einmarschierten?

Irrsinn war das, was ich sah. Ich hatte mehr als einmal beobachten können, wie die Ordnung korrumpiert wurde und verkam. Allein schon aus diesem Grund bevorzugte mein Volk die Unsicherheit und Wildheit des Chaos. Eine Ordnung, die pervertiert wurde, war weitaus gefährlicher. Das Chaos erweckte wenigstens nicht den Anschein, es würde irgendeiner Logik folgen, abgesehen höchstens von der Logik des Gemüts und des Gefühls.

Die Wölfin hatte sich umgedreht und kam wieder in unsere Richtung gelaufen. Sie trug den überheblichen Reiter, der jetzt, offenbar entspannt, die Lanze locker im Köcher abstützte.

Im Helm entstand ein Geräusch, ich hörte eine Stimme. Ich hörte meinen Namen.

»Prinz Elric, den man einen Verräter nennt. Seid Ihr es?«

»Ich bin Euch gegenüber leider im Nachteil.«

»Oh, ihr werdet schon bald mit dem einen oder anderen meiner Namen vertraut sein.«

»Warum«, fragte ich, »warum greift Ihr unser Tanelorn an? Was wollt Ihr von der Stadt?«

»Was, Mylord, verteidigt Ihr dort? Wisst Ihr das überhaupt? Habt Ihr Eure Handlungen noch nie infrage gestellt? Ihr verteidigt überhaupt nichts. Ihr verteidigt eine unschuldige Idee, keine Realität.«

»Ich habe selbst schon viele Male gesehen, wie eine Idee zur Realität wurde«, erwiderte ich. »Ich werde Tanelorn verteidigen oder im Stich lassen, falls ich den Drang verspüren sollte. Ich habe gerade nichts Besseres zu tun, Sir. Und ich wäre dankbar für eine Gelegenheit, Euch zu töten.«

Er lachte in seinem Helm. Es war ein entspanntes Lachen, ein vertrautes Lachen. Meine Stichelei ignorierte er. »Prinz Elric, ich muss einen Handel mit Euch abschließen. Ganz Tanelorn soll gerettet werden, wenn Ihr mir einfach Euer Schwert gebt. Ihr habt mein Wort. Ich werde Euch dann in Frieden lassen. Euch alle. Es gibt genug ärztliche Kunst in der Stadt, damit ihr alle gesund und munter bleibt. Das ist ein fairer Tausch, Prinz Elric. Ihr könnt alle Eure Gefährten retten und verliert dabei nichts als eine nutzlose Klinge.«

»Mir ist mein Schwert wichtiger als den meisten meiner Gefährten ihre Waffe. Deshalb kann ich an Eurem Angebot keinen Gefallen finden. Ihr könnt die Stadt nehmen. Ich werde mir allerdings das Vergnügen machen, eine große Zahl von Euch zu töten, bevor Ihr sie erobert habt. Wenn Ihr mich gut genug kennt, Sir, dann wisst Ihr, dass ich nur durch ein Gemetzel zu befriedigen bin. Verzeiht mir, wenn ich mich wiederhole, doch habt Ihr den Mut, eine Herausforderung anzunehmen? Es wäre mir eine Freude, Euch zu töten. Und das übergroße Vieh, das Ihr da reitet.«

Darauf drehte das Tier den Kopf zu mir herum und die roten Augen trafen meinen Blick. Eine Art drohender Spott schien von ihnen auszustrahlen.

»Ihr werdet große Schwierigkeiten haben, die Herzogin der Ordnung zu töten, Prinz Elric«, sagte die Wölfin. Sie grinste, die helle Zunge spielte um die scharfen spitzen Zähne.

Ich hielt dem Blick stand. »Aber ein Wolf könnte eine Wölfin töten.«

Darauf antwortete sie nicht, doch es schien, als hätte sie sich innerlich schon abgewendet, ehe ihr Reiter es bemerkt hatte. Es amüsierte mich, dass sie ausgerechnet diese Form gewählt und so getan hatte, als sei der Reiter auf ihrem Rücken ihr Herr. Auch dies war ein Ausdruck ihrer Bereitschaft, mit großartigen Täuschungen zu arbeiten. Ich hatte mich in ein Reich gewagt, wo eine Logik von der Art herrschte, die von ihr festgelegt wurde. Nichts war abscheulicher als dies. Selbst ein Melnibonéer konnte keine Freude an dem Elend finden, das Geschöpfe wie Miggea erschufen. Ihr halb träumendes Bewusstsein bemerkte kaum die Folgen ihrer Taten. Sie glaubte, sie würde ordnen und schützen und sich für das Wohl aller aufopfern. Ihre Ritter gehorchten ihr natürlich ohne Fragen. Pflichterfüllung und Treue waren alles, was zählte. Tugenden, die niemand in Zweifel zog. Die Ritter waren so verrückt wie sie selbst.

Ich begann mich zu fragen, ob das Ziel des Angriffs möglicherweise wirklich nicht die Stadt war. Was, wenn sie tatsächlich nur mein Schwert haben wollten? Wenn sie all diese gewaltigen Zauberkräfte nur deshalb gegen Tanelorn entfesselt hatten, weil sie einen Handel mit mir schließen wollten? Einen Handel, den ich ausgeschlagen hatte. Den ich auch weiterhin ausschlagen würde.

Sie konnten mich nicht auf diese Weise verleiten. Ich würde mich entschlossen gegen sie stellen und am Ende würde ich sie besiegen.

Für die nächsten paar Tage zog sich die Belagerungsarmee bis zum Horizont zurück. Das Leben in Tanelorn verlief fast wieder normal. Kein Bürger versuchte, die Stadt zu verlassen, weil es keinen Ort gab, zu dem man gehen konnte. Die Heerscharen der Ordnung hatten sich zurückgezogen, doch die umgebende Landschaft hatte nicht das natürliche Aussehen wiedergewonnen. So weit das Auge reichte, erstreckte sich eine öde Ebene voller Asche, aus der sich groteske Säulen aus Schlacke und Kalkstein erhoben.

Mu Ooria war mir erschienen wie das versteinerte Leben, diese Landschaft hier wirkte dagegen wie der versteinerte Tod. Mit nichts als dieser funkelnden Wüste vor Augen fühlte ich mich immer elender. Ich begann mit dem Gedanken zu spielen, mir ein Pferd zu nehmen und diese Welt zu erforschen.

Nachts träumte ich jetzt wieder von anderen Welten. Welten, die kaum von meiner eigenen zu unterscheiden waren. Ich träumte von Bek, auch wenn ich es nicht erkannte. Ich träumte von Uniformierten, die mir das Schwert stahlen und mich folterten. Ich träumte von gewonnenen Schlachten und verlorenen Geliebten, von gewonnenen Geliebten und verlorenen Schlachten. Ich träumte von entsetzlichen Landschaften und atemberaubenden Anblicken in der Natur. Ich träumte von unmöglichen Wegen in der Zukunft und möglichen Erlebnissen in der Vergangenheit. Ich träumte von Cymoril, meiner ermordeten Frau, die mich anflehte, während ihre Lebenskraft in die meine überging. Ich wachte schluchzend auf.

Mondmatt, der nebenan schlief, gewöhnte sich an, sich die Decke über die Ohren zu ziehen.

Ich träumte natürlich von meiner Vergangenheit ebenso wie von der nächsten Zukunft. Ich träumte von der Welt, die ich vorfinden würde. Die Welt meiner Albträume, die zur Realität wurde.

Die Strategie der Ordnung ging offenbar dahin, kurz innezuhalten, um neue Kräfte zu sammeln, damit sie uns überrennen konnten. Wir sprachen über unsere missliche Lage, wussten aber keinen Ausweg. Es gelang mir nicht, noch einmal übernatürliche Hilfe zu rufen. Lady Miggea beherrschte offenbar fast das gesamte Reich, in dem wir uns befanden. Wir waren verzagt und wussten nicht, wie wir uns der Ordnung widersetzen sollten. Das Chaos hatte mehr als einmal versucht, Tanelorn einzunehmen, doch soweit wir wussten, hatte es noch nie einen Angriff der Ordnung gegeben.

Aus irgendeinem Grund glaubte niemand, dass wir alle sterben würden. Vielleicht hatte Tanelorn seine Unverwundbarkeit schon hinlänglich bewiesen, als die Weiße Horde sich vor der Stadt geteilt hatte. Vielleicht konnten sie nicht eindringen. Eine größere Kraft hinderte sie daran. Vielleicht mussten sie, genau wie viele Götter und Elementargeister, von sterblichen Helfern eingeladen werden, wenn sie die Reiche der Sterblichen betreten wollten. Und außerdem gehörte Tanelorn genau genommen nicht einmal in dieses Reich.

Unsere Spekulationen nützten uns wenig. Es war unmöglich, die nächsten Schritte der Ordnung vorherzusagen. Unmöglich zu erkennen, welche Absichten sie verfolgte.

Wir unternahmen einige Versuche, die weiße Häsin zu finden, aber sie hatte offenbar gewartet, bis sich die Aufregung gelegt hatte, um wieder in ihr eigenes Revier zu verschwinden.

Ich vertraute Mondmatt an, dass es mir langweilig wurde. Wenn nicht bald ein Angriff auf die Stadt begann, wollte ich weiterreiten. Er bot mir nicht an, mich zu begleiten. Ich glaube, es kam ihm beinahe so vor, als würde ich Tanelorn im Stich lassen.

Eines Nachmittags dann, als die Sonne die Aschefelder blutrot färbte, kam ein Reiter in einer Rüstung auf einer weißen Wölfin die Hügel herunter nach Tanelorn geritten. Er schrie vor den Toren der Zufahrt herum und verlangte, man solle mich rufen.

Der prahlerische silberne Ritter hatte sich mit noch mehr bunter Seide geschmückt als beim letzten Mal, als wollte er den nüchternen Geschmack der Ordnung verspotten. Überheblich hielt er sich im Sattel. Das Wasser des Grabens spiegelte die Rüstung, die beinahe aus Quecksilber zu bestehen schien.

Immer noch namenlos.

Er erkannte mich, kaum dass ich am östlichen Burgfried auftauchte und zu den Wehrgängen hinaufstieg, und machte eine ausholende Geste. Irgendein Gruß, den ich nicht kannte.

»Guten Morgen, Prinz Elric.«

»Guten Morgen, Sir Unbekannt.«

Lautes Lachen drang aus dem Helm, als hätte ich einen köstlichen Witz zum Besten gegeben. Dieses Geschöpf benutzte jede Waffe, die man sich nur denken konnte, einschließlich feiner Schmeichelei und charmanter Worte.

An diesem Morgen gab er sich plump und einfach und offen.

»Ich will nicht Eure Zeit verschwenden, Mylord«, erklärte er. »Als Ritter des Gleichgewichts und Diener der Ordnung bin ich gekommen, um Eure Herausforderung anzunehmen. Mann gegen Mann, wie Ihr gesagt habt. Außerdem biete ich Euch einen Handel an.« Er sprach mit leicht aufdringlichem Tonfall wie die Händler oder Männer, die eine Anstellung suchen und etwas verkaufen wollen, das man eigentlich nicht will oder braucht.

»Ich habe den Eindruck, dass die Rollen des Kämpfers und des Unterhändlers sich gegenseitig ausschließen«, sagte ich mit mildem Tadel. Zugleich freute ich mich auf die Gelegenheit, mit ihm zu kämpfen. Seine Motive waren mir allerdings nicht geheuer. »Ein Ritter des Gleichgewichts dient nur dem Gleichgewicht.«

»So ist es«, sagte er beinahe ungeduldig. »So sah man es früher. Doch das Chaos stellt eine Bedrohung dar und wird alles verschlingen, wenn wir uns nicht dagegen wappnen.«

»Nun denn«, sagte ich, »als einer, der dem Chaos dient, kann ich nur für mich selbst sprechen und ich habe gewiss nicht die Absicht, irgendetwas oder irgendjemanden zu verschlingen.«

»Dann seid Ihr ein Lügner oder ein Tölpel, Sir«, erwiderte er.

»Das habe ich mir auch schon oft gesagt«, gestand ich ihm sofort zu. Ich wusste, dass er mich reizen wollte, doch es gab nicht viele, die es mit der grausamen Schlagfertigkeit eines Adligen von Melniboné aufnehmen konnten. »Was wollt Ihr mir nun heute Morgen verkaufen, Sir?«

»Wenn Ihr mir Eure Gastfreundschaft anbietet, dann kann ich es Euch beim Frühstück erklären. Es ist nicht meine Art, private Angelegenheiten in aller Öffentlichkeit zu besprechen.«

»Wir haben hier in Tanelorn keine privaten Angelegenheiten zu besprechen, Sir. Es ist ein Ort, der für alle da ist. Geheimniskrämerei und Hinterlist haben hier keinen Platz, auch wenn dies ein Teil Eures Lebens sein mag.«

»Ich will natürlich nicht Eure Lebensart stören, Sir.« Die Wölfin bewegte sich auf einmal, als stimme sie nicht völlig mit ihrem Reiter überein. »Ihr könnt Euch die Beschaulichkeit leicht bewahren. Schließlich bin ich gekommen, um Eure

Herausforderung anzunehmen. Ein Zweikampf soll es sein, Mann gegen Mann. Um die Sache zu entscheiden. Falls Ihr aber die Angelegenheit nicht mehr als Ehrenhändel erledigen wollt, kann ich als Ersatz einen Tribut entgegennehmen. Ich will nichts weiter als das alte Schwert, das Ihr tragt. Gebt mir die Runenklinge und ich werde meine Männer abrücken lassen. Ihr habt gesehen, wie viele Bewaffnete wir gegen Euch in den Kampf schicken können. Ihr wisst, dass Ihr binnen einer Stunde überrannt werden würdet. Wir würden Euch auslöschen, als hätte es Euch nie gegeben. Das leise Raunen eines altes Windes, mehr wird von Euch nicht bleiben. Also gebt mir das Schwert und Ihr sollt unsterblich werden. Tanelorn wird mehr sein als eine bloße Erinnerung.«

»Leere Drohungen«, sagte ich. »So etwas habe ich schon mein ganzes Leben lang aus hohlen Helmen schallen hören, Sir. Es klingt immer gleich - nach dem endgültigen Untergang. Nur wenn es darum geht, die Drohungen wahr zu machen ...«

»Meine Drohungen sind alles andere als vage, Sir«, erwiderte der Ritter des Gleichgewichts. Er rutschte unruhig hin und her und zupfte beinahe nervös an den Seidentüchern herum. »Sie haben sogar ungewöhnlich viel Substanz. Sie werden von hunderttausend Lanzenreitern unterstützt.«

»Von denen, wie ich vermuten würde, kein Einziger diese Stadt betreten kann.« Ich wandte mich ab. »Jedenfalls nicht, solange man sie nicht hereingebeten hat. Ihr habt mir nichts anzubieten Sir, abgesehen von der Möglichkeit, meiner Langeweile zu entfliehen. Nicht einmal Eure widerwärtige, fast senile Herrin Miggea kann unaufgefordert nach Tanelorn einmarschieren. Diese sterblichen Soldaten, gegen die wir gekämpft haben, wurden hier ausgehoben. Die meisten sind jetzt tot. Alles, was auf übernatürlichen Kräften beruht, kann nur herein, wenn es eingeladen wird. Und Ihr, Sir, habt bereits Euren Kampfeswillen demonstriert. Ich glaube nicht, dass Ihr die Absicht habt, fair zu kämpfen.«

»Mein Tonfall war ein Fehler, den ich bereue, Prinz Elric. Doch Ihr werdet feststellen, dass ich heute ein sehr zugänglicher Vertreter der Ordnung bin. Ich will Mann gegen Mann mit Euch kämpfen. Hört mein Angebot: Ich kämpfe mit Euch einen fairen Kampf um das Schwert. Solltet Ihr mich töten, dann zieht sich die Ordnung aus Tanelorn zurück, die Stadt soll unberührt bleiben und zu ihrem alten Zustand zurückkehren. Sollte ich Euch aber besiegen, dann nehme ich das Schwert und dann sollt Ihr Euch verteidigen, so gut Ihr könnt.«

»Mein Schwert und ich sind aneinander gebunden«, erklärte ich ihm. »Wir sind eins. Wenn Ihr die Klinge haltet, kann sie Euch vernichten und schließlich würde sie doch wieder zu mir zurückkehren. Glaubt mir, mein geheimnisvoller Herr, ich habe mich nicht freiwillig dazu entschieden, aber so ist es. Wir sind jetzt voller Energie, wir haben uns an Eurem Angriff gelabt. Ihr habt uns stark gemacht.«

»Dann will ich Eure Stärke prüfen. Ihr habt nichts zu verlieren. Lasst mich herein und wir kämpfen auf dem Hauptplatz, wo alle zusehen können.«

»Kämpfe sind in Tanelorn verboten.« Ich sagte ihm nur, was er ohnehin schon wusste.

Seine Antwort war reiner Spott. »Welche Mächte versagen Euch das Recht zum Zweikampf?« Sein Tonfall war jetzt eine offene Herausforderung. »Welche Macht behandelt eine ganze Stadt wie ein kleines Kind? Ihr wollt Euch doch nicht diesem sinnlosen Brauch unterordnen? Keinem freien Mann darf das Recht genommen werden, sein Leben zu verteidigen. Er soll seine Waffen voller Stolz tragen und sie benutzen können, wenn er sie benutzen muss. So denken wir, die wir der Ordnung angehören. Wir haben die erdrückenden Rituale abgestreift und freuen uns auf eine saubere, frische, lebendige Zukunft. Eure Rituale und Gebräuche sind Regeln, die ihre Bedeutung verloren haben. Sie passen nicht mehr zur grausamen Wirklichkeit des Überlebens. Heute sind es die Starken und die Klugen, die in Schlachten siegen. Diejenigen, die sich dem Chaos nicht widersetzen, werden von ihm vernichtet werden.«

»Aber was wird geschehen, wenn Ihr das Chaos vernichtet?«, fragte ich ihn.

»Dann kann die Ordnung alles beherrschen. Das Unvorhersehbare wird verbannt sein. Das Numinose wird nicht länger existieren. Wir werden eine geordnete Welt aufbauen, in der alles und jedes den ihm gemäßen Platz findet. Wir werden endlich wissen, was die Zukunft uns bringt. Es ist dem Menschen bestimmt, das Werk der Götter zu vollenden und in der göttlichen Symphonie mitzuwirken, in der jeder sein Instrument spielen muss.«

Bei mir dachte ich, dass ich höchst selten einen so frommen Irrsinn so wortgewandt vorgetragen gehört hatte. Vielleicht war ich dank meiner Vorliebe für das Lesen in der Kindheit so vertraut mit all den alten Argumenten, die benutzt wurden, um die Machtgier der Sterblichen zu rechtfertigen. In dem Augenblick, in dem die moralische Autorität des Übernatürlichen beschworen wurde, hatte man mit einer monumentalen Selbsttäuschung zu rechnen und höchstes Misstrauen war vonnöten.

»Die Bestimmung der Menschen! Ihr sprecht von dem, was Ihr für Eure eigene Bestimmung haltet.« Ich lehnte mich an die Brustwehr wie ein Hausbesitzer, der über den Gartenzaun mit einem Nachbarn schwatzt. »Ihr habt eine klare Vorstellung von dem, was rechtschaffen sei, nicht wahr? Ihr wisst genau, dass es nur einen Weg zur Tugend gibt, nicht wahr? Einen sauberen, geraden Weg, der in die Unendlichkeit führt. Wir dagegen, die dem Chaos angehören, vertreten eine eher schmutzige Vision der Existenz.«

»Ihr verhöhnt mich, Sir. Doch ich habe die Mittel, meine Vision Wirklichkeit werden zu lassen. Ihr dagegen besitzt sie nicht.«

»Weder die Mittel noch den Wunsch, es zu tun, Sir. Ich lasse mich treiben, wohin die Welt mich treibt. Wir haben keine andere Wahl. Ich zweifle nicht an Eurer Macht, Sir. Die Ordnung hat meine Verbündeten aus diesem Reich vertrieben. Alles, was noch zwischen Euch und der endgültigen Eroberung dieses Reichs steht, ist mein Schwert und diese Stadt. Doch irgendwie, das weiß ich, irgendwie können wir Euch besiegen. Es liegt in der Natur derer, die dem Chaos dienen, dem Schicksal ein wenig mehr zu vertrauen, als Ihr es tut. Das Glück äußert sich oft in einfachen Dingen wie der Laune einer Meute, die sich unversehens auf Eure Seite schlägt. Was auch immer es ist, wir vertrauen darauf. Und indem wir auf unser Glück vertrauen, vertrauen wir auf uns selbst.«

»Ich bin nicht bereit, mich mit diesen melnibonéischen Spitzfindigkeiten herumzuschlagen«, sagte der silberne Ritter, indem er abermals an Halstüchern und Wimpeln herumzupfte. »Die Gelüste Eures Schutzherrn, des Fürsten Arioch, sind uns gut bekannt. Wenn er könnte, dann würde er die Welten lieber heute als morgen verschlingen.« Eine kühle Morgenbrise regte sich in der Wüste. Unser Besucher sah beinahe aus, als wäre er mit den langen Tüchern gefesselt worden. Sie behinderten ihn sichtlich, doch er war nicht bereit, darauf zu verzichten. Als sei ihm die Vorstellung, ungeschmückten Stahl zu tragen, unangenehm. Als sehnte er sich nach den Farben. Als wären sie ihm seit Ewigkeiten vorenthalten worden. Als müsste er sich an sie klammern, weil sein Leben davon abhing. Manchmal, wenn die Sonne sich auf der Rüstung spiegelte und auf die flatternden Seidentücher schien, entstand der Eindruck, er würde brennen.

Ich wusste, dass ich ihn im Zweikampf besiegen konnte. Doch wenn Lady Miggea ihm half, dann würde es schwieriger und vielleicht sogar unmöglich werden. Sie besaß gewaltige Kräfte, von denen mir viele nicht einmal bekannt waren.

Zweifellos, an diesem Morgen musste ich feststellen, dass meine Feinde mich in gewisser Weise besser kannten als ich mich selbst. Sie bauten auf meine Ungeduld und meine Neigung, schnell gelangweilt zu sein. Ich hatte in der Tat wenig zu verlieren. Tanelorn war müde. Ich glaubte nicht, dass die Stadt von diesem bebänderten Ritter besiegt werden konnte, nicht einmal von Miggea, der Herrin der Ordnung. Ich wollte, dass die Belagerung endlich aufhörte, damit ich wieder meinen ruhelosen und zugegebenermaßen sinnlosen Geschäften nachgehen konnte. Ständig erinnerte ich mich daran, dass meine geliebte Cousine Cymoril durch einen Unfall gestorben war, als ich gegen Yyrkoon kämpfte. Ich hatte nur Cymoril gewollt. Alles andere hätte ich gern für meine Cousine aufgegeben. Doch weil Cymoril mich liebte, wollte auch Yyrkoon sie besitzen. Als Folge meines eigenen Stolzes, meiner Dummheit und meiner Leidenschaft und durch Yyrkoons ungeheure Gier war sie gestorben. Auch Yyrkoon war gestorben, wie er es verdient hatte. Sie jedoch hatte einen so schrecklichen Tod gewiss nicht verdient. Meine Instinkte hatten mir gesagt, ich müsse sie beschützen. Dann hatte ich die Kontrolle über mein Schwert verloren.

Ich hatte mir geschworen, nie wieder die Beherrschung zu verlieren. Manchmal schien mir der Wille meines Schwerts so mächtig zu sein wie mein eigener. Selbst jetzt konnte ich nicht sicher sein, ob die Energie, die ich in mir aufbranden spürte, meine eigene oder die der Klinge war.

Kummer, Zorn und eine verzweifelte Trauer drohten mich zu übermannen. Ich musste meine ganze Selbstdisziplin aufbieten. Mein Wille rang mit dem der Klinge und siegte. Doch ich war entschlossen, gegen diesen Fremden zu kämpfen.

Vielleicht hob sich meine Stimmung, weil mir ein kluger Feind gegenüberstand. Allerdings musste ich dafür sorgen, dass der Kampf zu meinen Bedingungen stattfand.

»Die Wölfin muss verschwinden«, sagte ich. »Denn dieses Reich ...«

»Sie kann nicht aus diesem Reich verschwinden.«

»Sie darf nichts damit zu tun haben. Sie muss mir ihr Wort geben, das heilige Ehrenwort der Ordnung, dass die Wölfin nicht gegen mich kämpfen wird.«

»Einverstanden«, sagte er. »Die Wölfin wird sich nicht an unserem Kampf beteiligen.«

Ich sah die Wölfin an. Sie senkte den Blick und fügte sich widerwillig in die Vereinbarung.

»Welche Garantie habe ich, dass Ihr und sie Wort halten werdet?«

»Ein Versprechen der Ordnung kann nicht gebrochen werden«, sagte er. »Unsere ganze Philosophie beruht auf dieser Prämisse. Ich werde nicht gegen den Wortlaut unserer Abmachung verstoßen. Wenn Ihr mich besiegt, werden wir dieses

Reich verlassen. Wenn ich Euch schlage, bekomme ich das Schwert.«

»Ihr seid sehr zuversichtlich, dass Ihr mich besiegen könnt.«

»Sturmbringer wird noch vor dem Sonnenuntergang mir gehören. Wollt Ihr hier gegen mich kämpfen? Hier, wo ich jetzt gerade stehe?« Er deutete hinter sich. »Oder dort drüben auf der anderen Seite?«

Darauf musste ich lachen. Der alte Blutdurst packte mich wieder. Mondmatt erkannte, was in mir vorging. Er kam die Treppe heraufgerannt. »Mylord, es muss ein Trick sein. Es stinkt nach einer Falle. Man kann der Ordnung nicht mehr vertrauen, alles verfällt. Du bist doch viel zu klug, um dich von ihm hereinlegen zu lassen ...«

Ernst legte ich ihm die Hand auf die Schulter. »Die Ordnung ist streng und aggressiv. Pedantisch ist die Orthodoxie in den letzten Stadien des Verfalls. Sie klammert sich an die alten Werte, während sie verwirft, was sie nicht länger nützlich findet. Ich bin sicher, sie wird Wort halten.«

»Mylord, dieser Zweikampf ist doch sinnlos!«

»Er könnte dir das Leben retten, mein Freund. Und deines ist das Einzige hier, das mir lieb und teuer ist.«

»Er könnte mir Folter und Qual bringen, mir und allen anderen in Tanelorn.«

Ich schüttelte den Kopf. »Wenn sie ihr Wort brechen, dann können sie nicht länger die Vertreter der Ordnung sein.«

»Was für eine Ordnung vertreten sie denn jetzt? Eine Ordnung, die bereit ist, die Gerechtigkeit dem Machtstreben zu opfern.« Mondmatt zerrte mich noch am Ärmel, als ich schon die Treppe hinunterstieg. »Genau das lässt mich auch an allem zweifeln, was sie versprechen. Pass nur gut auf dich auf, Mylord.« Er gab es auf, mich überzeugen zu wollen, und blieb zurück. »Ich werde auf Anzeichen eines Verrats achten und tun, was ich tun kann, um dafür zu sorgen, dass der Zweikampf fair abläuft. Doch ich sage es noch einmal, es ist die reine Dummheit, mein Freund. Dein verrücktes altes Blut hat wieder einmal dein Gehirn überschwemmt.«

Diese Bemerkung amüsierte mich. »Dieses verrückte Blut hat uns oft aus Schwierigkeiten herausgehauen, mein Freund Mondmatt. Manchmal vertraue ich ihm mehr als jeder Vernunft.« Doch es gelang mir nicht, ihn aufzumuntern.

Ein Dutzend andere, darunter Brut von Lashmar, baten mich, vorsichtig zu sein. Aber irgendetwas in mir war fest entschlossen, dieses Patt zu durchbrechen. Ich wollte meinen Instinkten blind vertrauen und mich auf etwas einlassen, das nicht etwa unausweichlich war, sondern Bewegung in die Angelegenheit brächte. Ich wollte beweisen, dass hier kein vorherbestimmtes Schicksal seinen Lauf nahm. Wie ich Mondmatt schon erklärt hatte, war es sicher nicht das erste Mal, dass ich dieses alte Blut durch meine Adern rauschen spürte. Ich hörte sein Lied in mir, es erfüllte mich mit einer wilden Freude. Wenn ich überleben würde, so schwor ich mir, dann würde es nicht das letzte Mal sein, dass ich dieses Lodern spürte.

Ich war wieder ganz und gar lebendig. Ich ging ein Risiko ein. Mein Leben und meine Seele standen auf dem Spiel.

Ich stieg die Treppe hinunter und rief, man solle mir das Tor öffnen. Dann verlangte ich, die Wölfin müsse verschwinden und der gesichtslose Ritter solle mir allein gegenübertreten.

Als ich Tanelorns Mauern verlassen hatte und über die Zufahrt in die öde Welt schritt, war die Wölfin tatsächlich fort. Ich sah in einen Spiegel. Ich sah meine lodernden roten Augen und mein dünnes weißes Haar um die Schultern wehen, als der Wind ungehindert über die Aschewüste blies.

Der Ritter hatte sich schon zum Zweikampf aufgestellt, ein silbern schimmerndes Breitschwert aus Stahl in den behandschuhten Händen haltend. Der Anblick irritierte mich, die Waffe hatte ich vorher nicht bei ihm gesehen. Das Schwert war in allem außer der Farbe ein Spiegelbild meines Sturmbringer. Ein negatives Spiegelbild. Ich konnte sofort die Zaubersymbole erkennen, auch wenn dieses Silberschwert keine nennenswerten magischen Eigenschaften besaß. Dies hätte ich sofort gerochen. Vielmehr strahlte es etwas Tödliches aus, etwas Negatives.

Keine Magie. Oder eine so feine Magie, dass ich sie nicht bemerken konnte? Es lief mir kalt den Rücken hinunter, ich wurde vorsichtig und war etwas geschwächt.

Eine Vorahnung wie von einem Déjà-vu-Erlebnis.

Im silbernen Helm kicherte etwas. Ein seltsamer Laut, fast ein Flüstern.

»Wir leben unsere Geschichten viele Male aus, Prinz Elric. Manchmal bekommen wir sogar die Möglichkeit, sie zu verändern. Ich hoffe, Ihr werdet verstehen, dass Ihr in manchen Inkarnationen verlieren müsst. In manchen müsst Ihr sterben, in anderen erleidet Ihr Schlimmeres als den Tod.«

Wieder der seltsame Schauder.

»Ich glaube, dies wird eine solche Geschichte, Mylord.«

Damit stürmte die funkelnde Klinge auf mich los.

Ich konnte sie gerade noch rechtzeitig abwehren. Sturmbringer knurrte, als er mit dem weißen Stahl zusammenprallte. Meine Klinge drückte damit ihren Hass aus. Oder war es Furcht? Dieses Geräusch hatte ich jedenfalls noch nie von ihr vernommen.

Ich spürte, wie die Energie aus mir strömte. Mit jedem Schlag, den ich abwehrte, fiel es mir schwerer, das Schwert zu heben. Ich starrte den silbernen Helm an, während wir kämpften, doch ich konnte kein Gesicht dahinter erkennen.

Ich bekam Angst. Sonst verließ ich mich auf die Stärke meines Schwerts, das mir die Kraft gab. Doch jetzt zapfte Sturmbringer meine Kräfte an. Was half diesem geheimnisvollen Krieger? Warum hatte ich den Zauber nicht gerochen? Ich war eindeutig das Opfer einer übernatürlichen Kraft.

Der Ritter war nicht, wie ich erwartet hatte, ein erfahrener Schwertkämpfer. Er war sogar recht ungeschickt. Doch er konnte jeden Schlag, den ich führte, parieren. Nur selten machte er Anstalten, mich anzugreifen. Er schien sich völlig in die Defensive zurückzuziehen. Auch das machte mich misstrauisch. Hätte ich nicht dem Zweikampf zugestimmt, ich hätte die Sache sofort beendet und wäre in die Stadt zurückgekehrt.

Ich war daran gewöhnt, beim Kämpfen das wilde Lied meines Schwerts zu hören, doch jetzt spürte ich Sturmbringer nur leise vibrieren. Und die Vibrationen schienen mit jedem Augenblick schwächer zu werden.

Mondmatt hatte Recht behalten. Ich war in eine Falle getappt. Doch ich hatte keine Wahl, als weiterzukämpfen.

Zwei weitere Schläge von mir konnte der Ritter abfangen, dann taumelte ich und meine Knie gaben nach. Ich konnte kaum noch das Schwert heben, das sich in den Händen anfühlte wie eine tote Last. Ich war ratlos. Jede heftigere Bewegung ermüdete mich weiter. Man hatte mich völlig ausmanövriert.

Wieder hörte ich tief im Helm ein eigenartiges Kichern.

Ich bot alles auf, was mir zur Verfügung stand. Ich rief Arioch um Hilfe an, doch ich war überwältigt vor Müdigkeit. Eine seltsame Müdigkeit. Ich benutzte all meine Disziplin als Zauberer, um den Körper wieder unter die Kontrolle des Bewusstseins zu bringen, doch es führte zu nichts. Wie eine schwere Decke legte sich der Zauber über mich.

Der Kampf hatte erst wenige Minuten gedauert, als ich schon das Gleichgewicht verlor und rücklings auf den harten, weißen Boden stürzte. Ich sah die Gestalt mit der Rüstung sich bücken und Sturmbringer an sich nehmen und bekam schreckliche Angst. Ich konnte mich nicht einmal dagegen wehren. Ich wollte mich aufrichten, doch es gelang mir nicht. Nur wenige Menschen konnten das Schwert in die Hand nehmen, ohne grausam dafür büßen zu müssen. Mein Gegner aber hob die Klinge ohne weiteres auf. Alles, was bisher für mich als sicher gegolten hatte, brach rings um mich zusammen. Ich hatte Angst, den Verstand zu verlieren.

Als mein Blick zu verschwimmen begann, wurde mir bewusst, dass die Gestalt in der Rüstung immer noch auf mich herabsah und lachte.

»Nun ja, Prinz Elric, unser Handel und der Zweikampf sind damit vollzogen und Ihr könnt nach Tanelorn zurückkehren. Wir werden die Stadt nicht angreifen, keine Sorge. Ich besitze, was wir bekommen wollten.«

Jetzt erst nahm der Ritter den Helm vom Kopf. Eine Frau

sah auf mich herab. Eine Frau mit hellen, strahlenden Gesichtszügen, blondem Haar und funkelnden schwarzen Augen. Eine Frau mit spitzen Zähnen und Lippen, die zu brennen schienen.

Ich erkannte, wie schrecklich man mich getäuscht hatte.

»Lady Miggea, nehme ich an.« Ich konnte kaum noch flüstern. »Ihr habt Euer Wort gegeben. Das Wort der Ordnung.«

»Ihr habt nicht richtig zugehört. Es war die Wölfin, die geschworen hat, nicht zu kämpfen. Euer Blut besitzt Weisheit«, sagte sie leise, »doch es trägt dem Herzen etwas zu, nicht dem Verstand. Dies sind wechselhafte Zeiten, vieles steht auf dem Spiel. Manchmal passen die alten Regeln nicht mehr zur neuen Wirklichkeit.«

»Ihr wollt Euer Wort nicht halten? Ihr habt versprochen, die Stadt in Frieden zu lassen.«

»Aber natürlich, das werde ich auch tun. Ich lasse sie eines natürlichen Todes sterben.«

»Was meint Ihr damit?« Nur noch ein trockenes Keuchen kam mir über die Lippen. Mehr und mehr wurde mir bewusst, wie dumm meine Entscheidung gewesen war. Mondmatt hatte Recht behalten. Ich hatte eine ungeheure Katastrophe über mich und meine Welt gebracht und alles nur, weil ich eher den wilden Instinkten und nicht meiner Vernunft gehorcht hatte. Es gibt Zeiten, in denen der sichere Glaube in den sicheren Untergang führt.

»Es gibt kein Wasser mehr in diesem Reich. Nur das, was Ihr seht. Nichts, um Eure Garten zu wässern. Kein Wasser, das Ihr trinken könnt.« Sie lächelte in sich hinein und hob Sturmbringer an der Klinge hoch, umklammerte die Klinge mit einer Faust, die zu wachsen schien, während sie sprach. »Nichts kann Euch hier helfen. Kein übernatürlicher Beistand. Ihr könnt nicht in Euer eigenes Reich zurückkehren. Es hat meine ganze Macht erfordert, Euch hierher zu bringen und hier zu halten. Nur wenige sind so mächtig wie Miggea, die Herrin der Ordnung. Keine Menschenseele kann Euch hier retten. In einiger Zeit werdet Ihr verdorren und das ist dann das Ende all Eurer Geschichten und Inkarnationen.

Aber ich war gnädig, Prinz Elric. Ihr werdet dies nicht mehr am eigenen Leibe erleben, denn Ihr werdet schlafen.«

Als mein Augenlicht verblasste und der kärgliche Rest meiner Kräfte mich verließ, machte ich noch einen letzten Versuch, mich aufzurichten. »Schlafen?«

Das schreckliche, verrückte Gesicht war auf einmal dicht vor meinem. Sie schürzte die Lippen und blies mir in die Augen.

Ich versank in Dunkelheit und träumte.

13.
Die Tochter der Traumdiebin

Irgendwie spürte ich, dass meine Freunde aus der Stadt kamen und mich zurücktrugen. Ich war völlig unfähig, mich zu bewegen, immer wieder fiel ich in einen verzauberten Schlaf. Die Welt um mich herum war mir nur verschwommen bewusst, manchmal spürte ich überhaupt nichts mehr. Ich wusste, dass meine Freunde und vor allem Mondmatt sich Sorgen machten. Ich wollte mich aufrichten und sprechen, doch jede Anstrengung ließ mich nur noch tiefer in die Traumwelt sinken.

Ich wollte aber nicht tiefer sinken. Dort war etwas, das ich fürchtete. Etwas, das Miggea für mich vorbereitet hatte.

Der einzige Weg, der mir noch blieb, war der Weg nach innen. Unfähig, mich zu bewegen oder mich mitzuteilen und mir doch meines Zustandes bewusst, ließ ich mich schließlich hinuntergleiten, während ich fürchtete, aus diesem Abgrund meiner komplizierten Seele nie wieder auftauchen zu können. Ich ertrank in meinen eigenen dunklen Träumen.

Endlich ließ ich meinen Willen los und fiel. Ich stürzte aus Tanelorn heraus, heraus aus allen unmittelbaren Gefahren der Zukunft. Gefahren, denen ich mich ohne mein Schwert nicht würde stellen können. Wie würde das Schwert jetzt eingesetzt werden? Um das Gleichgewicht selbst zu vernichten? Meine Gedanken rasten. Der endgültige Sturz in dunkles Vergessen war eine Erlösung.

Ich blieb Sekunden bewusstlos, dann begann ich zu träumen. Im Traum sah ich einen in Lumpen gekleideten Mann, der mit dem Rücken zu seinem Haus stand. Er hatte ein Buch in der Hand und trug ein großes Bündel auf dem Rücken. Ich wollte ihn nach seinem Namen fragen, doch seine Augen waren voller Tränen und er konnte mich nicht erkennen. Einen Augenblick lang glaubte ich, mein eigenes Gesicht zu sehen, als er sich zu mir umdrehte, doch es war ein schlichter, runder, menschlicher Kopf. Er zögerte, kehrte dann in sein Haus zurück, wo seine Frau und seine Kinder ihn erwarteten. Er war froh, dass er sie nicht verlassen hatte, dass sie nicht bemerkt hatten, wie gequält er war. Es war beinahe widerlich für einen von meiner Art, Mitgefühl mit so gewöhnlichen Seelen zu haben. Dennoch spürte ich das Verlangen, diesen Menschen in ihrer Not zu helfen.

Die Zeit verging. Endlich sah ich den Mann mit seiner Last das Haus verlassen und weggehen, bis ich ihn aus den Augen verlor. Ich folgte ihm, konnte ihn jedoch, als ich die Hügelkuppe erreichte, hinter der er verschwunden war, nirgends entdecken. Ich sah ein Tal, in dem gleichzeitig mehrere Schlachten gefochten wurden. Männer verbrannten Burgen, Dörfer und Städte. Sie metzelten Frauen und Kinder nieder. Sie töteten alles, was dort lebte, dann wandten sie sich gegeneinander und töteten sich gegenseitig. Die einzige Straße führte mich mitten durch dieses Tal. Versöhnt begann ich den Abstieg.

Doch ich war noch nicht weit gekommen, als eine kleine, gebückte Gestalt von einem Felsen herunter vor mir auf den Weg sprang. Das Männlein bot mir grinsend einen wundervollen Bogen an. Er sprach auch mit mir, doch ich konnte nichts verstehen. Aufgebracht fuchtelte er herum und deutete, aber ich wusste nicht, was er wollte. Schließlich nahm er meine Hand und führte mich um den Felsen herum. Dort vor mir sah ich dann etwas, das mir vorkam wie ein aufrecht stehender Ozean, der vor mir aufragte wie eine Wand aus Wasser. Durch das Meer lief eine funkelnde, mit Lichtflecken gesprenkelte Straße, ähnlich einem Sonnenstrahl, der auf ein Gewässer fällt.

So seltsam war die Perspektive, dass mir vom Anblick beinahe übel wurde. Doch der gebückte kleine Mann führte mich weiter, bis wir die gesprenkelte Straße betreten hatten und die steile Steigung hinaufliefen. Der starke Geruch von Ozon stieg mir in die Nase. Dann verlief die Straße wieder gerade und verwandelte sich in einen silbernen Mondstrahl, der zu einem komplizierten Flechtwerk vieler solcher Strahlen gehörte, ähnlich den Straßen zwischen den Reichen. Mein Führer war verschwunden.

Ich war beunruhigt. Zugleich aber empfand ich ein körperliches Wohlbehagen, wie ich es bisher noch nie verspürt hatte. Ich hatte immer nur Schmerzen oder die Erlösung von den Schmerzen gespürt, jedoch noch nie einen Körper besessen, der überhaupt keine Schmerzen kannte. Mein ganzes Leben lang hatte ich mich mit Schwächen herumschlagen müssen, seien sie körperlicher oder seelischer Natur. Jetzt fühlte ich mich frisch und beflügelt, sogar entspannt. Dennoch wusste ich, dass ich in Wirklichkeit überhaupt keinen physischen Körper besaß, denn dies war nur meine träumende Seele, die durch eine verzauberte Welt wanderte.

Die widerstreitenden Gefühle halfen mir nicht, meine Lage zu verbessern. Ich wusste nicht einmal, ob dies nicht alles ein Teil von Miggeas Falle war. Ich wusste nicht, welchen Weg ich wählen sollte. Ich schaute die komplizierte Anordnung an und sah Millionen Wege vor mir liegen, jeder wie ein Lichtstrahl, auf dem Millionen Geschöpfe jeglicher Art wandelten. Ich wusste, dass es so etwas wie ein Vakuum im Multiversum nicht gibt, da jeder Raum, auch der scheinbar leere, bewohnt ist. Ich sah die Straßen, als wären sie die Zweige eines riesigen silbernen Baumes. Ich wusste, dass dies die Grundstruktur des Multiversums war. Trotz meiner jüngsten Erlebnisse beschloss ich, meinen Instinkten zu vertrauen und einem kleinen Zweig zu folgen, der von einem kräftigeren Ast abging.

Ich setzte einen Fuß auf die helle Straße, die leicht nachgab. Sie machte das Laufen zum Vergnügen. Im Handumdrehen hatte ich ein halbes Dutzend Äste hinter mir gelassen und ging zu dem Zweig, den ich mir ausgesucht hatte. Doch unterwegs wurde mir bewusst, dass das Geflecht der Zweige dichter war, als ich zunächst angenommen hatte. Ich steckte auf einmal in einem Gewirr kleiner Ranken, die mir den Weg versperrten und die ich nicht ohne weiteres wegschieben konnte. Mein Körper fühlte sich leicht und substanzlos an und so bestand nicht die Gefahr, dass ich die Äste zerbrechen konnte. Es schien mir, als bewegten sich auch auf allen anderen Ästen winzige Gestalten, genau wie ich mich auf meinem bewegte.

Nach einer Weile fand ich eine Möglichkeit, mich durch die Ranken zu arbeiten, ohne allzu viel durcheinander zu bringen. Ich hatte den Eindruck, dass irgendwo da oben noch ein anderes Wesen war, viel größer als ich, vielleicht eine andere Version meiner selbst, die sich behutsam bewegte, um mich nicht vom meinem Ast zu werfen.

Irgendwann hielt ich inne. Ich trug nicht mehr die üblichen Kleider, sondern eine volle melnibonéische Kriegsrüstung. Nicht die geschmückte Paradeuniform, wie man sie zu feierlichen Anlässen anlegte, sondern die wirkungsvolle Schutzhülle, die ein Mann im Kampf benutze, wenn es galt, feindliche Klingen abzuwehren. Allerdings schien die Rüstung so wenig wie mein Körper ein Gewicht zu haben. Allmählich bekam ich den Verdacht, ich wäre schon gestorben und hätte mich in eine Art ruhelos wandernden Geist verwandelt. Wenn ich noch lange hier blieb, würde ich wahrscheinlich ganz und gar meine Gestalt verlieren und mit der Atmosphäre verschmelzen, um von den Lebenden eingeatmet zu werden wie Staub.

Ich hatte mich verirrt und lief auf schmaleren, immer stärker gekrümmten Ästen entlang. Ich dachte schon, dass ich den letzten Zweig ganz am Rand des Multiversum-Baumes bald erreichen müsste, und empfand Verzweiflung, als ich sah, dass der Weg durch einen Tunnel führte, der aus Weidenzweigen geflochten schien.

Jenseits des Tunnels machte ich eine seltsame geformte Hütte aus, die anscheinend über Jahrhunderte mit immer neuen Schichten Stroh gedeckt worden war. Die Ziegel hatte man offenbar aus allen möglichen Winkeln der Welt zusammengesucht, die Fenster waren in seltsamen Winkeln eingebaut und von eigenartiger Form, die Tür war schmal und hoch, der Schornstein wie ein Korkenzieher gedreht. Unterm Dach der kleinen Veranda hingen Körbe mit blühenden Blumen und ein Vogelkäfig. Darunter saß eine schwarzweiße Schäferhündin, deren Zunge weit aus dem Maul hing, als hätte sie gerade ein anstrengendes Tagewerk hinter sich.

Die liebliche ländliche Szene machte mich besonders misstrauisch. Ich hatte mich an Fallen und Täuschungen gewöhnt. Meine Feinde schienen Freude daran zu finden, Versprechungen zu machen, die sie nicht halten wollten, als hätten sie gerade erst entdeckt, wie wirkungsvoll eine Lüge sein kann. Wenn dieses Bild eine Lüge war, dann war es eine raffinierte Lüge. Alles sah vollkommen aus, aus dem Schornstein stieg sogar eine Rauchfahne, es roch nach Gebackenem und im Haus war ein vertrautes Klappern zu hören.

Ich sah mich um. Hinter mir erstreckte sich das gewaltige Multiversum. Das große Netzwerk erfüllte all die Myriaden von Dimensionen, die Zweige erstreckten sich bis in die Unendlichkeit. All sein Licht schien auf diese kleine Hütte herunter, die unmittelbar an einem Abgrund stand. Dahinter lag ein großer dunkler Wald. Ich wollte weitergehen, fand dies aber schwieriger als zuvor. Die Rüstung wog schwer. Mein Körper war müde, auch wenn ich mich stark fühlte. Von einem Augenblick auf den anderen hatte ich einen Körper bekommen!

Ich öffnete das Tor vor der Hütte und schlurfte über den mit Schieferplatten ausgelegten Weg, um an die Tür zu klopfen. Ich dachte noch daran, den Helm abzunehmen. Es war ein seltsames Gefühl, den Helm mit den Kanten und Verzierungen unter dem Arm zu tragen.

»Kommt herein, Prinz Elric«, rief eine fröhliche junge Stimme. »Wie es scheint, könnt Ihr Euch manchmal durchaus auf Eure Instinkte verlassen.«

»Manchmal, Madam.« Ich trat durch die schmale Tür und stand in einem Raum mit niedriger Decke, schwarzen Balken und weiß verputzten Wänden. Auf dem Boden lag ein prächtiger Teppich, die Wände waren mit Tüchern geschmückt, die in lebhaften Farben alle Arten von menschlichen Erfahrungen darstellten. Ich war erstaunt über den reichen Schmuck, nachdem das Äußere so bescheiden gewirkt hatte.

Eine junge Frau kam aus dem Nebenraum, offenbar die Küche, herüber und wischte sich Mehl von Händen und Armen. Das Pulver fiel als silbriger Schauer auf den dicken braunen Teppich. Sie schnüffelte und nieste, dann entschuldigte sie sich. »Es kommt mir vor, als hätte ich schon eine Ewigkeit auf Euch gewartet, Mylord.«

Ich wusste nichts zu sagen. Vor mir stand eine von meiner eigenen Art. Sie war von außergewöhnlicher Schönheit, hatte eine markante Nase und schräg angesetzte Augen, zierliche und kleine, etwas spitz zulaufende Ohren. Die Augen waren rot wie frische Erdbeeren und saßen in einem Antlitz, das die Farbe von gebleichtem Elfenbein hatte. Das lange, weiße Haar fiel in weichen Wellen über die Schultern. Sie trug ein einfaches Hemd und Hosen, über die sie eine grobe Leinenschürze gebunden hatte. Und sie lachte mich aus.

»Wie ich sehe, hat Euch mein Freund Jermays auf den richtigen Weg gebracht.«

»Wer war der kleine Mann?«

»Ihr werdet ihn vielleicht gelegentlich wiedersehen.«

»Vielleicht?«

»Wir sehen uns immer wieder. Oft gerade in einem Augenblick, wenn unsere Geschichten sich zu verändern beginnen. Manchmal verändert sich das Schicksal eines Menschen auch sehr nachhaltig und eine neue Geschichte wird geboren. Ein neuer Mythos, der ins Netz der alten eingewoben wird. Ein neuer Traum.«

»Ich träume dies hier. Ich träume Euch. Deshalb träume ich auch diese Unterhaltung. Heißt das, dass ich verrückt bin? Hat der Zauber, der mich schlafen lässt, auch mein Gehirn beeinträchtigt?«

»Oh, in gewisser Weise träumen wir uns alle gegenseitig, Prinz Elric. Es sind unsere Träume und unsere Sehnsüchte, die uns so unterschiedlich machen und die uns in einen Gegensatz zu so vielen Dingen und Menschen setzen.«

Die junge Frau machte sogar Gesten, die ich wiedererkannte.

»Würdet Ihr, Madam, mir die Ehre erweisen und Euren Namen nennen?«

»Die Traumdiebe und Gestaltwandler, bei denen ich aufwuchs, nennen mich die Weiße Häsin. Meine Mutter nennt mich jedoch Oona, wie es bei ihrem Volk der Brauch ist.«

»Dann heißt Eure Mutter Oone?«

»Oone die Traumdiebin. Und ich bin Oona, die Tochter der Traumdiebin. Oonagh wird der Name meiner Tochter sein.«

»Oones Tochter?« Ich zögerte. »Und meine?«

Sie kam lachend zu mir. »Ich halte das für sehr wahrscheinlich, meinst du nicht?«

»Ich wusste nicht, dass ... dass es dich gibt.«

»Oh, und wie es mich gibt, mein Vater.«

Das Wort traf mich mit der Gewalt einer Flutwelle. Vater! Ein Gefühlsschlag, härter als jeder Schwertstreich. Ich wollte es verleugnen, ich wollte irgendetwas sagen, um mir selbst zu beweisen, dass ich nur träumte. Ich wollte, dass diese Tatsachen verschwanden. Doch die Augen konnten mich nicht täuschen. Ihre ganze Erscheinung war der Beweis, dass sie Oones und meine Tochter war. Ich hatte Oone eine Weile geliebt. Wir hatten zusammen die Festung der Perle gesucht. Doch als ich mich daran erinnerte, kam mir noch ein weiterer Gedanke. Schon wieder eine Hinterlist!

»Es ist nicht genug Zeit vergangen«, widersprach ich. »Du bist zu alt, um meine Tochter zu sein.«

»Auf deiner Ebene mag dies so sein, mein Vater, aber nicht hier. Die Zeit ist keine Straße, sie ist ein Ozean. Ich glaube, du hast mit meiner Mutter hier in diesem Reich eure Freundschaft gepflegt.«

Ihre Ironie gefiel mir.

»Deine Mutter ...«, begann ich.

»Sie interessiert sich nicht mehr für diese Welten, auch wenn sie gelegentlich noch das Ende der Zeit besucht, soweit ich weiß.«

»Sie hat dich hier zur Welt gebracht?«

»Ich war einer von zwei Zwillingen, wie sie mir sagte.«

»Zwillinge?«

»So hat sie es mir erklärt.«

»Ist das zweite Kind gestorben?«

»Nein, es ist nicht bei der Geburt gestorben. Aber es ist irgendetwas geschehen, das meine Mutter nicht erklären konnte, und wir wurden bald nach der Geburt getrennt. Weit weg, weit weg. Das waren die Worte, die meine Mutter sprach. Mehr weiß ich nicht.«

»Es scheint dir nicht viel auszumachen, wenn deinen Geschwistern etwas zustößt.«

»Ich habe mich mit meinem Schicksal ausgesöhnt. Bis vor kurzem dachte ich noch, du hättest das Kind gefunden und als dein eigenes aufgezogen, aber natürlich weiß ich jetzt, dass dies nicht zutrifft.« Sie drehte sich eilig um und verschwand wieder in der Küche. Der Geruch von Stachelbeerkuchen wehte herüber. Die einfachen Freuden des menschlichen Lebens hatte ich fast vergessen.

Weil es ein Traum war, fand ich nichts Seltsames dabei, dass ich eingeladen wurde, mich an den Küchentisch zu setzen und eine Mahlzeit aus gutem, frischem Brot, frischer Butter, etwas Chandra und einer Flasche Goldfischsoße zu genießen. Danach der Kuchen und hinterher ein guter Schluck, und meine Freude wäre vollkommen.

Trotz aller Hinterlist der Ordnung war ich der jungen Frau gegenüber nicht mehr misstrauisch. Auch das Gefühl, in ihrer Hütte einen Zufluchtsort gefunden zu haben, stellte ich nicht mehr infrage. Das wäre unmöglich gewesen. Ich wusste, dass sie von meinem Blut war. Wäre diese Erscheinung eine Täuschung gewesen, eine Gestaltwandlerin des Chaos, dann hätte ich es sofort bemerken müssen.

Eine Stimme im Hinterkopf warnte mich freilich, dass ich auch keine Hexerei gespürt hatte, als die Ordnung mich so erfolgreich besiegt und mir mein derzeitiges Schicksal beschert hatte. Waren alle meine Kräfte geschwunden? Begann ich erst jetzt, diesen Verlust zu bemerken? War dies nur eine weitere Illusion, die mir nun auch noch *das* stehlen sollte, was von meiner Seele geblieben war?

Wegen meines Temperaments konnte ich nicht vorsichtig vorgehen. Mit Vorsicht war nichts zu gewinnen. In dieser außergewöhnlichen Hütte inmitten des silbernen Geflechts von Mondstrahlen hatte ich nicht viele Möglichkeiten.

»Dann hast du also keine Ahnung, was aus deiner Schwester geworden ist?«

»Meine Schwester?« Sie lächelte. »O nein, mein lieber Vater. Es war keine Schwester. Wir haben meinen Bruder verloren.«

»Deinen Bruder?« Etwas in mir schauderte, etwas anderes frohlockte. »Meinen Sohn?«

»Vielleicht ist es ganz gut, dass du es nicht gewusst hast, Vater. Denn wenn er tot ist, wie ich vermute, dann würdest du jetzt trauern.«

Ich hatte einen Sohn gehabt und nach Sekunden schon wieder verloren, dachte ich schockiert. Noch ein paar Augenblicke, und die Trauer würde beginnen.

Verwundert starrte ich meine Tochter an. Ich empfand sehr klare, aber auch verwirrende Gefühle. Einem Impuls folgend, der jeden Melnibonéer schockiert und entsetzt hätte, machte ich einen Schritt auf sie zu und umarmte sie. Sie erwiderte die Geste linkisch, als wäre auch sie nicht an derlei gewöhnt. Sie schien sich aber zu freuen.

»Dann bist du eine Traumdiebin«, sagte ich.

Sie schüttelte heftig den Kopf und ich sah ein Dutzend Gefühle über ihr Gesicht ziehen. »Nein. Ich bin das Kind von Traumdieben. Ich habe die Erfahrungen und einige Fähigkeiten erworben, doch mir fehlt die Berufung. Um ehrlich zu sein, Vater, ich bin sogar etwas zwiespältig. Irgendwie halte ich das, was meine Mutter tut, nicht für moralisch vertretbar.«

»Nun, deine Mutter hat mir sehr geholfen, als wir zusammen die Festung der Perle suchten.« Mit Fragen, die die Moral und die Zerrissenheit im Gefühl betrafen, war ich mehr als vertraut.

»Das ist eines der wenigen Abenteuer, von denen sie mir erzählt hat. Sie hat sehr viel für dich empfunden, was angesichts der zahlreichen Liebhaber, die sie über die Jahrhunderte und im ganzen Feld der Zeit hatte, sehr ungewöhnlich ist. Ich glaube sogar, du bist der Einzige, mit dem sie Kinder hatte.«

»Empfand sie besondere Zuneigung oder besondere Abneigung?«

»Sie hat dir nichts nachgetragen, mein Vater. Ganz im Gegenteil. Sie hat voller Freude von dir gesprochen und dich einen großen Krieger genannt. Einen tapferen, mutigen Ritter der Grenzländer. Sie sagte mir, du wärst der Beste aller Traumdiebe geworden. Ich glaube, das war ihr ganz persönlicher Traum. Woran, glaubst du, denken Traumdiebe am häufigsten?«

»Vielleicht an einen traumlosen Schlaf«, sagte ich. Ich war immer noch überrascht, so unverhofft mein Kind gefunden zu haben. Ein Kind, dessen Schönheit atemberaubend war und dessen Persönlichkeit, soweit ich es sagen konnte, aufrecht und stark schien. Eine Tochter, die mich am Rande der Zeit auf ihre kleine Erde geholt hatte. In ihr Geburtshaus, wie sie mir beim Essen verriet.

Der Wald, der mir bedrohlich schien, sei voller liebenswerter Wunder, erklärte sie. Sie hatte eine unbeschwerte Kindheit verlebt. Der Wald und die Hütte waren auf ähnliche Weise vor der Raubgier der Ordnung und des Chaos geschützt wie Tanelorn. Dabei war es keineswegs ein einsamer Ort. Viele Freunde ihrer Mutter reisten genau wie sie selbst zwischen den Welten und sie liebten es, am Abend am Feuer zu sitzen und Geschichten zu erzählen.

Als sie fünfzehn war, ging sie mit ihrer Mutter in die Welten, in die Oone sich schließlich zurückziehen wollte, doch es hatte ihr dort nicht gefallen. Sie beschloss, ihrer eigenen Berufung zu folgen. Auch sie wollte eine Zeit lang durch die unzähligen Reiche des Multiversums wandern – und um ihren Reisen einen Sinn zu geben, wollte sie herausfinden, ob ihr Bruder noch lebte. Doch der einzige Albino, von dem sie überhaupt hörte, war ihr Vater, der gefürchtete und gehasste Elric von Melniboné. Sie hatte kein großes Verlangen, ihm zu begegnen.

Später hatte sie dann andere entdeckt. In gewisser Weise stieß sie auf eine Abstammungslinie, die sie zurückverfolgen wollte. Sie hoffte, das würde ihr einen Ansatzpunkt geben, um ihren Bruder zu finden. Sie glaubte, er könne sich in einem bestimmten Reich niedergelassen haben, das dem ähnlich war, das ihre Mutter bevorzugte. Er hatte sich dort nicht nur niedergelassen, er war sogar ganz und gar in dieser Kultur aufgegangen, hatte geheiratet und Kinder gezeugt.

Ich fühlte mich schlagartig älter. Ich konnte zwar nachvollziehen, dass die Zeit in verschiedenen Reichen anders verlief, doch da ich ein recht junger Mann war, fiel es mir schwer, mir vorzustellen, ich sei ein Patriarch, dem bereits mehrere Generationen nachgefolgt waren. Allein schon die damit verbundene Verantwortung bereitete mir Unbehagen. Ich spürte, wie mich eine gewisse Müdigkeit überkam und fragte mich, ob dies nicht doch eine besonders komplizierte Täuschung der Ordnung sei, ein Teil eines größeren kosmischen Plans, in dem ich eine unbedeutende Rolle spielte. Wieder fühlte ich mich wie ein Bauer auf dem Schachbrett. Ein Spiel, das die Götter spielten, um sich die Langeweile zu vertreiben.

Dieser Gedanke erzeugte eine stille Wut in mir. Wenn dies zutraf, dann würde ich alles tun, um ihre Pläne zu durchkreuzen.

»Ich habe dich nicht aus Neugierde hergerufen, sondern aus einer dringenden Notwendigkeit heraus. Ich weiß, wie sehr man dich getäuscht hat, Vater, und warum.« Sie schien meine Stimmung zu spüren. »Miggea und ihre Anhänger bedrohen Tanelorn und einige andere Reiche, darunter auch jenes, das von deinen Nachkommen bewohnt wird.«

»Eine Rasse, die den Melnibonéern ähnelt?«

»Sie ähnelt jedenfalls ihrem letzten Herrscher. Sie kämpfen gegen dieselben Kräfte wie wir, Vater. Es sind unsere natürlichen Verbündeten und es gibt einen unter ihnen, der uns helfen kann, die Ordnung zu besiegen.«

»Madam«, sagte ich, wieder höflich und formell sprechend, »Ihr wisst vielleicht, dass ich jenseits dieses Reichs keinen physischen Körper habe. Ich bin nichts als ein Schatten. Ein Geist. Außerhalb dieser Umgebung bin ich ein Gespenst. Ich bin, Madam, so gut wie tot. Ich könnte nicht einmal eine Tasse heben, wenn dieser Ort oder Ihr mir nicht vorübergehend diese physische Erscheinung verliehen hättet. Mein Körper liegt in einem tiefen Schlaf, aus dem ihn nichts erwecken kann, in der dem Untergang geweihten Stadt Tanelorn, während Miggea, die Herzogin der Ordnung, das Schwarze Schwert in Besitz genommen hat und mit ihm nach Belieben verfahren kann. Ich bin geschlagen, Madam. Ich habe in allem versagt, ich bin nur noch ein Traum in einem Traum. All dies kann nichts anderes sein als ein Traum. Ein nutzloser, sinnloser Traum.«

»Nun ja«, sagte sie, während sie die Teller abräumte, »was dem einen ein Traum, ist dem anderen die Wirklichkeit.«

»Dumme Sprüche, Madam.«

»Aber es ist wahr«, erklärte sie. Eine stille Zuversicht ging von ihr aus, als sie die Schürze abnahm und aufhängte. »Nun, mein Vater, freust du dich denn nicht, mich zu sehen?«

Mit belustigt funkelnden Augen sah sie mich offen an.

Ich musste lächeln. »Natürlich freue ich mich«, sagte ich. »Auch wenn es kein Melnibonéer von königlichem Geblüt jemals zugeben würde.«

»Nun ja«, sagte sie, »dann bin ich froh, dass ich keine königliche Melnibonéerin bin.«

»Ich bin einer der Letzten, soweit ich weiß«, erwiderte ich.

»So ist es«, sagte sie. »Das scheint der Wahrheit zu entsprechen. Melniboné fällt, aber das Blut lebt weiter. Altes Blut und alte Erinnerungen.«

»Verzeiht mir, wenn ich so unhöflich unterbreche«, sagte ich, »aber Ihr sagtet gerade, Ihr hättet mich hergeholt, weil es einen wichtigen Grund gäbe.« Ich brachte es nicht mehr über mich, sie anders als formell anzureden.

»Ich kann Euch mit meinen Fähigkeiten helfen, Vater«, erklärte sie. »Ich kann Euch helfen, das Schwert zurückzubekommen und vielleicht sogar helfen, Euch an denen zu rächen, die es Euch gestohlen haben.«

Wieder hätte ich eine Hinterlist vermuten müssen, aber meine Tochter überzeugte mich vollständig. Ich wusste, dass diese ganze Episode vielleicht nur ein Zug in einem Zauberspiel war, das die Ordnung mit mir spielte. Doch es schien, als hätte ich keine andere Wahl. Ich musste ihr vertrauen oder gelähmt auf meinem Lager in Tanelorn liegen bleiben, unfähig, mein Schwert zurückzugewinnen oder mich an denen zu rächen, die es mir gestohlen hatten.

»Kennt Ihr denn die Zukunft?«, fragte ich aufgebracht.

»Ich kenne mehr als eine«, gab sie ruhig zurück.

Sie erklärte mir, dass das Multiversum aus Millionen von Welten besteht, die sich alle geringfügig von unserer eigenen unterscheiden. In jeder dieser Welten kämpfen gewisse Kräfte ewig für die Gerechtigkeit. Manchmal für die Ordnung, manchmal für das Chaos. Manchmal ausdrücklich für das Gleichgewicht. Die meisten Menschen wissen nicht, dass auch andere Versionen ihrer selbst kämpfen. Jede Geschichte sieht ein wenig anders aus. Nur sehr selten gelingt es, der ganzen Geschichte eine neue Richtung zu geben. Manchmal können verschiedene Menschen ihre Stärken zusammentun. Dies war die Hoffnung, auf der meine Tochter ihre außergewöhnliche Strategie aufbaute.

Sie hielt es für möglich, dass zwei oder mehr Inkarnationen in ein und demselben Körper wohnten, wenn der Körper von ihrem eigenen Blut war. Ich brauchte einen physischen Körper und ein physisches Schwert. Sie glaubte beides gefunden zu haben.

Sie sprach vom Grafen von Bek, erzählte von seiner Klinge und seinem eigenen Kampf gegen korrupte Herrscher. Sie glaubte, so sagte sie mir, unsere Schicksale seien an diesem Punkt in den kosmischen Reichen miteinander verknüpft. Er und ich seien Inkarnationen ein und desselben Wesens. Ich könnte ihm helfen und er könnte mir helfen, indem er mir seinen Körper und sein Schwert lieh.

Ich sagte, ich müsste darüber nachdenken.

Traumlos vielleicht, da ich schon in einem Traum lebte, ruhte ich in Oonas Hütte im Grenzland der Zeit in der so genannten Mittelmark. Während ich ausruhte, weihte meine Tochter mich in einige Geheimnisse der Traumdiebe ein. Sie erzählte mir, wie man auf den Straßen zwischen den Reichen reiste. Es waren Reiche, die wir für übernatürlich hielten, die von ihren Bewohnern jedoch als völlig alltägliche Welten betrachtet wurden. Sie besaß die Bibliothek ihrer Mutter und konnte mir alte Geschichten, neue wissenschaftliche Ideen und die Theorien von Philosophen zeigen, und alle sagten, dass Träume als Einblicke in andere Zeiten und Gegebenheiten betrachtet werden könnten. Manche hatten begriffen, was Oona wusste – dass die Welten unserer Träume eine physische Realität besitzen und nicht ohne weiteres beeinflusst werden können, dass es von jedem Menschen verschiedene Versionen gibt, die in all den Milliarden Alternativwelten leben und dass irgendwie alle unsere Handlungen in einem größeren Ganzen verknüpft sind, das den ganzen Kosmos umfasst und das von unvorstellbaren Ausmaßen ist, ein Gerüst der Ordnung, die wir entweder stützen oder gefährden, je nachdem, wem wir Treue geloben und wonach wir streben.

Als ich eines Morgens ein Buch mit Bildern anschaute, die einer von Oonas Vorfahren gemalt hatte, fragte ich meine Tochter, ob sie wirklich überzeugt sei, dass wir uns gegenseitig träumten. Existieren wir wirklich nur, weil unser Wille es so bestimmte? Ließen wir uns selbst und unsere Welten real werden, weil dahinter ein mächtiges Begehren steckte, das stärker war als das physische Universum? Oder war es möglich, dass wir das Universum erst erschaffen hatten? Sogar das Multiversum? Hatten die Menschen selbst den großen Baum hervorgebracht und wachsen lassen, bis er sich ihrer Kontrolle entzog?

Wenn dem so war, hatten wir dann auch die Götter, das komische Gleichgewicht und die Elementarwesen erschaffen? Ich wollte das nicht glauben, denn es würde bedeuten, dass wir unsere Ketten selbst geschmiedet und das Mittel zur Erlösung selbst erschaffen haben. Es würde bedeuten, dass die Götter nichts als Symbole unserer eigenen Stärken, Schwächen und Begierden waren.

Ich erzählte meiner Tochter von diesen Spekulationen, doch sie tat sie einfach ab. Sie hatte dies schon viel zu oft gehört. Es führte zu nichts, meinte sie. Wir sind hier. Wie auch immer die Ursachen oder Gründe liegen, wir existieren hier und heute und müssen das Beste daraus machen. Sie erinnerte mich an den Grund dafür, dass sie mich hergeholt hatte.

»Sobald Ihr frei seid«, sagte sie, »könnt Ihr alles tun, was Ihr auch vorher schon tun konntet, und noch mehr. In Mu Ooria werdet Ihr nicht mehr von Euren verbündeten Elementarwesen getrennt sein. Von Bek besitzt eine Manifestation von Sturmbringer. Er bietet Euch den einzig gangbaren Weg, Eure eigene Klinge zurückzubekommen. Mit von Beks Hilfe könnt Ihr Euer Schwert zurückbekommen und Tanelorn retten. Ich werde Euch so gut wie möglich zur Seite stehen, doch sind meine Kräfte begrenzt. Ich besitze die Fähigkeiten meiner Mutter, aber nicht ihr Temperament.«

Am nächsten Morgen wartete ich neben ihr, während sie die Tür zusperrte und ihrem Hund und dem Vogel, die aufmerksam lauschten, die letzten Anweisungen gab.

»Nein.« Sie drehte sich zu mir um, als wollten wir einen Familienausflug aufs Land machen. »Wir nehmen die Mondstrahlwege, die bis zum Herzen des Multiversums führen. Wir gehen zum Nebelgrund, danach weiter nach Mu Ooria, mein lieber Vater, wo Euer Schicksal seinen Lauf nehmen soll.«

Der Nebelgrund? Ich will gar nicht erst versuchen, den Ort zu beschreiben, den viele für den Ursprung aller Dinge halten, für den Grundbaustein des Multiversums. Dunstige Regionen, wo man die Fäden der Urmaterie sieht, die geheimnisvolle Schnörkel bilden, die sich ewig winden und pulsieren, die sich neu formen und wieder formieren, aus denen ganze Welten entstehen, nur um sich gleich wieder aufzulösen. Welten, die bewohnt sind von verrückten Abenteurern, die weder der Ordnung noch dem Chaos treu ergeben sind, sondern nur ihrer eigenen, ganz persönlichen Mathematik. Liebenswürdige Kerle von großartigem Geist, die mit ›Traumschiffen‹ durchs ganze Multiversum segeln können und sich in Bewusstsein und Körpermaßen ihrer jeweiligen Umgebung anpassen. Wir gingen diesen Herren und Herrinnen der Exquisiten Unordnung tunlichst aus dem Weg. Sogar sie konnten spüren, welch große Katastrophe uns allen drohte, nachdem die Ordnung verrückt geworden war.

Die Chaos-Ingenieure führten uns durch den verwirrenden Nebelgrund in die entsetzliche Welt der Nazis. Danach war ich die meiste Zeit bei von Bek, auch wenn er mich nur selten wahrnahm. Ich wurde sein Schutzengel, denn sein Überleben war für mich ausnehmend wichtig. Indem ich Oonas Anweisungen folgte, konnte ich meinem Doppelgänger von Bek in den Lagern und später in den Höhlen von Mu Ooria helfen, wo ich entdeckte, dass meine Tochter die Wahrheit gesagt hatte. Es war möglich, meine eigene Substanz mit von Beks Körper zu verschmelzen.

Meine Kräfte waren - schon bevor ich die Verbindung mit von Bek einging - teilweise zurückgekehrt. Mit seiner Hilfe standen sie mir dann wieder vollständig zur Verfügung. Wir waren mehr als die Summe unserer Teile. Vereint waren wir stärker, auch wenn es nicht leicht war, die Bindung herzustellen und zu halten.

Mehr als einmal versuchte ich mit ihm zu verschmelzen, doch entweder er sträubte sich oder der Zeitpunkt war nicht richtig. Zweimal hätte ich fast Erfolg gehabt, verlor ihn jedoch wieder. Schließlich, als er meine Hilfe am dringendsten brauchte und bereit war, alles anzunehmen, was ich ihm bieten konnte, drang ich in seinen Körper ein, wie Oona es mich gelehrt hatte, und sofort wurden wir zu einem einzigen Wesen, wie ich es bereits beschrieben habe. Ich verschmolz mit ihm, seine Persönlichkeit mit allen Fähigkeiten, die ihr eigen waren, vereinigte sich mit der meinen. Jetzt besaß ich außerdem von Beks Wissen und seine Gewandtheit als Schwertkämpfer. So konnte ich nach Tanelorn zurückkehren, denn dies war der einzige Weg, den Zauberbann zu brechen, der auf mir lag.

Es blieb kaum Zeit. Wir waren zwar schnell zurückgekehrt, doch Lady Miggea und ihre Ritter konnten die Welt schon wieder verlassen haben und bereits dabei sein, mit Sturmbringers Hilfe auch Mu Ooria zu erobern.

Brut gab uns die besten Pferde. Mondmatt und ich ritten aus Tanelorn heraus in die erbarmungslose Aschewüste, deren Wachtposten aus Kalkstein uns wie Grabsteine an die eigene Sterblichkeit gemahnten. Wir folgten Oonas Rat und meiner eigenen Eingebung und wollten das Unmögliche erreichen, wir gingen auf die Jagd.

Wir jagten eine Göttin.

14.
Neuer Verrat

Eine große Kälte hatte sich über die Welt gelegt. Nichts lebte mehr. Wenn der Wind die Asche hoch wirbelte oder Flocken gegen die Steinpfähle trieb, schien es zu schneien. Nirgends war ein Lebenszeichen zu entdecken.

Miggeas Wüste war keine gewöhnliche Wüste. Sie war das, was von einer Welt übrig blieb, die von der Ordnung zerstört worden war. Öde und leer. Kein Falke schwebte am hellblauen Himmel. Keine Spur von tierischem Leben, kein Insekt, kein Reptil, kein Wasser. Keine Flechten und keine Pflanzen irgendeiner Art. Nur die hohen Nadeln aus kristallisierter Asche und Kalkstein, die zerkrümelten und vom Wind zu absonderlichen Formen geschliffen wurden, als wären es groteske Grabsteine.

Die kalte Hand der Ordnung hatte die ganze Welt ergriffen. Die Ordnung hatte diese trostlose Landschaft entstehen lassen. Es war die Leere des Todes. Die Menschheit geht unweigerlich genau diesen Weg, wenn sie zu viel zu kontrollieren sucht.

Mondmatt hatte darauf bestanden, mich zu begleiten und ich hatte ihn nicht abgewiesen. So ungewöhnlich es für mich sein mochte, doch ich hatte tatsächlich das Bedürfnis nach Gesellschaft. Mondmatts Kameradschaft hatte einen Wert für mich. Er sah es, wenn ich negativen Gefühlen nachhing und mich selbst bemitleidete, und ließ meist eine sarkastische Bemerkung fallen, die mich auf meine Dummheit aufmerksam machte. Außerdem war er ein brillanter Schwertkämpfer, der gegen Zauberer und Soldaten gekämpft hatte. Der standhafteste Gefährte, den man sich im Kampf an seiner Seite wünschen konnte.

Während wir ritten, versuchte ich meinem etwas entgeisterten Freund zu erklären, dass er es bei mir jetzt mit zwei Personen zu tun hatte - mit zwei völlig unterschiedlichen Persönlichkeiten, die vom gleichen Blut waren, zusammengesperrt in einem Körper, den sie sich teilen mussten. Mithilfe dieser Kombination waren wir Lady Miggeas Zauberbann entkommen. Indem wir in die Welt der Träume eindrangen und eine andere Version meiner selbst fanden.

Mein Freund fühlte sich bei alledem sehr unwohl. »Zwei Leute kämpfen in dir gegeneinander?« Er schauderte. »Körperlich vereint zu sein, das ist ja eine Sache. Aber im Kopf vereint zu sein! Und sich ewig zu streiten ...«

»Wir streiten uns nicht«, erklärte ich ihm. »Wir sind eins. Genau wie ein Schriftsteller einen Charakter erfindet und diese Rolle in ihm lebt und sogar ganz behaglich leben kann. So ist es mit von Bek und mir. Wenn wir etwas sehen, das seiner Welt nahe kommt, übernimmt er die Vorherrschaft, doch hier, in einer Umgebung, die ich besser begreife, habe ich das Kommando. Wir haben auch gemeinsame Erinnerungen. Eigentlich sind wir von Geburt an bis jetzt ein einziges Geschöpf. Glaube mir, mein Freund, zwischen von Bek und mir gibt es weniger Konflikte, als ich sie mit mir selbst habe, wenn ich allein bin.«

»Das will ich gern glauben, Mylord«, sagte Mondmatt. Ohne wirklich etwas sehen zu können, starrte er zum Wald aus Steinen.

Ohne Wasser konnten wir nicht sehr weit reiten. Wir hatten große Feldflaschen dabei, die mehrere Tage reichen würden, doch wir konnten nicht sicher sein, ob unsere Feinde noch in der Nähe waren. Lady Miggea wollte das Schwert zu einem bestimmten Zweck benutzen, zweifellos sollte es ihren weiteren Eroberungsplänen dienen. Wir konnten nur den Spuren ihrer Armee folgen und hoffen, dass sie irgendeinen Hinweis hinterlassen hatten, der uns zu ihr und meinem Schwert führte.

Der Himmel war hellblau und grell. Wir hatten keine Möglichkeit, die Richtung zu bestimmen, außer dass wir uns im Vorbeireiten die Umrisse verschiedener Felsen einprägten und hofften, sie auf dem Rückweg wiederzuerkennen.

Weniger als einen Tagesritt von der Stadt entfernt ging es in ein flaches, weites Tal hinab, das sich in alle Richtungen mehrere Meilen weit erstreckte. Als wir zur Hälfte hinunter waren und einem großen Haufen verstreuter Felsblöcke auswichen, sahen wir in einiger Entfernung vor uns ein groteskes Gebäude, offensichtlich das Werk geistreicher Wesen, auch wenn es nach einer irren Grausamkeit stank.

Trockener Wind wehte flüsternd durch einen Palast, der aus Knochen gebaut war. An vielen dieser Knochen hingen noch verwesende Fleischfetzen. Die Knochen von Pferden und Menschen waren es. Allem Anschein nach die Knochen der Ritter der Ordnung, die uns noch vor kurzem bedroht hatten und so kraftvoll herangaloppiert waren, um die weiße Häsin zu verfolgen. Die silbernen Panzer lagen um das Gebäude verstreut. Tausende von Brustharnischen, Helmen, Beinschienen und Handschuhen, die Lanzen und Schwerter halb begraben in der hellen Asche. Miggea hatte das letzte Opfer von ihren treuen Gefolgsleuten verlangt und sie hatten es ihr dargebracht.

Aber gegen welche Bedrohung hatte sie die Festung erbaut?

War es denn überhaupt eine Festung? Oder doch eher ein Gefängnis?

Als wir näher kamen, heulte der Wind elender denn je durch die halb abgenagten Knochen. Ein trauriges Heulen, das die ganze Welt mit Verzweiflung zu erfüllen schien. Wir zügelten die Pferde und ritten vorsichtiger weiter, suchten die umliegenden Hügel danach ab, ob Wölfe auftauchten. Nichts rührte sich.

Wir näherten uns dem hohen Palast aus Knochen. Burgfriede sahen wir und Kuppeln und Festungsmauern und Pfeiler, die aus den vor kurzem noch lebendigen Körpern von Menschen und Pferden gebaut waren. Streifen von Fleisch und Fell und Leinen flatterten wie Banner im launischen Wind. Das entsetzliche Heulen wollte und wollte nicht verstummen. All der Kummer im ganzen Multiversum kam in diesem Laut zum Ausdruck. All die Enttäuschung, die ganze Verzweiflung. All der vergebliche Ehrgeiz.

So dicht waren die Knochen zu den Mauern des Palasts zusammengefügt, dass wir keinen Spalt fanden, um nach drinnen zu spähen. Doch wir glaubten, irgendwo hinter dem Palast eine Bewegung zu erkennen. Eine einsame Gestalt, vielleicht auch nur eine Sinnestäuschung.

»Das Heulen kommt von drinnen, aus den Knochen heraus, Mylord.« Mondmatt legte den Kopf schief. »Es kommt tief aus diesem Haus von Knochen. Hör nur.«

Er konnte den Ursprung der Geräusche besser ausmachen als ich, auch wenn ich sonst ein schärferes Gehör besaß. Ich hatte keinen Grund, ihm nicht zu glauben.

Was dort auch heulte, es war entweder im Palast aus Knochen gefangen oder es verteidigte ihn. War Miggea dort drinnen eingesperrt, immer noch in Gestalt einer Wölfin? Das hätte das Heulen und die Wut erklärt. Was aber sollte ihre Pläne durchkreuzt haben?

Wieder bemerkten wir eine Bewegung, jetzt im Innern des Palasts, als würde etwas hin und her schreiten. Wir ritten näher heran, bis das Gebäude dicht vor uns aufragte. Jetzt konnten wir es auch riechen. Süßlicher, klebriger, entsetzlicher Verwesungsgestank von verfaultem Fleisch.

Vor dem weiten Haupteingang zögerten wir. Keiner von uns brannte darauf, sich dem zu stellen, was drinnen lauerte.

Dann, als wir uns gerade entschlossen hatten, abzusteigen und hineinzugehen, tauchte eine weitere menschliche Gestalt hinter der Ecke der Festung aus Knochen auf. Bunte Lumpen hingen an ihm, in beiden Händen trug er je ein Schwert. Breitschwerter mit Klingen, die wie spitze Blätter geformt waren. Eines hatte die kränkliche Farbe von Elfenbein und war mit schwarzen Runen geschmückt. Das Zweite war Sturmbringer, pulsierendes schwarzes Eisen mit blutroten Runen darauf.

Der Mann, der die Waffen trug, war Prinz Gaynor von Mirenburg. Er war mit einem spiegelblanken Brustharnisch gerüstet, darunter waren die Reste einer zerfetzten SS-Uniform zu erkennen.

Er lachte herzhaft.

Bis ich meinen Rabenbrand zog.

Zischend atmete er aus. Er drehte sich um, als halte er Ausschau nach Freunden oder Feinden, dann sah er mich wieder an und zwang sich zu einem Lächeln.

»Ich wusste nicht, dass es noch ein drittes Schwert gibt«, sagte er. Ich sah seinen Augen an, dass er einige Berechnungen anstellte.

»Es gibt kein drittes Schwert«, erklärte ich ihm. »Es gibt auch kein Zweites. Du bist nicht sehr phantasievoll, mein Vetter. Es gibt nur ein einziges Schwert. Du hast es gestohlen. Für deine Herrin, nehme ich an?«

Er betrachtete, was er in Händen hielt. »Ich habe hier unübersehbar zwei Schwerter, mein Vetter.«

»Eines ist, wie du genau weißt, ein *farun,* ein falsches Schwert, das nur geschmiedet wurde, um die Eigenschaften des Originals anzuziehen und aufzusaugen. Es kann die Seelen von Menschen und Schwertern stehlen. Es ist eine Art Spiegel, der das Wesen dessen annimmt, dem es am ähnlichsten ist. Zweifellos hat Miggea es für dich gefertigt. Nur ein Adliger aus den Höheren Welten kann so etwas schmieden. Zu dumm, dass ich an so einen schwierigen Zauber nicht schon vorher gedacht habe. So habt ihr Elric überlistet. Zuerst konntet ihr meine Energie einfangen, dann die Kraft meiner Klinge und dann die Klinge selbst. Ich nenne dein zweites Schwert den ›Täuscher‹ und verlange, dass du die gestohlene Kraft zurückgibst. Du hast mich durch eine Hinterlist besiegt, mein Vetter, mit Worten und Illusionen.«

»Du warst schon immer sehr heißblütig, mein Vetter. Ich habe darauf gebaut, dass du eine Herausforderung zum Zweikampf nicht ablehnen würdest.«

»So dumm werde ich nicht noch einmal sein«, erwiderte ich.

»Wir werden sehen, mein Vetter, wir werden sehen.« Er beäugte Rabenbrand und sah zwischen ihm und Sturmbringer hin und her, als dächte er besorgt darüber nach, was passieren könnte, wenn die beiden im Kampf aufeinander trafen. »Du sagst, es gäbe nur ein Schwert, und doch ...«

»Es gibt nur eines«, bekräftigte ich.

Er verstand, was meine Worte zu bedeuten hatten. Zwar hatte er nicht die gleiche Ausbildung genossen wie ich, sodass er weder meine Geschicklichkeit noch meine Erfahrung besaß, doch er kannte Meister, die sicherlich mehr wussten, als ich je lernen konnte. Dennoch war er beeindruckt. Die Grimasse, die er schnitt, als er mir antwortete, wirkte beinahe bewundernd. »Mächtige Zauberei«, sagte er. »Und eine kluge Strategie. Da hast du wohl unerwartete Hilfe bekommen, was?«

»Wenn du es so ausdrücken willst, Vetter.« Es widerstrebte mir, die Klinge zu benutzen. Ich hatte keine Vorstellung, was die Konsequenzen sein könnten. Um mich herum spürte ich übernatürliche Regungen, unsichtbar und noch nicht manifestiert. Hexerei lag in der Luft. In einer Atmosphäre wie dieser fühlte man sich leicht wie ein hilfloser Bauer in einem gewaltigen Spiel, das die Herren der Höheren Welten spielten, von denen manche sagten, sie wären in Wirklichkeit andere Versionen unserer selbst, mit größter Macht und geringstem Verstand begabt. Ich beherrschte mich. Langsam und mit all der Disziplin, die ich als Bek und als Melnibonéer gelernt hatte, ließ ich mein Bewusstsein hinausgreifen, um so viele übernatürliche Reiche wie möglich zu erfassen. Dort spürte ich unerwartete Freunde, aber auch mächtige Feinde.

Gaynors Antwort ging in einem gewaltigen, klagenden Heulen unter, das aus dem Palast der Knochen kam. Er lachte laut zur Antwort. »Oh, sie ist eine unglückliche Göttin«, triumphierte er. »So eine traurige alte Wölfin. Eine Gefangene ihrer eigenen Kräfte. Welche Ironie, mein Vetter.«

»Hast du ihr dies angetan?«

»Ich habe es so eingerichtet, mein Vetter. Nicht einmal ich kann eine Herzogin der Ferne, eine Bewohnerin der Höheren

Welten beherrschen.« Er hielt wie von Achtung und Bescheidenheit erfüllt inne. »Ich habe nur geholfen, habe einen kleinen Beitrag geleistet.«

»Geholfen? Wobei und wem?«

»Miggeas altem Feind habe ich geholfen«, sagte er. »Dem Fürsten Arioch vom Chaos.«

»Du dienst der Ordnung! Arioch ist mein Schutzpatron!«

»Manchmal sind solche Bündnisse durchaus nützlich«, erwiderte er achselzuckend. »Fürst Arioch ist ein vernünftiger Kerl, jedenfalls für einen Fürsten der Hölle. Als klar wurde, dass meine Schutzherrin den Verstand verloren hatte, schloss ich mit dem Meister der Entropie einen Handel ab, um ihm meine ehemalige Herrin auszuliefern. Sobald ich dazu in der Lage bin, werde ich sie ihm übergeben. Sie in die Falle zu locken, Prinz Elric, war sogar noch einfacher als dich zu übertölpeln. Das arme Ding ist senil. Sie hat die ganze Urteilskraft verloren und ihrer Sache keine Ehre gemacht. Nur Niederlagen hat sie zu verantworten. Ich musste den guten Namen der Ordnung retten. Es war Zeit, dass sie würdevoll in den Ruhestand ging. Ihre Anhänger waren ihr nicht mehr nützlich, also wurden sie zu ihrem Heim. Sie glaubte, sie ginge zur Insel Morn ...«

»Es scheint ihr nicht besonders zu gefallen«, warf Mondmatt ein. »Sie scheint sich zu verhalten, als hättet Ihr sie eingesperrt.«

»Das geschieht zu ihrem eigenen Besten«, erklärte Gaynor. »Sie hat sich selbst und andere gefährdet.«

»Wie schön es ist, wenn man einem edlen Ziel dienen kann«, sagte ich. »Und unterdessen hast du ihr das Schwert gestohlen, das sie mir im Kampf abnahm.«

»Der Plan war mein, das Schwert ist mein«, sagte er. »Nur die Magie war die ihre.«

Er hielt das weiße Schwert am Griff und legte das Letzte seiner farbigen Tücher ab, als hätte es seinen Zweck erfüllt.

»Ihre Ziele waren unrealistisch. Ich dagegen bin der größte Realist. Bald werde ich alles haben, was ich je erstrebte. All die alten, sagenhaften Schätze unserer Rasse. Alles, was uns für die nächsten tausend Jahre Sieg und Sicherheit garantiert. Hitlers Zeit wird bald vorüber sein. Man wird ihn, meinen Vorgänger, als den unzulänglichen Ritter bezeichnen.«

Er warf mir einen irren, wissenden Blick zu, als wäre ich das einzige Geschöpf, das seine klugen Gedanken und seine logischen Vorstellungen wirklich begreifen konnte.

»Ich werde ein neuer Parzival werden, ein wahrer Führer. Bald schon werde ich das Schwert und den Kelch besitzen und der Welt beweisen, dass ich der geborene Herrscher bin. Die ganze Christenheit in Ost und West wird sich unter meinem Banner versammeln. Arioch hat es mir versprochen. Ich werde keine Rivalen haben, denn meine Macht wird weltlich und spirituell begründet sein. Ich werde der wahre Führer der germanischen Völker werden, ich werde die Welt im Namen unserer heiligen Lehre läutern. Dann wird das goldene Zeitalter beginnen. Das Zeitalter des großen Reichs.«

Solchen Unsinn hatte ich schon öfter gehört. Ich hatte in den Jahren, bevor und nachdem Hitler Kanzler geworden war, Hunderte wie ihn gehört. Trotz seines Pathos schien er jedoch wie ein Anfänger zu spielen. Solche Spiele schreiten oft rasch voran, ob beim Schach oder in der Welt, wenn viel auf dem Spiel steht, weil hinter der Strategie kaum einmal ein kluger Gedanke steckt. Vorhersagen oder logisch erwidern kann man nicht. Irgendwann besiegeln solche Kämpfer selbst ihr Schicksal und gehen unter. Ich interessierte mich viel mehr für das, was er vorher gesagt hatte. »Wie kommt es«, fragte ich ihn, »dass du mit meinem eigenen Schutzherren, dem Chaos-Fürsten Arioch, einen Handel schließen konntest?«

»Miggea war nicht mehr vertrauenswürdig und deshalb meinen Plänen nicht länger dienlich. Eine Ewigkeit lang hat Arioch sich nach der Rache an seiner alten Feindin gesehnt. Ich suchte ihn auf und bot ihm meine Hilfe an, damit er in die Lage kommt, diese Ebene zu erreichen. Er konnte dies nur durch Vermittlung eines menschlichen Helfers tun. Er willigte sofort in die Abmachung ein und setzte Miggea hier fest. Sie kann nicht mehr heraus, denn sie hat niemanden, der ihr noch helfen könnte. Falls du versuchen solltest, sie zu befreien, wirst du Ariochs Vertrauen brechen und dich dem Willen deines Schutzdämonen widersetzen.« Er hob die Stimme und sprach höhnisch, damit die Gefangene es ebenso zu hören bekam wie ich.

Erneut war die Luft von diesem schrecklichen Heulen erfüllt.

Wütend hob ich das schwarze Schwert und trieb das Pferd an, meinem Vetter entgegen.

Er lachte mich aus. Er blieb einfach stehen, als ich auf ihn zuritt.

»Da ist noch etwas, das ich zu erwähnen vergaß, mein Vetter.« Vor sich überkreuzte er die beiden Klingen, als wollte er sich damit vor mir schützen. »Ich bin kein Teil deines Traumes mehr.«

Die Klingen bildeten ein X und sofort begann ein seltsames gelbes und schwarzes Licht in ihnen zu pulsieren, das mich etwas blendete, sodass ich Gaynor nicht mehr deutlich sehen konnte. Ich hob eine Hand, um die Augen zu schützen, und hielt das Schwert bereit. Doch er war nur noch als sich schnell bewegender Schatten zu erkennen, der sich von mir entfernte, während das grelle Licht um ihn flackerte. Er zog sich zwischen zwei große Felsen zurück und verschwand.

Während die Wölfin unablässig heulte, stürzte ich ihm um die Ecke des großen Knochenpalasts hinterher und hätte ihn beinahe noch erwischt. Wieder wurden die beiden Schwerter gekreuzt und wieder erbebten sie unter dem verwirrend gelben und schwarzen Licht.

Geblendet vom Licht und betäubt vom Heulen verlor ich Gaynor abermals aus den Augen. Ich hörte Mondmatt irgendetwas schreien. Ich sah mich nach dem Freund um, konnte ihn aber nirgends entdecken. Jetzt huschten mehrere Schatten vor mir hin und her.

Das Pferd scheute, stieg und begann zu wiehern. Ich versuchte den Hengst zu beruhigen, konnte ihn aber kaum unter Kontrolle halten. Er war unruhig, stampfte mit den Hufen und schnaubte. Dann gab es eine Explosion von Silber, weich und alles einhüllend, betäubend. Auf einmal war es völlig still.

Ich wusste, dass Gaynor verschwunden war.

Nach einer Weile begann die Wölfin wieder zu heulen.

Mondmatt meinte, ich solle Arioch rufen. »Das ist die einzige Möglichkeit, die du jetzt noch hast, wenn du Gaynor verfolgen willst. Arioch kann jetzt hier nach Belieben kommen und gehen, denn Miggeas Macht ist für ihn kein Hindernis mehr.«

Ich wies darauf hin, dass Arioch gewöhnlich ein Blutopfer verlangte, wenn man ihn rufen wollte, und dass er selbst, Mondmatt, das einzige Lebewesen weit und breit sei. Daraufhin begann mein Freund sofort über andere Möglichkeiten, wie wir uns retten könnten, nachzusinnen.

Ich schlug vor, dass wir nicht bleiben und Miggeas ewigen Klagen zuhören, sondern lieber nach Tanelorn zurückkehren und den Rat der Bürger in Anspruch nehmen sollten. Falls ein Blutopfer unumgänglich sein sollte, könnte ich wenigstens einen verbannten Hexenanwalt töten und mich damit sogar noch bei den Leuten beliebt machen.

Also nahmen wir die Pferde herum und hofften, noch vor Einbruch der Nacht die Stadt zu erreichen.

Doch als es dunkel wurde, hatten wir uns hoffnungslos verirrt. Wie wir gefürchtet hatten, war es unmöglich, eine Aschesäule von der Nächsten zu unterscheiden. Der Wind schliff sie und gab ihnen mit jedem Augenblick neue Formen.

So waren wir einige Stunden später einigermaßen erleichtert, als wir, die Sterne bildeten bereits die einzige Lichtquelle, jemanden unsere Namen rufen hörten. Ich erkannte die Stimme sofort. Es war die Stimme meiner Tochter. Oona hatte uns gefunden. Ich beglückwünschte mich zur Klugheit meiner Verwandten.

Dann begann ich zu überlegen. Es konnte schon wieder eine Hinterlist sein. Ich warnte Mondmatt, vorsichtig zu reiten und auf eine Falle gefasst zu sein.

Im Sternenlicht, das funkelnd von der Wüste reflektiert wurde, sah ich den Umriss einer Frau. Sie war zu Fuß und hatte sich Bogen und Pfeile über die Schulter geschlungen. Ich begann zu vermuten, dass Oona ein übernatürliches Mittel zum Reisen besaß und nicht auf Pferde angewiesen war.

Auch dieses Mal betrachtete ich sie sehr aufmerksam.

Die weiße Haut strahlte eine Wärme aus, die mir selbst fehlte. Das weiche Haar glänzte. Sie hatte viel von ihrer Mutter, eine natürliche Lebendigkeit, die mir nie vergönnt war. Ich hatte eine Zeit lang, als unsere Wege sich kreuzten, die Traumdiebin Oone bewundert, geachtet und geliebt. Wir hatten unser Leben und unsere Seelen aufs Spiel gesetzt, um einer gemeinsamen Sache zu dienen. Schließlich hatten wir uns lieben gelernt und einander begehrt. Doch dieses Gefühl für meine Tochter war eine ganz andere, tiefere Regung.

Auf eine eigenartige Weise war ich stolz auf Oona und glücklich darüber, dass sie ihrer Mutter so sehr ähnelte. Wahrscheinlich hatten sich bei ihr eher die menschlichen Vorfahren als die melnibonéische Linie durchgesetzt. Ich hoffte nur, dass sie nicht so sehr von inneren Konflikten zerrissen war wie ich.

Ich glaube, ich war auch etwas neidisch auf sie. Gut möglich, dass wir alle ewig dazu verdammt waren, unter Konflikten zu leiden, doch vielleicht schenkte das Schicksal manchen etwas mehr Frieden als anderen. In dieser gefährlichen Lage empfand ich jedenfalls hauptsächlich eine stille Zuneigung und Befriedigung darüber, dass die Tugenden, die ich besaß, durch mein Blut von einer Seele zur nächsten weitergegeben wurden, während dabei meine Unzulänglichkeiten womöglich verschwanden und aus dem Blut getilgt wurden.

Aus den tiefsten Schichten meiner Abstammungslinie meldete sich der melnibonéische Impuls, den eigenen Kindern jedes Gefühl von Zuneigung zu versagen, weil damit beide Seiten geschwächt werden, und sich besser von ihnen abzuwenden. Ich widerstand beiden Impulsen. Meine Selbstdisziplin wurde ständig auf die Probe gestellt, immer wieder verändert und neu geschmiedet.

»Ich dachte, du wärst Gaynor zum Opfer gefallen.« Sie

schien erleichtert. »Ich weiß, dass er bis vor kurzem noch hier war.«

Ich berichtete ihr, was Miggea widerfahren war. Zornig sprach ich über Gaynors Trick mit den Schwertern und seine Flucht. Ich verfluchte ihn als Verräter, der seine eigene Herrin an meinen Schutzherrn, Fürst Arioch, verraten hatte, den er zweifellos auf ähnliche Weise betrügen würde, wenn es ihm passte.

Darauf begann Oona laut zu lachen. »Wie sehr er doch den Erwartungen gerecht wird«, sagte sie. »Für diese arme Seele gibt es keine Hoffnung auf Erlösung. Er geht schnell dem eigenen Untergang entgegen, er sehnt ihn geradezu herbei. Verrat scheint ihm zur zweiten Natur geworden zu sein. Bald wird es zu einer Sucht geworden sein und er wird untergehen. Er spricht von Vernunft und verrät die Ordnung im Namen des Gleichgewichts und dann das Gleichgewicht im Namen der Entropie. Unweigerlich wird er Arioch hintergehen, aber was für ein armseliger Hund wird er dann sein? Doch im Augenblick muss man berücksichtigen, dass er eine gewisse Macht besitzt.«

»Dann kann man ihn nicht besiegen«, erwiderte ich. »Er wird Mu Ooria und dann seine eigene Welt zerstören.«

Sie hielt mir die Zügel, als ich abstieg. Etwas linkisch nahm ich sie in die Arme. Sie schien guter Dinge. »Oh«, sagte sie, »ich glaube, wir haben durchaus Chancen, Gaynors Pläne zu durchkreuzen.«

Mondmatt grinste. »Da seid Ihr aber sehr zuversichtlich, Mylady. Ihr müsst großes Vertrauen in die Kräfte des Glücks haben.«

»Das habe ich auch«, stimmte sie zu, »aber ich denke, wir wären im Augenblick besser beraten, wenn wir uns auf die Kräfte der Träume verlassen. Ich werde die gefangene Göttin besuchen, während ihr nach Tanelorn eilt. Vater, du kannst jetzt wieder deinen eigenen Körper annehmen und den armen Grafen von Bek in die Abgeschiedenheit und Sicherheit seines überanstrengten Körpers entlassen.«

Damit eilte sie in die Richtung, aus der wir gekommen

waren und war nach wenigen Augenblicken nicht mehr zu sehen. Die Sonne warf hellrotes Licht über den öden Horizont. In der Ferne konnten wir die Dächer und Türme unseres gefährdeten, geliebten Tanelorn erkennen.

Die seltsamste Truppe von Kriegern, die ich je gesehen hatte, kam uns zu Pferd entgegen. Der Anführer war Fromental, immer noch in der Uniform des Fremdenlegionärs. Hinter ihm ritten Protz, Bloek und Lamento, die drei Herrscher der Tierkönigreiche. Auf allen Vieren und mit seiner feinen Kleidung einen seltsamen Anblick bietend, kam auch Lord Renyard. Er begrüßte uns als Erster. Sie hatten von unserer Mission gehört und waren gekommen, um uns zu helfen.

Ich erzählte ihnen, was wir erlebt hatten, und schlug vor, nach Tanelorn zurückzukehren, um zu essen und auszuruhen, doch die bunt zusammengewürfelte Truppe gab sich unerbittlich. Sie waren den ganzen Weg von den Steinen von Morn gekommen, um Gaynor zur Rechenschaft zu ziehen. Sie würden schon einen Weg finden, um ihm zu folgen. Vielleicht würde Miggea ihnen helfen.

Ernüchtert zeigte ich ihnen die Richtung und wünschte ihnen gutes Gelingen. Ich wollte vor allem Tanelorn retten und nicht Gaynor verfolgen, aber ich hatte keine Einwände, wenn sie sich an ihm rächen wollten. Meine Gedanken richteten sich freilich auf andere Ziele.

Bald würde es Zeit für mich sein, in den eigenen Körper zurückzukehren und von Bek zu erlauben, aus seinem Schicksal das Beste zu machen und sich auf seine Weise an unserem Kampf gegen den gemeinsamen Feind zu beteiligen.

DRITTES BUCH

Zwei lange Lieder für die Schwermut des bleichen Lords
Zwei kurze Lügen, in ihnen versteckt
Sing die Wahrheit für den schneeweißen Vogel
Tot liegt jetzt mein Elfenbeinkind
Leer vor Trauer mit verhangnen Augen
Singe Lieder voller Lügen für das Elfenbeinkind
Die weiße Häsin eilt zum Sonnenuntergang
Zwei dunklen Schatten wird sie dort begegnen
Einer ist in Lumpen, der andere trägt Spitzen
Sie eilt am alten, selbstvergessnen Fluss entlang
Sie eilt dem Sonnenuntergang entgegen
Das anmutige Tier, es eilt
Es eilt zum öden Aschenland
Es eilt durchs tote Aschenland
Es flieht zum Untergang der Sonne.

WHELDRAKE, Die wilde Häsin

15.
Wo das Multiversum beginnt

Tanelorn war ein triumphierender Fleck warmen Lebens inmitten der endlosen Asche. Ich fragte mich, wie lange die Stadt noch in dieser toten Einöde gefangen sein würde, erobert von der Ordnung, alle Spuren des Chaos sorgfältig beseitigt. Irgendwann würde Miggeas Zauberspruch verblassen und die Stadt würde wieder an den alten Standort zurückkehren. Mit gemischten Gefühlen ritt ich neben Mondmatt durch die niedrigen Tore und ließ mich von unsern Freunden begrüßen. Wir ließen sie wissen, dass Tanelorn unserer Ansicht nach nicht mehr in Gefahr schwebte. Doch die Gefahren für die anderen Orte, denen wir unsere Liebe und Treue geschenkt hatten, waren noch immer beträchtlich. Mu Ooria war nach wie vor bedroht, vielleicht inzwischen sogar schon erobert. Mein Deutschland war in der Gewalt eines verrückten Tyrannen. Es fiel schwer, sich auf irgendetwas zu konzentrieren, wenn so viele Dinge in der Schwebe waren.

Mit großer Angst stieg ich vor Brut von Lashmars Haus ab und gab seinem Stallknecht die Zügel. Ich hoffte, Fromental und seine eigenartige Truppe würden Erfolg haben, aber ich hatte Zweifel. Gaynor verfolgte weitaus ehrgeizigere Ziele, als ich es vermutet hätte. Wie wir von Melniboné durch bittere Erfahrung gelernt hatten, war es nie klug, wenn ein Sterblicher die Ordnung gegen das Chaos ausspielte und hoffte, damit seine kleinen Ziele zu erreichen.

Kein Geschöpf, ob menschlich oder Melnibonéer, konnte jemals die Macht ausüben oder auch nur besitzen, die den

Göttern zu Gebote stand. Sich auf diese Weise in ihre Kämpfe einzumischen, war ein sicherer Weg, vernichtet zu werden. Einem Teil in mir war es gleichgültig, ob diese geringeren Wesen lebten oder starben, aber ein anderer Teil begriff, dass es eine Verbindung gab, eine gemeinsame Bedrohung, und dass mein Schicksal eng mit dem Schicksal der Rasse verknüpft war, die die Jungen Königreiche gegründet hatte. Außerdem hatte ich begriffen, dass Gemeinschaftsgeist keine Frage der Abstammung war, sondern mit Verstand und Neigung zu tun hatte. Meine eigene Kultur mochte den Menschen denkbar fremd sein, doch als Individuum hatte ich mit Menschen mehr Freundschaften geschlossen als mit Angehörigen meiner eigenen Art.

Melnibonés Isolation und Überheblichkeit stürzte mich immer wieder in Konflikte. Wie das Multiversum selbst kam mein Geist kaum einmal zur Ruhe. Unablässig fühlte ich mich hin- und hergerissen zwischen widerstreitenden Kräften, die die Realität formten, zwischen den ewigen Paradoxien von Leben und Tod, von Krieg und Frieden. Doch wenn der Frieden alles war, was ich erstrebte, warum hatte ich mich dann nicht schon längst im bezaubernden Tanelorn niedergelassen, wo ich Freunde, Bücher, Musik und Erinnerungen vorfand? Warum sehnte ich mich manchmal so nach dem nächsten und wieder nach dem nächsten Kampf? Warum die sehnsüchtigen Träume von Gewalt, wenn kein Schlachtfeld in der Nähe war?

Wir wurden von Brut begrüßt, der schlechter Laune, aber froh war, uns zu sehen. »Wie lange müssen wir noch unter dieser verdammten Verzauberung leiden?«

»Miggeas Macht ist gebrochen oder zumindest eingedämmt. Es dürfte nicht mehr lange dauern, bis du wieder eine vertraute Umgebung siehst.« Bruts Frage schien ein nebensächliches Problem zu beleuchten, wenn man an Gaynors wachsende Macht dachte.

Wir blieben bei Brut, bis wir uns erholt hatten und Oona zurückkehrte, mit hartem Gesicht und einsilbig. »Wir müssen sofort beginnen«, war alles, was sie sagen wollte. Mit gemischten Gefühlen gingen wir zum Turm der Hand, dem eigenartigen roten Gebäude, dessen Zinnen an eine Hand erinnerten, deren Finger wie zu einem Gruß des Friedens ausgestreckt waren. Dort lag mein Körper im Zauberschlaf.

Wir wurden vom Wächter erkannt und eingelassen und betraten durch eine niedrige Tür das Gebäude. Es führte eine steile Treppe hinauf, bis wir einen Kaninchenbau von Gängen erreichten. Oona übernahm die Führung. Ihre Schritte waren leicht und sicher. Ich folgte als Nächster und nicht ganz so eilig, dann kam Mondmatt. Er benahm sich wie ein Mann, der schon mehr Hexerei gesehen hatte, als ihm lieb war und gute Gründe hatte, sich auf eine neue Konfrontation nicht zu freuen. Er redete irgendetwas darüber, dass wir Tanelorn so bald wie möglich verlassen müssten, um unseren ursprünglichen Weg weiter zu verfolgen. Wir müssten alles hinter uns zurücklassen und in die zuverlässige Realität der Jungen Königreiche zurückkehren, deren Hexerei im Großen und Ganzen lediglich menschliche Dimensionen habe.

Oona war voll düsterer Ahnungen. »Es wird kaum noch zuverlässige Realitäten geben, wenn Gaynor Arioch zu den Steinen von Morn bringt.« Wieder verfiel sie in verdrossenes Schweigen. Ich hatte gehört, wie sie sich mit Fromental über die Steine von Morn unterhalten hatte, wusste jedoch nicht zu sagen, wo sie sich befanden.

Am Ende eines schmalen Ganges erreichten wir eine weitere bewachte Tür. Ich blieb stehen und verschnaufte, während Mondmatt mit den beiden Wächtern ein kameradschaftliches Wort wechselte.

Ich tat so, als hätte ich Schwierigkeiten mit dem Schloss und zögerte. Ich spürte Mondmatts Hand auf dem Arm, Oona lächelte mich zurückhaltend, aber aufmunternd an.

Ich stieß die Tür auf.

Vor mir lag der große Körper eines melnibonéischen Adligen. Abgesehen von der farblosen Haut hätte es jeder beliebige von hundert Vorfahren sein können. Die feinen Gesichtszüge bildeten einen starken Kontrast zur einfachen Kleidung. Die Hände waren länger und schmaler als von Beks Hände, die Gesichtsknochen schärfer abgezeichnet, die Ohren leicht zugespitzt, der Mund vermittelte einen Eindruck von Feinfühligkeit und Sarkasmus zugleich. Die Kleidung entsprach einem Barbaren aus dem Süden; allein dies wies sie schon als die meine aus. Ich hatte mich entschlossen, eine Zeit lang nicht mehr die traditionelle Aufmachung zu tragen. Sogar das milchweiße Haar war nach der Art der Barbaren im Nacken zusammengebunden. Der Körper lag da, als wäre der Mann einfach auf dem Bett zusammengebrochen. Niemand, sagte Oona, hatte etwas verändern wollen, falls ich plötzlich aufwachte. Die kniehohen Stiefel aus Hirschleder, der geschmückte silberne Brustharnisch, das weiß-blau karierte Lederwams, der schwere grüne Mantel. Sogar die leere Schwertscheide lag neben ihm. Eine viel bessere Scheide als das schlichte Ding, das ich für Rabenbrand angefertigt hatte.

Es war mein eigener Körper - und jener Hälfte in mir, die Elric war, bestens vertraut -, doch ich beobachtete ihn aus einem gewissen Abstand, bis ich auf einmal von starken Gefühlen ergriffen würde, vorstürzte, mich neben das Bett kniete, die schlaffe Hand nahm, die einer Leiche hätte gehören können, und stumm verharrte, weil ich für das starke Mitgefühl, das mich erfüllte, keinen Ausdruck fand. Ich weinte um die eigene gequälte Seele.

Ich wollte mich zusammenreißen, denn mein unpassender Ausbruch war mir peinlich. Ich nahm Rabenbrand und legte die Klinge in die kalte Hand. Ich wollte schon wieder aufstehen und mit meinen Freunden sprechen, da schloss sich die Hand des schlafenden Mannes um die meine und hielt mich fest, wo ich war. Soweit ich es sehen konnte, lag er noch in tiefem, verzaubertem Schlaf, aber die Kraft seines Griffs war nicht zu leugnen.

Als ich mich freikämpfen wollte, wurden meine Augenlider schwer und der letzte Rest meiner Energie wich von mir. Ich wollte nur noch schlafen, doch es war ein seltsames Gefühl. Ich konnte es mir nicht erlauben zu schlafen. Welchen Zauber hatte Gaynor mir da hinterlassen?

Ich konnte nicht erkennen, dass es irgendeine Rolle spielen sollte, ob ich wach blieb oder ausruhte. Angesichts der Umstände schien es mir völlig logisch, mich neben das Bett zu legen und meinem zweiten Selbst in einem dringend benötigten Schlaf Gesellschaft zu leisten. Mondmatts ängstliche Stimme hörte ich aus weiter Ferne. Oona sagte etwas über unsere Sicherheit und die Steine von Morn.

Dann schlief ich.

Ich war nackt.

Ich stand aufrecht und die Füße steckten in vollkommener Schwärze fest. Der Horizont vor mir wurde von einem riesigen silbernen Baum ausgefüllt, dessen Wurzeln sich umeinander wanden. Die Spitzen der Äste verloren sich in der Ferne. Etwas so Zartes und Kompliziertes hatte ich noch nie gesehen. Ich stand außerhalb der Existenz und blickte auf all die Äste und Zweige des Multiversums hinab, die beständig wuchsen und abstarben. Ein filigranes Geflecht sah ich vor mir in diesem silbernen Baum, viel zu gewaltig, um es ganz zu erfassen. Ich wusste, dass ich etwas Unendliches, etwas unermesslich Großes betrachtete. Und was wäre, wenn dies nur einer von vielen solcher Bäume wäre? Ich bewegte mich vorwärts, bis ich nicht mehr den Baum, sondern nur noch die nächsten Äste sehen konnte, auf denen sich Gestalten hin und zurück bewegten, während sie zwischen den Welten wanderten.

Schließlich stand ich auf einem Ast, der mir bekannt vorkam. An diese Wege hatte ich weder als Elric noch als Ulric irgendeine Erinnerung, doch spürte ich eine Verbundenheit mit unzähligen anderen Versionen meiner selbst, die mich mit unbeschreiblicher Freude erfüllte. Ich hatte das Gefühl heimzukehren.

Ein Ast führte zu einem größeren und noch einem größeren Ast, bis ich immer mehr Menschen sah, die – wie ich – auf den silbernen Straßen zwischen den Welten wanderten und – wie ich – verzweifelt irgendein Ziel oder eine verlorene Realität suchten. Wir grüßten uns nur knapp. Auf den silbernen Straßen schloss man nur selten dauerhafte Freundschaften.

Nachdem ich eine Weile gewandert war, kamen mir auch

diejenigen, denen ich begegnete, irgendwie vertraut vor. Bei manchen war es offensichtlich, bei anderen etwas verborgen. Jeder dieser einsamen Männer und Frauen war eine neue Ausgabe meiner selbst. Tausende und Abertausende verschiedene Versionen von mir. Als gäbe es eine einzige, riesige, alles umfassende Persönlichkeit, die die Summe unserer Einzelteile darstellte. Es schien, als würde ich meine Identität im größeren Ganzen verlieren, einem geheimnisvollen Tanz oder Ritual folgend, einem Plan unterworfen, der letzten Endes unser aller Schicksal bestimmte.

Auf dieser zweiten Reise führte mich meine Traumreise nicht zu Oonas Hütte im Grenzland. Vielmehr näherte ich mich Schritt um Schritt einer Reihe kreisrund gekrümmter Äste, die umeinander gewunden waren, als befänden sie sich in aufgeregter Bewegung.

Ich musste die ganze Selbstbeherrschung aufbieten, die ich zusammen mit der Zauberkunst gelernt hatte, und ging weiter.

Die silbernen Fäden wurden zu breiten Bändern und dann zu breiten Straßen, die so kompliziert angelegt und miteinander verknüpft waren, dass man unmöglich sagen konnte, in welche Richtung sie liefen. Alle schienen schließlich genau in dem Punkt gebündelt, an dem ich jeweils gerade innehielt. Ich war froh, doch noch einen Mitreisenden zu finden, wenngleich ein wenig erstaunt, ein Gesicht zu sehen, das keinerlei Ähnlichkeit mit mir hatte, auch wenn es mir bekannt vorkam.

Wie es in Träumen geschieht, war ich nicht überrascht, Prinz Lobkowitz hier anzutreffen. Der distinguierte ältere Herr, der auch den Nom de guerre ›Herr El‹ benutzte, schüttelte mir feierlich die Hand, als wären wir uns auf einer Landstraße begegnet. Er schien sich wohl zu fühlen, als befände er sich in seiner natürlichen Umgebung. Ich erinnerte mich gut an den warmen, festen Händedruck und das beruhigende Gebaren.

– Mein lieber Graf!, sagte Lobkowitz sichtlich erfreut – man sagte mir schon, dass Sie mir hier über den Weg laufen würden. Kennen Sie diese Kreuzung?

– Überhaupt nicht, Prinz Lobkowitz. Und ich muss zugeben, dass ich auch keine große Lust habe, sie kennen zu lernen. Ich will einfach nur nach Hause. Wie Sie ja sicher wissen, habe ich viele gute Gründe, nach Deutschland zurückzukehren.

– Aber Sie können doch nicht ohne das Schwert zurückkehren?

– Es ist jetzt in besseren Händen als den meinen. Ich denke, ich habe in meinem Kampf gegen Hitlers Regime – was der wichtigste Grund für meinen Wunsch ist, nach Hause zurückzukehren – ohnehin kaum Verwendung dafür.

Lobkowitz' traurige, weise Augen funkelten amüsiert. – Ich glaube, das wünschen wir uns alle, Mylord. Hier, auf den Mondstrahlwegen, begegnen wir gelegentlich dem Phänomen, dass Äste in sich selbst zurückzuführen scheinen. Es sieht aus, als würden sie sich selbst verschlucken oder sich auf eigenartige Weise vervielfältigen, bis sie ein kompliziertes und unwegsames Terrain bilden. Die Theorie geht dahin, dass solche Orte eine Art Krebsgeschwür darstellen, wo Ordnung und Chaos nicht mehr im Gleichgewicht, sondern in einen Konflikt eingetreten sind, der sie letzten Endes beide zerstören kann. Das kann für uns gefährlich werden, denn die so entstehenden Paradoxien sind pervers und unnatürlich und bergen weder Weisheit noch Reife. Sie erzeugen nur eine immer tiefere Verwirrung.

– Aber mein Weg führt mich in diese Richtung. Wie kann ich dem ausweichen?

– Das kann man nicht ... ich kann Ihnen jedoch hindurchhelfen, wenn Sie möchten.

Natürlich nahm ich sein Angebot gern an und er fiel in meinen Schritt ein, schaute auf das Geflecht der silbernen Straßen, die uns überall umgaben, und machte eine Bemerkung über ihre Schönheit. Ich fragte ihn, ob dies der Nebelgrund wäre. Er schüttelte den Kopf.

– Dies sind die Straßen, die wir selbst zwischen den Reichen anlegen. Genauso wie Fußwege über Generationen in einer Landschaft ausgetreten werden und sich in Hauptstraßen verwandeln, erzeugen unsere Wünsche und Eingriffe vertraute Wege durchs Multiversum. Man könnte sagen, dass wir einen linearen Weg entwickeln, durch ein nichtlineares Feld zu reisen. Unsere Straßen sind der Phantasie entsprungen und alles, was wir zu sehen glauben, ist nichts als eine Illusion oder ein unvollständiger Blick auf das Ganze. Die menschliche Psyche organisiert beispielsweise die Zeit, um sich linear in ihr zurechtzufinden. Man sagt, menschliche Intelligenz und die Träume der Menschen seien die wahren Schöpfer all dessen, was wir sehen. Ich habe großes Vertrauen in die wohltätige Kraft der Träume und neige selbst zu der Ansicht, dass wir uns und unsere Umgebung im Grunde aus uns selbst heraus erschaffen. Auch das ist eine der Paradoxien, die uns einem Verständnis unserer Umgebung näher bringen können.

Das Gewirr der Straßen um uns war immer dichter geworden und ich war etwas beunruhigt.

– Was hat diese Ballung von silbernen Fäden zu bedeuten?

– Die Linearität, die auf sich selbst zurückgeworfen wird? Die Ordnung, die den Verstand verloren hat? Ungezügeltes Chaos? In diesem Stadium spielt das keine große Rolle. Vielleicht sind diese Formen nur Blüten auf einem Baum, die ihrerseits ganz neue Dimensionen hervorbringen wollen. Ich glaube, manche nennen diese Kreuzung *Die Chrysantheme* und weichen ihr aus.

– Warum?

– Weil man sich hier wirklich verirren kann, bis man nichts Vertrautes mehr sieht. Vielleicht, wenn dies ein Krebsgeschwür ist ...

– Weiß denn niemand, wie dieses Ding entstanden ist und was es zu bedeuten hat?

– Wer sollte das sagen können? Es könnte jedenfalls alles oder nichts sein.

– Dann könnten wir auch in eine Falle geraten. Ist es dies, was Sie mir damit sagen wollen?

– Ich weiß nur, dass nichts völlig sicher ist. Hier kann sich eine philosophische Idee als konkrete Realität entpuppen. Und umgekehrt ...

Lobkowitz lächelte ein wenig.

– Es ist am besten, wenn man sich hier auf fundierte Theorien verlässt. Realitäten und Gewissheiten sind unzuverlässig. Von einer Theorie fühlt man sich nicht so leicht hintergangen. Man sagt: Wenn man das Multiversum verstehen will, müsse man von der Bewertung zur reinen Wahrnehmung wechseln. Von der Manipulation zum Verstehen und vom Verstehen zum Handeln.

Als junger Student der Zauberei hatte man mich etwas sehr Ähnliches gelehrt. Doch ich hatte Angst, in diesem silbrigen Geflecht von Straßen unterzugehen. Der Österreicher schien sich beinahe über mich zu amüsieren.

– Was hatten Sie denn hier zu finden gehofft?

Ich lachte. – Mich selbst, sagte ich.

– Schauen Sie, sagte Lobkowitz und streckte den Arm aus. Ein kleiner gerader Zweig führte aus dem Gewirr heraus in funkelnde Schwärze. – Wollen Sie in diese Richtung gehen?

– Wohin führt die Abzweigung?

– Sie führt Sie, wohin immer Sie den Willen und den Mut zu gehen haben. Sie zeigt Ihnen, was immer Sie den Willen und den Mut zu tun haben.

Ich hatte eigentlich gehofft, etwas konkretere Hinweise zu bekommen, doch ich begriff, dass es in einem so veränderlichen Multiversum, das sich den Wünschen der Sterblichen anpasste und trügerisch und instabil war, keine Sicherheit geben konnte. Dennoch hatte ich das unbestimmte Gefühl, in einem eigenartigen Gleichnis gefangen zu sein.

Diese Träume träumte ich als von Bek und als Elric. Es waren tiefe Träume, die sich hartnäckig dem Gedächtnis zu entziehen drohten. Elrics Träume waren die tiefsten und er sollte sich an sie nur als besonders schlimme unter seinen übrigen Albträumen erinnern können. Die Art von Träumen, aus denen er schreiend mitten in der Nacht erwachte. Die Sorte Träume, die ihn zu immer wilderen Abenteuern trieb, weil er versuchte, den Erinnerungen daran zu entkommen.

Die Verbindungen zu von Bek wurden schwächer, sobald ich auf die neue, gerade Straße trat. »Schließlich müssen Sie die Insel Morn besuchen.« Prinz Lobkowitz wünschte mir Lebewohl und zog sich ins dichte Gewirr der Pfade zurück.

Ich ging weiter und sah mich noch einmal über die Schulter um. »Morn?« Ich konnte den geheimnisvollen Prinzen Lobkowitz oder Herrn El nicht mehr sehen. Das große Gewirr erschien mir jetzt tatsächlich wie eine wundervoll geschnitzte Chrysantheme, so vollkommen geformt, dass sie unmöglich von einem sterblichen Handwerker geschaffen sein konnte. Ich begriff jetzt, warum man dem Komplex diesen Namen gegeben hatte. Gab es Menschen, die den Verlauf der Wege auf Karten festhielten? Menschen, die immer wieder die gleiche Reise unternehmen konnten?

Warum hatte Lobkowitz mich auf diesen Pfad geführt, wo ich mich den Gefahren, die er beschrieben hatte, stellen sollte? Ich fragte mich kurz, ob er mich möglicherweise getäuscht hatte, aber dann schob ich den Gedanken fort. Ich musste den wenigen, denen ich zu vertrauen gelernt hatte, auch weiterhin vertrauen, sonst war ich wirklich verloren.

Mein Weg führte zu einem anderen und wieder zu einem neuen, bis ich mich auf einem Hauptast des Multiversums befand und mich einer Stelle näherte, wo ein silberner Zweig nach oben gebogen war und wieder nach unten führte, sodass ein natürlicher Bogengang entstand.

Es gab keinen anderen Weg als darunter hindurch, und auf einmal starrte ich in einen Kessel hinauf, in dem ein weißes Feuer glühte. Es wurde umgekippt und überschüttete mich mit Flammen, die gefärbt waren wie Knochen und flüssiger Zinn. Ich löste mich auf, als die Flammen fielen, ich stürzte mit ihnen, ich stürzte ein ganzes Jahrtausend lang. Wenn ich nach unten schaute, sah ich ein riesiges Feld voller elfenbeinfarbener und silberner Blüten – Rosen, Chrysanthemen und Magnolien –, die jede ein anderes Universum repräsentierten.

Ich hatte Angst, in eines dieser engmaschigen Universen zu stürzen, aber nach und nach verschmolzen sie zu einem durchgehenden weißen Feld, in dem nur noch zwei rubinrote Punkte glühten, bis ich erkannte, dass ich in mein eigenes, riesenhaft vergrößertes Gesicht starrte. Dann sah ich das ängstliche Gesicht von Mondmatt und jetzt bemerkte ich auch meine Tochter Oona. Ich drehte den Kopf herum. Neben mir auf dem Boden lag Ulric von Bek, schlafend. Doch etwas Grundlegendes hatte sich verändert. Alles war ganz eindeutig nicht mehr so, wie es früher gewesen war ...

Von Bek mochte inzwischen weit von Elric entfernt sein und sich kaum noch an mich erinnern, wenn dieser Traum vorbei war, doch ich konnte ihn nicht ganz und gar aus mir vertreiben. Ich würde beides bleiben. Seine Geschichte geht in mir weiter. Ich werde mich nie mehr ganz von ihm befreien können. Ich glaube nicht, dass mir damit ein einzigartiges Schicksal beschieden war und ich hatte gute Gründe zu vermuten, dass es sich lediglich um einen Unfall handelte. Denn wenn ich überhaupt etwas aus meinen Erfahrungen gelernt habe, dann dies, dass das Glück viel mehr mit dem eigenen Schicksal als mit der Urteilsfähigkeit zu tun hat und dass die Vorstellung, man könne das Multiversum zum eigenen Vorteil kontrollieren, die größte Täuschung von allen ist.

Später habe ich von anderen gehört, die Tausende von Seelen in sich tragen, aber in diesem Augenblick fand ich die Vorstellung entsetzlich. Ein einfacher sächsischer Grundbesitzer war durch übernatürliche Bande an die Seele eines nichtmenschlichen Geschöpfs gefesselt, obwohl zwischen beiden unendliche Abgründe von Raum und Zeit klafften. Als ich sein Gesicht betrachtete, sah ich in mein eigenes Gesicht, das mich anschaute. Einen Augenblick lang kam es mir vor, als starrte ich in einen endlosen, verspiegelten Gang, in dem Tausende verschiedener Darstellungen meiner selbst als Spiegelbilder hin und her reflektiert wurden. Mit Mühe kam ich von dem Lager hoch, auf das ich gefallen war. Ich hatte den Eindruck, alles sei gleichzeitig geschehen. Mondmatt war überglücklich, seinen Freund wiederhergestellt zu sehen, Oona nahm die Hand ihres Vaters, als er ungläubig anstarrte, was sich vor ihm abspielte.

Nur ich hatte eine bewusste Erinnerung an die Reise auf den Mondstrahlwegen.

Elric sah mich an. »Ich glaube, ich muss mich bei Ihnen

bedanken, Sir, weil Sie mich aus diesem Zauberschlaf geweckt haben.«

»Ich denke, wir beide haben Lady Oona zu danken«, erwiderte ich. »Sie hat die Begabung ihrer Mutter, wenngleich nicht deren Berufung.«

Er runzelte die Stirn. »Ach ja. Ich erinnere mich an etwas.« Ein Schauder lief durch seinen Körper. »Mein Schwert ...«

»Sturmbringer ist noch bei Gaynor«, warf Mondmatt rasch ein. »Aber dein ... dieser Gentleman hier ... er hat dir ein anderes mitgebracht.«

»Ich erinnere mich.« Wieder runzelte Elric die Stirn und betrachtete Rabenbrand, den ich ihm in die Hand gelegt hatte. »An Bruchstücke erinnere ich mich. Gaynor hat mein Schwert ergattert, dann bin ich eingeschlafen und habe geträumt, ich hätte Gaynor gefunden, aber danach habe ich ihn wieder verloren.« Er wurde zornig. »Und er droht ... er will ... nein, Tanelorn ist sicher. Miggea ist gefangen. Die Steine von Morn! Andere Freunde sind in Gefahr. Arioch - mein Herr Arioch - wo ist er?«

»Dein Fürst der Hölle war hier«, erklärte Mondmatt. »In diesem Reich. Aber wir wussten es nicht. Vielleicht ist Gaynor mit ihm gegangen.«

Elric presste sich die Hände an den Kopf und stöhnte. »Diese Zauberei wird sogar mir zu viel. Kein Sterblicher kann gesund und lebendig bleiben, wenn er diesen Kräften lange ausgesetzt wird. Oh! Ich erinnere mich! Der Traum! Die Hütte! Diese weißen Gesichter. Höhlen. Die junge Frau ...«

»Dann kannst du dich an genug erinnern, Vater«, sagte sie leise. Er schaute zu ihr auf. Verblüfft, verdutzt. Beunruhigt.

»Wahrscheinlich mehr als genug«, warf ich ein. Ich sehnte mich allmählich nach einem natürlichen, traumlosen Schlaf.

»Es ist noch nicht vorbei«, warnte Oona. »Es wird nicht vorbei sein, solange wir nicht Gaynor beseitigt haben. Seine Strategie ist nicht durchschaubar, er greift an zwei Fronten gleichzeitig an und wird immer tollkühner. Er nimmt keine Rücksicht auf das Leben, sein eigenes eingeschlossen.«

»Wo wollen wir ihn suchen?« Elric unterzog das Runenschwert einer eingehenden Untersuchung. Er schien der Waffe zu misstrauen, doch die Klinge war offensichtlich genau die, mit der er so innig verwachsen war.

»Oh, in dieser Hinsicht gibt es keinen Zweifel«, sagte sie. »Es ist leicht, ihn zu finden, diesen Gaynor. Er wird sich für einen von zwei Kraftplätzen entscheiden – Bek oder Morn. Ihn zu besiegen, dürfte viel schwieriger sein. Wenn du bereit bist, Vater, sollten wir so schnell wie möglich nach Mu Ooria zurückkehren, wo noch viel Arbeit auf uns wartet.«

»Wie wollt ihr dorthin kommen?«, fragte ich sie. »Ich glaube nicht, dass König Straasha noch einmal bereit ist, mir zu helfen.«

Sie lächelte. »Es gibt weniger dramatische Mittel, eine solche Reise zu unternehmen. Außerdem glaube ich, dass Miggeas Zauberbann bald nachlässt, da sie jetzt in der öden Welt festsitzt, die sie sich selbst erschaffen hat. Ohne die Hilfe der Menschen muss sie dort bleiben. Wir können leicht zwischen den Welten reisen, nur Master Mondmatt vermag dies nicht. Du musst hier warten, Mondmatt, hier in Tanelorn, bis Elric zurückkehrt.«

Einerseits schien Mondmatt über die Neuigkeiten erleichtert, doch er murrte unzufrieden. »Ich bin entschlossen, mit dir zu reisen, Elric. Wenn nötig bis in die Hölle.«

Elric streckte die schmale, bleiche Hand aus und legte sie auf Mondmatts Schulter. »Das wird nicht nötig sein, alter Freund.«

Mondmatt nahm es hin, doch er war sichtlich enttäuscht. »Dann warte ich ein paar Wochen«, erklärte er. »Aber wenn du bis dahin nicht wieder hier bist, werde ich nach Elwher zurückkehren. Auch ich habe dort noch einige Dinge zu erledigen. Wenn ich bei deiner Rückkehr nicht mehr hier bin, kannst du mich dort finden.«

Wir ließen den kleinen rothaarigen Kerl im Zimmer zurück. Er wollte, sagte er, noch bleiben, bis wir fort waren, und er wünschte uns Glück. Er sei sicher, dass unsere Wege sich wieder kreuzen würden.

Oona führte uns vom Turm der Hand durch Straßen, auf

denen in mildem Sonnenlicht fröhliche Menschen unterwegs waren. Rings um die Mauern der Stadt erstreckten sich vertraute, sanfte grüne Hügel. Tanelorn war an den alten Platz im Multiversum zurückgekehrt.

Oona führte uns rasch durch die Gassen und Straßen der ältesten Stadtviertel, bis wir ein niedriges Haus erreichten, das dem Äußeren nach schon seit Jahren nicht mehr bewohnt schien. Die oberen Stockwerke waren unbrauchbar, aber das Erdgeschoss war noch in gutem Zustand, der Hauptraum wurde sogar von einer eisenbeschlagenen Tür geschützt, die Oona, nachdem sie sich vergewissert hatte, dass wir nicht beobachtet wurden, mit einem überraschend kleinen Schlüssel aufsperrte.

Hinter der Tür schien es nichts wirklich Wertvolles zu geben. Der Raum war mit einem Bett und Vorrichtungen zum Kochen und Arbeiten ausgestattet, es gab einen Tisch, einen Stuhl und mehrere Bücherregale mit Schriftrollen. Das Zimmer strahlte die freundliche Atmosphäre einer bewohnten Nonnenklause aus.

Ich stellte keine Fragen. Immerhin war dies sogar noch eine der geringeren Überraschungen, die sie mir bereitet hatte.

Nur wenn Elric unmittelbar neben mir stand, konnte ich spüren, was in ihm vorging. Der Albino schien sich äußerst unwohl zu fühlen, doch ich konnte nicht erkennen warum. Vielleicht hielt ich sein Gemüt auch für komplexer, als es tatsächlich war. Besonders in meiner Gegenwart schien er unsicher zu werden, er wich meinen Blicken aus und redete mich nur selten an. Offenbar war ich ihm nicht geheuer, und wenn es nach mir gegangen wäre, hätte ich ihn ganz in Ruhe gelassen. Er hatte etwas von einem Schlafwandler an sich und ich fragte mich, ob er vielleicht dachte, er würde dies alles nur träumen.

Vielleicht träumte er es ja wirklich? Vielleicht träumte er uns alle?

Oona ging quer durch den Raum und schob einen Wandteppich zur Seite, hinter dem eine weitere Tür auftauchte.

»Wohin führt die?«, wollte ich wissen.

»Das kommt ganz darauf an.« Ihr Lächeln sah etwas ironisch aus.

»Worauf kommt es an?«

»Darauf, ob die Ordnung oder das Chaos die Kontrolle über gewisse Reiche ausübt.«

»Und woher wissen Sie das?«

»Das können Sie nur herausfinden, indem Sie durchgehen«, sagte sie.

Elric verlor die Geduld. »Dann lasst uns durchgehen«, sagte er. »Es gibt einige Angelegenheiten, die ich unbedingt mit meinem Vetter Gaynor klären muss.« Er legte die Hand auf Rabenbrands Griff. Ich bewunderte seinen wilden Mut. Wir waren vielleicht vom gleichen Blut und hatten gemeinsam einige Schwierigkeiten durchlebt, aber unsere Temperamente waren völlig unterschiedlich. Er suchte das Vergessen, indem er handelte, während ich Zuflucht zur Philosophie nahm. Ich traf nicht gern Entscheidungen, während für Elric Entscheidungen alles waren. Er traf sie genauso beiläufig, wie er große Risiken einging.

Wenn er ein einfaches Leben voller einfacher Überlegungen führte, dann hätte man erwarten können, dass er hauptsächlich mit alltäglichen Dingen zu tun hatte. Doch er war keinesfalls ein alltäglicher Mann - mit diesem wölfischen weißen Gesicht und dem Vertrauen auf die Zauberei.

Wäre ich unter gleichen Umständen genauso geworden wie er? Ich bezweifelte es. Aber ich war ja auch nicht bereits in der Kindheit in der Zauberei und zum Herrscher ausgebildet worden. Ich hatte nicht als Jugendlicher die grässlichsten Schrecken gesehen, ich hatte nicht schon als Kind die Kunst der Drachenmeister gelernt, ich hatte nicht gelernt, die Welt mit magischen Kräften zu lenken. Ich wusste natürlich alles über seine Vergangenheit, weil seine Erinnerungen jetzt auch meine Erinnerungen waren, während er sich an nichts von dem erinnern konnte, was ich mitgebracht hatte. In gewisser Weise beneidete ich ihn um seinen Mangel an Bewusstheit.

Ungestüm schritt Elric durch die Tür und ich folgte ihm. Oona schloss sie hinter uns.

Wir standen in einem lieblichen, eingefriedeten Garten. Es war ein Ort, an den man gehen konnte, wenn man auf Ruhe und Kontemplation aus war. Irgendwie verkörperte er genau das, was man jenseits dieser Tür erwartet hätte. Etwas Vertrautes und Beruhigendes. Umgeben war der Garten von einer hohen Mauer, die ihrerseits wieder von noch höheren Gebäuden umgeben war, die insgesamt den Garten kleiner erscheinen ließen, als er tatsächlich war. Kräuter und Blumen, alle süß duftend, waren in ordentlichen Beeten gepflanzt. Pfaue und Zierhühner wanderten in den Büschen herum. Im Zentrum gab es einen Teich mit einem Springbrunnen, ein kleines Kunstwerk aus dunklem, funkelndem Stein, dessen Plätschern die Stille im Garten nur noch unterstrich.

Obwohl es ein so angenehmer Ort war, empfand ich die Szenerie beinahe als enttäuschend. Wir hatten etwas Dramatisches erwartet. Elric zögerte, sah sich misstrauisch um. Ich glaube, er suchte etwas, das er töten konnte.

Oona war erleichtert. Sie hatte offenbar einen viel unangenehmeren Anblick erwartet. Der Garten hatte kein Tor, der einzige Ausgang war die Tür, durch die wir gerade hereingekommen waren.

»Was jetzt?« Elric sah sich ungeduldig um. »Wohin gehen wir nun?«

»Von Tanelorn nach Mu Ooria und von Mu Ooria nach Tanelorn«, sagte sie, »muss man immer durchs Wasser reisen.«

Elric tauchte die Hand in den künstlichen Teich. »Durchs Wasser? Aber wie? Hier gibt es keinen Platz für ein Schiff, meine Liebe.« Er starrte neugierig die ungewöhnlichen Fische an, die im Wasser schwammen, als erwartete er, dass sie ihm das Geheimnis offenbarten.

Oona streckte den Bogen zum Wasser aus und zog ihn, sachte einen Kreis beschreibend, über die Oberfläche. Der Kreis blieb sichtbar. In seinem Innern kam das Wasser in Bewegung, Farben spielten und Wellen breiteten sich aus. Plötzlich strömte es rot strahlend nach oben, als klaffte eine frische Wunde. Eine Säule aus pulsierendem rotem Licht stieg vor uns empor. Die Farbe spiegelte sich in unseren weißen Gesichtern und verlieh uns das Aussehen von Knochen, auf denen alte Blutflecken klebten.

Elric grinste wieder sein Wolfsgrinsen, das rote Licht flackerte in den Augen. »Hier entlang?«, fragte er Oona.

Sie nickte.

Ohne ein weiteres Wort und ohne Zögern schmiegte sich der Melnibonéer an die Säule aus Licht. Einen Augenblick lang zuckte er wie unter Stromschlägen, dann wurde er von der Säule verschluckt.

Ich hatte es nicht ganz so eilig und Oona lachte mich aus. Sie nahm meine Hand und machte einen Schritt, um mich in das nachgiebige, brennende Licht zu ziehen.

Ich spürte etwas an meinem Körper zerren, das mich von ihr wegreißen wollte. Ich versuchte mich festzuhalten, doch ich verlor den Kontakt zu ihr. Ich schwamm durch brüllende, knatternde Flammen und versank in einem roten Abgrund, der mich in allem je im Multiversum verschütteten Blut zu ertränken drohte. Es war jedoch ein Feuer, das nicht verzehrte, sondern an den geheimsten Orten der Seele leckte. Ein Feuer, das mir schwatzende Gesichter zeigte, die den Gesichtern der Verdammten in der Hölle ähneln mochten. Grausam verbogene Körper, ein zuckendes Ballett von Gefolterten. Doch ich verbrannte nicht.

Das Feuer hatte die Qualität von Wasser, denn ich konnte leicht hindurchschwimmen. Ich hatte noch nicht einmal eingeatmet, ich spürte aber auch kein Verlangen nach Luft. Es erinnerte mich an das zähe, träge Wasser der Schweren See, die hinter Melniboné lag.

Während ich schwamm, sah ich mich nach den anderen um, doch sie waren verschwunden. War es ein Plan, den Elric und Oona geschmiedet hatten, um mich loszuwerden, nachdem ich meine Schuldigkeit getan hatte?

Hinter mir spürte ich etwas Böses und Großes. Ich schwamm schneller denn je, während auch das Wesen schneller wurde. Einmal schaute ich zurück und gewann einen Eindruck von dem, was mich verfolgte. Ich konnte einen riesigen, schattenhaft weißen Umriss erkennen, einem Hai nicht unähnlich, wenn man ihn in schwach beleuchtetem Wasser sieht. Das Wesen schien von der Last ganzer Zeitalter gedrückt und bewegte sich, als hätte es starke Schmerzen. Ich hörte, wie es ein eigenartiges Stöhnen ausstieß. Ich spürte etwas an mir vorbeistreichen und in der Tiefe verschwinden, als hätte es versucht, mich anzugreifen, und wäre gescheitert.

Ich schwamm durch Wälder aus gleichförmigen roten Säulen. Ich schwamm zwischen Ufern aus blauen Flammen und über Felder voller Smaragde und Perlen. Immer noch empfand ich weder das Bedürfnis zu atmen noch mich zu verteidigen.

Ich schwamm durch Städte, die in Flammen standen. Ich schwamm über Schlachten zwischen Völkern und ich schwamm über Welten hinweg, die unter mir zerstört wurden. Ich schwamm durch stille Wälder und Felder voller Blüten, bis ich auf einmal etwas Flüssiges einatmete.

Ich hustete, kämpfte mich nach oben und tauchte in lodernder Schwärze auf.

Irgendwo im Dunklen hörte ich eine begeisterte Stimme. Oona sprach mit meinem Doppelgänger. »Willkommen, Vater«, sagte sie. »Willkommen in Mu Ooria. Dein Schicksal heißt dich willkommen.«

16.
Die große Blasphemie

Die beiden warteten auf mich, als ich ans Ufer watete. Es war bitterkalt. In diesem verrückten phosphoreszierenden Licht, das vom See ausging, erkannte ich die inzwischen vertrauten Umrisse Mu Oorias, doch sie schienen zerklüfteter als zuvor. Hin und wieder stieg eine Säule aus bleichem Feuer auf, zerstob in tausend Stücke und erlosch. Ich hatte keine Ahnung, was dort vorging, aber dieses Feuer hatte etwas Unheildrohendes, das mich das Schlimmste befürchten ließ. Ich hörte ferne Geräusche, als schlüge eine kleine Uhr, dann ein Tosen wie bei einem Erdrutsch, dann Lachen in der Dunkelheit. Ein Krachen und ein hitziges Keuchen wie von Hunden bei der Paarung. Ein Echo eines Geräuschs, das ein Schrei sein konnte. Das Gefühl, etwas Schreckliches, etwas Garstiges ereigne sich in diesem Augenblick.

Ich behielt meine Ängste so weit wie möglich für mich. »Es scheint fast so«, sagte ich, »als hätte Gaynor hier Erfolg gehabt.«

Wie immer, wenn ihn etwas erregte, legte Elric unwillkürlich die Hand auf Rabenbrands Knauf. »Dann suchen wir ihn am besten unverzüglich.«

Ich begriff allmählich, dass mein Fast-Zwillingsbruder von Natur aus keine Vorsicht kannte. Was für einen gewöhnlichen Mann ein wahnsinniges Unterfangen gewesen wäre, war für Elric die selbstverständlichste Vorgehensweise.

Oona lächelte darüber. »Vielleicht sollten wir erst herausfinden, wo seine Stärken liegen. Vergiss nicht, Vater, dass deine Zauberkräfte hier beschränkt sein könnten. Selbst dem Schwert könnten die gewohnten Kräfte fehlen.«

Elric zuckte die Achseln, doch er schien bereit, sich ihrem Urteil zu beugen. Schließlich waren wir hauptsächlich durch ihr Zutun hergekommen – und sie wusste weitaus mehr über diese Welt als jeder von uns beiden.

Elric versuchte gar nicht erst, heimlich vorzugehen, sondern marschierte geradewegs in die Stadt, der Uferlinie folgend. Wir konnten nur hinterdrein laufen.

Bald war alles im gespenstisch flackernden Halbdunkel zu sehen, was Gaynor angerichtet hatte. Mehr als einmal stolperten wir über den hingestreckten Leichnam einer großen schwarzen Katze, die vorher in diesem Gebiet gejagt hatte. Zweimal fanden wir die sterblichen Überreste von Off-Moo. Zerfetzte Leichen, zerhackte Knorpel, aber keine Knochen. Besaßen die Off-Moo keine Knochen im üblichen Sinne? Wir fanden eine der langen, kegelförmigen Kopfbedeckungen und konnten immer noch nicht erkennen, ob sie sich der Kopfform anpassten oder eine Form vortäuschten, die der Kopf nicht besaß. Wir fanden Spuren von Feuern, die mit Utensilien der Off-Moo gespeist worden waren. Überall lagen die Leichen von Troogs und Wilden herum. Offenbar hatten sie sogar untereinander um die Beute gekämpft, die sie in Mu Ooria gemacht hatten. Ich nahm an, dass es für sie hier nur wenig Wertvolles zu holen gab, was ihre Zerstörungswut sogar noch weiter angefacht haben dürfte.

Wie hatten sie die Off-Moo besiegt, die so gut und klug geschützt schienen? Die schlafenden Off-Moo, die Statuen ähnelten und die Grenzen bewachten, mussten überrumpelt worden sein. Sie hatten keine Gelegenheit gehabt zu erwachen. Die Fähigkeit der Off-Moo, tödliche Stalaktiten gegen ihre Feinde zu schleudern, war offenbar irgendwie gestört worden. Obwohl er anfangs überhaupt nichts über die Off-Moo gewusst hatte, musste Gaynor seit meinem letzten Aufenthalt in der Stadt eine Menge gelernt haben.

Überall gab es die Spuren wilder, besinnungsloser und grausamer Zerstörungswut.

Was war mit den Off-Moo geschehen? Waren sie geflohen? Hielten sie sich in der Stadt verborgen? Waren sie alle getötet worden? Oder gefangen? Ich durfte nicht vergessen, dass Gaynor seit meinem letzten Besuch in diesem Reich übernatürliche Verbündete gewonnen hatte.

Wir sahen, wie sich in den Ruinen einige Gestalten bewegten. Sie hatten den watschelnden Gang von Troogs oder das halb blinde Torkeln der Wilden, die zusammen mit ihnen kämpften.

Als wir uns den Gestalten näherten, hielt Elric sich in den Schatten, um zu beobachten, worauf sie aus waren. Es wurde jedoch rasch klar, dass sie kaum etwas taten außer in den Ruinen herumzuwühlen, weil sie auf Beute hofften. Ich konnte mir nicht vorstellen, welche Gegenstände der Off-Moo für diese Wilden von Wert sein mochten. Aber wo war eigentlich Gaynors Hauptstreitmacht?

Wir näherten uns dem größten Platz der Stadt. Überall brannten die geheimnisvollen Türme der Off-Moo mit diesen seltsam flackernden weißen Flammen. Was ich für Schreie gehalten hatte, waren die Geräusche, die die brennenden Türme von sich gaben. Es waren Töne wie von einem Sterblichen.

Wo die Türme brannten, waren weder Eroberer noch Eroberte zu sehen.

Wir einigten uns, dass wir einen der Wilden fangen und befragen müssten. Oona legte den Kopf schief und lauschte, dann ging sie rasch zu einem brennenden Turm und lugte hinein.

Ein paar Sekunden später tauchte eine dunkle Gestalt in der Tür auf. Die Gewänder spiegelten das flackernde Feuer, die Augen funkelten. Ich fand keine Freundlichkeit darin.

Oona wechselte einige Worte mit dem Wesen. Vorsichtig kam es aus dem Turm und näherte sich uns. Dem langen, versteinerten Gesicht war nicht anzumerken, ob er uns erkannt hatte. Der Off-Moo sprach langsam und in griechischer Sprache mit uns.

»Gaynor hat uns dies angetan. Er fürchtete, wir würden ihn

aufhalten und seine ehrgeizigen Pläne durchkreuzen. Er hatte Recht damit. Aber er hat ein außerordentliches Bündnis mit gewissen Lords der Höheren Welten geschlossen und dadurch das Wissen erlangt, wie und mit welchen Mitteln er uns besiegen kann.«

»Wie viele von euch hat er getötet?« Elric sprach mit der brutalen Offenheit eines Kriegers.

»Das ist noch nicht geklärt, Sir. Ich bin der Gelehrte Crina. Ich war nicht hier, als Gaynor angriff. Als ich zurückkehrte, fand ich unsere Stadt so vor, wie Sie sie jetzt sehen. Meine fliehenden Kollegen konnten mich noch davon unterrichten, dass die Übermacht der Barbaren sie überwältigte. Doch davor ist noch etwas anderes geschehen.«

»Wo sind die Barbaren jetzt?«, fragte ich. Ich schauderte, denn ich war immer noch durchnässt. »Wissen Sie das?«

»Sie sind abmarschiert.« Mehr konnte er nicht sagen.

»Wo ist dieser Gaynor?«, fragte Elric ungeduldig. »Vermutlich will er doch das erreichen, was er schon immer wollte, nicht wahr?«

»Er hat hier getan, was er tun wollte.«

»Und was war das?«

»Er hat unseren Großen Stab gestohlen und marschiert jetzt gegen den Nebelgrund.«

»Unmöglich«, sagte Oona. »Der Stab ist in seinen blutbesudelten Händen nutzlos. Er könnte Gaynor ebenso leicht vernichten, wie er ihm helfen kann. Niemand würde ein solches Risiko eingehen. Niemand würde so dumm sein, die Gefahr einer solchen Zerstörung auf sich zu nehmen.«

»Niemand außer Gaynor«, wandte Elric ein.

»Was erwartet er davon, den Nebelgrund anzugreifen?«, fragte ich.

Darauf antwortete mir der Gelehrte Crina. »Ungeheure Macht. Eine Macht über die Kräfte der Schöpfung selbst. Dies hat er uns zunächst als Gegenleistung für unsere Hilfe angeboten. Natürlich haben wir abgelehnt.«

»Die Götter würden es niemals zulassen.«

Der Gelehrte Crina schien amüsiert. »Kein geistig gesundes

Wesen würde es zulassen. Doch es gibt eine Theorie, dass die Lords der Höheren Welten nicht mehr ganz bei Verstand sind, da beunruhigende Umwälzungen im ganzen Multiversum vor sich gehen. Es kommt zu neuen Verknüpfungen. Alle Reiche ordnen sich im großen Feld der Zeit neu an. Schicksale werden neu geschmiedet, neue Realitäten erschaffen. Die Ihre ist nicht die einzige Geschichte, die es gibt. Es gibt noch andere Lebenswege, andere Träume. Alle tragen zu ein und demselben übernatürlichen Kontinuum bei. Nichts ist mehr so sicher, wie es einmal war. Sogar die Treue gegenüber der Ordnung und dem Chaos ist nicht mehr von Dauer. Denken Sie nur an Gaynor. Er nutzt Ordnung und Chaos gleichermaßen bei seinem Versuch, sich zum Weltenherrscher aufzuschwingen. So etwas war für einen Sterblichen einst unmöglich. Aber jetzt scheint es, als nähme die Macht der Sterblichen zu und würde dabei zugleich an Stabilität verlieren.«

»Gaynor will sich nicht selbst vernichten«, wandte Oona ein. »Zweifellos hält er sich für unverwundbar, nachdem er jetzt den Großen Stab besitzt.«

»Er beansprucht für sich den Titel des Königs der Welt. Es trifft zu, dass ihm der Große Stab, den er in Besitz genommen hat, das Selbstvertrauen gibt, gegen den Nebelgrund zu marschieren. Aber welchem Zweck soll das dienen? Was hofft er damit zu erreichen, abgesehen von der Zerstörung des ganzen Multiversums?«

»Er erinnert mich an einen gewissen Diktator in meinem Heimatland«, sagte ich leise. »Sein Irrsinn und sein mangelhafter Sinn für die Realität scheinen seine größte Antriebsfeder zu sein. Er ist so auf die Macht versessen, dass er ganze Reiche zerstören würde, um seine Gier zu befriedigen.«

Der Gelehrte Crina schlug die Augen nieder. »Er handelt nicht aus gewöhnlichem Eigennutz. Wenn solche Leute an die Macht kommen, dann sind sie für jede Zivilisation gefährlicher als alle anderen.«

»Es gibt Echos«, sagte Oona nachdenklich. »Was meint ihr, auf wie vielen Ebenen eine Version dieser Geschichte wiederholt wird? Wir glauben, dass wir einen freien Willen haben, aber wir können wenig tun, um die Folgen oder den Verlauf unserer Taten zu beeinflussen, weil diese Folgen und Taten mit nur winzigen Abweichungen, die sich zu gewaltigen Unterschieden auswachsen, auf unzähligen Ebenen des Multiversums wiederholt werden.«

Elric zeigte keinerlei Interesse für ihre Philosophie. »Wenn Gaynor auf dieser Ebene aufgehalten werden kann«, sagte er, »dann wird seine Niederlage wahrscheinlich ebenso als Echo widerhallen wie sein Sieg.«

Sie lächelte ihn an. »Nun ja, Vater, wenn jemand fähig ist, das Schicksal zu verändern, dann bist du es.«

Weder Elric noch ich verstanden, was sie damit meinte, aber ich teilte seine Entschlossenheit.

»Gaynors Macht war zu groß, als dass wir uns ihm widersetzen konnten«, erklärte der Gelehrte Crina.

»Aber euer Stab«, sagte Oona. »Wie konnte er ihn euch wegnehmen?«

»Der Stab selbst scheint es erlaubt zu haben«, erklärte der Gelehrte Crina einfach. »Wir haben immer gewusst, dass er einen eigenen Willen hat. So ist er auch zu uns gekommen.«

Sie sprachen offenbar über den formbaren Kultgegenstand – Schale, Kind und Stab –, den die Off-Moo in meinem Beisein in jener Zeremonie verwandelt hatten. Oder waren sie selbst manipuliert worden? Ich erinnerte mich, wie der Gegenstand seine Gestalt verändert hatte. Doch auf wessen Geheiß?

»Nimmt das Objekt immer die Gestalt eines Stabes an?«, fragte ich, als mir die verschiedenen Formen einfielen.

»Wir nennen es den Runenstab«, erklärte er, »es nimmt aber verschiedene Formen an. Es ist ein Stab und ein Kelch und ein Stein und einer der größten Regulatoren unserer Realitäten.«

»Ist es das, was mein Volk den Heiligen Gral nennt?« Ich erinnerte mich auch an von Eschenbach und einige unserer Familienlegenden. »Waren Sie seine Hüter?«

»In diesem Reich«, bestätigte er. »Und in diesem Reich haben wir versagt.«

»Wollen Sie damit sagen, dass es in anderen Reichen verschiedene Versionen des Grals gibt?«

Der Gelehrte Crina bedauerte. »Es gibt nur einen Großen Stab«, sagte er. »Er repräsentiert das Gleichgewicht. Manche sagen, er selbst sei das Gleichgewicht. Sein Einfluss erstreckt sich auf viele Reiche jenseits des Reichs, in dem er aufbewahrt wird.«

»Angeblich soll meine Familie einst den Gral gehütet haben«, erklärte ich ihm. »Doch er wurde unserer Obhut entrissen. Wahrscheinlich haben auch wir das in uns gesetzte Vertrauen enttäuscht.«

»Der Runenstab hat die Kraft, seine äußere Form zu verändern und sich nach eigenem Willen zu bewegen«, erwiderte der Gelehrte Crina. »Manche sagen, er könne die Gestalt eines Kindes annehmen. Warum auch nicht, wenn er jede Gestalt annehmen kann, die ihm zusagt? Auf diese Weise schützt und verteidigt er sich. Auf diese Weise schützt er auch diejenigen, die ihn achten und verteidigen. Es ist nicht immer vorhersehbar, welche Form er annimmt.«

»In welcher Form hat Gaynor ihn jetzt in Besitz genommen?«, wollte Oona wissen.

»In Form eines Kelchs«, erklärte der Gelehrte. »In Form eines edlen Trinkgefäßes. Damit – und mit den beiden Schwertern, die er jetzt hat – besitzt er eine größere Macht als jeder Sterbliche vor ihm und kann das Schicksal ganzer Welten verändern. Da selbst die Götter kaum verstehen, was geschieht, könnte er damit sogar Erfolg haben. Denn es ist bekannt, dass ein Sterblicher eines Tages die Götter vernichten wird.«

Ich gab nicht viel auf seine Worte, es klang mir zu sehr nach Legenden und Aberglauben, zugleich aber durchfuhr mich auch das Gefühl, auf etwas Vertrautes gestoßen zu sein. Ich versuchte mich zu erinnern, wo ich schon einmal eine ähnliche Geschichte gehört hatte, die der Mythologie meines eigenen Zeitalters und meiner Mitmenschen angepasst war, die Geschichte vom Heiligen Gral und seiner Fähigkeit, die Schmerzen der Welt zu heilen. Auch in dieser Legende gab es einen Sterblichen, der den Lauf der Welt veränderte.

Ich rief mich zur Ordnung. Das war ja beinahe, als hätte ich eine Überdosis Wagner genossen. Ich mochte die klaren Verhältnisse eines Mozart oder Liszt lieber, die viel eher den Intellekt als die Emotionen ansprachen. War es das, was ich wiedererkannte? War ich irgendwie in einer verworrenen Wagner-Oper gelandet? Ich schauderte bei dem Gedanken. Doch selbst die monumentalen Ereignisse des Ringzyklus waren nichts verglichen mit dem, was ich bereits gesehen hatte.

Ich wandte mich an Oona. »Sie haben etwas über meine besondere Beziehung zum Gral gesagt. Was meinten Sie damit?«

»Nicht jeder genießt das Privileg, ihm dienen zu dürfen«, sagte sie.

Sie schien kurz angebunden und nicht sehr zuversichtlich. Ich glaube, sie hatte nicht erwartet, dass Gaynor so weit käme.

Ein eigenartiger Gestank erfüllte die Luft. Eine Mischung aus tausend verschiedenen Gerüchen, unter denen kein einziger angenehm war. Der Geruch des Bösen.

Ich konnte immer noch nicht sehen, wie Gaynor die Off-Moo so leicht hatte schlagen können und sagte dies dem Gelehrten.

»Aber Sie wissen doch noch nicht«, antwortete er, »ob Gaynor uns tatsächlich geschlagen hat. Das Spiel ist noch nicht vorbei.«

Ich verzichtete auf eine Antwort, doch soweit ich es sehen konnte, hatte Gaynor diesen Abschnitt des Spiels nach allen Regeln der Kunst für sich entschieden.

Elric wollte wissen, wo sich Gaynor jetzt befand und ob es möglich sei, ihn zu Fuß einzuholen.

»Er ist mit seiner Armee zum Nebelgrund gezogen. Er glaubt, er könnte die ganze Macht des Multiversums an sich reißen. Das ist eine Täuschung, doch diese Illusion wird uns alle töten, wenn ihn nicht jemand aufhält.« Ich hatte den Eindruck, dass mich der Gelehrte Crina fragend anschaute.

Doch es war Prinz Elric, der antwortete. »Ich bin von diesem Geschöpf beleidigt und gedemütigt worden. Ich wurde getäuscht. Wie viel Macht er jetzt auch besitzt, er wird meiner Rache nicht entgehen.«

»Bist du sicher?« Oona, die das Fell einer der großen Katzen gestreichelt hatte, hielt inne und zog die Hand zurück, als wollte sie nicht weiter an das denken, was dem Tier zugestoßen war. War es tot oder verzaubert?

»Ob ein Traum oder nicht«, erklärte Elric ruhig, »er wird für das, was er getan hat, bestraft werden.«

Einem anderen hätte ich dies nicht geglaubt. Doch Elric überzeugte mich allmählich, dass wir vielleicht doch noch irgendwie ein Wesen besiegen konnten, das inzwischen wahrscheinlich das mächtigste Geschöpf im Multiversum war. Wie es oft zwischen uns geschah, sprach Elric meine heimlichen Ideen aus. »Wir Melnibonéer glauben, das Schicksal lasse sich nicht ändern. Jeder von uns hat ein vorbestimmtes Schicksal. Sich daraus zu befreien oder auch nur zu versuchen, sich dem zu entziehen, ist Blasphemie. Eine Blasphemie, die zu begehen ich bereit bin, um eine größere Blasphemie zu verhindern.«

Er benahm sich wie ein Mann, der mit seiner eigenen Seele und mit seinem Gewissen und seiner ganzen Erfahrung rang. Ich hatte den Eindruck, er hätte noch mehr gesagt, wenn es ihm möglich gewesen wäre, für die gewaltigen Konflikte, die sich in seinem Innern abspielten, die richtigen Worte zu finden.

Wir verbrachten nicht mehr viel Zeit in Mu Ooria. Die Flammen verloschen langsam, nachdem sie großen Schaden angerichtet hatten. Weitere Off-Moo fanden wir nicht. Von den Einwohnern war nichts zu sehen. Nichts Geschriebenes war zu finden, kein Hinweis. Sie hatten verloren und waren geflohen, dachte ich enttäuscht. Zweifellos waren sie dekadent geworden, nachdem sie zu sehr auf ihre Fähigkeit vertraut hatten, sich gegen jeden Angriff wehren zu können.

Wie das alte Byzanz hatten sie sich zu lange auf den Ruhm vergangener Tage verlassen. Ich hatte angenommen, sie wären mutig und entschlossen. Vielleicht waren sie es auch einst gewesen. Jetzt aber, so schien es, waren sie nicht mehr fähig, sich Gaynor oder sonst jemandem zu widersetzen, der ihre Reichtümer und Geheimnisse rauben wollte.

»Es gibt nur einen Weg«, erklärte Prinz Elric.

»Gaynor verfolgen?«, fragte ich.

»Und hoffen, dass wir ihn besiegen können, ehe er den Nebelgrund erreicht.«

»Er ist fast schon dort«, meinte der Gelehrte Crina. »Er und seine Armee müssen der Grenze bereits nahe sein.« Das erste Mal zeigte er eine Gefühlsregung. »Das ist das Ende«, sagte er und senkte den Kopf mit der Haube. »Das ist für uns alle das Ende, das Ende der ganzen Welt.«

Oona reagierte ungehalten. »Nun, meine Herren, falls ihr nicht das Ende willkommen heißt wie der Gelehrte Crina, der aus dieser Situation eine Art schwermütige Zufriedenheit zu ziehen scheint, schlage ich vor, dass wir eine Weile ausruhen, gut essen und dann die Verfolgung aufnehmen.«

»Dazu haben wir keine Zeit«, sagte Elric beinahe zu sich selbst. »Wir müssen unterwegs essen und uns sofort auf den Weg machen, denn wir haben keine Pferde und müssen Gaynor zu Fuß verfolgen.«

»Und wenn wir ihn einholen?«, fragte ich. »Was werden wir dann tun?«

»Ihn bestrafen«, sagte Elric einfach nur. »Ihm das Schwert wegnehmen, das er gestohlen hat.« Er legte die Hand auf den Schwertgriff und streichelte ihn mit den langen Fingern. Er grinste dabei, doch ich fand seinen Humor beunruhigend. »Seine eigenen Methoden gegen ihn einsetzen. Ihn töten.«

Mordlust brannte im Melnibonéer. Er sehnte sich nach Blutvergießen und es war ihm gleich, wie er sein Ziel erreichen würde. Ich fürchtete um meine und die Sicherheit seiner Tochter. Auch der Gelehrte Crina spürte es. Als ich mich zu ihm umdrehte, sah ich ihn gerade noch im brennenden Gebäude verschwinden. Die Flammen schienen ihm nichts auszumachen.

Ich wickelte mich enger in die feuchte Kleidung, und da ich das Bedürfnis hatte, mich zu bewegen, schlurfte ich zum

Stadtrand. Meine Gefährten folgten mir. Ich war überzeugt, dass ich bei diesem Abenteuer den Tod finden würde, doch ich tröstete mich mit dem Gedanken, dass ich ohnehin schon tot wäre, wenn Elric und Oona mir nicht geholfen hätten, aus dem Konzentrationslager zu fliehen. Wenigstens hatte ich die Gelegenheit bekommen, die übergeordnete Realität zu sehen, den Ort, wo die verschiedenen Welten des Multiversums miteinander verknüpft waren.

Wir hatten den Außenbereich der Stadt fast erreicht, als der Boden unter unseren Füßen bebte. Steinbrocken sausten von oben herunter und krachten auf den Höhlenboden. Wurde Mu Ooria von einem Erdbeben erschüttert? Das abgehackte Grollen, das auf das Beben folgte, klang wie höhnisches Lachen.

Ich sah Oona fragend an, doch sie schüttelte den Kopf. Auch Elric war verblüfft.

Wieder ein Beben, wieder fielen Steine herunter. Als würde ein Riese hinter uns her stampfen.

Wenn ich es nicht besser gewusst hätte, dann hätte ich angenommen, dass starke Sprengladungen gezündet worden waren. Ich hatte ähnliche Eindrücke gehabt, als ich mit meinem Bruder, der Ingenieur war, die Baustelle eines Eisenbahntunnels besucht hatte. Mein Bruder war gefallen, als er drei Tage nach Kriegsausbruch einen Schützengraben aushob.

Ich sah mich nach den riesigen Steinsäulen um. In der Höhle konnte man nicht weit sehen und es war schwer, Entfernungen zu schätzen. Allerdings glaubte ich, in der Ferne flackerndes, wütendes Feuer zu erkennen. Der Phosphor vom See hatte sich zusammengeballt und einen Wirbelsturm gebildet.

Mehrere solcher schlanken Wirbelstürme näherten sich uns. Kreischender Wind und heulendes weißes Licht zogen durch die Trümmer der Stadt und ordneten sie zu neuen, noch verrückteren Formen an. Etwas an diesen Naturereignissen weckte in mir den Verdacht, sie wären bewusste Wesen oder würden wenigstens von einem denkenden Wesen gesteuert.

Wir wussten, dass wir um unser Leben laufen mussten. Es galt, einen Graben oder eine Spalte zu finden, in die wir kriechen konnten, damit die Wirbelstürme über uns wegspringen konnten, wie es ihre oberirdischen Gegenstücke taten. Doch das war eine schwache Hoffnung.

Jetzt schien klar, welche Kräfte Gaynor gegen unsere Freunde entfesselt hatte. Zweifellos hatte ihm irgendeine übernatürliche Macht die Kraft der Ishass geschenkt. Winddämonen. Auch in der irdischen Mythologie hatte ich schon von ihnen gehört. Sie tauchten vor allem in den Märchen der Wüstenvölker auf und wurden oft Ifrit genannt.

»Kann jemand wie Gaynor sie dem eigenen Willen unterwerfen?«, wollte Oona von Elric wissen.

»Offensichtlich«, meinte der Albino trocken, während er losrannte.

Ich bildete die Nachhut, keuchte vor Anstrengung und war außerstande, auch nur eine der vielen Fragen zu formulieren, die mir durch den Kopf schossen.

Oona gab uns ein Zeichen. Sie blieb stehen und deutete nach vorn. Vor uns lag die dunkle Öffnung einer kleinen Höhle. Da wir die Ishass kommen hörten und es nicht einmal mehr wagten, uns umzuschauen, quetschten wir uns ohne Zögern in das Loch, das kaum groß genug war, um uns alle aufzunehmen. Die Nähe unserer Körper tröstete mich. Es fühlte sich an, als wären wir zu dritt in einen sicheren, leicht zu verteidigenden Mutterschoß zurückgekehrt. Draußen wurde das Kreischen und Krachen lauter und lauter, als die Wirbelstürme dicht über uns hinwegzogen. Dann wurde es still. In der Ferne hörte man weitere Wirbelstürme, doch sie konnten uns nicht gefährlich werden.

»Das ist eine mächtige Kraft«, überlegte Elric. »Es erfordert großes Geschick, sie zu beschwören. Bedeutende Abmachungen müssen getroffen werden. Ich glaube nicht, dass Ihr Vetter, Graf Ulric, bei all seiner Klugheit einer solchen Sache körperlich gewachsen wäre. Diese Dämonen sind in der Unterwelt berühmt. Man nennt sie die Zehn Söhne, die Ishass. Dies bedeutet, dass er mit dem Chaos verbündet ist, denn die Ishass werden nicht der Ordnung dienen und die Ordnung, außer wenn sie höchst instabil geworden ist, wird nie diese Kräfte für sich einsetzen.«

Ich bekam Schuldgefühle, weil ich die Off-Moo so voreilig verurteilt hatte. Kein sterbliches Wesen konnte sich solchen Mächten widersetzen. Es war, als wollte man einen Herbststurm allein mit Mut und moralischer Integrität zum Schweigen bringen. Die Off-Moo hatten trotz ihres hohen Entwicklungsstandes nichts, was sie vor diesen Ishass schützen konnte.

Die Winddämonen zogen in der Nähe vorbei. Sie kläfften und kreischten und bellten wie wilde Hunde, ließen alte Steine herunterkrachen, warfen Säulen um, die Millionen Jahre gebraucht hatten, um zu wachsen. Welchen Sinn hatte diese ungezielte Zerstörungswut? Warum hatte Gaynor sich überhaupt noch die Mühe gemacht, die Zehn Söhne gegen eine bereits besiegte Stadt loszulassen? Was hatten manche Sterbliche nur in sich, dass sie in solcher Zerstörung Befriedigung fanden? Welches schreckliche Bedürfnis befriedigten sie, wenn sie die Werke und die Schönheit zerstörten, die zu schaffen Jahrhunderte gedauert hatte? Glaubten sie die Welt dadurch von irgendetwas zu reinigen?

Lange nachdem sie vorbei waren, kletterten wir aus der engen kleinen Höhle wieder heraus. Erst jetzt fiel mir ein, dass Gaynor möglicherweise doch nicht die Zehn Söhne befehligte. Vielleicht hatten sie sich seiner Kontrolle entzogen und beschäftigten sich zu ihrem eigenen Vergnügen damit, die friedliche Welt in Trümmer zu legen. Oder war dies ihre Belohnung dafür, dass sie ihm geholfen hatten? Sie zerstörten wahllos, was ihnen in die Quere kam und verschonten nicht einmal die paar Wilden, die sich noch in den Ruinen aufgehalten hatten. Die armen Wesen wurden mit wild schlenkernden Armen und Beinen hochgesogen und verschluckt und dann wurde ihnen Kleidung und Fleisch von den Knochen gerissen, dass es in alle Richtungen spritzte. Die Knochen fielen wie ein Regenschauer herunter und klapperten auf den Steinen.

Die Zehn Söhne waren jetzt vor uns und bildeten eine ungenaue Frontlinie, die wir gut verfolgen konnten. Wir folgten ihnen und stolperten die breite Schneise entlang, die sie geschlagen hatten, während wir uns fragten, ob vor uns womöglich etwas liegen könne, das noch schrecklicher aussah als das, was wir bereits gesehen hatten.

Oona runzelte die Stirn. Sie sagte, sie hätte eine Idee. »Vielleicht beeilen sie sich, um sich Gaynors Armee anzuschließen? Vielleicht hat er schon den Nebelgrund erreicht und ruft die Zehn Söhne zu sich, damit sie ihm noch einmal dienen. Glaubt er denn wirklich, er könne die Schöpfung mit ein paar Winddämonen erobern?«

»Ich kann mir vorstellen«, erwiderte ich, »dass er einen besseren Plan entworfen hat. Auf jeden Fall können wir sicher sein, dass er über mehr Macht verfügt als je ein Mensch vor ihm.«

»Ich denke, es wird schwer sein, ihn zu besiegen«, überlegte der Lord von Melniboné. »Es ist gut, dass wir zu dritt sind. Ich bin nicht sicher, ob ich es alleine schaffen würde.«

Wir gingen weiter und entfernten uns von der Stadt. Die Dunkelheit, die uns jetzt umgab, war stellenweise von weggeworfenen Fackeln der Barbaren beleuchtet. Wir hatten kaum Aussichten, Gaynors Armee rechtzeitig einzuholen, doch wenigstens waren wir jetzt vor den Zehn Söhnen sicher, die vor uns einhersprangen, winzig inzwischen und kaum noch zu erkennen zwischen den riesigen Steinblöcken, die in dieser Gegend eine Reihe von natürlichen Toren bildeten – wie ein gewaltiger Laubengang. Wir waren dankbar für die Steinformationen, denn sie wiesen uns die Richtung und zeigten uns, wo Gaynor zu suchen war. Doch es würde noch eine Weile dauern, zu ihm aufzuschließen.

Und wenn wir uns ihm näherten, war es gut möglich, dass wir auf der Stelle getötet wurden. Elrics Entschlossenheit und seine Zuversicht beruhten vor allem auf seinem Wissen um die Zauberei, wobei jedoch die große Zahl Soldaten, die Gaynor befehligte, außer Acht blieb. Ganz zu schweigen von den übernatürlichen Verbündeten.

Wir hatten das Glück, den zerfetzten Leichnam eines Troogs zu finden. Die menschenähnliche Gestalt hatte einen einfachen Beutel an der unförmigen Hüfte hängen. Der Beutel war mit verschiedenen, meist nutzlosen Beutestücken aus Mu Ooria gefüllt, aber dort fanden wir auch etwas zu essen. Zwei dicke Laibe Brot, ein paar Töpfe mit konserviertem Fleisch und Flaschen mit eingelegtem Gemüse. Irgendwo hatte er sich auch eine Lederflasche mit Wein angeeignet. Wir mussten sie ihm mit Gewalt aus der riesigen schuppigen Hand reißen. Eine unangenehme Aufgabe, doch es war die Mühe wert, da der Wein von guter Qualität war. Ich hatte das Gefühl, er könne ursprünglich einem von Fromentals Gefährten gehört haben, vielleicht sogar seinem Freund, dem sprechenden Fuchs. Dieser Gedanke veranlasste mich, über das Schicksal des Franzosen nachzudenken. Ich hoffte, er und seine seltsamen Gefährten hatten das Tanelorn gefunden, das sie suchten.

Wir bewegten uns rasch weiter und bekamen nach einer Weile Gaynors schreckliche Armee zu Gesicht.

In der Ferne lag eine Art graues Band über dem Horizont. Näherten wir uns schon dem geheimnisvollen Nebelgrund?

Ich drehte mich um und sah Oona fragend an.

»Die verbotene Mark«, bestätigte sie. »Dahinter liegt der Nebelgrund.«

17.
Achtlose Engel

»Manche Leute glauben«, erzählte Oona mir beiläufig, »dass jeder einen Schutzengel habe, der diskret auf ihn Acht gibt, vielleicht auf ähnliche Weise, wie wir für ein Haustier sorgen. Das Haustier bemerkt kaum, was wir für es tun, genau wie wir den Schutzengel kaum bemerken. Und genau wie manche Haustiere gewissenhafte Besitzer haben, gibt es andere, die schlechten Menschen gehören. Deshalb kann man zwar sagen, jeder habe einen Schutzengel, doch die Unglücklichen unter uns haben achtlose Engel.«

Wir lagen auf einer breiten Terrasse und blickten in ein Tal hinunter, das wahrscheinlich noch nie von irgendeinem Licht erhellt worden war. Jetzt wurde es von den marschierenden Wirbelstürmen ausgeleuchtet, von den Zehn Söhnen, die als lockere Gruppe von wirbelnden, kreischenden Lichtern herumsprangen. Offenbar wurden sie von irgendetwas unter Kontrolle gehalten, denn sie folgten fügsam den Fackeln der blinden Kannibalen, die Gaynor befehligte. Die Fackeln waren nicht für sie gedacht, sondern für Gaynor und seine Nazis, deren Pferde ebenfalls blind waren. Ab und zu fiel ein riesiger Schatten auf eine Mauer aus altem fleischfarbenem Fels. Die riesigen Troogs, die blinden Wilden, und die Nazis mit ihren schwarzen und silbernen Uniformen. In der Tat, ein übles Bündnis. Tiere und Menschen. Halb Menschen und halb Tiere. Sie watschelten und hopsten, schlurften und tanzten, schritten und ritten. Einige stolperten. Ironischerweise hatten viele gelernt, sich in der Dunkelheit zurechtzufinden, wurden aber jetzt vom Licht geblendet. Eine zerlumpte

Armee. Eine hässliche Armee. Eine widerliche Armee, die erbarmungslos gegen den Nebelgrund marschierte.

»Kann es sein«, fragte ich, »dass wir schon von unseren Engeln verlassen sind? Habt ihr schon einmal so etwas Groteskes gesehen?« Ich deutete auf Gaynors Armee.

»Kaum«, antwortete Oona. Ihr liebliches, wunderschönes Gesicht, eingerahmt vom langen weißen Haar, wurde mit einem traurigen, klugen Ausdruck kurz in meine Richtung gedreht. Einen Moment lang, als sie den Blick wieder abwandte, hatte ich ein ganz außergewöhnliches Gefühl. Ich glaube, ich war dabei, mich in sie zu verlieben. Und natürlich machte ich mir Gedanken, ob es moralisch vertretbar sei.

Oona war nicht meine, sondern Elrics Tochter. Doch an welchem Punkt konnte ein Wesen, das sich seines Platzes im Multiversum sicher war, entscheiden, die Beziehungen zu ignorieren, die es zu Millionen anderen Geschöpfen hatte? Ich konnte gut verstehen, wie nachteilig es war, sich voll bewusst zu sein. Vor Jahren, am Anfang seiner Ausbildung in der Zauberkunst, hatte Elric möglicherweise vor der Entscheidung gestanden, ob er wissend oder unwissend sein wollte und sich entschlossen, dem Multiversum gegenüber unwissend zu bleiben. Denn sonst wäre er möglicherweise nie mehr fähig gewesen zu handeln.

Wie mag es sein, wenn man sich der Tatsache bewusst ist, dass jede Handlung, zu der man sich irgendwo entschließt, überall in Raum und Zeit Folgen hat? Man würde natürlich sehr vorsichtig werden, wenn es um die Frage geht, mit wem man sich einlässt. Auch in Bezug auf die Dinge, die man sagt oder tut. Man könnte erstarren und völlig handlungsunfähig werden. Oder man flieht in einen Zustand umfassender Ignoranz und weist jegliche Kenntnis zurück.

Oder man wird zum Draufgänger und ist wie Elric bereit, jederzeit alles aufs Spiel zu setzen. Denn wenn man alles riskiert und verliert, ist die Belohnung immerhin noch seliges Vergessen. Vergessen war es, wonach sich die arme, gequälte Seele so häufig sehnte. Diese Sehnsucht machte Elric zu einem unsicheren Bundesgenossen. Nicht jeder schließlich wollte im Kampf das Vergessen suchen. Etwas in mir freute sich immer noch darauf, in die Ruhe meines alten Anwesens zurückzukehren und mich den stillen Freuden eines Lebens auf dem Lande hinzugeben. Nicht dass es so aussah, als könne sich dieser Wunschtraum in der nächsten Zeit erfüllen.

Elric dachte stirnrunzelnd nach, er schien irgendwelche Berechnungen anzustellen. Ich sah ihn nervös an und hoffte, er würde nicht wieder einen seiner tollkühnen Angriffe unternehmen. Wir drei konnten es mit diesen eigenartigen Heerscharen nicht aufnehmen.

Vorsichtig und jede verfügbare Deckung nutzend, arbeiteten wir uns näher an Gaynors entsetzliche Armee heran. Die Winddämonen schienen sich zum Schutz der Flanken und der Nachhut postiert zu haben. Ich konnte mir nicht erklären, wie mein Vetter sie steuerte.

»Woher kennen Sie diese lebenden Tornados?«, flüsterte ich. »Sind Sie ihnen schon einmal begegnet?«

»Nicht allen zehn auf einmal«, erwiderte er. Er schien ungehalten über die Störung. »Einmal habe ich ihren Vater beschworen. Diese Wind-Wesen herrschen über unterschiedliche Aspekte der Elemente. Sie schützen ihre Reiche gut, doch es gibt starke Rivalitäten unter ihnen. Sie können auch wankelmütig sein. Dies ist keine Arbeit für die *sharnah,* die Sturmmacher, sondern für die *H'Haarshann,* die Schöpfer der Wirbelwinde.«

Darauf schwieg ich. Meine Instinkte rieten mir, umzukehren, zurückzugehen, den Wasserfall zu finden und nach Hameln weiterzureisen. Ich wollte lieber die Schrecken eines Konzentrationslagers der Nazis auf mich nehmen, als noch länger diesen übernatürlichen Gefahren ausgesetzt sein.

Die marschierende Armee hielt an. Man schlug ein Lager auf. Vielleicht musste Gaynor erst überlegen, wie er weiter vorgehen wollte? Die Zehn Söhne dienten als Wächter dieser großen Horde, indem sie einen weiten Kreis darum bildeten. Ich betrachtete die lodernden weißen Gestalten so gut wie möglich und versuchte zu erkennen, woraus die Zehn Söhne wirklich bestanden, doch sofort verschwamm es mir vor den Augen. Es war unmöglich, die Winddämonen länger als ein paar Sekunden anzuschauen.

Ich fragte mich, ob ich eine Art Grundstruktur im Innern der Zehn Söhne erkennen konnte, wenn ich mir ein Stück Gaze vors Gesicht band. Aber vielleicht täuschte ich mich auch, vielleicht gab es gar keine Grundstruktur.

»Erst die Zehn, dann Lady M«, murmelte Elric.

Es klang wie ein Kinderreim. Sogar sein Atem schien im Takt zu gehen, was ich vorher noch nicht bemerkt hatte. Er bewegte sich fast wie in einem Ballett. Auf Oona und mich achtete er kaum noch, die Augen blickten in eine unbestimmbare Ferne.

Ich runzelte die Stirn und wollte mich schon vorbeugen, um ihn an der Schulter zu berühren und ihn zu fragen, ob es ihm nicht gut ginge, doch Oona hob einen Finger an die Lippen und winkte mich fort. Sie sah ihren Vater erwartungsvoll an und wandte sich dann mit einem stolzen, besitzheischenden Strahlen wieder an mich, als wollte sie sagen: »Warte nur, mein Vater ist ein Genie. Warte es nur ab.«

Ich hatte ihn näher kennen gelernt, als sich überhaupt zwei menschliche Wesen kennen lernen können, tief in seinem Innern, als Seelen verbunden. Ich empfand große Achtung und große Zuneigung zu ihm. Doch erst jetzt wurde mir bewusst, dass er vielleicht wirklich ein Genie war.

Elric warnte uns, nach Möglichkeit leise zu sprechen, wenn überhaupt. Die Zehn Söhne hatten ein scharfes Gehör.

Auf einmal bewegte er sich, kletterte in der Nähe die Felsen hinunter, und murmelte, vielleicht als Antwort auf meine unausgesprochene Frage: »Altvater. Altvater braucht etwas frisches Blut.«

Er verschwand vorübergehend. Ich hörte ein musikalisches Geräusch. Weich, drohend. Ich sah ihn unten, wie er vorsichtig zu Gaynors Lager schlich. Rabenbrand hielt er blank gezogen in der rechten Hand.

Die Zeit verging. Das Lager schlief, ich beobachtete weiter.

Ich wartete, dass Elric zurückkehrte. Oona jedoch rollte sich zusammen und sagte mir, ich solle sie wecken, wenn ich müde würde.

Schließlich hörte ich unten Lärm und sah eine vertraute Gestalt. Elric schleppte etwas hinter sich her. Etwas, das grunzte und stöhnte, als es über den unebenen Felsboden geschleppt wurde.

Dann hatte er, immer noch unter mir, eine Stelle erreicht, wo die Felsen ein kleines natürliches Amphitheater bildeten. In dessen Mitte ließ Elric die Beute fallen. Der Mann wand sich einen Augenblick, bis er ihm einen Tritt versetzte. Dann sah ich Elrics Gesicht. Die Augen waren wie Glas, wie lodernde Rubine. Sie blickten in eine Welt, die ich mir nicht einmal ansatzweise vorzustellen vermochte. Sie blickten in die Hölle. Die Lippen murmelten, das Schwert zeichnete komplizierte Figuren in die Luft, der ganze Körper bewegte sich wie in einem Ritual - ein gespenstischer Tanz.

Oona erwachte und legte sich neben mich, um Elric zu beobachten, als dieser den Stoff aufschnitt, mit dem er seinen Gefangenen gefesselt hatte. Ich erkannte das entsetzte Menschenwesen. Es war einer der Nazis, die mit Gaynor hergekommen waren. Er knurrte wie ein eingesperrter Hund, doch in seinen Augen stand das blanke Entsetzen und er konnte sein Zittern nicht unterdrücken. Er versuchte Elric zu schlagen, doch Rabenbrand schoss vor und der Nazi zog die blutende Hand zurück. Rabenbrand traf ihn noch einmal - und über das Gesicht lief ein blutender Strich. Noch einmal - und das zerlumpte Hemd fiel von der Brust und entblößte einen weiteren blutenden Riss vom Hals bis zum Nabel.

Der Nazi jammerte und wollte fliehen, wollte Verbündete, Götter, irgendetwas zu Hilfe rufen. Das Schwert kostete ihn. Genoss ihn. Ergötzte sich Tropfen um Tropfen an seinem Blut. Während er mit dem heulenden Häuflein Elend spielte, summte Elric ein gespenstisches, wortloses Lied. Die Melodie stieg und fiel. Ich staunte, dass solche Töne aus der Kehle eines Sterblichen kommen konnten. Sie schienen lauter zu werden, während der Nazi langsam starb, während Stücke von seinem Fleisch abgetrennt wurden. Das Schwert fuhr mit seinem präzisen, schrecklichen Werk fort.

Oona starrte gefesselt hinunter. In diesem Augenblick war sie ganz und gar das Kind ihres Vaters. Sie sah aus wie eine Katze. Ich dagegen musste mich mehr als einmal abwenden. Diese Stimme machte mir Angst, diese steigende und fallende Melodie, die stärker und stärker wurde. Elrics Anblick, die wilden roten Augen, die nach oben verdreht in die Dunkelheit starrten, den Mund zu etwas geöffnet, das halb Gesang und halb ein Schrei war, das leuchtende weiße Fleisch und das mächtige schwarze Runenschwert, das vor seinen Augen einen Menschen in Stücke schnitt.

Der Nazi war noch voll bei Bewusstsein. Dies hatte Elrics entsetzliche Kunst vollbracht. Er trug sogar noch die schwarzen SS-Stiefel und kniete vor meinem Doppelgänger. Tränen mischten sich ins Blut, das aus den Augenhöhlen strömte, nachdem Elrics Klinge die Augäpfel herausgelöst hatte, bis sie nur noch an einigen Muskelsträngen auf den Wangen hingen.

Die meiste Zeit übertönte Elrics entsetzlicher Gesang das grässliche Schreien des Nazis und sein Flehen, ihn zu verschonen oder ihn endlich zu töten, und ich war dankbar dafür.

Schwert und Mann bewegten sich im gleichen Rhythmus. Zwei Wesen, die in einem furchtbaren Pakt miteinander verbunden waren. So etwas hatte ich bei Rabenbrand nie gespürt. Elrics Umgang mit der Waffe schien das Böse im Eisen zum Leben erweckt zu haben. Rote Runen glitten auf der Schneide auf und ab und pulsierten wie Adern. Das Schwert schien sich an den exakt gesetzten, widerlichen Wunden zu weiden, die es unablässig ins blutige Fleisch des SS-Mannes schlug. Es war mit Abstand der abscheulichste Anblick, den ich je gesehen hatte.

Wieder wandte ich mich ab. Dann hörte ich Oona keuchen und sah erneut hin.

Rings um den geschundenen Körper des Nazis entstand eine zweite Gestalt. Sie wand sich und wuchs, als wäre sie lebendig.

Langsam, wie eine Schlange, verschluckte sie Elrics Opfer, dann bewegte sie sich schneller und schoss aus dem Gequälten heraus nach oben. Sie fuhr zum Dach der Höhle hinauf und wirbelte oben wie eine Wolke. Eine Wolke, in der winzige Blitze zu zucken schienen. Sie nahmen die Farbe des Blutes von dem Mann an, der noch unten kreischte wie ein abgestochenes Schwein und allmählich erkannte, dass es noch Schlimmeres gab als das, was er bisher schon erlitten hatte. Schließlich erlahmte sein Widerstand und er ging in der Wolke auf.

Ich hörte Elrics Stimme trotz aller anderen Geräusche. »Vater der Winde, Vater des Staubes, Vater der Luft. Vater des Donners. H'Haarshann Altvater. Ältester aller Väter. H'Haarschann Altvater, Vater der Ersten.« Ich kannte die Sprache, die er sprach, denn ich wusste jetzt alles, was er wusste. Ich wusste, dass er den armen Sterblichen demjenigen opferte, den er anrief.

»Altvater! Altvater! Ich bringe dir, was der Herr der H'Haarshann verlangt. Ich bringe dir das kostbare Fleisch, das du begehrst.«

Die Wolke grunzte. Sie war zufrieden. Sie gab ein leises Pfeifen von sich.

Der rote Blitz begann zu tanzen und zu hüpfen und bildete eine neue Gestalt aus. Ich glaubte das schrumplige Gesicht eines rachsüchtigen alten Mannes zu sehen. Lange, dünne Haarsträhnen hingen bis auf die eingesunkenen Schultern hinab. Ein zahnloser Mund schmatzte, als das Opfer verzehrt war. Dann grinste der Mund.

»Du weißt, wie man einen alten Freund speisen muss, Prinz Elric.« Die Stimme war ein Hauch und ein Seufzen, ein Sturm und ein knatternder Wind zugleich.

»Ich speiste dich, wie ich dich immer gespeist habe, H'Haarshann Altvater.« Mein Beinahe-Zwillingsbruder hatte die blutige schwarze Klinge wieder in die Scheide gesteckt und stand jetzt mit ausgestreckten Armen da, um dem Wesen die Ehre zu erweisen. »Wie ich dich immer speisen werde, solange ich lebe. So lautet unsere Abmachung. Geschlossen vor einer Million Jahren mit meinen Vorfahren.«

»Aaaah ...« Ein tiefes Seufzen. »An so wenige kann ich mich erinnern. Doch ich bin bereit, dir für diesen köstlichen Genuss meine Hilfe anzubieten. Was wünschest du von mir?«

»Jemand hat deine Söhne auf seine Ebene gerufen. Sie haben sich schlecht benommen. Sie haben großen Schaden angerichtet.«

»Das liegt in ihrer Natur. Es ist das, was sie tun müssen. Sie sind noch so jung, meine Zehn Söhne. Sie sind die zehn großen H'Haarshann, die durch alle Welten schreiten.«

»So ist es, Altvater.« Elric betrachtete die sterblichen Überreste des Nazis. Wie ein Falke jede Faser eines erbeuteten Vogels außer den Federn zerlegt, hatte auch Altvater den Sterblichen an sich genommen und nichts als die blutüberströmten Fetzen der SS-Uniform zurückgelassen. »Sie wurden von meinen Feinden von ihrem Platz zwischen den Welten entfernt. Damit sie mein Leben und das der meinen gefährden.«

Altvater bebte. »Aber ohne dich würde ich den exquisiten Geschmack von Fleisch nicht kennen. Und meine Zehn Söhne haben in den Welten zu tun, sie müssen ihnen meinen Willen einhauchen.«

»So ist es, großer Altvater.«

»Niemand ist mehr übrig außer dir, mein süßer Sterblicher. Niemand, der weiß, was Altvater essen mag.«

In diesem Augenblick schaute Elric hoch und unsere Blicke trafen sich. Der Spott und Hohn, den ich in diesen Augen sah, ließ mich angewidert den Kopf abwenden. Ich wusste, dass Elric von Melniboné nur äußerlich ein Mensch zu sein schien. Das Blut in seinen Adern war von einer älteren, grausameren Art als das meine. In meiner alten Welt wurde ein so blutrünstiges, sadistisches Opfer nur von Geisteskranken dargebracht. Für Elric und seinesgleichen jedoch waren solche Übungen ein Teil der Lebensart, sogar eine Kunst, deren Darbietung man genießen konnte. In Melniboné lobte man das Opfer, das stilvoll zu sterben wusste und das im Tod das Publikum nach Kräften unterhielt. Was Elric gerade getan hatte, belastete sein Gewissen nicht. Für ihn war es notwendig und selbstverständlich gewesen.

Altvater schien mit sich zu ringen, wie der Wert des Opfers einzuschätzen war.

»Möchtest du noch einmal kosten, edler Altvater?« Elrics Stimme klang weich und schmeichelnd. Keine Drohung lag in ihr, doch Altvater erinnerte sich an den Geschmack sterblichen Fleisches und sehnte sich schon jetzt nach mehr.

»Ich werde mich um meine Söhne kümmern«, sagte die Erscheinung. »Auch sie haben gut gespeist.«

Das wirbelnde rote Feuer schwoll zu einer um sich selbst kreisenden Wolke an, zog sich unter das ferne Dach der Höhle zurück, tauchte wieder in die Dunkelheit herab und löste sich auf. Nur ein leichter, rosafarbener Schimmer blieb zurück, der nach einigen Augenblicken ebenfalls verschwand.

Ich blickte zu Gaynors Lager. Man war aufmerksam geworden. Ich sah Troogs, die in alle Richtungen Ausschau hielten. Einer rannte zur Mitte des Lagers, wo Gaynor ein protziges Zelt aufgeschlagen hatte. Die Spannseile waren mit Pfählen im nackten Fels verankert worden.

Ich nahm an, dass sich der Tod des Nazis letzten Endes doch als nutzlos erweisen würde. Altvater war verschwunden. Die zehn wirbelnden Trichter aus phosphoreszierendem Licht bewachten nach wie vor das Lager. Elrics schmutziges Ritual hatte nichts weiter bewirkt, als die Aufmerksamkeit von Gaynors Horde auf uns zu lenken.

Eine Gruppe Troogs kam in unsere Richtung gewatschelt. Sie hatten uns noch nicht gesehen, doch es würde nicht mehr lange dauern, bis sie uns bemerkten. Ich sah mich um, ob es eine Fluchtmöglichkeit gäbe. Nur Oona besaß eine Waffe. Mein Schwert lag in den Händen meines Doppelgängers. Ich war nicht sicher, ob ich die Klinge in Zukunft noch einmal mit den gleichen Augen ansehen würde wie zuvor. Falls ich überhaupt eine nennenswerte Zukunft hatte.

Die Troogs kletterten die Felsen zu uns herauf. Sie konnten uns riechen.

Ich sah mich um, ob es etwas gab, das ich schleudern konnte. Als Waffen standen mir nur noch Felsen zur Verfügung.

Elric war unten inzwischen völlig erschöpft auf die Knie gesunken. Ich fragte mich, ob ich rechtzeitig das Schwert holen konnte, ehe die Troogs uns erreichten. Andererseits war ich nicht sicher, ob ich die Klinge jemals wieder würde in die Hand nehmen können.

Oona legte einen Pfeil in den Bogen und zielte.

Sie sah sich einmal oder zweimal über die Schulter um und konnte offenbar nicht glauben, dass Elric versagt hatte, dass Altvater das Opfer genommen hatte und verschwunden war, ohne uns die versprochene Hilfe zu gewähren.

Knapp über dem grauen Horizont bewegte sich etwas. Ein roter Blitz, der rasch in unsere Richtung flog, immer weiter beschleunigte und mit gewaltigem Dröhnen heranbrauste, als zupfe jemand an den Saiten einer riesigen Gitarre, die verstärkt wurde, bis sie in der ganzen Schöpfung zu hören war.

Elric kam hastig auf die Beine und gesellte sich zu uns. Er grinste und keuchte wie ein Wolf. In den Augen stand wilde Mordlust. Ein triumphierender, hungriger Ausdruck.

Er sagte nichts zu uns, sondern sah zur roten Wolke hinüber, die sich wieder Gaynors Lager und den Zehn Söhnen näherte, die am Rand des Lagers tanzten.

Dann hob Elric den Kopf, riss das Runenschwert in einer triumphierenden Geste hoch und begann zu singen.

Ich kannte das Lied. Ich kannte Elric. Ich war Elric gewesen. Ich wusste, was es bedeutete. Ich wusste, was es sagte. Doch ich konnte nicht wissen, welche Wirkung es haben würde. Ich glaube nicht, dass ich trotz aller Konzertbesuche jemals im Leben etwas so außergewöhnlich Schönes gehört habe. Eine Drohung mochte darin zum Ausdruck kommen, auch Triumph und grausame Verzückung - und doch war es wunderschön. Es war, als hörte ich einen Engel singen. Eine vielschichtige, modulierte Melodie, vorgetragen mit einer einzigen fremdartigen Stimme. Sie trieb mir die Tränen in die Augen. Sie ließ mich an Kummer und Trauer denken. Ich trauerte um den Tod des Mannes, dessen Hinrichtung ich gesehen hatte. Ich hörte das Leiden mit einer Stimme sprechen, wie sie noch nie in der Welt vernommen worden war.

Elrics Lied ließ die Troogs auf der Stelle innehalten.

Ich sah Oona an. Sie weinte. Sie verstand etwas an ihrem Vater, das mir ein Rätsel blieb.

Das Lied schwoll an und ich bemerkte, dass Rabenbrand eingestimmt hatte. Es war ein beinahe körperlich spürbarer Klang. Ich fühlte, wie er mich umhüllte. Ich spürte körperlich das verworrene Lied. Tausend verschiedene Gefühle regten sich gleichzeitig in meinem Blut und meinen Nerven. Etwas in mir wurde durch das Lied gestärkt, doch körperlich schwächte es mich, bis ich kaum noch auf den Beinen stehen konnte.

Dann kam ein weiteres Lied dazu. Es kam aus der Ferne des grauen Horizonts. Ich sah Fetzen von rotem Licht von einer unsichtbaren Quelle ausgehen. Rote Finger wanden sich wie Seile durch die Felssäulen und griffen über die Reihen der riesigen Armee hinweg. Eine gewaltige Hand wurde durch die Höhle ausgestreckt. Die Hand Gottes. Oder die Hand Satans. Die Flammenhand wurde zur Faust geballt und die Faust zog die Zehn Söhne in sich hinein, die aufgeregt zu wirbeln und zu summen begannen und sich der Züchtigung des Altvaters widersetzen wollten. Das weiße Feuer flackerte und tobte, doch die Hand wurde weiter ausgestreckt, um es ganz zu umfassen.

Gaynors Lager war in hellem Aufruhr. Ich sah eine Gestalt aus seinem Zelt stürzen und auf eins der blinden Pferde steigen. Ich hörte Signalhörner und Trommeln. Verwirrung brach aus, als halb bekleidete Männer versuchten, die Pferde unter Kontrolle zu halten. Die blinden Kannibalen rannten ziellos umher und versuchten, im Durcheinander ihre Waffen zu finden. Nur die Troogs wussten genau, was ihnen bevorstand. Viele von ihnen rannten bereits in die Dunkelheit davon, fort vom Nebelgrund, während die rote Hand des Altvaters die wilden, kreischenden Söhne einsammelte. Ihr wildes Ausweichen, als er sie packen wollte, löste Felsnadeln von der Höhlendecke und ließ die Steine fliegen.

Ein Strom von Fackeln bewegte sich ungeordnet in allen Richtungen, als Gaynor mehr Licht verlangte.

Wir konnten ihn jetzt sehen. Er saß auf einem großen Albinopferd. Es verdrehte wild die roten Augen, schnaubte und witterte, spielte aufgeregt mit den Ohren und versuchte, die Quelle der Geräusche zu finden. Doch Gaynor beherrschte den Hengst allein mit einer Hand und den Knien. In der zweiten Hand hielt er das Elfenbeinschwert. Das Schwert, das Miggea mit ihrer Magie geschaffen hatte. Er trieb das Pferd in unsere Richtung, aber für mich sah es so aus, als wüsste er nicht genau, was vor sich ging. Hauptsächlich wollte er wohl die fliehenden Troogs und die Wilden zum Umkehren bewegen. Seine Männer folgten auf ihren eigenen Pferden. Sie schlugen die Fußsoldaten, brüllten sie an und vergrößerten die Panik dadurch nur noch. Zwei Nazis ritten hinter den Troogs, die sich gerade auf den Angriff vorbereiteten.

Eine gemeinsame Sprache hatten sie nicht. Die Nazis brüllten, die Troogs brüllten zurück.

Elric tauchte plötzlich aus der Deckung auf und rannte mit beachtlicher Geschwindigkeit den Hang hinunter, den Nazis entgegen.

Rabenbrand hielt er noch immer in der rechten Hand. Das Schwert heulte freudig und triumphierend, als es dem ersten SS-Mann in den Hals fuhr. Elric zerrte die Leiche aus dem Sattel und nahm den Platz des Nazis ein. Er trieb das blinde Pferd sofort dem zweiten Nazi entgegen, der bereits in die Richtung zu fliehen versuchte, aus der er gekommen war. Zu spät.

Elric führte einen seitlichen Schlag mit Rabenbrand und nutzte die wundervolle Balance der Waffe, um das ganze Gewicht in einen Hieb zu legen, der dem Nazi fast den Kopf von den Schultern trennte, wie man einen Kohlkopf von einer Stange schlagen würde. Er nahm die Zügel des Pferdes, vertrieb einige Troogs und kam zu uns geritten.

»Hier ist ein Pferd für einen von euch«, sagte er. »Der Zweite muss sich selbst eins besorgen.«

Ich bot Oona die Zügel an, doch sie schüttelte grinsend den Kopf. »Ich kann nicht reiten«, sagte sie. »Ich musste es nie lernen.« Sie steckte einen Pfeil in den Köcher zurück. Die Troogs hatten jeden Gedanken an einen Angriff aufgegeben.

Ich stieg in den Sattel. Es war ein gutes, fügsames Pferd. Ich lud Oona ein, hinter mir aufzusteigen, aber wieder lachte sie. »Ich habe meine eigenen Mittel und Wege, um zu reisen«, erklärte sie. »Aber vielen Dank für das freundliche Angebot.«

Gaynor hatte uns bemerkt und wollte uns angreifen, seine Männer hinter sich, Klosterheim an seiner Seite.

Ich freute mich darauf, endlich Mann gegen Mann mit ihm kämpfen zu können.

Elric zog das Pferd herum und gab uns zu verstehen, dass wir auf dem Weg, den wir gekommen waren, zurückreiten sollten. Er beugte sich weit herunter und hob eine spuckende Fackel auf. Er gab sie mir und suchte sich selbst eine Zweite. Die Pferde waren erregt, sie wollten galoppieren. Ich wusste, dass es in der Dunkelheit gefährlich war, doch mein Vetter schloss rasch zu uns auf. Er war in dieser bizarren Landschaft ein viel besserer Reiter geworden, als ich es je zu werden hoffen konnte.

Ich sah mich nach Oona um, doch sie war verschwunden.

Elric rief mir zu, ich solle ihm folgen. Ich hatte keine Wahl.

Ich rief zurück, wir müssten anhalten und auf seine Tochter warten, doch er lachte nur darüber und winkte mich weiter.

Wenn er keine Angst um sie hatte, dann musste ich ihm vertrauen.

Wir stürzten in die Dunkelheit, während die Zehn Söhne vor uns dröhnten und wirbelten und sich wehrten. Sie waren von der großen roten Faust umschlossen, sie summten und schwirrten wie Wespen, während sich die Finger weiter herausbildeten und das mächtige weiße Licht zu einer Kugel formten, die hochgeworfen wurde und höher und höher stieg, bis sie als Mond über uns schwebte. Der Mond schrumpfte zu einem Stern, dann blieb dort nur noch ein Lichtpunkt – und dann war die Erscheinung verschwunden.

Ein Grollen und Knurren kam von der roten Wolke, dann war auch Altvater verschwunden. Nur Elric und ich waren noch da. Wir lenkten die Pferde durch die Dunkelheit in Richtung Mu Ooria, während Gaynor und seine Männer, heulend unser Blut verlangend, hinter uns hergedonnert kamen.

Wir folgten der Bahn, die von den Zehn Söhnen freigeräumt worden war, wichen zerbrochenen Säulen aus und umrundeten Schutthaufen. Hätte ich es nicht besser gewusst, ich hätte schwören können, dass die Pferde sehen konnten, so sicher traten sie auf. Vielleicht hatten sie ähnliche Eigenschaften wie Fledermäuse entwickelt. In einem Anflug von Humor wünschte ich mir, sie besäßen auch die Flügel von Fledermäusen.

Ich wurde abgelenkt, als ich vor mir auf dem breiten Weg etwas Weißes sah, das sich bewegte. Die weiße Häsin rannte so schnell sie konnte zu den fernen Türmen Mu Oorias. Ich konnte kaum glauben, was meine Augen mir zeigten. Ich sagte mir, dass die weiße Häsin uns wiedergefunden hatte, dass sie uns von Tanelorn aus gefolgt war, nachdem Miggeas Häscher sie in die Stadt getrieben hatten.

Elric grinste nur und folgte dem Weg, den sie uns wies. Einen Augenblick lang sah es so aus, als würde er sie hetzen, doch er hielt sich stets ein Stück hinter ihr. Er folgte ihr nur.

Hinter uns kam Gaynor, der wie ein wütender Affe brüllte. Seine Stimme hallte in dem eigenartigen Helm, den er trug, der Mantel flatterte um ihn herum wie ein aufgewühltes Meer, die roten Augen seines Pferds funkelten blicklos und wild. Das Elfenbeinschwert hatte er wie ein Banner gehoben. Die angeschlagenen Reste seiner SS-Truppe hielten sich dicht hinter ihm. Nur Klosterheim, hager und mit tiefen Augenhöhlen wie immer, zeigte keinerlei Gefühl. Einmal konnte ich trotz der Entfernung seinen grimmigen, höhnischen Blick sehen. Auf seine eigene düstere Art und Weise genoss er die Verunsicherung seines Herrn.

»Es gibt noch vieles zu tun«, bemerkte Elric.

Er sah sich zum wütenden Gaynor um und lachte.

Vielleicht, so dachte ich mir, vielleicht war er am Ende doch nicht verrückt. Jedenfalls nicht in der Art, wie ich es angenommen hatte. Seine Tochter hielt ihn für ein Genie. Wahrscheinlich hielt sie ihn für mächtiger als die meisten anderen

Zauberer. Sein tollkühner Mut wäre bei jedem anderen Wahnsinn gewesen, doch nicht bei ihm. Er konnte Kräfte beschwören, wie es kein anderer Sterblicher vermochte. Und noch mehr: Wie ich gesehen hatte, bestanden diese Bündnisse schon seit vielen Generationen. Blutsbande waren es, in einer Zeit entstanden, als sein eigenes Volk noch jung und die Welt noch nicht vollends ausgeformt war.

Auch wenn er sich manchmal so zu verhalten schien, von Natur aus war Elric kein Raubtier – und das unterschied ihn von seinem Volk. Vielleicht war dies sogar die Gemeinsamkeit, die uns drei verband.

»Narr!«, rief Elric. Er ließ sich zurückfallen, damit mein Vetter ihn einholen konnte. »Glaubst du wirklich, ich würde es einem Laien-Zauberer erlauben, eine Invasion des Nebelgrundes durchzuführen? Ich bin Elric, der letzte Imperator von Melniboné, und ich lasse mich nicht von einem Menschen, der kaum mehr ist als ein Tier, beleidigen. Alles, was du glaubst gewonnen zu haben, werde ich dir wieder wegnehmen. Alles, was du glaubst zerstört zu haben, wird wieder aufgebaut. Jeder Sieg wird zu einer Niederlage werden.«

»Und ich bin Gaynor, dem die Lords der Ordnung und des Chaos zur Seite stehen. Du kannst mich nicht besiegen.«

»Du irrst dich«, rief mein Doppelgänger beinahe fröhlich. »Es mir gleich, wie ein Tiermensch sich selbst nennt. Du hast eine Weile Glück gehabt. Du hättest es besser nutzen sollen, solange es gehalten hat.«

Elric kehrte Gaynor den Rücken und trieb sein Pferd an. Ich konnte kaum mithalten, staunte aber über die Beweglichkeit meines Pferdes. Es spürte alle Hindernisse, die vor uns lagen. Unsere Fackeln spuckten in einem plötzlichen Luftzug und drohten zu verlöschen, aber die Pferde galoppierten weiter. Gaynor holte rasch auf, denn er brauchte nur unserem Licht zu folgen. Als die Fackeln wieder hell brannten, bemerkte ich aus den Augenwinkeln Oona. Die Tochter der Traumdiebin stand an der Seite und winkte uns. Elric löschte seine Fackel und bedeutete mir, seinem Beispiel zu folgen.

Wir hörten Gaynor und seine Männer hinter uns galoppieren. Wir sahen die tanzenden Lichter ihrer Fackeln. Sie hatten uns schon fast erreicht und ich war unsicher, ob Elric noch die Kraft hatte, sich so vielen Gegnern zu stellen. Ich selbst würde - ohne Schwert, wie ich war - sofort getötet oder gefangen werden.

Vor uns sah ich einen schwachen Lichtschein, hinter uns kam Gaynor mit seiner Nazibande rasch näher. Dann auf einmal verklangen die Geräusche in der Ferne und wurden schwächer und das Licht vor uns wurde etwas heller. Wir ritten durch einen natürlichen Tunnel und folgten wieder der leichtfüßigen weißen Häsin. Das Dach des Tunnels reflektierte das Licht. Es war ein gesprenkeltes Licht, das mich an marmoriertes Papier oder Perlmutt denken ließ. Von dem Lärm, den Gaynor und seine Armee gemacht hatten, war nichts mehr zu hören.

Dies war nicht der Weg, auf dem wir gekommen waren. Elric oder die weiße Häsin wollte offenbar doch noch nicht nach Mu Ooria zurückkehren. Nach einer Weile zündete der Prinz von Melniboné seine Fackel wieder an und ich tat es ihm gleich. Wir näherten uns dem Ende des Tunnels.

Der Gang führte jetzt nach unten und öffnete sich in eine große runde Höhle, die offensichtlich einst von Menschen bewohnt gewesen war. Verrottende Überreste von Kleidungsstücken und alte Utensilien ließen vermuten, dass die früheren Einwohner außerhalb ihrer Behausung getötet worden waren. Es sah aus, als hätte ein ganzer Stamm hier gelebt. Alles sprach für eine plötzliche Katastrophe. Doch Elric interessierte sich nicht für die früheren Bewohner. Er hob die Fackel, um die Höhle zu untersuchen, schien zufrieden und stieg ab.

Ich hörte hinter mir eine Bewegung und drehte mich um. Oona stand dort und stützte sich auf ihren Krummstab. Ich fragte nicht, durch welchen Zauber sie hergekommen war. Oder durch welchen Zauber sie es geschafft hatte, uns herzubringen. Ich wollte nicht fragen, ich wollte es nicht wissen.

Nachdem er Fackeln in Löcher gesteckt hatte, die offensichtlich zu eben diesem Zweck in die Wände geschlagen worden waren, bedeutete Elric mir, ich solle absteigen und ihm zurück zum Eingang des Tunnels folgen. Er wollte sicher sein, dass Gaynor uns nicht gefunden hatte. Wir bewegten uns vorsichtig und rechneten halb damit, die Verfolger zu sehen - aber wir waren ihnen entkommen. Draußen war es stockdunkel. Ich hörte Elric schnüffeln und spürte seine Hand an mir zupfen, da ich ihm folgen sollte.

Wir bewegten uns durch stockdunkles Gelände, doch Elrics Füße traten sicher auf. Er benutzte die Ohren ebenso wie den Geruchssinn. Wieder wurde mir bewusst, wie sehr wir uns doch voneinander unterschieden. Er war ein Melnibonéer, seine Sinne waren weitaus schärfer als die meinen.

Als er völlig sicher war, dass Gaynor und seine Männer weitergeritten waren und keine Ahnung hatten, wo wir uns versteckt hielten, führte er mich durch den Tunnel zurück in die große Höhle, wo Oona schon dabei war, ein Feuer aufzubauen und etwas von der Nahrung, die wir dem Troog abgenommen hatten, zuzubereiten.

Wir aßen sparsam. Elric saß ein Stück abseits, die Stirn gerunzelt, wölfisch. Offenbar in tiefem Nachdenken versunken, wollte er nicht gestört werden. Oona und ich wechselten einige Worte. Sie beruhigte mich. Wir versteckten uns nicht nur, erklärte sie mir. Wir brauchten einen Platz wie diesen, weil noch mehr Zauberei vonnöten sei. Sie war nicht sicher, wie lange ihr Vater noch genug Energie finden würde, aus welcher Quelle auch immer, um weiterzumachen. Es sei noch zu viel zu tun, murmelte sie. Dabei achtete sie darauf, dass ihr Vater uns nicht hörte.

Als wir fertig waren, winkte Elric uns aufzustehen und nach draußen zu gehen. Als er sicher war, dass Gaynor sich nicht mehr in der Nähe aufhielt, trug er mir auf, die Pferde zu holen. Zu dritt drangen wir dann wieder in die Dunkelheit ein, nur beim Licht einer kleinen, langsam brennenden Wachskerze, die Elric hielt, um uns den Weg zu weisen. Mehrere Kilometer ritten wir über den Felsboden der Höhle, bis er stehen blieb. Wieder eine vorsichtige Pause, dann nahm er eine unserer Fackeln heraus und zündete sie an. In diesen

Teil der unterirdischen Welt war Gaynors Armee nicht vorgedrungen. Alles wirkte so unberührt, wie es immer gewesen war. Doch bei einer Gruppe Stalagmiten, die einem Kreis von Off-Moo ähnlich sahen, die den Kopf zum Gebet gesenkt hatten, lag etwas.

Es war eine der großen schwarzen Katzen, die von den Troogs gefürchtet wurden und die Gaynor irgendwie verzaubert hatte.

Das Tier war riesig. Elric ging zu ihm und versuchte es anzuheben. Oona kam ihm zu Hilfe, dann auch ich. Erst zu dritt konnten wir das Tier anheben.

»Wir müssen sie mitnehmen«, sagte der Melnibonéer. »Wir benutzen die Pferde.«

Die Pferde waren nicht begeistert, so nahe zu einem der Panther geführt zu werden, ganz zu schweigen davon, auch noch einen davon zu tragen. Wir bauten eine Schlinge und schafften es nach einigen Rückschlägen endlich, den riesigen Körper in unser Versteck zu schleifen.

Oona und ich waren erschöpft, doch Elric wurde von einer fieberhaften Energie getrieben. Er schien sich auf das, was er zu tun hatte, sogar zu freuen.

»Warum haben wir dieses Tier hierher geschleppt?«, fragte ich schließlich.

Er winkte abwehrend.

»Eine weitere Beschwörung«, erklärte er. »Zuerst aber brauchen wir ein passendes Opfer.«

Ich sah Oona an.

Wollte er einen von uns töten?

18. Alte Schulden und neue Träume

Oona nickte knapp und rannte aus der Höhle. Elric ließ sie laufen. Auf mich achtete er überhaupt nicht. Ich fragte mich, ob dies der Grund dafür war, dass er mit denen, die er möglicherweise bald würde töten müssen, von vornherein keine enge Beziehung einging. Eine Ironie, dachte ich, dass mein eigenes Schwert meine Seele trinken sollte.

Nach einer Weile stand er auf, nahm ein Pferd und lief zurück zum Eingang.

»Soll ich hier bleiben?«, fragte ich.

»Wie du willst«, sagte er.

Also folgte ich ihm. Meine Neugierde war weitaus stärker als die Furcht, er könne sich gegen mich wenden.

Er war aufgesessen und trieb das Tier durch die Dunkelheit. Glücklicherweise war mein Pferd gern bereit, dem Artgenossen zu folgen. Auf diese Weise verlor ich nicht den Anschluss zum Melnibonéer.

Schließlich tauchten vor uns die Lichter von Gaynors Lager auf. Dort herrschte immer noch Verwirrung, wir hörten Rufe und Flüche. Elric stieg ab, gab mir die Zügel und hieß mich warten. Dann schlich er vorsichtig zum Lager.

Die Feuer waren gelöscht worden und die Sicht war lange nicht mehr so gut wie zuvor. Doch bald schon hörte ich Rufe und erschrecktes, flehendes Kreischen und wusste, dass Elric seine Energievorräte auffrischte.

Eine Weile später tauchte plötzlich sein weißes Gesicht aus der Dunkelheit auf. Die funkelnden roten Augen blickten erregt und zufrieden, die Lippen waren halb geöffnet und er schnaufte wie ein gut gefütterter Wolf. Auf den Lippen sah ich Blut.

Blutkrusten klebten auch auf der schwarzen Klinge, die er in der rechten Hand hielt. Ich wusste, dass ein Dutzend Seelen nötig gewesen waren, um Fleisch und Eisen zu befriedigen.

Wir ritten schweigend zurück, ohne verfolgt zu werden. Ich hatte den Eindruck, dass Gaynor und seine Männer noch immer in den riesigen Höhlen von Mu Ooria herumritten, weil sie glaubten, der Lord von Melniboné sei in die zerstörte Stadt zurückgekehrt.

Elric sagte kein Wort, als er uns durch die Schwärze führte. Er hing im Sattel und atmete schwer, ein sattes Raubtier. Nahe, wie ich ihm jetzt innerlich und dem Blute nach war, schauderte ich über sein grässliches Tun. Mein Blut war viel zu menschlich und nicht melnibonéisch genug, als dass ich mich über den Anblick meines Verwandten und Ahnen oder was auch immer freuen konnte, wenn er gestohlene Seelen in sich aufnahm.

Doch welch schwarze Seelen waren sie gewesen!, hörte ich mich einwenden. Dienten sie so nicht einem besseren Zweck? Hatten sie es nicht verdient, auf diese entsetzlich elende Weise zu sterben, wenn man sich überlegte, welche Verbrechen sie begangen und welche Blasphemien sie verübt hatten?

Es war meiner zivilisierten christlichen Seele nicht gegeben, auf diese Weise zu frohlocken. Ich konnte über die Vernichtung so vieler Lebewesen für einen so gottlosen Zweck nur trauern.

Einmal glaubte ich, ich hätte Elric verloren und zündete meine Kerze an. Dann sah ich sein dämonisches Gesicht und die funkelnden roten Augen – und sein empörter Mund sagte mir, ich solle das Licht wieder löschen. Er war wütend auf mich, wie ein Mensch auf einen schlecht erzogenen Hund wütend wird. Nichts Menschliches vermochte ich in diesem Gesicht zu erkennen. Dennoch war es dumm von mir gewesen. Gaynor musste inzwischen auf dem Rückweg aus der

Stadt sein, nachdem er uns dort nicht gefunden hatte. In dieser Dunkelheit war ein winziges Licht über Kilometer zu sehen.

Erst als wir den Tunnel erreicht hatten, erlaubte Elric es mir wieder, ein Licht anzuzünden.

Oona hatte sich offenbar schon vor unserer Rückkehr schlafen gelegt. Sie warf ihrem Vater einen unerklärlichen, besorgten Blick zu, dann wandte sie sich an mich. Ich wusste nicht, was ich ihr sagen sollte. Erzählen konnte ich es ihr nicht. Zwischen Mann und Klinge bestand eine vampirhafte Symbiose. Wie sollte man erkennen, wer da wen nährte? Ich nahm auch an, dass sie mit diesen Ansichten ihres Vaters ohnehin schon vertraut war. Ihre Mutter musste es ihr erzählt haben, falls sie es nicht aus eigener Anschauung wusste.

Elric stolperte in die Mitte der Höhle, wo wir den massigen Körper der schwarzen Katze bereitgelegt hatten, und schmiegte den Kopf an den Körper und den riesigen Schädel der Katze. Er murmelte und hantierte herum. Oona konnte meine unausgesprochene Frage nicht beantworten. Sie sah gefesselt zu, wie ihr Vater um das große Tier herumging und mit der Hand Zeichen in die Luft schrieb, als wolle er sich an einen Zauberspruch erinnern.

Vielleicht traf das sogar zu.

Nach einer Weile schaute er auf und sah uns an. »Jetzt brauche ich eure Hilfe.« Er schien fast ungeduldig und es klang beinahe, als verachte er sich selbst dafür. Wahrscheinlich hatte ihn die eigene anhaltende Schwäche völlig unerwartet getroffen. Vielleicht hatte ihn die schon bewirkte Zauberei stärker erschöpft, als er erwartet hatte.

Jedenfalls blieb mir keine Wahl. »Was kann ich tun?«

»Noch nichts. Ich sage es dir, wenn es soweit ist.« Der Gesichtsausdruck, mit dem er seine Tochter anschaute, wirkte fast bedauernd. Ich weiß nicht, ob ich es mir nur eingebildet habe, aber ich hatte den Eindruck, dass sie etwas näher an mich heranrückte.

Elric hatte offenbar Schmerzen. Jeder Muskel in seinem Gesicht schien vorübergehend ein Eigenleben zu entwickeln.

Dann rezitierte und brütete er und sah mit starrem Blick Welten und Geschöpfe, die weit über mein Verständnis gingen. Die Worte, die ich hörte, sagten mir nichts, auch wenn irgendein Teil in mir ihre Bedeutung nur zu gut kannte.

Ein Wort besonders schien Erinnerungen zu wecken: *Meerclar - Meerclar - Meerclar.* Er wiederholte es immer wieder. Ein Name. Nein, mehr als das. Ein Freund. Eine Verbindung. Etwas, das Zuneigung nahe kam. Oder der Verbundenheit von altem Blut. Alte Bande ... und mehr. Abkommen. Abkommen, die für die Ewigkeit geschlossen waren. Abkommen, die mit Blut und geopferten Seelen besiegelt worden waren. Abkommen zwischen einem nichtmenschlichen Geschöpf und einem andern.

Meerclar! Das Wort klang lauter, fordernder.

MEERCLAR! Elrics Gesicht loderte wie brennendes Elfenbein. Die Augen glichen glühenden Kohlen. Das lange, wilde Haar flog wie ein Lebewesen um den Kopf. Eine Hand hob Rabenbrand, die andere wollte die Luft packen und beschrieb geometrische Formen, die in tausend Dimensionen gleichzeitig existierten.

MEERCLAR! GROSSER HEER DER REISSZÄHNE UND KLAUEN! MEERCLAR! DEINE KINDER LEIDEN. HILF IHNEN, MEERCLAR! HILF IHNEN IM NAMEN UNSERES ALTEN BUNDES!

MEERCLAR! Die Stimmbänder mussten sich strecken und dehnen, um den Namen auszusprechen. Der Körper schwankte und schaukelte wie ein Schiff in wilder See. Fast verlor er die Kontrolle über die Zuckungen, doch die ganze Zeit, während er sprach, hielt er das Schwarze Schwert fest.

Irgendwo heulte es. Ein übler Gestank nach Tieren. Lauter, dröhnender Atem. Ein Peitschen wie vom Schwanz einer Katze.

MEERCLAR! SEKHMETS LIEBLINGSSOHN! GEBOREN AUS UNSERER VEREINIGUNG. GEBOREN AUS DER VEREINIGUNG VON LEBEN UND TOD. *MEERCLAR,* HERR DER KATZEN, EHRE UNSEREN BUND!

Der Körper des riesigen Panthers zuckte in der Höhle und streckte sich. Ein lautes Schnaufen drang aus der Brust. Die

Barthaare richteten sich auf. Doch die Augen öffneten sich nicht und bald lag die Katze wieder hingestreckt, als hätte man vergeblich versucht, sie wiederzubeleben.

MEERCLAR!

Er beschwor das zurückhaltendste aller Geschöpfe, das am schwierigsten aufzuspürende Elementarwesen. Meerclar, den Sohn Sekhmets, den Archetypus aller Katzen.

Mein Doppelgänger heulte wie ein Sturm. Die Stimme hob und senkte sich, wechselte zwischen Schreien und Stöhnen, sodass die Wände unserer Höhle bebten. Auch draußen, wo Gaynor uns suchte, musste es gewiss zu hören sein.

Ich bemerkte, dass Oona verschwunden war. Hatte Elric die eigene Tochter als Opfer benutzt? In diesem Augenblick hätte ich alles geglaubt.

Die Pferde, ohnehin schon verstört, bockten und wieherten und zogen sich so weit wie möglich von dem dunklen Schatten zurück, der sich vor der hinteren Wand zu bilden begann. Der Schatten zog hin und her, als würde dort eine Raubkatze herumschleichen. Der Schatten hob den riesigen Kopf, gab einen Laut von sich, der eindeutig nach einer Katze klang, und stimmte in Elrics Lied ein.

Eine große schwarze Gestalt, hoch und breit und auf zwei Beinen stehend, materialisierte und schaute auf uns herab. Sie gab ein gewaltiges Knurren und Schnurren von sich und ließ sich auf alle viere fallen. Die Augen verrieten einen Geist, der älter war als Elrics Ahnenlinie. Der anmutige keilförmige Kopf wirkte mit dem breiten Schnurrbart, den Reißzähnen und den glühenden gelben und schwarzen Augen Furcht einflößend. Der riesige Schwanz peitschte hin und her und drohte die restlichen, verlassenen Wohngebäude in Trümmer zu legen. Die riesigen Krallen wurden ausgefahren und wieder einzogen. Ich frage mich, ob diese übernatürliche Katze schon gefressen hatte. Obwohl ich Katzen sonst sehr mochte, wurde ich nervös. Ich wusste, dass Katzen rücksichtslos und gewissenlos sein können und diese da konnte uns ganz ohne böse Absicht und ohne überhaupt hungrig zu sein verspeisen.

Es war Meerclar, der Herr der Katzen. Sein Abbild flackerte

ein wenig zwischen den verschiedenen Wirklichkeiten, in denen er lebte. Ich hatte mich inzwischen an dieses Phänomen gewöhnt, das bei allen Wesen zu beobachten war, die in mehr als einer Dimension der Zeit existierten.

Ich bangte um Oona. Sie war nirgends zu sehen. Lord Meerclar machte den Eindruck einer Katze, die sich erst vor kurzem vollgefressen hatte.

Hatte Oona mir nicht einmal erklärt, einer der großen Panther sei ihre Verkörperung in dieser Welt? Aber was war mit der weißen Häsin?

Wie viele Verkörperungen konnte eine Traumdiebin besitzen?

Wie viele Leben?

Elric wandte sich an Lord Meerclar. Die tiefe Stimme des Elementarwesens grollte, als Elric berichtete, was geschehen war: wie Lord Meerclars Untertanen verzaubert und in einen Schlaf versetzt worden waren, der sie letzten Endes umbringen würde, weil sie verhungern mussten.

Darauf zeigte die mächtige Katze eine gewisse Erregung. Sie schritt auf allen Vieren mit peitschendem Schwanz und knurrend hin und her. Dann setzte sie sich, dachte nach und fuhr prüfend die Krallen aus.

Ganz hinten in der Ecke hatten die Pferde aufgehört zu schnauben und große Augen zu machen. Sie schienen erstarrt und hatten sich vielleicht damit abgefunden, dass sie Lord Meerclars Beute werden würden.

Ich war so gelähmt wie sie und konnte nur gebannt zusehen, wie Elric das Schwert präsentierte. Er legte beide Hände an den Griff, baute sich breitbeinig auf und starrte ins riesige Gesicht der übernatürlichen Katze, während er weiter in der seltsamen Sprache mit ihr redete.

So erschrak ich umso mehr, als ich auf einmal etwas Warmes und Feuchtes im Nacken spürte. Ich drehte mich um und sah unmittelbar vor mir die Schnauze des Panthers, den ich für tot gehalten hatte. Die große Katze schloss halb die Augen und schnurrte laut. Ich spürte den Speichel im Gesicht und die Hitze des mächtigen Körpers.

Mit außerordentlich unterwürfigen Bewegungen lief der große Panther zu Meerclar und Eric hinüber, legte den Kopf zwischen die Pfoten und schaute zu Meerclar auf.

Der Lord der Katzen gab darauf ein mächtiges Schnurren von sich, als sei er äußerst zufrieden, und der Panther erhob sich, streckte sich, drehte sich um und trottete aus der Höhle. Das Tier sah aus, als wäre es gerade aus einem kurzen Schlummer erwacht.

Oona war nach wie vor nirgends zu sehen. Ich wäre dem Panther gern gefolgt. Jetzt streckte Meerclar die gewaltigen Muskeln mit schmalen Augen und sagte etwas in seiner eigenen Sprache, das ich nicht verstehen konnte.

Elric war die Anstrengung deutlich anzusehen. Er zitterte am ganzen Körper und konnte sich kaum noch auf den Beinen halten. Die Augen schienen glasig, die Wangen eingefallen. Ich wollte zu ihm, um ihm zu helfen, doch er sah mich und winkte mir, zurückzubleiben.

Die großen gelben Augen wurden auf mich gerichtet. Mit leidenschaftsloser Neugierde betrachteten sie mich. Ich begriff, wie sich eine Maus in einer solchen Lage fühlen musste. Ich konnte mich nur höflich verbeugen und mich zurückziehen.

Lord Meerclar schien damit zufrieden, denn er richtete die Aufmerksamkeit wieder auf Elric. Er schnurrte und freute sich offenbar über das, was Elric getan hatte. Er pries meinen Doppelgänger und erweckte den Eindruck, ihm dankbar zu sein. Etwas schien den Melnibonéer einzuhüllen, dann löste sich der Lord der Katzen in einer Rauchwolke auf und war verschwunden.

»Wo ist Oona?«, verlangte ich zu wissen. Elric wollte antworten, doch die Augen blickten ins Leere. Ich konnte ihn auffangen, als er stürzte. Das große Eisenschwert fiel klappernd zu Boden. Ich fürchtete schon, die Zauberei hätte ihn ausgezehrt und getötet.

Doch ich konnte den Puls tasten. Ich überprüfte die Augen. Elric war tief bewusstlos, vielleicht sogar in eine übernatürliche Trance gefallen, die durch den Kontakt mit diesem Elementarwesen entstanden war. Sein Atem ging jetzt schwer, als stünde er unter Drogen. Ich hatte schon Männer im tiefsten Alkoholrausch und unter dem Einfluss stärkster Drogen gesehen, die lebendiger gewirkt hatten als Elric. Doch war ich immerhin überzeugt, dass er nicht sofort sterben würde.

Ich überlegte, ob ich die Höhle verlassen und Oona suchen sollte, doch die Vernunft sagte mir, dass sie allein auf sich Acht geben könne. Wenn sie, wie ich inzwischen vermutete, die Gestalt wechseln und sich in eine weiße Häsin verwandeln konnte, dann war sie dort draußen sicher. Es sei denn, sie war Meerclar als Geisel übergeben worden. Vielleicht betrachtete er sie sogar als eine der Seinen. Vielleicht hatte er von ihr verlangt, sie müsse mit ihm heimkehren.

Aus dem Tunnel kam ein Geräusch. Zuerst nahm ich an, es wäre der Panther, dann musste ich mich korrigieren. Es waren Pferdehufe. Geschirr und Waffen klirrten, Metall klingelte und Leder knarrte. Krieger kamen auf uns zu geritten. Waren es die früheren Einwohner, die kamen, um ihre Wohnquartiere wieder in Besitz zu nehmen? Nein, das war sehr unwahrscheinlich.

Es gab keinen Fluchtweg aus der Höhle, und der Mann, der uns hätte retten können, lag in tiefer Ohnmacht auf dem Steinboden. Oona, die uns mit dem Bogen hätte verteidigen können, war ebenfalls verschwunden. Ich selbst war unbewaffnet.

Ich kniete neben Elric nieder und versuchte ihn zu wecken, doch er rührte sich nicht. Die Atemzüge kamen langsam und träge wie bei einem Tier im Winterschlaf, die Augen konnte ich nicht sehen. Er war und blieb bewusstlos.

Widerstrebend fasste ich nach der Rabenklinge, die dicht neben seiner rechten Hand lag. Als ich gerade mit den Fingerspitzen die seltsame, lebendige Waffe berührte, fiel grelles Licht in die Höhle. Ein Berittener mit einer Fackel, hinter ihm kam ein weiterer und dann noch einer.

Unsere Pferde wieherten und tänzelten, weil sie die Gefährten erkannten. Die anderen Pferde schnaubten und stampften auf dem Höhlenboden. Eine heisere Stimme sagte etwas in deutscher Sprache.

Ich packte den vertrauten Griff der Waffe. Die Fackel hatte mich halb geblendet, doch ich richtete mich auf, indem ich mich auf das Schwert stützte. Die Bewaffneten hatten sich unterdessen zum Kampf aufgestellt. Gaynor hatte uns gefunden. Zweifellos hatte einer seiner Männer mein dummes Licht oder den Panther gesehen, als dieser die Höhle verließ, und war der Sache nachgegangen.

Gaynors freudloses Lachen dröhnte im Helm. »Dies wird ein wundervolles Grab für euch zwei werden. Eine Schande, dass ihr hier unbekannt und vergessen bis in alle Ewigkeit liegen werdet.«

Er bot einen prächtigen Anblick: mit der silbernen Rüstung, das schwarze Schwert an der linken und das geheimnisvolle Elfenbeinschwert an der rechten Hüfte. Ein Glühen ging von ihm aus, das ich nur für übernatürlich halten konnte. Sein Fleisch wirkte beinahe übertrieben gesund. Er stellte sich prahlerisch zur Schau und verhöhnte meine Schwäche.

Oder meine frühere Schwäche.

Die Wut half mir, die Angst zu überwinden. Ich griff fester zu und zog Rabenbrand an mich. Jetzt hielt ich mein altes Schwert mit beiden Händen. Ich spürte das vertraute Gewicht, doch die Waffe schien eine unbekannte Kraft in sich zu bergen. Ich knurrte Gaynor an. Als ich das Schwert fester packte, ging ein wenig von der schmutzigen, gestohlenen Lebenskraft auf mich über. Sie erfüllte meine Adern mit einer dunklen Energie, mit einer bösen Stärke. Jetzt lachte auch ich. Ich lachte meinen Vetter Paul Gaynor von Minct aus und freute mich über seinen nahen Untergang.

Ein Teil in mir nahm mein Benehmen voller Empörung wahr, doch steckte jetzt auch ein Teil von Elric in mir, auf den das Schwert reagierte.

»Sei gegrüßt, Gaynor«, hörte ich mich sagen. »Ich danke dir für die freundliche Geste, dass du es mir erspart hast, dich zu suchen. Jetzt werde ich dich töten.«

Gaynor lachte nur, als er den hingestreckten Melnibonéer sah. Ich muss wohl wirklich einen seltsamen Anblick geboten haben – mit meinen zerfetzten Sachen aus dem zwanzigsten

Jahrhundert, die mächtige Eisenklinge mit beiden Händen haltend. Doch Gaynors Gelächter klang nicht mehr so selbstbewusst wie früher und Klosterheim, der neben ihm wartete, schien überhaupt nicht amüsiert. Er hatte nicht damit gerechnet, uns beide hier vorzufinden.

»Nun, mein Vetter«, erklärte Gaynor, indem er sich auf den Sattelknauf stützte, »du ziehst offenbar inzwischen die Dunkelheit dem Licht vor. Die Einseitigkeit war schon immer ein herausragender Zug deines Zweigs der Familie, was?«

Das überhörte ich. »Du hast dich seit unserer letzten Begegnung mit dem Töten sehr hervorgetan, Prinz Gaynor. Du hast anscheinend ein ganzes Volk ausgerottet.«

»Ach, die Off-Moo! Wer weiß, mein Vetter, wer weiß? Sie litten an einer Täuschung, die man bei allen isolierten Völkern findet. Sie hielten sich für unbesiegbar, weil ihr Land noch nie erobert worden ist. In unserer Welt leiden die Briten an der gleichen Illusion.«

Ich war nicht hier, um die Selbsttäuschungen des britischen Königshauses oder die Philosophie des Isolationismus mit ihm zu diskutieren. Ich war hier, um ihn zu töten. Eine ganz ungewohnte Blutgier wuchs in mir heran. Ich spürte, wie sie nach und nach völlig von mir Besitz ergriff. Keine angenehme Empfindung für jemanden mit meiner Erziehung. War es nur eine Reaktion auf Gaynors Drohungen? Oder übertrug das Schwert auf mich, was es zuvor auf Elric übertragen hatte?

Ich zitterte unter der gewaltigen Energie, die mich jetzt durchflutete. Ungewohnte Begierden verschiedener Art meldeten sich zu Wort, die alle auf ein und dieselbe Weisung hinausliefen: Töte Gaynor und alle, die mit ihm geritten sind. Ich freute mich schon auf das süße Gefühl, das Schwert ins Fleisch zu senken, auf das Krachen, wenn Knochen unter dem scharfen Stahl zersplitterten, wenn die Klinge mit einer Leichtigkeit durch Muskeln und Sehnen schnitt, als würde ein Löffel durch eine Suppe gezogen, um nichts als Zerstörung zu hinterlassen. Ich freute mich auf die köstlichen Empfindungen, wenn ich die eigene gierige Seele mit einem Menschenleben speiste. Ich leckte mir die Lippen. Gaynors Gefolge betrachtete ich nur noch als eine Art Nahrung und Gaynor selbst als das köstlichste Stück darin. Ich spürte meinen heißen Atem keuchend durch die Kehle streichen, schmeckte den Speichel und ahnte salziges Blut auf der Zunge. Ich witterte die Männer und Tiere vor mir, erkannte jedes einzelne Wesen an seinem eigenen Geruch. Ich roch das Blut, das Fleisch, den Schweiß. Ich konnte sogar die Tränen riechen, als ich den ersten Nazi nahm. Er weinte kurz um seine sterbliche Seele, als ich sie ihm entriss.

Das Schreien in der Höhle, das Stampfen der Pferde, das Klirren von Metall hallte überall wider. Ich konnte nicht mehr genau erkennen, wo sich meine Feinde befanden. Zwei hatte ich getötet, bevor ich es selbst bemerkte. Ihre Seelen stärkten mich und so konnte ich mich mit noch größerer Geschwindigkeit bewegen. Das Schwert wand und drehte sich in meinen Händen wie ein Lebewesen, es wollte töten, töten, töten. Ich tötete und lachte mein Wolfslachen und weihte meine Opfer dem ewigen Gelübde, das mich an den Chaos-Fürsten Arioch band.

Gaynor hatte, wie es ihm ähnlich sah, seine Männer vorgeschickt und hielt sich im Hintergrund. In der beengten Höhle konnte ich weder ihn noch Klosterheim ohne weiteres erreichen. Ich musste mir durch Männer und Pferde einen Weg freihacken.

Mein Vetter zog etwas aus seiner Kleidung hervor. Es war ein goldener Stab, der ein zorniges feuriges Licht ausstrahlte, als wäre das Leben aller Welten in ihm gefangen. Gaynor hielt ihn vor sich, wie man eine Waffe halten würde, und dann zog er Sturmbringer aus der Scheide. Die Klinge, die er meinem Doppelgänger gestohlen hatte. Der Bruder des Rabenschwerts, das ich jetzt in der Hand hielt.

Es beunruhigte mich nicht im Mindesten. Ich sprang weiter, schlitzte die Feinde auf und hatte meinen Vetter schon fast erreicht, als er die Zügel hochnahm, mich verfluchte und den Runenstab ins Hemd steckte. Die schwarze Klinge begann zu heulen. Ich wusste, dass sie nicht in die Scheide gesteckt werden konnte, solange sie keine Seelen verschlungen hatte. Das war der Handel, den man mit einem solchen Schwert stets abschließen musste.

Der Ritter des Gleichgewichts drängte seine Männer nach vorn und lenkte das große helle Ross in den Tunnel. Er rief Klosterheim zu, ihm zu folgen. Doch zwischen ihm und Klosterheim, der noch an den Zügeln seines Pferds nestelte, stand ich. Ich nahm das Schwert hoch, um Gaynors Abwehr zu durchbrechen. Jedes Mal, wenn ich zuschlug, wurde das Rabenschwert von Sturmbringer abgewehrt. Jetzt heulten beide Schwerter wie Wölfe und kreischten, wenn sie gegeneinander prallten. Die roten Runen liefen wie elektrische Entladungen auf dem schwarzen Eisen auf und ab. Dabei ging eine entsetzliche Kraft auf mich über.

Gaynor lachte und fluchte nicht mehr, er kreischte jetzt.

Jedes Mal, wenn die beiden Klingen sich kreuzten, geschah etwas mit ihm.

Gespenstische rote Flammen tanzten über seinen Körper. Das Feuer brannte nur kurz, und als es erlosch, wirkte Gaynor noch entkräfteter.

Mit schrecklichem Klirren traf Metall auf Metall und jedes Mal zuckte das gleiche Feuer durch Gaynor.

Ich begriff nicht, was da geschah, aber ich wollte den Vorteil nutzen.

Dann ließ mein Vetter zu meinem Erstaunen die Rabenklinge los und griff mit der Linken nach der Elfenbeinklinge, die an der anderen Hüfte in der Scheide steckte.

Aus irgendeinem Grund amüsierte es mich. Ich schwang noch einmal das Schwert und er beugte sich zurück und konnte der Spitze nur mit knapper Not ausweichen. Das Elfenbeinschwert traf auf die schwarze Klinge und einen Augenblick lang war es, als wäre ich mit hundert Stundenkilometern vor eine Wand gefahren. Ich blieb wie angewurzelt stehen. Das Schwarze Schwert stöhnte unablässig und übertrug seine restliche Energie auf mich, doch das weiße Schwert hatte den Hieb abgefangen. Ich holte noch einmal aus. Nicht mehr triumphierend, aber sichtlich erleichtert, dass er überleben würde, gab Gaynor dem Pferd die Sporen und verschwand im dunklen Gang. Klosterheim und der Rest seiner Truppe folgte ihm eilig.

Ich fühlte mich auf einmal zu schwach, um ihnen ebenfalls zu folgen. Die Knie gaben nach. Jetzt bezahlte ich den Preis für die unerwarteten Kräfte.

Ich rang darum, nicht das Bewusstsein zu verlieren. Ich wusste, dass Gaynor sofort seinen Vorteil nutzen würde, wenn er bemerkte, dass ich genau wie Elric zusammengebrochen war.

Ich konnte nichts tun – außer mich zu retten.

Ich stolperte tiefer in die Höhle hinein, die mit all den toten Pferden und Männern einem Schlachthaus glich. Ich wollte zu Elric, wollte ihn aufwecken und warnen und ihm erklären, was geschehen war.

Doch als ich die bleiche Hand zu seinem weißen, reglosen Gesicht hin ausstreckte, stürzte ich in die Dunkelheit, schutzlos jedem ausgeliefert, der mir jetzt das Leben nehmen wollte.

Jemand rief meinen Namen. Ich nahm an, es sei Gaynor, der zurückgekehrt war, um mir den Garaus zu machen.

Ich fasste das Schwert fester, doch der Energiestrom erfüllte mich nicht mehr. Ich hatte meinen Preis für das, was es mir gegeben hatte, zu zahlen. Es hatte seinen Preis an mich entrichtet.

Ich weiß noch, wie ich selbstironisch dachte, dass die Rechnung damit ausgeglichen wäre.

Doch ich sah Oonas und nicht Gaynors Gesicht über mir. Wie viel Zeit war vergangen? Das Blut und das zerfetzte Fleisch konnte ich noch riechen, den Gestank der wilden Schlacht. Ich spürte kaltes Eisen gegen meine Hand drücken, doch ich war zu schwach, um mich aufzurichten. Sie half mir. Sie gab mir Wasser und eine Art Droge, die meinen ganzen Körper zum Zittern brachte, ehe ich lange und tief Luft holen und endlich auf die Beine kommen konnte.

»Gaynor?«

»Er sieht bereits der Zerstörung seiner Armee entgegen«, sagte sie. Es klang befriedigt und ich hatte den Eindruck, ihre

Lippen seien blutig. Dann leckte sie wie eine Katze darüber und sie waren wieder sauber.

»Wie das? Durch die Off-Moo?«

»Meerclars Kinder«, erklärte sie. »Alle Panther wurden wiederbelebt. Sie haben keine Zeit verschwendet und jagen ihre liebste Beute. Die Troogs sind tot oder geflohen und die meisten Wilden sind in die alten Gebiete zurückgekehrt. Gaynor kann sie nicht mehr vor ihren traditionellen Feinden beschützen. Sie wären augenblicklich zum Tode verdammt, wenn sie ihm in den Nebelgrund folgen würden.«

»Dann kann er den Nebelgrund nicht mehr erobern?«

»Er hält sich für stark genug, um es auch ohne seine Armee zu versuchen. Immerhin verfügt er über das weiße Schwert und den Kelch. Er glaubt, sie enthielten die Kraft der Ordnung, und die Macht der Ordnung werde ihm den Nebelgrund geben.«

»Sogar ich weiß, dass es Wahnsinn ist.« Ich ging unsicher zum Melnibonéer hinüber, der noch auf dem Rücken lag. Allerdings wirkte er jetzt eher wie ein Mann, der in einen gewöhnlichen Schlaf gefallen war. »Was können wir tun, um ihn aufzuhalten?«

»Es besteht immer noch die Möglichkeit«, sagte sie leise, »dass er nicht aufgehalten werden kann. Bereits die Tatsache, dass er diese beiden Kraftobjekte zum Nebelgrund bringt, könnte das gesamte Multiversum aus dem Gleichgewicht werfen. Es könnte zerstört werden – und mit ihm alle lebenden, fühlenden Wesen.«

»Ein einziger Mann?«, fragte ich. »Nur ein einziger Sterblicher?«

»Was auch geschieht«, sagte sie, »es ist vorhergesagt, dass das Schicksal des Multiversums von den Taten eines einzigen sterblichen Mannes abhängt. Das ermutigt Gaynor. Er glaubt, er sei der Sterbliche, dem diese Ehre zuteil wird.«

»Warum sollte er es nicht sein?«

»Weil ein anderer bereits erwählt wurde«, sagte sie.

»Wissen Sie, wer es ist?«

»Ja.«

Ich wartete, doch sie sagte nichts mehr. Sie beugte sich über ihren Vater, tastete nach seinem Puls, überprüfte die Reaktionen der Augen, wie ich es schon vorher getan hatte. Sie schüttelte den Kopf. »Er ist erschöpft«, sagte sie. »Sonst nichts. Zu viel Zauberei. Es war sogar für ihn zu viel.« Sie rollte einen Mantel zusammen und schob ihm das Bündel unter den Kopf. Es war eine seltsame, irgendwie anrührende Geste. Rings um uns Tod und Zerstörung, überall vergossenes Blut, und Elrics Tochter benahm sich, als würde sie einem Kind daheim einen Gutenachtkuss geben.

Sie hob Sturmbringer auf und schob ihn in die Scheide. Erst jetzt wurde mir bewusst, dass ich immer noch Rabenbrand in der Hand hielt. Oona hatte Elrics Schwert gefunden, wo Gaynor es weggeworfen hatte, als es sich gegen ihn wendete und seine Kraft verzehrte, statt ihm neue Energie zu schenken.

»Nun«, sagte ich, »immerhin haben wir das gestohlene Schwert zurückbekommen.«

Oona nickte nachdenklich. »Ja«, sagte sie. »Gaynor muss seine Pläne ändern.«

»Warum hat Sturmbringer ihn nicht früher schon ausgezehrt?«

»Als er Miggea verriet, hat er auch ihre Hilfe verloren. Anscheinend dachte er, er könnte das Schwert behalten, obwohl sie gefangen war. Sie muss jedoch fähig sein, ihren Willen einzusetzen, um ihm zu helfen, und er hat selbst dafür gesorgt, dass sie dies nicht mehr kann.«

Ich hörte ein Murmeln und drehte mich zu Elric um. Er begann sich zu bewegen. Die Lippen formten Worte, er gab kleine Geräusche von sich. Beunruhigte Geräusche. Töne, die von einem fernen Albtraum sprachen.

Oona legte dem Vater die kühle Hand auf die Stirn. Sofort ging der Atem des Melnibonéers ruhiger und sein Körper zuckte und zitterte nicht mehr.

Als er schließlich die Augen aufschlug, blickten sie mich wissend an.

»Endlich«, sagte er, »können wir das Blatt wenden.« Sofort

griff er nach dem Runenschwert und streichelte es. Ich hatte das Gefühl, dass die Klinge ihm irgendwie alles mitteilte, was mit ihm geschehen war. Oder erfuhr er es auf telepathischem Wege von mir?

»Vielleicht ist das möglich, Vater.« Oona sah sich um, als bemerkte sie jetzt erst die Anzeichen der Schlacht. »Aber ich fürchte, das wird mehr Kräfte erfordern, als wir im Augenblick aufbieten können.«

Der Prinz von Melniboné wollte sich aufrichten. Ich bot ihm den Arm. Er zögerte, dann nahm er mit einem Ausdruck tiefer Selbstironie die Hilfe an.

»Dann sind wir jetzt beide wieder vollwertige Männer«, sagte er.

Ich reagierte ungehalten. »Ich muss wissen, welche einzigartigen Eigenschaften der Stab oder Kelch - oder was es auch ist - und das weiße Schwert haben. Warum kämpfen wir, um die Objekte in unseren Besitz zu bringen? Was stellen sie für Gaynor dar?«

Elric und Oona sahen mich überrascht an. Sie hatten es mir nicht absichtlich verschwiegen, sie hatten einfach nur nicht damit gerechnet, dass es nötig sein könnte, mir dies ausdrücklich zu erklären.

»Diese Objekte existieren auch in Ihren eigenen Legenden«, erklärte Oona. »Auf Ihrer Ebene hat Ihre Familie sie behütet. Das ist Ihre traditionelle Aufgabe. Ihre Legenden besagen, dass der Gral ein Kelch mit magischen Eigenschaften ist, der das Leben bewahren und in seiner echten, reinen Form nur von einem Ritter mit ähnlich reiner, wahrhaftiger Seele gehütet werden kann. Das Schwert ist das traditionelle Schwert, das seinem Träger große Tapferkeit verleiht, wenn es zu einem edlen Zweck benutzt wird. Es hat viele Namen. Es war verloren und Gaynor hat es gesucht. Klosterheim hat es von Bek bekommen. Miggea sagte ihm, wenn er das schwarze und das weiße Schwert zusammen mit dem Gral zum Nebelgrund bringt, dann könnte er der ganzen Existenz seinen Willen aufzwingen. Er könnte das Multiversum neu erschaffen.«

Ich konnte es nicht fassen. »Und er hat diesen Unsinn geglaubt?«

Oona zögerte. Dann sagte sie: »Er hat es geglaubt.«

Ich dachte einen Augenblick nach. Ich war ein Mann des zwanzigsten Jahrhunderts. Wie konnte ich einer solchen sagenhaften Albernheit auch nur den geringsten Glauben schenken? Vielleicht träumte ich nur, nachdem ich ein schwülstiges Stück aus der Sturm und Drang-Zeit genossen hatte. War ich irgendwie gleichzeitig in den Parzival, den Fliegenden Holländer und die Götterdämmerung hineingeraten? Natürlich half es nichts, solche Gedanken weiter zu verfolgen. Ich war inzwischen ein Teil von Elrics Vergangenheit, ich kannte all seine Erfahrungen aus dem Reich der Zauberer und ich konnte mich an alles erinnern, was ich seit meiner Flucht aus dem Konzentrationslager der Nazis gesehen hatte. Von dem Augenblick an, als mein Schwert in Hameln die Felsen gespalten hatte, hatte ich an die Gesetze der Magie geglaubt.

Ich musste lachen. Es war nicht das irre Lachen, mit dem ich mich Gaynor gestellt hatte, sondern ein entspanntes humorvolles Lachen über mich selbst.

»Und warum auch nicht?«, sagte ich. »Warum sollte er nicht an alles glauben können, an das er glauben will?«

19.
Jenseits des Nebelgrundes

Wir müssen Gaynor folgen«, drängte Oona. »Irgendwie müssen wir ihn aufhalten.«

»Seine Truppen sind verstreut oder getötet«, erwiderte ich. »Welchen Schaden kann er noch anrichten?«

»Großen Schaden«, sagte sie. »Er hat immer noch ein Schwert und den Gral.«

Elric pflichtete ihr bei. »Wenn wir schnell sind, können wir ihn daran hindern, den Nebelgrund zu erreichen. Wenn uns das gelingt, dann wird er uns nie wieder in Gefahr bringen. Der Nebelgrund ist formbar, er unterwirft sich dem Willen der Menschen, heißt es. Wenn dieser Wille mit Gaynors mächtigen neuen ...«

Oona schritt schon zum Tunnel und verschwand im Schatten. »Folgt mir«, sagte sie. »Ich werde ihn finden.«

Müde stiegen Elric und ich auf die Pferde. Jeder von uns hatte jetzt ein schwarzes Runenschwert am Gürtel. Zum ersten Mal seit diese Abenteuer begonnen hatten, bestand jetzt eine echte Chance, Gaynor zu fangen, bevor er weiteren Schaden anrichtete. Vielleicht war ich so dumm zu glauben, der Besitz eines Schwerts könne mir etwas Selbstachtung schenken, doch ich fühlte mich tatsächlich Elric ebenbürtig. Nicht das Schwert allein, sondern vielmehr das, was ich mit der Waffe in der Hand vollbracht hatte, erfüllte mich mit Stolz, als ich neben dem düster brütenden Prinzen der Ruinen ritt und einen von meinem Volk verfolgte, der noch immer fähig war, die Grundbausteine der Existenz zu vernichten.

Die Tatsache, dass meine Selbstachtung gestärkt wurde, nachdem ich etwa zehn Menschen getötet hatte, war ein Kennzeichen für das, was aus mir geworden war, seit die Nazis mich gefangen hatten. Ich, der ich genau wie die meisten anderen meiner Familienmitglieder den Krieg verabscheute und die Bereitschaft der Menschen, ihre Artgenossen so leichtfertig zu töten, für widerlich hielt, hatte jetzt mindestens so viel Blut an den Händen wie die Nazis, gegen die wir hier in der Welt von Mu Ooria kämpften. Doch das stärkste Gefühl, das ich empfand, war Befriedigung. Ich freute mich darauf, auch die anderen umzubringen.

In gewisser Weise war die Weigerung der Nazis, sich den traditionellen Humanismus zu eigen zu machen, bereits der Vorbote ihres eigenen Untergangs. Es ist eine Sache, die subtilen inneren Strukturen einer zivilisierten Gesellschaft zu verspotten und zu behaupten, sie wären sinnlos, aber es ist eine ganz andere, sie zu zerstören. Erst als diese Strukturen verschwunden waren, wurde uns bewusst, wie sehr unsere Sicherheit, unsere geistige Gesundheit und unser Wohlbefinden als Bürger von ihnen abgehangen hatten. Diese Lektion des Faschismus steht bis in moderne Zeiten immer und immer wieder auf dem Lehrplan.

Als wir mit spuckenden Fackeln den Tunnel verließen, sahen wir vor uns einen Panther, den Elrics Zauberei wiedererweckt hatte. Das Tier drehte den Kopf mit den hellen, wissenden Augen in unsere Richtung. Es führte uns durch die Höhlen und suchte, wie ich sicher wusste, meinen Vetter Gaynor.

Hatte Oona sich in den Panther verwandelt? Oder wurde das Tier geistig von der Tochter meines Doppelgängers kontrolliert? Wir wunderten uns, konnten aber nichts weiter tun außer dem Tier zu vertrauen, das vor uns durch die Höhlen tappte und sich gelegentlich umschaute, ob wir ihm noch folgten.

Halb und halb rechnete ich mit einem weiteren Hinterhalt des aufgebrachten Gaynor. Mein Vetter plante sicher schon seinen Rachefeldzug gegen uns. Doch bald erkannte ich, dass er nicht mehr imstande war, eine Armee gegen den Nebelgrund zu führen, denn seine Armee war zerschlagen.

Wie um uns diese Niederlage zu verdeutlichen, führte uns der Panther mitten durch Gaynors Lager. Die großen Katzen waren rasch ans Werk gegangen und hatten ganze Arbeit geleistet. Überall lagen zerfetzte Leichen von Troogs, den meisten waren die Kehlen herausgerissen worden. Auch die Wilden waren angegriffen worden. Ich bezweifelte, dass Gaynor noch einmal eine Armee aus ihren Reihen würde zusammenstellen können.

Hinter uns ertönte ein wildes Heulen, als trauerten Schakale um ihre Artgenossen – und dann tauchte Gaynor hinter einem großen Stalagmiten auf. Klosterheim und die übrigen Männer folgten ihm, doch sie schienen nicht sehr kampfeslustig. Gaynor schwenkte das mächtige Runenschwert aus Elfenbein über dem Kopf und griff uns mit blindem Hass an, der nur ein Ziel zu kennen schien. Ich wusste nicht, ob die Geräusche von ihm oder von seiner Klinge stammten.

Elric und ich handelten, als wären wir ein Mann.

Sofort hatten wir die Schwerter gezogen. Das Murmeln unserer Waffen schwoll zu schrillem Winseln und zu einem lauten Heulen an, das die Kampfschreie der weißen Klinge schwächlich erscheinen ließ.

Gaynor hatte sich daran gewöhnt, seine gewaltige Macht ungehindert einsetzen zu können. Er schien überrascht, auf Widerstand zu treffen, obwohl er doch erst kürzlich eben diese Erfahrung schon einmal gemacht hatte. Er zerrte an den Zügeln, hielt das Pferd schlitternd an und trieb seine Männer an, sich uns entgegenzustellen.

Wieder spürte ich die wilde Kampfeslust durch die Adern toben. Sie drohte mein ganzes Wesen zu erfüllen. Elric lachte und gab dem Pferd die Sporen, um den feindlichen Anführer anzugreifen. Das Heulen seines Schwerts veränderte sich, es klang triumphierend, als es sich in die Brust des Opfers fraß, und verwandelte sich in ein zufriedenes Murmeln, als es die Seele des Mannes trank.

Meine eigene schwarze Klinge wand sich in meiner Hand

und stieß zu, noch bevor ich selbst reagieren konnte. Sie traf den Kopf des nächsten Reiters und schnitt ihm den halben Schädel weg. Wieder trank die Klinge und gab ein durstiges Summen von sich, als die Lebenskraft des Nazis auf sie überging und sich mit meiner mischte. Männer, die vom Schwert lebten, dachte ich ... die Redensart bekam auf einmal eine ganz neue Bedeutung. Ich bemerkte Klosterheim und drängte das Pferd in seine Richtung. Elric und Gaynor kämpften bereits Schwert gegen Schwert auf dem Pferderücken. Zwei weitere von Gaynors Männern griffen mich an. Ich schwang das gewichtige Schwert, es bewegte sich wie ein Pendel und traf den ersten Reiter in die Seite und den zweiten, als ich die Klinge in die andere Richtung hinter mich bewegte, in den Schenkel. Während der Erste starb, erledigte ich schon den Zweiten. Die ihrer Seele beraubten Überreste sackten wie ein Haufen Fleischabfall beim Metzger in den Sätteln zusammen. Ich musste darüber lachen. Ich drehte mich um und mein Blick traf Elric, der mich aus irren, rot lodernden Augen ansah. Es waren meine eigenen Augen, die mich anstarrten.

Gaynor ließ sein Pferd über einen Stapel Leichen springen und drehte sich um. Mit der von einem Handschuh geschützten Hand hob er den Runenstab. »Ihr könnt mich nicht töten, solange ich dies hier habe. Ihr wärt Narren, es auch nur zu versuchen. Und während ich dies hier halte, halte ich den Schlüssel der ganzen Schöpfung in den Händen.«

Elric und ich hatten keine Pferde, die so hoch springen konnten. Wir mussten um den Leichenberg herum, während Klosterheim und die verbliebenen drei Nazis sich zwischen uns und unser Ziel schoben.

»Ich bin nicht mehr der Ritter des Gleichgewichts«, tobte Gaynor. »Ich bin der Schöpfer der ganzen Existenz!« Er hob das weiße Schwert und den Runenstab über den Kopf, trieb das Pferd an und galoppierte in die Dunkelheit davon. Es blieb seinem Gefolge überlassen, uns aufzuhalten.

Es machte mir keinen Spaß, die Männer zu töten. Nur Klosterheim konnte entkommen. Er verschwand geräuschlos zwischen den großen Säulen. Ich wollte ihm nachsetzen, doch

Elric hielt mich auf. »Gaynor ist unsere Beute.« Er deutete nach vorn. »Sie soll uns führen, sie kann seiner Fährte folgen.«

Der Panther tappte unermüdlich weiter und die ebenso unermüdlichen blinden Pferde folgten ihm.

Einmal glaubte ich Gaynors Lachen und die galoppierenden Hufe seines Pferds zu hören, dann sah ich ein goldenes Licht aufflammen, als wollte der Gral seine eigene Entführung mitteilen. Das perlmuttgraue Licht am Horizont nahm nach und nach mehr Raum ein und erfüllte schließlich die ganze Höhle, als hätte sich eine weiche Decke aus hellem Nebel über den Wald aus Stein gelegt. Die Luft war merklich kühler geworden und hatte etwas Sauberes an sich, das ich nicht identifizieren konnte. Zuerst erfüllte mich das konturlose graue Feld mit großem Entsetzen. Es kam mir vor, als würde ich in ein endloses Nichts starren. Das Ende des Universums, die Vorhölle.

Auch die Stille erschreckte mich. Doch die Angst löste sich auf und wich dem gleichermaßen starken Gefühl, Trost und Frieden zu finden. Schließlich war ich schon einmal hier gewesen. Keines dieser Gefühle behinderte jedoch im Mindesten unser Fortkommen, denn die blinden Pferde trugen uns unermüdlich weiter. Der Panther führte uns und nach und nach, ohne dass irgendetwas Dramatisches passiert wäre, wurden wir vom grauen Nebel verschluckt.

Der Nebelgrund hatte etwas körperlich Greifbares an sich. Ich konnte den Gedanken nicht abschütteln, dass Gaynor und Klosterheim uns jederzeit aus dem Hinterhalt überraschen könnten. Auch als die Luft vor uns auf einmal mit dem strahlenden Rot und Grün riesiger und zugleich zarter Amaryllis- und cremefarbener Irisblüten erfüllt war, ließ ich in meiner Wachsamkeit nicht nach.

»Was war das?«, fragte ich Elric.

Der Zauberer lächelte schief. »Ich weiß es nicht. Vielleicht jemandes plötzliche Gedanken?«

Hatten sich die Formen spontan im seltsamen, dichten Nebel gebildet? Ich hatte den Eindruck, dass dieser Urstoff jederzeit erkennbare Formen hervorbringen konnte. Unter dem legendären Nebelgrund hatte ich mir etwas Spektakuläres vorgestellt, doch andererseits war ich auch froh, nicht die zuckenden, wirren Fasern des Chaos zu sehen, an die andere Erzählungen mich hatten denken lassen. Ich gewann den Eindruck, dass ich mich nur konzentrieren musste, um äußerst bizarre Phantasien Wirklichkeit werden zu lassen. Ich wagte kaum an Gaynor und Klosterheim zu denken, weil ich fürchtete, sie durch meine Gedanken erst recht heraufzubeschwören.

Die Hufschläge unserer Pferde, das Klingeln der Geschirre und sogar unser Atem, alles schien vom Nebel verstärkt zu werden. Der Umriss des Panthers wurde vom Dunst halb verschluckt, blieb aber immer verschwommen sichtbar wie ein Schatten. Wir konnten nicht einmal mehr erkennen, ob wir über Fels oder harte Erde ritten, denn der hellgraue Nebel hüllte die Pferde bis zu den Bäuchen ein und spülte wie Quecksilber um uns.

Der Boden unter uns wurde jedoch offensichtlich weicher, denn die Hufschläge waren gedämpft. Wir ritten jetzt in tiefem Schweigen. Ich stand noch immer unter beträchtlicher Anspannung und wechselte ein paar Worte mit Elric. Meine Stimme klang leblos, als würden mir die Worte direkt vor dem Mund entrissen.

»Wir haben die Fährte verloren, oder? Er ist uns im Nebelgrund entwischt und das ist nach allem, was ich weiß, eine Katastrophe.«

Als er antwortete, war ich nicht sicher, ob er sprach oder ob ich seine Gedanken las. »Das macht unsere Aufgabe schwieriger.«

Alles war jetzt ungewiss und unklar, zweifellos eine Eigenschaft des Nebelgrundes. Schließlich näherten wir uns hier dem ungeformten Grundstoff des Multiversums. Doch ganz gleich wie verschwommen die Welt wurde, der Panther blieb immer sichtbar. Und wir blieben auf der Fährte und Gaynor war immer noch gefährlich.

Dann blieb der Panther ohne Vorwarnung stehen. Er hob

den schön geschnittenen Kopf und lauschte, eine Pfote erhoben. Der Schwanz zuckte. Die Augen verengten sich. Irgendetwas beunruhigte die große schwarze Katze. Ich zögerte.

Elric stieg ab und watete durch den Nebel, der ihm bis zur Brust ging, zum Panther. Die Nebelschwaden wurden dichter und ich verlor Elric für einen Moment aus den Augen. Als ich ihn wieder sah, sprach er mit einem Menschen. Zuerst dachte ich, wir hätten Gaynor gefunden.

Die Gestalt drehte sich um und kam mit ihm zurück. Oona trug den Bogen und den Köcher über der Schulter. Sie wirkte, als mache sie einen gemächlichen Spaziergang. Das Grinsen wirkte herausfordernd und sagte mir, ich solle ja keine Fragen stellen.

Ich wusste immer noch nicht, ob sie eine Zauberin oder eine Illusionistin war oder ob sie einfach nur die Bewegungen des Panthers oder der Häsin kontrollierte. Ich hatte keinerlei Vorstellungen von der Magie, die hier im Spiel war. Allerdings war ich ganz und gar bereit zu akzeptieren, dass ich der Zeuge magischer Vorgänge geworden war. Diese Leute manipulierten das Multiversum auf eine Art und Weise, die ihnen völlig normal erschien, die für mich jedoch ein Buch mit sieben Siegeln war. Sobald ich erkannt hatte, dass meine eigene vertraute Welt des zwanzigsten Jahrhunderts für andere eine bizarre Welt voller chaotischer mechanischer Erfindungen war, für sie so geheimnisvoll wie die Welt der anderen für mich, und dass meine Welt sogar für die Halbgötter, die mit ihren geistigen Kräften ganze Welten lenken konnten, ein schreckliches Rätsel sein musste, begann ich alles, was ich erlebte, als das hinzunehmen, was es war. Ich versuchte nicht, wie es ein wahnsinniger Kartograph vielleicht versucht hätte, meine beschränkte Erfahrung und Phantasie auf diese komplizierte Welt zu übertragen. Ich hatte nicht den Wunsch, ihr meinen Stempel aufzudrücken. Ich wollte lieber forschen, beobachten und fühlen. Die einzige Möglichkeit, dies alles zu verstehen, bestand darin, es zu erleben.

Der perlmuttgraue Dunst wirbelte unablässig um uns, als Oona und Elric vor mir standen. Sie runzelte die Stirn und schien verwirrt. »Dies hier«, erklärte sie beinahe missbilligend, »ist nicht mein natürliches Element.«

»Wohin sind sie gegangen?«, fragte ich. »Haben Sie noch ihre Witterung, Lady Oona?«

»Mehr als genug davon«, erwiderte sie. Sie ließ sich auf ein Knie nieder und machte eine rasche Bewegung mit der linken Hand, als wollte sie ein Fenster frei wischen. Die Geste enthüllte eine helle, sonnenbeschienene Szenerie. »Schauen Sie her!«

Es war ein Bild, das ich sofort erkannte.

Ich keuchte und beugte mich vor und wollte dieses Loch im Nebel mit Händen greifen. Ich hatte das Gefühl, mir wäre meine Kindheit zurückgegeben worden. Doch sie hielt mich zurück. »Ich weiß«, sagte sie. »Es ist Bek. Aber ich glaube nicht, dass dort Ihre Rettung liegt, Graf Ulric.«

»Wie meinen Sie das?«

Sie drehte sich nach rechts und wischte einen neuen Flecken im Dunst frei. Dort herrschte roter und schwarzer Aufruhr. Tierköpfige Männer und Tiere mit Menschenköpfen waren in einen blutigen Krieg verstrickt. Aufgewühlter Schlamm, so weit das Auge reichte. Am Horizont die gezackten Konturen einer Stadt mit hohen Türmen. Der Stadt entgegen ritt triumphierend Prinz Gaynor von Minct – derjenige, der einst Gaynor der Verdammte genannt werden sollte.

Dieses Mal beugte Elric sich vor. Er erkannte die Stadt. Sie war ihm so vertraut, wie es Bek für mich war. Auch mir war sie jetzt, da unsere Erinnerungen und Geister sich verbunden hatten, nicht mehr unbekannt. Es war Imrryr, die Träumende Stadt, die Hauptstadt von Melniboné, die Insel der Drachenherren. Flammen züngelten wie Fahnen aus den höchsten Fenstern der Türme.

Ich sah mich um. Bek war noch dort. Die sanften grünen Hügel, die dichten, heimeligen Wälder, die alten Steine des Wehrhofs. Aber jetzt bemerkte ich, dass Stacheldraht um die Mauern gespannt war. An den Toren waren Maschinengewehre aufgestellt, Wachhunde beobachteten das Gelände. Überall SS-Uniformen. Ein großer Mercedes, eine Offizierslimousine, fuhr ins Bild und wurde mit hoher Geschwindigkeit über die Straße gelenkt, die zu meinem alten Heim führte. Am Steuer saß Klosterheim.

»Wie ...«, setzte ich an.

»Ganz richtig«, sagte Oona. »Zu viele Fährten, wie ich schon sagte. Er hat zwei Wege beschritten und befindet sich jetzt in zwei Welten. Er hat mehr gelernt als die meisten je über die zeitlose Unendlichkeit des Multiversums erfahren werden. Er kämpft an mindestens zwei Fronten gleichzeitig. Das könnte andererseits auch seine Schwäche sein ...«

»Im Augenblick ist es wohl eher seine Stärke«, warf Elric mit gewohnt trockener Ironie ein. »Er bricht alle Regeln, das ist das Geheimnis seiner Kraft. Aber wenn die Regeln bedeutungslos geworden sind ...«

»Hat er schon gesiegt?«

»Nicht überall«, erklärte Oona. Doch es war klar, dass sie nicht wusste, wie es weitergehen sollte.

Elric übernahm die Initiative.

»Er ist an zwei Orten zugleich – das können wir auch. Wir haben jetzt zwei Schwerter und ein Schwert kann das andere rufen. Ich muss Gaynor nach Melniboné folgen, du folgst ihm nach Bek.«

»Wie können Sie diese Orte sehen?«, fragte ich Oona. »Wie können Sie die Ansicht auswählen?«

»Einfach indem ich es will?« Sie schlug die Augen nieder. »Das Warum erfahren wir nicht«, sagte sie. »Was ist, wenn der Nebelgrund vom Willen und der Phantasie der Sterblichen und Unsterblichen erschaffen wird? Was die Menschen am meisten ersehnen und am stärksten fürchten, wird hier in eine Form gegossen, immer wieder neu erschaffen. Durch die außergewöhnliche Macht der menschlichen Erinnerungen und Begierden.«

»Erschaffen und wiedererschaffen bis in alle Ewigkeit«, ergänzte Elric. Er legte die behandschuhte Hand auf den Knauf seiner Runenklinge. »Aber immer ein wenig verändert. Manchmal sogar stark verändert. Erinnerungen und Begierden, veränderte Erinnerungen, veränderte Gelüste. Das Multiversum dehnt sich unablässig aus, es wächst wie die Adern in einem Blatt und die Äste eines Baumes.«

»Wir dürfen nicht vergessen«, fügte Oona hinzu, »dass Gaynor genug Macht in Händen hat, um fast jede gewünschte Realität erschaffen zu können. Die Macht des Grals, der eigentlich Ihnen zusteht und den Sie schützen müssen, ohne seine Kräfte jemals unmittelbar einzusetzen.«

Trotz der bizarren Begleitumstände unserer Unterhaltung musste ich lachen. »Der eigentlich mir zusteht? Ich würde doch meinen, dass eine solche Macht einem Christus oder Gott zustünde, falls es einen Gott gibt. Oder kennt man ihn hier als das Gleichgewicht, den großen Mittler unserer Schöpferkraft?«

»Das ist besonders unter den Traumdieben ein Thema vieler theologischer Diskussionen«, sagte Oona. »Schließlich leben sie von gestohlenen Träumen. Sie sagen, im Nebelgrund würden alle Träume wahr. Und alle Albträume.«

Ich starrte in dieser grauen Leere hilflos um mich, doch die Augen kehrten wie von selbst immer wieder zu den beiden Szenen zurück. Auch sie konnten eine Illusion sein – vielleicht von Oona mithilfe der Künste, die sie von ihrer Mutter gelernt hatte, selbst erschaffen? Ich hatte keinen Grund, ihr zu vertrauen oder zu glauben, dass sie aus reiner Nächstenliebe handelte, aber andererseits auch keinen Grund, ihr nicht zu trauen.

Ich spürte, wie sich eine frustrierte Wut in mir aufbaute. Ich wollte das Schwert ziehen und mir einen Weg durch den Nebel hacken, ich wollte mir einen Weg nach Bek bahnen, nach Hause, zurück in eine beschaulichere Vergangenheit.

Doch über Bek wehte jetzt die Hakenkreuzfahne. Ich wusste, dass die Szenerie, die ich sah, den Tatsachen entsprach.

Elric lächelte das gewohnte kleine Lächeln. »Es ist schwierig«, sagte er, »einem Mann zu folgen, der sich in zwei Richtungen gleichzeitig bewegen kann. So ungern wir es auch hinnehmen werden, ich glaube nicht, dass wir in diesem Abenteuer noch länger beisammen bleiben können, meine

Freunde. Ihr zwei müsst ihm auf der einen Ebene folgen, während ich versuche, ihn auf der anderen aufzuhalten.«

»Schwächen wir uns nicht selbst, wenn wir uns teilen?« Wir wussten schließlich, dass wir nicht gegen Gaynor und Klosterheim allein, sondern auch gegen die Lords der Höheren Welten kämpfen mussten.

»Wir schwächen uns sogar sehr«, stimmte Elric zu. »Vielleicht wird es dadurch unmöglich. Doch uns bleibt keine andere Wahl. Ich kehre nach Imrryr zurück, um Gaynor dort zu bekämpfen. Ihr müsst in euer eigenes Reich wechseln und dort das Gleiche tun. Er kann den Gral nicht auf zwei Ebenen gleichzeitig mit sich führen, das ist ganz sicher ausgeschlossen. Er wird ihn deshalb dort aufbewahren, wo er ihm am meisten nützt. Wer ihn findet, muss die anderen sofort warnen.«

»Und wo könnte dies sein?«, fragte ich.

Er schüttelte den Kopf. »Überall und nirgends«, sagte er.

Oona war nicht ganz so unsicher. »Mit völliger Sicherheit können wir es nicht wissen«, sagte sie. »Es gibt aber zwei Orte, zwischen denen er sich wahrscheinlich entscheiden wird. Es ist Morn, dessen Steine er braucht, um das Chaos zu zähmen, oder Bek.«

Elric stieg wieder auf sein blindes Pferd. Das Tier wieherte und schnaubte und stampfte im Nebel. Er drängte es weiter, in die aufgewühlte Szenerie hinein. Das Loch verschluckte ihn sofort. Er drehte sich noch einmal um, zückte die große Klinge und salutierte mir. Es war ein Lebewohl. Es war ein Versprechen. Dann ritt er mitten zwischen die kämpfenden Tiere, das schwarze Schwert lodernd in der rechten Hand, und lenkte das Pferd gen Imrryr.

Mit einer Berührung ihres Stabes ließ Oona mein Pferd durch den Nebel davonlaufen. Das Tier würde ohne Mühe nach Hause finden. Dann nahm sie mich am Arm und führte mich weiter, bis wir eine duftende Sommerwiese in Bek riechen konnten. Erst jetzt, als ich mein altes Heim überblicken konnte, wurde mir bewusst, dass man es in eine Festung verwandelt hatte. Wahrscheinlich eine wichtige Kommandozentrale der SS, nahm ich an.

Wir duckten uns. Ich betete, dass man uns nicht gesehen hatte. Überall waren SS-Leute. Dies war keine gewöhnliche Einrichtung. Sie war schwer bewacht, überall waren MG-Posten und dicker Stacheldraht zu sehen. Zwei grobe Drahtverhaue umgaben zusätzlich den Burggraben.

Wir schlichen den Hügel hinunter und entfernten uns zunächst von Bek. Es war nicht schwer, Oona durch das dichte Unterholz unserer Waldungen zu führen. Ich kannte so viele Wege wie die Füchse und Kaninchen, die in diesen Wäldern lebten, wo die Beks einen Abschnitt gerodet hatten, um ihr erstes Haus zu bauen. All die Jahrhunderte hatten wir meist in Harmonie mit unserer Welt gelebt.

Heute war mein Haus ein widerwärtiges Ding, eine Beleidigung der Augen. Einst hatte es für alles gestanden, was den Deutschen wertvoll war - umsichtiger sozialer Fortschritt, Traditionen, Kultur, Freundlichkeit, Bildung, Liebe zu dem Land -, doch jetzt stand es für alles, was wir einst verachtet hatten: Intoleranz, Missachtung, ungezügelte Macht, Bosheit und Grausamkeit. Ich fühlte mich, als wären ich und meine ganze Familie persönlich angegriffen worden. Dabei wusste ich sehr genau, dass längst das ganze Deutschland unter diesen Verletzungen zu leiden hatte. Ich kannte die Natur dieses Bösen und wusste, dass es nicht allein von deutschem Boden ausgegangen war, sondern im Grunde vom Boden aller kriegerischen Nationen. Es gedieh dank der Gier und der Furcht all dieser kleinlichen, selbstsüchtigen Politiker, die gegen die wahren Interessen ihrer Wähler verstoßen hatten, dank der wetteifernden und leeren politischen Formeln und all der gewöhnlichen Bürger, die nicht genau geprüft hatten, was ihre Anführer ihnen erzählten, nicht zuletzt auch dank der einfachen Leute, die sich in den Krieg und in den zwangsläufig darauf folgenden Untergang hatten führen lassen und die immer noch den Anführern hinterherliefen, deren Politik nur abermals ins Verhängnis führen konnte.

Was war das für ein Todeswunsch, der ganz Europa ergriffen zu haben schien? Ein allgegenwärtiges Schuldgefühl? Die Erkenntnis, dass man die christlichen Ideale verraten hatte?

Eine Art Wahnsinn, in dem jeden Augenblick Gefühlswallungen und überstürzte Handlungen miteinander wechselten?

Endlich wurde es Nacht. Niemand hetzte uns. Oona fand in einem Graben einige alte Zeitungen, auf denen jemand geschlafen hatte. Sie waren gelb und voller Schlamm. Sie las die Blätter sorgfältig durch. Als sie fertig war, hatte sie einen Plan. »Wir müssen Herrn El finden«, sagte sie. »Prinz Lobkowitz. Wenn ich Recht habe, dann lebt er unter falschem Namen zurückgezogen in Hensau. Auch dort muss die Zeit weitergegangen sein. Wir sind jetzt einige Jahre weiter als zu dem Zeitpunkt, da Sie Deutschland verlassen haben. Er müsste inzwischen in Hensau sein. Oder jedenfalls lebte er dort, als ich ihn 1940 das letzte Mal dort aufgesucht habe.«

»Was denn, sind Sie auch eine Zeitreisende?«

»Früher dachte ich es, bis ich verstand, dass die Zeit ein Feld ist, in dem ein und dasselbe Ereignis immer wieder stattfindet. Die Art und Weise, wie wir in diesem Feld unsere Auswahl treffen, gibt uns ein Gefühl für die Sterblichkeit des Multiversums. Wir sind eigentlich keine Zeitreisenden, sondern wechseln nur von einer Realität in die nächste. Die Zeit ist relativ und subjektiv. Die Zeit ändert ihre Qualitäten. Sie kann instabil oder zu stabil werden. Die Zeit ist von Reich zu Reich unterschiedlich. Wir können dieses Reich verlassen und in einem ähnlichen wieder auftauchen, allerdings einige Jahrhunderte entfernt. So geschieht es, wenn jemand glaubt, er hätte die Zeitreise entdeckt. Wir sind, glaube ich, 1935 aus Hameln geflohen. Das war vor fünf Jahren. Jetzt schreiben wir den Sommer 1940 und Ihr Land führt Krieg. Anscheinend hat es einen großen Teil Europas besetzt.«

Die alten Zeitungen gaben uns keinen Aufschluss, was zur derzeitigen Lage geführt hatte, aber ›das tapfere kleine Deutschland‹ kämpfte demnach jetzt allein gegen ein Dutzend aggressive Länder, die sich holen wollten, was sie nicht ohnehin schon geplündert hatten. Laut der Nazipresse forderte Deutschland nur das Land für sich, das es brauchte, damit sein Volk wachsen konnte – eine Region, die als ›Großdeutschland‹ bezeichnet wurde. Eine Bastion gegen den kommunistischen Goliath. Einige europäische Nationen wurden bereits als ›Provinzen‹ Deutschlands betrachtet, während andere ›heim ins Reich‹ geholt worden waren. Frankreich hatte einen Kompromiss erreicht, Italien unter Mussolini war ein Verbündeter. Polen, Dänemark, Belgien, Holland. Alle besiegt. Ich war entsetzt. Hitler war mit dem Versprechen an die Macht gekommen, dem deutschen Volk den Frieden zu bringen. Wir hatten uns danach gesehnt. Ehrliche, tolerante Menschen hatten für Politiker gestimmt, die versprachen, den inneren Frieden herzustellen und die Kriegsdrohung von uns zu nehmen. Adolf Hitler hatte uns in einen Krieg geführt, der schlimmer war als alle früheren. Ich fragte mich, ob seine Bewunderer ihm immer noch so begeistert zujubelten. Trotz all unserer selbstzerstörerischen preußischen Rhetorik waren wir im Grunde ein friedliches Volk. Welchen irren Traum hatte Hitler geträumt, dass er mein Volk noch einmal zum Marschieren bringen konnte?

Endlich schlief ich und sofort war mein Kopf voller Träume. Ich sah heftige Schlachten und bizarre Erscheinungen. Ich erlebte alles, was mein Doppelgänger erlebte. Nur wenn ich wach war, konnte ich ihn aus meinem Kopf vertreiben und selbst dann war es schwierig. Ich hatte keine Vorstellung davon, was er tat, abgesehen davon, dass er nach Imrryr zurückgekehrt und dort in den Untergrund gegangen war. Ein Geruch nach Reptilien ...

Wieder erwacht, las ich alles, was ich nur bekommen konnte. Doch das meiste von dem, was ich las, warf nur noch mehr Fragen auf. Ich konnte nicht glauben, dass Hitler so leicht an die Macht gekommen war und fragte mich, warum nicht mehr Menschen Widerstand leisteten, auch wenn das Dickicht von Lügen, die von den Zeitungen verbreitet wurden, viele anständige Menschen daran hinderte, sich ein klares Bild zu machen und sich dem Würgegriff der Nazis zu entziehen. Ich musste mir das Bild Stück für Stück zusammensetzen, doch es blieben viele Fragen offen.

Die meisten Antworten konnte ich mir zusammenreimen, während wir zu Lobkowitz in Hensau reisten. Wir waren fast eine Woche lang unterwegs und bewegten uns hauptsächlich nachts. Die Wege durch die Wälder wagten wir kaum zu benutzen, von den Hauptstraßen ganz zu schweigen. Ich war ganz froh, dass ich tagsüber schlafen konnte, das machte meine Träume etwas leichter. Die Zeitungen wurden, sobald sie gelesen waren, benutzt, um Rabenbrand einzuwickeln. Unsere Waffen schienen nicht recht geeignet, die Befestigungen des Dritten Reichs zu bezwingen.

Überall sahen wir Hinweise auf den Krieg. Lange Eisenbahnzüge mit Munition, Geschützen und Soldaten. Kolonnen von Lastkraftwagen. Dröhnende Bomberstaffeln. Große Trupps marschierender Männer. Manchmal sahen wir Schlimmeres. Viehwagen voller klagender Menschen. Wir hatten damals noch keine Vorstellung, in welchem Ausmaß Hitler sein eigenes Volk und die Bürger der eroberten Länder Europas morden würde.

Wir reisten äußerst vorsichtig und bemühten uns, auch in kleinen Orten nicht die Aufmerksamkeit der Behörden zu erregen. Einmal riskierte Oona es, ein Kleid von der Wäscheleine zu stehlen. »Ich fürchte, man wird den Zigeunern die Schuld geben.«

Da es in Hensau weder eine Eisenbahnstation noch eine Durchgangsstraße gab, war der Ort recht ruhig. Überall waren die üblichen Naziflaggen zu sehen und in der Nähe unterhielt die SS eine Kaserne, doch der Ort schien weitgehend frei von Militärangehörigen. Wir konnten verstehen, warum Lobkowitz sich hier niedergelassen hatte.

Als wir endlich vor ihm standen, Oona in ihrem dünnen gestohlenen Kleid, boten wir gewiss einen recht erbärmlichen Anblick. Wir waren halb verhungert, meine Kleidung war zerlumpt. Wir trugen unpassende Waffen. Ich hatte die Sachen seit Tagen nicht mehr gewechselt und war übermüdet.

Lobkowitz lachte, als er uns Getränke anbot und uns einlud, auf den bequemen Lehnstühlen Platz zu nehmen. »Ich kann euch aus Deutschland herausbekommen«, sagte er. »Wahrscheinlich nach Schweden. Aber das ist leider auch schon alles, was ich für euch tun kann.«

Es stellte sich heraus, dass er eine Art ›Untergrundbahn‹ für jene betrieb, die den Unmut der Nazis erregt hatten. Die meisten gingen nach Schweden, während andere nach Spanien gebracht wurden. Er bedauerte, so sagte er uns, dass er keine magischen Kräfte besitze. Es gebe keine Möglichkeit, für diejenigen, die die Freiheit suchten, die Mondstrahlwege zu öffnen. »Bestenfalls kann ich ihnen Amerika oder Großbritannien anbieten«, sagte er. »Selbst das britische Empire kann der Luftwaffe nicht mehr lange standhalten. Ich habe Freunde unter den Soldaten. Noch ein paar Monate und Großbritannien wird um einen Waffenstillstand nachsuchen. Ich vermute, das Land wird fallen. Wenn das Empire erst kapituliert hat, braucht Deutschland die Einmischung der Amerikaner nicht mehr zu fürchten. Das wäre der Triumph des Bösen, meine Lieben.«

Er entschuldigte sich, weil er so melodramatisch gesprochen habe. »Aber dies sind melodramatische Zeiten. Die Ironie dabei«, fuhr er fort, »ist die, dass sich das, was Sie suchen, schon in Bek befindet.«

»Aber Bek wird viel zu schwer bewacht, als dass wir es angreifen könnten«, sagte Oona.

»Was suchen wir denn?«, fragte ich müde. »Einen Stab? Einen Becher? Gibt es nicht einen Ersatz, der ebenfalls ausreichen würde?«

»Es sind einzigartige Objekte«, erklärte Prinz Lobkowitz. »Sie nehmen unterschiedliche Gestalten an. Sie haben gewissermaßen einen eigenen Willen, auch wenn es kein Bewusstsein in unserem Sinne ist. Eins der Objekte könnte man als den Heiligen Gral bezeichnen. Ihrer Familie war seine Bewachung einst anvertraut. Auch Wolfram von Eschenbach spricht von einer solchen Treuhandschaft. Ihr Vater, halb wahnsinnig, hat eine schwere Verantwortung auf sich genommen. Als er den Gral verlor, fühlte er sich verpflichtet, ihn zurückzuholen, und dabei tötete er sich selbst.«

»Er tötete sich selbst? Dann entsprechen Gaynors Anschuldigungen der Wahrheit! Ich hatte ja keine Ahnung ...«

»Offenbar wollte die Familie einen Skandal vermeiden«,

fuhr Prinz Lobkowitz fort. »Sie sagten, er sei bei einem Brand ums Leben gekommen, doch die Wahrheit, Graf von Bek, die Wahrheit ist, dass Ihr Vater von Schuldgefühlen erdrückt wurde. Schuldgefühle, weil Ihre Mutter gestorben ist, weil er versagt hat, weil er der Verantwortung, die auf der Familie lastete, nicht gerecht wurde. Wie Sie selbst wissen, fiel es ihm sogar schwer, sich den eigenen Kindern mitzuteilen. Doch er war weder ein Feigling noch ein Mann, der sich dem Unausweichlichen zu entziehen versuchte. Er bemühte sich, so gut er konnte, und starb bei dem Versuch.«

»Warum hat er denn so großen Wert auf den Gral gelegt?«, wollte ich wissen.

»Solche Objekte spielen in der deutschen Mythologie eine große Rolle und deshalb waren Hitler und seine Anhänger so versessen darauf, sie in ihren Besitz zu bringen. Sie glauben, mit dem Gral oder dem Schwert Karls des Großen in der Hand besäßen sie übernatürliche Kräfte und ihnen würden irgendwie die militärischen Mittel geschenkt, um Großbritannien zu schlagen. Großbritannien ist jetzt alles, was dem Triumph des Deutschen Reichs noch im Wege steht. Der Kelch ist in diesem Fall wichtiger als das Schwert. Das Schwert ist eine Waffe, die kein Eigenleben besitzt. Genau genommen sollten links und rechts neben dem Kelch zwei Schwerter angeordnet werden, damit die Magie zur vollen Entfaltung kommt; so habe ich es jedenfalls gehört. Ich weiß nicht genau, was Gaynor erreichen will, doch Hitler und seine Freunde sind überzeugt, dass etwas Entscheidendes geschehen werde. Ich habe Gerüchte über ein Ritual gehört, bei dem es um Blut im Kelch ging. Das klingt wie ein Märchen, was? Jungfrauen und magische Schwerter.«

»Wir müssen den Gral zurückbekommen«, sagte ich. »Deshalb sind wir hier.«

Lobkowitz antwortete leise und behutsam. »Ihr Vater fürchtete, Bek könnte untergehen, sobald der Gral aus der Obhut Ihrer Familie entfernt würde. Er fürchtete, die ganze Familie könnte untergehen. Sie sind jetzt der letzte noch lebende Sohn.«

Das war etwas, an das ich nicht eigens erinnert werden musste. Ich war immer noch bekümmert, weil meine Brüder im Großen Krieg gestorben waren. »Hat mein Vater den Brand, in dem er umkam, selbst gelegt?«

»Nein. Das Feuer entstand durch einen Dämon, der bereit war, Ihrer Familie bei der Erfüllung der Treuhandschaft zu helfen. Angesichts der Umstände eine ganz vernünftige Idee. Doch Ihr Vater war nicht mehr als ein Amateur, was die Zauberei betraf. Das Wesen wurde nicht ordentlich im Pentagramm gehalten. Statt den Gral zu verteidigen, hat es ihn gestohlen!«

»Der Dämon war Arioch?«

»Der ›Dämon‹ war unser Freund Klosterheim, der damals in den Diensten Miggeas, der Herrin der Ordnung, stand. Sie hatte beinahe den Verstand verloren und sah ihre Macht schwinden. Klosterheim diente Satan, bis Satan nicht mehr voll und ganz auf der Seite des Bösen stand und durch Vermittlung eines Ihrer Vorfahren, Graf von Bek, die Aussöhnung mit Gott suchte. Es war übrigens sogar Ihr Namensvetter. Ihr Ahne wurde von Satan beauftragt, den Gral zu finden und zu behalten, bis Gott und Satan sich wieder ausgesöhnt hätten.«

»Das sind phantastische alte Geschichten«, sagte ich. »Ihnen haftet noch weniger Wahres an als einer Legende.«

»Geschichten, die Ihre unmittelbaren Vorfahren lieber vergessen wollten«, sagte der Österreicher leise. »Doch mit dem Namen Ihrer Familie ist mehr als eine dunkle Legende verbunden – selbst in neuester Zeit gab es noch eine Legende aus Mirenburg, die mit roten Augen zu tun hatte.«

»Auch wieder so eine Geschichte, die von Bauern am Kaminfeuer erzählt wird«, sagte ich. »Eine Erfindung der Ungebildeten. Sie wissen, dass Onkel Bertie jetzt als höchst geachteter Mann in Washington arbeitet.«

»Genau genommen befindet er sich im Augenblick in Australien. Aber gut, ich will Ihnen nicht widersprechen. Sie müssen jedoch zugeben, mein lieber Graf Ulric, dass Ihre Familiengeschichte keineswegs so ereignislos verlaufen ist, wie man immer vorgegeben hat. Es gibt eine ganze Reihe Vorfahren, die dem sofort zustimmen würden.«

Ich zuckte die Achseln. »Wenn Sie wollen, Prinz Lobkowitz. Aber diese Geschichte hat nicht viel mit unseren derzeitigen Problemen zu tun. Wir müssen den Gral und das Schwert finden, aber wir brauchen dazu Ihre Vorschläge, wie wir sie am besten bekommen können.«

»Den Ort kennen Sie bereits«, sagte er. »Der Gral ist dort, wo er über viele Jahrhunderte gewesen ist. Auf Bek. Deshalb ist die Anlage jetzt so stark befestigt und wird so gut bewacht. Klosterheim hat vor der Gralskammer, wie er sie nennt, rund um die Uhr Wachen aufgestellt. Sie kennen den Raum als Ihre alte Waffenkammer.«

Der Raum hatte eine gewisse Atmosphäre. Ich fluchte über mich selbst. »Wir sahen Klosterheim nach Bek gehen. Kommen wir zu spät? Hat er den Gral nicht schon wieder weggebracht?«

»Ich glaube nicht, dass er den Gral wegschaffen wird. Ich weiß aus allerbesten Quellen, dass Hitler höchstpersönlich mit Hess, Göring, Goebbels, Himmler und den anderen in Bek zusammenkommen will. Die Nazis können ihr Glück kaum fassen, würde ich meinen. Aber sie wollen ihrer Sache ganz sicher sein. Frankreich ist gefallen und jetzt steht ihnen nur noch das bereits halb geschlagene Großbritannien im Weg. Deutsche Flugzeuge haben den britischen Schiffsverkehr gestört, Jagdflugzeuge in Kämpfe verwickelt und die ohnehin schon geschwächte RAF noch weiter dezimiert. Bevor sie übersetzen und mit der Invasion des Landes beginnen, wollen sie die wichtigsten Städte und vor allem London ausradieren. Sie stellen im Augenblick eine riesige Luftflotte auf. Soweit ich weiß, könnten die Verbände sogar schon unterwegs sein. Es bleibt nur wenig Zeit. Dieses Treffen in Bek hat mit einem Ritual zu tun, das ihre Seite noch weiter stärken und dafür sorgen soll, dass die Invasion Großbritanniens ein voller Erfolg wird.«

Ich konnte es nicht fassen. »Sie sind wahnsinnig.«

Er nickte. »Oh, das sind sie. Irgendwie wissen sie das sogar selbst. Aber sie waren bislang äußerst erfolgreich. Vielleicht glauben sie, die Zaubersprüche wären der Grund dafür. Offensichtlich wurden sie von der übernatürlichen Hilfe, die sie angerufen haben, nicht im Stich gelassen. Allerdings ist die Magie instabil und liegt in unsicheren Händen. Am Ende könnte der Tod alles Lebendigen stehen. Gaynor und alle anderen, die sind wie er, werden letzten Endes durch ihre Verachtung und Missachtung der Realität vernichtet werden. Sie weiden sich an der Vorstellung, es könnte eine Götterdämmerung geben. Diese Leute streben mit allen Mitteln ihren eigenen Untergang an. Sie sind Feiglinge und geben sich Selbsttäuschungen hin – und alles, was sie aufbauen, steht auf unsicheren Beinen oder ist Betrug. Sie führen ein Schmierentheater auf und agieren dabei mit der Selbstherrlichkeit genialer Schauspieler. Ich glaube, es ist ein ironischer Augenblick in der Geschichte, wenn Schauspieler und Unterhaltungskünstler das Schicksal der Welt bestimmen. Man kann täglich zuschauen, wie die Kluft zwischen Schein und Sein immer größer wird ... natürlich sind sie die geborenen Illusionisten, genau wie Mussolini. Außer Illusionen haben sie nicht viel zu bieten – Illusionen und eine ungeheure Macht, die ihnen nicht zusteht. Die Macht, die Realität zu fälschen, die Welt zu täuschen und unter dem Gewicht so vieler Täuschungen zu zerstören. Je weniger die Welt auf ihre Lügen und Phantasien reagiert, desto nachdrücklicher kämpfen sie für deren Durchsetzung.«

Mir wurde bewusst, dass Prinz Lobkowitz trotz seiner praktischen Neigungen zu gewissen Ausschweifungen neigte. Schließlich unterbrach ich ihn. »Was muss ich tun, wenn ich den Gral habe?«

»Eigentlich nicht viel«, sagte er. »Es ist Ihre Aufgabe, ihn zu verteidigen. Die Begleitumstände ergeben sich dann. Vielleicht bringen Sie ihn heim in die Gegend, die man in Ostfranken als Graalfelden bezeichnet. Sie kennen die Gegend vielleicht unter dem verstümmelten Namen ›Nebelgrund‹. O ja, wir haben auch in Deutschland davon gehört. Es gibt einen Hinweis bei Wolfram von Eschenbach, der Kyot de

Provence zitiert. Aber Ihre Chancen, das Objekt nach Graalfelden zu bekommen, stehen nicht sehr gut.«

Andererseits, sagte er, hatte ich den Vorteil, Bek zu kennen. Die alte Waffenkammer, wo der Gral jetzt aufbewahrt wurde, war der Raum, in dem ich unter von Aschs Leitung die ersten Fechtstunden bekommen hatte.

»Wahrscheinlich wird der Raum von SS-Leuten bewacht«, sagte ich. »Ich kann kaum hineingehen und sagen: ›Hallo, ich bin wieder da‹, um in die Waffenkammer zu spazieren, mir den Heiligen Gral unter die Jacke zu schieben und pfeifend hinauszulaufen.«

Die Antwort meines Gastgebers überraschte mich.

»Also«, sagte er offensichtlich verlegen, »eigentlich hatte ich mir ja etwas in dieser Art überlegt.«

20.
Traditionelle Werte

So kam es, dass ich die komplette Uniform eines SS-Standartenführers anzog und eine getönte Brille aufsetzte, die nicht ganz den Vorschriften entsprach. Ich saß im Fond einer offenen Mercedes-Offizierslimousine, die von einer Chauffeurin in der adretten Uniform des NS-Frauenbundes gelenkt wurde. Pfeil und Bogen meiner Chauffeurin lagen im Kofferraum. Sie steuerte den Wagen aus der versteckten Garage in die Morgendämmerung hinaus – und als wir Hensau hinter uns gelassen hatten, fuhren wir durch eine der schönsten Landschaften Deutschlands – sanfte, bewaldete Hügel, Berge am fernen Horizont, das helle Gold des Himmels, ein letzter roter Schimmer am Horizont. Ich sehnte mich nach der verlorenen Zeit, nach den Jahren meiner Kindheit, in denen ich allein durch solche Landschaften geritten war. Die Liebe zu meinem Land durchströmte mich und brachte mein Blut zum Singen.

Irgendwie hatten wir uns in ein paar kurzen, blutigen Jahren von der Vorkriegsidylle des Jahres 1914 bis zu den gegenwärtigen Schrecken bewegt. Jetzt fuhr ich in einem schweren Wagen, der für die gewundenen Straßen viel zu groß war, und trug eine Uniform, die für all das stand, was ich verachten gelernt hatte. Rabenbrand steckte in einem umgebauten Gewehrfutteral und lag neben mir auf dem Boden des Wagens. Ich konnte nicht umhin, über die Ironie der Situation nachzudenken. Ich befand mich in einer Zukunft, die 1917 kaum jemand hätte vorhersagen können. Jetzt aber, im Jahre 1940, erinnerte ich mich an all die Warnungen, die man seit 1920 vernommen hatte. Jahre, in denen wir Antikriegsfilme, Lieder, Romane und Schauspiele erlebt hatten. Jahre der Analyse und orakelhafter Verkündungen. Waren es vielleicht sogar zu viele gewesen? Hatten die Vorhersagen die Lage, die sie verhindern wollten, vielleicht erst entstehen lassen?

War die Anarchie, verglichen mit der tödlichen Disziplin des Faschismus, wirklich so schrecklich? Aus dem Chaos war ebenso viel Demokratie und soziale Gerechtigkeit entstanden wie aus der Tyrannei. Wer hätte schon den Wahnsinn vorhersagen können, der im Namen der ›Ordnung‹ über die Welt gekommen war?

Eine Weile folgten wir der Hauptstraße nach Hamburg und konnten uns überzeugen, wie viel Betrieb inzwischen auf den Straßen, Eisenbahnlinien und Wasserwegen herrschte. Kurze Zeit fuhren wir auch auf einer ausgezeichneten neuen Autobahn mit mehreren Spuren in jede Richtung, doch bald bog Oona wieder ab, um auf Nebenstraßen nach Bek zu fahren. Wir waren nur noch fünfzig Kilometer von meiner alten Heimat entfernt, als Oona gleich hinter einer scharfen Kurve in einem Wald voll auf die Bremse trat, damit wir nicht auf einen anderen Wagen auffuhren, der mindestens so protzig war wie der unsere, mit Abzeichen und Flaggen der Nazis geschmückt. Eine abstoßende Kutsche, dachte ich. Wahrscheinlich gehörte das Fahrzeug einem prahlerischen örtlichen Funktionär.

Wir fuhren langsam weiter, aber dann tauchte hinter dem Wagen ein hochrangiger SA-Mann auf und winkte uns, dass wir anhalten sollten.

Wir hatten keine Wahl. Wir bremsten ab und blieben stehen und wickelten den förmlichen Gruß ab, der meiner Ansicht nach aus dem Film *Quo Vadis?* entlehnt ist und in dem gezeigt wird, dass die Römer angeblich auf diese Weise Freunde begrüßt hätten. Hollywood hatte der Politik einen pathetischen Anstrich verliehen.

Als er meine Uniform und Rangabzeichen sah, gab sich der SA-Mann sofort unterwürfig und kriecherisch. »Verzeihung, Herr Standartenführer, ich fürchte, wir haben hier einen Notfall.«

Aus dem geschlossenen Wagen stieg ein linkischer, schmächtiger Mann, der die typische, an eine komische Oper erinnernde Naziuniform trug, wie sie von den höheren Rängen bevorzugt wurde. Allerdings musste ich ihm zugute halten, dass er sich darin nicht wohl fühlte. Er zupfte an seinem Kostüm herum, als er zu uns kam, und salutierte eckig. Wir erwiderten den Gruß. Er schien ehrlich dankbar. »O mein Gott, wie gut, dass Sie gekommen sind. Sehen Sie, Hauptmann Kirch, meine Instinkte lassen mich nie im Stich. Sie haben geglaubt, über diese Straße käme kein passender Wagen, der uns rechtzeitig nach Bek bringen könnte, und voilà, auf einmal materialisiert dieser rettende Engel.« Die Augenbrauen schienen ein Eigenleben zu besitzen, auch die Augen waren sehr beweglich. Er hatte ein hageres Gesicht und lächelte schief. Wäre nicht die Uniform gewesen, ich hätte ihn für einen typischen Gast einer Berliner Kneipe halten können. Er strahlte mich an, den Irrsinn im Blick, aber recht wohlwollend.

»Ich bin Rudolf Hess, der Stellvertreter des Führers«, sagte er. »Man wird Ihnen dies nicht vergessen, Standartenführer.«

Ich erinnerte mich, dass Rudolf Hess einer der ältesten Hitler-Kumpane war. Den Papieren entsprechend, die ich bei mir hatte, stellte ich mich ihm als Standartenführer Ulrich von Minct vor, zu Ihren Diensten. Es sei mir eine Ehre, ihm meinen Wagen anzubieten.

»Ein Engel, ein rettender Engel«, sagte er noch einmal, indem er einstieg und sich neben mich setzte. »Es sind die von Mincts, Standartenführer, die Deutschland retten werden.« Die Hülle mit dem Schwert bemerkte er kaum. Er war viel zu sehr damit beschäftigt, seinem Fahrer lautstarke Anweisungen zu geben. »Die Gläser! Die Gläser! Es wäre eine Katastrophe, wenn ich sie nicht hätte!«

Der SA-Mann beugte sich in den Kofferraum des Wagens und holte vorsichtig einen großen Weidenkorb heraus, den er zu unserem Wagen brachte. »Ich bin strenger Vegetarier«, erklärte er. »Ich muss meine eigenen Lebensmittel überallhin mitnehmen. Alf ... ich meine der Führer ...« Er sah mich kurz an wie ein kleiner Junge, der bei etwas Verbotenem erwischt worden ist. Offensichtlich war er schon früher ermahnt worden, diesen Spitznamen nicht zu benutzen. »Auch der Führer ist Vegetarier, aber er ist darin für meinen Geschmack nicht streng genug. Über die Küche führt er meiner Meinung nach eine viel zu laxe Aufsicht. Deshalb nehme ich mein Essen mit, wenn ich mich auf Reisen begebe.«

Der Stellvertreter des Führers verabschiedete sich förmlich mit dem Hitlergruß von seinem Fahrer. »Warten Sie hier beim Wagen«, wies er ihn an. »Wir schicken aus dem nächsten Ort Hilfe, oder aus Bek, falls wir unterwegs niemanden finden.« Er setzte sich wieder neben mich und Oona legte den Gang ein und fuhr weiter. Hess zuckte nervös und machte eigenartige kleine Bewegungen mit den Händen. »Sie heißen von Minct, sagten Sie? Dann müssen Sie mit unserem großen Paul von Minct verwandt sein, der so viel für das Reich getan hat.«

»Ich bin sein Vetter«, erklärte ich. Es fiel mir schwer, vor diesem Mann Angst zu haben.

Hess bestand darauf, mir die Hand zu schütteln.

»Es ist mir eine Ehre«, erwiderte ich.

»Oh«, er nahm die reich verzierte Mütze ab, »ich bin einer der alten Kämpfer. Einer von der alten Garde. Ich war mit Hitler in München und in Stadelheim. Wir sind wie Brüder. Ich bin der Einzige, dem er wirklich traut und dem er sich anvertraut. Wenn ich nicht wäre, Oberst von Minct, dann hätte hier wahrscheinlich noch nie jemand etwas vom Heiligen Gral gehört und wir wüssten nicht, was er für uns leisten kann.«

Er beugte sich vertraulich zu mir herüber. »Hitler, so sagt man, kennt das Herz Deutschlands. Aber ich kenne seine Seele. Die habe ich studiert.«

Als der große Mercedes viel zu schnell über vertraute Landstraßen fuhr, redete ich mit dem Mann, den viele für den zweitmächtigsten Mann in Deutschland hielten. Wenn Hitler an diesem Tag getötet würde, dann würde Hess das Amt des Führers übernehmen.

Die meiste Zeit über waren seine Gesprächsthemen so

banal wie die aller anderen Nazis, doch immer wieder schimmerte eine eigenartige Mischung übernatürlicher Ideen und seltsamer Ansichten zu seinen Essgewohnheiten durch, die ihn nach allen Regeln der Kunst als Spinner auswiesen. Da er wusste, dass ich aufgrund meiner vorgetäuschten Verwandtschaftsbeziehungen zum Heiligen Gral und den mit ihm verbundenen Legenden eine engere Beziehung hatte, sprach er ganz unbefangen und erzählte mir, er habe die Legenden derer von Bek gelesen und aus den Büchern erfahren, dass der Heilige Gral möglicherweise die verlorene heilige Reliquie des Deutschen Ordens darstelle. Das Schwert auf Bek sei das verlorene Schwert Rolands, der Karl dem Großen, dem Kaiser des Heiligen Römischen Reichs, als Paladin zur Seite stand. Die Franken und Goten gründeten das moderne Europa, sagte er. Die Normannen waren strenge Gesetzgeber, die keine Rücksicht auf den Aberglauben der alten Welt nahmen. Wo ihr Einfluss sich bemerkbar machte, wurden die Menschen robust, männlich, vital, produktiv. Das lateinische Christentum hätte sie nur verweichlicht.

Es sei der deutschen Nation bestimmt, erzählte er mir, die Brüder wieder zum Ruhm zu führen, die Welt von all den Minderwertigen zu befreien und eine Rasse von Übermenschen zu züchten - kerngesunde, äußerst intelligente, kräftige und gebildete Menschen. Eine Nachkommenschaft, die mit dem Besten und nicht dem Schlechtesten, das die Menschheit zu bieten hatte, die ganze Welt bevölkern sollte.

Je länger ich Hess zuhörte, desto skeptischer wurde ich und desto mehr wuchs meine Überzeugung, dass er ein vertrottelter Irrer war, der dumpfen Träumen nachhing und völlig außerstande war, irgendeine Wahrheit außer der zu ertragen, die er selbst erfunden hatte.

Doch da der Mann so liebenswürdig war und mir so vollständig vertraute, war dies eine gute Gelegenheit herauszufinden, was er über meinen Vater wusste. Ob er jemals dem alten Graf von Bek begegnet sei, wollte ich wissen? Derjenige, der verrückt geworden und sich ein Feuer gelegt hätte? Dabei habe er sich doch selbst umgebracht, oder?

»Ob er sich absichtlich selbst getötet hat? Mag sein.« Hess schauderte. »Selbstmord ist ein schreckliches Verbrechen. Ein Verrat an uns allen. Es steht meiner Ansicht nach auf der gleichen Stufe wie die Abtreibung. Man muss das ganze Leben achten.«

Ich wusste inzwischen, wie man den Mann bei dem Thema halten konnte, auf das es einem ankam. »Und Graf von Bek?«

»Er hat ja den Gral verloren, müssen Sie wissen. Der Gral wurde ihm anvertraut. Vom Vater zum Kind, ob Sohn oder Tochter, über die Jahrhunderte. ›So tu des Teufels Werk‹, lautet ihr alter Wahlspruch. Sie waren bei den Kreuzzügen dabei. Das älteste Blut in Deutschland ... aber verseucht durch Dekadenz, Irrsinn, welsches Blut ... Die Legende besagt, dass die von Bek seit jeher den Gral zu beschützen hatten. Bis zu dem Tag, an dem Satan sich mit Gott aussöhnt. Ich weiß, das ist nicht mehr als christlicher Unsinn und eine Verzerrung unserer alten, stärkeren nordischen Sagen. Diese Sagen haben uns zu so erfolgreichen Eroberern gemacht. Es war schon immer unsere Bestimmung zu erobern. Der ganzen Welt die Ordnung zu bringen. Diese Sagen haben heute noch Kraft.« Jetzt sah er mich scharf an, die Augen schienen sich in mich hineinzubrennen. »Die Macht der Sagen ist die Macht über Leben und Tod, wie wir sie kennen, denn wir haben die Kraft der nordischen Sagen wiedererweckt. Und wieder sind wir erfolgreiche Eroberer. Wir werden die andere nordische Rasse, unsere natürlichen Verbündeten, die Briten, herausfordern, bis sie sich mit uns gegen den bösen Osten wenden und die Tyrannei des Kommunismus zerschlagen. Zusammen werden wir dem ganzen Erdball die Segnungen der Zivilisation bringen.«

Dies ist ein typisches Beispiel für den pseudophilosophischen Unsinn, den er mir erzählte. Damit wurde klar, warum die Nazi-Führer in ihrem Irrsinn so großen Wert auf den Gral und das Schwert legten. Diese Objekte verkörperten für sie eine mystische Autorität. Nur wenn sie diese Objekte in ihrem Besitz wussten, konnten sie sicher sein, die ersehnten historischen Siege errungen zu haben. Ein Triumph über das bewunderte britische Empire wäre eine Art göttliche Offenbarung. Wenn sie erst einen Waffenstillstand erreicht hatten, dann würden sie zusammen die Reinheit des Blutes wiederherstellen und den Sagen in der Ordnung der Dinge den ihnen gebührenden Platz einräumen.

»Wir müssen nur noch Englands Luftwaffe zerstören, dann werden sie um einen Waffenstillstand bitten.«

»Ich bin beeindruckt von Ihrer Logik.«

»Nein, das hat überhaupt nichts mit Logik zu tun, Herr Standartenführer. Logik und die so genannte Aufklärung sind jüdisch-christliche Erfindungen, die jedem rechtschaffenen Arier zuwider sein müssen. Die Parteigenossen, die sich noch an ihren christlichen Glauben klammern, arbeiten in Wirklichkeit für die jüdisch-bolschewistische Verschwörung. Die Briten verstehen das so gut wie wir. Sogar die Besten unter den Amerikanern sind insgeheim auf unserer Seite ...«

Ich glaube, in meinem ganzen Leben habe ich nur ein einziges Mal echte Tapferkeit und echte Selbstdisziplin gezeigt: Als ich mich davon zurückhielt, den berühmten Stellvertreter des Führers einfach aus dem Wagen zu werfen.

»Wie hat der alte von Bek eigentlich den Gral verloren?«, fragte ich ihn.

»Wie Sie zweifellos wissen, war er ein Amateurwissenschaftler. Einer dieser antiquierten Gelehrten. Er wusste um die Treuhandschaft der Familie, den Gral zu bewachen, bis wir, seine wahren Erben, ihn für uns beanspruchen würden. Aber er war neugierig. Er wollte die Eigenschaften des Grals untersuchen. Dazu musste er zunächst die Gesetze der Magie beherrschen lernen. Geister beschwören. Seine Studien brachten ihn um den Verstand, doch er fuhr fort, den Gral zu untersuchen, und dabei beschwor er einen gewissen abtrünnigen Hauptmann der Hölle ...«

»Klosterheim?«

»Genau den. Dieser wiederum nahm die Hilfe eines weiteren Abtrünnigen in Anspruch, einen aus der Gefolgschaft der Ordnung. Die unsterbliche, äußerst instabile Miggea. Die Herzogin der Höheren Welten.« Hess grinste. Er wusste Bescheid. Er war stolz auf all seine Geheimnisse. Er platzte förmlich vor Eingeweihtsein. »Alf - unser Führer - hat mir aufgetragen, Gaynor zu finden, der bereits eingeweiht war, und ihm anzubieten, unsere und seine Kräfte zusammenzutun. Gaynor willigte ein und brachte, wenngleich später als versprochen, das Kraftobjekt nach Bek zurück. Mit ihm in unserem Besitz werden wir siegen. Der Krieg gegen England ist schon so gut wie gewonnen.«

Obwohl ich die Realitäten, von denen er nur gehört hatte, unmittelbar erlebt hatte, fiel es mir schwer, ihm zu folgen. Er war anstrengend, wie es Wahnsinnige häufig sind. Deshalb war ich sehr erleichtert, als der Wagen in die letzte Kurve einbog und sich den Toren von Bek näherte. Da der Stellvertreter des Führers bei uns war, wurden nicht einmal unsere Papiere kontrolliert. Jetzt musste ich nur noch hoffen, dass Gaynor mich nicht erkannte. Meine Haare waren unter einem Uniformkäppi verborgen und ich trug eine dunkle Brille, eine eigenwillige Ergänzung der Uniform, um meinen Albinismus zu verbergen.

Während ich entspannt mit Hess plauderte, nahm ich die Hülle mit dem Schwert aus dem Wagen. »Für die Zeremonie«, erklärte ich ihm. Hess war die beste Deckung, die ich mir nur wünschen konnte - und ich beschloss, so lange wie möglich in seiner Nähe zu bleiben. Doch als ich durch mein altes Heim schritt, fiel es mir schwer, über das, was sie ihm angetan hatten, nicht laut zu aufzuschreien.

Es wäre mir lieber gewesen, Gaynor hätte es, wie angedroht, dem Erdboden gleich gemacht. Das Haus war gründlich verwüstet und umdekoriert worden, bis es dem Geschmack der Nazis entsprach. Überall Pomp und Glitzerzeug, golden befranste Flaggen, Wandteppiche mit altdeutschen und Tafeln mit nordischen Motiven, wuchtige Spiegel, neues Buntglas in alten Spitzbogenfenstern. Ein Porträt zeigte Hitler in Gestalt eines edlen Ritters und Göring als männliche Walküre, vielleicht eine Art Rheingold-Putte. Überall Hakenkreuze. Es war, als sei Walt Disney, der die faschistische Disziplin so sehr bewunderte und ganz eigene Vorstellungen von einem idealen Staat hatte, von den neuen Herren in Bek als Innenarchitekt angeworben worden. Die Vorliebe der Hitler-Bande für grelles Zubehör, wie man es sonst nur auf Operettenbühnen findet, war unübersehbar. In mancher Hinsicht war Hitler wirklich ein typischer Österreicher.

Darüber verlor ich natürlich kein Wort zu Hess, der vom Haus recht beeindruckt schien und sich in seinem Glanz sonnte, als die SS-Offiziere ihm mit knallenden Hacken den Nazigruß entboten. Glücklicherweise stand ich in Hess' Schatten und Oona wiederum in meinem und so konnten wir wie von einem Zauber beschützt durch die feindlichen Reihen schleichen, während der Stellvertreter des Führers mit Hingabe über König Arthur, Parzival, Karl den Großen und all die anderen sagenhaften deutschen Helden sprach, die Zauberschwerter besessen hatten.

Als wir tief im ältesten Burgfried der Anlage die Waffenkammer erreichten, wünschte ich, Hess würde wieder auf sein altes Thema, auf den nordischen Vegetarismus, zurückkommen. Ich fürchtete sehr, ich könnte jeden Augenblick entdeckt und getötet werden.

Der Stellvertreter des Führers bat mich, seine Essenspakete zu halten, während er einen großen Schlüssel aus der Jackentasche zog. »Der Führer überließ mir die ehrenvolle Aufgabe, diesen Schlüssel zu behüten«, erklärte er. »Es ist mein Privileg, als Erster eintreten und ihn begrüßen zu dürfen, wenn er kommt.«

Er steckte den Schlüssel ins Schloss und drehte ihn unter Schwierigkeiten herum. Ich hielt es für klug von Hitler, seinen Freund auf diese Weise vorzuschicken. Immerhin konnte der Führer nicht sicher sein, ob es sich nicht um einen besonders raffinierten Plan handelte, seinem Leben ein Ende zu setzen.

Als Mitglieder von Rudolf Hess' Gefolge konnten wir auf diese Weise mühelos die Waffenkammer mit der hohen Decke betreten. Der Raum war im Gegensatz zu allen anderen nicht umdekoriert wurden. Ein einziges hohes, rundes Fenster spendete Licht. Ein Wolkenstrahl durchbohrte den Staub und fiel direkt auf eine Art Altar, ein viereckiger Granitblock, in den das keltische Sonnenkreuz geschlagen war. Der Altar war erst vor kurzem hier aufgestellt worden.

Unwillkürlich machte ich ein paar Schritte zu diesem neuen Gegenstand. Wie um alles in der Welt hatten sie es geschafft, einen so großen Klotz Granit durch die schmalen Flure zu bekommen? Ich wollte ihn berühren, doch Hess hielt mich zurück. Offenbar dachte er, es drängte mich aus ganz anderen Gründen. »Noch nicht«, sagte er.

Als seine Augen sich an das schwache Licht gewöhnt hatten, sah er sich erstaunt um. »Was ist das? Was habt ihr Männer hier zu suchen, noch bevor ich die Schwelle überschritten habe? Wisst ihr nicht, wer ich bin und dass ich als Erster diesen Raum betreten sollte?«

Die Gruppe im Schatten schien nicht beeindruckt.

»Das ist Blasphemie«, sagte Hess. »Es ist unverschämt. Hier ist kein Platz für gewöhnliche Soldaten. Die Magie ist zu fein, hier braucht man gebildete Geister und vorsichtige Hände.«

Klosterheim, der eine Automatik gezogen hatte, trat grinsend ins Sonnenlicht. »Ich versichere Ihnen, dass wir in diesem Augenblick sogar äußerst vorsichtig sind. Ich werde es Ihnen gleich erklären. Aber zunächst und wenn es Ihnen nichts ausmacht, Stellvertreter des Führers, werde ich Ihnen das Leben retten ...«

»Mir das Leben ...«

Klosterheim zielte auf mich. »Dieses Mal werden meine Kugeln treffen«, sagte er. »Guten Tag, Graf Ulric. Ich habe geahnt, dass Sie bald hier auftauchen würden. Sie müssen wissen, dass Sie helfen, unsere Bestimmung Wirklichkeit werden zu lassen, ob Sie dies wünschen oder nicht.«

Hess wurde wütend. »Sie begehen zahlreiche Fehler, Hauptmann. Der Führer selbst ist an diesem Projekt beteiligt und wird in Kürze eintreffen. Was soll er denken, wenn ein Untergebener seinen Stellvertreter und einen seiner führenden Offiziere mit der Waffe bedroht?«

»Er wird denken, was Prinz Gaynor ihm sagt«, erwiderte

Klosterheim. Es schien ihm gleich zu sein, was Hess erwiderte, er achtete kaum auf ihn. »Glauben Sie mir, Stellvertreter des Führers, wir handeln ganz gewiss im Interesse des Reichs. Seit er als Verräter bloßgestellt und sein Vermögen beschlagnahmt wurde, haben wir damit gerechnet, dass dieser Verrückte dort einen Anschlag auf das Leben des Führers verüben wird ...«

»Das ist doch Unsinn«, gab ich zurück. »Sie wissen selbst, dass es eine Lüge ist.«

»Aber ist auch der Rest eine Lüge, Graf?« Seine Stimme wurde leiser, fast vertraulich. »Glauben Sie wirklich, wir hätten angenommen, Sie würden die Verfolgung einstellen? War es nicht offensichtlich, dass Sie irgendwie versuchen würden, diesen Ort hier zu erreichen? Wir mussten nur warten, damit Sie uns das Schwarze Schwert zurückbringen. Wie ich bemerke, haben Sie genau dies getan.«

Hess neigte dazu, sich streng an die Rangordnung zu halten. Das war meine einzige Hoffnung. Darauf konnte ich bauen und auf Zeit spielen. Als er mich fragend ansah, gab ich mir große Mühe, wie ein aufgebrachter Nazi-Offizier zu bellen. »Hauptmann Klosterheim, Sie schießen über das Ziel hinaus. Wir begrüßen Ihre Wachsamkeit, wenn es darum geht, den Führer zu beschützen, doch wir können Ihnen versichern, dass es in diesem Raum nichts gibt, was sein Leben gefährden könnte.«

»Ganz im Gegenteil«, stimmte Hess unsicher zu. Seine Augen, die schon in entspannten Situationen alles andere als ruhig waren, zuckten unstet zwischen Klosterheim und mir hin und her. Er war von Klosterheims handverlesenen SS-Leuten sichtlich beeindruckt. »Doch vielleicht sollten wir angesichts der Umstände alle nach draußen gehen und die verworrene Situation klären.«

»Sehr gut«, sagte Klosterheim. »Wenn Sie bitte vorausgehen, Graf von Bek ...« Er winkte mit seiner Werther PPK.

»Von Bek?« Hess erschrak. Er sah mich scharf an und dachte nach.

Mir blieb keine Zeit mehr. Ich zog den schützenden Stoff

von meinem Schwert. Rabenbrand war das Einzige, was mich jetzt noch retten konnte.

Klosterheims Pistole krachte. Zwei Schüsse fielen.

Er wusste genau, wann es galt, mich sofort aufzuhalten.

Das Schwert war erst halb aus der Hülle, als ich zwei scharfe Stiche in der linken Seite spürte und unter dem Einschlag der Kugeln zurücktaumelte. Ich bemühte mich, auf den Beinen zu bleiben. Ich wollte mich übergeben, aber ich konnte es nicht. Ich stürzte schwer gegen den geheimnisvollen Granitaltar und glitt auf den Bodenplatten aus. Ich wollte mich wieder aufrichten. Die getönte Sonnenbrille fiel herunter. Die Mütze wurde mir vom Kopf gerissen und entblößte mein weißes Haar. Ich schaute auf. Klosterheim stand breitbeinig vor mir, die rauchende PPK in der rechten Hand. Ich glaube, ich habe noch nie einen solchen Ausdruck gehässiger Schadenfreude im Gesicht eines Menschen gesehen.

»Guter Gott!«, keuchte Hess und starrte mich mit weit aufgerissenen Augen an. »Unmöglich! Dieses Ungeheuer von Bek! Dieses blutlose Geschöpf, das sie in ihrem Turm gefangen halten sollten. Ist er tot?«

»Er ist nicht tot. Noch nicht, Exzellenz.« Klosterheim wich etwas zurück. »Wir sparen ihn uns für später auf. Wir müssen ein Experiment durchführen. Eine Vorführung, um die der Führer gebeten hat.«

»Der Führer«, setzte Hess an, »hätte es mir doch sicher mitgeteilt, wenn ...«

Eine Stiefelspitze traf zielgenau meine Schläfe und ich verlor das Bewusstsein.

Die ganze Zeit über hatte ich halb gespürt, was mit meinem Alter Ego geschah. Auf einmal drang mir ein stechender Reptilgestank in die Nase und als ich den Kopf hob, starrte ich in die vertrauten Augen eines riesigen Drachen. Alle Weisheit der Welt flackerte in diesen Augen.

In einer leisen, liebevollen Sprache, die keine Worte in unserem Sinne kannte, sprach ich mit dem Drachen. Es war eher eine Musik als eine Sprache – und der Drache antwortete auf die gleiche Weise. Aus der gewaltigen Kehle kam ein grollendes Schnurren, aus der Nase wehten ein paar Rauchfahnen. Ich kannte den Namen des Wesens und es erinnerte sich an mich. Ich war damals ein Kind gewesen und hatte mich seitdem sehr verändert, aber der Drache erinnerte sich an mich, auch wenn mein Körper mit Schnittwunden übersät war und ich bewegungsunfähig und gefesselt vor ihm lag. Ich lächelte. Ich sprach einen Namen aus. Dann liefen die Schmerzen, die von meiner Seite ausgingen, wie eine Flutwelle durch mich und ich keuchte. Ich versank in einer Schwärze, die ich als Segen empfand.

Hatte Prinz Lobkowitz mir diese Falle gestellt? Hatte er sich jetzt mit Klosterheim, Gaynor und den Nazi-Hyänen verbündet?

Und war Elrics Schicksal in seiner eigenen Welt ein Spiegel meiner Erlebnisse? Lag auch er in den Ruinen seines alten Heims im Sterben?

Ich war mir der Schmerzen und grober Hände bewusst, aber ich konnte nicht ganz aus dem Dämmerzustand auftauchen. Ich erwachte erst, als ich einen fettigen Rauch riechen konnte. Ich öffnete die Augen und dachte zuerst, in der Waffenkammer sei ein Feuer ausgebrochen. Doch sie hatten nur die alten Klammern an den Wänden in Betrieb genommen und Fackeln hineingesteckt, die riesige, schwankende Schatten warfen.

Im Mund spürte ich den zusammengepressten Stoff eines Knebels, die Hände waren vor dem Bauch gefesselt, die Füße waren frei. Ich war erleichtert, dass sie mir den größten Teil der Nazi-Uniform ausgezogen hatten. Ich trug jetzt nur noch Hemd und Hosen, die Füße waren nackt. Man hatte mich für irgendeine Art Sonderbehandlung vorbereitet. Sobald ich mich bewegte, durchzuckten mich Schmerzen. Auf den Wunden spürte ich ein dickes, behelfsmäßiges Polster. Meine Häscher waren nicht sonderlich geübt darin, die Wunden ihrer Opfer zu versorgen.

In diesem Augenblick waren sie nicht an mir interessiert und ich konnte beobachten, was vor sich ging. Ich sah Hitler, einen kleinen Mann in schwerem, militärischem Ledermantel, der neben dem rundlichen, finster dreinschauenden Göring stand. Daneben stand der SS-Chef Himmler mit der zimperlichen Strenge eines enttäuschten Steuerfahnders, und redete mit Klosterheim. Die beiden Männer hatten in ihrem Auftreten eine gewisse Ähnlichkeit, die ich aber nicht sofort benennen konnte. Angehörige von Hitlers Leibstandarte hatten Schlüsselpositionen im Saal besetzt und hielten die Maschinenpistolen bereit. Sie sahen aus wie die Roboter in *Metropolis*.

Gaynor war nirgends zu sehen. Hess redete lebhaft auf einen SS-General ein, der sich für alles Mögliche interessierte, nur nicht für Hess. Oona war nicht da. Das konnte bedeuten, dass sie die Gefahr rechtzeitig erkannt hatte. Befanden sich ihre Waffen noch im Wagen? Konnte sie Hitlers Klauen wenigstens den Gral entreißen?

Auf einmal wusste ich, dass ich sterben würde. Ich hatte keine Hoffnung, mich wieder zu erholen, wenn Oona mich nicht rettete. Selbst ohne Fesseln konnte ich das Schwert nicht erreichen, das jetzt wie eine Art Trophäe auf dem Altar lag. Die Nazis achteten peinlich darauf, es nicht zu berühren und starrten es an, als wäre es eine gefährliche schlafende Schlange, die sich jederzeit aufrichten und beißen konnte.

Ich nahm an, das Schwert sei meine einzige Chance zu überleben und noch dazu eine sehr dünne. Ich war schließlich nicht Elric von Melniboné, sondern ein einfacher Mensch, der in natürliche und übernatürliche Ereignisse verstrickt worden war, die weit über sein Verständnis gingen. Außerdem musste ich bald sterben.

Die Feuchtigkeit der schweren Bandagen an meiner Seite sagte mir, dass ich eine Menge Blut verloren hatte. Ich konnte nicht wissen, ob wichtige Organe verletzt waren, aber darauf kam es kaum noch an. Die Nazis würden ganz sicher keinen Arzt für mich rufen. Ich konnte mir nicht vorstellen, was für ein ›Experiment‹ Klosterheim mit mir vorhatte.

Es kam mir vor, als würden die Männer auf etwas warten. Hitler, der beinahe so nervös wirkte wie Hess, erinnerte mich an einen ungeduldigen fliegenden Händler, der förmlich darauf brannte, irgendwo anzuecken. Er sprach ein geziertes Hochdeutsch, wie man es vom österreichischen Kleinbürgertum kennt. Obwohl er im Augenblick der mächtigste Mann der Welt war, hatte er etwas Schwächliches an sich. Ich fragte mich, ob dies die Banalität des Bösen war, die mein Freund, der Jesuitenpriester Pater Cornelius, vor seiner Abreise nach Afrika erwähnt hatte.

Ich konnte nicht viel von dem verstehen, was besprochen wurde, aber es konnte nichts Wichtiges sein. Hitler lachte und klatschte sich mit den Handschuhen auf den Schenkel. Das Einzige, das ich gut verstand, war die Bemerkung: »Die Briten werden bald um Gnade winseln. Und wir werden uns als großzügig erweisen, meine Herren. Wir werden ihnen erlauben, ihre Institutionen zu behalten. Sie dienen in idealer Weise unseren Zwecken. Aber zuerst müssen wir London zerstören, nicht wahr?«

Ich war überrascht, dass dies der Gegenstand der Besprechung war. Ich dachte, es hätte mit den ›Kraftgegenständen‹ zu tun, die Gaynor vom Nebelgrund mitgebracht hatte.

Dann öffnete sich die Tür und Gaynor trat ein. Er war vollständig schwarz gekleidet und hatte einen schwarzen Mantel über die Rüstung gezogen. Er sah aus wie ein Ritter aus diesen unausrottbaren Historienfilmen, die die Nazis so gern sahen. Ein kupfernes Hakenkreuz war auf den Brustharnisch gebrannt, ein zweites auf den Helm. Er kam mir vor wie ein dämonischer Siegfried. Die Hände hatte er um den Griff des großen Runenschwerts aus Elfenbein gelegt. Er trat mit dramatischer Geste zur Seite, damit zwei seiner Männer eine sich wehrende, gefesselte Frau hereinschleppen konnten.

Mein Herz sank. Unsere letzte Hoffnung war dahin. Sie hatten Oona geschnappt.

Sie trug nicht mehr die Nazi-Uniform, sondern ein schweres, beigefarbenes Kleid, das sie vom Kopf bis zu den Füßen einhüllte. Auch dieses Kleid wirkte ein wenig mittelalterlich. Kragen und Ärmel waren mit roten und schwarzen Hakenkreuzen besetzt. Das wundervolle weiße Haar wurde von einem silbernen Haarnetz gehalten, die Augen funkelten wie dunkle Granate in dem hellen, schönen Gesicht. Auch sie war hilflos, an Händen und Füßen gefesselt. Das Gesicht wirkte ausdruckslos, die Lippen beherrscht zusammengepresst. Als sie mich sah, breitete sich Entsetzen in den wilden Augen aus. Der Mund öffnete sich zu einem stummen Schrei, dann wurde er wieder fest geschlossen. Nur die Augen bewegten sich noch.

Ich wollte sie trösten, doch es gab keinen Trost.

Es war klar, dass wir sterben sollten.

Nachdem er die anderen begrüßt hatte, verkündete Gaynor triumphierend: »Nun kommt das Spiel, das ich geplant habe, zu seinem Abschluss. Diese beiden verräterischen Geschöpfe werden jetzt zur Rechenschaft gezogen. Beide haben sich zahlreicher Verbrechen gegen das Reich schuldig gemacht. Ihr Schicksal wird jedoch ein edles sein. Edler als sie es verdient haben. Der Gral und das Schwarze Schwert befinden sich jetzt in unserem Besitz. Wir haben das Opfer, das wir brauchen, um den letzten Zauber zu bewirken.« Mit einem höhnischen Lächeln sah er zu Oona hin. Seine widerlichen Gelüste würden bald befriedigt werden. »Wir können den Handel mit den Höheren Welten abschließen.«

Er wollte uns beide töten und damit den Nazis bei ihrem abscheulichen, wahnsinnigen, übernatürlichen Unsinn helfen.

Der Fackelschein spiegelte sich in den eifrigen Gesichtern Hitlers und seiner Kameraden, als sie das sich wehrende Mädchen begafften. Hitler wandte sich an Göring und machte eine gemeine Bemerkung, die sein Lakai mit gehässigem Kichern quittierte. Nur Hess schien sich unwohl zu fühlen. Ich hatte den Eindruck, dass er hübsche Tagträume der Realität dessen vorzog, was offensichtlich ein blutiges Ritual werden sollte.

Goebbels und Himmler, links und rechts neben ihrem Führer postiert, hatten ein gespanntes, kaltes Lächeln aufgesetzt. Himmlers kleine runde Brillengläser funkelten, als hätten sogar sie ein höllisches Vergnügen an den Vorgängen.

Das Schwert in einer Hand haltend, fasste Gaynor hinunter

und packte Oonas mondfarbenes Haar. Er schleppte sie zum Altar. »Die chemische und spirituelle Vermählung von Gegensätzen«, verkündete er wie ein Schausteller, der seine Bühne betritt. »Mein Führer, meine Herren, ich habe Ihnen versprochen, dass ich mit dem Gral und den Schwertern zurückkehren würde. Hier ist das weiße Schwert Karls des Großen und hier, unbeabsichtigt von diesem elenden halbtoten Geschöpf zurückgebracht«, er deutete auf mich, »ist das Schwarze Schwert Hildebrands, Theoderichs Gefolgsmann. Das Schwert, das Sohnesmörder genannt wurde, mit dem er Hadubrand ermordete, sein ältestes Kind. Das Schwert des Guten«, er hob das Elfenbeinschwert und deutete zum Altar, »und das Schwert des Bösen. Wenn sie zusammengebracht werden, benetzen sie den Gral mit Blut. Gut und Böse werden sich mischen und eins werden. Das Blut wird den Gral zum Leben erwecken und seine Macht auf uns übertragen. Der Tod wird verbannt werden. Unser großes Abkommen mit Lord Arioch soll geschlossen werden. Wir werden Unsterbliche unter Unsterblichen sein. All dies hat König Clovis von Goth auf seinem Totenbett prophezeit, als er den Gral in die Obhut seines Verwalters Dietrich von Bern gab, der ihn seinerseits seinem Schwager Ermanerik anvertraute, der mein Vorfahr war. Wenn der Gral endlich mit dem unschuldigen Blut einer Jungfrau gefüllt wird, dann werden die nordischen Völker zu einer großen Gemeinschaft verbunden werden und als ein einziges Volk zusammenleben, damit sie ihren rechtmäßigen Platz als Herrscher der Welt einnehmen können.«

Der reine Wahnsinn war es, eine bunte Mischung aus Volksmärchen, die kaum eine historische Grundlage besaßen, eine Mischung, wie sie für die Gedankenwelt der Nazis typisch war. Doch Hitler und seine Bande hörten der Geschichte gebannt zu. Schließlich beruhte auch ihre eigene Existenz auf solchen Mythen und Volksmärchen. Es war gut möglich, dass Gaynor dieses Ritual lediglich erfunden hatte, um sie zu beeindrucken, denn er hatte mir erklärt, Hitler sei ihm nur ein Mittel zum Zweck, um ein viel größeres Ziel zu erreichen. Wenn dies zutraf, dann erwies sich seine Strategie als wirkungsvoll. Er benutzte die Macht der Nazis, um Arioch zu rufen. Selbst der leichtgläubigste Nazi wäre nicht fähig, diese Begegnung wirklich zu verstehen. Doch das war für mich kein Trost. Ob sie auf Täuschungen beruhten oder nicht, diese Ideen würden mir nicht helfen, das mir bevorstehende Schicksal hinzunehmen, ganz zu schweigen von Oonas blutigem Opfertod.

Der feiste Göring gab ein nervöses Lachen von sich. »Wir werden nicht die Welt beherrschen, Oberst von Minct, solange wir die Royal Air Force nicht geschlagen haben. Wir sind in der Überzahl, wir haben die Munition. Jetzt brauchen wir nur noch etwas Glück. Ein bisschen Magie könnte dabei nicht schaden.«

»Das Glück steht auf unserer Seite, denn es ist kein bloßes Glück, sondern das Wirken der Bestimmung.« Dies hatte Hitler murmelnd eingeworfen. »Aber es kann nicht schaden, auch mit anderen Mitteln dafür zu sorgen, dass der Sieg mit Sicherheit unser ist.«

»Es ist immer eine Hilfe«, meinte Göring trocken, »wenn man ein oder zwei Götter auf seiner Seite weiß. In einer Woche, das versichere ich Ihnen, Oberst, werden wir im Buckingham Palast speisen. Ob mit oder ohne Ihre übernatürliche Hilfe.«

Das Selbstvertrauen seines Reichsmarschalls schien Hitler aufzumuntern. »Wir werden die erste moderne Regierung der Geschichte sein, die auf wissenschaftlicher Grundlage die alten Naturgesetze zur Geltung bringt«, sagte er. »Das, was manche herabsetzend als ›Magie‹ bezeichnen. Es ist unsere Bestimmung, diese vernachlässigten Disziplinen und Fähigkeiten wieder ins alltägliche Leben Deutschlands einzuführen.«

»Genau, mein Führer«, warf Hess strahlend ein, als wollte er einen herausragenden Schüler loben. »Die alten Wissenschaften. Die wahre Wissenschaft. Die vorchristliche, germanische Wissenschaft, die von jeder Art südländischer Dekadenz unbeeinflusst war. Eine Wissenschaft, die auf unseren

Glauben aufbaut und die allein durch die Macht des menschlichen Willens gelenkt werden kann!«

All dies hörte ich wie aus großer Ferne, während die Lebenskraft mich verließ.

»Nichts wird mich überzeugen, Oberst von Minct«, sagte Hitler mit plötzlicher Kälte, als wollte er die Initiative an sich reißen, »solange Sie mich nicht von der Macht des Grals überzeugt haben. Ich muss wissen, dass Sie den Gral wirklich besitzen. Wenn es der echte Gral ist, dann muss er die Macht bewahren, von der alle Legenden erzählen.«

»Natürlich, mein Führer. Das jungfräuliche Blut soll den Kelch zum Leben erwecken. Von Bek liegt bereits im Sterben. Nicht mehr lange – und er ist endgültig tot. Mit dem Gral werde ich ihn zum Leben wiedererwecken, damit Sie ihn noch einmal nach Belieben töten können.«

Hitler machte eine herablassende Geste. Eine unappetitliche Notwendigkeit, mehr war es nicht. »Wir müssen wissen, ob der Gral die Macht hat, den Toten das Leben zurückzugeben. Sobald dieser Mann tot ist, werden wir ihn dem Einfluss des Grals aussetzen. Ist es der echte Gral, dann wird der Mann ins Leben zurückkehren und vielleicht sogar unsterblich sein. Wenn die Macht dann so gelenkt werden kann, dass sie unserer Luftflotte hilft, die Briten zu schlagen, umso besser. Aber ich werde dies nur glauben, wenn seine berühmteste Eigenschaft hier demonstriert wird. Bisher aber, Oberst, haben Sie uns noch nicht einmal den Gral gezeigt.«

Gaynor legte Griff an Griff das weiße Schwert neben das schwarze auf den Steinaltar.

»Und der Kelch?«, fragte Göring, sich die Autorität seines Herrn anmaßend.

»Der Gral nimmt viele Gestalten an«, erklärte Gaynor. »Nicht immer die eines Kelches. Manchmal auch die eines Stabes.«

Reichsmarschall Göring, der die reich geschmückte blaue Uniform der Luftwaffe trug, präsentierte seinen Marschallstab. Er war mit kostbaren Steinen besetzt und sah aus, als wäre er zusammen mit der Uniform von einem Kostümbildner hergestellt worden. »Wie dieser hier?«

»Sehr ähnlich, Euer Exzellenz.«

Ich verlor ein paar Augenblicke lang das Bewusstsein. Stück für Stück verließ mein Geist den Körper. Ich klammerte mich mit aller Kraft ans Leben und hoffte, in letzter Sekunde doch noch einen Weg zu finden, um Oona zu helfen. Ich wusste, dass mir nur noch Minuten blieben. Ich wollte sprechen und verlangen, dass Gaynor Oona verschonte, ich wollte erklären, dass dieses Ritual, dieses Jungfrauenopfer, ein barbarisches, bestialisches Unterfangen sei, aber ich hätte doch nur zu barbarischen, bestialischen Männern gesprochen, die sich für eine gemeine Sache einsetzten. Der Tod rief mich, schien mein einziger Ausweg aus all den Schrecken zu sein. Erst jetzt erkannte ich, wie leicht es doch dazu kommen kann, dass man sich nach dem Tod sehnt.

»Sie haben uns immer noch nicht den Gral gezeigt, Oberst von Minct.« Göring sprach mit präzisen Worten, höhnisch. Offenbar hielt er die ganze Sache für Unsinn. Aber weder er noch ein anderer der obersten Nazis wagte es, Hitler gegenüber offene Skepsis zu zeigen, da Hitler offensichtlich bereit war, daran zu glauben. Hitler brauchte die Bestätigung, im Sinne seiner eigenen Bestimmung zu handeln. Er hatte sich selbst häufig mit Friedrich dem Großen verglichen oder sich als neuen Barbarossa oder neuen Karl den Großen betrachtet, doch seine ganze Laufbahn war auf Drohung, Lüge und Manipulation aufgebaut. Er wusste nicht mehr, wie er wirkte und was er darstellte. Doch falls diese alten Objekte germanischer Macht auf ihn ansprachen, wäre bewiesen, dass er tatsächlich der sagenhafte, neu verkörperte Erlöser Deutschlands war. Offenbar war er selbst nicht immer völlig davon überzeugt. All seine Handlungen wurden von seinem Wunsch bestimmt, diese Bestätigung zu finden.

Plötzlich, als hätte er bemerkt, dass ich ihn ansah, drehte Hitler den Kopf zu mir herum. Unsere Blicke trafen sich kurz. Starre, hypnotisierende Augen hatte er, die eine entsetzliche Schwäche verrieten. Ich hatte diesen Blick bei mehr als einem Besessenen gesehen. Hitler schlug die Augen nieder, als schäme er sich. In diesem Augenblick begriff ich, dass er ein

Wesen war, das völlig aus dem Gleichgewicht geraten war, fasziniert von seinem eigenen Glück, nachdem er aus dem Nichts aufgestiegen war und erfolgreich gegen die Bedeutungslosigkeit angekämpft hatte.

Ich wusste, dass er die Welt zerstören konnte.

Durch die Schleier des Todes sah ich sie Oona auf den Altar werfen. Gaynor hob die beiden Schwerter, eines in jeder Hand.

Die Schwerter senkten sich. Oona leistete Widerstand, wollte sich vom Granitblock wälzen.

Ich weiß noch, wie ich im letzten Augenblick, bevor ich ohnmächtig wurde, dachte: Wo ist der Kelch?

Mein innerer Aufruhr wurde durch das Wissen, dass sich genau diese oder eine ihr entsprechende Szene gleichzeitig auf allen Ebenen des Daseins abspielte, nicht gelindert. Eine Milliarde Versionen meiner selbst, eine Milliarde Versionen von Oona, alle starben im gleichen Augenblick eines gewaltsamen Todes.

Sie starben, damit ein Irrer das Multiversum zerstören konnte.

21. Verborgene Werte

Ich hätte nicht erwartet, noch einmal das Bewusstsein zu erlangen. Irgendwo in mir spürte ich verschiedene Kräfte miteinander ringen, während am Altar eine gewisse Unruhe entstand. Einen Augenblick lang erlag ich sogar der Täuschung, ich stünde in der Tür der Waffenkammer und hätte das Schwarze Schwert in der Hand. So gerüstet, rief ich Gaynors Namen, um ihn zum Zweikampf zu fordern.

»Gaynor! Du willst meine Tochter umbringen! Zweifellos verstehst du, dass mich dies sehr erzürnt.«

Ich zwang mich, den Kopf zu heben. Langsam öffnete ich die Augen.

Rabenbrand heulte. Die Klinge strahlte ihre düstere Kraft aus. Rote Runen bildeten rasch wechselnde Muster auf der Schneide. Die Klinge schwebte über Oona und weigerte sich, Gaynors Befehl zu gehorchen. Die Runenklinge bebte und wand sich in seiner Hand und wollte sich losreißen. Sturmbringer dürstete danach zu töten, aber Rabenbrand war nicht fähig, unschuldige Menschen zu töten. Die Vorstellung, Oona zu verletzen, war der Klinge zuwider. Die halb bewusste Waffe ließ es nicht zu, dass eine Unschuldige verletzt wurde. In dieser Hinsicht unterschied sich die Waffe von Elrics Sturmbringer, der den Neigungen des Melnibonéers viel besser entsprach.

Gaynor knurrte. Das Licht der Schwerter und Fackeln verzerrte die Gesichter der Zuschauer zu grotesken Fratzen wie auf einem Bild von Bosch. Köpfe wurden erstaunt herumgedreht, als der Mann in der zertrümmerten Tür auftauchte, ein gleiches schwarzes Schwert in der rechten Hand, hinter ihm verstreut liegende Leichen in braunen Hemden. Auf der schwarzen Klinge pulsierten rote Symbole. Er trug eine verkratzte Rüstung und blutgetränkte Seidenwäsche. Aus den Wolfsaugen leuchtete die Lust zu töten. Er musste schon einige Schlachten im Alleingang geschlagen haben, doch Sturmbringer lag immer noch in der blutigen Faust und Elrics Gesicht verriet, dass er Millionen Tote gesehen hatte.

»Gaynor!« Es war meine eigene Stimme. »Du rennst wie ein Schakal und versteckst dich wie eine Schlange. Willst du dich mir hier stellen, an diesem heiligen Ort der Kraft? Oder wirst du wie üblich in die Schatten davonhuschen?«

Langsame Schritte, die Müdigkeit von Jahrhunderten. Mein Doppelgänger betrat die Waffenkammer. Trotz seiner Erschöpfung strahlte er eine Kraft aus, einen Glanz, dem die angeblich so charismatischen Geschöpfe der Nazi-Elite nichts entgegensetzen konnten. Hier war ein wirklicher Halbgott, er war das, was sie zu sein vorgaben. Er war alles, was sie sein wollten, weil er allein einen Preis bezahlt hatte, den nicht einer unter ihnen sich auch nur vorstellen konnte zu zahlen. Er hatte solche Schrecken gesehen und sich gegen so großes Entsetzen behauptet, dass er nicht zu erschüttern war.

Fast nicht.

Es sei denn, ein anderes Geschöpf war bedroht. Jemand, dem er trotz aller seiner komplizierten und widersprüchlichen Gefühle seine Liebe geschenkt hatte. Eine Liebe, für die die meisten Melnibonéer nicht das geringste Verständnis hätten. Schweren, gemessenen Schrittes kam er zum Altar.

Gaynor wollte erneut mit Rabenbrand nach Oonas Herz stechen, doch das Schwert sträubte sich noch heftiger als zuvor.

Gaynor stieß einen wütenden Fluch aus, warf das kreischende schwarze Schwert in meine Richtung und packte mit beiden Händen die Elfenbeinklinge. Dieses Mal würde er Oona den Garaus machen.

Die schwarze Klinge erreichte mich nicht. Genau genommen bewegte sie sich fast überhaupt nicht. Sie schwebte gerade lange genug in der Luft, dass Oona die Fesseln heben und durchschneiden und sich vor Gaynor in Sicherheit bringen konnte, während dieser noch an seinem Gürtel nestelte. Ich war erstaunt, wie zielstrebig und bewusst die Klinge sich verhielt.

Unter lautem Rufen und Scharren hatten sich Hitler und seine Leute bereits hinter die SS-Wächter zurückgezogen, die inzwischen mindestens zwanzig leistungsfähige moderne Maschinenpistolen auf Elric richteten, während dieser zum Altar unterwegs war. Er achtete nicht auf die Gefahr. Er sah die Nazis überhaupt nicht, als bewegte er sich in einem Traum. Die fremden und doch attraktiven Gesichtszüge waren zu einem harten, wilden Grinsen verzerrt. Sobald er sich vergewissert hatte, dass Oona nicht mehr unmittelbar gefährdet war, richtete er die Aufmerksamkeit wieder auf Gaynor.

Das Elfenbeinschwert summte und bockte, als wollte es sich ebenfalls weigern zu töten. Ich fragte mich, ob die Schwerter bewusste Geschöpfe waren oder ob jemand anders sie steuerte.

Das so genannte Schwert Karls des Großen schien freilich eher bereit, sich Gaynors Willen zu fügen. Er stach einmal und ein weiteres Mal nach Oona, die sich noch bemühte, die Fußfesseln zu lösen. Doch das Schwert wollte sich am Ende doch nicht ganz und gar unterwerfen und die Hiebe gingen ins Leere. Mit verzerrtem Mund begann Gaynor schließlich in einer wilden, geheimnisvollen Sprache zu sprechen und die Hilfe des Chaos anzurufen.

Doch es kam keine Hilfe.

Gaynor hatte keine Zeit gehabt, seinen Teil des Handels zu erfüllen.

Elric schoss jetzt vor, schnell wie eine Schlange. Die schwarze Klinge hielt die weiße auf.

»Es macht keine Freude, einen Feigling zu töten«, sagte er zu Gaynor. »Doch wenn es sein muss, werde ich meine Pflicht tun.«

Ein Halbkreis, gezeichnet aus Schwärze und roten Runen.

Ein silberner Halbmond. Elrics Schwert traf die Elfenbeinklinge. Jedes Mal, wenn die Schwerter sich trafen, schrien beide Klingen gequält auf.

Noch einmal wurde das schwarze Schwert geschwungen. Mit einem dumpfen, flachen Ton traf es Gaynors Waffe. Die Elfenbeinklinge brach und zerkrümelte wie verrottetes Holz, löste sich in Gaynors Händen auf.

Gaynor fluchte und warf den Stummel weg. Das Ding war ohnehin eine Art Fälschung gewesen, ein Objekt mit unklarer Herkunft. Gaynor entfernte sich mit einem raschen Sprung vom Altar und wollte eine Waffe von der Wand nehmen. Doch die Waffen hingen schon seit Jahren dort und waren buchstäblich festgerostet. Er schrie die SS-Männer an, Elric zu töten, doch die Wächter konnten nicht feuern, ohne Gaynor oder Klosterheim zu treffen, der gerade die eigene Pistole auf Elric richtete. Der dämonische Schwertkämpfer lächelte und flüsterte nur ein einziges Wort.

Rabenbrand stürzte sich auf den ehemaligen Diener Satans. Klosterheim riss den Mund auf. Er wusste nur zu genau, was geschehen würde, wenn die Klinge ihn erreichte. Er kreischte lateinische Worte. Nur wenige unter uns konnten ihn verstehen. Gewiss nicht das Schwert, das ihn nur knapp verfehlte.

Klosterheim warf sich zu Boden und Gaynor folgte seinem Beispiel. Sofort begannen die Maschinenpistolen zu knattern und die Kugeln und die ausgeworfenen leeren Hülsen prallten von den Steinwänden ab und flogen kreuz und quer durch den großen Raum.

Elric lachte sein wildes Lachen und wich wie durch Zauberkraft ihren Kugeln aus, dann duckte er sich hinter den Altar und vergewisserte sich, dass seiner Tochter nichts geschehen war.

Sie lächelte kurz, um ihn zu beruhigen, und rannte aus der Deckung zu mir herüber. Ich lag dicht an der Wand. Sie hatte Gaynors rasiermesserscharfen Nazidolch in der Hand. Rasch schnitt sie meine Fesseln durch.

Auf einmal lag Rabenbrand fest in meiner Hand und lenkte

die Kugeln ab, als die Wächter, ihre kostbaren Anführer hinter sich deckend, auf mich zu feuern begannen. Hitler zog sich mit seiner Bande eilig durch die zerstörte Haupttür zurück.

Neue Kraft durchflutete mich. Ich lachte jetzt auch. Furchtlos und belustigt betrachtete ich Klosterheim. Elric griff bereits Gaynor an. Oona hatte nur Gaynors Dolch als Waffe, doch sie duckte sich hinter den Altar, als uns die Kugeln um die Ohren flogen. Trotz der wilden Schießerei wurde nur ein Soldat getroffen, was den Reihen der Nazi-Elite einen erschrockenen Schrei entlockte.

Hitler hatte auf sein Glück gebaut. Jetzt war das Glück auf unserer Seite.

Sie stolperten durch das Loch, das Elric in die Tür geschlagen hatte, und wollten das zerfetzte Loch von der anderen Seite verschließen. Dann schoben sie schwere Möbel davor. Sie konnten nicht wissen, was wir als Nächstes tun würden. Sie brauchten Zeit, um sich einen Plan zurechtzulegen.

Ich wollte sie verfolgen, doch Elric hielt mich zurück und deutete zu Gaynor und Klosterheim, die sich ans andere Ende des Raumes zurückgezogen hatten.

»Wir haben immer noch den Gral«, schrie Gaynor. Mit der großen schwarzen Rüstung wirkte er beinahe wie eine Parodie Elrics. Ein unbeholfener schwarzer Vogel, der wütend herumhüpfte. Die Fackeln flatterten und warfen ein unstetes Licht, das seinen Schatten in den Tanz einbezog. »Auch bekommen wir Hilfe von den Lords der Höheren Welten. Seid vorsichtig, meine Vettern. Sie werden nicht erfreut sein, wenn ihr Verbündeter auf dieser Ebene nicht fähig ist, sie durchzubringen.«

Elric schnaubte. »Glaubst du wirklich, ich fürchte den Zorn der Götter und Halbgötter? Ich bin Elric von Melniboné und mein Geschlecht ist den Göttern ebenbürtig.«

Doch dann bellte Klosterheims Automatik zweimal. Elric war völlig überrumpelt. »Was ist das?« Stirnrunzelnd kippte er zurück.

Ich sprang los, doch Oonas Dolch hatte Klosterheim bereits

mitten ins Herz getroffen. Er krümmte sich, als wollte er sich übergeben, beugte sich vor und wollte die Naziklinge herausziehen.

Gaynor stieß seinen sterbenden Kumpan zur Seite und wollte zur niedrigen Eichentür, die zu von Aschs ehemaligem Quartier führte. Klosterheim bewegte sich schon nicht mehr, er war offensichtlich tot.

Ich fühlte mich zu schwach, Gaynor zu stellen. Er war schon durch die Tür verschwunden und verrammelte sie hinter sich, als ich sie erreichte. Ich lehnte mich mit der Schulter dagegen und sofort durchzuckte mich der Schmerz.

Ich sah an mir hinunter und erwartete, frisches Blut zu sehen. Doch dort war nur eine zackige Narbe. Wie viel Zeit war eigentlich vergangen? War durch Gaynors selbstherrlichen Auftritt der normale Fluss der Zeit gestört worden? Löste sich das Multiversum bereits rings um uns auf?

»Freunde«, hörte ich Elric keuchen, »los jetzt. Wir müssen hinauf ...«

Oona wollte auch auf unserer Seite der zerstörten Eingangstür eine Barriere aufbauen, doch die Nazis hatten bereits von der anderen Seite aus den größten Teil der Arbeit erledigt. Uns stand kein Fluchtweg mehr offen. Gaynor war uns möglicherweise schon weit voraus und brachte den Gral wieder zum Nebelgrund.

Ohne großen Erfolg zerrte ich an der kleinen Tür herum.

Vor der Haupttür wurden Möbel gerückt. Es sah so aus, als hätten die Nazis neuen Mut geschöpft und kämen zurück.

Draußen vor der Tür krachte es. Hess stand dort und winkte seine Maschinenpistolenschützen nach vorn. Er war der Einzige der ganzen Truppe, der den Mut hatte, sich uns zu stellen. Wir hatten keine Chance mehr, uns zu befreien.

Ich drückte noch einmal mit der Schulter gegen die zweite Tür, doch ich war immer noch zu schwach. Ich rief Oona zu Hilfe, die sich gerade um Elric kümmerte. Er lehnte an Gaynors Altar. Blut strömte aus den Wunden und benetzte den dunklen Granit.

Ungeduldig richtete sich der Melnibonéer auf und packte

sein Schwert. Er hieß mich zur Seite treten. »Offenbar wird das jetzt meine übliche Methode, Türen zu öffnen«, sagte er. Auch wenn die Worte tapfer klangen, die Stimme war schwach.

Mit letzter Kraft holte er aus und ließ das Schwert einen weiten Halbkreis beschreiben, ehe es die Tür traf. Das alte Eichenholz brach sofort entzwei. Die Stücke fielen links und rechts herunter und gaben uns den Weg frei. Wir stiegen hindurch und folgten Gaynor die Treppe hinauf. Hinter uns hörte ich Hess hysterisch nach seinen Männern schreien.

Der Turm war seit Jahren nicht mehr benutzt worden. Als wir Elric durchzogen, sahen wir, dass von Asch einen großen Teil seiner Habseligkeiten zurückgelassen hatte. Koffer, Schränke, Stühle und Tische waren mit einer dicken Staubschicht bedeckt. Bücher und Karten waren lange nicht mehr betrachtet worden. Die Schwerter und etwas Kleidung hatte er mitgenommen, sonst aber nicht viel. Die Spuren im Staub verrieten uns, wohin Gaynor gegangen war.

Elric ließen wir halb ohnmächtig an die Wand gelehnt liegen, während Oona und ich schwere Möbelstücke herbeischafften, um das enge Treppenhaus zu versperren. Oona sah sich rasch zwischen den Büchern und Papieren um, fand etwas, das sie haben wollte, und steckte es ein. Dann trugen wir Elric weiter nach oben, bis wir einen kurzen Flur erreichten. An seinem Ende lag eine weite, viereckige Dachfläche, eingefasst mit einer schmalen Brüstung und durchbrochen von einigen Schornsteinen.

Wie durch ein Wunder war Gaynor noch dort. Er hatte gehofft, Hilfe zu finden oder wenigstens fliehen zu können, doch an allen Seiten ging es lotrecht steil nach unten.

Ich warf mich auf die dunkle Gestalt. Gaynor verschwand hinter einem Hindernis, dem Sockel eines Kamins, doch ich verlor ihn nicht aus den Augen. Dann auf einmal drehte Gaynor sich um. Offenbar litt er unter schrecklichen Schmerzen. Sein ganzer Körper zitterte und bebte und verströmte ein silbriges Licht. Er wuchs, doch während er wuchs, löste er sich auf. Wie Wellen in einem Teich, jede ein etwas größeres

Ebenbild ihrer Vorgängerin, wurde Gaynor größer und größer, er pulsierte und dehnte sich aus, wie der auf einem Musikinstrument angeschlagene Akkord einen Raum erfüllt, er wuchs bis hoch in den Himmel hinauf und dehnte sich aus bis ins Gewebe des Multiversums selbst. Er löste sich auf und wurde gleichzeitig ganz.

Ich stolperte weiter, immer noch fest entschlossen, Hand an ihn zu legen. Ich erreichte ihn und wollte ihn festhalten. Ein Gefühl, als hätte ich einen elektrischen Schlag bekommen, durchzuckte meine Finger. Ich war für einen Augenblick geblendet, dann war Gaynor verschwunden. Es wurde still.

»Wir haben beide Gaynors verloren«, sagte ich. Beinahe zitterte ich vor Zorn, in den sich jedoch auch eine große Angst mischte.

Elric keuchte und schüttelte den Kopf. »Für den Augenblick haben wir sie verloren, ja. Er ist in tausend Richtungen geflohen und hat seine gefährlichste Karte ausgespielt. Er hat sich in eine Vielzahl unterschiedlicher Versionen seiner selbst aufgespalten, jede in einem anderen Maßstab. Er löst sein Wesen im ganzen Multiversum auf, damit wir ihm nicht folgen können. Jetzt ist er äußerst instabil und besonders gefährlich, vielleicht sogar besonders mächtig. Er existiert überall und nirgends. Es besteht die Gefahr, dass er jeder und niemand ist. Er hat sein Wesen stark verdünnt. Aber eines wissen wir doch über ihn. Er hat seinen Handel mit Arioch nicht eingehalten. Er hat versucht, den Fürsten der Hölle in dieses Reich hier zu bringen. Wenn Gaynor nicht ganz und gar den Verstand verloren hat, dann wird er erkennen, dass er jetzt nur noch zwei Möglichkeiten hat. Er kann versuchen, dem Fürsten der Hölle zu entkommen, was dumm und wahrscheinlich unmöglich ist. Oder er versucht, einen Kompromiss zu schließen – und dies bedeutet, dass er einen Schnittpunkt finden muss. Bek steht ihm jetzt nicht mehr zur Verfügung, also muss er einen anderen Ort finden, durch den er seinen Schutzherren einlassen kann. In dieser Welt kann es nicht sehr viele geben.«

»Morn«, sagte Oona. »Er wird nach Morn gehen.« Sie hielt das Dokument hoch, das sie an sich genommen hatte.

»Ein Schnittpunkt?«, fragte ich. »Was ist das?«

»Ein Ort, an dem viele Möglichkeiten zusammenkommen«, sagte sie. »Wo sich die Mondstrahlwege treffen. Ich kenne dieses Reich sehr gut. Er wird zu den Steinen von Morn gehen und versuchen, seine vielen Versionen wieder zu einer einzigen Person zusammenzuführen.«

Mehr konnte sie mir nicht sagen, denn wir wurden von heftigen Hammerschlägen im Turm unterbrochen.

»Wie können wir ihm folgen?«, fragte ich.

»Ich habe Freunde mitgebracht«, murmelte Elric. »Gaynor wollte sie für seine eigenen Zwecke einsetzen, doch er ist nicht von unserem Blut. Auf diese Weise bin ich ihm von Melniboné gefolgt. Schwert ruft Schwert, der Flügel den Flügel.«

Hess und seine Männer brachen die Reste der Tür aus dem Rahmen.

Ich schaute über die Brüstung. Ein Sprung dort hinunter wäre der sichere Tod gewesen. Wir hatten keinen Fluchtweg mehr. Uns blieb nichts anderes übrig, als uns den Gegnern zu stellen. Elric stolperte zum Ausgang zurück und zog mit beiden Händen das Schwert. Sobald die Tür weggeräumt war, schwang er das Schwert. Die ersten drei SS-Männer wurden völlig überrascht. Sie gingen gleichzeitig zu Boden und die Klinge kreischte erfreut. Mit einem zischenden Geräusch ging die Kraft von der Klinge auf Elric über. Die gestohlene Energie stärkte ihn augenblicklich.

Widerstrebend gesellte ich mich zu ihm und zusammen schalteten wir noch fünf oder sechs weitere Männer aus, bevor sie sich in den Turm zurückzogen und aus sicherer Entfernung auf uns zu schießen begannen. Da der Gang schmal war, konnten sie uns nicht sehen und treffen und verschwendeten nur ihre Munition.

Elric sagte uns, wir müssten die SS-Leute aufteilen. Er humpelte bis dicht vor die Brustwehr und blickte zum Nachthimmel hoch, über den aufgewühlte dunkle Wolken flogen, die von einem orangefarbenen Mond in gespenstisches Licht getaucht wurden. Dort hob er das Schwert. Wieder begann es in einem schwarzen Feuer zu strahlen. Mit der halb zerstörten Rüstung und der zerfetzten Seidenwäsche schien Elric auf die gleiche Weise zu brennen, als er das leichenblasse Gesicht zum Himmel hob und eine Rune sprach, die so alt war, dass die Worte nach den Urelementen klangen, nach Wind und Erde.

Noch ein paar Schüsse fielen aus dem Turm. Ein SS-Mann tauchte vorsichtig auf, ich tötete ihn.

Jetzt zogen dunkle Umrisse über den Himmel. Wendige Gestalten glitten zwischen den Wolken hin und her.

Elric hatte die Kraft seiner Opfer in sich aufgenommen. Er stand als dunkle Silhouette vor der Brüstung, das Schwert in der Hand, und schrie den Himmel an.

Und der Himmel schrie zurück.

Ein Knall wie ein plötzlicher Donner - und der Himmel brodelte und brach auf. Gestalten tauchten in der Ferne auf. Ungeheure fliegende Wesen. Reptilien mit langen, geringelten Schwänzen und Hälsen, langen und schmalen Schnauzen und breiten, ledrigen Flügeln. Ich kannte sie aus meinen Albträumen. Es waren die Drachen von Melniboné, die durch Elrics mächtige Zauberkräfte in mein eigenes Reich geholt worden waren. Ich wusste, dass Gaynor gehofft hatte, auch die Drachen für seine Zwecke einzuspannen. Ich wusste, dass er Elric in den Ruinen von Imrryr fast besiegt hätte. Ich wusste, dass er die verborgenen Höhlen gefunden und gehofft hatte, er könnte Elrics Verbündete, die Drachen, wecken. Er hatte Erfolg gehabt. Doch er hatte nicht verstanden, dass die Drachen ihm den Dienst verweigerten. *Blut um Blut, Bruder für Bruder.* Sie dienten nur dem königlichen Blut von Melniboné und dank irgendeiner seltsamen Wendung der Geschichte teilte ich dieses Blut mit Oona und ihrem Vater.

Zwei riesige Geschöpfe kreisten im orangefarbenen Mondlicht über dem Turm. Junge Phoorn-Drachen waren es, noch mit den schwarzen und weißen Ringen um Schnauzen und

Schwänze und fedrigen Spitzen an den Flügeln. Sie hatten noch nicht die volle Größe der Erwachsenen erreicht, die eine beinahe unendliche Lebenserwartung hatten, da Drachen die meiste Zeit ihres Lebens im Schlaf liegen.

Die Anrufung hatte Elric geschwächt, doch er war wieder guten Mutes. »Ich war darauf vorbereitet, hatte aber eigentlich damit gerechnet, auch den Gral bei mir zu haben, wenn ich meine Brüder rufe.« Die Melnibonéer behaupteten von sich, sie wären eng mit den Phoorn-Drachen verwandt. In einer anderen Zeit hatten sie die gleichen Namen getragen, die gleichen Behausungen bewohnt und die gleiche Macht besessen. In grauer Vorzeit, so hieß es, hätten die Drachen sogar einmal in Melniboné als Könige geherrscht. Wie dem auch war, Elric und seine Verwandten konnten sogar Drachengift trinken, das die meisten anderen Wesen getötet hätte. Das Gift war so stark, dass es zu brennen begann, sobald es, wenn die Drachen es ausspuckten, mit der Luft in Berührung kam. Ich wusste all dies, weil Elric es wusste.

Ich beherrschte die Sprache der Drachen. Wir begrüßten sie liebevoll, als sie mit den riesigen Körpern vorsichtig auf dem Turm landeten. Sie dampften und hatten mit ihrer stürmischen Reise das ganze Multiversum erschüttert. Jetzt öffneten sie die großen roten Mäuler und keuchten in der dünnen Luft dieser Welt. Die riesigen Augen drehten sich und richteten sich auf uns. Erwartungsvoll und wohlwollend balancierten sie auf den Steinmauern, in die sie die gewaltigen Klauen geschlagen hatten. Die Muster auf den Schuppen, Abstufungen von strahlendem Purpur und Rot, durchsetzt mit goldenen und dunkelgrünen Tönen, funkelten im Mondlicht. Sie waren einander sehr ähnlich, unterscheidbar nur am weißen Fleck, den der eine und am schwarzen Fleck, den der andere auf der Nase trug. Die großen weißen Zähne klickten laut, als sie die Mäuler schlossen, an den Rändern der Lippen kochte das Gift. Dies waren die Geschöpfe aus der Siegfriedsage, doch wesentlich intelligenter und erheblich zahlreicher. Die Melnibonéer hatten die Drachen gründlich studiert und ihre verschiedenen Arten beschrieben, von den stummelschnäuzigen Erkaniern, die man scherzhaft Fledermäuse nannte, bis zu diesen langnasigen Phoorn, die meistens schliefen und eine eigenartige telepathische Verbindung zu uns aufbauen konnten.

Indem er sich die verletzte Seite hielt, ging Elric zum vorderen der beiden weiblichen Drachen und sprach leise mit ihr. Beide Drachen waren bereits mit dem pulsierenden *skeffla'a* der Phoorn gesattelt, einer Art Membrane, die über die Schulterblätter mit dem Drachen verbunden war und einen Weg bot, zwischen den Reichen zu reisen. Das *skeffla'a* war eines der seltsamsten Produkte der melnibonéischen Alchemie und eines der ältesten.

Ihre Namen waren einfach wie die meisten Namen, die ihnen von den Menschen gegeben wurden – Weißmaul und Schwarzmaul. Sie selbst riefen sich mit Namen, die lang, schwierig und unaussprechlich waren. Die Namen verrieten, wer ihre Vorfahren waren und welche Reisen sie unternommen hatten.

Elric wandte sich an mich. »Die Drachen werden uns zu Gaynor bringen. Weißt du, wie man auf ihnen reitet?«

Ich wusste es. Ich wusste die meisten Dinge, die auch mein Doppelgänger wusste.

»Er befindet sich noch in dieser Welt, oder gewisse Aspekte von ihm befinden sich hier. Möglicherweise hat er sich sehr verausgabt und ist zu geschwächt, um über die Mondstrahlwege zu reisen. Wie auch immer, die Drachen können uns zu ihm bringen.«

»Nach Morn«, sagte Oona. »Es muss Morn sein. Hat er noch den Gral?«

»Das wissen wir erst, wenn wir ihn eingeholt haben ...« Elric brach ab, die Schmerzen übermannten ihn. Doch er war sichtlich stärker als noch vor einigen Minuten. Ich fragte ihn, wie schlimm seine Schussverletzungen seien und er sah mich überrascht an. »Klosterheim wollte mich erschießen, aber ich bin nicht tot.«

»Auch ich hätte an Klosterheims Schuss sterben müssen«, erklärte ich. »Die Verletzungen waren nicht zu übersehen.

Ich habe eine Menge Blut verloren. Doch die Wunden sind inzwischen fast verschwunden.«

»Der Gral«, sagte Elric. »Wir waren dem Einfluss des Grals ausgesetzt, ohne es zu wissen. Also hat Gaynor ihn entweder bei sich oder er ist irgendwo dort unten versteckt.«

Hess' Gesicht tauchte in der Tür auf. Er befahl seinen Männern, das Feuer einzustellen. Er wirkte aufrichtig und schien etwas Dringendes im Sinn zu haben.

»Ich muss mit Ihnen reden«, sagte er. »Ich muss wissen, was all dies zu bedeuten hat. Was für Helden sind Sie? Die Helden aus Alfheim? Haben wir unsere sagenhaften germanischen Helden in all ihrer Macht und Pracht heraufbeschworen? Thor? Odin? Sind Sie ...«

Die Drachen beeindruckten ihn sichtlich.

»Ich bedaure, Exzellenz«, sagte ich, »aber diese Drachen sind orientalischer Herkunft. Levantinische Drachen, gewissermaßen. Von der falschen Seite des Mittelmeers.«

Er riss die Augen auf. »Unmöglich.«

Oona half Elric, sein *skeffla'a* auf dem Rücken von Schwarzmaul zurechtzurücken. Sie kletterte hinter ihm hinauf und winkte mir, Weißmaul zu nehmen, den anderen Drachen.

»Lassen Sie mich mitkommen«, flehte Hess. »Der Gral ... ich bin nicht Ihr Feind.«

»Leben Sie wohl, Exzellenz.« Elric schob Sturmbringer in die Scheide und nahm die Zügel des Drachen. Er schien mit jeder Sekunde kräftiger zu werden.

Ich stieg mit der Geübtheit eines Mannes, dem dies aufgrund seiner königlichen Abstammung zusteht, in den Sattel. Eine wilde, unmenschliche Freude erfüllte mich. Ein fremdartiges Gefühl. Verzaubert. Vor kurzer Zeit hätte ich über solche Vorstellungen noch höhnisch gelacht, jetzt aber nahm ich alles hin. Es gibt keine größere Freude, als auf dem Rücken eines Drachen durch die Nacht zu reiten.

Die riesigen Flügel schlugen. Hess wurde zurückgetrieben, als hätte ihn ein Wirbelsturm erfasst. Ich sah, wie er schrie, wie er flehte. Beinahe tat er mir Leid. Von allen Nazis schien er noch der am wenigsten widerwärtige zu sein. Dann sah ich Göring und die SS-Männer aufs Dach stürmen. Wieder flogen uns Kugeln um die Ohren, doch sie stellten für uns keine Gefahr mehr dar. Wir hätten den Turm und alle darin mit ein paar Tropfen Gift zerstören können, aber wir dachten nicht einmal daran. Wir waren überzeugt, dass Gaynor den Gral besaß und dass wir uns nur beeilen mussten, um ihn bald in unseren Besitz zu nehmen.

Der Flug war ein überwältigendes Erlebnis. Elric führte uns auf Schwarzmauls Rücken durch die Lüfte, Weißmaul folgte ihm. Ich brauchte meinen Drachen nicht einmal zu steuern, auch wenn ich intuitiv wusste, wie ich es hätte anfangen müssen.

Alle Ängste blieben hinter mir auf dem Boden zurück, als die mächtigen Flügel uns in die Wolken trugen, höher und immer höher hinauf, stetig nach Westen. Wohin ging es? Nach Irland? Doch wohl nicht nach England?

England war das Land meiner Feinde. Was, wenn ich gefangen genommen wurde, noch mit den Resten der SS-Uniform bekleidet? Es wäre unmöglich, den Briten die wahren Gründe meines Besuchs zu erläutern.

Mir blieb aber keine Wahl. Schwarzmaul flog, Elric und Oona auf dem Rücken, mit langsamen, ruhigen Flügelschlägen voraus und glitt über den Wolken dahin, manchmal einen undeutlichen Schatten werfend. Sie flog ruhig und Weißmaul, etwa ein oder zwei Jahre jünger, überließ ihr die Führung. Als es heller wurde, waren auch die Zeichnungen auf den Flügeln der Drachen besser zu sehen. Sie waren wie riesige Schmetterlinge und hatten deutliche Muster aus roten, schwarzen, orangefarbenen und strahlenden grünen Tönen, ganz anders als die grünlichen und gelben Echsen, die man in Bilderbüchern sieht. Die Phoon-Drachen waren Geschöpfe von außerordentlicher Anmut und Schönheit und strahlten eine Weisheit aus, die jedem Menschen überlegen war.

Wann immer sich die Wolken teilten, konnte ich unter mir das Schachbrettmuster der Felder und die Kleinstädte des ländlichen Deutschland ausmachen. Für mehr als ein Jahrhundert hatten die Menschen nur wenig von Kriegshandlungen gesehen und sie glaubten fest an Hitlers Versprechungen, dass kein fremder Bomber jemals in den deutschen Luftraum eindringen würde.

Ich fragte mich, ob Hitler seine Versprechen würde halten können. Ich nahm an, er könnte sich auf die Magie verlegen, sobald die militärischen Mittel versagten. Er kam mir vor wie ein Mann, der auf einem Tiger reitet. Voller Angst, wohin die Reise gehen mochte, aber ohne Chance, vom Rücken zu springen, weil er sich viel zu schnell bewegte.

Oder glich er einem Mann, der auf einem Drachen ritt? Sah ich Hitler als hilflos in die Ereignisse verstrickten Mann, weil ich selbst im Strudel ungeheuerlicher Realitäten mitgerissen wurde?

Bald vergaß ich die Spekulationen und freute mich nur noch über die Schönheit des Himmels, über den Geruch der frischen Luft. Ich war so hingerissen, dass ich das Dröhnen hinter mir kaum hörte. Erst nach einer Weile sah ich nach hinten und nach unten. Ein ganzer Teppich von Flugzeugen flog unter mir. So dicht und so nahe beisammen, dass sie sich zu bewegen schienen wie ein einziger riesiger Vogel. Das Dröhnen war natürlich das gleichmäßige Geräusch ihrer Maschinen. Sie bewegten sich etwas schneller als wir, doch genau in die gleiche Richtung.

Ich konnte mir nicht vorstellen, wie irgendein Land, besonders das erschöpfte, kriegsmüde Großbritannien, einer solchen Luftflotte standhalten sollte. Noch nie hatte die Weltgeschichte eine solche Luftstreitmacht gesehen. Die angemessene Entsprechung wäre auf See die spanische Armada gewesen, die stark genug war, um zur Zeit Elizabeths England angreifen. So viel Glück wie damals würde England jetzt wohl nicht haben.

Seit dem Beginn dieses Abenteuers hatte ich die Zerstörung ganzer Zivilisationen erlebt. Ich wusste, dass das Unmögliche nur zu leicht möglich war, dass Menschen und Bauten vom Angesicht der Erde gefegt werden konnten, als hätten sie nie existiert.

Sollte ich dank einer grässlichen Laune der Geschichte nun den Fall Englands und des britischen Empire erleben?

Bis jetzt hatte ich erst eine Staffel von Junkers 87 gesehen, die berühmten Sturzkampfbomber, die von der Luftwaffe traditionell bei den ersten Angriffen auf andere Länder eingesetzt wurden. Doch als wir weiterflogen, durch die Wolkendecke von der Luftflotte unter uns getrennt, sah ich Wellen von Messerschmitt-Kampfflugzeugen und weitere Staffeln von Junkers- und Heinkel-Maschinen, die sich erbarmungslos dem bereits angeschlagenen Großbritannien entgegen bewegten. Dort konnte man sicherlich keine Flugzeuge in ausreichender Zahl und Qualität aufbieten, um eine solche Invasion aufzuhalten.

War es Gaynor, der uns nach Westen führte, damit wir den Anfang vom Ende mit eigenen Augen sahen? Die letzte Schlacht, nach deren siegreichem Abschluss die Lords der Höheren Welten auch auf der Erde herrschen würden? Hielten diese Lords dann untereinander Frieden – oder würden sie sofort übereinander herfallen?

Waren wir unterwegs zum Ragnarök?

Die Flugzeuge waren vorbei, es wurde still.

Als halte die ganze Welt den Atem an.

Warten.

In der Ferne hörten wir das gleichmäßige, mechanische Donnern von Kanonen und Bomben, das Kreischen der Jagdflugzeuge und der Leuchtspurgeschosse. Im Osten stieg Rauch aus orangefarbenen Flammen auf, es blitzte und Bomben explodierten. Schwarzmaul schwenkte in eine lange, anmutige Kurve ein, der Morgensonne entgegen, und bald hatten wir den Schlachtenlärm hinter uns gelassen. England würde den Tag nicht überstehen, der Krieg in Europa war für Hitler so gut wie gewonnen. Gegen wen würde er seine Aufmerksamkeit als Nächstes richten? Nach Russland?

Ich trauerte über Englands Untergang, doch meine Gefühle waren gemischt. Die Überheblichkeit, die selbstverständliche Anmaßung der Macht, die Verachtung für alles, was nicht britisch war, all dies hatte sich bis zum Ende gehalten. Diese

Charakterzüge waren es auch, die zu einer Unterschätzung Deutschlands geführt hatten. Doch auf der anderen Seite standen Mut, Zähigkeit, Zuversicht und Erfindungsgeist, Gelassenheit auch unter schwerem Beschuss. All dies war in die Entwicklung der großen Kriegsschiffe gesteckt worden, dieser kleinen Kampfinseln, jedes ein kleines Land für sich. Diese mächtigen Schiffe hatten die Welt beherrscht und Napoleon zur See geschlagen, doch gemeinsam hatten wir ihn an Land besiegt. Eine blutbesudelte Nation von Piraten mochte es sein, jederzeit bereit, mit der eigenen Grobheit und Brutalität zu prahlen. Doch die Helden hatten ihre Macht durch ihre Entschlossenheit erworben, indem sie ihr Leben und ihr Vermögen aufs Spiel setzten. Nicht wenige große Männer waren zugleich auch große Dichter oder Historiker gewesen. Wenn das Land jetzt heruntergekommen war, dann lag es daran, dass es solche integren, weitsichtigen Männer nicht mehr gab.

Dies war der Tag der großen Abrechnung. Der Tag, der früher oder später für jede imperialistische Nation kommt - ob Byzanz oder Karthago, Jerusalem oder Rom. Unfähig, die eigene Sterblichkeit auch nur ins Auge zu fassen, sah England jetzt die doppelte Schmach von Niederlage und Versklavung auf sich zukommen. Hitler hatte in seinem Reich die Sklaverei wieder eingeführt. Die Briten, die in der Welt bei der Abschaffung dieser schrecklichen Praxis die Führung übernommen hatten, würden erneut die Erniedrigung und das schlimme Elend der Zwangsarbeit kennen lernen. Just als das Land endlich die nationalen Laster beiseite schob und sich auf seine Tugenden besann, schlug die Stunde seines Untergangs. Das Land würde untergehen und trotzdem noch im Untergang beweisen, dass Tugend stärker ist als Verkommenheit, dass Mut sich letzten Endes gegenüber Feigheit durchsetzen wird und dass die beiden Seiten in Augenblicken nebeneinander existieren können, die wir Jahre später als Beispiele für das Beste, was wir sein können, und nicht für das Schlimmste auffassen. Ein lebender Beweis, dass die Tugend uns stärker macht und besser schützt als es jeder

Zynismus vermag. Warum war das nur eine Lektion, die wir immer und immer wieder lernen mussten?

Seltsam, diese philosophischen Betrachtungen, während ich voller Begeisterung auf dem Rücken eines Drachen flog. Und so typisch für mich. Aber ich musste trotzdem um das Land trauern, das viele Deutsche für einen natürlichen Verbündeten gehalten hatten, für ein Vorbild, dem sie nacheifern wollten.

Jetzt waren wir über dem Wasser. Ruhiges, funkelndes Wasser. Grüne Hügel. Gelbe Strände. Wieder Wasser. Einschläferndes, warmes Sonnenlicht, als wäre die Welt nie etwas anderes als ein Paradies gewesen. Kleine Städte schienen aus der Erde selbst gewachsen zu sein. Flüsse, Wälder, Täler. Die heimelige Schönheit englischer Grafschaften. Was würde daraus werden, sobald die Deutschen die britische Luftwaffe zerstört und die Welt ›germanisiert‹ und mit ihren seltsamen Vorstellungen von Tradition in eine komische Oper verwandelt hatten? Die öden, schwarzen Industriestädte, die jedermann hasste, leisteten den größten Beitrag zur Verteidigung dieser Beschaulichkeit, dieses Ideals, gegen eben jene Tyrannei, die unter dem Vorwand, das Gute zu bewahren, diese Lebensart für immer zerstören würde.

So stark waren meine Gefühle, dass ich mir wünschte, wir wären wieder den Gefahren von Mu Ooria ausgesetzt. Das wäre einfacher gewesen. Hatte Gaynor wirklich dieses sanfte Volk bis auf wenige Überlebende ausgelöscht?

Wieder flogen wir über das Meer, von Süden wehte eine leichte Brise. Vor uns sah ich einen grünen Flecken, kaum mehr als ein kleiner Hügel, aus dem Wasser ragen. Wellen mit weißen Schaumkronen leckten daran. Der führende Drache schwenkte wieder leicht ab und umkreiste die Insel, die knapp einen Kilometer durchmaß. Ich sah ein Tudorhaus, eine zerstörte Abtei, eine weiße Halbinsel ähnlich dem Schwanz einer Ratte, die als natürlicher Wellenbrecher diente. Nirgendwo waren Leute zu sehen, die uns beobachteten. Nichts ließ darauf schließen, dass die Insel bewohnt war. In der Mitte der Insel erhob sich ein grasbewachsener Hügel, auf dem wie eine Krone ein zackiger Kreis aus Granitsteinen stand. Es wirkte wie ein Platz, an dem alte Rituale abgehalten wurden. Früher, vor langer Zeit, hatten diese Steine aufrecht gestanden und ein Observatorium, eine Kirche und einen Ort für kontemplative Betrachtungen gebildet.

So erreichten wir die Insel Morn und Marags Berg, ›wo all die besten Tugenden des englischen Volks vor langer Zeit ihren Ursprung nahmen‹, wie der große Dichter Wheldrake es ausdrückte. Einer der großen heiligen Orte des Westens mit einer Geschichte, die noch weiter zurückreichte als die von Glastonbury oder Tintagel. Als die Drachen anmutig auf Morns reinem weißem Sandstrand landeten und ich das Meer wie eine warnende Trommel an die Felsen schlagen hörte, wusste ich, dass Gaynor hier war.

Morn war ein alter Kraftplatz, den selbst die Nazis anerkannten, auch wenn er von den Kelten und nicht den Sachsen eingerichtet worden war. Die Insel Morn, zu der im silbernen Zeitalter vor der germanischen Explosion alle alten Völker der Welt ihre Gelehrten schickten, damit sie ihre Ideen austauschen und über die Natur des Daseins und die Unterschiede und Ähnlichkeiten der Religionen diskutieren konnten. Bevor Gewalt und Eroberung begonnen hatten.

Nach Morn waren Bischöfe, Rabbis und muslimische Gelehrte gekommen, und Buddhisten, Hindus, Gnostiker, Philosophen und Wissenschaftler, um ihr Wissen miteinander zu teilen. Sie trafen sich regelmäßig in der Abtei unterhalb des Hügels. Eine internationale Hochschule, ein Monument des guten Willens. Dann kamen die Normannen mit ihren Drachenbooten – und es war vorbei.

Ich kletterte von meiner Drachin, kratzte ihr unter den Schuppen den Hals und bedankte mich für die Freundlichkeit. Ich zog den *skeffla'a* herunter, faltete ihn zusammen und steckte ihn mir unter das Hemd. Oona stolperte zu mir und hatte Mühe, nach dem Ritt im weichen, weißen Sand aufrecht zu stehen. Sie deutete zur Landzunge. Dort lag ein deutsches U-Boot vor Anker, zwei Wachtposten sicherten das niedrige, vom Wasser überspülte Deck.

Ein Zufall? Vorboten einer Invasionsflotte? Oder hatte Gaynor dafür gesorgt, dass sich das Boot hier befand, um im Notfall einen Fluchtweg zu haben? Aber warum? Er hatte nicht wissen können, dass wir ihm folgten. Es schien eine übertriebene Vorsichtsmaßnahme für den unwahrscheinlichen Fall zu sein, dass man ihn hier entdeckte.

Was auch immer der Grund war, das U-Boot der Nazis stellte für uns keine unmittelbare Gefahr dar. Ich denke, sie hätten ihren Augen ohnehin nicht getraut. Auf kleinen Inseln mitten in der irischen See landen nur selten Drachen.

Ein Wort von Elric – und die riesigen Wesen schwangen sich wieder in die Luft, um hoch droben außer Sichtweite zu warten.

Nachdem wir ein paar Augenblicke ausgeruht hatten, gingen wir über die gepflasterten Straßen des verlassenen Dorfs landeinwärts. Dort stand das große Haupthaus, wo der unabhängige Herzog der Insel bis 1918 geherrscht hatte. Jetzt war es vernagelt. Dahinter lagen Bauernhöfe, die zweifellos bei Ausbruch des Krieges evakuiert worden waren. Über eine gewundene Straße und eine Wiese ging es zur Hügelkuppe und zum Steinkreis hinauf.

Bisher hatten wir nichts Ungewöhnliches bemerkt. Zankende Möwen schwammen auf den Wellen und schwebten in der Luft. Drosseln sangen in windgepeitschten Bäumen, Spatzen jagten in wuchernden Hecken nach Körnern. In der Ferne trommelte die Brandung ihren beruhigenden Rhythmus.

Mit einiger Mühe erklommen wir den höchsten Punkt der Insel, wo die Granitblöcke aneinander lehnten wie alte Männer. Der Kreis war noch vollständig.

Als wir uns den Steinen näherten, bemerkte ich ein seltsames, milchiges Licht, das im Steinkreis zu flackern schien. Ich zögerte, denn ich war überhaupt nicht in der Stimmung, noch mehr übernatürliche Begegnungen über mich ergehen zu lassen. Doch Oona drängte uns weiter.

»Ich wusste, dass er hierher kommen musste, nachdem wir ihn in Bek besiegt haben«, sagte sie. »Er hofft, mit Arioch Verbindung aufzunehmen. Aber ich glaube, ich habe eine Überraschung für ihn.«

Oona führte uns in die Mitte des Steinkreises. Unten war die See jetzt sehr ruhig. Das ideale Wetter für eine Invasion, dachte ich. Ich sah mich nach dem U-Boot um, doch es war von hier aus nicht zu sehen.

Das milchige Licht spülte um unsere Füße und Beine wie eine Flüssigkeit. »Zieht die Schwerter, meine Herren«, sagte sie. »Ich brauche ihre Energie.«

Wir gehorchten. Das Selbstvertrauen, das dieses wunderschöne junge Mädchen ausstrahlte, begeisterte uns. Sie hob den Krummstab und tauchte ihn in die undurchsichtige Substanz. Dann hob sie den Stab, als wollte sie mit der Substanz etwas malen, und zeichnete ungewöhnliche geometrische Figuren in die Luft. Auf diese Weise wurden die Steine miteinander verbunden, bis ein Netzwerk von knisternder funkelnder Energie entstanden war.

Gleichzeitig sprach Oona. Sie murmelte und sang und wirkte Zaubersprüche. Ihre Bewegungen und Worte vermittelten mir das Gefühl, sie stehe unter Zeitdruck.

Im Zickzack liefen Lichter hin und her, bis ich nachhaltig verwirrt und geblendet war. Sie nahm mir Rabenbrand ab und beschrieb damit ein großes Oval. Das Oval wellte sich und bildete einen Tunnel im Licht. Und durch den Tunnel im Licht kam eine Gestalt in unsere Richtung.

Fromental!

Der Franzose schlenderte in den Steinkreis, als suche er einen passenden Platz für ein Picknick. Wie um seine Absicht zu unterstreichen, hatte er einen abgedeckten Korb bei sich. Er war nicht im Mindesten überrascht, uns zu sehen und begrüßte uns mit fröhlichem Winken. Als er in den Steinkreis trat, war er von einem roten Schein umgeben, der sich wie ein blutiger Mantel um ihn legte. Das Licht flackerte und verschwand, dann löste sich auch das milchige Geflecht auf. Ein Gestank von etwas Altem und Heißem blieb zurück. Ich kannte den Geruch, konnte ihn jedoch nicht einordnen.

»Komme ich rechtzeitig?«, fragte er Oona.

»Das hoffe ich«, erwiderte sie. »Hast du sie mitgebracht?«

Fromental hob den Korb. »Hier ist sie, Lady Oona. Soll ich sie herausnehmen?«

»Noch nicht. Wir müssen sicher sein, dass er kommt. Irgendwie wird er herkommen, genau wie Arioch. Gaynor will sich an den Steinen von Morn mit Arioch treffen. Sie müssen schon einmal hier gewesen sein.«

»Mein Herr Arioch ist jetzt bei uns«, sagte Elric leise.

Sein ganzes Gebaren hatte sich verändert. Er spürte die Gegenwart seines Herrn im Kreis. Er sprach rasch, drängend.

»Mein Lord Arioch, vergib uns diese Belästigung. Gewähre uns deine Gnade, ich bitte dich, um unseres alten Abkommens willen. Ich bin Elric von Melniboné und unser Blut ist durch unser Schicksal verbunden.«

Eine Stimme, lieblich und freundlich, sprach aus der Luft. »Du bist mein sterblicher Nachfahre. Du vertrittst meine Interessen in anderen Reichen, nicht aber in diesem. Warum bist du hier, Elric?«

»Ich will mich an einem alten Feind rächen, Mylord. An einem, der dir dient und der dir dieses Portal öffnete.«

»Einer meiner Diener kann nicht dein Feind sein.«

»Einer, der zwei Herren dient, ist der Feind aller«, erwiderte Elric.

Die Stimme, die warm und freundlich klang, als würde ein alter Verwandter mit einem Kind reden, kicherte.

»Ah, du tapferster meiner Sklaven, du süßestes meiner saftigen Kinder. Jetzt erinnere ich mich, warum ich dich so sehr liebe.«

Mir kam die Galle hoch. Die körperliche Gegenwart dieses unsichtbaren Wesens war beinahe unerträglich. Selbst Oona schien sich unwohl zu fühlen. Doch Elric war noch entspannter also sonst, beinahe schläfrig. »Ich bin bereit, dir zu dienen, großer Fürst der Hölle. Der alte Pakt ist zwischen meinem und deinem Blut geschlossen. Derjenige, der sich Ritter des Gleichgewichts nennt, hat bereits eine Herrin der Höheren Welten verraten und ich weiß, dass er auch einen Zweiten verraten kann.«

»Man kann mich nicht verraten. Das ist unmöglich. Ich vertraue auf nichts und niemandem. Ich habe Miggea für ihn eingesperrt, das sollte mein Teil des Handels sein. Dies hier ist ein überfließendes, köstliches Reich. Es gibt hier vieles, das meine Langeweile lindern könnte. Gaynor hat mir die Treue geschworen. Er würde es nicht wagen, meine Geduld noch einmal auf die Probe zu stellen.«

»Gaynors Treue gilt zuerst der Ordnung und dann dem Chaos«, warf ich ein. Meine Stimme klang in meinem eigenen Kopf hohl und ich sprach wie Elric. »Ich versichere dir eines, Fürst Arioch, ich bin dir keine Treue schuldig. Es liegt nicht in meinem Interesse, dir Zugang zu meinem Reich zu gewähren. Deine Kräfte haben schon zu viel zerstört. Aber ich kann dir einen Weg bieten, von Gaynor einzufordern, was dir zusteht.«

Arioch amüsierte sich. Ich sah den Umriss eines goldenen Gesichts, des schönsten Gesichts im Multiversum, und ich liebte es auf der Stelle. »Es waren nicht meine Kräfte, kleiner Sterblicher. Es waren die Kräfte der Lady Miggea. Die Kräfte der Ordnung, die gegen deine Welt Krieg führt.«

»Dann wünscht Gaynor, dass du dich ihnen widersetzt?«

»Ich habe kein Interesse an seinen Wünschen, nur an seinen Taten. Er hat mir lediglich eine Möglichkeit eröffnet. Es entspricht freilich meiner Natur, mich gegen die Ordnung zu stellen.«

»Dann haben wir die gleichen Interessen«, stimmte ich zu. »Doch wir können keinen Handel mit dir abschließen, wie Gaynor ihn abgeschlossen hat.«

»Gaynor versprach mir einen Zugang zu eurem Reich. Mithilfe seiner Magie und seiner Weisheit. Das werdet ihr für mich nicht tun?«

»Nein, Meister«, sagte Elric. »Wir haben nicht die Mittel dazu. Wir haben das große Kraftobjekt verloren.«

»Gaynor wird es herbringen.«

»Vielleicht«, sagte Elric. Er sprach voller Achtung, doch auch mit der Festigkeit eines Mannes, der sich den Göttern ebenbürtig fühlt. »Meister, du hast in diesem Reich keine Rechte.«

»Ich habe in allen Reichen Rechte, kleiner Sklave. Dennoch werde ich dieses Spiels allmählich überdrüssig. Es scheint mir fast, als würde ich gegen meine eigenen Interessen handeln. Sobald Gaynor mir den Schlüssel bringt, kann ich mit meinen Armeen hindurch und ungezügeltes Chaos in eine langweilige kleine Welt bringen. Miggeas Kräfte bestehen ohne die Führung eines scharfen Verstandes. Wir werden sie bald geschlagen haben. Deine Ängste sind überflüssig.«

»Und wenn Gaynor den Schlüssel nicht bringt, Euer Gnaden?«, sagte Oona, indem sie gleichmütig den goldenen Kopf anschaute.

»Dann ist Gaynor mein. Dann werde ich ihn verschlingen und wieder ausspucken, wie es mir beliebt. Ich werde ihn trinken und pinkeln. Ich werde ihn kitzeln und küssen und herausfurzen und scheißen. Ich werde ihn mit eisernen Schuhen bekleiden und ihm das Herz aus dem Leibe reißen. Ich lasse ihn tanzen und werde ihn prügeln. Ich will ihn benutzen, wie es mir beliebt.« Die schmerzhaft schönen Lippen schmatzten wie bei einem Troll im Märchen. Ich fragte mich, ob Miggea, die Herrin der Ordnung, unter den Lords der Höheren Welten möglicherweise nicht die Einzige war, die den Verstand verloren hatte. War etwa das ganze Göttergeschlecht alt und senil geworden, dass es sich mit Albernheiten beschäftigte und nicht mehr wusste, was es wollte? War das Multiversum jetzt in den Händen solcher Geschöpfe? War ihr Zustand nur ein Spiegelbild des unseren?

Fromental verstand nicht, was vor sich ging. Wir benutzten eine Sprache, die ihm völlig fremd war. Er sah mit hochgezogenen Augenbrauen zwischen Oona und mir hin und her und stellte eine stumme Frage.

Elric bemerkte etwas und machte uns mit ausgestrecktem Arm darauf aufmerksam. Sofort schloss sich seine Hand um Sturmbringers Griff.

Gaynor, immer noch in der Rüstung, aber sichtlich angeschlagen, tauchte auf dem weißen Sandstrand auf. Hatte ihn das U-Boot nach Morn gebracht? Offensichtlich konnte er nicht sehen, was sich im Innern des Steinkreises befand und glaubte, er sei allein. Er kam ohne Schwert, anscheinend gänzlich unbewaffnet. Er hatte auch keinen Kelch dabei.

Mit einer gewissen Vorfreude ließen wir ihn herankommen.

Er hielt inne, bevor er den Kreis betrat. Er schaute hinein. Wir blieben für ihn unsichtbar. Ockerfarbenes Licht erfüllte die Räume zwischen den Steinen.

»Meister? Lord Arioch?«

Ariochs Stimme klang sanft und einladend. »Tritt ein.«

Gaynor trat in den Kreis.

Und sah sich von seinen Feinden erwartet.

Wütend und erschrocken drehte er sich um und wollte aus dem Steinkreis fliehen, doch er war gefangen.

»Hast du mir den Schlüssel gebracht, kleiner Sterblicher?« Wieder sprach Arioch genießerisch langsam, als wollte er jede Silbe abschmecken, ehe er sie in die Luft entließ.

»Das konnte ich nicht, Herr.« Er achtete mehr auf uns als auf den Lord der Höheren Welten. »Das Ding hat ein Eigenleben und ...«

»Aber es ist deine Pflicht, es zu kontrollieren.«

»Es lässt sich nicht kontrollieren, Herr. Es hat einen eigenen Willen, ich schwöre es. Vielleicht sogar eine eigene Intelligenz.«

»Das habe ich dir alles bereits gesagt, kleiner Sterblicher. Und du hast mir versichert, du wüsstest, wie man es unter Kontrolle bringt. Deshalb habe ich dir geholfen. Deshalb habe ich Lady Miggea für dich festgesetzt.«

Elric lachte, als er Gaynors Selbstvertrauen schwinden sah. »Ich bin gekommen, um noch etwas Hilfe zu erbitten«, sagte Gaynor beinahe kleinlaut. »Ein wenig nur. Aber warum ... wie ... Dies hier sind deine Feinde, Mylord. Sie wollten sich gegen dich wenden.«

»Oh, ich glaube, sie haben mir erheblich mehr Respekt erwiesen, als ich von dir, Prinz Gaynor, je bekam. Anscheinend hältst du es für möglich, einen Lord der Höheren Welten zu belügen. Offenbar glaubst du, ich wäre ein kleiner Kobold in einer Flasche, der dir so viele Wünsche gewährt wie du willst. Weit gefehlt! Ich bin ein Fürst der Hölle. Ich habe Pläne, die weit über deine Phantasie hinausgehen. Und meine Geduld hat ein Ende. Wie soll ich dich nun bestrafen, kleiner Prinz?«

»Ich kann dich durchbringen, Mylord, ich schwöre es. Ich muss nur nach Bek zurückkehren. Mächtige Kräfte erheben sich, um dieses Reich zu beherrschen. Stunde um Stunde gewinnen sie Raum und Macht. Nur du kannst sie mit meiner Hilfe besiegen, Mylord.«

»Ich habe kein Interesse, dieses Reich zu retten«, sagte Arioch königlich erstaunt. »Ich wollte nur eine Weile damit spielen. Jetzt, mein kleiner Gaynor, wird meine einzige Freude darin bestehen, mit dir zu spielen.«

Oona wandte sich an Fromental und riss ihm den Korb aus den Händen. Sie fasste hinein und nahm den Inhalt heraus.

Es schien ein winziges Modell zu sein. Ein komplizierter Käfig aus Tausenden winziger Knochen, in denen eine winzige Stimme tobte.

Miggea, immer noch gefangen, schien wutentbrannt.

»Wie hast du das gemacht?«, fragte ich Oona verblüfft.

»Das ist nicht schwer. Der Maßstab ist das Einzige, was sich von Reich zu Reich verändert. Wie ich dir schon erklärt habe, existiert jedes Reich auf einer etwas anderen Ebene. Deshalb können wir zwischen ihnen reisen und deshalb sind wir uns ihrer Existenz nicht jederzeit bewusst. Ich habe dafür gesorgt, dass Leutnant Fromental sie herbringt. Miggea ist sehr mächtig, aber sicher eingesperrt. Wenn sie sich frei entscheiden könnte, würde sie ihren Maßstab an das Reich anpassen, in dem sie sich jeweils befindet. Ich habe nicht die Macht, sie freizulassen. Nur derjenige, der sie eingesperrt hat, kann es tun.«

»Du hast noch eins von diesen Geschöpfen in meine Welt gebracht?« Es schien mir unverantwortlich. »Damit es gegen das kämpft, das schon hier ist? Damit der ganze Planet in ein Schlachtfeld verwandelt wird?«

»Du wirst schon sehen«, sagte Oona. »Aber zuerst müsst ihr alle den Kreis verlassen. Gib mir dein Schwert.«

Wider alle Vernunft gab ich ihr Rabenbrand. Dann traten Elric, Fromental und ich aus dem Steinkreis von Morn heraus.

Das wenige, das wir sehen konnten, erinnerte an ein Schattenspiel. Der dunkle, riesige Umriss des Fürsten Arioch, die bewegliche, elegante Gestalt Oonas, die den Käfig auf den Boden setzte. Gaynor schaute wie gebannt zu. Oona berührte den Käfig mit der Schwertspitze. Ich hörte Ariochs Stimme, dröhnend laut. »Nun, meine Dame, es scheint nicht mehr in meinem Interesse zu liegen, dich gefangen zu halten.«

Es gab ein Krachen wie von splitterndem Feuerstein.

Ein schreckliches Knacken.

Etwas begann zu brodeln und sich zu winden und im Kreis zu wachsen. Etwas, das irre gackerte und kicherte und sich gegen die Kräfte stemmte, die den Steinkreis zusammenhielten. Nachdem sie dem Käfig entkommen war, wollte Miggea aus dem Steinkreis fliehen.

Die Steine bebten. Vielleicht tanzten sie sogar. Dann standen sie still und aufrecht und warteten. Für mich sahen sie aus, wie sie ausgesehen haben mussten, als die ersten Druiden sie gerade aufgestellt hatten. Hohe, weiße Granitblöcke, die im Sonnenlicht strahlten.

Plötzlich baute sich unmittelbar vor uns im Kreis eine schwankende Gestalt aus Feuer auf. Sie zuckte unkontrolliert und schrie uns stumm an. Gaynors Gesicht brannte. Sein ganzer Körper stand in Flammen. Er verbrannte in einer Million von Konflikten, die er in seinem harten Herzen genährt hatte. Wieder baute er sich auf, stand in gleicher Gestalt neben sich selbst, brannte und kreischte. Er flehte uns an, er wollte etwas von uns. Bat er uns um Verzeihung? Oder nur um Erlösung? Wieder eine tanzende, brennende Gestalt und dann noch eine, bis die Gestalten einen zweiten, inneren Kreis bildeten.

Von oben sah Fürst Ariochs goldenes Gesicht lächelnd herab und pfiff, als beobachte er ein Puppentheater. Das senile, geifernde Gesicht des Wesens, das einst die größte Fürstin der Ordnung gewesen war, stieß Gaynors sich windenden

Körper an, der daraufhin Form und Größe veränderte, zu vielen Versionen seiner selbst zerfiel, dann wieder eins wurde und sich erneut auflöste. Ich hörte die Schreie. So hatte ich noch nie jemanden schreien hören.

Arioch und Miggea zerrten an ihm, brachen Stücke seiner vielen Identitäten heraus. Sie spielten mit ihm, wie Katzen mit einer Grille spielen. Nur wenig Feindschaft stand zwischen ihnen, sie richteten den ganzen Hass auf Gaynor, auf den dummen Gaynor, der gedacht hatte, er könnte sie gegeneinander ausspielen.

Er flehte sie an aufzuhören.

Ich war beinahe so weit, dass ich die gleiche Bitte ausgesprochen hätte wie er. Tausend Gaynors erfüllten jetzt den Kreis, tausend verschiedene Arten von Schmerzen.

Oona sah mit stiller Zufriedenheit zu, als würde sie daheim eine besonders gelungene Handarbeit betrachten und sich darüber freuen.

»Er kann seinen Archetypus nicht mehr aufbauen«, erklärte sie. »Dies ist die einzige Grundlage, auf der wir überleben. Alles, was wir besitzen, ist ein Gefühl unserer Identität. In diesem Augenblick liegen all die vielen Identitäten, die zu Gaynor gehören, miteinander im Streit. Er wird im ganzen Universum verteilt. Das Zusammentreffen, das Gaynor geplant hat, um seine selbstsüchtigen Ziele zu verfolgen, ist nun der Augenblick, in dem er sein Ende findet.«

»Genug!«, fluchte Arioch. »Du hast mir versprochen, mir die Macht der Ordnung zu geben. Die Macht des Chaos besitze ich schon. Wo, zerteilter Gaynor, wo ist der Gral?«

Die Antworten kamen vielfältig, gleichzeitig, entsetzlich. »Sie hat ihn«, war das einzig Zusammenhängende, was wir hörten.

Dann war Gaynor verschwunden.

Ariochs Stimme war ein zufriedenes, sattes Flüstern. »Der Gral ist noch da. An meinem Eingangspunkt, wo er mich durchzubringen versprach.«

Gewaltige Lippen schmatzten.

Dann war auch Arioch verschwunden.

Zwischen Miggea und dem verschwindenden Arioch wurde Gaynor in eine Million psychischer Fetzen zerlegt.

Ein Rauschen wie vom Herbstwind - und die Zauberei war aus diesem Reich verschwunden. Die alten Steine standen wieder im Gras wie sonst, die Sonne leuchtete hell am Himmel. Die Brandung, die auf den weißen Strand schlug, war das lauteste Geräusch, das wir jetzt noch hören konnten. Ich wandte mich an Fromental. »Haben Sie dies mit Oona verabredet, als ihr euch an Miggeas Gefängnis getroffen habt?«

»Wir wussten nicht genau, was wir mit Miggea tun sollten, doch wir dachten, es wäre nützlich, sie in tragbarer Form dabei zu haben.« Fromental blinzelte. »Jetzt muss ich aber zu meinen Freunden zurückkehren. Tanelorn ist gerettet, doch sie wollen hören, wie diese Geschichte ausgegangen ist. Ich bin sicher, wir sehen uns wieder, mein Freund.«

»Und die Off-Moo? Wissen Sie, was aus ihnen geworden ist?«

»Sie haben noch eine zweite Stadt, mehr weiß ich nicht. Am anderen Ufer des Sees. Dorthin sind sie geflohen. Es wurden nicht viele getötet.«

Mit dem Gehabe eines Mannes, der dringenden Geschäften nachgehen muss, schüttelte er mir die Hand und ging zum Strand. Ein mit zwei Seeleuten bemannter Skiff wartete auf ihn. Sie salutierten, als er einstieg. Ich war, was das U-Boot betraf, von falschen Voraussetzungen ausgegangen. Fromental hatte es vorgeschickt. Er winkte uns noch einmal und wurde rasch zum U-Boot gerudert. Vielleicht würde ich nie erfahren, wie er es geschafft hatte, eine gefangene Göttin mit dem Unterseeboot zu uns zu befördern.

Ich sah zu, wie der Turm unter Wasser verschwand, und konzentrierte mich wieder auf die deprimierende Realität meines eigenen Reichs. Eine Luftflotte war dabei, England zu erobern und dafür zu sorgen, dass Adolf Hitler bald die ganze Welt beherrschen würde.

Ich machte Elric darauf aufmerksam, dass meine Arbeit noch nicht getan war. Wenn sich der Gral weiterhin in Bek befand, dann konnte ich vielleicht einen Weg finden, um ihn gegen die Nazis einzusetzen. Wenigstens sollte er letzten Endes nach Mu Ooria zurückgebracht werden.

Die Tochter der Traumdiebin strahlte mich an wie ein unschuldiges kleines Mädchen. »Was ist, wenn der Gral schon immer nach Bek gehört hat? Was, wenn die Off-Moo nur vorübergehend seine Hüter waren? Wenn er sich entschieden hat, nach Hause zurückzukehren?«

Ich hatte es kaum richtig aufgenommen, als mir schon der nächste Gedanke kam. Drängend wandte ich mich an Elric. »Klosterheim!«, rief ich. »Wir haben seine Kugeln überlebt, weil wir in der Gegenwart des Grals waren, ohne es zu wissen. Der Gral verhindert die Auflösung. Gaynor hätte seinen Zauber nicht wirken können, wenn er den Gral bei sich gehabt hätte. Der Gral ist noch dort – und das bedeutet, dass alle, die in seiner Nähe waren, überlebt haben. Und dies wiederum bedeutet, dass Klosterheim sich inzwischen in den Besitz des Grals gebracht haben kann.«

Elric zögerte. Ich spürte, dass es ihm widerstrebte, länger in diesem Traum auszuhalten. Er wollte zu Mondmatt zurückkehren und sich seinen Abenteuern in einer Welt widmen, die er besser verstand. Endlich sagte er: »Auch Klosterheim hat es verdient, dass ich mich an ihm räche. Wir fliegen wieder nach Bek.« Er hielt inne und legte mir eine Hand mit den langen Fingern auf die Schulter. In diesem Augenblick war er wie ein Bruder für mich.

Als wir zum Strand zurückkehrten, warteten die Drachen schon auf uns, als hätten sie gespürt, dass wir sie brauchten. Sie klapperten mit den Schuppen und traten ungeduldig von einem riesigen Fuß auf den anderen. Die Sonne ließ ihre Schuppen in allen Regenbogenfarben aufblitzen. Es waren junge Phoorn, die um die halbe Welt fliegen konnten, ohne müde zu werden. Sie sehnten sich danach, wieder durch die Lüfte zu gleiten.

Wir rollten unsere *skeffla'a* auf, sattelten die Drachen und ließen uns in den natürlichen Dellen nieder, in denen auf jedem Phoorn drei Reiter sitzen konnten.

Ein Murmeln von Elric, der immer noch ein großer Drachenmeister war, und die riesigen Reptilienflügel klatschten und peitschten durch die schwere Luft, klatschten noch einmal und trugen uns mit gleichmäßigen Schlägen, als würden wir über einen See rudern, hinauf in den Nachmittagshimmel. Mit jedem Schlag der mächtigen Flügel wurden wir schneller, die Schwänze peitschten und ringelten sich, um uns durch kräftige Luftströmungen zu steuern. Die Hälse ausgestreckt und die Augen weit aufgerissen, suchten sie vor uns die Wolken ab. Alte Feuer speiende Drachen.

Wir flogen übers Meer, dann bogen wir nach Osten ab und wieder ging es über sanfte, bewaldete Hügel und Täler zurück nach Deutschland.

Dieses Mal wählte Elric einen etwas anderen Kurs. Er hielt sich weiter südlich, als ich erwartet hätte. Vielleicht wollte er sehen, wie groß die Zerstörungen im stolzen Zentrum des Empire waren. Auch er begriff, welch widerstreitende Gefühle es auslöste, wenn man sich einem sterbenden Empire verbunden fühlte.

Doch es gab noch einen zweiten Grund dafür, dass Elric uns durch die Wolken hinunter ins Nachmittagslicht zu der Gegend führte, wo ein Luftkampf tobte. Zwei Spitfire drehten und wanden sich und stiegen mit spuckenden Maschinengewehren hoch, um sich der übermächtigen Meute von Stukas zu erwehren. Die deutschen Flugzeuge waren eigens mit heulenden Sirenen ausgestattet worden, um die tödliche Gefahr, die von ihnen ausging, zu unterstreichen. Überall war das grässliche Geheul zu hören, doch die Spitfire, diese außerordentlich leichten und wendigen Maschinen, wehrten sich nach Kräften.

Elric rief etwas und lenkte seinen Drachen nach unten. Ich konnte wegen des Windes seine Stimme kaum hören, doch ich folgte ihm. Nach einem äußerst berauschenden Sturzflug drehte Schwarzmaul den langen Kopf herum, kniff die großen gelben Augen zusammen und schnaubte.

Sie spuckte beißendes Feuer.

Die Flammen erfassten erst den einen und dann den nächsten Stuka. Flugzeug auf Flugzeug stürzte augenblicklich ab, als die Drachenfrau mit ihrem schrecklichen Atem durch die Staffel flog. Ich sah noch die erstaunten Gesichter der dankbaren Spitfire-Piloten, als sie die Maschinen hochzogen und so schnell wie möglich in den Wolken verschwanden.

Die wenigen überlebenden Stukas flohen in sichere höhere Luftschichten, doch Elric beachtete sie nicht. Wir flogen weiter.

Zehn Minuten später erreichten wir einen großen Verband von Junkers-Bombern. Mir wurde bewusst, dass in diesen Flugzeugen meine Landsleute saßen. Einige konnten sogar Vettern oder entfernte Verwandte sein. Ganz gewöhnliche, anständige deutsche Jungen, die von diesem unsinnigen Militarismus und dem Traum der Nazis gefangen worden waren. War es richtig, solche Menschen zu töten? Gab es keine andere Möglichkeit?

Weißmaul folgte ihrer Schwester nach unten zur Nachhut des Flugzeugverbandes. Die Schwänze knallten wie riesige Peitschen, das Gift brodelte und kochte in den Mäulern und Nasen. Unsere Drachen fielen mit der verspielten Freude junger Tiger, die unversehens auf eine Gazellenherde gestoßen sind, über die Beute her.

Maschinengewehre feuerten auf uns, aber die Kugeln konnten uns nichts anhaben. Von den stahlharten Schuppen der Drachen prallten die Kugeln einfach ab. Die Schützen mussten glauben, sie träumten schlecht.

Hinunter ging es und überall sah ich Hakenkreuze. Das Symbol, das für jede Gemeinheit, jede Widerwärtigkeit und jede zynische Grausamkeit stand, die man sich nur vorstellen konnte. Diese Symbole griff ich an und das Schicksal der Mannschaften, die unter solchen Symbolen flogen, war mir einerlei. Wer sich nicht schämte, im Namen dieser Symbole zu fliegen, hatte den Tod verdient.

Hinunter ging es. In Weißmauls Schnauze brodelte das Gift und wurde von glühend heißer Luft, die in einem ihrer vielen Mägen gesammelt wurde, herausgetrieben. Das brennende Gift traf Bomber auf Bomber, die alle noch ihre Ladungen an Bord hatten. Vor unseren Augen explodierten sie einer nach dem anderen.

Einige Flugzeuge wollten sich absetzen. Einige warfen aufs Geratewohl die Bomben ab. Doch wieder kreisten die Drachen. Wieder wurden Flugzeuge zerstört. Die wenigen, die überlebten, machten kehrt und eilten zurück nach Deutschland. Was würden die Piloten nach ihrer Rückkehr melden? Welche Geschichte würden sie erzählen? Wie sie es auch erklärten, sie hatten versagt.

So trugen wir zur Entstehung einer berühmten Legende bei. Es war eine Legende, die den Sieg der RAF über die Luftwaffe erklärte. Die Legende, die für viele den Verlauf des Krieges entscheidend beeinflusst und dafür gesorgt hatte, dass Hitler jegliches Urteilsvermögen und vielleicht den letzten Rest seiner geistigen Gesundheit verlor. Eine Legende, die sich schließlich als ebenso wirkungsvoll erweisen würde wie der Mythos der Nazis, der auf die Völker Europas losgelassen worden war. Es war die Legende von den Drachen von Wessex, die den Briten zu Hilfe kamen, als die Not am größten war. Eine Legende, die half, die britische Moral zu heben und die der Deutschen zu zerstören. Sogar die Geschichte der Engel von Mons aus dem Ersten Weltkrieg war zu ihrer Zeit nicht so einflussreich wie die Legende der Drachen von Wessex. König Arthur, Guinevere und Sir Lancelot, sie alle wären erschienen, erzählte man sich. Sie wären auf den sagenhaften Geschöpfen der alten Zeiten geflogen und gekommen, um ihrer Nation in der Not beizustehen. Die Geschichte wurde schließlich unterdrückt, wie Hess herausfinden sollte. So mächtig war die Legende, dass die Propagandaapparate beider Länder sich damit beschäftigten, sie entweder zu verbreiten oder zu dementieren.

Als wir wieder in Deutschland waren, hatten wir mehrere große Bomberverbände und unzählige Jagdflugzeuge zerstört. Die Schlacht um England hatte eine überraschende Wende genommen. Von diesem Augenblick an handelte Hitler zunehmend wie ein Wahnsinniger und seine Prophezeiungen verloren an Glaubwürdigkeit. Von diesem Augenblick an ließ ihn sein sagenhaftes Glück im Stich.

Als die unermüdlichen Drachen uns nach Bek zurückbrachten, trauerte ich. Ich machte mir Vorwürfe. Zwar war unser Eingreifen berechtigt gewesen, doch ich hatte gegen mein eigenes Volk gekämpft. Ich hatte die allerbesten Gründe dafür, dass es richtig war, was ich getan hatte, doch diese Schuld würde ich mein Leben lang tragen müssen. Wenn ich überlebte und wieder Frieden herrschte, musste ich einigen Müttern begegnen, denen ich nicht würde in die Augen sehen können.

Die Freude über den Sieg und der berauschende Flug wurde durch eine seltsame Melancholie gedämpft, die mich seitdem nicht mehr verlassen hat.

Als wir Bek erreichten, fanden wir die Gebäude verlassen vor. Nicht einmal ein Wächter war mehr da. Hitler und seine Kumpane waren erschrocken geflohen und hatten sich völlig zurückgezogen. Hier gab es nichts mehr zu bewachen.

Es war seltsam still, als wir auf der Brüstung landeten und vorsichtig in die alte Waffenkammer hinunterstiegen.

Überall waren die Spuren des Kampfes zu sehen, überall klebte Blut. Jedoch keine Leichen und kein Gral.

Wo war der Heilige Gral? Alles wies darauf hin, dass er nicht aus Bek entfernt worden war. Oder hatte Klosterheim ihn irgendwie doch noch an sich genommen?

Oona winkte und gab mir zu verstehen, ich solle auf sie warten, während sie sich im verlassenen Schloss umschaute.

Wieder spürte ich Elrics Hand auf der Schulter, eine liebevolle brüderliche Geste.

»Wir müssen Klosterheim finden.« Ich wollte schon wieder die Treppe hinauf.

»Nein!«, widersprach Elric entschieden.

»Warum nicht? Es ist meine Pflicht, ihn zu verfolgen«, sagte ich.

»Ich werde Klosterheim verfolgen«, erwiderte Elric. »Wenn ich Erfolg habe, wirst du ihn nie wiedersehen. Ich kehre nach Melniboné zurück. Die jungen Drachen haben gute Arbeit geleistet und müssen belohnt werden.«

»Und Oona? Deine Tochter?«

»Die Tochter der Traumdiebin bleibt hier.« Sein Mantel gab ein kaltes Knacken von sich, als er sich plötzlich umdrehte und zur Treppe ging, um die Waffenkammer zu verlassen. Ich wollte ihn bitten, bald zurückzukehren. Es gab so vieles, für das ich ihm danken wollte. Aber andererseits hatte ich auch ihm geholfen. Wir hatten uns gegenseitig unterstützt. Ich hatte ihn aus dem ewigen Schlaf erweckt und er hatte dem Krieg die Wende gebracht. Die Luftwaffe war zerstört. Durch den Mut einiger weniger Kämpfer und mit der Hilfe einer mächtigen Legende.

Großbritannien würde sich erholen. Amerika würde den Briten helfen. Eines Tages würden die Faschisten vertrieben, sie würden ihre Macht verlieren und die Demokratie würde wiederhergestellt werden.

Doch bis dieser Augenblick kam, musste noch das Blut von Millionen vergossen werden. Es war schwer zu erkennen, wer überhaupt einen Nutzen aus diesem schrecklichen Konflikt zog.

Ich sah mich hilflos in der alten Waffenkammer um. Also hatte es hier einen heftigen Kampf geben. Wie würde es sich anfühlen, wenn ich eines Tages wieder hier lebte?

Wie viel ich verloren hatte, seit Gaynor mir auf Bek den ersten Besuch abgestattet hatte! Als er versucht hatte, mir das Rabenschwert abzunehmen, um die Tochter meines Doppelgängers zu töten! Ich hatte in gewisser Weise ganz sicher meine Unschuld verloren. Und ich hatte Freunde und Diener verloren. Und einen Teil meiner Selbstachtung.

Was hatte ich gewonnen? Das Wissen um andere Welten? Weisheit? Schuldgefühle? Eine Chance, die Geschichte in neue Bahnen zu lenken und der Tyrannei der Nazis ein Ende zu setzen? Viele sehnten sich danach, dies zu tun. Die Umstände, das Blut und die Zeit hatten mich in die Lage gebracht, das Kriegsglück zugunsten der Feinde meines Landes wenden zu können.

Die Schuldgefühle wuchsen noch, als die Bombenangriffe der Alliierten zunahmen. Köln, Dresden, München. All die schönen alten Städte unserer goldenen Vergangenheit wurden in Trümmer gelegt und waren nur noch bittere Erinnerungen. Genau wie wir den Stolz und die Erinnerungen anderer Nationen in Stücke gesprengt und die Toten besudelt hatten. Und wozu?

Was wäre, wenn diese Schmerzen, diese Schmerzen der ganzen Welt, aufgehoben werden konnten? Durch einen einzigen Gegenstand? Durch den Gegenstand, den man den Runenstab, den Heiligen Gral oder Finns Zauberkessel nannte – den Gegenstand, der in seiner Umgebung ein Feld von Frieden und Gleichgewicht erschuf. So sicherte er sein eigenes und das Überleben des ganzen Multiversums.

Wo war es, dieses Wundermittel, das den Kummer ganzer Nationen heilen konnte?

Wo war es, wenn nicht in unseren Herzen?

In unserer Phantasie?

In unseren Träumen?

War alles, was ich in Mu Ooria erlebt hatte, nur ein komplizierter, aber letztlich doch unwirklicher Albtraum gewesen, in den mich die Tochter der Traumdiebin gelockt hatte? Eine Illusion von Magie, vom Gral, vom unendlichen Leben? Einst hatte ich nicht an den Eigenschaften des Grals oder an seiner Macht, das Gute zu fördern, gezweifelt. Jetzt aber fragte ich mich, ob dieser Gegenstand wirklich eine Kraft war, die zum Guten führte. War er vielleicht doch nur für sich selbst da und kümmerte sich nicht um Fragen, die mit der Moral von Sterblichen zusammenhingen?

Hatte Gaynor Recht? Verlangte der Gral wirklich das Blut von Unschuldigen, damit er wirken konnte? War das die letzte Ironie? Kein Leben ohne Tod?

Oona kam durch die zerstörte Tür herein, ein Balken Sonnenlicht strahlte hinter ihr. Sie hatte den Bogen und die Pfeile gefunden, wo sie die Waffen zurückgelassen hatte.

Sie sah mich an und erkannte, dass Elric verschwunden war.

Sie rannte zum alten Treppenhaus.

»Vater!«

Sie war die Treppe hinaufgerannt, bevor ich auch nur die

Tür erreicht hatte. Ich wollte sie zurückrufen, doch sie ignorierte es oder hörte mich nicht mehr.

Ich eilte die Treppe hinauf, aber irgendetwas bremste meine Schritte, als ich die oberste Ebene des Turms und den schmalen Flur erreichte, der aufs Dach führte. Beinahe widerwillig ging ich weiter und sah zur Brüstung hinaus, wo Elric und seine Tochter in inniger Umarmung standen.

Hinter ihm murmelten und stampften die Drachen, die darauf brannten, sich wieder in die Lüfte zu erheben. Doch Elric zögerte noch. Als er den Kopf hob, sah ich, dass seine kummervollen Augen weinten.

Ich sah ihn einen sanften Kuss auf die Stirn seiner Tochter setzen. Dann ging er zur ungeduldigen Schwarzmaul und kratzte das große Tier unter den Schuppen. Mit einer raschen, anmutigen Bewegung stieg er in den Sattel und rief seine Drachenschwestern mit musikalischer Stimme.

Ein lautes Knallen der Flügel – und die beiden großen Reptilien schwangen sich den Abendhimmel hinauf. Ich sah die dunklen Gestalten vor der großen roten Scheibe der untergehenden Sonne kreisen.

Sie legten sich schräg, flogen in einer Kurve dem Abenddunkel entgegen und waren verschwunden.

Oona drehte sich um. Ihre Augen waren trocken, die Stimme ungewöhnlich leise. »Ich kann ihn jederzeit sehen, wenn ich will«, sagte sie. Sie hatte etwas in der Hand. Einen kleinen Talisman.

»In seinen Träumen?«, fragte ich.

Sie starrte mich lange an.

Dann folgte ich ihr nach drinnen.

Epilog

Der Rest der Geschichte ist in der Öffentlichkeit bereits bekannt. Natürlich blieben Oona und ich nicht in Deutschland. Uns drohte die Verhaftung und wir wussten genau, was mit uns geschehen würde, wenn man uns verhaftete. Prinz Lobkowitz half uns, nach Schweden zu fliehen und von dort aus nach London zu reisen. Auch nachdem ich geholfen hatte, die Luftflotte meines Heimatlandes zu zerstören und Hitlers Niederlage einzuleiten, setzte ich den Krieg gegen die Nazis fort. Eine Weile war ich als Sprecher bei der BBC, und als die Alliierten nach Deutschland und Österreich einrückten, half ich bei einer psychiatrischen Einheit des Roten Kreuzes als Dolmetscher. Selbst ich, obwohl ich die Brutalität der Nazis am eigenen Leibe erfahren hatte, konnte die Szenen, die wir dort jeden Tag sahen, kaum ertragen.

Von Lobkowitz, der mit den Kriegsverbrecherprozessen zu tun hatte, hörte ich nicht mehr viel, von Bastable überhaupt nichts. Oona ging nach Washington, als die Vereinigten Staaten in den Krieg eintraten, und schloss sich einer Spezialeinheit an.

Bevor die Russen es übernahmen, konnte ich noch einmal Bek besuchen. Die Rote Armee hatte dort ihre Offiziere einquartiert. Sogar sie machten erfreute Bemerkungen über die friedliche Atmosphäre des alten Ortes. Ich musste ihnen zustimmen. Auch wenn seine Geschichte alles andere als friedlich verlaufen war, das Haus strahlte gut anderthalb Kilometer weit auf dem alten Anwesen derer von Bek einen tiefen Frieden aus. Als ich hörte, dass die örtlichen Behörden das

Haus in ein Sanatorium für Geistesgestörte umwandelten, freute ich mich.

Nachdem die Mauer endlich gefallen war, konnte ich mein altes Heim wieder für mich beanspruchen, doch ich gab meine Erlaubnis, dass man es in seiner letzten Funktion beließ und bat nur darum, einige Räume im alten Teil des Hauses, die Waffenkammer und den Turm, beziehen zu dürfen. Hier studiere ich still und im sicheren Wissen, dass ich eines Tages einen Hinweis auf die derzeitige Inkarnation des Grals bekommen werde. Es besteht kein Zweifel daran, dass er sich auf Bek befindet. Hier scheinen alle Wunden zu heilen – und das ist alles, was uns aus der Zeit der Nazis geblieben ist.

Im Mai 1941 wurde klar, dass es der Luftwaffe nicht gelingen würde, Großbritannien zu besiegen. Verstört darüber, dass Hitler die Sowjetunion angriff, ohne sich um ein Bündnis mit den ›natürlichen Waffenbrüdern‹ bemüht zu haben, flog Rudolf Hess allein nach Schottland. Er sprang mit dem Fallschirm aus seiner Messerschmitt ab und landete wohlbehalten. Ein paar Stunden verbrachte er auf Castle Auchy, dem Familiensitz des McBegg-Clans, der in dieser Gegend einen ausnehmend schlechten Ruf genoss. Dann machte er sich auf, um den Marquis von Clydesdale zu finden, den er fälschlicherweise für einen Sympathisanten der Nazis hielt. Hess erzählte dem Marquis und den Männern, die geschickt wurden, um ihn zu verhaften, er sei in das Geheimnis der Drachen von Wessex eingeweiht. Sie würden aus geheimen Höhlen unter Englands schönsten Landschaften aufsteigen, um dem Land in der Stunde der höchsten Not beizustehen. Er behauptete zu wissen, wie man mit König Arthur, Sir Lancelot und Königin Guinevere Kontakt aufnehmen konnte – und außerdem sei ihm das Versteck des Heiligen Grals bekannt. Er schlug vor, den Gral als Katalysator zu benutzen, um die Wiedervereinigung der nordischen Völker gegen den gemeinsamen Feind in Asien, gegen die Bedrohung durch den Bolschewismus, zu erreichen. Er bat mehrere Male darum, mit Churchill sprechen zu dürfen, doch wie die veröffentlichten Dokumente zeigen, war der Geheimdienst MI5 der festen

Überzeugung, dass Hess völlig den Verstand verloren hatte. Alle Berichte bestätigen diese Ansicht. Churchill weigerte sich entschieden, sich mit Hess zu treffen.

Hess wurde in Nürnberg als Kriegsverbrecher verurteilt und überlebte als einziger Gefangener im Gefängnis von Spandau. Angeblich erhängte er sich 1987 in seiner Gefängniszelle im Alter von einundneunzig Jahren. Die ganze Zeit über hatte er nichts publizieren und keine Interviews geben dürfen, obwohl er darauf beharrte, wichtige Erkenntnisse für die Behörden zu besitzen. Es gibt eine Theorie, dass er vom britischen Secret Service ermordet worden wäre, weil man das fürchtete, was Hess nach seiner Entlassung der Öffentlichkeit mitteilen könnte.

Hess sollte in meiner Geschichte keine weitere Rolle mehr spielen. Dies galt allerdings nicht für Elric. Er lebt immer noch in meiner Seele, er ist noch immer in meinem Bewusstsein. Nachts, wenn ich träume, träume ich Elrics Leben, als wäre es mein eigenes. Ich habe das Gefühl, dass ich auf diese Weise nicht nur Elrics Schicksal erlebe, sondern das Schicksal von Hunderten, die sind wie wir. Ich konnte mich nie ganz von ihm befreien. Seine Geschichte setzt sich fort und ich werde weiterhin eine Rolle in ihr spielen, genau wie Oona, die Tochter der Traumdiebin, die meine Frau geworden ist. Wir haben uns entschlossen, keine eigenen Kinder zu bekommen, sondern drei Mädchen und zwei Jungen zu adoptieren. Wir wollen unser Blut aussterben lassen.

Wie der Gral gefunden wurde und wie es uns ergangen ist, das ist eine Geschichte, die wie jene von Rudolf Hess noch zu erzählen bleibt.

Inzwischen sind wir hier für den Augenblick zur Ruhe gekommen. Wir sind glücklich, nach all den Kämpfen, nach dem Spiel, in dem jeder eine wichtige Rolle zu spielen hat, eine Erholungspause zu bekommen – in diesem niemals endenden Spiel von Leben und Tod.

Von **Michael Moorcock** erschien in der Reihe
HEYNE SCIENCE FICTION & FANTASY:

Miss Brunners letztes Programm · 06/3348
INRI oder Die Reise mit der Zeitmaschine · 06/3399
Die Zeitmenagerie · 06/3492
Gloriana oder Die unerfüllte Königin · 06/3808
Die Kriegsmeute · 06/4194

ELRIC-SAGA:
Elric von Melniboné · 06/3643
Die See des Schicksals · 06/3657
Der Zauber des weißen Wolfs · 06/3692
Der verzauberte Turm · 06/3727
Im Banne des schwarzen Schwertes · 06/3753
Sturmbringer · 6/3782
Die Festung der Perle · 06/5016
Die Rache der Rose · 06/5190
Tochter der Traumdiebe · 06/9192

Band 1 bis 6 auch als Sonderausgabe in einem Band:
06/4101 und 06/5226

Band 1 bis 3 auch als Sonderausgabe in einem Band:
Das Schattentor · 06/9189

Band 4 bis 6 auch als Sonderausgabe in einem Band:
Der bleiche Lord · 06/9190

Band 7 und 8 auch als Sonderausgabe in einem Band:
Am Hof der Perle · 06/9191

DIE ABENTEUER CAPTAIN OSWALD BASTABLES
Der Herr der Lüfte · 06/3876
Der Landleviathan · 06/3903
Der Stahlzar · 06/4122

Band 1 bis 3 auch als Sonderausgabe in einem Band:
Zeitnomaden · 06/4820

Außerdem erschien in der
BIBLIOTHEK DER SCIENCE FICTION LITERATUR:
INRI oder Die Reise mit der Zeitmaschine · 06/63